정본 한국 야담전집

정본 한국 야담전집 06

기문총화
紀聞叢話

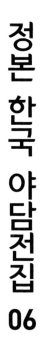

정환국
책임교열

해제

이 책은 조선후기 야담집 총 20종의 원전을 교감하여 새로 정본을 구축한 결과물이다. 또한 2016년도 한국학 분야 토대연구지원사업으로 선정된 〈조선후기 야담집(野談集)의 교감 및 정본화〉의 최종 결과물이기도 하다. 이 연구 사업이 선정될 당시 계획서에서 조선후기 야담집의 존재 양태가 복잡한 데다 어느 본 하나도 완정하지 못한 만큼 정본화가 필요하다는 점을 강조했었다. 잘 알려져 있듯이 조선후기 야담집은 거개가 필사본으로 존재하고 있으며, 다종의 이본을 양산하면서 축적되어 왔다. 그러다보니 그 자체가 하나의 활물(活物)처럼 유동적이고 적층적인 형태를 취하고 있다.

이는 동아시아 고전 자료 중에서도 유별난 사례이자, 조선후기 이야기문학의 역사를 웅변하는 면모이기도 하다. 한자를 공유했던 동아시아 어느 지역에서도 찾아볼 수 없는 이 필사본의 난립은 조선조 문예사에서 특별히 주목할 사안이지만, 한편으로는 이 때문에 해당 분야의 접근이 난망했던 것도 사실이다. 다양한 필사본과 이본들의 존재는 원본과 선본, 이본의 출현 시기 등 복잡한 문제를 던져주었을 뿐만 아니라 애초 원전 비평을 어렵게 하였다. 그럼에도 야담에 대한 이해와 접근은 무엇보다 원전 비평이 선결되어야 했었다. 물론 이런 문제의식과 고민, 그리고 일부 성과가 없었던 것은 아니다. 그렇지만 특정 야담집에 한정한 데다 그 방식 또한 온전한 방향이 아니었다. 그러다보니 조선후기 야담은 동아시아에서 우리만의 서사 양식으로, 또 조선후기 사회를 밀도 있게 반영한 대상으로 주목을 받았으면서도 원전에 대한 이해는 상대적으로 미진하기 짝이 없었다. 그러니 우리의 야담 연구는 어쩌면 첫 단추를 꿰지 않은 채 진행되어 왔다고 해도 과언이 아니다.

사실 이 작업은 전체 양이나 이본 수로 볼 때 일개인의 노력으로는 거의 불가능한 연구 영역이라 하겠다. 더구나 우리의 학문생태계에서 교감학이 활성화된 적도 거의 없었다. 자료의 상태와 양은 물론 정립할 학문적 토대가 취약한 터라 해당 연구의 출발 자체가 난망했던 터다. 그럼에도 이제 이 연구를 하지 않을 수 없다는 책임감으로 연구팀을 꾸려 감행을 하게 된 것이다. 본 연구팀은 한국 야담 원전의 전체상은 물론 조선후기 이야기문학의 적층성과 그 계보를 일목요연하게 드러내고자 이본간의 교감을 통한 정본 확정의 도정을 시작한 것이다. 일단 이 자체로 개별 야담마다 완전한 자기모습을 복원할 수 있게 되었다고 자부한다. 이제 고전문학뿐만 아니라 전통시대 역사와 예술 등 한국학과 인문학 전 영역의 연구에서 야담 자료가 더 적극적으로 활용되리라 믿는다. 나아가 이 책은 동아시아 단편서사물의 집성 가운데 중요한 결과물의 하나가 될 것이며, 자연스레 한국 야담문학에 대한 관심도 제고될 것으로 기대된다.

그러나 본 연구가 기획되던 시점부터 스스로 던지는 의문이 있었다. 다른 고전 텍스트의 존재 양태와는 달리 야담의 경우 이본마다 나름의 성격과 시대성을 담보하는 만큼 이를 싸잡아 정본이라며 특정해 버리면 개별 이본들의 성격과 특징이 소거되는 것은 아닌가, 이 정본은 결국 또 다른 이본이 되고 마는 것은 아닌가. 이런 점을 고민하지 않을 수 없었다. 이 고민 끝에 우리는 '동태적 정본화'를 추구하기로 하였다. 정본을 만들기는 하지만 개별 이본의 특징들이 사상되지 않도록 유의미한 용어나 문장, 그리고 표현 등을 살리는 방향이었다. 대개는 주석을 다양하게 활용하여 이를 해결하고자 하였다. 말하자면 닫힌 정본이 아닌 열린 정본의 형태를 추구한 것이다. 이런 방식은 지금까지 시도된 예가 없거니와, 야담의 존재적 특성을 잘 반영하면서 새로운 교감학의 실례가 됐으면 하는 바람도 있다. 그러다보니 일반 교감이나 정본화보다는 품이 훨씬 더 많이 들어갔다. 이 과정을 소개하면 이렇다.

먼저 해당 야담집의 주요 이본을 모은 다음, 저본과 대조본을 선정하였다. 저본의 경우 선본이자 완정본이면서 학계에서 이미 인정되고 있는 본들을 감안하여 선정하였다. 대조용 이본은 야담집에 따라 그 수가 일정하지 않은바 최대한 동원 가능한 이본을 활용하되, 이본 수가 많은 경우 중요도에 따라 선별하였다. 다음으로, 저본과 대조이본을 교감하되 저본의 오탈자와 오류는 이본을 통해 바로잡았다. 문제는 양자 사이에 용어나 표현 등에서 차이가 있지만 모두 가능한 경우였다.

이때는 주로 저본을 기준으로 하되 개별 이본의 정보를 주석을 통해 놓치지 않고 반영하였다.(이에 대한 구체적인 사례와 처리 방식은 〈일러두기〉 5번 항목 참조) 그러나 저본과 대조본 사이의 차이를 모두 반영한 것은 아니다. 분명한 오류이거나 불필요한 첨가 부분은 자체 판단으로 반영하지 않았다. 이는 본 연구팀의 교감 기준에 의거했다. 그러나 실로 난감한 지점들도 없지 않았다. 이본 중에는 리라이팅에 가까운 내용들이 첨입되어 있거나 다른 방향으로 이야기를 끌어가고자 하는 사례도 있었기 때문이다. 이런 경우 꼭 필요한 경우만 반영하여 주석에 밝혔다. 이런 교감 과정에서 예상치 못한 상황에 직면하기도 하였다. 일반적으로라면 으레 오자나 오류로 보이는 한자나 단어가 의외로 빈번하게 등장하였다. 이를 무시하려고 했으나 혹시나 하는 마음에 자의와 출처를 다시 확인해 보니 뜻밖에도 해당 문장에 어울리는 경우가 적지 않았다. 독자로서 교감 부분을 따라가다 보면 왜 이런 것들을 반영했을까 싶은 부분이 있을 텐데, 대개 이런 경우이니 유의해 주었으면 한다.

위와 같은 사례나 문제들 때문에 최선의 정본을 확정하는 과정은 참으로 쉽지 않았다. 그럼에도 이를 최대한 반영하고자 노력하였다. 그 결과 해당 야담집의 개별 이본들의 성격이 정본으로 흡수되면서도 어느 정도 자기 색깔을 유지할 수 있게 되었다. 이 20종의 결과물은 다음과 같다.

1책	어우야담(522)	6책	기문총화(638)
2책	천예록(62) 매옹한록(262) 이순록(249)	7책	청구야담(290)
3책	학산한언(100) 동패락송(78) 잡기고담(25)	8책	동야휘집(260)
4책	삽교만록[초](38) 파수록(63) 기리총화(146)	9책	몽유야담(532) 금계필담(140)
5책	계서잡록(235) 계서야담(312)	10책	청야담수(201) 동패(45) 양은천미(36)

*( )는 화소 수

위 가운데 지금까지 원문 교감이 이루어진 사례는 『어우야담』(신익철 외, 『어우야담』, 2006), 『천예록』(정환국, 『교감역주 천예록』, 2005), 『청구야담』(이강옥, 『청구야담 상·하』, 2019)과 『한국한문소설 교합구해』(박희병, 2005)의 일부 작품이 있었다.

이 교감물들은 본 연구에 일부 도움이 되기도 하였다. 그러나 애초 교감의 방식이 다를뿐더러, 동태적 정본화를 구현한 것도 아니었다. 따라서 해당 야담집의 원전 교열은 이 책에서 더 정교해졌다고 자부한다. 이 외의 야담집은 그동안 몇몇 표점본과 번역본들이 나왔지만, 한번도 이본 교감을 통한 정본화가 이루어진 사례는 없었다.

한편 위 열 책의 구성은 대체로 성립 시기 순을 따랐다. 다만 『파수록』 등 일부 야담집은 성립 시기를 확정하기 어렵거나 불확실한 데다, 분량 등을 고려하다보니 온전한 시기 순 편재가 되진 않았다. 이 점 참작하여 봐주기 바란다. 또한 「검녀(劍女)」로 유명한 『삽교만록(霅橋漫錄)』의 경우 개별 화소가 대개 필기적인 성격이어서 전체를 실을 수 없었다. 그래서 불가피하게 야담에 해당하는 화소만 뽑아 초편(抄篇)하였다. 덧붙여 원래 연구팀의 정본화 대상 야담집으로 『박소촌화(樸素村話)』가 포함되어 있었다. 하지만 『박소촌화』는 흥미로운 화소들이 없지 않으나 기본적으로는 필기집에 해당한다. 이런 이유로 이미 교감을 마쳤음에도 이 책에서는 제외시켰다. 그러나 이 때문에 향후 과제가 생겼다. 즉 『박소촌화』류 같은 필기적인 성격이 강하거나 인물 일화적인 내용의 저작을 조선후기 야담의 외연으로 삼아 정리할 필요성이다. 이 또한 방대한 양이다.

이렇게 해서 최종 수록된 야담집은 20종 10책이며, 총 화수는 4천 2백 여 항목이다. 화소 숫자로만 봐도 엄청나다. 그런데 이 숫자는 다소간 진실을 감추고 있다. 순전한 독자적인 이야기수를 가리키는 것이 아니기 때문이다. 이미 기존 연구에서 지적되었고 그 양상이 어느 정도 밝혀졌듯이 하나의 이야기가 여러 야담집에 전재(轉載)되고 있다. 실제 20종 안에 반복되는 공통된 화소의 빈도는 예상보다 높다. 그럼에도 독립된 이야기 화소는 약 1,000개 정도로 상정된다. 또한 좀 더 서사적 이야기군은 300가지 안팎으로 잡힌다. 여기에 다종의 야담집에 빠짐없이 전재됨으로써 자기 계보를 획득한 작품은 150편 내외로 볼 수 있다. 다시 말해 이 150편 조각으로 조선후기 사회현실과 인정세태의 퍼즐은 다 맞춰진다고 보면 될 듯하다.

물론 한 유형이 여러 야담집에 전재된다고 해서 이것을 '하나'로만 볼 수 없다는 점이 조선후기 야담 역사의 중요한 특징이기도 하다. 한 유형의 다양한 전재는 고정된 것이 아니라 리트머스 종이마냥 번져나갔기 때문이다. 단순한 용어나 표현의 차이뿐만 아니라 배경과 서사의 차이로 나가는가 하면, 복수(複數)의 화소가 뒤섞여 또 다른 형태를 구축하기도 하였다. 이런 변화상은 실로 버라이어티하다. 같은 화소가 반복된다 해서 내버릴 수 없는 이유이거니와 오히려 더 주목해 볼 사안이다.

아무튼 이것으로 조선후기 야담과 야담집의 전체상은 충분히 드러났다고 판단된다. 다만 조선후기의 야담이라고 할 때 모두 이 야담집 20종 안에 들어있는 것은 아니다. 야담 중 완성도 높은 한문단편이 집약된 『이조한문단편집』에도 일부 수록되었듯이, 이외의 문집이나 선집류 서사자료, 기타 잔편류에도 흥미로운 야담 작품이 잔존하고 있기 때문이다. 하지만 해당 자료는 야담집이 아니어서 이 책에 반영할 수 없었다. 조만간 이들 잔존 자료들만 따로 수집, 정리하여 부록편으로 간행할 예정이다.

사실 이 연구는 3년 동안의 교감 진행과 2년간의 수정 보완을 거친 결과이지만 그 시작은 2013년 1월부터였다. 그보다 앞선 2007년 동국대학교 대학원 고전문학 수업에서 처음 『청구야담』의 이본 대조를 해 볼 기회가 있었다. 그때 교토대 정선모 박사(현 남경대 교수)를 통해 그동안 학계에 알려지지 않은 교토대 소장 8책본 이본을 입수할 수 있었다. 검토해 보니 선본이었다. 실제로 어떤 차이가 있는지 궁금하여 주요 이본과의 교감을 시작한 것이다. 약 8편 정도를 진행했는데, 이 수업을 통해 『청구야담』 전체에 대한 교감이 절실함을 깨달았다. 그 후 이때 교감을 경험한 대학원생들을 중심으로 2013년 1월부터 『청구야담』의 이본 교감과 정본 확정, 그리고 정본에 의거한 번역을 시작한 것이다. 이 연구를 진행하면서 조선후기 야담집 전체로 확대해야 된다는 점을 명확히 인식할 수 있었다.

이런 과정을 통해 이 책이 나오게 된 것인데, 막상 내놓으려 하니 두려움만 엄습한다. 나름 엄정한 기준과 잣대로 정본의 원칙을 세우고 저본과 이본 설정, 이본 대조와 원문 교감 등을 진행하여 정본을 구축하려 했고, 이 과정에서의 오류를 최대한 줄이려고 했다. 그럼에도 한문 원전을 교감하는 데는 오류의 문제가 엄존한

법이다. 최선의 이본들이 선정된 것인가, 정본화의 방향에선 문제가 없는가, 향후 개별 야담집의 이본이 더 발굴될 여지도 있지 않은가? 활자화 과정 중에 발생하는 오탈자 여지와 표점의 완정성 문제도 여전히 불안을 부추긴다. 그럼에도 질정을 달리 받겠다는 다짐으로 상재한다. 독자제현의 사정없는 도끼질을 바란다.

이 결과물이 나오기까지 많은 분들의 협업과 도움이 있었다. 은사이신 임형택 선생님과 고 정명기 선생님은 좋은 이본 자료를 제공해주셨다. 감사한 마음을 이본의 명칭에 부여한 것으로 대신하였다. 본 사업팀에 공동연구원으로 이강옥 선생님과 오수창 선생님이 함께하였다. 각각 야담문학 전문가와 역사학 전문가로 진행 과정에서 고견을 제시해 주셨다. 이채경, 심혜경, 하성란, 김일환 선생은 전임연구원으로 3년 동안 전체 연구를 도맡아 진행해 주었다. 이들의 노고는 이루 다 말할 수 없을 지경이다. 마지막으로 대학원 과정부터 함께한 동학들을 잊을 수 없다. 남궁윤, 홍진영, 곽미라, 정난영, 최진영, 한길로, 최진경, 정성인, 양승목, 이주영, 김미진, 오경양은 2013년 이후 『청구야담』 교감과 번역에 참여하였고, 일부는 본 사업팀의 연구보조원으로 참여하여 원문 입력과 이본 고찰에 기여하였다. 그리고 이들 모두 최종 교정 작업에 끝까지 함께 하였다. 특히 과정생인 이주현, 유양, 정민진은 교정 사항을 반영하는 일을 도맡아 주어 큰 힘이 되었다. 이들이 없었다면 이 책은 나올 수 없었다. 다행히 이 10여 년의 과정은 우리 모두에게 소중한 경험이자 학문적 자산으로 남게 되었다. 이제 『청구야담』 번역을 마친 우리들은 이 정본을 가지고 『동야휘집』의 번역을 시작할 것이다. 아마도 이 번역은 앞으로 10년은 족히 걸릴 것이다. 이래저래 이 책은 이제 나와 나의 동학들이 동행할 텍스트의 유토피아가 되었다.

끝으로 이제는 진행하기도 어렵고 수지도 맞지 않는 거질의 전집 출판을 흔쾌히 받아 준 보고사 김흥국 사장님과 촉박한 시일임에도 정성스럽게 만들어 준 이경민 대리를 비롯한 편집부 관계자 분들께 미안하고 고맙고 감사하다는 마음을 전한다.

2021년 8월

연구팀을 대표하여 정환국 씀

차례

일러두기

1. 이 자료집은 조선후기 야담집 총 20종을 활자화하여 표점하고, 이본을 교감하여 정본화한 것이다.
    - 해당 20종은 다음과 같다. 『於于野談』, 『天倪錄』, 『梅翁閑錄』, 『二旬錄』, 『鶴山閑言』, 『東稗洛誦』, 『雜記古談』, 『雪橋漫錄(抄)』, 『破睡錄』, 『綺里叢話』, 『溪西雜錄』, 『溪西野談』, 『紀聞叢話』, 『青邱野談』, 『東野彙輯』, 『夢遊野談』, 『錦溪筆談』, 『青野談藪』, 『東稗』, 『揚隱闡微』.
2. 저본과 이본(대조본) 설정 과정은 다음과 같다.
    - 개별 야담집마다 저본을 확정하고 주요 이본을 대조본으로 삼았다.
    - 저본의 기준은 야담집마다 상이한데, 기존의 이본 논의를 참조하여 본 연구팀에서 최종 확정하였다.
    - 이본의 경우, 야담집마다 존재하는 이본들을 최대한 수렴하되 모든 이본을 대조본으로 활용하지는 않고 교감에 도움이 되는 주요본을 각 야담집마다 2~6개 정도로 선정하였다. 이본이 없는 유일본의 경우 다른 자료를 대조로 활용하였다.
3. 활자화 과정은 다음과 같다.
    - 개별 야담집의 저본을 기준으로 활자화하였다.
    - 원자와 이체자가 혼용되었을 경우 일반적으로 활용되는 이체자는 그대로 반영하되, 잘 쓰지 않는 이체자는 원자로 대체하였다.
    - 필사상 혼용하는 한자의 경우 원자로 조정하거나 문맥에 맞게 적절하게 취사선택하였다. 대표적으로 혼용되는 글자들은 다음과 같다. 藉/籍, 屢/累, 炙/灸, 沓/畓, 咤/吒, 斂/歛, 押/狎, 係/繫, 裯/稠, 辨/卞, 別/另, 縛/縛 등
4. 활자화와 표점은 다음과 같은 기준에 의거하였다.
    - 개별 야담집의 권수에 따라 이야기를 나누고 이어지는 작품들은 임의로 넘버링을 통해 구분하였다. 권수가 없는 야담집의 경우 번호만 붙여 구분하였다.
    - 원문의 한자를 최대한 반영하였으나 최종적으로 판독이 불가능한 글자는 ■로, 공백으로 되어 있는 경우는 □로 표시해 두었다.
    - 원문의 구두와 표점은 일반적인 기준에 의거하였다. 문장 구두는 인용문(“ ” ‘ ’), 쉼표(,), 마침표(.?!), 대구(;) 등을 활용하였다.
    - 원문의 책명이나 작품명의 경우 『 』, 「 」 등으로 표기하였다.

• 원주로 되어 있는 부분은 【 】로 표기하여 구분하였다.

5. 정본화 과정은 다음과 같다.
   • 개별 야담집마다 저본과 대조 이본을 엄선하여 교감하되 모든 작품들의 정본을 구축하는 것으로 목표로 하였다. 각 야담집의 저본과 대조본은 해당 야담집의 서두에 밝혀두었다.
   • 저본과 이본은 입력과 이해의 편의를 위해 각 본의 개별 명칭을 쓰지 않고 저본으로 삼은 본은 '저본'으로, 이본으로 삼은 본은 중요도에 따라 '가본', '나본', '다본' 등으로 통일하여 대체하였다. 대조본 이외의 이본을 활용한 경우 '다른 이본'으로 구분하여 반영하였다.
   • 저본을 중심으로 교감하되 이본을 적극적으로 활용하여 가장 이상적인 형태를 구축하고자 했다. 이 과정은 오류를 바로잡은 것에서부터 상대적으로 나은 부분을 선택하는 방향으로 이루어졌다. 그 기준은 다음과 같다.
   ① 저본의 오류가 확실할 때: '~본에 의거하여 바로잡음'
   ② 저본이 완전한 오류는 아니나 이본이 더 적절할 때: '~본 등에 의거함'
   ③ 저본에 빠져있는데 이본을 통해 보완할 경우: '~본 등에 의거하여 보충함'
   ④ 저본도 문제는 없으나 이본 쪽이 더 나을 때: '~본 등을 따름'
   ⑤ 서로 통용되거나 참조할 만한 경우: '~본 등에는 ~로 되어 있음'
   ⑥ 저본을 그대로 반영하면서도 이본의 내용도 의미가 있을 때도 주석을 통해 밝혔음.
   ⑦ 익숙하지 않은 통용된 한자나 한자어가 이본에 있는 경우도 주석을 통해 반영하였음.
   ⑧ 저본과 이본으로도 해결되지 않는 오류는 다른 자료를 활용하여 조정하였음. 이 경우 상황에 따라 바로잡기도 하고, 그대로 두되 주석에서 오류 문제를 적시하기도 하였음.
   ⑨ 기타 조정 사항은 각주를 통해 밝혔음.

기문총화
紀聞叢話

- **저본 및 이본 현황**

저본: 연세대본
가본: 가람문고본
나본: 아동기문본
다본: 버클리대본
라본: 동양문고본(111장)
마본: 동양문고본(99장)
바본: 천리대본
사본: 국립중앙도서관본

卷一

1-1.

光廟嘗不喜一卑官，不欲遷職．累年後[1]內宴，宰樞皆參，上顧見，其卑官亦已金帶矣．心自驚訝，宴罷急令銓曹，考其官實歷以進見，則[2]以淸班[3]除擬而進也．上乃曰："人之貴賤，有命存焉，亦非人主所能爲也!" 銓曹除官，必備三人擬進，光廟[4]或以筆濃蘸墨汁，臨于三人姓名之上，隨其落墨處下點，而或命宮人不解文字者，點出，曰："是亦命也!"

1-2.

成廟鍾愛一王子，多有過制之事，烏府論之．上命召入掌令某，入謁上，使之前，遂書一句而賜之[5]，曰：'世人最愛重陽菊，此花開後更無花.' 其人拭淚而出，未幾，上登遐.[6] 【『五山說林』】

1-3.

判中樞具壽永，以奇技淫巧，慫慂阿附，無所不至，朝野側目．三大將擧事日，聞其結陣於光化門外，渾家痛哭，罔知所爲[7]．有一健奴曰："人之死生，各有其數，何可坐而待死？急具肉食[8]，我當導令公而去，求幸免

---

1) 年後：저본에는 '數年'으로 나와 있으나 가본을 따름.
2) 則：가, 다본에는 '果皆'로 되어 있음.
3) 淸班：다본에는 '淸職'으로 되어 있음.
4) 光廟：다본에는 '上'으로 되어 있음.
5) 之：저본에는 빠져 있으나 가본에 의거하여 보충함.
6) 上登遐：가본에는 '昇遐'로 되어 있음
7) 爲：다본에는 '措'로 되어 있음.
8) 肉食：다본에는 '酒食'으로 되어 있음.

之地.” 乃盛備佳肴美醞, 鞍馬僕從, 畧如常日, 前後呵擁而出. 到軍前, 奴自持軺床, 引坐三大將越邊, 衆人雜坐於三大將之前, 未及見具之來就坐也. 時九月初三日, 三大將達宵露坐飢乏, 中發寒栗外, 逼思食而不敢言. 具奴持饌榼, 以次投進[9], 又以大酌遞進, 諸公不問其出處, 到手輒盡. 至四五遍,[10] 而始問: “此爲誰家之物?” 具奴指具, 而對曰: “乃[11]具公之所賫來也.” 三大將相顧錯愕之際, 奴曰: “今日之會, 此爲大功, 非此則諸公應餒, 何以了大事?” 傍有人, 曰: “此言甚是!” 自此, 得交語, 漸有乘機投策之事, 遂策勳爲君. 史氏曰: “具之罪惡, 浮於任士洪, 而非但免死, 乃能轉禍爲福, 當時三大將處事之疎, 由此而可想見矣.”

1-4.

柳恒齋雲, 爲人曠蕩不檢, 爲時議所不容. 出爲忠淸監司, 「題丹陽郡」一絶, ‘拾盡凶頑石, 平鋪淸淨流. 捕風囚海若, 然後放吾舟.’ 靜菴旣敗, 奸徒傳誦其詩, 疑柳不容於淸議, 而有此詩, 卽薦擢爲憲長. 柳卽日拜命, 經趨禁府, 自門隙招靜菴, 執其手, 而痛哭曰: “豈意至此耶?” 遂論袞·貞之奸且面折矣. 未幾被斥, 歸安城邸舍, 及詞連誣告獄成, 袞等上疏, 搆列黨人姓名, 雲居第一. 及靜庵被殺, 雲自知禍必及己, 縱酒爛腹而卒. 【『竹窓[12]閒話』】

1-5.

洪忍齋暹, 以吏曹佐郞, 往見吏曹參判許洽, 言間頗侵[13]安老, 且曰: “「秦檜傳」, 不可不使見季令公大憲也[14].” 洽愕然曰: “老夫忝公堂上, 醉而

---

9) 投進: 가본에는 ‘進之’로 되어 있음.

10) 至四五遍: 다본에는 ‘三四遍’으로 되어 있음.

11) 乃: 저본에는 빠져 있으나 가본에 의거하여 보충함.

12) 窓: 저본에는 ‘間’으로 나와 있으나 의미상 바로잡음. 이하 인용서책의 오자는 따로 밝히지 않고 수정함.

13) 侵: 저본에는 ‘及’으로 나와 있으나 가, 다본을 따름.

來見，猶之可也，而吾弟旣無分．且是法官之長，或少失禮，則所關非輕，切勿往也!" 因呼洪下人，戒令直還去本家，毋得[15]他往．洪遂辭出，直向沆家，下人不得止之．洽使人探之，果已到矣，洽曰："吾過矣! 使吾下人，勒還本家，則必無此事，大禍今起矣." 急馳馬去，則洪已還矣．洽曰："洪正郞[16]大醉，不省人事." 沆曰："顏色如白玉者，有何醉色? 但無所言耳." 洽曰："外雖如此，其實大醉，雖有所言，何足與較?" 沆不答，洽無可奈何而還．沆夜抵安老家，翌朝獨啓，而鞫之省獄，一日受一百二十杖，氣息將絶，乃流之海島．方未出獄，骨節盡碎，呼吸不出[17]，謂之已死，置之墻下，覆以草席．公亦忽忽[18]似睡，忽聞呼委官聲者三，判府事以[19]下，奔走下迎．公開目視之，乃大偏也．公暗謂，"寧有是理[20]乎?" 其後三十年，公旣入相，以委官坐禁府，其時執杖者，尙在云．史氏曰："人之死生，本在於天．雖有百許沆，其能殺一忍齋乎! 洽之於沆，其可以魯衛視之哉?"

【『寄齋雜記』】

1–6.

宣廟聖智出天，凡邊事規畫，皆自睿斷．備局諸臣，每有下問，以聖教允當覆啓，而政院奉行不及，往往惶恐待罪，故其時語，曰：'惶恐待罪承政院，上敎允當備邊司.'

1–7.

宣廟朝，內官李鳳庭，嘗昵侍龍光，供筆硯間，頗得宸翰模法．李東皐浚

---

14) 使見季令公大憲也: 가본에는 '使大憲季令公見之也'로 되어 있음.
15) 毋得: 다본에는 '勿令'으로 되어 있음.
16) 正郞: 가본에는 '佐郞'으로 되어 있음.
17) 不出: 다본에는 '未發通'으로 되어 있음.
18) 忽忽: 가본에는 '昏昏'으로 되어 있음.
19) 以: 저본에는 '已'로 나와 있으나 가, 다본에 의거함.
20) 理: 저본에는 빠져 있으나 다본에 의거하여 보충함.

慶, 時爲首相, 牌招鳳庭, 責之曰: "汝以內官, 模習御筆, 將欲何爲? 不改, 當有重刑!" 鳳庭大懼, 效松雪體以變之, 宣廟聞而喜焉.

1-8.

貞淑翁主宣廟女, 而東陽尉內也. 嫌其庭狹隘, 告之於上曰: "隣家逼側, 語聲相聞, 簷宇淺露, 無有碍隔, 願得價而買其地." 上曰: "聲低[21]則不聞, 檐隔則不見, 庭何必廣乎? 人之居處, 容膝足矣." 因下蒯簾二部, 曰: "垂此而蔽之, 可也." 翁主不敢加奏.

1-9.

壬辰倭變, 得倭[22]頭一級者, 勿論公私賤許登科, 或有斬飢[23]民頭以要賞者. 嶺南有一斬頭及第縣倅, 設宴以榮之, 人作詩嘲之, 曰: '飢民頭上桂花浮, 紅紙羣中寃血流. 太守慶筵[24]知有酒, 盍分餘瀝慰啾啾.' 【『芝峯類說』】

1-10.

金將軍應河, 字景曦, 鐵原人, 登武科. 嘗遘熱疾將死, 其友人[25]持冷藥, 大呼曰: "子嘗自許死國事, 今因一疾, 寂寞而死, 誰其[26]知之者?" 將軍卽張目, 盡三椀而甦. 戊午, 建奴犯順天府, 將軍以助防將, 仍授宣川郡守, 臨行, 謂軍官曰: "夜夢, 吾首爲賊所斬, 吾將殺賊, 不浪死." 遂佩二弓百箭而行, 諸將以爲怪. 己未臨河之戰, 我軍敗衄, 將軍下馬, 獨依柳樹, 射殺無數而死. 將軍之忠義, 大賊壓營, 衆寡懸殊, 而從容擺陣, 颺旗獨戰, 一奇也. 胡兵未來呼通使, 意在講和, 公終始力戰, 二奇

---

21) 聲低: 가본에는 '低聲'으로 되어 있음.
22) 倭: 다본에는 '敵'으로 되어 있음.
23) 飢: 저본에는 '死'로 나와 있으나 다본을 따름.
24) 筵: 다본에는 '宴'으로 되어 있음.
25) 人: 저본에는 빠져 있으나 가본에 의거하여 보충함.
26) 其: 다본에는 '復'로 되어 있음.

也. 下馬依樹, 示以必死數千之衆, 血戰不降, 三奇也. 手中長劍, 死且不釋, 有若更起殺賊, 四奇也. 方春暖節, 死肉不朽,[27] 怒氣勃勃如生, 五奇也.

1-11.

光海朝, 弘文館書吏金忠烈, 見寵姬金尙宮用事, 人心憤惋上疏. '赫赫宗周, 褒姒滅之, 我朝鮮三百年宗祀, 金尙宮滅之, 臣爲殿下痛哭'等語, 到政院, 論議不一, 終至退却. 忠烈稍解詩律, 自號玉壺. 其子寶鼎[28], 爲掖庭司鑰, 顯廟丙午, 扈駕溫陽, 登武科.[29] 【『公私見聞錄』】

1-12.

權石洲韠, 善詩歌, 落魄不拘節, 傲世不赴擧. 光海辛亥, 設科策士, 進士任叔英, 所對諷論時政, 言甚切直, 考官懼而不敢棄. 光海親覽[30]大怒, 命拔去榜中, 兩司交爭[31]. 韠有詩, 云: '宮柳靑靑鶯亂飛, 滿城冠蓋媚春輝. 朝家共賀升平樂, 誰遣[32]危言出布衣.' 宮柳, 皆[33]指外戚諸柳, 布衣指叔英也. 光海治獄, 搜黃獻[34]家文書, 見此詩惡之, 仍命拿鞫, 刑竄朔方. 出東大門外, 見人家[35]壁上書, '權君更進一杯酒, 酒不到劉伶墳上. 三月將盡四月來, 桃李亂落如紅雨.' 歎曰: "此詩讖也, 吾其死矣!" 勸君之勸字, 書壁者誤書權字者也. 時當三月, 桃花亂落, 遂未赴謫所而死.

---

27) 死肉不朽: 다본에는 '死且不汚'로 되어 있음.
28) 鼎: 저본에는 빠져 있으나 『공사견문록』에 의거하여 보충함.
29) 其子寶鼎……登武科: 저본에는 빠져 있으나 가본에 의거하여 보충함.
30) 覽: 저본에는 '監'으로 나와 있으나 나본에 의거함.
31) 爭: 가본에는 '章'으로 되어 있음.
32) 遣: 다본에는 '遒'로 되어 있음.
33) 皆: 다본에는 '蓋'로 되어 있음.
34) 獻: 저본에는 '瀗'으로 나와 있으나 가, 다본에 의거함.
35) 人家: 다본에는 '隣家'로 되어 있음.

1-13.

許筠, 常幻作無據之事, 每令朝野顚倒. 丁巳回自京師, 曰: "中國有『林居漫錄』, 宗系蒙誣, 如舊不改." 光海大驚, 卽令筠委往申卞, 筠多載貨[36]賄以往, 僞書彼此, 御府文籍定奪[37]回報. 光海以爲大慶, 朝廷遂上尊號. 沈一松喜壽, 知其[38]情狀, 謂同僚曰: "前於己丑已盡昭雪, 今日又卞何事也[39]?" 筠啣之, 搆揑斥, 遂[40]喜壽出門, 賦詩曰: '出門非是棄官歸, 回首江山何處依. 欲買小舟無片價, 傾箱猶[41]有舊朝衣."【『檜山雜記』】

1-14.

光海廢世子, 榁之將死也, 仁烈王后告仁朝曰: "榁之罪, 可生可死, 非婦人所知, 而國之興亡, 在於德之修否. 係於心之操舍, 決於俄頃, 故古有語, 曰: '朝爲天子, 暮求爲匹夫, 而不可得者.' 殿下之操心, 不如今日, 則安知無復有賢於殿下者乎? 前人所爲, 後人所效. 願勿殺榁, 以爲他日保我子孫之計." 仁朝垂玉淚傾聽, 而勳臣·臺臣, 啓請案法, 竟賜死.

1-15.

光海遷濟州, 李延城時昉爲牧使, 申飭廚人, 潔其膳羞以進. 光海喜有異於前也, 曰: "此必受恩於予者也!" 隨往宮人曰: "非也." 光海曰: "汝何以知之?" 宮人[42]曰: "爺爺之黜陟臣僚, 一從後宮毁譽, 此倅若曾曲逕受恩者, 則必將薄待故主, 擬[43]掩前日陰秘之跡, 豈敢致誠如此哉[44]?" 光海

---

36) 貨: 가, 다, 라본에는 '珍'으로 되어 있음.
37) 奪: 저본에는 '李'로 나와 있으나 가, 다, 라본에 의거함.
38) 其: 저본에는 빠져 있으나 가본에 의거하여 보충함.
39) 事也: 저본에는 빠져 있으나 가본에 의거하여 보충함. 라본에는 '誣'로 되어 있음.
40) 遂: 저본에는 '沈'으로 나와 있으나 가, 다, 라본을 따름.
41) 猶: 저본은 판독이 불가하나 가, 다, 라본에 의거함.
42) 宮人: 다본에는 '對'로 되어 있음.
43) 擬: 다본에는 '以'로 되어 있음.
44) 哉: 저본에는 '者'로 나와 있으나 가본을 따름.

知爲時昉，垂淚低頭，羞見宮人．蓋時昉靖社元勳延平貴之子，亦參勳籍，封延城君，而光海朝未霑一命云．

1–16.

仁城君珙，宣朝王子也．因戊辰柳孝立之亂，逡遭禍，諸子皆竄配，及蒙宥還，蟄處畏縮，故不畜牛馬．丙子秋，仁祖頒賜貢馬，愛置槽櫪間，而無馴擾騎載之事．及至臘月十二日，西報猝至，滿城鳥竄，大駕入南漢，仁城君之子海寧君伋，將扈[45]從，而家中只有此馬．乃自韝鞍鉗勒，而前躩後跳，殆不可乘，而事急無可奈何，不得不冒死騎之．旣騎之後，或躩或驟，終能追逐屬車，得入山城．仁朝聞其來，謂羣臣曰："仁城之子，扈從來到，予甚喜之．" 曁還都，首下仁城復官之命，繼有仁城諸子付祿之恩．海寧常謂人曰："人家禍福之至，莫非天數．" 當時吾輩復見天日，皆由此[46]一馬之力也．【『閒溪漫錄』】

1–17.

趙之耘，字耘之．曾於金監司弘郁喪，弔畢而出門，東溟鄭斗卿入來，爲逡巡退讓，東溟立而睨視，曰："爾是何人之子？" 之耘擧親以對，東溟曰："聖上殺金文叔，此爲聖世之累，惜哉！" 蓋其時上密遣掖庭人，看弔喪人，人皆畏不敢弔．東溟故發此，使之聞之．【『晦隱雜識』】

1–18.

魚文貞公世謙，字子益，孝瞻之子也，變甲之孫也．性豪邁[47]，不拘小節，在相位遭艱．成廟以其年老，命食肉，公對客恣啖之，人頗譏之．公聞之，曰："以我爲食肉[48]，爲不可則可，獨處而食肉，對人不食肉，吾未知其是

---

45) 扈: 가본에는 '扈駕'로 되어 있음.

46) 此: 저본에는 빠져 있으나 가본에 의거하여 보충함.

47) 豪邁: 저본에는 빠져 있으나 다본에 의거하여 보충함.

也.” 其時, 金濯纓馹孫, 居喪削弱, 自知滅性, 不待人勸, 而殺鷄而食之, 乃曰: “余在翰林, 嘗書一宰相食肉之非, 不意今日, 身復蹈之.”

1-19.

權栗亭節之始生也, 兩手之八指皆騈, 父母就四指中, 各割開處, 令兩相騈. 稍[49]長, 膂力絶倫, 登文科, 爲弘文校理. 時惠莊王[50]在潛邸, 有大志, 日臨其第, 權佯狂以見其志. 權未冠, 有親族任美女[51]問候, 大夫人擧屋柱, 納其裳, 其女甚悶然. 權[52]妹膂力相等, 擧其柱而拔其裳. 【『於于野談』】

1-20.

朴思菴, 乙酉歲領黃閣, 盧蘇齋守愼·鄭林塘惟吉, 爲左右相, 鄭松江澈·沈聽天守慶, 以原任坐東壁, 五公皆壯元及第. 其時作契, 名曰'政府龍頭會軸'. 松江有詩, 曰: '五學士爲五壯頭, 聲名到我不相侔. 秖應好事無分別, 等謂當時第一流.' 【『五山說林』】

1-21.

成眞逸侃, 字和中, 任之弟俔之兄也. 夢見李提學塏爲龍, 自家攀龍, 飛渡江岸, 草木人物, 皆非世間所覩. 其後未幾, 伯高被誅, 眞逸亦病. 病中作詩, 書之曰: '西風拂嘉樹, 零落發花滋. 我亦一夭物, 王汝來有期.' 翌日而逝.

1-22.

宗室江楊君定[53], 臨終, 折取盆梅一枝, 遮鼻嗅香, 書一絶句, 因不能成

48) 爲食肉: 저본에는 '食肉爲'로 나와 있으나 다본에 의거함.
49) 稍: 다본에는 '及'으로 되어 있음.
50) 莊: 저본에는 '壯'으로 나와 있으나 의미상 바로잡음.
51) 任美女: 가본에는 '任氏女'로 되어 있음.
52) 權: 가본에는 '權公'으로 되어 있음.

字, 令其婿代書之. 詩曰: '年將知命病相催, 屋角悠悠楚些哀. 梅蘂不知人事變, 一枝先發送香來.' 書畢而逝. 公少年鼎貴, 雖不閑於詩律, 臨絶之音, 亦可哀也. 平生酷好琴酒, 亦喜『資治通鑑』, 遺命此三物殉葬, 家造外槨, 遂以玄琴一·張通鑑一·秩酒一大壺, 置其內而埋之.

1-23.

魚贊成有沼之遠祖重翼, 本姓池, 生而體貌奇異, 腋下有鱗甲. 及長, 仕高麗王太祖, 時人咸稱其生[54]鱗非常人也. 王太祖見之, 曰: "汝有鱗甲, 反是人也." 因賜魚姓[55]. 【『東閣雜記』】

1-24.

我朝穆祖兒時, 與樵童六七人, 同至南門外川邊大巖下, 嬉戲, 有大虎咆哮, 欲噉[56]人, 樵軍曰: "吾輩必無盡死之理, 此中當有[57]死食者, 推與之, 可也." 仍各以所着小衣, 投之, 以驗其應食者, 自上至下無一衣見攫者, 至穆祖投衣, 虎立而攫之, 衆樵以穆祖, 推與之. 穆祖不得已直往虎前, 川上大巖, 忽地崩落, 六七樵兒, 無一免者, 穆祖獨免, 而虎亦仍忽不見. 至今有大虎隕石在川中, 亦可異也. 【『完山志』, 卽今寒碧堂前】

1-25.

癸亥反正日, 光海從北門外逃出, 中殿柳氏與[58]數十宮人, 乘夜往後苑, 藏伏魚水堂中. 軍兵圍之數匝者兩日, 柳氏曰: "吾豈隱匿圖生者也?" 使宮人宣言中殿在此, 則宮人輩惶怖不敢出, 有韓姓僕香者, 自請宣言, 乃

---

53) 定: 의미상 '潚'이 되어야 함.
54) 生: 저본에는 '三'으로 나와 있으나 다본에 의거함.
55) 魚姓: 다본에는 '姓魚氏'로 되어 있음.
56) 噉: 저본에는 '瞰'으로 나와 있으나 다본에 의거하여 바로잡음.
57) 當有: 저본에는 '有當'으로 나와 있으나 다본에 의거함.
58) 與: 다본에는 '並'으로 되어 있음.

出立[59]階上，曰："中殿在此矣!" 大將方據胡床，卽起立，而令軍卒稍退其陣．韓又以柳氏意，問曰："主上旣已失國，新主者誰歟?" 大將曰："宣朝大王之孫!" 而不敢言誰某矣．韓以己意，問曰："今日此計爲宗社耶? 爲富貴耶?" 大將曰："宗社幾亡，故吾輩不得不奉新主反正，豈自爲富貴也?" 韓曰："旣以義爲名，則豈可餓殺前王之妃也[60]?" 大將聞此言，卽報至于仁祖，飯供頗厚云．【『公私見聞錄』】

1-26.

五峯李文僖公好閔，字孝彦，延平人，武判書叔琦之曾孫也．少時，與朋儕四五人，會做於僻巷窮舍[61]．一夕，諸友皆歸家，公獨坐讀書，忽有瓦礫砂石，自空亂下，拂面拍衣者無數．公苦之，俛首俯伏，取冊籠以蓋身．須臾，有擊籠作聲者，曰："府院君新來!" 如是者五六聲．蓋勳身正一品職，而新來者，俗稱新及第之號也．公未久擢文科，壬辰策扈聖功，封延陵府院君．【『閒溪漫錄』】

1-27.

天安客舍，有鬼魅來往，公行不得入處．完豊府院君李曙，年少時以宣傳官，賫諭旨，馳赴湖南，夜投本郡客舍．有鬼物開戶視之，還閉門而退，曰："府院君在此，不可入!"【『菊堂俳語』】

1-28.

太虛亭崔文靖公恒旣卒，葬於廣州，今南漢山城下．公夫人有見識，文靖葬後，夫人見山，曰："此是無後之地，宜改葬，而國制禮葬之墓，不敢遷動，吾宜別葬." 自卜於其地十餘里，而卒乃別葬，至今有後云．【『晦隱雜識』】

---

59) 立: 저본에는 '入'으로 나와 있으나 가본을 따름.
60) 也: 저본에는 빠져 있으나 가본에 의거하여 보충함.
61) 僻巷窮舍: 다본에는 '窮巷僻舍'로 되어 있음.

1-29.

魚文孝公孝瞻, 嘗卞論山家地理說之非, 上疏極諫, 明白正大. 世廟[62]問鄭文成麟趾曰: "孝瞻之論, 然矣, 其父母之窆[63], 能不用其法乎?" 麟趾曰: "嘗奉使於咸安, 見孝瞻葬父於家園之側[64], 似非惑於地理者也." 後文孝卒, 子世謙·世恭, 葬於漢津濱, 亦不擇地家法如此云. 【『筆苑雜記』】

1-30.

慶州風水無後餘, 故土狗皆短尾, 俗稱以東京狗, 至今京中, 亦目短尾狗, 曰'東京狗'. 【『晦隱雜記』】

1-31.

浩亭河崙, 字大臨, 晉州人. 素好相人, 謂閔政丞霽曰: "吾相人多矣, 未有如公之二甥者, 吾欲見之, 請公先容." 霽謂太宗曰: "河崙欲見君." 太宗乃見之, 崙遂欣然結交. 後爲[65]靖社·佐命[66]功臣, 配享廟庭. 【『東閣雜記』】

1-32.

廣平大君諱璵, 少時相者言, '法當餓死.' 英廟曰: "予子豈有餓死之理乎?" 盡以東籍田賜之, 遂以籍田移于別所. 大君後因[67]食魚, 魚骨哽[68]喉, 不食而卒. 【『芝峯類說』】

1-33.

琉璃國遣使來, 宴于南別宮. 李判書世佐爲館伴, 蔡仁川壽亞焉. 宴已,

---

62) 世廟: 가, 다본에는 '英廟'로 되어 있음.
63) 窆: 다본에는 '墳'으로 되어 있음
64) 側: 가본에는 '後'로 되어 있음.
65) 爲: 저본에는 빠져 있으나 가본에 의거하여 보충함.
66) 命: 저본에는 '名'으로 나와 있으나 가본에 의거하여 바로잡음.
67) 因: 저본에는 빠져 있으나 다본에 의거하여 보충함.
68) 哽: 저본에는 '硬'으로 나와 있으나 다본에 의거함.

其使謂舌官曰: "判書於相法凶惡, 亞則善." 舌官曰: "判書不獨身顯, 三子皆捷科到要津, 其福罕世, 何以爲凶?" 使默然曰: "非吾知也." 蓋慶陽長大豊碩, 望其貌, 知其爲福人, 聞者皆笑其妄也. 未幾, 慶陽闔門遭禍, 仁川能獲終吉, 方知其善相也. 【『龍泉談寂記』】

1-34.

韓松齋忠, 氣槩豪放, 早有文名, 喜音律, 又能彈琴. 中癸酉壯元, 以弘文典翰, 充奏請使赴京, 聞善卜者, 令譯官問其平生首尾吉凶. 卜者善推數, 只書藏頭體一律, 曰: '少年才藝倚天摩, 手把龍天[69]幾處磨. 石上梧桐將發響, 音中律呂[70]有時和. 口傳三代詩書教, 文起千秋道德波. 皮幣已成賢士價, 賈生寧[71]獨謫長沙.' 後卽被謫[72], 又被告杖死獄中. 平生首尾彷彿如此, 亦可怪也. 【『思齋摭言』】

1-35.

李貳相長坤, 燕山時以校理亡命, 嘗數月一至家, 見其夫人而去. 一日到家, 天向曙不敢入, 隱於家後竹林. 夫人以其過期不至, 疑被死[73], 招巫[74]卜之, 巫言, "不死矣, 影在庭中." 公聞之, 自[75]後不敢再至家. 晩年嘗言, '巫亦非虛云.' 【『芝峯類說』】

1-36.

李鵝溪山海, 遇南師古於八松亭, 班荊坐話, 南西指鞍峴, 東指駱峯, 曰: "他日朝廷必有東西之黨, 駱者各馬也, 其終各散, 鞍者革而後安. 又在城

---

69) 天: 다본에는 '泉'으로 되어 있음.
70) 律呂: 저본에는 '呂律'로 나와 있으나 다본을 따름.
71) 寧: 다본에는 '豈'로 되어 있음.
72) 被謫: 다본에는 '被禍'로 되어 있음.
73) 被死: 다본에는 '其死'로 되어 있음.
74) 巫: 저본에는 '筮'로 나와 있으나 다본에 의거함.
75) 自: 다본에는 '此'로 되어 있음.

外, 其黨多失時, 必因時事之革而後興, 尹斗壽輩, 因値播越之變而興. 又有若干人, 因今上卽位初年而興, 以東爲名, 分而爲南北大小骨肉之號." 其言果驗. 【『於于野談』】

1-37.

沈士進友勝, 朴子龍東亮, 皆在備局司, 論及時事, 子龍曰: "已無可爲者." 士進曰: "君勿憂, 中興其不遠也!" 子龍曰: "何謂也?" 士進曰: "洪延吉宗祿有子, 愚而不識, 一日, 夢占一絶句, 曰: '細雨天含柳色青, 東方吹送馬蹄輕. 太平名官還朝日, 奏凱歡聲滿洛城.' 辛卯冬也. 寄示延吉謫所, 以爲不久當見宥. 延吉叱之, '見瞞何人而爲此說耶云.' 此豈非中興兆耶?" 子龍語延吉曰: "此言然乎[76]?" 答曰: "有之! 文理不長, 故以奏凱, 爲我放還之兆, 而天含字亦未知何意也." 子龍曰: "若論中興功, 此子當爲第一." 延吉亦笑之. 【『寄齋雜記』】

1-38.

曺臣俊公著, 號無悶翁, 家住松都. 申元澤混, 自安州教授拜校理, 承召過松都, 見無悶翁求詩, 卽題贈, 曰: '仙官瑤籍逸羣才, 何事翻然下界來. 騎鶴鞭鸞歸路遠, 五雲多處是蓬萊.' 申辭而去. 無悶更吟一遍, 而驚曰: "此是挽申語也!" 申歸京師, 數月而沒之.

1-39.

金判書時讓, 光海朝謫鍾城, 夢有人贈詩, 記得一聯, '不到觀魚海, 何由見太平.' 莫知其意. 後配寧海, 寓居觀魚堂下, 癸亥反正, 始得北還.

---

76) 然乎: 다본에는 '有之否'로 되어 있음.

1-40.

成文景公石璘[77]，少倜儻有奇節．嘗爲楊伯顔幕下禦倭，失律當刑，假寐有人言曰："公着蒿冠，無憂也!" 公解曰："以蒿裹頭，不祥甚矣." 竟貸死除名，後爲首相，曰："吾夢蒿冠者，乃高官也."【『筆苑雜記』】

1-41.

李校理首慶，初謫穩城時，夢受香如差祭官，及放還，乃一千八日也．香字千八日也，是其應也．金典翰弘度初生，其考僉知魯，夢有人使[78]命，其名曰'歸甲'，以爲小字．及長，遂魁蓮桂，人以爲魁甲之應也．戊午謫甲山而卒，歸甲之應如驗．其時，金虯亦謫慶源，而小字乃宜慶也，人怪之．【『鯸鯖瑣語』】

1-42.

崇禎丙子之亂，金自點爲都元帥，領兵在外．嘗使南斗柄斥堠將，丁丑正月十五日，師次楊根，忽以他人代之，召斗柄語曰："曉夢爾大人乞余，今日改汝斥堠．覺來心不安，故以他人代之矣." 斗柄泣曰："今月，是吾父戰亡之月!" 蓋其父忠壯公，曾於丁卯之亂，死節於按州也．是日代斗柄者，果遇賊死．斗柄後官至參判兼御營大將．【『閑溪漫錄』】

1-43.

成慵[79]齋俔，少時出遊郊園，途中歇馬，臨溪而坐．俄有，一客騎驢隨之至，亦憩溪邊，而各進朝餉．客之僕開袱進兩器，一器盈赤蝌蚪溢，一器烹小兒爛熟．俔甚驚，客勸俔喫其半，俔甚惡之，辭曰："食不曾慣." 俔異之，問其童曰："客何許人?" 僮曰："不知." 曰："何時從遊?" 曰："自天寶

---

77) 璘: 저본에는 '磷'으로 나와 있으나 『필원잡기』에 의거하여 바로잡음.

78) 有人使: 저본에는 공란으로 되어 있으나 『후청쇄어』에 의거하여 보충함.

79) 慵: 저본에는 '傭'으로 나와 있으나 『어우야담』에 의거하여 바로잡음.

十四年至今, 不知幾何歲月.” 曰[80]: “所食兩器何物也?” 曰: “其一器紫芝也, 其一器人蔘也.” 俔大驚. 客乃騎驢而去, 謂僮曰: “今日當踰鳥嶺.” 揮鞭而過[81], 遂不知所[82]向. 俔歸家怳若有失, 仍識其所遇者, 乃呂眞人也. 蓋天寶十四年, 乃[83]呂眞人胎化之秋也. 【『於于野談』】

1-44.

南袞爲「柳子光傳」, 甚有功恩, 於史禍一節, 模寫如畵, 可謂曲盡情態矣. 有人題詩曰: ‘畢竟肺腑誰得似, 不知自作傳中人.’ 【『芝峯類說』】

1-45.

沈判書諮, 年過八十, 經回졸與回榜. 長子光洙逸承旨, 次光泗官典籍, 有孫七人, 中文科者五人, 內外子孫合七十餘人. 約爲花樹契, 各於初度日設酒肴, 奉壽於前, 殆無虛月, 或一朔中疊行. 世傳以爲盛事.

1-46.

閭巷間有玩好之物, 而被人側竊, 則咀呪法以怵之, 往往還置故處. 任斯文義伯, 爲黃海監司時, 所佩銀粧刀及銀盃, 見偸, 疑下人輩[84], 所見偸至於冠帶, 焚香親自呪祝[85], 聞者鄙之. 代任爲監司者辭朝, 南參判老星, 以一絶[86]題扇面, 以贈曰: ‘銀杯須密藏, 粧刀佩亦堅[87]. 焚香冠帶祝, 無若季方然.’ 【『菊堂俳語』】

---

80) 曰: 저본에는 ‘而’로 나와 있으나 다본에 의거함.
81) 過: 저본에는 ‘邁’로 나와 있으나 다본에 의거함.
82) 所: 저본에는 ‘遂’로 나와 있으나 다본에 의거함.
83) 乃: 저본에는 빠져 있으나 다본에 의거하여 보충함.
84) 下人輩: 다본에는 ‘小人輩’로 되어 있음.
85) 呪祝: 다본에는 ‘咀呪’로 되어 있음.
86) 以一絶: 다본에는 ‘作詩’로 되어 있음.
87) 堅: 다본에는 ‘緊’으로 되어 있음.

1-47.

俗傳, 金富軾·鄭知常齊名, 一時不相能. 鄭爲金所殺, 爲[88]陰鬼, 富軾一日咏小春詩, 曰: '柳色千絲綠, 桃花萬點紅.' 鄭鬼批富軾頰, 曰: "千絲萬點, 孰數之? 爲何不曰'柳色絲絲綠, 桃花點點紅'?" 軾如側, 鄭鬼拗閬, 問曰: "何物皮[89]閬乎?" 金徐曰: "汝父鐵閬乎?" 色不變, 亦敢害, 後竟爲不免焉. 【『松溪漫錄』】

1-48.

方進士運, 身短而髯長. 黃大成鉉, 戱之曰: "君之運字, 是孟子'可運於掌上'之運." 方應聲曰: "是莊子'大鵬運於南溟'之運." 時人以爲善對云[90]. 【『太平閑語』】

1-49.

金乖崖守溫, 爲兵曹正郞, 卽有一人姓金者爲佐郞. 乖崖嘗語金曰: "吾善相人, 子之相法爲壽." 金喜曰: "試言之." 乖崖曰: "秘法[91]何可浪傳? 若設勝宴, 少可敷陳." 金果設宴會同僚, 語乖崖曰: "先生許我壽相, 何惜一辭乎?" 乖崖曰: "先生已享之壽, 已過五十, 吾是以爲壽相. 先生未享之壽, 吾何得知之[92]?" 滿座皆笑. 【『太平閑語』】

1-50.

戶曹正郞金順命, 禮曹正郞朴安性, 相與友善. 禮曹淸而戶曹富, 朴每有求於金, 以爲本曹供饋之資. 一日, 朴使又至, 金乃叱曰: "無物可給, 何不取吾腎閬而喫之也?" 使歸告朴. 時金吉通爲禮曹參判, 乃金之[93]父也.

88) 爲: 다본에는 '作'으로 되어 있음.
89) 物皮: 저본에는 빠져 있으나 다본에 의거하여 보충함.
90) 云: 저본에는 빠져 있으나 다본에 의거하여 보충함.
91) 秘法: 다본에는 '秘記'로 되어 있음.
92) 之: 저본에는 빠져 있으나 다본에 의거하여 보충함.

朴於是, 乃報金曰: "貴[94]曹胥閬, 欲以進堂上, 可急送." 金不敢出[95]一言, 俯首而已.

1-51.

鄭松江澈, 善詼諧. 壬辰之亂, 車駕駐平壤, 松江嘗與柳西崖·許岳麓筬·李坡谷誠中諸人, 會于練光亭, 遙見賊火明滅於[96]松樹, 銃聲不絶. 西崖泣曰: "吾輩死生, 只在朝夕, 此會未必非永訣." 松江曰: "不然, 畢竟同歸于盡, 何謂永訣?" 西崖拭淚而笑, 曰: "新亭之上, 豈可無淸談乎?" 【『寄齋雜記』】

1-52.

朴判書啓賢, 晩年植稚松于庭, 客笑之曰: "栽松作亭, 世皆笑之, 植此何爲?" 公戱[97]曰: "我死後作棺材." 客乃曰: "其時我當[98]爲弔客." 有木工從傍進, 曰: "棺則小人願造成之." 公大笑. 【『芝峯類說』】

1-53.

李洪男有辯才, 任參議輔臣, 爲掌樂正時, 任有子名曰'克', 或云: "克字不佳." 洪男曰: "樂正子名克, 是何不佳[99]之有?" 又有安姓人者, 有賤產求名, 洪男命之曰'印法', 聞者絶倒. 【上仝】

1-54.

鄭磌[100]與朴判書忠侃, 同榻做業. 同[101]入場屋, 忠侃倡改題, 試官不許,

---

93) 金之: 다본에는 '其'로 되어 있음.
94) 貴: 저본에는 '所'로 나와 있으나 다본에 의거함.
95) 出: 저본에는 빠져 있으나 가본에 의거하여 보충함.
96) 於: 저본에는 빠져 있으나 가본에 의거하여 보충함.
97) 戱: 다본에는 '笑'로 되어 있음.
98) 當: 저본에는 빠져 있으나 다본에 의거하여 보충함.
99) 佳: 다본에는 '可'로 되어 있음.

忠侃曰: “鄭於大同江上, 作此[102]文.” 試官招鄭問之, 磧曰: “生果作之而忘之, 朴忠侃能記之, 請招問忠侃.” 試官曰: “若果作之, 何若之忘, 而忠侃能[103]之記耶?” 磧曰: “生作而棄之, 忠侃書而誦之, 故生則忘之, 忠侃則記之.” 試官及擧子, 皆大笑, 聲聞一場. 【『於于野談』】

1-55.

柳上舍克新, 字汝健, 少時倜儻, 負氣豪放. 白振民, 大諫惟讓之子也, 戲訪柳曰: “君與柳色新第幾親?” 柳應聲曰: “色新系渭城, 吾系文城, 自不相涉, 未知白遊衢與汝父第幾親?” 白無以答, 聞者絶倒. 蓋白遊衢者街路名, 而遊與惟, 讓與羊, 衢與狗, 俗音同也. 【『芝峯類說』】

1-56.

天使朱之蕃[104], 爲詩浩汗, 不事精鍊, 飮量甚寬. 其「遊蠶頭」詩, 押泓字, 人戲之曰: ‘浩浩詞源同鄭協, 恢恢酒量似兪泓.’ 蓋兪議政泓善飮, 鄭參判協爲詩務多神速, 故也. 鄭公聞而慍, 曰: “何以比余於朱天使耶?” 人答曰: “然則換作, ‘酒量恢恢同鄭協, 詞源浩浩似兪泓.’” 蓋鄭善飮, 而兪亦喜[105]詩而不甚工也. 聞者齒冷. 【上仝】

1-57.

坡潭子尹繼善, 希宏之子也, 春年之孫也. 於龍灣眷一娥, 臨別有詩, 曰: ‘眼高箕院無佳麗, 腸斷龍灣有別離.’ 因剪其髮以贈之, 余謂, ‘宜改斷腸龍灣爲斷髮龍灣.’ 申判書點聞之, 曰: “此斷髮文身也.” 聞者大笑. 【上仝】

---

100) 鄭磧: 『어우야담』에는 ‘鄭碃’으로 되어 있음. 이하의 경우도 동일함.
101) 同: 저본에는 빠져 있으나 다본에 의거하여 보충함.
102) 此: 저본에는 빠져 있으나 다본에 의거하여 보충함.
103) 能: 저본에는 빠져 있으나 다본에 의거하여 보충함.
104) 蕃: 저본에는 ‘番’으로 나와 있으나 라본에 의거하여 바로잡음.
105) 喜: 라본에는 ‘善’으로 되어 있음.

1-58.

崔參判惠吉, 新得美妾, 以時同副承旨, 久鎖直不得出, 懇乞遞直於右承旨趙公纘韓, 趙曰: "令公餉我柿餠, 則當許之." 崔卽通于家, 蒸熟柿餠而[106]來, 趙不能飮, 而喫餠旣盡. 俄而, 漏局人告申時, 院吏唱, "右令公出!" 崔曰: "今日許我脫直, 而令監違約出去, 何也其[107]無信之甚耶?" 趙曰: "令公[108]之柿餠小矣." 院中絶倒. 【『菊堂俳語』】

1-59.

張斯文仲仁, 謁[109]李判書景魯, 言及卜妾事, 公曰: "某人有女, 頗美云, 君[110]可亟圖之, 恐爲疾足者之先得." 張曰: "大監爲中人父." 公曰: "是何言也? 不敢當, 不敢當!" 蓋俗以謂媒者中人父, 而與張名音同, 故也. 【上仝】

1-60.

嶺南儒生成汝信·金泰始·白見龍, 年皆踰[111]七十, 而猶不廢擧[112], 赴監試覆試, 三人聚首, 白髮交輝. 有一少年, 過而揖, 曰: "座中闕一, 敢問其故?" 蓋指謂四皓也. 成汝信答曰: "其一卽君之祖父, 而捐世已久, 君尙[113]不知耶?" 少年愧服[114], 擧場撲手. 【上仝】

---

106) 而: 저본에는 빠져 있으나 가, 다본에 의거하여 보충함.
107) 也其: 저본에는 빠져 있으나 가본에 의거하여 보충함.
108) 令公: 다본에는 '令監'으로 되어 있음.
109) 謁: 나본에는 '見'으로 되어 있음.
110) 君: 나, 다본에는 '子'로 되어 있음.
111) 踰: 저본에는 빠져 있으나 다본에 의거하여 보충함.
112) 擧: 다본에는 '科'로 되어 있음.
113) 尙: 저본에는 빠져 있으나 다본에 의거하여 보충함.
114) 愧服: 다본에는 '退步'로 되어 있음.

1-61.

趙復興胖, 有其姑, 爲脫脫丞相夫人也[115]. 幼時[116]從姑, 養於脫脫氏, 脫脫敗, 公與所幸美人及一小官, 避禍于[117]本國, 中路, 小官謀於公曰: "吾三人逃禍至此, 若有疑而問之者, 是机上肉. 又美人同行, 且[118]駭人見, 不如割愛以圖存[119]也." 相與言議, 而美人亦英敏, 乃言曰[120]: "魚與熊掌, 不可兼得, 不可以妾之故駢首就戮也." 泫然泣下, 設小酌, 相與訣別於街路. 二人策馬兼程, 行百六七里許, 公悲念美人不已, 寸步不能進, 其意欲還導美人, 更敍情也. 小官曰: "不須公往, 奴當致公意而還也." 公曰: "諾." 小官往見,[121] 美人已[122]墮樓而絶, 解其指環而歸, 給公, 曰: "兒女之不可信如此! 業不知何處去.[123]" 方與二官員, 設酒唱歌, 畧無愧色[124], 可鄙之甚也. 公亦唾之之矣[125]. 旣到[126]鴨綠江, 始[127]道美人[128]墮樓之事, 出指環與之, 公痛哭幾絶. 到本國, 娶妻生子五人, 俱顯位至勳相, 猶終身悼念, 每遇忌日, 輒[129]流涕而祭之. 【『靑樓別談』】

1-62.

李判書世佐之夫人某氏, 成廟罪廢尹氏之時, 公以承旨, 持藥而去, 其夕

---

115) 也: 저본에는 빠져 있으나 나본에 의거하여 보충함.
116) 幼時: 저본에는 '故幼'로 나와 있으나 나본을 따름.
117) 于: 저본에는 빠져 있으나 나, 다본에 의거하여 보충함.
118) 且: 저본에는 '又'로 나와 있으나 나본을 따름.
119) 圖存: 나본에는 '圖生'으로 되어 있음.
120) 曰: 저본에는 빠져 있으나 나본에 의거하여 보충함.
121) 小官往見: 나, 다본에는 '乃往見之'로 되어 있음.
122) 已: 저본에는 빠져 있으나 나, 다본에 의거하여 보충함.
123) 業不知何處去: 저본에는 빠져 있으나 나본에 의거하여 보충함.
124) 愧色: 나본에는 '掛意'로 되어 있음.
125) 矣: 저본에는 빠져 있으나 다본에 의거하여 보충함.
126) 旣到: 나, 다본에는 '及渡'로 되어 있음.
127) 始: 저본에는 '俱'로 나와 있으나 나본을 따름.
128) 美人: 저본에는 빠져 있으나 나본에 의거하여 보충함.
129) 輒: 저본에는 빠져 있으나 다본에 의거하여 보충함.

還家, 夫人問曰: "朝廷論廢妣不已, 畢竟何如?" 公曰: "今日已賜死矣!" 夫人愕然起坐, "坐傷哉! 吾子孫其無遺類乎! 毋旣無罪而被殺, 子豈無報復他日乎?" 至燕山甲子, 而公之子守貞被殺, 公亦爲東市之斬. 夫人先見, 實非常人所及也. 【『松窩雜說』】

1-63.

妓女紫洞仙, 才貌冠絶, 宗室永川君定嬖之. 君嘗寵靑郊月, 旣而, 移愛紫洞仙. 適往松都, 都有靑郊驛紫洞仙, 徐達城居正, 以詩贈行, 曰: '靑郊楊柳傷心碧, 紫洞烟霞滿意[130]濃.' 君大喜, 於衆中誦此詩, 誇之. 張翰林寧, 奉使本國, 每宴必目洞仙,[131] 眞傾國姿色. 後金天使湜, 遊濟川亭, 紅妓滿前, 問曰: "張翰林常稱貴國紫洞仙, 誰也?" 禮官誣指他妓, 金曰: "非也! 果此人, 則[132]張公必不稱也." 禮官不敢隱, 以馹騎索洞仙[133]於永川第而來, 金笑曰: "此眞其人!" 【『靑坡劇談』】

1-64.

論介者, 晉州官妓也. 癸巳當城陷之日, 介凝粧盛服, 立于矗石樓下峭巖之巓, 其下萬丈直入波心. 倭見而悅之, 皆莫之近, 獨一倭將[134]挺然直進, 論介笑而迎之, 倭將誘而[135]引之, 論介抱持其將, 直投于潭, 俱死. 壬辰之亂, 官妓之遇倭不見辱而死者, 不可勝記, 非止一論介, 而多失其名. 彼官妓也, 淫娼也, 不可以貞烈稱, 而視死如歸, 不辱於賊, 可嘉也.[136] 【『於于野談』】

---

130) 意: 라본에는 '地'로 되어 있음.

131) 每宴必目洞仙: 나, 다본에는 '亦曰紫洞仙'으로 되어 있음.

132) 則: 저본에는 빠져 있으나 나본에 의거하여 보충함.

133) 洞仙: 나, 다본에는 '之'로 되어 있음.

134) 將: 저본에는 빠져 있으나 가본에 의거하여 보충함.

135) 而: 저본에는 '以'로 나와 있으나 나, 다본을 따름.

136) 非止一論介……可嘉也: 나본에는 '而至於介妓, 非但不見辱, 爲國忠心, 極爲可喜矣'로 되어 있음.

1-65.

柳希春, 自號眉菴, 爲南平縣監, 白休菴仁傑, 宰茂長之時, 適得[137]宋圭菴麟壽爲方伯, 三人相得歡甚. 圭菴心眷扶安妓, 而[138]不與之通, 以情[139]繾綣, 只載而隨行, 每邀[140]召茂長·南平, 恒同遊處, 一道人謂之'三差備'云. 宋公瓜滿, 將餞于礪山, 二人及妓隨之, 宋公曰: "政愛此人[141]之巧慧, 一年同席不及亂者, 實恐其死故[142]也." 妓卽[143]指前山衆塚, 曰: "果然也! 彼累累塚[144]皆我夫也." 蓋怨辭也. 一座大噱. 【『巴人識小錄』】

1-66.

沈相國聽天堂守慶, 少時, 美風儀, 解音樂. 嘗寓淸原家外廳, 秋夜月午, 從蓮池彈琴, 有一宮女, 年少多姿, 自內而出, 相國延之上座, 女曰: "妾獨守空房, 自內望見君風儀, 在眼[145]心常慕之. 今[146]聞雅琴, 調韻甚高, 敢冒出而拜, 願聞一曲." 相國[147]弄以[148]數調, 携琴而出, 自此, 不復寓其室. 其女思想在心, 終病死.[149]

1-67.

金庾信, 鷄林人, 事業赫赫, 布在國史. 爲兒時, 母夫人日加嚴訓, 不忘交遊. 一日, 寓宿女隷家, 其母面數之, 曰: "我已老, 日夜望汝, 成長立

---

137) 適得: 저본에는 빠져 있으나 가, 다본에 의거하여 보충함. 나본에는 '適値'로 되어 있음.
138) 而: 저본에는 빠져 있으나 가본에 의거하여 보충함.
139) 以情: 저본에는 빠져 있으나 나본에 의거하여 보충함.
140) 邀: 저본에는 '撽'로 나와 있으나 나, 다본에 의거하여 바로잡음.
141) 人: 나본에는 '妓'로 되어 있음.
142) 故: 저본에는 빠져 있으나 다본에 의거하여 보충함.
143) 卽: 저본에는 '皆'로 나와 있으나 다본을 따름.
144) 塚: 저본에는 '者'로 나와 있으나 나본을 따름.
145) 在眼: 저본에는 빠져 있으나 나본에 의거하여 보충함.
146) 今: 나, 다본에는 '又'로 되어 있음
147) 相國: 나본에는 '相公'으로 되어 있음.
148) 以: 저본에는 빠져 있으나 나본에 의거하여 보충함.
149) 其女思想在心, 終病死: 나본에는 '其女想思不已, 病枕未起云'으로 되어 있음.

功名爲親榮，今汝與屠沽兒遊戱淫房酒肆耶?" 呼泣[150]不已，公卽於母前，自誓不復過其門．一日，被酒還家，馬解舊路，誤至[151]娼家．女[152]且忻且怨，垂淚出迎，公旣醒斬馬，棄鞍而返[153]，女作怨詞一曲傳之．東都有天官寺，卽其塚也．李相國公升，嘗赴東都，作詩曰：'寺號天官昔有緣，忽聞經始一凄然[154]．多情公子遊花下，含怨佳人泣馬前．紅鬣有情[155]還識路，蒼頭何事漫加鞭．惟餘一曲歌詞妙，蟾兎同眠萬古傳.' 天官卽女號也.

1-68.

南袞嘗爲黃海監司，鍾愛海州妓，還[156]到金郊驛，謂主倅曰："必以妓追別之到驛亭." 待之不來，公[157]終夜無寐，吟一絶，書壁上，曰：'葉走空庭窣窣鳴，誤驚前夜曳鞋聲．旅窓孤枕渾無寐，半壁殘燈翳復明.'

1-69.

有一老兵使，得少妓酷愛之，罄庫而需妓．瓜滿遞還，與妓別于驛亭，把手以泣，衫袖盡濕，而妓目不淚.[158] 妓之父母，從兵使背後，自掩其面，爲涕泣之狀，以敎妓．妓年尙幼者，不解嬌情而泣，且無情雖欲泣而目不淚．父母攝衣招出之，父母戒且責之，曰："使道罄營庫爲爾起家，爾爲木石人也，[159] 何無一點淚相送?" 因捽毆之，妓大哭，使之入，兵使見妓泣而益泣，曰："爾勿泣，見爾泣，[160] 我益慽矣．爾勿泣，爾勿泣!"

---

150) 呼泣: 저본에는 '號'로 나와 있으나 나본을 따름.
151) 至: 나본에는 '入'으로 되어 있음.
152) 女: 저본에는 '兒'로 나와 있으나 나본에 의거함.
153) 返: 나본에는 '歸'로 되어 있음.
154) 凄然: 나본에는 '悽然'으로 되어 있음.
155) 有情: 나본에는 '無心'으로 되어 있음.
156) 還: 다본에는 '旣遞'로 되어 있음.
157) 公: 저본에는 빠져 있으나 나본에 의거하여 보충함.
158) 而妓目不淚: 나본에는 '妓無一點淚'로 되어 있음.
159) 爾爲木石人也: 나, 다본에는 '爾非木石'으로 되어 있음.

1-70.

扶安妓桂生，工詩善謳彈，號梅窓，以選上京，貴遊[161]子弟莫不邀致，爭先與之酬唱．一日，柳斯文塗往訪之，金·崔兩姓以狂俠自負者，已先在座．桂生設酌，以待半醺，三人皆[162]注目欲挑之．桂生笑而擧令，曰："諸君各誦風流場詩，以助一歡．至如'玉臂千人枕，丹唇萬口香．爾身非刀劍，何遽[163]斷剛腸．'且'足舞三更月，衾生一陣風．此時無限味，惟有兩人同'等詩，乃是賤隷走卒之誦，不足傾耳．[164] 若有傳誦前所未聞，合[165]於我心者，當與一歡．"三人曰："諾．"金生誦金命元七言絶句，曰：'窓外三更細雨時，兩人心事兩人知．歡[166]情未洽天將曉，更把羅衫問後期．'崔繼吟[167]沈喜壽七言絶句，曰：'抱向紗窓弄未休，半含嬌態半含羞．低聲暗問[168]相思否，手整[169]金釵乍點頭．'桂生曰："前詩太拙，後詩差拙[170]，而手段俱低，皆未足聽．凡律詩，詩之精者，而七言近體，響韻意趣俱難，吾當取其難．"而金遂[171]唱鄭子堂七言律，曰：'年纔十五窈窕娘，名滿長安第一坊．蕩子恩情深似海，花長[172]威令嚴如霜．蘭窓日晏朝粧急，松峴風高夕履忙．相別每多相見少，陽臺[173]雲雨惱襄王．'崔曰："此詩雖佳，尤[174]有佳於此詩者．"仍誦[175]高霽峯'立馬沙頭別故遲'之句，桂生曰："此

---

160) 見爾泣: 다본에는 '爾勿泣'으로 되어 있음.
161) 貴遊: 나본에는 '貴家'로 되어 있음.
162) 皆: 나본에는 '相與'로 되어 있음.
163) 遽: 다본에는 '劇'으로 되어 있음.
164) 不足傾耳: 나본에는 '何足取哉'로 되어 있음.
165) 合: 저본에는 '當'으로 나와 있으나 나, 다본을 따름.
166) 歡: 라본에는 '新'으로 되어 있음.
167) 吟: 저본에는 '鳴'으로 나와 있으나 가본을 따름.
168) 問: 저본에는 '聞'으로 나와 있으나 나, 다, 라본을 따름.
169) 整: 라본에는 '弄'으로 되어 있음.
170) 拙: 저본에는 '妙'로 나와 있으나 나본을 따름.
171) 遂: 나, 다본에는 '乃'로 되어 있음.
172) 花長: 라본에는 '丈夫'로 되어 있음.
173) 臺: 저본에는 '襄'으로 나와 있으나 나, 다, 라본에 의거함.
174) 尤: 저본에는 '又'로 나와 있으나 나본을 따름.
175) 誦: 저본에는 '謂'로 나와 있으나 나본을 따름. 다본에는 '嘯'로 되어 있음.

詩眞是魯衛以下, 詩雖有清光風韻, 亦不足動人耳[176].”因顧謂柳曰:“此間子獨無吟乎?”柳曰:“我本無文, 但有[177]嫪毒貫輪之才耳.”桂生微哂, 崔咈然曰:“子雖有長才, 今日之事, 當行詩令.”金頗有自矜之色, 顧謂左右曰:“一律可以壓倒諸詩.”卽朗吟鄭之升七言律, 曰:‘秋色[178]已曙莫言長, 促向燈前[179]解繡裳. 獨眼微開睛吐氣, 兩胸纔[180]合汗生香. 脚如螻蟈翻波急, 腰似蜻蜓點水忙. 强健向來心自負, 愛娘深淺問娘娘.’桂生吟咏稱意, 柳曰:“諸君所誦皆是已陳, 蒭狗何足刮目? 我當自[181]占新詩一律, 立幟於今日席上.”遂令桂娘呼韻, 應聲而對,‘探春豪士氣昂然, 翡翠衾中結好緣. 撑去玉莖雙脚屹, 貫來丹穴兩弦圓. 初看嬌眼渾如霧, 更覺長天小似錢. 這裡若論滋味別, 一宵高價直金千.’桂生咏[182]歎曰:“不料尊公臨此陋地也! 習[183]聞公狂心猶未已, 白馬又黃昏之詩[184], 仰[185]慕者久矣, 今幸遇之.”乃酌進一杯, 曰[186]:“若使眼如霧·天似錢, 則其價豈獨千金而止哉? 向者, 諸公許多所[187]吟, 不直一勺冷水.”金崔皆憮然退去.

【『續古今笑叢』, 洪奉事萬宗著】

1-71.

壬辰之亂, 兵曹佐郎李慶流, 爲防禦使從事官, 戰敗死於尙州. 其兄慶濬武將也, 領大軍, 防守順安. 適値忌辰, 淸齋獨坐, 忽聞帷壁間有哭聲,

---

176) 耳: 저본에는 빠져 있으나 나, 다본에 의거하여 보충함.
177) 有: 저본에는 빠져 있으나 나본에 의거하여 보충함.
178) 色: 나, 다, 라본에는 '宵'로 되어 있음.
179) 前: 나본에는 '下'로 되어 있음.
180) 纔: 나본에는 '終'으로 되어 있음.
181) 自: 저본에는 빠져 있으나 다본에 의거하여 보충함.
182) 咏: 나본에는 '吟'으로 되어 있음.
183) 習: 나, 다, 라본에는 '曾'으로 되어 있음.
184) 詩: 나, 다본에는 '句'로 되어 있음.
185) 仰: 저본에는 '幸'으로 나와 있으나 나, 다, 라본에 의거함.
186) 曰: 저본에는 빠져 있으나 다, 라본에 의거하여 보충함.
187) 所: 저본에는 '小'로 나와 있으나 라본에 의거함.

曰: "兄氏,[188] 吾來!" 審之, 則慶流魂也. 慶濬哭而問曰: "爾自何來?" 對[189]曰: "吾死後, 欲訪吾兄所居, 兵衛甚盛, 迫不敢近. 今兄靜處, 故[190] 乘間而來." 曰: "爾死何地? 骸體亦在何處?" 曰: "兵敗之日, 堇抽身於[191]亂兵中, 埋伏草莽. 翌日, 步上山寺, 路遇倭而見殺." 兄曰: "爾可以往來于吾兄弟之間, 勿往父母之傍, 恐益疚其懷也.[192]" 曰: "然. 吾亦不忍使父母知之." 自此, 往來于兄弟之家, 家中事, 無不言之, 諄諄如平日者, 三年不止. 【『於于野談』】

1-72a.

河修撰應臨, 甫十歲, 以奇童稱,[193] 少年登第, 名聲昌[194]溢. 嘗送客西郊, 有詩曰: '草草西郊別, 春風酒一杯. 青山人不見, 斜日獨歸來.' 當時以'山中相送罷, 日暮掩柴扉', 並稱, 而識者知其延命不久, 未幾沒. 其友人遠遊湖外, 日暮歸到青坡, 忽於橋邊遇應臨,[195] 問寒暄, 因托家事而去, 歸問, 應臨死已葬矣云爾[196].

1-72b.

任賓客絖, 從昭顯世子入燕京, 病逝. 其子允錫, 爲開寧縣監, 忽一日, 公儼然來坐衙軒[197], 一家驚倒. 其言語動止, 宛如常日, 去時, 謂其子曰: "自[198]冥府界我以按察之任, 今適過此, 父子之情, 生死何間[199]?

---

188) 兄氏: 가본에는 '兄主'로 되어 있음.
189) 對: 저본에는 빠져 있으나 나본에 의거하여 보충함.
190) 故: 저본에는 빠져 있으나 나본에 의거하여 보충함.
191) 於: 저본에는 빠져 있으나 나본에 의거하여 보충함.
192) 恐益疚其懷也: 나본에는 '或恐驚動添疚'로 되어 있음.
193) 以奇童稱: 나본에는 '人稱才奇'로 되어 있음.
194) 昌: 저본에는 '正'으로 나와 있으나 나본을 따름.
195) 忽於橋邊遇應臨: 나본에는 '忽逢應臨於橋邊'으로 되어 있음. 다본도 유사함.
196) 云爾: 저본에는 빠져 있으나 나본에 의거하여 보충함.
197) 衙軒: 나, 다본에는 '衙內'로 되어 있음.
198) 自: 저본에는 빠져 있으나 나본에 의거하여 보충함.

果[200]欲見汝而來." 仍招僮僕, 謂之曰: "汝等盡心主家之事[201], 毋或怠慢!" 促[202]其夕飯以進, 則[203]半餉, 使之撤去, 曰: "神食氣以[204]飽, 非如生人也." 坐語移時, 起去, 數步之外, 不見其形云. 【『菊堂俳語』】

1-73.

金英公之岱, 「題義城館」詩, 曰: '聞韶公館後園深, 中有危樓百尺餘. 香風十里捲珠簾, 明月一聲飛玉笛. 烟輕柳腰[205]細相連, 雨霽山光濃欲滴. 龍荒[206]折臂甲枝郎, 仍按憑軒尤可惜.' 當時膾炙人口. 後十年樓火於兵, 板隨而亡,[207] 後又數十年, 有一按廉到縣, 索金詩甚急, 邑人無如之何. 時縣倅吳某有一女, 曾與約婚於張宰相之子, 而吳携與之任, 女發狂亂語, 忽詠出金詩. 邑人大喜, 錄呈按廉. 此[208]詩, 至今懸在壁上. 【『東人詩話』】

1-74.

權文順公弘, 嘗一夜夢, 見[209]一老翁, 俯伏從訴, 曰: "洪宰相幾滅[210]吾族, 願公救之." 又[211]曰: "洪宰相必欲與相公同行, 相公苟辭之, 洪公亦不行, 是再生恩也." 旣而, 有叩門聲驚覺, 問之, "洪令公今日欲[212]燒鰲

---

199) 何間: 나본에는 '何關'으로 되어 있음.
200) 果: 저본에는 빠져 있으나 나본에 의거하여 보충함.
201) 主家之事: 나, 다본에는 '事主'로 되어 있음.
202) 促: 저본에는 '急'으로 나와 있으나 나, 다본을 따름.
203) 則: 저본에는 빠져 있으나 나본에 의거하여 보충함.
204) 以: 저본에는 '而'로 나와 있으나 나, 다본을 따름.
205) 烟輕柳腰: 나본에는 '烟軒柳色'으로 되어 있음.
206) 荒: 라본에는 '藏'으로 되어 있음.
207) 後十年樓火於兵, 板隨而亡: 나본에는 '其後危樓入於兵火, 題詩懸板亦不知何處落去'로 되어 있음.
208) 此: 저본에는 빠져 있으나 라본에 의거하여 보충함.
209) 見: 저본에는 빠져 있으나 다본에 의거하여 보충함.
210) 幾滅: 다본에는 '將殲'으로 되어 있음.
211) 又: 저본에는 '老翁'으로 나와 있으나 다본을 따름.
212) 欲: 저본에는 빠져 있으나 다본에 의거하여 보충함.

於箭串, 請相公同之, 以此來耳." 公[213]以爲老人必鰲也, 辭以疾, 洪聞之, 亦果撤行云. 【『青坡劇談』】

1-75.

申文忠叔舟, 少時, 赴謁聖試, 與友人同往成均館, 見路中一物, 張口上唇着於天, 下唇接於地. 同行惶怖却步, 就他路而行, 叔舟直入兩唇中, 有青衣童子拜, 而言曰: "願從措大遊, 惟所持使." 叔舟頷之. 自此, 童子隨叔舟不少離, 遂捷魁科. 凡有吉凶, 莫不先事而言及, 其死也, 童子泣而辭去, 未幾而卒. 【『於于野談』】

1-76.

成處士聃壽, 字眉叟; 成靜齋聃年, 字仁[214]壽, 皆仁齋禧之子, 文肅公瑢之曾孫也, 俱以文雅著名. 兄弟娚妹十餘人, 父母亡, 三年之喪畢, 會兄弟分財, 見物之有色者, 則曰: "與某." 奴之有實者, 則曰: "與某." 其破碎罷劣者[215], 則曰: "此父母之意也, 我其爲之!" 以妹李廷堅之妻無家, 又欲以本宅與之, 諸弟固諫, 家舍傳之長子, 眉叟[216]曰: "均是父母之子, 我不獨有家也." 卽出所有綿布, 爲廷堅買家之資. 一門之內, 人無間言. 【『青坡劇談』】

1-77.

車軾, 號頤齋, 松都人, 其母在松都, 患帶下症積時, 試藥不效.[217] 時軾以直講, 差恭靖王園寢典祀[218]官, 爲其松都不遠, 將仍之歸覲也. 至園

---

213) 公: 저본에는 '權'으로 나와 있으나 다본을 따름.
214) 仁: 저본에는 '耳'로 나와 있으나 의미상 바로잡음.
215) 者: 저본에는 빠져 있으나 가본에 의거하여 보충함.
216) 叟: 저본에는 '壽'로 나와 있으나 가본에 의거함.
217) 試藥不效: 가, 다본에는 '百藥無效'로 되어 있음.
218) 祀: 저본에는 '祠'로 나와 있으나 가, 다본에 의거함.

寢，別致誠意，沐浴蠲潔，凡粢盛饌品，無不躬自監臨．禮旣畢，歸臥齋房假眠，有宮人傳呼曰："殿下將引見!" 軾整衣冠而進，有一袞衣王者，御殿閣，軾拜伏階下，王若曰："向者，饗祀多不潔，予不欲歆之，今爾盡誠禮，予用嘉之[219]．聞爾家有憂，錫汝良藥." 軾拜稽而退，蘧然而覺，心甚[220]異之．歸向松都，道中有一大鵬，攫一大魚，盤旋[221]於中天，又有一大[222]鵬，爭搏墜之．軾令拾取，卽鰻鱧魚，卽治帶下第一藥也．軾大喜，歸而試服，母病卽瘉．至誠所感，移忠於孝，可嘉也．【『於于野談』】

1-78.

鷺渚李相國陽元，字伯春，完山人．嘗爲平安監司[223]，嘗出巡，謂夫人曰："此地練光亭，景致絶勝，宜與庶尹內室，一往見之，而旣到名亭，則妓樂不可無." 又謂其妾曰："汝亦陪往!" 相公畢巡還營，聞夫人只[224]與庶尹內室同會，而妾稱病不往．公[225]心疑之，詰問家人，審知妾於是日，自擇善琴歌妓，獨娛於別所[226]．乃召而責之，曰："汝之不往，必嫌於衆中，汝亦爲似[227]夫人侍者，而屈禮於庶尹內室也，且夫人張樂，而汝何敢別做於一會也? 長此不已，必亂吾家." 卽爲放出．【『公私見聞錄』】

1-79.

李正厚基，全義人，淸江濟臣之孫，而吏曹參判行進及副學行遇之父也．兩子俱顯於朝，而管束之無異奴隷，而[228]常時禁酒嚴．一日，某宰佩酒[229]

219) 之: 다본에는 '焉'으로 되어 있음.
220) 甚: 저본에는 빠져 있으나 다본에 의거하여 보충함.
221) 旋: 저본에는 빠져 있으나 가본에 의거하여 보충함.
222) 大: 저본에는 빠져 있으나 다본에 의거하여 보충함.
223) 平安監司: 나본에는 '箕伯'으로 되어 있음.
224) 只: 저본에는 빠져 있으나 나본에 의거하여 보충함.
225) 公: 저본에는 빠져 있으나 나본에 의거하여 보충함.
226) 別所: 나, 다본에는 '別室'로 되어 있음.
227) 汝亦爲似: 저본에는 '爲'로 나와 있으나 나본에 의거함.
228) 而: 저본에는 빠져 있으나 다본에 의거하여 보충함.

來, 副學與之飮. 公[230]聞之, 使奴招副學, 至則捽入, 將杖臂, 某宰乞寢, 踵副學而至, 閽者入告, "某宰乘軺至入門矣!" 公大聲曰: "吾子違吾言, 故吾杖之, 某宰獨無父乎?" 其宰大駭, 不敢入, 從外還去. 先輩嚴束子弟[231], 如此.

1-80.

市北南政丞以雄, 字敵萬, 宜寧人, 忠簡公智之後也. 有孫, 娶於李同知茂春家. 新婦將謁公姑[232], 以服飾甚奢, 南公不受其禮, 使改服以見. 南公素饒富見稱, 而其能遵法度嚴束子孫, 如此.

1-81.

厖村黃翼成公喜, 字懼夫, 長水人, 世宗朝爲首相三十餘年. 喜怒未嘗一見於言, 而遇奴僕, 未嘗加以箠楚, 所幸侍婢, 與小奴戲謔甚狎, 公見輒笑. 嘗語曰: "奴僕彼亦天民, 豈合[233]虐使之也?" 嘗獨步園中, 隣有狂童投石, 梨方熟, 零落滿地, 公大聲呼僮, 狂童謂, "必拏吾輩去也." 驚懼皆走, 入暗中潛聽, 侍童[234]至, 則曰: "將柳器來, 則將梨以[235]與隣童!" 竟無一言也[236]. 李文康公石亨, 壯元及第, 直拜正言, 投謁於公, 公出『綱目通鑑』一帙, 命文康書題目. 俄而, 有惡婢持小饌, 倚公座, 俯視文康, 因謂公曰: "將進酒乎[237]?" 公徐曰: "姑安之." 婢更倚立良久, 厲聲曰: "何遲遲也?" 公笑曰: "進之." 既進之, 則有小僮數輩, 皆繿縷跣足, 或踏

---

229) 酒: 가본에는 '壺'로 되어 있음.

230) 公: 저본에는 '正'으로 나와 있으나 다본을 따름. 이하의 경우도 동일함.

231) 子弟: 다본에는 '子侄'로 되어 있음.

232) 公姑: 가본에는 '舅姑'로 되어 있음.

233) 合: 다본에는 '可'로 되어 있음.

234) 侍童: 다본에는 '侍婢'로 되어 있음.

235) 則將梨以: 다본에는 '拾而'로 되어 있음.

236) 也: 저본에는 빠져 있으나 다본에 의거하여 보충함.

237) 酒乎: 저본에는 빠져 있으나 가본에 의거하여 보충함.

公衣，或挽公鬚，盡攫其饌而食之，且毆公．公曰：“痛矣痛矣!”小兒者，皆奴僕之子也．【『靑坡劇談』】

1-82.

尹文憲公子雲，字望之，茂松人，文度公淮之孫，桐軒紹宗之曾孫也．爲咸鏡道體察使，至安邊，聞李施愛殺節度使康孝文，凶徒響應，公倍道至咸興．是夕，賊又作亂，殺監司申㴐[238)]，尋移兵抵公所，排闥露刃環庭者如堵．公整衣冠端坐，言笑自若，賊懼而退，嘯聚之徒，恣行胸臆．公在圍中者數日[239)]，處之泰然，迄不動心，賊悔之，或有周旋左右爲公地，卒全身而還．【『筆苑雜記』】

1-83.

尙友堂許忠貞公琮，字宗卿，陽川人，梅叟愭之曾孫，野堂錦之四代孫也．自少沈毅，嘗於行路，未有顧見[240)]左右，凝然若沈思者，或至迷道．嘗結同儕讀書，偸兒入其室，盡將衣屨去，諸伴莫不懊恨，公怡然不以爲意，取筆書壁上，曰：‘旣奪吾衣兮，宜吾鞋之莫偸．旣奪衣又偸鞋兮，竊爲盜先生不取也.’ 識者始服其量．及釋褐，爲軍器直長，有日食[241)]，上疏論時事，凡六語多批鱗．上趣召內閤，摘疏中語，佯加威怒，以試之曰：“予無十旬不返，以麵代犧之失，爾何以予比於夏康·梁武?”命力士[242)]捽下，以圓杖杖之，傍侍股栗．上又取匣劍，橫膝上，令曰：“見吾劍拔盡匣，即令行斬!”徐徐拔出，霜刃照人，閃閃垂盡．力士方挾斧鑕，目其劍以待之，公猶不變色，對隨問無錯．上還納匣劍，曰：“眞壯士也!”自是，大奇之，終至大用．【『龍泉談寂記』】

---

238) 㴐: 저본에는 '晒'으로 나와 있으나 의미상 바로잡음.
239) 數日: 가본에는 '七日'로 되어 있음.
240) 未有顧見: 저본에는 '未嘗見'으로 나와 있으나 다본을 따름.
241) 日食: 다본에는 '日蝕'으로 되어 있음. 서로 통함.
242) 力士: 다본에는 '武士'로 되어 있음.

1-84.

丁恭安公玉亨[243), 字嘉仲, 羅州人, 月軒壽崗之子也. 爲直學時, 於道中逢一使酒者, 謂執鞚者, "曾搏[244)己!" 曳其髮, 批頰無數. 其執鞚者, 雖見曳而猶不釋鞚, 丁公隨其鞚者見曳, 而或東或西, 良久[245)而終不怒. 使酒者力疲乃解, 去五六步, 復來拜於馬前, 曰: "大[246)人當作政丞云." 公竟唯唯而不問.

1-85.

柳司諫忠寬, 高興人, 英密公淸臣之後也, 判書申公濟之甥也. 新婚不多日, 柳判書辰同弱冠時, 訪忠寬于判書家, 方營室掘土成坎, 黃汚實其中. 辰仝俠氣多膂力, 一揖之後, 不交一言, 抱持忠寬, 投之黃汚中. 擧家大駭之, 忠寬不變色, 出坎而笑, 辰同握手稱謝, 曰: "眞吾友也!" 遂爲莫逆之交. 【『於于野談』】

1-86.

明廟時, 大司憲趙公士秀, 與[247)沈相國連源, 同入經筵, 趙公啓曰: "領相沈連源, 營造妾家, 極其宏奢, 至施丹雘, 極其[248)不便." 沈相拜辭, 曰: "趙士秀之言, 正中臣失." 明廟[249)慰諭. 及其退出, 沈相笑, 謂趙公曰: "微公之言, 吾過益重矣." 還家盡洗其[250)丹雘. 時論韙之.

---

243) 亨: 저본에는 '享'으로 나와 있으나 의미상 바로잡음.
244) 搏: 가본에는 '縛'으로 되어 있음.
245) 良久: 다본에는 '如是者半餉'으로 되어 있음.
246) 大: 저본에는 '夫'로 나와 있으나 가, 다본에 의거하여 바로잡음.
247) 與: 저본에는 빠져 있으나 가, 다본에 의거하여 보충함.
248) 其: 가, 다본에는 '爲'로 되어 있음.
249) 明廟: 가본에는 '上'으로 되어 있음.
250) 其: 저본에는 빠져 있으나 가, 다본에 의거하여 보충함.

1-87.

宣廟御經筵，領相盧守愼，與修撰金誠一入侍，金公建白[251)]，“領相盧守愼，受人貂皮作長衣，豈意守愼有此事耶?” 守愼遜席謝罪，曰: “金誠一之言，是矣. 臣之老母多病，每於冬節，不能耐寒，果求貂皮於族人邊帥，以給老母矣.” 宣廟[252)]兩美，曰: “大臣臺諫俱得其體，予甚嘉焉.” 盧相素與金公相切，自此，益加敬重. 此乃祖宗朝美事，故記之. 【『竹窓閑話』】

1-88.

素閑堂柳孝靖公廷亮，字士龍，全州人，全陽永慶之孫也. 有器量才幹，嘗納伶官孫某女爲妾，而非其願也. 鄭公致和，時居臺職論劾之，柳公子參判淰，與鄭公相遇，輒避之不見. 一日，鄭公往拜柳公，柳公命參判出見，屢促而後始出，柳公戒之，曰: “吾實犯科，鄭公之論當矣. 鄭門不以私寃中人，故視我無異於昔，吾何有憾? 自今往來如舊，勿復介意.” 參判不敢違，遂相友如初. 人服柳公爲長者，鄭公益加敬重焉. 【『公私見聞錄』】

1-89.

朴掌令啓榮，於丁丑下城後，見金公尙憲不出仕，以不韙之目彈論. 而後金淸陰之孫壽興長地部，朴臺之子信圭爲郎官，意金公不欲相對，托病不出，金公曰: “於私意雖不相交，豈以吾家私讐廢朝家揀用之人乎?” 勸之出仕，與同事.

1-90.

光海朝，倖門大開，後宮用事，人家奴婢之叛主，投入者相續. 東陽尉申翊聖奴崔奇男，有能詩名，自號黽谷，爲一時文人所嘗譽. 一朝叛其主，

---

251) 建白: 가본에는 '啓曰'로 되어 있음.
252) 宣廟: 가본에는 '上'으로 되어 있음.

而投屬辛昭媛房. 仁廟反正後, 奇男還謁本主申公, 申公曰: “使奴叛其主者, 當時君上之過也. 是以失國, 豈可追責於一賤隷哉?” 奇男無異平昔, 少無幾微色.

1-91.

李判書溟, 字子淵, 完山人, 樑之孫也. 爲戶判時, 任參判義伯爲郎廳[253], 有淸將來, 索珍品倭劍, 李公使任督市人覓納, 屢日始得一劍以進, 則李公受而藏之私室. 又令更進一口, 市人大以爲怨, 任亦疑駭[254], 妄加醜詆於衆會之處, 而[255]不敢違, 更得一口而進, 大不及於前者. 公命遺淸將, 淸將喜而受之. 未幾, 淸皇[256]帝求寶劍甚急, 李公以前日所藏者出給, 仍笑曰: “郎官今又辱我乎?” 蓋先料其必有淸帝之求, 而藏之也[257]. 在[258]官府, 或爲人所換, 仍留私室以[259]待之. 其料事揣情, 非凡人所及. 【『閑居漫錄』】

1-92.

朴文肅公錫命, 順天人, 靖厚公可興之子也. 少時, 與恭靖王同衾而寢, 錫命夢見黃龍在其傍, 顧視之, 則上也. 由是奇之, 友益篤. 及上卽位, 錫命寵遇[260]隆極, 十年爲知申事, 陞知政丞府事, 兼判六曹, 近代人臣無比. 其爲承旨時, 上曰: “誰人代君任喉舌?” 錫命[261]曰: “朝臣無可者, 惟承樞府都事黃喜, 眞可人也.” 上遂用, 未幾, 代朴公爲承旨, 終爲名臣. 世人謂之朴公知人. 【『慵齋叢話』】

---

253) 郎廳: 다본에는 ‘郎官’으로 되어 있음.
254) 疑駭: 가본에는 ‘怨之’로 되어 있음.
255) 而: 다본에는 ‘亦’으로 되어 있음.
256) 皇: 저본에는 빠져 있으나 가본에 의거하여 보충함.
257) 也: 저본에는 빠져 있으나 가본에 의거하여 보충함.
258) 在: 가본에는 ‘置’로 되어 있음.
259) 以: 저본에는 ‘而’로 되어 있음.
260) 寵遇: 나본에는 ‘寵愛’로 되어 있음.
261) 錫命: 가본에는 ‘對’로 되어 있음.

1-93.

趙文節公元紀, 字理之, 靜菴叔父也. 微時, 與鄭盧菴希良交深, 希良爲翰林, 元紀[262]往訪之留而共宿. 至翌日, 名宦達官, 呼韻[263]塞路者, 不可勝記. 客去, 希良曰: "名流訪我者繼踵[264], 子之心艶彼乎?" 曰: "日寒如此, 抱關者[265]猶勝我, 況彼金馬玉堂士耶!" 曰: "子無艶彼, 特朝露耳. 若子者, 窮四十, 達四十, 壽在其中矣." 未幾, 元紀渡漢江, 船敗淪水底, 忽思希良之言, 曰: "康節豈欺我哉[266]?" 因散髮直截水底, 瞑目而[267]行達于彼[268]岸, 而不覺其陸也. 路人怪之, 曰: "彼手足行者何人?" 遂開目視之, 已涉沙平阮矣. 後四十始[269]達, 官至贊成, 壽亦過八十. 【『於于野談』】

1-94.

兪提學孝通, 善文章兼詼諧. 嘗在集賢殿, 諸公論作詩工夫, 兪曰: "古人以詩在[270]三上, 尤可以屬思, 馬上·廁上·枕上也. 余則不然, 在三中." 諸君子曰: "何爲[271]也?" 曰:[272] "閑中·醉中·月中也." 諸君子笑曰: "君之三中, 果尤於三上耳." 【『筆苑雜記』】

1-95.

世宗初設宗學, 聚宗親讀書. 順平君年過四十, 不識一字, 始讀『孝經』, 而學官教開宗明義章第七字, 君尙不能讀, 曰: "僕今老鈍, 只受二字足

---

262) 元紀: 다본에는 '公'으로 되어 있음.
263) 韻: 가본에는 '謁'로 되어 있음.
264) 繼踵: 다본에는 '相繼'로 되어 있음.
265) 者: 저본에는 빠져 있으나 다본에 의거하여 보충함.
266) 哉: 저본에는 빠져 있으나 다본에 의거하여 보충함.
267) 而: 저본에는 빠져 있으나 다본에 의거하여 보충함.
268) 彼: 저본에는 '海'로 나와 있으나 가본에 의거함.
269) 始: 저본에는 빠져 있으나 가, 다본에 의거하여 보충함.
270) 在: 저본에는 빠져 있으나 라본에 의거하여 보충함.
271) 爲: 저본에는 빠져 있으나 라본에 의거하여 보충함.
272) 曰: 저본에는 빠져 있으나 라본에 의거하여 보충함.

矣.” 遂於馬上讀之不撤, 又謂僕從曰: “汝亦不忘‘開宗’二字[273], 以備吾窘.” 臨死, 聚妻子, 呼讀曰: “死生至大, 豈不關心? 但永離宗學, 是大快也.” 【『慵齋叢話』】

1-96.

李知事自[274]堅, 字子固, 星州人, 愛妓待佳期. 嘗拜江原監司, 將行, 妓以一破扇贈之, 周朞遞來, 不改他扇, 畢境只手破扇竹數箇而已. 人見[275]爭笑, 李公曰: “諸公勿笑, 此眞能中庸之道者也.” 曰: “何也?” 曰: “不云‘得一善, 則拳拳服膺而勿失’乎?” 聞者絶倒, 蓋善者[276]扇同音故也. 【『思齋摭言』】

1-97.

有尹斯文者, 善戲謔. 嘗曰: “黃致身·黃保身·黃守身, 羯鼓兄弟, 言面廣而中央細也. 申孟舟·申仲舟·申叔舟·申松舟·申末舟, 瓦甕兄弟, 言上下尖而腰[277]腹大也. 崔衡·崔萍·崔恒, 稱鑼鐃兄弟, 言上尖而下廣也. 楊汀·楊沚·楊洄, 錐子兄弟, 言上廣而[278]下尖也.” 其後, 世以趙彦秀·趙士秀, 爲腰鼓兄弟, 亦言兩面廣而中央細也.

1-98.

金繼輝, 字重[279]晦, 姜克誠伯[280]實, 鄭磏[281]景舒[282], 洪天民達可, 俱以

---

273) 二字: 저본에는 빠져 있으나 가본에 의거하여 보충함.
274) 自: 저본에는 ‘子’로 나와 있으나 나본에 의거하여 바로잡음.
275) 人見: 저본에는 ‘聞者’로 나와 있으나 나본에 의거함.
276) 者: 나본에는 ‘與’로 되어 있음.
277) 腰: 저본에는 ‘摟’로 나와 있으나 가, 나, 다본에 의거함.
278) 而: 저본에는 빠져 있으나 가, 나, 다본에 의거하여 보충함.
279) 重: 저본에는 ‘仲’으로 나와 있으나 의미상 바로잡음.
280) 伯: 저본에는 ‘子’로 나와 있으나 의미상 바로잡음.
281) 磏: 저본에는 ‘磺’로 나와 있으나 의미상 바로잡음.

丙戌生，四人爲稧．克誠家在南門外蓮池邊，四人[283]乘月而會，家甚貧，酒肴酸薄．洪天民[284]曰："吾[285]願得一日産一犢[286]之牛．" 鄭曰："吾願得不釀自生[287]之甕．" 克誠曰："吾願得不衣不食之妾．" 一時皆以爲三絶，金繼輝有詩，曰：'風流姜子實，蘊藉洪達可．景舒亦能此，惟我獨無[288]也．' 【『於于野談』】

1-99.

鄭公芝衍之爲相也，鄭松江按湖南節，辭於鄭相，曰："目今南徼多，戎事甚殷，某以白面書生，豈任方面之重乎[289]?" 鄭相曰："議者皆以死節許公，公以苦節，何往不可?" 松江笑曰："功名富貴，相公爲之，獨以苦士之節，委一鄭澈，澈何堪之?" 時[290]以爲名言矣云[291]．【『五山說林』】

1-100.

曺判校彦亨，昌寧人．嘗爲端川郡守，姜木溪渾，爲咸鏡監司[292]，曺與監司姜，少時[293]竹馬交，旣長亦不衰．曺性嫉惡好善，不能與世低仰，由銓郎至執義，屢跲屢起．嘗見姜在廢朝燕山所爲，時憤嫉不置．丁卯戊辰年間，在端川，聞姜按節，卽到郡，遂治行具，戒家人，備濁酒一桶．日將暮，以紺色直領，曳巨履，率一妓携酒桶，直詣上房，呼曰："渾之【渾字也】

282) 舒：저본에는 '瑞'로 나와 있으나 의미상 바로잡음. 이하의 경우도 동일함.
283) 四人：저본에는 빠져 있으나 나본에 의거하여 보충함.
284) 洪天民：나본에는 '洪'으로, 라본에는 '繼輝'로 되어 있음.
285) 吾：저본에는 빠져 있으나 라본에 의거하여 보충함.
286) 犢：저본에는 '牘'으로 나와 있으나 나본에 의거함.
287) 生：나본에는 '湧'으로, 라본에는 '生酒'로 되어 있음.
288) 獨無：라본에는 '無才'로 되어 있음.
289) 乎：저본에는 빠져 있으나 나본에 의거하여 보충함.
290) 時：나, 다본에는 '人'으로 되어 있음.
291) 矣云：저본에는 빠져 있으나 다본에 의거하여 보충함.
292) 咸鏡監司：나본에는 '北伯'으로 되어 있음.
293) 少時：나본에는 '素與'로 되어 있음.

何在?" 姜聞其聲, 急起開門, 迎謂曰: "吾在此!" 極有欣慰之色, 曺就坐, 未寒暄, 先曰: "天寒, 子可飮乎?" 姜自取大杯飮之, 而無肴, 曺亦自酌, 而連飮三杯. 曺曰: "前日所爲, 狗彘不若, 僕欲貽書絶交久矣. 朋友之情, 猶有戀戀, 只欲一見, 大責後絶之也. 今日相見矣, 我當明日去矣." 更飮一杯, 又連酌三杯, 姜低首無所言, 但垂涕[294]而已. 明日, 曺果棄官而去, 曺卽南溟先生之父也. 其義激之風, 蓋有所自云爾. 【『寄齋雜記』】

1-101.

李延陵好悶, 嘗鑷白, 漢陰李公德馨謂曰: "公位至崇品, 復何所望而去白耶?" 延陵曰: "非有他意也. 漢法至重, 殺人者死, 白髮好殺人, 故不得不除." 漢陰大笑. 【『涪溪記聞』】

1-102.

酒隱金忠翼公命元, 字應順, 慶州人, 千齡之孫, 萬鈞之子也. 少時, 落魄於花柳間, 嘗眄一娼, 娼爲宗室某妾, 每夜踰墻相從. 一日夜, 爲[295]宗室所縛, 事甚急[296], 公兄慶元爲掌令, 聞知公遭禍, 卽馳往, 則門閉不得入. 掌令大呼, 排門而入, 曰: "我乃金慶元, 吾弟氣豪無檢, 得罪於左右, 罪固當死. 死無足惜, 方占式年初試, 實學甚精, 必捷文科, 左右以義氣, 聞於一國, 何忍以一女子, 殺一才子乎?" 宗室素豪俠好義節[297], 下階迎[298]之, 曰: "吾[299]不料佳秀才有是事!" 卽令解縛置酒, 酒酣謂曰: "君若登今科, 我當以是妾奉君." 公果擢甲科, 三日遊街之時, 詣[300]宗室家, 謝

294) 垂涕: 나본에는 '流涕'로 되어 있음.
295) 爲: 저본에는 빠져 있으나 가, 나, 다본에 의거하여 보충함.
296) 急: 나, 다본에는 '迫'으로 되어 있음.
297) 節: 가, 나본에는 '卽'으로 되어 있음.
298) 迎: 저본에는 '命'으로 나와 있으나 가, 나본을 따름.
299) 吾: 나, 다본에는 '某'로 되어 있음.
300) 詣: 나, 다본에는 '謁'로 되어 있음.

其意, 宗室遂以其妾歸之. 其女後爲靈川尉所眄, 以罪流義州, 公方鎖直弘文館, 遽出餞于郊[301], 爲臺諫所彈. 公任放如此. 【『紫海筆談』】

1-103.

夏亭柳文簡公寬, 字敬夫, 文化人, 麗朝名臣公權之六世孫也. 性[302]廉方正直, 雖位極人臣, 每居[303]茅屋一間, 布衣芒鞋, 澹如也. 公退之暇, 敎誨不倦, 摳衣坌集, 有來頷之而已. 不問姓名, 公之宅在興仁門外, 時開史局於金輪寺, 寺在城內, 公領修史. 嘗以軟帽杖屨而行, 不煩輿馬, 或携冠童, 嘯咏往來, 人服其雅量. 嘗霖雨經月, 屋漏如麻, 公手傘庇[304]雨, 曰: "顧無傘之家, 何以能堪[305]?" 夫人曰: "無傘之家, 必有所備." 公笑之. 【『筆苑雜記』】

1-104.

西平韓文靖公繼禧, 字子順, 領相尙敬之孫, 柳巷脩之曾孫, 西平府院君繼美之弟, 上黨府院君明澮之再從兄也. 一門富貴赫然, 而公氷蘗自守, 家計凉薄, 朝夕菜糲, 老而愈勵. 一門設宗[306]會於上黨, 第一座咸曰: "西平年紀已高, 家道窘艱, 盍思所以處之?" 上黨曰: "此吾之責也." 遽呼兒取紙筆來, 成一卷列書, 諸親在座之名, 上敍公淸簡之德, 次述一門不能奉公之失, 末言微物不足稱情之意, 遂以興仁門外鼓巖下楮田種十石者, 獻之. 公牢讓不受, 上黨以下, 且起且拜, 齊聲共贊, 勢不中止然後, 始受之. 老少咸起舞, 扶醉夜還, 可謂一門忠厚之風矣. 【『寄齋雜記』】

---

301) 郊: 가본에는 '郊外'로 되어 있음.
302) 性: 저본에는 '公'으로 나와 있으나 나본을 따름.
303) 每居: 저본에는 빠져 있으나 나본에 의거하여 보충함.
304) 庇: 나본에는 '避'로 되어 있음.
305) 堪: 나본에는 '堪耐'로 되어 있음.
306) 宗: 저본에는 '門'으로 나와 있으나 가본을 따름.

1-105.

李翼平公克培，字謙甫，廣州人，忠僖公仁孫之子，遁村集之曾孫也．素有淸望，其弟克墩，每[307]以貪婪取譏．一日，相公造弟克墩家，入門見廡下有熟痲新索延掛於短墻之上，公却立[308]而問曰："此索來於何處?" 克墩不敢[309]隱，直告曰："司僕寺官員有相知者，使用洗踏而送來．" 公怒曰："司[310]僕之索[311]，當係司僕寺[312]之馬，何爲掛汝之庭乎?" 遂乘軺不顧而去．太史公曰："祖宗朝宰相之淸潔[313]如此，生民安得不富? 庶倉廩安得不豊溢乎?"【『松窩雜說』】

1-106.

鄭新堂鵬，海州人，性淸簡，不樂[314]仕宦於朝，除靑松府使，赴任臥治．成昌山希顔，少與相善，時爲領相，通書相訊，因索[315]栢子及[316]淸蜜，鄭答書曰："栢在高嶺頂上，蜜在民間蜂筒，爲太守者，何由得之?" 昌山愧謝．

1-107.

鄭校理鵬，居善山，以淸節自守．時柳子光貪婪，自恣氣焰傾朝，公以表親之故，雖不廢問候之禮．婢子必以熟索堅縛[317]其臂，着署而送之，返則解之，欲其[318]覺痛，急往急來，不使遲留於彼家也．公之入直，擧家絶食，

---

307) 每: 저본에는 빠져 있으나 나본에 의거하여 보충함.
308) 却立: 나본에는 '退步'로 되어 있음.
309) 敢: 가본에는 '能'으로 되어 있음.
310) 司: 저본에는 '寺'로 나와 있으나 가본에 의거함.
311) 索: 가본에는 '繩'으로 되어 있음.
312) 司僕寺: 나본에는 '本寺'로 되어 있음.
313) 之淸潔: 저본에는 빠져 있으나 나본에 의거하여 보충함.
314) 樂: 나본에는 '好'로 되어 있음.
315) 索: 나, 다본에는 '求'로 되어 있음.
316) 及: 저본에는 빠져 있으나 나본에 의거하여 보충함.
317) 縛: 저본에는 '結'로 나와 있으나 나, 다본을 따름.
318) 欲其: 나본에는 '故以'로 되어 있음.

夫人求貸於子光家, 欣然謂曰: "親戚之義, 在[319]於相恤, 而校理過[320]於剛愎, 吾豈恝然乎?" 卽納米於帒, 盛醬[321]於缸, 載於驢而送之. 公出直見其玉米飯, 問[322]其所得處, 夫人直告之, 公推案笑而起, 曰: "吾[323]入直之日, 買泡滓, 作粥饋我, 我知其窘乏, 而不爲措置, 是我之失也, 非家人過也." 遂[324]辦得准其所用, 並與本米而還之, 其困窮[325]不變如此. 【上仝】

1-108.

龜亭南忠景公在, 字敬之,[326] 宜寧人. 好酒多大略, 然謹言語, 未嘗少失. 好與客着棋, 終日不倦, 人問其故, 答曰: "人生有氣, 必有言語, 語則不及朝廷者, 鮮矣. 終日着棋, 可以避言諱矣." 人服其謹愼.

1-109.

安公坦大, 家勢素[327]寒微, 而性極敦謹[328]. 有女, 入宮爲中宗大王後宮, 是爲昌嬪, 持身愈益謙謹, 雖隣家少兒到門詰責, 只引過遜謝, 而未嘗一發憤捷之言辭. 及嬪生王子, 遂杜門不出, 恐人或以王子外祖家稱之. 昌嬪次子德興大院君岹, 生我宣祖大王, 入承大統, 安公處地尤[329]尊貴, 而不變賤時之心. 身不着錦緞, 晩以老病失明, 宣廟欲榮其身, 擬以尙方所進貂裘賜之, 恐違雅志, 使人試之, 曰: "主上方製貂裘以賜公, 旣賜之後, 公不敢不着." 安公曰: "我本[330]賤人, 着貂裘死罪, 違上命亦死罪, 死

319) 在: 나, 다본에는 '當'으로 되어 있음.
320) 過: 저본에는 '通'으로 나와 있으나 가, 나, 다본을 따름.
321) 醬: 저본에는 '選'으로 나와 있으나 가본에 의거함. 나, 다본에는 '饌'으로 되어 있음.
322) 問: 다본에는 '詰'로 되어 있음.
323) 吾: 저본에는 빠져 있으나 가본에 의거하여 보충함.
324) 遂: 나, 다본에는 '卽'으로 되어 있음.
325) 其困窮: 저본에는 '固窮'으로 나와 있으나 가, 다본에 의거함.
326) 字敬之: 저본에는 '敬'으로 나와 있으나 가본에 의거함.
327) 家勢素: 저본에는 '家世'로 나와 있으나 나, 다본을 따름.
328) 敦謹: 가본에는 '諄謹'으로 되어 있음.
329) 尤: 가본에는 '益'으로 되어 있음.

則等也, 無令[331]安分而死也?" 上知其意不可奪, 命家人稱以兒狗皮, 以進之, 安公以手摩之, 曰: "尙方狗[332]有別種乎! 毛之柔細, 何至此耶?" 爲加於身, 宣廟之於安公, 爲外曾祖孫, 不過厚其衣食而已. 未嘗加一命之官, 蓋不敢私人也. 孝廟朝追贈右議政. 【『公私見聞錄』】

1-110.

丙子年間, 莊烈大妣疾瘳後, 同顯廟幸後苑. 大妣召諸公子, 投壺射的, 使其魁者乘馬, 居末者挾鞍籠, 呼唱於前導.[333] 樂善君潚居末, 大聲呼唱作辟除狀, 少無幾微見於色. 又樂善所眄婢, 隨夫人入宮, 上欲資大妣一笑, 使樂善[334]負之以行, 樂善負之甚謹, 汗流滴地, 不聞命不敢捨. 人知必能保全終始矣, 果終得年五十五.

1-111.

洪威平公允成, 字子信, 懷德人, 性勤儉, 雖爲首相, 而種蔬殖貨, 無不致意. 其視去機拔葵之事[335], 不無可愧, 而比之玩歲愒日, 爲有愈焉. 嘗路遇二小民圍棊, 駐馬問之曰: "此有何事? 衣出於此乎, 食出於此乎? 如汝小人, 當日夜勤苦, 以食其力, 爲此無益之戲, 何也? 此亦可食故耶?" 責令食棊子.

1-112.

柳斯文塗, 有詩才. 少時, 遊嬉[336]青樓, 嘗以一絶, 書娼家壁上, 曰: '半

---

330) 本: 저본에는 '是'로 나와 있으나 나, 다본을 따름.
331) 無令: 나본에는 '寧欲'으로, 다본에는 '欲令'으로 되어 있음.
332) 狗: 나본에는 '裘'로 되어 있음.
333) 呼唱於前導: 다본에는 '前唱後導'로 되어 있음.
334) 樂善: 다본에는 '潚'으로 되어 있음.
335) 之事: 저본에는 빠져 있으나 다본에 의거하여 보충함.
336) 嬉: 다본에는 '戲'로 되어 있음.

世青樓宿，人間積謗喧．狂心猶未了[337]，白馬又黃昏．’ 一日，鵝溪李相國山海，自宴所醉歸，勢[338]不能及于家，借路傍人舍而止，卽娼家也．旣醒，見壁上題而大驚，逢人輒及之，滿城一時傳誦．【『露湖詩話』】

1–113.

朴校理篪，字大建，密陽人，遯溪栗之孫也．年十八，登瑞葱臺庭試壯元，時命官朴思菴淳，疑其年少[339]魁居，卽刻呼韻而試之，其詩曰：‘文武收才禁苑春，天顔高處物華[340]新．暮來唱罷黃金榜，謬語[341]君恩總一身．’ 二十二以校理，爲李鎰從事，殉節尙州．

1–114.

李白沙恒福，有賤息擢婿，招石洲之侄權侙，以三色桃爲題呼韻，卽應曰：‘天桃灼灼暎疎籬，三色如何共一枝．恰似美人梳洗了，滿顔紅粉未均時．’ 公卽令涓吉，侙年十三．

1–115.

吳西坡道一，字貫之，海州人，忠貞允謙之孫也．幼時逐[342]童隊，至壯洞水閣，時諸名官會集，見吳容貌，問曰：“爾乃誰家兒？” 答曰：“吾乃楸[343]灘之孫，公輩不知楸灘翁耶？” 諸人異之，問曰[344]：“爾[345]能作詩否？” 答曰：“飮一大白，可矣．” 卽令擧觴屬之，以三字呼韻，應口對曰：‘樓頭醉

337) 了：라본에는 ‘已’로 되어 있음.
338) 勢：저본에는 빠져 있으나 라본에 의거하여 보충함.
339) 年少：나본에는 ‘年妙’로 되어 있음.
340) 華：나본에는 ‘美’로 되어 있음.
341) 語：나본에는 ‘許’로 되어 있음.
342) 逐：나, 다본에는 ‘隨’로 되어 있음.
343) 楸：저본에는 ‘秋’로 나와 있으나 가, 나, 라본에 의거함. 이하의 경우도 동일함.
344) 曰：저본에는 빠져 있으나 나본에 의거하여 보충함.
345) 爾：저본에는 빠져 있으나 나본에 의거하여 보충함.

臥吳挺一, 松下吟詩柳道三.' 諸人責用長者[346]名, 吳答曰: "柳道三吳挺一會, 出[347]韻三字, 安得不爾?" 一座悚然, 又有一句, 曰: '雲愁九疑月千古, 水滿三湘[348]秋萬里.' 趙松谷復陽, 大奇之, 竟有東床之選. 【『玄湖瑣說』】

1-116.

許文景公稠, 操心淸厲, 治家嚴而有法, 敎訓[349]子弟, 皆用小學之禮, 毫分[350]細行, 皆自謹愼. 人言曰[351]: "許公平生不解陰陽之事." 公笑曰: "然則詡·訥, 何從而生耶[352]?" 時有欲革州邑娼妓之請, 上命問於政府大臣, 皆言革之爲當[353], 而惟未及公, 人皆意其猛論. 公及聞之, 乃啓曰: "誰爲此策? 男女人之大欲, 而不可禁者也. 爲邑娼妓公家之物, 取之無妨, 而若禁此, 則年少朝士奉使者, 皆以非義, 奪取私家之女, 英雄豪傑, 多陷於罪. 臣意則以爲不革, 宜也." 竟[354]從公議, 因舊不革. 【『慵齋叢話』】

1-117.

洪大司憲奧, 南陽人, 忠定公應之弟也. 不由科第, 歷陞承旨·方伯, 而盡級都憲. 極論任士洪奸邪, 久必爲國家禍, 又劾韓明澮恃功弄權之狀, 風采凝然, 朝野震慴, 人不敢干以私. 公與李陸隔墻居, 甚相善, 李方搆堂, 樹柱於礎, 井井有度. 公以赴衙道上, 呼謂[355]家人曰: "歸語乃公, 國有常制, 若一毫有踰, 當以法論." 衙罷視之, 則盡毁而斬之, 不敢違尺寸, 其正

---

346) 長者: 다본에는 '丈者'로 되어 있음.
347) 出: 나본에는 '坐呼'로, 라본에는 '此'로 되어 있음.
348) 湘: 가, 라본에는 '江'으로 되어 있음.
349) 訓: 저본에는 빠져 있으나 나본에 의거하여 보충함.
350) 分: 저본에는 '忽'로 나와 있으나 나본을 따름.
351) 曰: 저본에는 빠져 있으나 나본에 의거하여 보충함.
352) 耶: 저본에는 빠져 있으나 나본에 의거하여 보충함.
353) 爲當: 가본에는 '當然'으로 되어 있음.
354) 竟: 가본에는 '遂'로 되어 있음.
355) 謂: 가본에는 '李'로 되어 있음.

直方嚴如此. 而又能內剛外和, 雖至賤之人, 待之必款洽. 嘗遇大旱, 民間禁酒甚嚴, 有醉嫗[356]七八人, 抵掌短歌亂舞而前欄, 公下軺, 曰: "進賜進賜! 此不好乎, 何禁酒乎?" 公曰: "好哉好哉! 爾等勿濫觴以傷財!" 一市中擧嘖嘖不已. 其後, 田霖爲判尹, 行過王子檜山君家, 駐馬呼其主役者, "間閣多少, 高下尺數, 自有其法, 爾不憚死, 愼無踰也, 今暮當過." 旣暮, 其人迎謁馬首, 曰: "多者輟之, 長者短[357]之, 不敢犯法也." 霖咆喝[358], 徐謂曰: "當初旣違制, 姑不可饒, 但以遵行, 姑俟數日, 用治前過[359]." 其人頓首而退. 史氏曰: "洪公偉人, 雖不足言, 田氏武夫, 臨官用法, 無所吐茹. 其時, 朝廷綱紀之尊, 人物氣象之大, 猗歟盛歟!" 【『愚齋雜記』】

1-118.

朴松堂英, 字子實, 密陽人. 以金海府使在衙軒, 聞[360]東隣哭聲, 急呼刑吏, 往捕[361]其女而來, 問曰: "汝何哭?" 對曰: "吾夫無病暴死." 公再問之, 其[362]女呼擗, 曰: "吾夫婦同居無間[363], 隣里所共知." 在庭下隷[364], 齊聲曰: "然! 實[365]無他疑." 公使人擡其夫屍而來, 內外上下, 視之無痕. 公令軍校有力者, 逆臥其屍, 自胸至腹, 親手按之, 果有竹刺, 長大如中指者迸[366]出. 公令[367]卽縛其女, 而問之[368]曰: "吾固疑爾有私, 速言之!" 遂伏曰: "某里某人, 約與[369]同居, 乘其醉寢行凶." 發軍急捕, 則其言符

356) 嫗: 가본에는 '嫗'으로 되어 있음.
357) 短: 가본에는 '斷'으로 되어 있음.
358) 咆喝: 가본에는 '咆哮'로 되어 있음.
359) 過: 가본에는 '罪'로 되어 있음.
360) 聞: 저본에는 '有'로 나와 있으나 나, 다본을 따름.
361) 捕: 나본에는 '捉'으로 되어 있음.
362) 其: 저본에는 빠져 있으나 나, 다본에 의거하여 보충함.
363) 無間: 나본에는 '好誼'로 되어 있음.
364) 隷: 저본에는 '人'으로 나와 있으나 나, 다본을 따름.
365) 實: 저본에는 '方'으로 나와 있으나 가본을 따름. 나본에는 '果'로 되어 있음.
366) 迸: 저본에는 '逆'으로 나와 있으나 가본을 따름.
367) 令: 저본에는 빠져 있으나 다본에 의거하여 보충함.
368) 而問之: 저본에는 빠져 있으나 다본에 의거하여 보충함. 나본에는 '遂直招'로 되어 있음.

合，乃卽捕[370]置於法．人問曰：“何以知之?” 公曰：“初聞其哭聲不悲，故逮來而檢屍之際，女[371]雖呼擗，實有恐懼之色，故知之耳．” 公學文[372]精微，邃於易理，又博觀醫書，著『經驗』·『活人新方』等，行于世．【上仝】

1-119.

李相國浣爲守禦使時[373]，有吏犯罪，將抵死．吏有妹，爲仁祖[374]大妃前侍女，憂愁涕泣．大妃見而哀之，使淑景[375]公主，請于李公，以輕其罪，李公曰：“吏罪重不可赦，余雖親承懿敎，不宜順旨屈法，況以曲徑乎！願公主更無爲如此之請．” 大妃聞而愧悔，顯廟益加敬憚．公主卽李公妹孫興平尉元夢麟之內也．

1-120.

政院故事，諸承旨敬都承旨，莫敢戱言，如有[376]不敬者，行罰宴．洪暹嘗私名妓兪姬，時宋生亦關情甚昵．及暹爲都承旨，李東皐浚慶爲同副承旨，時宋生已[377]逝，暹歎曰：“與吾同年同月同日時生，而今亡焉，窮達豈如是不同哉?” 浚慶曰：“都令公愛兪姬，宋生亦愛兪姬，非徒命同，行事亦同也．” 諸承旨相顧失色．於是，行罰宴于浚慶之家，[378] 凡七度而後已．浚慶曰：“雖使我傾家破產，語頭甚好，不可不語也！”【『於于野談』】

---

369) 與：저본에는 ‘有’로 나와 있으나 가본에 의거함.
370) 卽捕：저본에는 빠져 있으나 나본에 의거하여 보충함.
371) 女：저본에는 빠져 있으나 다본에 의거하여 보충함.
372) 學文：나, 다본에는 ‘學力’으로 되어 있음.
373) 時：저본에는 빠져 있으나 가본에 의거하여 보충함.
374) 祖：의미상 ‘宣’이 되어야 함.
375) 景：의미상 ‘敬’이 되어야 함.
376) 如有：저본에는 빠져 있으나 나본에 의거하여 보충함.
377) 已：저본에는 빠져 있으나 나본에 의거하여 보충함.
378) 行罰宴于浚慶之家：나, 다본에는 ‘行李公罰宴于其家’로 되어 있음.

1-121.

弘文館輪番遞職，即唐朝瀛洲十八學士故事也．姜紳鎖職四十餘日，無遞，更者拘係禁中，時物已變，不勝其苦，其兄緖長醉不肯來．一日，乘昏而至，紳一喜一怒，曰："何兄氏長醉於家，而困我若是?" 緖佯怒曰："我戀慕而來，何敢怨我?" 拂衣出走，又牢直許多日．

1-122.

新羅紹智王，正月十五日，幸天泉寺，有烏啣銀榼，置于王前．榼裡有封書，封之甚固，外面書曰："開見二人死，不開見則一人死." 王曰："二人殞命，不如一人死." 有大臣議曰："一人謂君，二人謂臣也." 於是，遂開見則其中[379]，書曰："射宮中琴匣." 王馳還入宮，見琴匣，持滿射之，匣中有一人，乃內院焚香僧也．與妃[380]私通，將謀弑王，已定其期也，妃與僧皆伏誅．王感烏之恩，是月是日，作香飯飼烏，俗謂之藥飯，至今遺之而爲名日．俗言，'食飯當於烏未起之時.' 蓋天泉之事也．

1-123.

歲時名日所擧之事，除夜前日，爆竹鳴鈹而逐出，曰'放枚鬼'，淸晨，付畵物於門戶窓扉，如角鬼鍾馗之狀者，曰'辟邪'．除日相謁，曰'過歲'；元日相謁，曰'歲拜'，元日人皆不仕，爭聚遊，新歲子·午·辰·亥日如之．且兒輩聚蒿草，燒苑園，亥日燻猳喙[381]，子日燻鼠喙．諸司限三日不仕．是月十五日爲元夕，故設藥飯，二月初一日爲花朝，乘曉[382]散松葉於門庭，俗曰：'惡其臭虫，[383] 作針辟也.' 三月三日上巳，俗云'踏靑之節'，人皆出遊郊野，

---

379) 中: 나, 다본에는 '內'로 되어 있음.
380) 妃: 나, 다본에는 '妣'로 되어 있음. 이하의 경우도 동일함.
381) 喙: 저본에는 '啄'으로 나와 있으나 라본에 의거함.
382) 曉: 나본에는 '昏'으로 되어 있음.
383) 惡其臭虫: 나본에는 '出畏其臭'로 되어 있음.

煮花設酌，作餻[384]而食．四月初八日，俗言'釋迦如來生辰'也，是日，家家樹竿燃燈，豪富大張彩棚[385]以爲樂．五月五日曰'端午'，懸艾虎於門，泛菖蒲於酒，都人樹棚於街市，設鞦韆之會．六月十五日曰'流頭'，昔高麗[386]宦侍輩，避熱於東川，散髮于水，浮沈飮酒，曰'流頭'，世俗因以是日爲名日，作水團餠而食之，蓋槐葉冷淘之意也．七月十五日，俗稱'百種'，僧家聚百種花果，設盂蘭盆，婦女坌集，納美穀，唱亡親之靈[387]而祭．中秋玩月，九日登高，冬至豆粥，庚申不眠，亦皆古之遺意也．【『慵齋叢話』】

1-124.

元朝飮屠蘇酒，古俗也．少者先飮，老者後飮，今俗，又於元朝，晨起逢人，呼其名應之，則曰："買我虛疎!" 是乃賣痴，皆所以免灾厄也．有人元朝絶句，曰：'人多先我飮屠蘇，已覺衰遲負壯圖．歲歲賣痴痴不盡，猶將古我到今吾．' 殊佳作也[388]．

1-125.

中廟朝末年，都中人相傳以爲，'正元夕踏過十二橋，則消本年十二月朔之灾.' 於是，婦女稍賤輩[389]，以比甲蒙頭，徒步以行，賤女相聚作曹耦，乘昏踏橋，如恐不及．無賴子弟，三五成群躡其後，事甚醜穢．至明廟朝，臺諫拿捕治罪，婦女踏橋之風遂絶，而男子勿論貴賤，至今以是日，踏橋成群云[390]．【『稗官雜記』】

---

384) 餻: 저본에는 '饍'으로 나와 있으나 나, 라본에 의거함.
385) 棚: 나, 라본에는 '堋'으로 되어 있음. 이하의 경우도 동일함.
386) 高麗: 나본에는 '麗祖'로 되어 있음.
387) 靈: 나본에는 '魂'으로 되어 있음.
388) 作也: 저본에는 빠져 있으나 나본에 의거하여 보충함.
389) 輩: 저본에는 '者'로 나와 있으나 나, 다본을 따름.
390) 云: 저본에는 빠져 있으나 다본에 의거하여 보충함.

1-126.

祭用油蜜果，本於佛供，蓋素物中最佳者，無過於蜜果也．故麗朝及我朝中葉以前全用，佛教遭父母喪者，皆用素祭，而以蜜果最上矣．今旣復古，用魚肉而仍用，此甚不當也．好禮之家多不用，而尙踵舊俗者過半．【『晦軒雜錄』】

1-127.

高麗文宗時，禮部尙書鄭惟敬，立糊名取士之法，凡赴試諸生，卷首書姓名本貫四祖糊封，試前數日呈院[391)]．其後，國朝科擧之法漸備，糊名卷首與高麗同．其收卷官·封彌[392)]官·枝同官·易寫等事，皆遵元朝制，兩項場，始於世宗朝，或講經，或製述，隨時不同．【『筆苑雜記』】

1-128.

李延城[393)]石亨，魁正統辛酉生員進士試，又魁其年之科，一年三魁，設科以來，未之有也．其後，申參判從濩，魁司馬試，又魁殿試，又魁重試．李判書承召，權翼平擎，尹斯文箕，魁初試·會試·殿試．李贊成珥，甲子魁司馬，又魁[394)]文科會試·殿試．【『東岡雜記』】

1-129.

權翼平公擎，庚午鄕·會·殿三試，皆壯元．金郡守洙光，亦於鄕·會·殿三試，皆居尾．時人笑曰："三場壯元，古今多有；三場居魁，天下必無．"【『筆苑雜記』】

391) 院: 가본에는 '券試院'으로 되어 있음.
392) 彌: 저본에는 '彌'로 나와 있으나 가, 나본에 의거함.
393) 延城: 가본에는 '楞軒'으로 되어 있음.
394) 又魁: 나본에는 '試及'으로 되어 있음.

1-130.

國朝李石亨·裵孟厚，皆生進壯元，金慕齋安國，嘗慕之．及[395]入場二場皆好，至俱壯元，考官抑一試爲第二，心常憤之．及爲考官，金綠【自菴】二場文，俱在一等，公力爭之，爲兩[396]壯元云．【『巴人識小錄』】

1-131.

南袞登第唱榜日，與同年詣光化門外，忽有一先生，到紅戟階前，呼新恩禮．袞趨往，則其先生語袞曰：“爾以不得第一爲憾耶？中朝則蘇東坡，我國則余，皆爲第二名，汝可以此自慰而無憾也．”暗中不識誰某，頗怪之，使從人問先生傔從，則乃是金馹孫．蓋濯纓平生，以不得壯元慨然於懷，而適南袞爲第二，因此呼南袞，而所言若此，以泄平生不平之意云．【『月汀漫錄』】

1-132.

鄭都憲弘溟，李判書明漢，李政丞行遠，赴大學會試，終場製策日，考官以初場試卷一張書‘高等’，揭而示之，曰：“擧子綴文，當法此作．”乃李判書所作卷表也．判書知其入格，無意製策，周覽諸友之文，言其利病，鄭都憲持席避去，曰：“人必疑我顧籍，於君不可同席．”李政丞曰：“吾亦必獨坐．”先輩避嫌潔己，如此．【『公私見聞錄』】

1-133.

成廟嘗遊後苑，題一句於亭柱[397]，曰：‘綠羅剪作三春柳，紅錦裁成二月花．’越三日，更出遊[398]閑步，見有續成一句，曰[399]：‘若使公侯爭此色，韶

---

395) 及: 저본에는 빠져 있으나 나본에 의거하여 보충함.
396) 兩: 나본에는 ‘兩場’으로 되어 있음.
397) 亭柱: 나본에는 ‘亭上’으로 되어 있음.
398) 遊: 저본에는 빠져 있으나 라본에 의거하여 보충함.

光不到野人家.' 上大駭, 窮問誰人所作, 則乃後苑門直軍卒貴元之作也. 上招前問之其由, 則乃寧越校生落講者, 卽令[400]賜第, 榮顯於世.

1-134.

崔判尹演, 能文章, 姿容都雅, 有岳潘之美, 二十三登第, 諸公見而愛之, 其爲讀書堂弘文以是也. 靖陵以丰儀爲賞, 嘗夜對連日, 內官稟其數數, 上曰: "欲見崔演之容." 蓋公方爲修撰也. 【『巴人識小錄』】

1-135.

李完平元翼, 在戊戌己亥間, 除吏曹判書, 皆固辭不就, 上韙之, 及命相特擢公. 上曰: "余未見辭吏判者, 此人再辭之, 其可相也." 【上仝】

1-136.

顯廟嘗下教曰: "仁祖孝宗, 每以金宗直不典文衡, 爲國朝欠典. 鄭斗卿雖老病不得行, 公以其文章, 終不得大提學書於丹旌, 豈不冤乎?" 蓋聖意以鄭公以朝夕遞, 以華其啣, 而恐朝臣不知上意, 彈駁之有所趑趄也. 鄭公官至提學, 終不得主盟, 詞垣之難, 於此可見. 聖上謹於官人, 而亦有數存乎其間也. 【『公私見聞錄』】

1-137.

洪中樞逸童, 字日休, 南陽人, 氣宇卓犖. 嘗於上前論斥佛事, 世祖作怒, 曰: "當殺此虜, 以謝佛氏!" 命左右取劍來, 逸童論斥自若, 左右佯以劍撫頂者再, 亦不顧視無懼色, 世祖壯之, 曰: "汝能飮乎?" 逸童曰: "豈敢辭?" 卽賜一銀杯, 健倒, 上曰: "頗畏死乎?" 逸童曰: "當死則死, 當生則

---

399) 曰: 저본에는 빠져 있으나 나, 다본에 의거하여 보충함.

400) 卽令: 나, 다본에는 '乃'로 되어 있음.

生，敢以死生，易其心乎?" 上嘉之，賜貂裘，慰解之.【『筆苑雜記』】

1-138.

孫贊成舜孝，家在明禮洞上層. 一日，成廟晩與二宦，登景會樓，遙望見南山，側有數人環坐林薄間，上認其爲孫公[401]，亟使人視之，孫公果與二客飮濁酒，盤有一黃苽而已. 上嘉之，卽令盛備酒肉馳賜之，因戒曰: "明日愼無謝，他臣知之，必嫌其偏也." 公與客稽首，涕泣醉飽，明曉又來謝，上召見，責其不遵誡，公泣曰: "臣但[402]謝恩，何他計也?"【『寄齋雜記』】

1-139.

明廟嘗御後苑，入侍之臣皆賜酒，尙政丞震素不飮，醉仆道左. 臨還宮，因左右知爲震，敎曰: "大臣在道傍，過行未安." 令[403]以帳圍幛，乃進輦.【『筆苑雜記』】

1-140.

金判書時護，奉命巡嶺南，有一邑稽誤失期，拿到鄕所，於刑板露臀，將杖之. 忽有自外而入者，以身加於鄕所臀上，乃判書女婿李道長，而所縛之人，卽李之叔父也. 判書叱之曰: "吾因一女婿而廢法乎?" 命羅卒，推去而杖之. 李道長，卽判書元禎之父，而官經翰林吏郎者也.【『公私見聞錄』】

1-141.

朴武烈公元宗，字伯胤，順天人，昭襄公仲善之子，文肅公錫命之曾孫也. 有不賞[404]之功，振主之威. 中廟每引見元宗，其罷出也，必下床俟其出差

---

401) 孫公: 가본에는 '孫家'로 되어 있음.
402) 但: 가본에는 '責'으로 되어 있음.
403) 令: 다본에는 '因'으로 되어 있음.

備門，乃乘床．元宗聞之，自此每罷出，必蹇裳疾趨，顚倒喉喘，出門而後已，曰：“人臣[405]逢此優禮，豈有善享其終者乎?” 自此，多近婦人[406]，飮醇醪，遂疽發背而[407]死．三十六爲領相，及卒四十二歲[408]．【『於于野談』】

1-142.

李平靖公約東，爲人貌侵，雖至顯揚，人見之，高不過別侍衛，則甲士也，甲士番上六朔而遞．公嘗以成均主簿還鄕，爲歇馬于院，樓上縮坐一隅，有一人着新靴，揚揚而來．至樓上，咏壁上所題杜牧之詩‘六朝人物草連空’云云，而不解文義，以‘朝’爲‘朔’，以‘連’爲‘達’．公不欲斥言，但微諷云：“六朔·六朔.” 其人曰：“此非汝輩番上之六朔，汝何知之？毋談焉!” 及進晝飯，有野雞炙，其人曰：“此汝手技乎！可分食.” 公笑而與之．及至其邑，校生祗迎，其首者其人也，公下車欲問，則已逃矣．【『謏聞瑣錄』】

1-143.

處士許格，號滄海，文靖公琛之孫也．少時[409]，學詩於東岳[410]，得其傳業[411]．崇禎丙子以後，遂停擧業，自稱‘大明逸民’，足跡罕[412]至城市，年八十餘，以壽終于家．其春帖詩云：‘栗里陶潛[413]宅，荊州王粲樓．眼前無長物，江漢一孤舟.’ 李白軒景奭，嘗赴京，滄海以詩送之，曰：‘天下有山吾已遯，域中無帝子何朝.’ 其節槩如此．臨終盡焚其稿，題一絶，曰：‘簇簇前[414]峯削玉層，悠悠一水繞村澄．臨流欲斫桃花樹，恐引漁郞入武陵.’

404) 不賞: 나본에는 '不常'으로 되어 있음.
405) 臣: 저본에는 '生'으로 나와 있으나 가, 나본에 의거함.
406) 婦人: 가본에는 '女色'으로 되어 있음.
407) 而: 저본에는 빠져 있으나 가, 나본에 의거하여 보충함.
408) 歲: 저본에는 빠져 있으나 나본에 의거하여 보충함.
409) 時: 저본에는 빠져 있으나 라본에 의거하여 보충함.
410) 東岳: 가본에는 '東岳李公'으로 되어 있음.
411) 業: 저본에는 빠져 있으나 가본에 의거하여 보충함.
412) 罕: 다본에는 '不'로 되어 있음.
413) 潛: 저본에는 '淵'으로 나와 있으나 라본을 따름.

以見其志.【『玄湖瑣談』】

1-144.

朴參判以昌, 尙州人, 安信子也. 少倜儻不羈, 嘗爲承旨, 陪駕而行, 路傍女子設幕觀者無數, 有一玉女, 玉手鉤簾半露面. 公大唱曰: "纖纖玉手, 可以執, 可以摟兮!" 同僚曰: "彼必良家女, 君何發言如是?" 公答曰: "彼爲良家女, 則我不爲良家子乎?" 左右皆[415]噱.【『慵齋叢話』】

1-145.

二樂亭申文景公用漑, 字漑之, 高靈人, 叔舟之孫也. 天姿豪邁, 性嗜酒, 有時呼老婢, 相與引滿大酌, 醉倒而止. 嘗養菊八盆, 秋高盛開, 入置堂中, 賞玩不已. 一日, 謂家人曰: "今日當有八佳賓至矣[416], 備酒饌以待之." 日將暮, 而寂然無客, 家人稟曰: "已具盤矣." 公曰: "第少俟之!" 月旣上, 花光月影, 爛漫[417]交潔, 公呼曰: "進酒!" 指[418]八盆菊花, 曰: "此吾[419]佳客也!" 各陳盛饌, 公曰: "我當行酒以銀桃杯." 各進[420]二杯而罷, 公亦醉矣.

1-146.

安僉知道宗, 鄭僉知復始, 以同年及第, 入槐院. 鄭坐次於安下, 檢責甚嚴, 安苦之, 作詩曰: '荊江波暖訥魚肥, 槐院春深白日遲. 無可奈何安正字, 不知[421]歸去鄭權知.' 蓋鄭家在荊江云.

---

414) 前: 가본에는 '千'으로 되어 있음.
415) 皆: 다본에는 '大'로 되어 있음.
416) 至矣: 다본에는 '將至'로 되어 있음.
417) 爛漫: 다, 라본에는 '爛熳'으로 되어 있음. 서로 통함.
418) 指: 저본에는 빠져 있으나 다, 라본에 의거하여 보충함.
419) 吾: 라본에는 '是'로 되어 있음.
420) 進: 다, 라본에는 '陳'으로 되어 있음.
421) 知: 다본에는 '如'로 되어 있음.

1-147.

趙滄江涑, 宰臨陂也. 蘭谷宋進士民古, 自韓山寓來訪於縣令, 開坐時, 甚喜多酬酌酒杯, 宋醉倒, 殆不省[422]事. 卽以官馬馱送縣齋, 滄江隨後到, 宋下馬倒臥縣齋, 瞋目視之, 曰: "吾詩成矣!" 仍朗吟曰: '昏昏溽暑醉如泥, 送客風驪散碧蹄. 官路驛亭和夢過, 不知身已小橋西.' 滄江諷吟嗟賞[423].

1-148.

鄭東溟斗卿, 字君平, 溫陽人, 之升之孫, 順明四世孫. 嘗爲北評事, 夜賦詩, 敲推未定, 聞鷄鳴, 令下人捉鷄, 數之曰: "吾詩未定, 爾敢先鳴!" 卽令斬之. 【『夢芸雜記』】

1-149.

蔡湖州裕後, 字伯昌, 與鄭東溟斗卿, 入試院, 東溟爲正言, 不干校考, 而時見落幅, 則必稱奇, 蓋譏誤考也[424]. 蔡頗苦之, 曰:[425] "吾雖不文, 忝主文柄, 君雖文章, 職是臺諫, 不宜越俎." 東溟大怒, 自拔其鬚[426], 而大呼曰: "伯昌乎! 爾偶讀東策登第, 主文章耳, 吾視爾文衡有同腐鼠, 何敢嚇我乎?" 蔡卽笑而解之, 因呼酒以勸請賦詩, 時當十月, 雷雨大作, 而科則式年會試也. 卽拔筆書之, 曰: '白岳蒼雲一萬里[427], 夜來寒雨滿地[428]中. 傍人莫怪冬雷動, 三十三魚盡化龍.' 孝廟聞而嘉之, 嘆曰: "此詩足以禳此灾也[429]." 【『壺谷詩話』】

---

422) 省: 저본에는 '成'으로 나와 있으나 가, 나본에 의거함.
423) 嗟賞: 나본에는 '嗟嘆'으로 되어 있음.
424) 也: 저본에는 빠져 있으나 가본에 의거하여 보충함.
425) 曰: 저본에는 빠져 있으나 가, 라본에 의거하여 보충함.
426) 鬚: 가본에는 '髮'로 되어 있음.
427) 里: 나, 라본에는 '重'으로 되어 있음.
428) 地: 가본에는 '池'로 되어 있음.
429) 也: 저본에는 빠져 있으나 가, 나본에 의거하여 보충함.

1-150.

金濯纓馹孫，字季雲，金海人，節孝克一子也．自[430]少時[431]有盛名，武宰相迎之爲婿，馹孫佯若不文，上山寺鍊業，爲書囑舅[432]短札，寂然[433]無辭，只稱'文王沒，武王出，周公周公，召公召公，太公太公.' 其舅覽之不樂，藏之袖中．適文士見之，良久，悚然驚，曰："是何奇才[434]也？文王名'昌'，武王名'發'，方言履底曰'昌'，足爲'發'，言履弊足出也．周公名'旦'，召公名'奭'，太公名'望'，言旦旦[435]夕夕望望也." 舅大喜，買履送之．及其妻兄弟同赴東堂試，初場醉眠，曳白而出，中場又如是．及終場日[436]，盡粘三場試紙[437]數十幅而入，考官問策以'中興'爲目，而宋高宗齒於歷代中興．馹孫捲其題，入試官[438]之前，曰："宋高宗偸安一隅，忘親釋怨，結[439]和於犬戎，豈可[440]與殷高宗·周宣王比列於中興之主？請改之." 考官大慚，改之．馹孫乘半醉，揮灑數十幅，而日未斜矣[441]．其舅問其子曰："金生今日又曳白耶?" 對曰："今日則荒言亂辭，涴墨而來，不知何許語也." 及掛榜之日，使人往視之，馹孫曰："汝往上頭第一名，無我卽還，勿復往視之." 果第一矣，妻家大驚，始盡敬重[442]焉．【『秋江冷話』】

1-151.

林白湖悌，字子順，羅州人鵬之孫也．少時，與友行過一巷，巷有宰相家，

---

430) 自: 저본에는 빠져 있으나 다본에 의거하여 보충함.
431) 時: 저본에는 빠져 있으나 가본에 의거하여 보충함.
432) 舅: 가본에는 '外舅'로 되어 있음.
433) 然: 저본에는 '寞'으로 나와 있으나 다본을 따름.
434) 才: 저본에는 빠져 있으나 가본에 의거하여 보충함.
435) 旦旦: 저본에는 '朝朝'로 나와 있으나 나, 다본에 의거함.
436) 日: 저본에는 빠져 있으나 나본에 의거하여 보충함.
437) 紙: 저본에는 '場'으로 나와 있으나 가, 라본에 의거함.
438) 試官: 나본에는 '考官'으로 되어 있음.
439) 結: 가본에는 '乞'로 되어 있음.
440) 可: 저본에는 빠져 있으나 나본에 의거하여 보충함.
441) 矣: 나본에는 '卽爲出來'로 되어 있음.
442) 重: 저본에는 빠져 있으나 나본에 의거하여 보충함.

大設宴會[443]，方饗客，其主人素昧平生．悌謂其友人曰[444]："我曾與是主有舊分，君亦從我，欲[445]參此宴乎?" 友曰："諾." 悌曰："且立門前[446]待之，我當先入邀君." 友依其言，立門外，悌乃[447]無難[448]入揖坐席末，默無一言，客或附耳問主人曰："彼子主人之友乎?" 主人曰："否!" 主人附耳問諸客曰："彼子客之友乎?" 客皆曰："否!" 言訖，相顧冷笑，悌始發口言，曰："僉位[449]笑我耶? 此[450]不足笑，又有益可笑於我者，久立門外，望我口而待食." 主人大笑，與悌言未終，知其豪士，卽招門外客，共飮而罷．門外客以爲，'悌與主人有雅[451]分.' 終不悟唐突饕餮以買己．【『石崖雜記』】

1-152.

金乖崖守溫，長於詩文，拙於治產．每布書籍於床，施席於其上，人問其故，乃曰："床冷無氈也." 門外有槐樹，嫩葉[452]成陰，公令奴鉅斷，人怪之，答曰："家無薪[453]，欲炊飯也."【『慵齋叢話』】

1-153.

孫比長，字永叔．少時，赴生員試，及其榜出，則亂書姓名，比長色沮，曰："榜無吾名，甚是落莫![454]" 其朋指示，曰："彼第某行書[455]者，是子名也.[456]" 比長曰："彼非孫比長也，乃絲比長." 孫字草書，如絲字故也，聞

443) 會: 저본에는 빠져 있으나 가본에 의거하여 보충함.
444) 曰: 저본에는 빠져 있으나 나, 다, 라본에 의거하여 보충함.
445) 欲: 저본에는 빠져 있으나 나본에 의거하여 보충함.
446) 前: 가, 나, 다, 라본에는 '外'로 되어 있음.
447) 乃: 저본에는 '亦'으로 나와 있으나 나, 다본을 따름. 라본에는 '卽'으로 되어 있음.
448) 無難: 저본에는 빠져 있으나 나본에 의거하여 보충함.
449) 位: 저본에는 빠져 있으나 라본에 의거하여 보충함. 나본에는 '座'로 되어 있음.
450) 此: 저본에는 빠져 있으나 라본에 의거하여 보충함.
451) 雅: 저본에는 빠져 있으나 가본에 의거하여 보충함.
452) 葉: 저본에는 '柔'로 나와 있으나 나본을 따름.
453) 薪: 나본에는 '柴'로 되어 있음.
454) 甚是落莫: 저본에는 빠져 있으나 나본에 의거하여 보충함.
455) 書: 저본에는 빠져 있으나 나본에 의거하여 보충함.

者齒冷[457]. 【上仝】

1-154.

李容齋相公荇, 德水人, 貌侵, 性[458]不喜梳洗. 上嘗燕閑, 問曰: "卿居家, 何不梳洗而貌樣然耶?[459]" 對曰: "臣家有祭祀時, 已爲[460]梳洗云[461]." 上大噱. 【『終南叢志』】

1-155.

韓忠靖公應寅, 字春卿, 襄節公確之後也. 居喪信川地, 使侍婢服[462]勤水畝, 四五月之間交, 稻已再耘[463]. 相公出看阡陌而歸, 詑諸農夫曰: "吾家再耘, 已成蒼雲." 老農往見之, 非稻也, 皆稂莠也. 蓋侍婢生長京城, 未嘗窺田, 今來初鋤, 皆拔佳禾, 所培植皆稂莠, 而擧家昧昧不知矣[464].

1-156.

成察訪汝薰, 以爲人不可不知天文. 一日, 把松炬, 升茅屋, 仰視星宿, 俯看文書, 不覺炬火落屋上. 俄而火起, 成大驚跳下, 曰: "近日火星光芒, 果有火灾, 天文信不虛矣!" 吏胥掩口相笑.[465] 【『菊堂俳語』】

1-157.

蔡紹, 權壽之子, 性本[466]歇後坦率, 凡衣冠畧不致意. 嘗一足着白鞋, 一

---

456) 是子名也: 나본에는 '是非子名耶'로 되어 있음.
457) 齒冷: 나본에는 '絶倒'로 되어 있음.
458) 貌侵性: 나본에는 '心性疎濶'로 되어 있음.
459) 何不梳洗而貌樣然耶: 저본에는 '不梳洗然耶'로 나와 있으나 나본을 따름.
460) 已爲: 저본에는 '臣嘗'으로 나와 있으나 나본에 의거함.
461) 云: 저본에는 빠져 있으나 나본에 의거하여 보충함.
462) 服: 나본에는 '力'으로 되어 있음.
463) 耘: 나본에는 '鋤'로 되어 있음.
464) 矣: 저본에는 빠져 있으나 다본에 의거하여 보충함.
465) 吏胥掩口相笑: 저본에는 빠져 있으나 나본에 의거하여 보충함.

足着黑靴[467]而往，吏胥掩口相笑．仕罷，往見判書金安老，金大笑曰：“花色淺深先後發，正謂此也.”【『思齋摭言』】

1-158.

蔡湖州裕後，與鶴谷洪瑞鳳情厚．洪公與議靖社，欲拉蔡公共其事，而不知其意之如何，以詩試之，‘少日風波畏，風波亦已多．今宵睡足處，夢裡定風波.’ 蔡公茫然不知其意，洪公遂不敢告．及勳集，蔡始覺之，曰：“我於其詩，若知其事，將何以處之乎？其不能覺得者，天相我也.”【『閑居漫錄』】

1-159.

動人紅，彭原妓也，頗知文句．有一兵馬使分道，與太守圍棊，因宿醉未解，曰：‘都護博場千杯，酒醉未分東西.’ 紅妓在傍，曰：‘太守分營一局，棊衆不知生死.’ 其自敍詩曰：‘娼家與良家，其心間幾何．可憐柏舟節，自誓矢靡他.’【『補閒集說』】

1-160.

鄭海豊孝俊，海州人，栢亭易之後，而昭平公眉叟[468]四世孫也．未娶時，夢有人携往一處，指紫衣夫人，曰：“此爲汝妻，當福汝家.” 海豊覺而心識之．旣娶，連喪三妻，並無男子[469]．年四十七，與李兵使眞卿居同里，困窮不自聊，時往來李家對博．李有女未嫁，嘗[470]夢，外舍嗜博，鄭生員與己五卵，己以裙子包之，盡化爲龍，李聞而異之．一日，與海豊博，語及四娶事，曰：“君得娶如吾家者，則何如？” 海豊[471]曰：“五十窮儒，安可

466) 本: 저본에는 빠져 있으나 나본에 의거하여 보충함.
467) 靴: 나, 다본에는 ‘鞋’로 되어 있음.
468) 叟: 저본에는 ‘壽’로 나와 있으나 다본에 의거함.
469) 男子: 나, 다본에는 ‘子女’로 되어 있음.
470) 嘗: 나본에는 ‘忽’로 되어 있음.
471) 海豊: 나, 다본에는 ‘答’으로 되어 있음.

得此?[472]" 李邃告夢兆, 以女妻之. 委禽之日, 默觀其顔貌衣裳, 及所居房榭窓櫳庭除, 宛然昔夢中[473]所覩者也. 旣而生五子, 植弼善[474], 檢判書, 晢·樸皆參判, 櫝掌令, 植之子重徽亦參判, 而皆以文科顯. 海豊見子孫之顯, 獨享年八十九. 【『閑居漫錄』】

1-161.

昔漢陽士人崔生, 其名則忘之矣, 此人累世公卿家子弟[475]也. 早以文藝[476]聞, 旣壯累擧不中, 家貧親老, 妻子凄凉. 門生故吏多顯者, 而勢去崔門, 莫肯相恤. 崔生讀『孟子』, 至'惰[477]其四肢, 不顧父母之養, 一不孝也', 掩卷太息, 曰: "我實不孝也!" 乃束筆硯, 封筆櫝而藏之, 集其蒿而焚之, 其書滿架而托其友. 明日, 賣其家, 受直五百金, 奉其父母, 挈其妻孥[478], 率家僮二[479]人裨三人, 往湖西之淸州庄. 庄餘祭田四十餘結, 茅屋七間, 奴婢手指十餘, 牛蹄角三. 崔生乃招奴婢, 誓曰: "吾與若等約十年, 吾田百結, 奴婢百口, 百頭牛百蹄馬, 瓦[480]屋五十間, 日用萬錢, 月費布三百尺[481]. 聽吾命者, 人各受百金之賞, 不用命者, 吾其殺之[482]." 奴婢等對曰: "人亦孰不欲富厚? 是分福, 何可必乎?" 崔生曰: "禍福無不自取[483], 求之者求, 則得之何難之有? 若等但聽吾命, 勿愁其不可必也." 奴婢等心不以爲然, 而口應曰: "諾." 崔生乃與五百兩錢, 使之貿五

472) 安可得此: 나본에는 '二八佳娘兩不適, 何忘談'으로 되어 있음.
473) 中: 저본에는 '之'로 나와 있으나 나본에 의거함.
474) 善: 저본에는 '益'으로 나와 있으나 나, 다본에 의거함.
475) 子弟: 다본에는 '子孫'으로 되어 있음.
476) 文藝: 다본에는 '文才'로 되어 있음.
477) 惰: 저본에는 '隋'로 나와 있으나 다, 라본에 의거함.
478) 妻孥: 라본에는 '妻子'로 되어 있음.
479) 二: 가본에는 '數'로, 나본에는 '三'으로 되어 있음.
480) 瓦: 저본에는 빠져 있으나 라본에 의거하여 보충함.
481) 尺: 가본에는 '疋'로 되어 있음.
482) 之: 저본에는 빠져 있으나 가, 다본에 의거하여 보충함.
483) 取: 저본에는 '已'로 나와 있으나 다본을 따름.

穀而儲之. 時湖西大熟, 五穀收租二十五斗, 他穀稱是. 明年春, 崔生身操鍬鍤爲農人, 倡坐於溝澮之間, 秋收百石者二之, 是歲又大有年, 穀直比去歲加之[484]. 崔生乃盡賣其祭田十結, 受錢三千兩, 悉以貿五穀, 幷前[485]貿而計之, 則穀爲四千餘石. 越明年, 夏旱秋澇, 野無立苗, 歲則大饑, 經冬至[486]春, 老羸塡壑, 壯者流散,[487] 十室九空, 而皮穀一石, 直錢十兩, 米倍之. 老奴等, 請賣所貿[488]之穀, 崔生不許, 曰: "汝往召鄕里父老等以[489]來." 來則立之階下, 而告之曰: "吾家四隣之窮餓, 殆死者幾人矣?" 父老等對曰: "何人不死非但[490]無田土者也? 有田地, 具牛耟, 多男女, 服田力農, 足支一年者, 皆亦面浮黃欲盡矣. 此輩今年之粮, 皆春枯夏浸[491], 而往往立苗[492]於田中者[493], 不用刈穫之故耳." 崔生曰: "噫! 盡劉矣. 我有穀若干石, 雖少, 能博施濟衆, 吾不忍吾鄕里[494]之盡劉. 從某至某, 錄其人口多少, 戶之大小, 以示之可乎!" 父老應聲羅拜, 曰: "此眞生佛也!" 歸告其四隣, 而錄其戶口以呈[495]. 崔生約日, 盡招[496]其錄中人, 凡五百餘家, 一千三百餘口, 遂[497]分與其穀, 曰: "汝等勿愁飢餒, 力作本業, 可也." 於是, 逐日計口給粮, 使無捐瘠, 其賣牛而無牛者, 買與之, 給其農饁及五穀之種, 五百餘家, 用力齊修勤業, 趨時任事, 自相激勸. 崔生曰: "吾去年因[498]歉, 而廢我稼, 今年吾將修之, 然十結之田, 旣賣

484) 之: 라본에는 '歇'로 되어 있음.
485) 前: 가본에는 '盡'으로 되어 있음.
486) 至: 저본에는 '立'으로 나와 있으나 라본을 따름.
487) 壯者流散: 다본에는 '少壯流離'로 되어 있음.
488) 貿: 저본에는 '買'로 나와 있으나 가, 다, 라본을 따름.
489) 等以: 저본에는 빠져 있으나 다본에 의거하여 보충함.
490) 非但: 저본에는 빠져 있으나 라본에 의거하여 보충함.
491) 春枯夏浸: 저본에는 '夏枯秋浸'으로 나와 있으나 다본을 따름.
492) 苗: 저본에는 빠져 있으나 다본에 의거하여 보충함.
493) 者: 저본에는 빠져 있으나 다본에 의거하여 보충함.
494) 鄕里: 가본에는 '隣里'로 되어 있음.
495) 呈: 저본에는 '定'으로 나와 있으나 가, 라본에 의거함. 다본에는 '納'으로 되어 있음.
496) 盡招: 저본에는 '同召'로 나와 있으나 다본을 따름.
497) 遂: 저본에는 빠져 있으나 다본에 의거하여 보충함.
498) 因: 저본에는 '將'으로 나와 있으나 라본에 의거함.

矣. 當廣取他人之田, 作而收其半." 乃率奴婢, 而躬自監課, 是歲果大登, 穫而分之, 爲百餘石矣. 五百餘家, 亦各[499]多收, 役畢, 相與言曰: "吾輩此穀, 皆崔氏之力也. 五百餘家, 一千三百餘口, 今年春夏, 十室九空之時, 獨能免苦饑, 而全活父母兄弟妻子, 安樂於同室, 歌謠於南畝者, 伊誰之惠也? 人有如此之骨肉之恩, 而不思所以報德, 則狗彘不食吾餘矣." 衆口一談, 皆曰: "果然." 其中老成識字者, 相聚而議曰: "崔氏之穀, 乃崔氏祭田十結及京第所賣錢也. 以今年春穀直論之, 則四千餘石, 可受四萬兩錢, 而顧此之不賣, 而[500]活吾屬, 此天下仁人義士也. 吾屬只以四萬兩之數還之, 則可謂太薄矣, 宜以六萬償之." 僉曰: "可矣!" 乃列書戶口多寡, 繼粮及農饁·穀種及買牛直錢之數, 以秋穀直錢計之, 百錢直二十斗穀, 通爲六萬餘石. 於是, 五百餘口之民, 牛馱馬負, 首尾相接, 簇立於崔家大門之外. 崔生怪問其故, 民人等皆曰: "方有事, 謹當徐對矣." 皆以其穀, 露積於外, 其父老乃立, 而列拜於庭, 曰: "以穀計之, 則輕於鴻毛, 以言乎恩, 則重於泰山[501]. 小人等敢以鴻毛, 報泰山矣." 崔生曰: "幾何?" 曰: "六萬石." 崔生曰: "吾固非墨翟之愛·伯夷之廉, 然以吾之穀數, 計六萬, 則什而加五, 是投方寸之餌, 釣任公之鰲也." 固辭不肯受, 父老等曰: "不然! 今年若賣四千石, 則當得四萬兩, 以四萬兩, 買京鄕所賣之百貨, 而至秋出賣, 則當至十二萬兩, 以十二萬兩貿租, 則當得十二萬石. 今六萬, 乃十二之半也. 不取十二萬, 而取六萬, 是不廉乎? 初不計較利害, 散於垂死之衆民, 而一言不及於望報, 此非愛[502]乎? 以民人等, 利害言之, 五百餘戶, 一千三百餘口, 窮春大歉之時, 雖欲得債錢, 旣無其路. 假使得錢, 其息必不下什五, 以錢買穀, 穀貴錢賤, 持錢者滿市, 擔穀者絶無, 而僅有如此之際, 人其生乎? 又安能及時爲農, 百室盈盈乎! 此穀不受, 則小人等[503]願爲奴婢, 以報萬一." 崔生曰: "汝言

---

499) 各: 다본에는 '皆'로 되어 있음.
500) 而: 다본에는 '力'으로 되어 있음.
501) 重於泰山: 저본에는 '泰山耳'로 나와 있으나 다본을 따름.
502) 愛: 다본에는 '仁'으로 되어 있음.

及此, 安得不受乎?" 民人等皆拜, 曰: "穀自外輸, 感[504]自內結, 未死之前, 何日忘之乎[505]?" 崔生曰: "予少受多, 我實靦然, 何感之有?" 明年春, 賣穀一石值[506]五百, 通爲九萬餘兩, 秋而貿之, 得九萬餘石, 又明年春, 穀一石直二兩錢, 通爲十八萬餘兩. 自此以後, 錢多不得買穀, 穀多亦難換錢, 乃分與五百餘戶之識利害者, 行商焉. 十年之間, 貨財充溢, 皆如厥初誓奴婢之言, 乃賞其奴婢各百金. 五百餘戶之民, 亦賴其力, 凶年則常取貨於崔生焉. 此其章章尤異者也!

1-162.

韓石峯, 自幼習書, 未嘗一日廢, 至中年, 自以爲筆已熟之盡. 一日, 路徑鐘閣, 有一人至高樓, 樓[507]下呼請買油一人, 自樓上應之, 曰: "汝持器而立樓下, 吾當從上注下[508]." 遂俯注於小甁口, 無一點之差[509], 韓見之, 嘆曰: "吾筆雖熟, 不至於是境也." 歸而益習, 卒成名筆.

1-163.

李白沙, 五歲咏劍琴, 曰: '劍有丈夫心,[510] 琴藏太古音.' 南藥泉, 九歲咏月詩, 曰: '衆星皆列陣, 明月爲將軍.' 二詩, 皆[511]占他日之大貴矣.

1-164.

南春城以雄, 性剛果. 其爲都憲也, 有巫挾妖術惑衆者, 拿致憲府, 將刑

---

503) 等: 저본에는 빠져 있으나 라본에 의거하여 보충함.
504) 感: 다본에는 '恩'으로 되어 있음. 이하의 경우도 동일함.
505) 乎: 저본에는 빠져 있으나 다본에 의거하여 보충함.
506) 値: 저본에는 '錢'으로 나와 있으나 다본을 따름.
507) 樓: 라본에는 '之'로 되어 있음.
508) 下: 저본에는 '之'로 나와 있으나 다본을 따름.
509) 之差: 라본에는 '差漏'로 되어 있음.
510) 劍有丈夫心: 라본에는 '劍看丈夫氣'로 되어 있음.
511) 皆: 가본에는 '可'로 되어 있음.

之, 巫能施其術, 撓公所坐交椅, 使不得安身. 左右莫不驚惶失色, 公毅然不動, 却交椅而坐席, 巫又撓之, 公乃掇席及地衣, 倚軒壁而坐. 巫不能撓, 遂杖殺之.

1-165.

趙龍洲, 嘗以前大提學下鄕, 有里中人失鼎, 欲呈訴於本縣, 請文於公. 公平生不作此等文字, 重違其言, 强諾之, 半日沈吟, 僅得'夫鼎也者, 不可須臾離也'一句, 遂思塞. 適有一校生來見, 曰: "大監作何文, 而苦思至此?" 公告以實, 校生曰: "是何難?" 遂一筆搆成, 公見之, 歎曰: "人皆謂我能文章, 今日之作, 子乃文章也."

1-166.

鄭相公太和, 嘗指夫人之腹, 曰: "彼腹必[512]生壽富貴之子, 豈不異哉?" 其後, 子載岳八十餘卒, 稀壽也, 載崙以駙馬, 積貲累鉅萬, 巨富也, 載嵩官至議政, 極貴也. 其先知何其神哉?

1-167.

金愼齋, 少時, 有親友家婢子, 持小札而來[513]. 適値大雨, 終日不得還, 公不得已, 止宿其婢於別房. 其婢年少色美, 公夜臥心動難制, 乃起以鑰鎖其門, 還臥而心猶動, 又投其鎖匙[514]於屋上. 公可謂不負其號矣.

1-168.

申平城武人, 平生不解文字, 而喜作風月[515], 嘗有一句, 曰: '木木槐木淸風多.' 以未得其對爲恨. 有一儒生, 作對曰: '相相申相風月好.' 蓋譏之

512) 必: 저본에는 빠져 있으나 나본에 의거하여 보충함.
513) 而來: 저본에는 빠져 있으나 다본에 의거하여 보충함.
514) 鎖匙: 다본에는 '鑰匙'로 되어 있음.
515) 風月: 저본에는 '詩'로 나와 있으나 나, 다본을 따름.

也. 又以遠接使, 行到義州, 作詩曰: '義州風月好.' 所歷路到處, 必以某地[516]風月好爲首句, 及到開城府, 嘆曰: "開城府惡地也, 詩不可作!" 蓋以'開城府風月好'爲句, 便成六字, 而不知詩有六字也, 聞者齒冷. 又與子書, 曰: "地官吾山所見, 應政丞出, 然則好哉!"

1-169.

柳懋上崔上舍啓, 曰: "貧富在天[517], 古人所以順受; 窮達有命, 古人所以自安. 男兒不能謀身, 未免鄉里之賤踏, 飢寒甚至到骨, 亦經死生關頭, 盡賣祖上田庄, 更無餘地, 不似士子貌樣, 頗似常人. 昔者, 公赤手生涯, 白頭幼學, 父爲通判, 舅爲郡守, 兩班則眞兩班. 前居水原, 後居楊州, 一變而又一變, 念昔全盛之時, 誰能比擬? 及此瘦疲之後, 猶自矜誇, '北梨城南草溪, 幾年以衙童而往來; 左酒婢右茶母, 逐日與[518]官物而遨遊. 快馬輕裘, 行路爲之, 指點錦衣瑤席, 擧世稱之豪華. 美畓良田, 勿論豊凶而食; 蒼頭赤脚, 亦足使令於前.' 豈意福過灾來[519], 樂極哀至[520]? 闔門之喪禍稠疊, 四顧無親, 奴僕之散亡連, 仍一敗塗地. 前後室所育, 只有一女二男[521], 眞外家遺財, 今無寸銅[522]尺土, 今年比去年不似, 已絶收拾之望, 百事無一事所成, 遂至流離之境. 遂乃毁撤舊居, 僑寓他鄉, 妻娚之家, 勢稍優, 蓋爲依歸之所. 婢夫之手才[523]頗滑, 亦多藉賴之時, 春亦窮, 秋亦窮, 所謂剛鐵去處; 出且粥, 入且粥, 未免豊年乞兒. 一片之席門無樞, 半間之草屋如斗[524], 家母之手段甚大, 雖使積如山

516) 必以某地: 나, 다본에는 '每以'로 되어 있음.
517) 天: 저본에는 '心'으로 나와 있으나 나, 다본에 의거함.
518) 與: 다본에는 '以'로 되어 있음.
519) 來: 저본에는 '生'으로 나와 있으나 다본을 따름.
520) 至: 저본에는 '生'으로 나와 있으나 라본을 따름.
521) 一女二男: 다본에는 '一男二女'로 되어 있음.
522) 銅: 저본에는 '童'으로 나와 있으나 나, 다본에 의거함.
523) 手才: 라본에는 '手法'으로 되어 있음.
524) 斗: 다본에는 '蝸'로 되어 있음.

而難支；丈夫之身世堪憐，直欲鑽入地而不得．口尙乳之稚兒，隨後喜奉祀之有人；髮半白之處女，在前嘆成婚之無日．旣處事之如此，又行身之可笑，身三尺而綽綽，不識天高；舌一寸而期期，半是烏喙．容貌埋沒杏，廣大之依俙；鬚髥鬔鬆草，佐飯之彷彿，木屐長曳於四時，無乃月脚先生？總冠不知其幾年，必是天皇同甲．夏日漸熱，[525] 無邊竹破扇懶搖；秋風乍冷，有空韃耳掩先拂，任彼兒童之譏笑，尙勤隣里之尋訪．上衣惟一歲，着四五巡，居常三字，藏於篋裡；草靴則兩隻，出八九孔，雖然十襲，掛於壁間．平生技能，稱一手於將軍；老來滋味，半開眼於鬪錢．江都米邑倉租，一升之還上先登；別差使檢督官，萬般之凌辱甘受．皺皮生栗，盡弊之短褐當裘；空腹鳴雷，半熟之苦菜如蜜，不幸短命，但數死兒之年；足以療飢，亦賴祭德之飯．尙賴乎父兄德，則[526]所恃者，書冊若干，少從事於詩義，只誦「洛橋人」半句．老專工於科業，未參漢城試一番，『史略』初卷能知之，近處之兒童爭聚[527]；戶籍單子能寫之，他洞之常漢亦來．捫飢虱於稠中，孰不掉頭而走？呈惡臭於座上，人皆掩鼻而過，言語過恭，不憚李約正之執友；廉恥都喪，甘爲鄭座首之下風．頃刻不入於家間，南村北村之遍踏；毒草搜[528]出於囊中，一竹二竹之專呑．嗚呼！人生到此，誰識舊日[529]之饒居？天道無知，且休陳曆之提起，文字半肉談半，悉以形容，譏弄兼實事兼，願勿嗔怒．”

1-170.

蔡希菴，嘗閑居，有人來呼侍童，曰：“蔡彭胤在否？”其人容貌醜怪，衣裳藍褸[530]，狀似乞人，侍童慢罵之，曰：“爾是何人，敢呼宰相名乎？”蔡公適

525) 夏日漸熱：나본에는 '夏雨常遙'로 되어 있음.
526) 則：라본에는 '分'으로 되어 있음.
527) 爭聚：나본에는 '或集'으로 되어 있음.
528) 搜：라본에는 '披'로 되어 있음.
529) 舊日：나, 다본에는 '前日'로 되어 있음.
530) 藍褸：다본에는 '襤褸'로 되어 있음. 서로 통함

臥房中, 聞其聲而異之, 開簾引入, 與之座, 而問曰: "何所聞而來耶?" 曰: "聞公詩名, 久矣, 欲玩稿[531]作而來耳." 公遂出示[532]私稿, 其人畢覽, 曰: "儘美矣!" 公曰: "子旣見我之詩, 而願聞子之詩." 曰: "公欲聞之, 命題呼韻, 則當賦之矣." 蔡公以'獨釣寒江雪'爲題, 呼'凝'·'繩'·'鷹', 使賦七言絶句, 其人應口, 卽對曰: '白玉連江萬里凝, 探深無路下長繩. 漁翁捲釣空呵手, 鱸膾誰[533]能薦季鷹.' 詩成辭出[534], 問其姓名, 不對而去.

1-171.

李海皐奴子名愛男者, 壬辰倭寇[535]猝至, 大駕西幸, 時公以說書直闕中, 徒步扈從. 愛男聞變, 急具鞍馬, 遭公於弘濟院, 以乘公星夜跋涉, 行到臨津, 大雨下注, 夜黑如漆, 只尺不辨津頭[536]. 村民盡逃, 不知船泊何處[537], 擧朝焦惶, 計無所出. 愛男乃以火爇江邊村舍, 通明如晝. 於是, 見船數隻, 係在江邊, 得以利涉. 宣廟[538]問: "燒廬覓舟, 誰之計也?" 侍臣對以愛男, 上甚奇之. 自是, 御膳必[539]賜愛男. 愛男每以乾物, 盛諸布帒, 至白川, 而御膳闕供, 愛男出帒中進之, 上尤奇之. 亂定還都, 召見于差備門, 親賜金圈, 愛男納諸囊中, 終身不着云.

1-172.

申汾崖, 善相人, 閔趾齋嘗問其窮達, 答曰: "相君之面, 全無貴氣[540], 其不需一命哉!" 及聞, 閔公辭出, 見其擧止行步, 招入而語之, 曰: "相君之

531) 稿: 저본에는 '賓'로 나와 있으나 라본을 따름.
532) 示: 저본에는 빠져 있으나 나, 라본에 의거하여 보충함.
533) 誰: 라본에는 '許'로 되어 있음.
534) 出: 라본에는 '去'로 되어 있음.
535) 倭寇: 나본에는 '倭賊'으로 되어 있음.
536) 津頭: 저본에는 빠져 있으나 나본에 의거하여 보충함.
537) 船泊何處: 나본에는 '何邊船泊扈從之'로 되어 있음.
538) 廟: 저본에는 '朝'로 나와 있으나 다본에 의거함.
539) 必: 나본에는 '賞'으로 되어 있음.
540) 貴氣: 나본에는 '貴格'으로 되어 있음.

背，都是貴格，必躋吾位哉!" 後至判書.

1-173.

張旅軒，居仁同，嘗打麥于庭，大雨暴至，收置于軒上[541]. 公年老貌黧，衣冠甚麤，頗似村老. 時本道方伯之子，爲避雨入坐軒中，而[542]不禮焉. 卒然問曰: "打麥不少，君似食粟矣." 答曰: "能力穡，僅免飢餒矣." 忽[543]見鬢邊[544]金圈，更問曰: "無乃納粟乎?" 答曰: "近來加資甚多，故鄕人亦得之矣.[545]" 又問: "君有子乎?" 答曰: "有一[546]繼子." 問: "在家否?" 曰:[547] "有役方上京耳." 問: "何役?" 答曰: "方爲副提[548]學役矣." 時公之子應一，爲副學故也. 其人坐不安席，愧然[549]又問曰: "聞旅軒張先生在此邑云[550]，或知之否?" 曰: "近處少年無知，稱我旅軒矣." 道伯子聞之，不勝驚惶[551]，下庭而立[552]，曰: "小子愚迷，獲罪於先生，請受其罰." 公勸使升軒，而責之曰: "士子言語，不可不愼. 是後,[553] 須勿復然!" 卽爲愧赧辭去.[554] 于後，道伯率子而來，謝其不能教子之罪，欲笞其子，公力止之，乃止.

1-174.

金參判始振，有知人之鑑. 嘗於路上見[555]有一童子，遇戴水桶女兒，與之

---

541) 軒上: 가본에는 '廳上'으로 되어 있음.
542) 而: 나본에는 '初'로 되어 있음.
543) 忽: 저본에는 빠져 있으나 나본에 의거하여 보충함.
544) 邊: 저본에는 '着'으로 나와 있으나 가본을 따름.
545) 故鄕人亦得之矣: 나본에는 '鄕人多得，故吾亦得之，客何怪之?'로 되어 있음.
546) 一: 저본에는 빠져 있으나 나본에 의거하여 보충함.
547) 曰: 저본에는 빠져 있으나 가, 다본에 의거하여 보충함.
548) 提: 저본에는 빠져 있으나 나본에 의거하여 보충함.
549) 其人坐不安席，愧然: 저본에는 빠져 있으나 나본에 의거하여 보충함.
550) 云: 저본에는 빠져 있으나 가, 다본에 의거하여 보충함.
551) 惶: 저본에는 '悟'로 나와 있으나 나, 다본에 의거함.
552) 立: 나, 다본에는 '告'로 되어 있음.
553) 是後: 나본에는 '從今以後'로 되어 있음.
554) 卽爲愧赧辭去: 저본에는 빠져 있으나 나본에 의거하여 보충함.

戱焉. 見其容貌美秀, 使人問之, 乃閔黯也. 知其必大貴, 許以女妻之. 及委禽之日, 金公見之, 忽色不豫, 客問其故, 答[556]曰: "恨吾之見未明耳. 渠雖位極人臣, 其如不命終, 何俾吾女同享其樂, 不見其敗而先死, 亦何恨哉?" 後果如其言.

1-175.

晋州有死節兵使忠烈祠, 歲久頹圮, 上雨傍風,[557] 塑像沾濕. 洪僉知景濂, 見而愍之, 語諸營將, 合力重建, 營將不應. 公獨辦材力, 更建其祠而祭之, 親自將事, 極其誠敬. 一日,[558] 夢有四人來謝, 曰: "吾輩賴公之惠, 獲免沾濡, 無以酬恩, 當禱于天, 使公之子孫, 世世科甲連綿矣." 召羅卒, 謂曰: "牧使以文官, 能[559]建吾輩之廟, 營將則同是武弁, 而不能出一文錢, 不可不罰." 促使拿入, 棍打無數, 仍令引出斬之. 公覺而異之, 卽送人問營將安否, 則營將通宵痛魘項, 忽浮高勺水不入, 未幾[560]命絶. 其後, 公之三子·三孫·玄曾, 俱得文科云[561].

1-176.

鄭監司孝成, 性寬溫, 雖子弟[562]不輕爾汝. 嘗交一閭巷微賤人, 引與之坐, 待以朋友禮[563], 其子玄谷, 諫曰: "大人與此人交, 等級夷矣, 禮貌損矣. 正爲諸子[564]羞矣." 公笑曰: "禮[565]豈論地位哉? 吾所交者以心也. 君

555) 見: 저본에는 빠져 있으나 라본에 의거하여 보충함.
556) 答: 저본에는 빠져 있으나 나본에 의거하여 보충함.
557) 上雨傍風: 나본에는 '風撲雨漏'로 되어 있음.
558) 一日: 다본에는 '一夜'로 되어 있음.
559) 能: 나, 다본에는 '猶'로 되어 있음.
560) 未幾: 나, 다본에는 '未久'로 되어 있음.
561) 云: 저본에는 빠져 있으나 다본에 의거하여 보충함.
562) 子弟: 나, 다본에는 '子侄'로 되어 있음.
563) 禮: 저본에는 빠져 있으나 다본에 의거하여 보충함.
564) 諸子: 나본에는 '君子'로 되어 있음.
565) 禮: 가본에는 '交'로 되어 있음.

之朋, 則皆面也非心也, 其欲試之耶?" 遂父子乘夜[566], 微服而出, 問曰: "君之友, 誰最密也?" 曰: "某學士." 卽往其家, 低聲而告曰: "某父子不幸殺人, 其人[567]士族, 且有數子, 方持刀遍搜各坊, 曰: '如有藏匿者, 必先殺之.' 以是, 無敢容接者, 玆恃平日交誼, 敢[568]來投焉." 對曰: "非不欲受[569], 家庭有故, 不能留人." 又往數處, 皆貴遊也, 皆[570]如前言不納. 公遂往其人之家, 又告如前, 其人卽延入內房, 謂其妻曰: "此爺有難[571], 如或知之, 不免吾輩與之同死, 須先煖酒壓驚, 炊飯療飢." 洽洽歡歡, 少無難色. 公大笑, 顧謂玄谷曰: "吾之友與君友, 交情何如?" 玄谷大愧服.

1-177.

乙亥逆獄, 志伏法, 浩追用逆律. 時有林志浩者, 呈于禮曹, 請改其名, 判書李益炡, 題之曰: "賊志之志字[572], 逆浩之浩字[573], 必欲改之, 則林巨正之林者, 何獨不改乎[574]?" 聞者齒冷.

1-178.

元相仁孫, 嘗問于李三淵鼎輔曰: "徐命天·李敏坤·金載人, 天地人三才, 地變爲坤, 難得其對云." 李公曰: "魏昌祖·崔益男·元仁孫, 祖子孫三代, 子變爲男." 聞者捧腹.

---

566) 乘夜: 나, 다본에는 '昏夜'로 되어 있음.
567) 人: 저본에는 빠져 있으나 가, 라본에 의거하여 보충함.
568) 敢: 나, 다본에는 '特'으로 되어 있음.
569) 受: 저본에는 '愛'로 나와 있으나 가, 나, 다본에 의거함.
570) 皆: 가, 나, 다본에는 '一'로 되어 있음.
571) 難: 가본에는 '急'으로 되어 있음.
572) 字: 저본에는 '者'로 나와 있으나 나, 다본에 의거함.
573) 字: 저본에는 '者'로 나와 있으나 나, 다본에 의거함.
574) 乎: 저본에는 빠져 있으나 나, 다본에 의거하여 보충함.

1-179.

昔有一都事, 考校生講, 有白髮校生, 挾『史略』初卷而入, 請天皇氏大文. 都事心侮之, 欲使落講, 因[575]問曰: "爾知天皇氏之父名乎?" 對曰: "亞使知此邑郭座首之父名乎?" 都事大叱曰: "吾何知之乎?" 校生曰: "今世生存之人名, 亞使尙不能知, 小生安知累萬年前天皇氏父名乎?" 都事大笑.

1-180.

金沙川榦, 淸苦力學, 近世罕比. 有一門生, 嘗問先生於讀書, 亦有一膝之工否, 公曰: "吾嘗上寺讀書, 自暮春至季秋, 凡七箇月, 不解帶不脫笠, 未嘗鋪衾臥寢讀書. 夜深欲睡, 則以兩拳相累, 置額其上, 睡欲深, 額便欹墜, 覺而起讀. 日以爲常, 始入山時見[576]播種, 方始及出山, 已穫食云." 蓋公誠篤之志, 固卓乎難及, 而亦其精力旺厚, 有非凡倫[577]之所可及者存焉.

1-181.

成廟朝時, 湖南興德縣化龍里有吳浚者, 士族也. 事親至孝, 親沒葬靈鷲山, 結廬墓側, 日啜白粥一甌, 哭泣之哀, 聽者隕涕. 祭奠常設玄酒, 而有泉在山谷中, 極淸甘, 距可五里, 吳君必親自提壺汲之, 不以風雨寒暑小懈. 一夕, 有聲發[578]自山中如雷, 轉一山盡撼, 朝起視之, 則有泉湧出廬側, 淸潔甘冽, 一如谷泉, 往視谷泉, 已渴矣. 遂取用庭泉, 得免遠汲之勞, 邑人名曰[579]'孝感泉'. 廬在深山之中, 虎豹之所宅, 盜賊之所萃, 家人甚憂之. 旣過小祥, 一日, 忽見一大虎, 蹲坐于廬前[580], 吳君戒之曰:

---

575) 因: 저본에는 빠져 있으나 다본에 의거하여 보충함.

576) 時見: 나본에는 '讀書時去見'으로 되어 있음.

577) 凡倫: 나본에는 '凡類'로 되어 있음.

578) 發: 저본에는 빠져 있으나 가, 다본에 의거하여 보충함.

579) 曰: 저본에는 '之'로 나와 있으나 가, 나, 다본을 따름.

580) 前: 가, 다본에는 '側'으로 되어 있음.

"汝欲害我耶? 旣不可避, 任汝所欲, 但我無罪." 虎便掉尾低頭, 俯伏而跪, 若致敬者, 吳君曰: "旣不相害, 何可不去?" 虎卽出門外, 伏而不去. 日以爲常, 至於撫弄, 若家犬豕, 而每當朔望, 虎必致一大鹿, 或山猪於廬前, 以具祭需, 周年不一闕. 猛獸盜賊, 仍以遠避[581)]屛跡. 及吳君闋服還家, 而虎始去. 其他孝感異跡甚衆, 而泉湧虎敬之事,[582)] 特其最著者也. 其時, 道臣上聞於朝, 成廟特命旌閭, 又賜米帛矣.[583)] 吳年六十五卒, 贈司僕正, 邑人享之鄕賢祠. 今上卽祚, 深患近來院宇之弊, 命撤甲午以後祠, 興德儒生, 列君孝行以聞, 上命獨不毁, 亦曠典也. 其祠近來頗多[584)]傷弊, 吳君之後泰運, 具事來告于太學, 請自太學行簡, 通于本邑鄕校, 令其章甫, 同力修葺. 吾以得聞, 東漢時, 蜀人姜詩, 事母至孝, 母好[585)]飮江水, 又嗜魚膾, 詩妻龐氏, 去舍六七里, 汲水以繼, 詩力作供膾. 一日, 舍側忽湧甘泉, 味如江水, 每朝躍出兩鯉, 以供其用. 赤眉馳兵而過, 曰: "驚大孝, 必觸鬼神!" 光武拜詩郎中. 又見『稠海拾遺』, 云: "曹曾魯人, 事親盡禮[586)], 亢旱井地皆渴, 母思淸甘之水, 曾跪而操瓶, 則甘泉自湧." 吳君之事, 與此若符合契. 蓋曰: "至誠感神." 傳曰: "誠未有不動者." 信哉! 孝感泉, 至今尙在, 觱沸澄澈, 邑人愛護以石築云. 此誠自有東國所未有之事也, 奇哉奇哉!

1-182.

李璲, 小字宗禧, 家本[587)]湖西全義縣也. 九歲値闔室遘病, 其父母奴僕, 一時病臥, 獨宗禧未痛. 其父光國痛已久, 而未退熱, 氣窒者二日, 全身蹩[588)]冷而無省視者. 宗禧獨自惶惶蹩起, 病婢急煮米飮, 訖將刀斫破四

581) 遠避: 저본에는 빠져 있으나 나본에 의거하여 보충함.
582) 泉湧虎敬之事: 저본에는 '泉虎事'로 나와 있으나 나본을 따름.
583) 又賜米帛矣: 저본에는 '賜米帛'으로 나와 있으나 나본에 의거함.
584) 近來頗多: 저본에는 '近頗'로 나와 있으나 나본을 따름.
585) 好: 가본에는 '欲'으로 되어 있음.
586) 盡禮: 다본에는 '至孝'로 되어 있음.
587) 本: 나본에는 '在'로 되어 있음.

指，血注椀中，滿椀殷赤．用箸啓父之齒，和米飯[589]連灌，用半椀已，有氣息微微出鼻口，兒驚喜，遂盡用一椀．父乃甦發語聲，幸得生，翌日向晡，氣又窒如前，兒號泣禱天．又斫衆指於几上，血大出，一病婢見之，驚呼扶擁，兒亟揮之，使去俾無驚動家衆．和血於粥，又進一椀，方進粥[590]時，室中忽聞有呼云："宗禧！汝誠感天，冥府已許汝父之生，汝其放心，勿悲痛云！"家中內外臥者，莫不聞之，皆曰："長湍生員聲也．"長湍生員，卽宗禧之外祖尹謙，其死已久矣，憐其宗禧之誠懇，神感如是矣．[591] 其父得生卽退熱，日向蘇完，而其母亦繼瘳．宗禧事，無不稱道藉藉，里入遂狀報於邑倅，倅大奇之，轉報監營，道伯李聖龍給復聞于朝，旌其閭．宗禧今年三十二，來居京師阿峴．余嘗見之，貌端潔壯雅士也．夫親病斷指者，多矣．今以九歲兒行之，不計身命，不求聲聞，不知痛苦粹然．出天之孝，宜其感動，神明續父之命也．

1-183.

柳參判淰，全昌尉胤子也．嘗定女婚，盛備婚具，置於內室樓上，而樓中又有大瓮，滿儲旨酒．一日，柳之內外，室中同寢，忽有歌聲，似在耳邊諦聽之，發自樓上．柳公大驚，急蹙起婢子，燃燭照之，呼召衆婢，上樓看之，則有一大漢，鬅髮赤面，醉倚衣袱，一手持瓢，一手鼓脾，凝睇睨人而歌曰：'平沙落鴈，江村日暮，漁舟歸．白鷗眠何處，一聲長笛，醒醉夢慢．' 調寥亮，屋樑可撼，歌而又歌，略無聞覩．上下莫不驚駭，結縛投下樓窓，致之中庭，兀然醉倒，認之而不對．黎明視之，是居在不遠之地，常民之素不潔者也．柳公笑曰："此是盜賊中豪傑！"遂解而逐之．[592]

---

588) 蹙：저본에는 '蹶'로 나와 있으나 다본에 의거함.

589) 和米飯：저본에는 '攪和'로 나와 있으나 가본을 따름.

590) 粥：나본에는 '米飮'으로 되어 있음.

591) 憐其宗禧之誠懇，神感如是矣：저본에는 빠져 있으나 나본에 의거하여 보충함.

592) 發自樓上……遂解而逐之：저본에는 결락되어 있는데,『청구야담』·「唱高歌樑上豪傑」에 의거하여 보충함.

卷二

2-1.

成廟時或微行, 一夜雪月照耀, 上與數三宦侍, 微服而行, 行到南山下. 時政三更後, 萬籟俱寂, 而山下數間斗屋, 燈火明滅, 有讀書聲. 上以幅巾道服, 開戶而入, 主人驚起, 延坐而入[1], 問曰: "何許客子深夜到此?" 上曰: "偶然過去, 忽[2]聞讀書聲而來." 仍問: "所讀何書?" 對曰: "『易經』也." 上與之問難, 應對如流, 眞大儒[3]也. 問: "年紀幾何?" 對[4]曰: "五十餘矣." "不廢科工乎?" 對[5]曰: "數奇之故, 屢屈科場矣." 請見其私草, 乃出示之, 箇箇名作, 上怪而問之曰: "如許實才, 尙未登科, 此則有司之責也." 對曰: "奇窮之致, 何可怨有司之不公乎?" 上奇之[6], 熟視其中一篇題與所作, 仍問曰: "傳聞[7]再明有別科, 其或知[8]之否?" 對曰: "不得聞知矣, 何時出令乎?" 上曰: "俄者, 自上有命, 第爲努力見之!" 仍辭出, 使掖隷, 以二斛米十斤肉, 自外投其庭而去, 還宮後, 仍命設別科. 及期, 御題以向夜儒生私草中所作[9]出揭, 而只待其文之入來. 未幾, 試券入呈, 果是向夜所覽之賦. 自上大加稱賞, 多下御批, 而擢第一矣. 及其坼榜之時, 呼入新恩, 則非向夜所見之儒, 卽一少年儒生[10]也. 上大[11]訝然而教

---

1) 入: 저본에는 빠져 있으나 다본에 의거하여 보충함.
2) 忽: 저본에는 빠져 있으나 나본에 의거하여 보충함.
3) 大儒: 나본에는 '巨儒'로 되어 있음.
4) 對: 저본에는 빠져 있으나 가, 다본에 의거하여 보충함.
5) 對: 저본에는 빠져 있으나 나본에 의거하여 보충함.
6) 奇之: 저본에는 빠져 있으나 가본에 의거하여 보충함.
7) 傳聞: 저본에는 빠져 있으나 나본에 의거하여 보충함.
8) 知: 저본에는 '聞'으로 나와 있으나 나, 다본을 따름.
9) 所作: 저본에는 '題'로 나와 있으나 나, 다본을 따름.
10) 生: 저본에는 빠져 있으나 가본에 의거하여 보충함.

曰:“此是[12]汝之所做乎?”對曰:“非也, 果逢於小臣老師私草中而書呈矣.”上又教曰:“汝師何不赴擧?”對曰:“臣之師偶飽米肉, 卒患關格, 不得入來, 故小臣懷其私草而來矣.”上默然良久, 使之退. 蓋所賜米肉, 過[13]飽於飢腸而生病也. 由是觀之, 豈非命數[14]耶? 此儒因此病不起云.

2-2.

成廟夜又微行, 過一洞, 洞甚[15]幽僻處, 遠見柴門開處, 有[16]一女子出來, 而門前之樹有鵲聲. 其女子四顧而無人, 仍往其[17]樹下, 又作鵲聲, 而以口含木而上, 上有鵲聲, 和[18]而受之. 上心竊訝之, 仍咳嗽, 則其女子驚避入[19]于門內, 又有一人[20], 從樹上跳下而入柴門. 上追到而問其[21]故, 其人答曰:“自少業科工, 年近五十, 而尙未得科, 曾聞家有南鵲巢則登科云, 故此樹種于門前者, 已過十餘年, 而鵲不來巢. 吾今夜與老妻, 作雌雄鵲相和之聲, 而含木枝作巢, 以爲閒中劇戲, 而不幸爲客所見, 請問客子何許人而深夜到此?”上笑而憐之, 以過客爲答, 還宮. 翌日, 出科令, 以人鵲爲題, 一場士子, 皆不知解, 此士獨知之呈券而登科. 南鵲之靈有如是, 此亦會時而然矣.

2-3.

成廟夢見, 黃龍由崇禮門而入, 額上書以‘李石’. 上驚而覺之, 問內侍夜

---

11) 大: 저본에는 빠져 있으나 가본에 의거하여 보충함.
12) 是: 나본에는 ‘果’로 되어 있음.
13) 過: 나본에는 ‘猝’로, 다본에는 ‘果’로 되어 있음.
14) 數: 저본에는 빠져 있으나 나본에 의거하여 보충함.
15) 甚: 저본에는 ‘是’로 나와 있으나 다본을 따름.
16) 有: 저본에는 ‘見’으로 나와 있으나 나본에 의거함.
17) 其: 저본에는 빠져 있으나 가, 다본에 의거하여 보충함.
18) 和: 저본에는 빠져 있으나 가본에 의거하여 보충함.
19) 入: 저본에는 빠져 있으나 다본에 의거하여 보충함.
20) 人: 다본에는 ‘男子’로 되어 있음.
21) 其: 저본에는 빠져 있으나 가, 다본에 의거하여 보충함.

如何, 其對曰: "幾至罷漏時矣." 仍命一別監, "卽往南[22]門, 內門鎖開後, 如有初入之人, 毋論某人, 率置于汝家後回奏." 別監承命而出, 少竢于門內, 少焉開門, 而有一總角負炭[23]而入, 別監仍執留, 其人驚遑戰慄, 仍携至渠家而來奏. 時謁聖科, 只隔數日矣. 上命別監, "姑留汝家而饋朝夕, 及科期, 加冠而備給一[24]儒巾·一[25]靑袍, 如試紙筆墨勿給[26]. 而汝與偕入場內, 第觀其動靜之如何." 別監承命而出, 問其兒曰: "汝欲入科場乎?" 對曰: "小人無識之人, 以賣灰爲業, 何由而入場內乎云云." 則別監奉[27]依下敎, 備給巾服, 而强使[28]入場, 而同坐壯元峰下[29], 只觀光矣. 日色[30]稍晩, 榜幾出時, 多士會于壯元峯下, 傍有白髮老儒, 頻頻熟視, 仍近前而[31]問曰: "汝乃[32]石伊乎?" 對曰: "然矣." 老儒執手垂淚, 曰: "汝果生存於此世乎? 吾與乃翁卽切友也, 與乃翁同硏, 不知幾許[33]年矣. 某年疾疫, 汝家闔門病死, 伊時汝之乳媼抱汝而逃走云矣. 時汝年不過數三歲, 今於長成之後, 吾何以記得汝乎? 今於此相逢, 吾心忽爾有感認汝也. 丁寧如是, 此豈非天乎? 汝翁私草在於吾, 而況[34]今日之題, 吾與汝翁舊時宿搆也. 吾則以吾之所搆用之, 今餘汝翁之作, 汝已[35]觀科乎?" 對曰: "何敢觀科? 爲主人[36]所勸, 以欲瞻闕內威儀而入來矣." 其儒[37]曰:

22) 南: 저본에는 '于'로 나와 있으나 나, 다본을 따름.
23) 炭: 저본에는 '灰石'으로 나와 있으나 가본을 따름.
24) 一: 저본에는 빠져 있으나 나본에 의거하여 보충함.
25) 一: 저본에는 빠져 있으나 나본에 의거하여 보충함.
26) 勿給: 다본에는 '爲備給'으로 되어 있음.
27) 奉: 저본에는 빠져 있으나 나본에 의거하여 보충함.
28) 使: 나본에는 '勸'으로 되어 있음.
29) 下: 저본에는 빠져 있으나 다본에 의거하여 보충함.
30) 日色: 저본에는 빠져 있으나 나본에 의거하여 보충함.
31) 而: 저본에는 빠져 있으나 가, 나본에 의거하여 보충함.
32) 乃: 나본에는 '或'으로 되어 있음.
33) 許: 저본에는 빠져 있으나 나본에 의거하여 보충함.
34) 況: 저본에는 빠져 있으나 나본에 의거하여 보충함.
35) 已: 다본에는 '欲'으로 되어 있음.
36) 主人: 저본에는 '此人'으로 나와 있으나 가본을 따름.
37) 其儒: 나본에는 '老人'으로, 다본에는 '其人'으로 되어 있음.

"吾有空正草一張[38], 汝可觀科." 仍書秘封以李石書之, 而呈券矣. 未幾榜出, 李石居魁矣. 呼新恩後, 上命入侍, 而問曰: "此是汝作乎?" 李石對以實, 與別監傳達符合矣.[39] 上命尋其老儒入侍, 下敎曰: "令除汝齋郎, 可敎李石以文字也." 仍除一齋郎, 而使李石受業矣. 李石後[40]位至參判, 爲成廟朝名臣云爾.

2-4.

鄭[41]北窓之友一人病重, 醫藥無效, 其老父知北窓之神異, 來問, 則答曰: "年數已盡, 更[42]無可救之道矣." 其父泣而哀乞, 願知其[43]可救之方, 北窓憐其情理, 曰: "然則不得不減吾十年之壽, 以添公之子年限矣." 仍曰: "公於來[44]夜三更後, 獨自步上南山絶頂, 則必有紅衣·黑衣二僧相對而坐矣. 伏乞於其前, 哀乞公子之命, 其僧雖怒而逐之, 切[45]勿退去, 雖以杖毆之, 亦勿去, 務積誠意, 則自有可知之道矣." 其人如其言, 至其夜, 獨自乘月而上南山, 果有二僧如其言, 仍伏[46]前泣乞, 二僧驚曰: "過去山僧[47], 暫憩于此矣, 公是何許人而[48]來作此駭擧也? 公子之命壽脩短, 貧僧何以知之? 斯速退去!" 其人聽若不聞, 而一樣哀乞. 其僧怒曰: "此是狂人也! 可毆逐矣." 擧杖打之, 痛不忍, 而如前伏而泣乞. 良久, 朱衣僧笑曰: "此事必是鄭磏之所指導也. 此兒所爲可恨, 當以渠之壽減十年, 而添此人之壽無妨矣." 黑衣僧點頭, 曰: "然矣." 二僧始扶而起之,

---

38) 一張: 저본에는 빠져 있으나 나본에 의거하여 보충함.
39) 與別監傳達符合矣: 저본에는 빠져 있으나 가본에 의거하여 보충함.
40) 後: 저본에는 빠져 있으나 나, 다본에 의거하여 보충함.
41) 鄭: 저본에는 빠져 있으나 가, 나본에 의거하여 보충함.
42) 更: 저본에는 빠져 있으나 나본에 의거하여 보충함.
43) 知其: 나, 다본에는 '指'로 되어 있음.
44) 來: 다본에는 '今'으로 되어 있음.
45) 切: 저본에는 빠져 있으나 다본에 의거하여 보충함.
46) 伏: 저본에는 '於'로 나와 있으나 나본을 따름.
47) 山僧: 나, 다본에는 '老僧'으로 되어 있음.
48) 而: 저본에는 빠져 있으나 나, 다본에 의거하여 보충함.

曰:“聊試之矣!”黑衣僧自袖中, 出一冊子[49], 以給朱衣僧, 朱衣僧受之, 對月光擧筆, 若有書字樣, 而言曰:“公之子, 從今延十年壽矣, 可歸語鄭礦, 使勿復洩天機也.”仍忽不見. 蓋朱衣僧南斗也, 黑衣僧北斗也. 其人歸家矣, 其子之病漸瘳, 十年後乃死. 北窓年過五十而卒, 如其言.

2-5.

李[50]月沙夫人, 權判書克智女也. 有德行, 二子白洲·玄洲, 皆顯達, 而治家儉素, 華麗之衣, 未嘗近於身. 時某公主家迎婦, 自上命滿朝命婦皆赴宴, 諸家婦女, 競以華侈相尙, 伊日之宴, 珠翠綺羅, 奪人眼目[51]. 最[52]後有一[53]轎子入來, 而一老婦人扶杖而來, 葛衣布裳, 麤劣極矣. 將升堂, 主人公主, 倒屣下堂[54]迎, 年少諸婦, 莫不指笑而驚訝, 不知爲誰家夫人. 主人迎[55]之上座, 執禮甚恭, 人尤訝之. 進饌後, 其老婦人先起告歸[56], 主人以日勢之尙早, 挽止, 則老婦人曰:“鄙家大監, 以藥院都提調, 曉已赴闕, 伯兒以政官赴政席, 小兒以承旨坐直, 老身歸家, 可備送夕飯.”座中大驚, 始知爲月沙之夫人矣[57].

2-6.

徐花潭敬德, 博學多聞, 天文·地理·術數之學, 無不通曉. 卜居于長湍花潭之上, 仍以爲號. 一日, 會學徒講論, 忽有一老僧來拜而去, 花潭送僧之後, 忽爾嗟嘆不已, 學徒問其故, 花潭曰:“汝知其僧乎?”曰:“不知

---

49) 子: 저본에는 빠져 있으나 나, 다본에 의거하여 보충함.
50) 李: 저본에는 빠져 있으나 나본에 의거하여 보충함.
51) 眼目: 나본에는 '耳目'으로 되어 있음.
52) 最: 저본에는 '追'로 나와 있으나 나, 다본에 의거함.
53) 一: 저본에는 빠져 있으나 나, 다본에 의거하여 보충함.
54) 堂: 저본에는 빠져 있으나 다본에 의거하여 보충함.
55) 迎: 다본에는 '延'으로 되어 있음.
56) 告歸: 다본에는 '退告'로 되어 있음.
57) 矣: 저본에는 빠져 있으나 가, 다본에 의거하여 보충함.

矣.” 花潭曰: “此是某山之神虎也. 某處人之女方迎婿, 而將爲其害矣, 可憐矣.[58)]” 一學徒問曰: “先生旣知之, 則有何可救之道乎?” 花潭曰: “有之, 而但無可送之人矣.” 學徒曰: “弟子願往矣.” 花潭曰: “若然則好矣.” 仍授一書, 曰: “此是佛經, 往其家勿先泄, 而但使之具床卓燭火於廳上, 使其處女, 處之房中, 而鎖四面門. 又使健婢五六人, 堅執其女子而[59)]勿放, 汝則坐[60)]於廳上, 讀此書, 而勿誤句讀, 則可以[61)]挨過鷄鳴之時, 自可[62)]無事矣. 戒之愼之!” 其人承敎, 而馳往其家, 則上下紛紜[63)], 問之, 則以爲明將迎婿, 今方受綵. 其人入見主人. 寒暄罷後, 仍言曰: “今夜主家有大厄, 吾以此而來, 欲使免焉, 可如斯如斯!” 主人不信, 曰: “明將迎婿, 今當受綵,[64)] 何處過客, 作此[65)]病風之言也?” 其人曰: “無論吾言之病風與否, 過今夜, 則自有可知之道矣. 過後, 吾言如或[66)]無靈, 則伊時毆逐, 無所不可, 第須依吾言爲之, 可也.” 主人心甚訝, 然第依其言, 鋪設而俟之, 其女亦如其人之言, 處之房內. 其人端坐廳上燭影之下, 而讀經矣. 三更時候, 忽有霹靂聲, 家人皆戰慄走避, 有[67)]一大虎, 蹲坐於庭下而咆哮, 其人顔色不變, 讀經不撤. 此時, 其處女稱以放矢[68)], 限死欲出外[69)], 諸婢左右執挽, 則處女跳踉不可堪. 其虎忽爾大吼, 而噬破窓前木, 如是者三次[70)], 仍忽不見, 而處女昏絶矣. 家人始收拾精神, 以溫水灌之口, 須臾得甦. 其人讀罷出外, 則擧家揖謝, 皆以爲神人, 以數百金,

58) 可憐矣: 나, 다본에는 '可憐可憐'으로 되어 있음.
59) 其女子而: 저본에는 빠져 있으나 나본에 의거하여 보충함.
60) 則坐: 저본에는 빠져 있으나 나본에 의거하여 보충함.
61) 可以: 저본에는 빠져 있으나 나본에 의거하여 보충함.
62) 自可: 나본에는 '則'으로, 다본에는 '必'로 되어 있음.
63) 紛紜: 다본에는 '奔走'로 되어 있음.
64) 明將迎婿, 今當受綵: 저본에는 빠져 있으나 나본에 의거하여 보충함.
65) 作此: 나본에는 '妄作'으로 되어 있음.
66) 或: 저본에는 빠져 있으나 나본에 의거하여 보충함.
67) 有: 저본에는 '見'으로 나와 있으나 나, 다본을 따름.
68) 放矢: 나, 다본에는 '放尿'로 되어 있음.
69) 外: 저본에는 빠져 있으나 나본에 의거하여 보충함.
70) 次: 저본에는 '矣'로 나와 있으나 다본을 따름.

欲酬其恩, 其人曰: "吾非貪財而來者." 仍拂衣告辭, 還拜花潭而復命, 則花潭笑曰: "汝何爲誤讀三處?" 其人[71]曰: "無誤讀處矣." 花潭曰: "俄者, 其僧又過去, 而謝我活人之功, 又曰: '經書誤讀三處,[72] 故噬破窓[73]木以識之云.'" 其人熟[74]思之, 果是誤讀處[75]也.

2-7.

朴燁, 光海時人也. 有將略·天文·地理·奇偶·術數之學, 無不通解. 以光海之同婿, 爲關西伯, 十年不遞, 威令西關, 北虜畏之, 不敢近邊. 一日, 呼幕客, 具酒肴以給, 曰: "持此而往中和駒峴下, 留待, 則必有二健夫執策而過者矣. 以吾之言致意, 曰: '汝輩雖來往我國, 亦有月矣, 他人皆不知, 而吾則已知矣. 行役良苦, 爲送酒肴, 可一醉飽, 而速歸可也云.' 而傳之." 幕客往駒峴而待之, 則果有二人之過矣. 幕客依其言傳之, 則二人相顧, 失色而答曰: "吾輩雖來此, 何敢慢將軍神人也? 將軍之世, 吾輩何敢更來乎?" 仍飮酒而去, 蓋此是龍骨大·馬夫大也. 潛來我國,[76] 爲探虛實, 而或爲政院帶隷[77], 而人皆不知, 燁[78]獨知之矣[79].

2-8.

朴燁有嬖妓, 一日, 問曰: "今夜汝欲隨我而往一處壯觀乎?" 妓曰: "敬諾." 至夜, 燁躬自牽出青驟, 而鞴鞍騎之, 置妓于前, 而以禾紬束其腰, 而繫于自家身上, 戒使闔眼, 曰: "愼勿開眼[80]!" 仍加策, 則兩耳只有風

71) 其人: 나, 다본에는 '對'로 되어 있음.
72) 經書誤讀三處: 나본에는 '經文三處誤讀'으로 되어 있음.
73) 窓: 저본에는 '廳'으로 나와 있으나 나, 다본을 따름.
74) 熟: 저본에는 빠져 있으나 나, 다본에 의거하여 보충함.
75) 處: 저본에는 빠져 있으나 나본에 의거하여 보충함.
76) 潛來我國: 나, 다본에는 '潛入吾邦'으로 되어 있음.
77) 帶隷: 나, 다본에는 '常隷'로 되어 있음.
78) 燁: 저본에는 '曄'으로 나와 있으나 다본에 의거하여 바로잡음.
79) 矣: 저본에는 빠져 있으나 다본에 의거하여 보충함.
80) 眼: 저본에는 빠져 있으나 나, 다본에 의거하여 보충함.

聲，到一處，使妓開眼，始乃收拾精神，開眼而視之，則廣漠之野，雲幕連天，燈燭煒煌．使妓伏於幕中坐板之下，燁[81]兀然坐於床上矣．少焉，有鳴鑼聲，胡騎千萬，捲地而來，有一大將下馬，杖劍而入幕，笑曰："汝果來矣!" 燁應聲曰："然矣." 其將曰："今日可試劍技，以決雌雄，可也." 曰："諾." 仍杖劍起而下床，與胡將對立於平原之上，以劍共爲刺擊之狀．未幾，兩人化爲白虹，聳入天中空中，只聞搏擊聲．少焉，胡將墜[82]地，燁自空飛下，踞胡將之胸，而問曰："何如?" 胡將僕僕謝曰："從今以往，不敢復與爭衡矣." 燁笑而起，仍與之同入帳中，呼酒相飮，而胡將先起告歸，胡騎又如前，前擁後遮而去．未及數馬場，一聲砲響，許多胡兵連人帶馬，皆騰入天上，而烟焰漲天，只餘胡將一人．胡將更來乞命，燁點頭而許歸之[83]，仍呼妓出騎騾，如來時樣而歸．蓋此是金汗之父魯花赤鍊[84]武之所也，而胡將卽其人，而數萬騎一時盡爲燒死云耳．

2-9.

朴燁之按關西，有親知之宰相，送其子而托之，曰："此兒姑未冠，而使卜者推數，則今年有大厄，而若置將軍之側無事云．故玆送之，乞賜留置，俾得度厄." 燁[85]許使留之．一日，此兒晝寢[86]，燁使之攪睡，而言曰："今夜汝有大厄，若依吾言，則可免矣，不然則不可免矣." 其兒曰："敢不如命?" 燁曰："第姑俟之." 日暮黃昏後，牽出自家所騎之騾，鞴鞍[87]而使其兒騎之，戒之曰："汝騎此而任其所之，此騾行幾里，到一處當立，汝始可下鞍，尋逕而行，行幾里，必有一巨刹，而年久廢寺也．入其上房，則有一大虎皮，汝試可蒙其皮而臥，必[88]有一老僧而[89]來，索其皮矣．切勿給，

---

81) 燁: 나본에는 '朴'으로 되어 있음. 이하의 경우도 동일함.
82) 墜: 저본에는 '仆'로 나와 있으나 나, 다본에는 의거함.
83) 之: 저본에는 빠져 있으나 다본에 의거하여 보충함.
84) 鍊: 저본에는 '演'으로 나와 있으나 나, 다본을 따름.
85) 燁: 나본에는 '朴'으로 되어 있음. 이하의 경우도 동일함.
86) 晝寢: 나, 다본에는 '午睡'로 되어 있음.
87) 鞴鞍: 나, 다본에는 '備鞍'으로 되어 있음.

如至見奪之境，則以刀欲割之，彼不敢奪，如是而相持，至鷄鳴後，則無事矣．鷄鳴後，仍[90]許給其皮，可也．汝能行此乎?" 對曰: "謹受敎矣!" 仍騎騾而出門，則其行如飛，兩耳但聞風聲，不知向何處，而度山踰嶺，至一山谷之口而立[91]．乃下，仍卸鞍，而帶微月之光，尋草路而行，行幾里，果有一廢寺．入其寺，而開上房之戶[92]，則塵埃堆積，而房之下堗，有一大虎皮一張矣．仍依其言，蒙皮而臥矣．數食頃後，忽有剝啄之聲，一老僧狀貌兇獰者，入門而言曰: "此兒來矣." 仍近前，曰: "此皮何爲蒙而臥乎? 速還我!" 其兒不答而臥自如矣，其僧欲奪之，則擧刀作欲割之狀，其僧乃[93]退坐，如是者五六次，而如是相持之際，遠村鷄聲喔喔．其僧微笑曰: "此是朴燁之所爲，亦復奈何?" 仍呼起其兒，曰: "今則還皮於我，固無妨，可起坐." 其兒旣聞朴燁之言，故仍給其皮而起坐，其僧又曰: "汝可脫上下衣給我，而切勿開戶見之也." 其兒依其言，解衣給之，其僧持其衣與皮而出外，其兒從窓隙窺見，則其僧擧皮蒙之，變爲一大虎，大聲咆哮，仍向前啣衣幅幅裂之．仍還脫皮，又爲老僧，入戶而開一弊箱，出僧之上下衣，使服之．又出一周紙軸，披而見之，以朱筆點其兒之名字上，仍曰: "汝可出去，語朴燁云: '勿復[94]泄天機也.' 汝從今入虎羣中，決無傷害之慮矣." 又給一片油紙，曰: "持此而出入[95]，如有攔于路者，且[96]示此紙." 其兒依其言，出門曲曲有虎而遮路者[97]，每示此紙，則低頭而去．未及洞口，又有一大[98]虎遮前，故出示此紙，[99] 則不顧而將噬，其兒

88) 必: 저본에는 빠져 있으나 나본에 의거하여 보충함.
89) 而: 저본에는 빠져 있으나 나본에 의거하여 보충함.
90) 仍: 저본에는 빠져 있으나 나, 다본에 의거하여 보충함.
91) 立: 저본에는 빠져 있으나 나, 다본에 의거하여 보충함.
92) 戶: 다본에는 '門'으로 되어 있음.
93) 乃: 저본에는 빠져 있으나 나본에 의거하여 보충함.
94) 勿復: 저본에는 '不可'로 나와 있으나 나, 다본을 따름.
95) 入: 저본에는 빠져 있으나 나, 다본에 의거하여 보충함.
96) 且: 저본에는 '出'로 나와 있으나 다본을 따름.
97) 者: 저본에는 빠져 있으나 다본에 의거하여 보충함.
98) 大: 저본에는 빠져 있으나 다본에 의거하여 보충함.
99) 故出示此紙: 나, 다본에는 '又示之'로 되어 있음.

曰:"汝若如此, 則與我偕至寺中, 決訟于老僧之前, 可也." 虎乃點頭, 與之偕至寺中, 則老僧尚在, 道其狀, 僧叱曰:"汝何違令乎[100)]?" 虎曰:"非不知命, 而餓已三日, 見肉而何可放送乎? 雖違令, 而此則不可放送." 老僧曰:"然則給代, 可乎?" 曰:"然則幸矣." 老[101)]僧曰:"汝[102)]東行半里許, 則有一人着氈笠而來矣, 可作汝療飢之資也." 其虎依其言出門, 數食頃後, 忽有砲聲之遠出, 僧笑曰:"厥漢死矣." 其兒問其故, 僧曰:"渠是我之卒也, 不從令, 故俄使往東給砲手矣." 蓋着氈笠人云者, 卽砲手故也. 其兒辭而出洞, 則天已[103)]曉, 而驟齕草矣. 仍騎而還, 見朴燁而言其狀, 燁點頭而治送其家. 其兒果大達云耳.

2-10.

癸亥, 李延平諸人, 將謀擧義, 具綾城仁垕亦預, 而時在朴燁幕下. 一日告辭, 朴燁贐以紅氈三十駄, 仁垕[104)]辭以無用, 燁[105)]笑曰:"將有日後之用處[106)], 第爲持去." 仍執手而托, 曰:"日後, 君幸收吾屍." 仁垕驚曰:"此何敎也?" 燁曰:"君第銘于心." 仁垕辭退矣. 後朴燁受復[107)]命時, 擧朝皆驚[108)]恐, 無人敢下去者, 仁垕自請下去而處絞, 則燁多讐家[109)], 諸人一時持刀而入. 仁垕一倂禁之, 入棺送喪行, 行到中和, 仁垕除御將, 仍先還矣. 讐家追至, 破棺而寸斷以去, 此是殺千人之害也. 朴燁少時推數, 則曰:"不殺千人, 千人殺汝!" 千人乃具仁垕少字, 而燁誤知而多殺不辜, 以充千人之數, 良可嘆也. 反正時, 仁廟之軍, 無以區別, 以其紅

---

100) 乎: 저본에는 빠져 있으나 나본에 의거하여 보충함.
101) 老: 저본에는 빠져 있으나 다본에 의거하여 보충함.
102) 汝: 저본에는 '從'으로 나와 있으나 다본을 따름.
103) 已: 저본에는 빠져 있으나 나본에 의거하여 보충함.
104) 仁垕: 나본에는 '具'로 되어 있음. 이하의 경우도 동일함.
105) 燁: 나본에는 '朴'으로 되어 있음. 이하의 경우도 동일함.
106) 處: 저본에는 빠져 있으나 나, 다본에 의거하여 보충함.
107) 復: 저본에는 '後'로 나와 있으나 나본에 의거함.
108) 驚: 저본에는 빠져 있으나 다본에 의거하여 보충함.
109) 讐家: 다본에는 '讐人'으로 되어 있음.

氈, 作氈笠而着之, 今之紅氈笠, 卽其制也. 朴燁知之, 而有此贈之.

2-11.

癸亥三月反正後, 朴燁獨坐燭下, 撫劒發歎, 窓外忽[110]有咳嗽聲, 問: "誰也?" 對曰: "幕客某也." 曰: "何爲而來?" 對曰: "使道將何以爲之?" 曰: "試問於汝, 將何以爲之?" 對曰: "小人有上中下三策, 使道擇於三策, 可也." 曰:[111] "何謂上策?" 曰: "使道擧兵而叛, 北通金人, 則臨津以北, 非朝家之有也, 下不失, 尉佗之計也." 曰: "何謂中策?" 曰: "急發兵三萬人, 使小人將之, 鼓行而向京, 則勝敗未可知也." 曰: "何謂下策?" 曰: "使道世祿之臣也, 順受國命, 可也." 朴燁默然良久, 喟然長嘆曰: "吾從下策!" 曰: "小人自此告辭." 仍不知去處, 未知此人爲誰, 而姓名亦不露於世. 或云: "此是龍骨大云."

2-12.

鄭錦南忠信, 光州人也. 其父以鄕任在鄕廳, 年近六十而無子. 一日之夜, 夢見無等山坼裂, 青龍躍出來, 纏于身, 仍驚覺, 汗流浹背, 心竊怪之. 仍更夢, 又夢見此山坼裂, 白虎跳出, 又抱于懷, 又驚覺而起, 仍不寐. 時夜將半, 而月色滿庭, 下階徘徊, 月下見一人, 臥於竈邊, 往視之, 則乃是食婢也. 忽爾心動, 與之合, 仍而有娠生忠信, 骨格超凡, 旣長, 爲本州知印矣. 權都元帥慄, 時以牧使, 見而異之, 知其非凡類, 仍率來京中, 送于其女婿李鰲城家, 以傔從育之. 後當倭亂, 多建奇勳, 位在副元帥, 封錦城君. 其在北邊, 與魯花赤相親, 一日, 魯花赤請與飮酒, 出見其諸子, 次次來拜, 皆偃坐受之. 及到第六子, 忠信熟視而起敬, 魯花赤問曰: "汝何爲見此兒而起敬也?" 曰: "不意秦始皇復出!" 魯花赤笑曰:

---

110) 忽: 저본에는 빠져 있으나 나, 다본에 의거하여 보충함.
111) 曰: 저본에는 빠져 있으나 다본에 의거하여 보충함.

"汝猶不知矣, 此乃唐太宗也." 此是金汗也, 後果代皇明爲天子.

2-13.

李起築, 店舍雇奴也. 爲人甚魯鈍, 不知東西, 而只以飽飯爲好, 有絶倫之力, 店主以奴隷使之. 主家有女, 年及笄, 而稍解文字, 性又穎敏, 父母鍾愛, 欲擇佳婿而嫁之, 其女不願, 曰: "吾之良人, 吾自擇之, 願嫁于李己丑矣." 己丑者, 己丑生故, 仍以名呼之, 起築云者, 後改之故也. 其父母大驚, 而叱責曰: "汝何所緣而欲嫁于雇奴也?" 使勿更言, 則其女以死自期, 不願他適, 父母責之諭之, 終不聽, 計無奈何, 遂許之. 其女曰: "旣以己丑作配, 不願在此, 與之欲上京, 買斗屋而資生云云." 其父母亦以爲, '在此惹人恥笑, 不如各居之爲好.' 仍給家産之資而送之. 其女與己丑上京, 買舍於壯洞, 而沽酒爲業, 酒甚淸冽, 人皆稱之. 一日, 以『史略』初卷授之, 而標於'伊尹廢太甲放桐宮'篇, 而示曰: "持此冊, 往神武門後松陰下, 有諸人之聚會者, 以冊置于前, 而願受學焉." 己丑依其言而往, 則果有七八人團會而酬酌, 聞其言, 而相顧大驚, 曰: "誰所使也?" 對曰: "小人之妻, 如是云矣." 諸人問其家而偕往, 則其女迎之, 座而設酒肴待之, 仍打曰: "列立之事, 妾已知之, 家夫愚痴, 而有膂力, 日後自有用處, 事成之後, 得參勳錄, 幸矣. 吾家有酒, 而旨且多, 議事時, 必會于妾家無妨, 妾家靜僻, 無有人知." 衆皆驚異而許之, 蓋是昇平及延平諸人也. 其後, 擧義而入彰義門時, 己丑居前, 折將軍木而入, 事定策勳, 參二等功臣.

2-14.

鄭錦南忠信, 光州人也. 以捕將兼任中軍時,[112] 一日, 往拜于白沙, 白沙曰: "吾之所騎馬, 吾甚愛, 其馴良善步矣. 今忽有病, 汝試看審用藥, 可

112) 鄭錦南忠信, 光州人也. 以捕將兼任中軍時: 저본에는 '錦南以捕將兼都監中軍'으로 나와 있으나 다본에 의거함.

也.” 錦南敬諾而下堂, 躬自牽出, 步于庭下, 審其病而議藥. 時一宰適在座, 問錦南曰: “令公知馬病乎?” 對曰: “略知之.” 宰相曰: “明日可訪我?” 錦南曰: “諾.” 明日往見, 其宰相則指馬, 而言曰: “此馬有病, 令公旣知馬病云, 可暫見之而示藥.” 錦南出坐于廳, 而呼隷曰: “急往都監, 招一馬醫以來!” 下隷承命而去, 宰相曰: “令公旣知之矣, 何不親見乎?” 錦南曰: “小人雖疲魯, 顧其位, 則乃武宰也, 何可作馬醫事乎?” 宰相曰: “然則昨於鰲城宅, 何爲議馬病?” 錦南冷笑曰: “大監何可[113]與鰲城大監比論乎?” 仍辭去.

2-15.

鰲城, 文學·才諝·德行·名節之兼備, 當推爲第一. 少時, 與隣居宰相之子親熟, 相與往來, 其人積年沈痾, 將至無可奈何之境. 其父以其獨子之病重[114], 晝宵焦心, 邀醫問卜, 無所不至. 一日, 聞有一盲名卜知人之死生, 送騎迎來, 使之卜之, 則卜者作卦, 沈吟[115]搖頭, 曰: “必不幸矣! 將於今年某月日時死矣.” 其父涕泣問[116]曰: “其或有可救之方乎?” 卜者曰: “第[117]有一事之可救, 而此則不可發說矣.” 其父曰: “願聞之.” 卜者曰: “若言則吾必死矣, 何可爲他人而代死乎?” 其父又泣而詰之, 卜者作色, 言曰: “主人之言, 可謂非人情之言也. 好生惡死, 人之常情也, 主人欲爲其子, 而吾獨不爲吾身乎? 此則不必更問也.” 主人無奈何, 而涕泣而已. 其病人之妻, 窺聽此言,[118] 自內持小刀而出來, 手把卜者之項, 而言曰: “吾是病人之妻也. 夫死則吾亦從死決于心, 汝若不知占理, 則不言容或無怪, 而旣解之, 且有可救之方云, 而以死爲言, 終不言之. 吾旣聞知,[119]

113) 可: 다본에는 '敢'으로 되어 있음.
114) 重: 저본에는 빠져 있으나 나본에 의거하여 보충함.
115) 沈吟: 나본에는 '良久'로 되어 있음.
116) 問: 저본에는 빠져 있으나 나본에 의거하여 보충함.
117) 第: 나본에는 '雖'로 되어 있음.
118) 窺聽此言: 저본에는 빠져 있으나 나본에 의거하여 보충함.
119) 吾旣聞知: 나본에는 '吾亦聞之'로 되어 있음.

到此地頭，何可顧男女之別乎？ 吾將以此刀先[120)]刺汝，而吾亦自刺矣．至今[121)]汝之死，則一也，旣知一死，則何不明言而救人之命乎？”卜者知其不得免，默然良久，乃曰：“駟不及舌，政謂此也．吾將言之，放之可乎！”仍言曰：“主人[122)]有李恒福者知之否[123)]？”主人曰：“果知之，且[124)]吾兒之朋友也．”卜者曰：“自今日邀此人，與之同處，使之不暫離，而[125)]過某日，則自可無事矣．且日吾於伊日當死，吾之妻子，可善顧恤視同家人云．”而仍辭去．其後，主人邀鰲城，道其事而强請同處，鰲城許之，自其日鰲城來留其家，與病人同處[126)]坐臥．至伊日之夜，鰲城與病人同枕而臥矣，忽於[127)]三更時，陰風入戶，燭光[128)]明滅，而病人昏昏不省．鰲城臥見，燭影之後，有一鬼卒，狀貌獰悍，杖劍而立，呼鰲城之名，曰：“李某，汝可出給我此病人？”鰲城曰：“何謂也？”鬼卒[129)]曰：“此病[130)]人與我，有宿世之仇怨，而某時欲報讐之期也．若失此期，則又不知何時可報．”鰲城曰：“人旣托我以病[131)]子，則吾何給汝而使之殺之乎？”鬼曰：“汝不給我，則我將倂與汝而殺之．”鰲城曰：“吾死則已矣，不死之前，決不給汝矣．”鬼乃大怒，擧刀而向之，忽爾悚然而退，如是者三，仍[132)]擲劍俯伏，而請曰：“願大監憐我之情事，而出給此人．”鰲城曰：“汝何不殺我乎？”鬼曰：“大監國之棟樑，名垂竹帛之正人君子，吾何敢害之？只願出給讐人[133)]．”鰲城曰：“殺我之外無他策矣．”仍抱病人而臥，如是之際，遠村鷄

120) 先: 저본에는 빠져 있으나 나본에 의거하여 보충함.
121) 至今: 저본에는 빠져 있으나 나본에 의거하여 보충함.
122) 主人: 저본에는 빠져 있으나 나본에 의거하여 보충함.
123) 知之否: 저본에는 '乎'로 나와 있으나 나본에 의거함.
124) 知之且: 저본에는 '有而館'으로 나와 있으나 나본에 의거함.
125) 而: 저본에는 빠져 있으나 나본에 의거하여 보충함.
126) 處: 저본에는 빠져 있으나 나본에 의거하여 보충함.
127) 忽於: 저본에는 빠져 있으나 나본에 의거하여 보충함.
128) 燭光: 나본에는 '燭影'으로 되어 있음.
129) 卒: 저본에는 빠져 있으나 나본에 의거하여 보충함.
130) 病: 저본에는 빠져 있으나 나본에 의거하여 보충함.
131) 病: 저본에는 빠져 있으나 나본에 의거하여 보충함.
132) 仍: 나본에는 '已而'로 되어 있음.

嗚矣. 鬼乃大哭曰: "不知何年可報此讐, 豈不寃恨哉? 此必是某處某盲之所指也, 吾可洩憤於此人矣." 乃杖劒而出門, 不知去處. 此時病人昏絶矣[134], 以溫水灌之口, 小焉[135]得甦, 而翌朝, 向日之卜者訃書來矣. 到[136]其主家, 厚遺其初終葬需, 永爲[137]優恤其妻子云[138].

2-16.

月沙赴燕京, 與王弇州世貞相親熟, 結以文章之交. 一日, 早朝往見, 則弇州具公服而起, 曰: "適有入闕之事, 少間當還, 君須於[139]吾書樓上披覽諸書, 而待吾來也." 仍囑其家丁, 使備朝饌而進之. 弇州出門後, 餠麵·酒肉·魚果之屬, 相續而進, 月沙且啖且看書, 日晩, 弇州出來, 問月沙曰[140]: "朝膳已罷[141]否?" 對曰: "朝飯曾不喫矣." 弇州驚訝而責家丁, 對曰: "俄者已進矣." 弇州大笑曰: "朝鮮人, 以一椀白飯一器[142]藿湯, 爲朝夕飯矣, 豈如吾儕之所啗耶? 斯速備飯而來[143], 吾忘之矣云." 月沙還歸後, 嘗對人而言, "吾於此羞愧欲死云矣." 一日, 月沙往見弇州, 則蜀郡太守, 爲其父求[144]碑文, 而禮單以蜀錦一車, 人雙陸[145]一隊, 分美人青紅裳各十五, 而以黃金爲飾而送之. 大國餽遺之風, 如是矣.

---

133) 讐人: 저본에는 빠져 있으나 나본에 의거하여 보충함.
134) 昏絶矣: 나본에는 '幾爲魂絶'로 되어 있음.
135) 小焉: 저본에는 빠져 있으나 나본에 의거하여 보충함.
136) 到: 저본에는 빠져 있으나 나본에 의거하여 보충함.
137) 永爲: 저본에는 빠져 있으나 나본에 의거하여 보충함.
138) 云: 저본에는 빠져 있으나 나본에 의거하여 보충함.
139) 於: 저본에는 빠져 있으나 가본에 의거하여 보충함.
140) 曰: 저본에는 빠져 있으나 가본에 의거하여 보충함.
141) 罷: 가본에는 '食'으로 되어 있음.
142) 器: 가본에는 '盂'로 되어 있음.
143) 而來: 가본에는 '以進'으로 되어 있음.
144) 求: 저본에는 빠져 있으나 가본에 의거하여 보충함.
145) 雙陸: 가본에는 '雙六'으로 되어 있음. 서로 통함.

2-17.

東陽尉申翊聖, 象村之子也. 文章才諝, 冠於當世. 嘗以身爲駙馬, 不得致位卿相爲至恨, 每對翁主[146], 叱責曰: “吾非都尉, 則此世文衡捨我其誰? 每出入, 未嘗乘軒而遵大路, 必騎驢遮面, 而行間路, 恒自菀菀不得志.” 至親之家有婚事, 欲借金轎而用之, 東陽尉[147]使之借之, 尙宮內人曰: “此轎翁主所乘者, 不可借人.” 東陽尉怒曰: “有轎而不許人乘, 將焉用哉?” 命碎之. 宣廟知其不得文衡爲恨, 文衡圈點後, 被圈人出題試之, 而使東陽尉考試, 曰: “考被抄於文衡人之試券, 反勝於文衡乎云矣.”

2-18.

鄭陽坡少時, 與親友二人, 讀書于山寺. 一日論懷, 而各言平生所欲爲陽, 一人[148]則不願仕宦, 擇居于山明水麗之地, 以山水娛平生, 是所願矣. 一人獨無言, 兩人問曰: “君何無一言乎?”[149] 其人曰: “吾之所欲, 大異於二君, 不須問矣.” 二人强之, 乃曰: “吾不幸而生於偏邦, 自顧此世, 無可容身之所. 不如自橫吾志, 爲大賊之魁, 而處於深山窮谷中, 率數萬之衆, 奪不義之財, 以供軍粮,[150] 橫行山間. 而歌童舞女, 羅列于前山珍海味, 厭飫於口, 如斯度了則幸矣.” 二人大笑, 而責之以不義矣. 其後, 陽坡果登第, 位至上相[151], 一人以布衣終老, 而一人不知下落矣. 陽坡之按北闕也, 其布衣之人, 窮不能自存, 恃同硏之誼, 徒步作乞狀[152]之行, 向北闕而行, 到淮陽之地. 忽有一健奴[153], 鞴一駿驄, 而迎於前, 曰: “小人奉使道, 將令來到於此, 亦已久矣, 快乘此馬而行, 可也.” 其

---

146) 翁主: 가본에는 ‘公主’로 되어 있음.
147) 東陽尉: 가본에는 ‘公’으로 되어 있음. 이하의 경우도 동일함.
148) 一人: 저본에는 빠져 있으나 나본에 의거하여 보충함.
149) 君何無一言乎: 나본에는 ‘君無所願乎, 胡爲不言’으로 되어 있음.
150) 以供軍粮: 나본에는 ‘以需軍用’으로 되어 있음.
151) 上相: 나본에는 ‘首相’으로 되어 있음.
152) 狀: 저본에는 ‘馱’로 나와 있으나 나본을 따름.
153) 健奴: 나본에는 ‘健夫’로 되어 있음.

人怪而問之, 曰: "汝使道爲誰[154], 而在於何處?" 奴對曰: "去則自可知之矣." 其人仍上馬, 則其疾如飛, 行幾里, 又有一馬之待者, 且有盃盤之供, 怪而又問, 則其答如前. 行幾里, 又如是, 漸入深峽之中, 而夜又不息, 炬火導前而行, 其人不知緣何向何處, 只從其奴之言而行矣. 翌午, 入一洞口, 深山之中, 人居櫛比, 中有一大朱門, 入三重門, 而下馬而入, 則階下一人, 頭戴驄笠, 身被藍色雲紋緞天翼, 腰繫紅帶, 足穿黑靴. 而身長八尺, 面如塗粉, 河目海口, 儀表堂堂, 威風凜凜. 軒然而笑, 執手而共升階, 曰: "某也! 別來無恙乎[155]?" 其人初不知何許人矣, 坐定熟視, 則乃是山寺同苦之時, 願爲賊將之人也. 其人大驚, 曰: "吾輩山門各散之後, 不知君之踪跡矣, 今乃至於斯耶?" 賊將笑曰: "吾豈不云乎? 吾今也[156]得吾志, 不羡世間[157]富貴矣. 人生此世, 豈不有志於功名進取乎? 然以其命, 懸於他人之手, 而畏首畏尾平生, 作蠅營狗苟之態, 一有所失, 則身棄東市, 妻子爲奴, 此豈所可願耶? 吾今擺脫塵臼, 入深山之谷, 有衆數萬, 財積阜陵, 吾非如鼠竊狗偸之爲, 而探囊袪筐之爲也. 吾之卒徒, 遍於八道, 燕市倭館之物, 無不致來, 貪官汚吏之財, 必也攘奪, 權與富, 不讓於王公, 人生幾何耶? 以自適吾意耳." 仍命進盃盤, 有美女數雙, 擎盤而進, 水陸畢[158]陳, 而酒旨而肴豊, 與之盡歡, 同卓而食, 同床而寢. 明日, 與之同覽軍中財貨及山水勝槩, 仍言曰: "君之此行, 欲見鄭某, 而去者將有所求耶?" 曰: "然." 賊將曰: "此人規模, 君豈不知耶? 雖之有贐[159]贈, 未洽於君之所望矣. 不如更留幾日, 自此直歸也." 其人曰: "必不然矣, 舊日同硏之情, 彼亦念之矣." 賊將曰: "量其贐物, 不過幾兩矣, 何可爲此而作遠行乎? 吾當有贐矣, 勿往可矣!"

154) 爲誰: 저본에는 '誰也'로 나와 있으나 나본에 의거함.
155) 乎: 나본에는 '否'로 되어 있음.
156) 也: 저본에는 빠져 있으나 나본에 의거하여 보충함.
157) 間: 저본에는 '上'으로 나와 있으나 나본을 따름.
158) 畢: 나본에는 '備'로 되어 있음.
159) 贐: 저본에는 빠져 있으나 나본에 의거하여 보충함.

其人不聽，而決意欲行，賊將曰："君[160]既如是，吾不必[161]更挽，惟君意行之." 又留數日，其人欲行[162]，賊將使奴馬護送如來時，而臨行戒之，曰："君見鄭某，切勿言吾之在此也. 鄭某雖欲捕我，不可得矣. 言出之日，吾當聞之矣，若然則君之頭不可保矣. 愼之勉之，[163] 勿出口，可也." 其人發矢言曰："寧有是理?" 賊將笑而送之出門，其人依前乘其馬，出外山大路，牽夫辭而去. 其人徒步作行，到北營而見監司，寒暄禮罷後，其人低聲密告曰："令公知[164]吾輩少時山寺讀書時，作伴之某人去處乎?" 監司曰："一自相別之後，不知下落矣." 其人曰："今在令公之道內，而卽大賊也. 渠言則有衆數萬餘云，而皆散在各處，渠之部下無多，俱是烏合之賊徒也. 令公若借我伶俐之健卒三四十人，則吾當縛致營下矣." 監司笑曰："渠雖賊魁，而姑無作弊於郡邑者，且量君之智勇才力，恐不及此人矣. 空然惹起禍機乎，君且休矣!" 其人作色曰："令公知大賊之在境，而掩置不捕，後若滋蔓，則責歸於誰也? 若不從吾言，吾於還洛之後，當告變矣." 監司不得已許之，留數日而送之，所贐之物數，符[165]賊將之言. 擇校卒如數而給之，其人率校卒，更向此路，埋伏於山左右叢樾之間，而戒之曰："吾將先入去矣，汝等姑竢之!" 行至幾里，來時牽騎來邀之人又來，而傳其賊將之言，與之偕來，而不送騎矣. 心竊怪之，[166] 行到洞口，一聲號令，使之拿入. 無數健卒，以繩縛之，前擁後遮，如快鶻搏兎樣而入門，其人喘息未定，拿至庭下，仰見賊將盛備威儀而坐，怒叱曰："汝以何顔來見我乎?" 其人[167]曰："吾有何罪而待我至此之辱也?" 賊將叱曰："吾豈不云乎? 汝往北營所得，豈不符我言乎? 且汝以吾事泄于北

160) 君: 저본에는 빠져 있으나 나본에 의거하여 보충함.
161) 必: 저본에는 빠져 있으나 나본에 의거하여 보충함.
162) 欲行: 나본에는 '告別'로 되어 있음.
163) 愼之勉之: 나본에는 '戒之愼之'로 되어 있음.
164) 知: 나본에는 '能記'로 되어 있음.
165) 符: 나본에는 '果如'로 되어 있음.
166) 心竊怪之: 나본에는 '心切訝之'로 되어 있음.
167) 其人: 나본에는 '對'로 되어 있음.

伯, 不念臨別之托而何撓舌?" 其人曰: "天日在上, 吾無是事, 君從何聞知而疑我乎?" 賊將號令卒徒, 曰: "可拿入北營校卒!" 言未已, 數十個北營校卒, 一時被縛, 而伏於階下[168], 賊將指示, 曰: "此是何許人也?" 其人面如土色, 無語可答, 只請死罪死罪. 賊將冷笑曰: "如渠腐鼠狐雛, 何足汚我刃也? 棍之可也." 仍下[169]十餘杖, 而依前縛之, 使之解諸校卒, 曰: "汝等良苦, 何爲隨此人而至?" 命各賜二十兩銀子而送之, 曰: "歸語爾主將, 更勿聽此等人之語也云云." 仍使卒徒, 出各庫財帛·銀錢·器用等物, 而或馱或擔, 一時擧火, 燒其屋宇, 曰: "旣被人知, 不可復[170]處矣." 更使一卒驅逐, 其人出之門外大道, 仍不知去處[171]. 其人艱辛得脫, 而前進歸家[172], 則已移於[173]他洞矣. 尋其家而入, 則門戶之大, 什物之盛,[174] 比之前家, 大不同矣. 問於家人, 則以爲, '在北營時,[175] 豈不作書而送物種乎?' 其人驚訝, 出而示之, 則恰如自家之筆跡[176], 實非自家之爲也. 其錢與布帛之數, 甚夥然, 默而思之, 此是賊將之所送, 而做自家之筆跡而送之也. 後乃悔之云爾. 或云: "北伯非陽坡云." 未可知也.

2-19.

孝廟亦間間微行, 一日夜, 步過宮墻後, 時雪夜嚴酷, 軍舖守直一人, 自外入, 曰: "寒威如此, 何以經夜?" 一人曰: "今夜何爲而寒乎云哉?" 一人曰: "何謂也?" 曰: "吾輩遼東野露宿時, 豈可曰寒乎?" 其人曰: "吾輩何爲而露宿遼東耶?" 曰: "主上今方議北伐, 如此之時, 吾輩豈不從征

---

168) 階下: 나본에는 '庭下'로 되어 있음.
169) 仍下: 나본에는 '猛打'로 되어 있음.
170) 復: 저본에는 '以'로 나와 있으나 나본을 따름.
171) 處: 나본에는 '向'으로 되어 있음.
172) 前進歸家: 나본에는 '轉進到家'로 되어 있음.
173) 於: 저본에는 빠져 있으나 나본에 의거하여 보충함.
174) 什物之盛: 저본에는 빠져 있으나 나본에 의거하여 보충함.
175) 在北營時: 나본에는 '在北營時, 歸來之前'으로 되어 있음.
176) 跡: 저본에는 빠져 있으나 나본에 의거하여 보충함.

乎?" 曰: "無是理矣." 曰: "懷德宋相大監, 日前入來獨對, 已爲定計云矣." 其人曰: "必不然矣." 曰: "汝何以知之?" 曰: "主上無威斷, 此等大事, 何以辦之乎?" 曰: "汝又何以知之?" 其人曰: "主上若有剛斷, 則年前以王子守江華時, 金慶徵豈不斬頭? 一慶徵尙不得正其罪, 何況上國乎? 吾是以知之." 孝廟聞此言, 不勝忿恨而還宮.

2-20.

肅廟朝, 於春塘坮池邊, 建三間樓, 名曰'觀豊樓'. 時尹判書某以副學, 上疏諫曰: "非時土木之役, 亡國之兆." 上優批, 而豹皮一領賞之, 以命使之親受. 尹承命而入闕, 則一宦侍導前, 至春塘坮, 已而軍卒高聲, 而有捉入之命, 尹被拿伏於庭下[177]. 上以便服坐於一小樓上, 敎曰: "汝試見之, 此樓不過三間也, 有何土木之非時而亡國之可言乎? 汝輩所居有山亭水閣, 而吾獨不得建此小閣耶? 汝輩欲釣名而有此疏, 心常[178]痛恨, 可以決棍矣." 尹乃對曰: "小臣罪雖萬死, 顧其職, 則玉署之長也, 殿下不可以辱儒臣也." 上曰: "儒臣獨不可治罪乎?" 命決棍五度後, 敎曰: "汝以儒臣, 受此棍治, 已是汝之羞辱也. 汝可出而言之, 在予爲過擧, 而汝獨不謬辱身名乎?" 命給豹皮而出送.

2-21.

肅廟朝有患候, 一日, 命入梨園樂及妓女, 自內張樂. 時臺諫尹某, 獨詣臺廳, 啓以不正之色, 不雅之樂, 此是前代帝王所以亡國也, 亟賜撤去云云. 上大怒, 卽有親鞫之命, 擧朝遑遑, 爲先自禁臺官書吏喝導, 並蒙頭捉待, 禁堂·捕堂, 皆命招諸事預備, 而無動靜, 管絃之聲不絶. 申後, 下敎曰: "更思之, 臺言好矣. 俄者, 設鞫之命還收, 臺臣及下隷, 一倂放送,

177) 下: 저본에는 '矣'로 나와 있으나 다본에 의거함.
178) 常: 다본에는 '切'로 되어 있음.

而不可無褒異之典." 內下茶啖二床, 御酒二甁, 一則餽臺隷, 乃賜虎皮一領, 臺諫及下隷驚魂, 纔定盡意醉飽, 上下俱沈醉. 及其退歸之時, 前導下隷蒙虎皮, 而呼唱於大路, 路傍觀者, 問其故, 則答曰: "主上殿下, 挾倡會飮, 見捉於禁亂, 吾方收贖而歸云云." 聞者絶倒. 諫院至今有虎皮之藏焉.

2-22.

有[179]一儒生, 投筆而業武藝, 習射于慕華館, 夕陽時罷歸. 有一內行, 駕轎而來, 後無陪行, 只有一童婢隨來[180], 而頗姸美. 儒生見而欲之, 腰矢肩弓而隨, 或前[181]或後, 風吹簾捲, 瞥見轎內, 女人素服而坐, 眞國色也. 儒生[182]神精恍惚, 心內暗忖, '此是誰家女子, 而獨向何處?[183] 第隨往而探知其家.' 仍隨後而行, 遵大路入新門, 轉向南村某洞一大第而入. 儒生彷徨門外, 日勢[184]已暮, 仍轉向店舍買食,[185] 而帶弓矢, 周察其家前後, 無可闖入處. 其家後墻, 依一小阜而不高, 乃[186]登阜而俯視, 則其墻內有花園, 叢竹菀密, 可以隱身. 乃帶月色, 踰後墻田園而下, 則其下卽渠[187]家後面, 而東西兩房, 燈火熒然, 照後雙窓. 仍往其窓下, 潛窺東房, 則有一老嫗依於枕上, 而俄者所見之女子, 侍坐[188]讀諺冊於燈下, 聲音琅琅如碎玉. 儒生暗伏於窓下, 而以窓隙窺見而已.[189] 少間,[190] 老嫗謂其女子

---

179) 有: 저본에는 빠져 있으나 마본에 의거하여 보충함.
180) 來: 저본에는 '後'로 나와 있으나 다본을 따름.
181) 前: 다, 마본에는 '先'으로 되어 있음.
182) 儒生: 다본에는 '一見'으로 되어 있음.
183) 而獨向何處: 저본에는 '也'로 나와 있으나 다본에 의거함.
184) 日勢: 다본에는 '日色'으로 되어 있음.
185) 仍轉向店舍買食: 마본에는 '留食店舍, 夜深後'로 되어 있음.
186) 乃: 저본에는 빠져 있으나 다본에 의거하여 보충함.
187) 渠: 저본에는 '其'로 나와 있으나 다본을 따름.
188) 侍坐: 저본에는 빠져 있으나 마본에 의거하여 보충함.
189) 而以窓隙窺見而已: 다본에는 '不耐春情矣'로 되어 있음.
190) 少間: 저본에는 빠져 있으나 마본에 의거하여 보충함.

曰: “今日似必困憊, 可歸汝房休息.” 其女子承命, 而退歸西房, 儒生自外又往西邊窓外, 窺見, 則女子喚童婢, 謂曰: “行役之餘, 汝亦困憊矣, 可出宿於汝母家, 明朝早來.” 童婢出門, 女子起而閉上窓戶, 儒生暗喜曰: “此女既已獨宿, 吾當乘間突入可也云.” 而屛氣息跡[191]窺見, 則其女子開籠, 而出鋪錦衾, 吸烟茶, 而坐燈下[192]若有所思想者然, 儒生心竊訝之. 少焉, 後園竹枝有聲, 若有人跡, 儒生驚怯, 而隱身以避而見之, 則一禿頭和尙, 披竹林而來, 叩後窓, 自內開窓而迎之. 儒生隨其後, 而從窓隙[193]窺見, 則其和尙摟抱其女子, 淫戱無所不至. 已而, 其女因起, 向于卓上, 拿下酒壺饌盒, 滿酌而勸之, 和尙一吸而盡, 笑[194]問曰: “今日墓行, 果有悲懷否?” 女子含笑曰: “惟汝在吾, 何悲懷? 且是虛葬之地, 亦有何悲懷之可言乎?” 又與僧一場淫戱, 而裸體同入衾中, 相抱而臥.[195] 此時, 儒生初來欲奸之心, 雲消霧散, 而憤慨之心倍激矣. 仍彎弓注矢, 從窓戶滿的[196]射去, 正中和尙之禿頭, 頂門上揷去. 女子驚起戰慄, 急以衾裹僧之尸, 置之樓上. 儒生細察其動靜, 更踰後墻而出來, 時已漏罷矣, 仍爲還家. 其夜似夢非夢間, 有一靑袍儒生, 年可十八九, 來拜於前, 曰: “感君之報讐, 是以來謝.” 儒生驚而問曰: “君是何許人, 而所仇何許[197]人? 吾無爲君報仇之事, 何爲來謝?” 其人掩抑而對[198]曰: “某乃某洞某宰之子也. 讀書于山寺時, 使主人僧, 持粮饌往來吾[199]家中矣, 淫婦見而欲之, 遂與通奸矣. 某於歸覲之路, 此僧同行, 到無人之地, 蹴吾殺之, 以尸體置之於山下巖穴者, 于今三年矣. 某既寃死, 而無以報仇雪恨矣. 昨夜,

191) 息跡: 저본에는 빠져 있으나 다본에 의거하여 보충함.
192) 坐燈下: 다본에는 '對燈影'으로 되어 있음.
193) 隙: 저본에는 빠져 있으나 다본에 의거하여 보충함.
194) 笑: 저본에는 빠져 있으나 마본에 의거하여 보충함.
195) 相抱而臥: 마본에는 '和相拊如之背, 抱臥而眼'으로 되어 있음.
196) 滿的: 다본에는 '盡力'으로 되어 있음.
197) 許: 저본에는 빠져 있으나 다본에 의거하여 보충함.
198) 掩抑而對: 다본에는 '掩面對'로 되어 있음.
199) 吾: 저본에는 '于'로 나와 있으나 마본에 의거함.

君之所射殺者, 卽其僧也, 其女子, 卽吾之內[200]也. 此仇[201]已雪, 感謝無地. 又有一事奉托者, 君須往見吾父親, 告吾之尸體所在處, 使之移窆, 則恩尤大[202]矣." 言訖, 而忽不知去向. 儒生驚覺, 則一夢也, 心甚異之. 翌日, 更[203]往其家, 通刺而入, 則有一老宰起迎坐定, 儒生問曰: "子弟有幾人?" 主人揮淚而言曰: "老夫命途奇窮, 無他子女, 五十後, 僅生[204]一兒子, 愛如掌玉, 成婚後[205], 往山寺課工, 爲虎所囕去, 終祥未過矣." 儒生曰: "小生有一疑訝事, 第隨我而訪屍身所在處, 可乎?" 主人大驚痛[206]曰: "君何由知之?" 對曰: "第往見之, 可也." 主人卽具鞍馬, 與之同行, 至其寺, 下馬登山, 由寺後行幾步, 有巖石而通[207]穴, 以土石塞其口. 使下隷去其土石, 而以手探之, 則[208]有一屍體出, 而見之果是其子, 而顏色依舊. 其老宰抱尸而哭, 幾絶而甦, 仍向其儒生, 而問曰: "汝何由知之? 此必是汝之所爲也." 其儒生笑曰: "吾若行兇, 則何可見公而道之乎? 第爲治喪而歸, 問其由於令子婦, 其房樓上有一物之可證者, 公須速行之!" 其老宰一邊運屍, 安于僧舍之內, 使辦喪需而歸家, 直入子婦房, 問曰: "吾有朝服之置於汝樓上矣, 吾可出而見之, 須開樓門!" 其子婦慌忙色變[209], 而對曰: "此則兒當出來, 何須尊舅之親搜也云." 而氣色頗殊常, 老宰仍向樓, 開鎖而入樓[210], 則有穢惡之臭, 搜至籠後, 有一[211]衾裹物[212]者, 出而置之於房內, 則卽一少年胖大和尙之屍, 而揷箭於頂門之

200) 內: 마본에는 '妻'로 되어 있음.
201) 仇: 다본에는 '冤'으로 되어 있음.
202) 尤大: 다, 라본에는 '莫大'로 되어 있음.
203) 更: 다본에는 '卽'으로 되어 있음.
204) 僅生: 저본에는 '得'으로 나와 있으나 다본을 따름.
205) 後: 저본에는 빠져 있으나 다본에 의거하여 보충함.
206) 痛: 다본에는 '泣'으로 되어 있음.
207) 通: 저본에는 '有'로 나와 있으나 다본에 의거함.
208) 則: 다본에는 '果'로 되어 있음.
209) 色變: 저본에는 빠져 있으나 마본에 의거하여 보충함.
210) 樓: 저본에는 빠져 있으나 마본에 의거하여 보충함.
211) 一: 저본에는 '以'로 나와 있으나 다본을 따름.
212) 物: 저본에는 빠져 있으나 다본에 의거하여 보충함.

上矣. 老宰問曰: "此何爲也?" 其子婦面如土色, 戰慄不敢對. 仍出請其父與兄, 道此事而黜之, 其父以刀剚, 而殺之云矣, 仍改葬其子之屍於先山之下矣. 一夜, 其儒生又於似夢非夢之間, 其少年又來, 百拜致謝曰: "君之恩無以酬之, 今科期不遠, 而場內所出之題, 卽吾之平日所做之文. 吾可誦傳之, 君須書之, 入場後呈券, 則必做第矣." 仍誦傳一首賦, 題是'秋風悔心萌'也. 其儒生受而書之矣[213]. 數日後, 科期已迫入場, 則果出此題矣. 仍書其賦而呈券, 至'秋風颯兮夕起, 玉宇廓而峥嶸'之句, '秋'字誤換書以'金'字矣. 時竹泉金公鎭圭, 以[214]主試, 見此券, 曰: "此賦果是善作, 而似是鬼神之作, 無乃欲試吾輩試鑑之故耶云矣." 讀至'金風颯兮夕起'之句, 笑曰: "此非鬼神之[215]作!" 乃擢第一. 人問其故, 竹泉答曰: "鬼神忌金, 若鬼神[216]作, 則必不書金字也, 故知非鬼作云矣." 榜出其儒生居[217]魁, 其姓名考之科榜, 則可知爲誰某, 而未及考見.

2-23.

金進士某者, 有智略, 而家貧落拓, 菀菀不得志. 時有親知宰相之子, 約與明日同往東郊, 迎弔親友之返虞. 其日未明, 窓外有人, 來言曰: "某家某送騎, 云: '聞某友返虞, 未明入來, 吾輩預於平明出城, 人馬茲送之, 急急騎來.'" 金生信之不疑, 騎馬出門, 其行如飛, 由東城外鍾巖, 而日尙未出. 金生問于牽夫曰: "汝家上典在於何處?" 對曰: "在於前面." 仍[218]加鞭而行, 度樓院, 遵大路而行, 行到一處, 則又有一健夫, 具鞍馬而待之[219]. 傍有一人, 具酒飯而進之, 金生心益疑怪, 而問曰: "汝輩是何人, 而此何爲也?" 其人答曰: "第可飮喫換騎而行, 則自可知之." 金生不得已

213) 矣: 저본에는 빠져 있으나 다본에 의거하여 보충함.
214) 以: 저본에는 빠져 있으나 다본에 의거하여 보충함.
215) 神之: 저본에는 빠져 있으나 다본에 의거하여 보충함.
216) 神: 저본에는 빠져 있으나 다본에 의거하여 보충함.
217) 居: 저본에는 '登'으로 나와 있으나 마본을 따름.
218) 仍: 나본에는 '尤'로 되어 있음.
219) 之: 저본에는 빠져 있으나 나본에 의거하여 보충함.

依其言, 換騎而行, 行到五六十里, 又有備酒食鞍馬如俄者樣. 金生第又如前飮, 而換騎而行[220], 晝夜不止. 每於五六十里, 必有人之留待[221], 而由鐵嶺, 轉而入山路, 踰嶺度山, 行幾日, 至一處, 則四山[222]環圍之中, 有一洞府. 洞中人家櫛比, 有一大舍如公廨樣, 朱門而有三. 下馬而歷重門而入,[223] 則有一丈夫擁衾而臥, 左右有侍娥數人, 扶將而坐, 氣息奄奄. 向金生而言曰: "吾亦京洛之人, 誤入於此, 積有年矣. 今則病且死矣, 無人可代, 聞君有智略, 故奉邀到此地頭, 不必苦辭[224], 若欲圖免, 則必有大禍, 愼之愼之! 麾下軍卒數[225]千餘名, 倉庫亦實, 可代吾而善處置. 吾雖賊魁, 而未嘗行不忍之事, 如貪官汚吏之物, 富民之吝而不給人者, 燕市倭館之物貨財寶之出者, 量其可取而取之, 以充軍需之用, 君亦依此爲之, 可也. 人生斯世, 功名在天, 非人可爲者, 曷若坐此而號令軍中? 歌姬舞女, 山珍海錯, 不患不足, 可謂公卿不換者也, 勉之勉之!" 言訖而臥, 更無所言. 金生始知其爲賊將, 而滿心驚訝, 無計脫身, 第坐於廳上, 則如軍校者十餘人, 來拜於庭下, 軍卒一時來謁, 以絲笠藍袍加之於身. 金生不得已受而着之, 其供饋等節, 極其豊潔. 金生處於越房, 是夜, 賊將殞命, 軍中擧哀, 掛孝治喪, 極其侈麗, 成服後, 瘗之于山後之麓. 金生左右思想, 無計可脫, 留七八日後, 軍中往往有偶語曰: "舊帥已歿, 新帥代立[226], 而于今近十日, 別無出謀發慮之事, 似是一箇飯囊, 將焉用之? 更竢幾日, 若一向[227]如是, 則不可不殺之, 而更求他人爲好云云." 金生微聞此言, 大生恐怯. 翌日之朝, 坐於[228]廳上, 招軍校之爲首

---

220) 而行: 저본에는 빠져 있으나 나본에 의거하여 보충함.
221) 人之留待: 나본에는 '酒飯換騎馬'로 되어 있음.
222) 四山: 나본에는 '四面'으로 되어 있음.
223) 下馬而歷重門而入: 나본에는 '臨門諸下馬, 導入堂上'으로 되어 있음.
224) 苦辭: 나본에는 '固辭'로 되어 있음.
225) 數: 저본에는 '有'로 나와 있으나 나본을 따름.
226) 立: 저본에는 '坐'로 나와 있으나 나본을 따름.
227) 一向: 나본에는 '一樣'으로 되어 있음.
228) 於: 저본에는 빠져 있으나 나본에 의거하여 보충함.

者, 分付曰: "間緣舊帥之喪禮未畢, 無暇問之, 見今軍中, 需用能無匱乏者耶?" 對曰: "如干所儲, 幾盡於喪需, 見今餘者無多, 方以此爲悶矣." 金生曰: "自明當分送軍卒,[229] 軍令板斯速入來!" 其校承命而退, 未幾, 入軍令板, 而背後列書可偸之人家. 金生乃以永興朱進士家, 劃出, 則首校俯伏, 請曰: "此家果是巨富, 而實無可偸之望[230]. 其洞中四五[231]百戶, 俱是奴屬, 而每戶門楣懸一大鈴, 以其索頭, 都聚于一索, 掛於主家. 如有驚, 則一搖鈴索, 許多之鈴, 一時應之, 一入之後, 萬無出來之望, 此將奈何?" 金生大[232]叱曰: "將旣出令, 則雖水火固不可辭焉, 敢亂言以撓[233]軍心乎?" 卽爲拿入嚴棍六七度後, 分付曰: "此則吾當親往!" 明日, 金生妝[234]出營裨樣, 以青天翼佩將牌, 如大箱子大籠等屬, 數十駄載之於馬, 隨行[235]人皆以驛卒樣妝出. 而日暮時, 馳入朱進士家, 以爲咸營進上領去裨將云, 入門則朱進士遑忙延接, 敍寒暄後, 向主人而言曰: "此是營門別進上物種也. 有所重, 不可置之外, 可置之于大廳上." 主人依其言, 置之廳上, 備夕飯饋之. 到夜, 與主人聯枕矣, 主人睡夢之中, 胸膈塞菀, 驚覺而開眼, 則俄者營裨者, 據胸而坐. 手執長劍, 而言曰: "汝若出聲, 則當以劍斬之矣! 須勿驚怯, 亦勿發聲, 吾非營裨, 乃是賊魁也. 欲借軍粮於汝, 汝指示錢布所在處, 則汝可活矣. 不者,[236] 汝命止於今夜, 命爲重乎? 錢布爲重乎?" 主人面如土色, 惶汗浹背, 而哀乞曰: "謹當一一奉行, 幸勿傷我!" 賊將許諾, 仍招卒徒之隨來者, 開庫而一一搜出. 如斯之時[237], 家人皆驚動, 或有近之者, 則朱者連聲曰: "須勿近我,

229) 自明當分送軍卒: 나본에는 '明日將出獵矣'로 되어 있음.
230) 可偸之望: 나본에는 '可偸之道'로 되어 있음.
231) 四五: 나본에는 '五六'으로 되어 있음.
232) 大: 저본에는 '乃'로 나와 있으나 나본을 따름.
233) 撓: 나본에는 '惑言'으로 되어 있음.
234) 妝: 나본에는 '粧'으로 되어 있음. 서로 통함. 이하의 경우도 동일함.
235) 行: 저본에는 '後'로 나와 있으나 나본을 따름.
236) 不者: 나본에는 '否則'으로 되어 있음.
237) 時: 나본에는 '際'로 되어 있음.

而庫中之物, 任其搜去!" 於是, 賊徒攔入庫中, 布木之屬, 銀錢之物, 出而馱之,[238] 并其主人家牛馬而馱之, 使之運出洞口後, 乃左手執主人之手, 右手執長劍, 同行出門, 至於洞口外, 而抛却主人, 乃上馬而去, 如風雨之驟. 一行所得, 殆過數萬餘金, 軍中莫不稱神. 過四五日後,[239] 又使入軍令板, 劃出釋王寺, 首校者又稟曰: "此寺洞府, 只有一路, 若深入, 而官軍塞洞口, 則無以出來, 此將奈何?" 金生又叱退, 而分付曰: "今番吾又當作行!" 仍妝咸興中軍服色, 而多率校卒, 賊徒中數人, 以紅絲結縛隨後. 而入寺坐于樓上, 而捉入賊漢, 鉤問惡刑, 備至賊招出僧徒, 隨出隨縛, 寺中四五百餘僧, 無不縛之. 仍使搜出佛器及錢布等屬, 一併馱之於馬, 而鱗次出送之[240]. 時有數僧採樵於山, 見其狀, 急告于安邊官, 本倅大驚急發奴, 令及軍校輩, 掩入洞口. 賊徒聞此報, 急報於金生, 乃以賊徒中四五人, 削髮爲僧徒樣, 而帶血痕, 作痛聲而出, 向官軍曰: "賊徒踰後山而去, 官軍速踰後山之路, 不必入此洞口." 官軍聞之, 一併由山後而去. 金生乃從洞口, 脫身而走, 又得錢布百餘馱, 軍需之用裕足矣. 如此設計而收納者, 不止於此而不得盡錄矣[241]. 過數三年後, 金生集卒徒, 而言曰: "汝輩皆平民也, 而迫於飢寒, 乃[242]有此擧, 然非長久計也. 汝輩各分金帛, 而衣食不艱, 則何必如是也? 吾亦非久居此之人也. 庫中所在之物, 各自均分, 還歸故里, 以作平民好也, 未知汝輩之心何如?" 諸人皆曰: "惟將軍命!" 金生乃出所積之財, 一一均分, 以給各人, 使各歸鄕里, 以火燒其屋宇, 騎馬出山, 還歸本第云爾.

2-24.

文谷金公, 諱壽恒, 夫人羅氏也, 明村羅良佐之娣也. 有識鑑, 爲女擇婿,

---

238) 出而馱之: 나본에는 '一一出來'로 되어 있음.
239) 過四五日後: 나본에는 '又過幾日'로 되어 있음.
240) 之: 저본에는 빠져 있으나 나본에 의거하여 보충함.
241) 矣: 저본에는 빠져 있으나 나본에 의거하여 보충함.
242) 乃: 나본에는 '不得已'로 되어 있음.

使第三胤三淵，往見閔氏諸少而定婚．三淵往見，而告曰：“閔家諸[243]兒皆氣短，且貌不揚，無可合者.” 夫人曰：“此是名家也，後進必不然矣.” 其後，三淵擇定於李氏兒而來，言曰：“今日果得佳郎矣!” 夫人問：“爲誰而風範何如?” 對曰：“風儀動盪，才華發越，眞大器之人也.” 夫人曰：“若然則好矣.” 及迎婚合巹之日，夫人見而嘆曰：“三兒有目無珠矣!” 三淵怪而問之，則夫人曰：“新郎佳則佳矣，壽限大不足遠，不過三旬，汝何所取而定婚也?” 已而熟視，而又嘆曰：“吾女先死矣，亦復奈何云云.” 而責三淵不已，三淵終不以爲然．一日，閔趾齋鎭厚·丹巖鎭遠諸從兄弟，俱以弱冠，適有事而來矣．三淵入告曰：“母氏每以閔家之不得連婚，爲恨矣，今閔家少年來矣．母氏可從窓隙窺見，必下諒小子言之不誣也.” 夫人從而窺見，又責三淵曰：“汝眼果無珠矣，此少年俱是貴人，名垂後世之大器也．惜乎! 不得連婚矣.” 其後，果符其言，閔公俱大達，而李氏年纔過三十，以參奉夭死[244]，而夫人之女，[245] 先一年而歿．夫人嘗織錦布三端，而以一端造文谷之官服[246]，二端深藏，而第二胤農巖登第，而不許造朝衣，後夢窩昌集[247]，以蔭官登第，仍使造朝衣．一端又藏之，孫婿趙文命登第，又使造朝衣．三人俱位至三公，夫人之意，以爲未至三公之人，不可許故也．農巖登第而入謁，夫人嚬眉，曰：“何爲而如山林處士樣也?” 其後，夢窩登第而入謁，則笑曰：“大臣出矣!”

2–25.

二憂堂趙忠翼公，喪配後，悲不自勝．時判騎省，而適有公故，曉起，而俟曹吏之來請坐，因無消息，幾至日出而不來矣．公大怒，趣駕而赴，公該吏使之捉待，拿入而將棍，吏乃泣而對，“小人有切悲之情事，願白一

---

243) 諸: 저본에는 빠져 있으나 가본에 의거하여 보충함.
244) 死: 저본에는 빠져 있으나 가본에 의거하여 보충함.
245) 而夫人之女: 가본에는 '其妻則'으로 되어 있음.
246) 官服: 가본에는 '冠服'으로 되어 있음.
247) 昌集: 저본에는 빠져 있으나 가본에 의거하여 보충함.

言而死.” 公問: “何事?” 吏曰: “小人喪妻, 而家有三幼穉, 一子年纔五歲, 二子纔三歲, 一女生纔一朞. 小人身兼慈母而養育之, 今曉欲起, 則穉女啼呼, 故請隣家女乳之. 少焉, 兩子又飢呼, 小人以錢買粥而饋之, 如斯之際, 自爾晩時. 小人旣知有公故, 且知大監威令焉, 敢故爲犯科乎?” 公聞而悲之揮淚, 曰: “汝之事情, 恰似余矣!” 仍放釋, 優給米布, 以爲養兒之資. 蓋吏無此等事, 而知公之情事, 故以此飾詐而圖免也.

2-26.

兪文翼公拓基, 按嶺南時, 巡到慶州, 府[248]尹卽趙相文命也. 知其爲人之大可用, 故欲試其量, 因一微事, 推治邑隷, 無人免者. 旣罷, 顧謂府尹曰: “吾到令監邑, 推治下隷若是之多, 於令監之心, 得無如何底意乎?” 趙相笑而對曰: “使道旣按一道, 則此是使道下隷也. 且下隷輩渠自得罪, 而被刑杖於下官, 何關焉?” 氣色自如, 公笑曰: “吾今行得一大臣矣!” 其後, 公以正卿, 出補楊牧, 而趙相時帶摠戎使, 楊州[249]是摠廳之管下, 兪公以牧使. 一日, 投剌於摠使, 禮畢而將出門, 趙相笑曰: “年前吾於大監之前, 作此禮矣, 今大監, 又作此禮於吾之前, 世事未可知矣.” 公熟視而笑, 曰: “惜乎! 未得爲首相矣.” 趙相果位至左相, 未躋領相. 古人之以一言定其位限者, 定如此也.

2-27.

三淵金先生昌翕, 晩居于雪嶽庵, 以‘永矢’爲名, 與僧同處. 一日夜, 同房僧爲虎囕死, 淵翁爲文弔之, 不勝慘惻. 數日後, 女壻李公德載來拜, 時年不過十六七矣. 淵翁言前狀, 戒勿出外, 夕飯後, 李公不知去處, 淵翁連呼, 而無應聲, 始大驚, 聚會僧徒, 火炬而推尋, 而月色如晝. 李公獨

248) 府: 저본에는 빠져 있으나 가본에 의거하여 보충함.
249) 州: 저본에는 빠져 있으나 가본에 의거하여 보충함.

坐後山絶頂之上明月之下[250)], 淵翁見而大責, 曰: "吾不云乎? 日前同房僧爲虎所囕, 汝以幼穉之兒, 獨自登陟於昏夜無人之中, 倘有虎豹之患, 其將奈何? 汝之不聽長者之訓, 有如是矣." 李公含笑隨後而下來, 到庵坐定, 淵翁又責之戒之, 李公笑而對曰: "岳翁以同房僧之爲虎所囕, 久愈疚懷, 故小子俄於山上刺殺大虎, 爲僧報仇耳." 淵翁不信, 曰: "寧有是理云矣?" 翌朝, 與諸僧往見, 則山下之壑, 有一大虎亂刺而倒, 人皆大駭異. 蓋李公有絶倫[251)]之力, 又[252)]善劍術故也.

2-28.

老峰閔公鼎重, 與弟驪陽閔公維重, 友于篤至, 常嗜酒, 而監司公每禁之, 使不得放飮矣. 監司公按節原營, 兄弟俱作覲行, 伯則以亞銓承召, 季則以副學承召, 一時並到. 閔公於此日, 使之許飮, 兄弟對酌沈醉後, 仍出往客舍坐廳上, 而連使進酒, 下隷以巡使分付, 不敢繼進爲言. 二公醉中大言曰: "汝之巡使, 接待別星, 固不當如是云云." 而昏睡矣. 醒後, 聞其酒中失言, 兄弟大驚, 席藁於門外, 監司公笑而不責.

2-29.

申判書銋, 號寒竹堂,[253)] 有知人之鑑. 喪獨子, 而有遺腹孫[254)]女, 年及笄矣. 其孀婦每請于其舅, 曰: "此女之郎材, 尊舅必親自相之而擇焉[255)]." 申公曰: "汝求何許郎材?" 對曰: "壽至八十而偕老, 位至大官, 家富而多男, 則幸矣." 公笑曰: "世豈有如許兼備之人乎? 若副汝願, 猝難得矣." 伊後, 出門而歸,[256)] 則必問郎材之可合者[257)], 每每如是矣. 一日, 申公乘

---

250) 明月之下: 나본에는 '乘月之來'로 되어 있음.

251) 倫: 저본에는 '人'으로 나와 있으나 가본을 따름.

252) 又: 가본에는 '且'로 되어 있음.

253) 申判書銋, 號寒竹堂: 나본에는 '寒竹堂申銋'으로 되어 있음.

254) 孫: 저본에는 빠져 있으나 나, 다본에 의거하여 보충함.

255) 焉: 저본에는 '之'로 나와 있으나 나, 다본을 따름.

軒而過壯洞, 群兒嬉戲叢中, 有一兒年可十餘歲, 而蓬頭突鬢, 騎竹而左右跳踉. 公停軺熟視, 則衣不掩身, 而河目海口, 骨格異凡. 仍命下[258]隸使之招來, 則掉頭不肯, 公使諸隸扶持而來, 其兒號哭曰: "何許官員, 空然捉我, 我有何罪而如是也?" 諸隸擁至軺前, 公曰: "汝之門閥何如人也?" 對曰: "門閥知之何爲也? 吾是[259]兩班也." 公又問: "汝年幾何, 而家何在? 汝往云何?" 對曰: "欲捧疤軍丁乎? 何爲而問姓名·年記[260]·居住也? 吾姓兪氏也, 吾年十三也, 吾家在於越洞矣. 何爲問之? 速放我去!" 公遂[261]放送而尋其家, 則不蔽風雨之斗屋也, 只有寡居之母夫人. 公招出婢子, 傳喝曰: "我是某洞居申某也. 吾有一箇孫女, 方求婚矣, 今日定婚於宅都令而去云云." 而仍飭下隸歸家愼勿言, 仍適他暮歸, 則孀婦又問郎材, 公笑曰: "汝求何許郎材?" 孀婦對之[262]如初, 公笑曰: "今日[263]得之矣." 孀婦欣然而問: "誰家之子, 家在何處?" 公曰: "不必知其家矣, 後當知之矣." 仍不言矣. 及到迎綵之時[264], 始乃言之, 則自內急送解事一老婢, 往見其家計之貧富, 郎材之姸醜. 婢子回告曰: "家是數間斗屋, 而不蔽風雨, 廚下生苔, 鼎中有蛛絲, 而郎材則目大如筐, 髮亂如蓬, 無一可取, 無一可見. 吾小姐入門之後, 則杵臼之役[265], 必當親執矣. 以吾小姐, 如花如玉, 生長綺紈之弱質, 何可送于如此之家乎?" 孀婦聞此言, 膽落魂飛, 而卽受綵之日也, 事到無奈何之境, 仍飮泣而治迎郎之具矣. 翌日, 新郎入來行禮, 孀婦審視, 則果如婢言, 而卽一可憎之郎也, 心焉如碎, 而無奈何矣. 過三日後送郎, 而夕時新郎又來矣. 申公問: "汝

---

256) 出門而歸: 나, 다본에는 '自外而入'으로 되어 있음.
257) 可合者: 나, 다본에는 '得否'로 되어 있음.
258) 下: 저본에는 '一'로 나와 있으나 나, 다본을 따름.
259) 是: 나, 다본에는 '亦'으로 되어 있음.
260) 記: 저본에는 '歲'로 나와 있으나 나, 다본을 따름.
261) 遂: 저본에는 빠져 있으나 다본에 의거하여 보충함.
262) 之: 저본에는 빠져 있으나 가본에 의거하여 보충함.
263) 日: 나, 다본에는 '幸'으로 되어 있음.
264) 時: 나, 다본에는 '日'로 되어 있음.
265) 之役: 저본에는 빠져 있으나 나, 다본에 의거하여 보충함.

何爲更來?" 新郎[266]曰: "歸家則夕飯無期, 且有順歸人馬, 故還來矣." 公笑而留在[267]之. 自此, 每每留在, 而連日內寢, 新婦以質弱之女子, 見惱於丈夫, 幾至生病之境矣. 公憂之諭之, 曰: "汝何爲連日內寢也? 今日可出外與吾同寢, 可也." 新郎曰: "敬受教矣!" 及夜, 公就寢, 而新郎寢具鋪之於前矣. 公闔眼, 則新郎以手槌公之胸, 公驚曰: "此何爲也?" 新郎對曰: "小壻果不安其寢, 昏夢之中, 每有此等事故也[268]." 公曰: "後勿如是!" 對曰: "諾." 未幾, 又以足擲之, 公又驚覺而責之, 已而, 又以手足, 或打或擲. 公不堪其苦, 乃曰: "汝可入內而宿, 吾則不可與同寢矣." 新郎仍捲其寢具, 荷而入內, 則時其家族黨婦女之[269]來者, 適留於新房中矣[270]. 夜三更, 驚起急[271]避, 新郎高聲而言曰: "諸家婦女皆[272]急避, 而獨留兪書房宅, 可也云云." 如是之故, 妻家上下, 皆厭苦之.[273] 申公按海藩也, 內行將率去, 而使兪郎陪來, 孀婦曰: "兪郎不可率去, 姑留之[274], 使吾女暫時休息, 可也." 公不許而率去矣. 及墨進上時, 公呼兪郎而問曰: "汝欲持[275]墨乎?" 對曰: "好矣." 公指示而言曰: "任自擇去."[276] 兪郎躬自擇之, 大折墨百同別置, 該監裨將前奏曰: "若如此, 則恐有闕封之慮矣." 公曰: "使之急急更造." 兪郎還至書室, 幷給下隷, 無一餘者云. 兪郎卽兪相國拓基也, 享年八十而偕老, 位至領相, 子有四人, 家又富, 果符申公之言. 其後, 兪公爲海伯, 率女婿洪南原益而去矣. 又當墨進上之時, 公[277]呼洪郎, 而使之任自擇去, 則洪郎擇其大折二同·中折三

---

266) 新郎: 가, 나, 다본에는 '對'로 되어 있음.
267) 在: 저본에는 빠져 있으나 나, 다본에 의거하여 보충함.
268) 故也: 저본에는 빠져 있으나 나, 다본에 의거하여 보충함.
269) 之: 저본에는 빠져 있으나 가, 나, 다본에 의거하여 보충함.
270) 矣: 저본에는 빠져 있으나 나본에 의거하여 보충함.
271) 急: 저본에는 '而'로 나와 있으나 나, 다본에 의거함.
272) 皆: 나, 다본에는 '可'로 되어 있음.
273) 皆厭苦之: 가본에는 '莫不掩口矣'로, 나본에는 '大苦之'로 되어 있음.
274) 之: 나, 다본에는 '勿來'로 되어 있음.
275) 持: 저본에는 빠져 있으나 나본에 의거하여 보충함.
276) 任自擇去: 나, 다본에는 '汝自擇取'로 되어 있음.
277) 公: 저본에는 빠져 있으나 나본에 의거하여 보충함.

同·小折五同而別置，公曰："何不加擇?" 洪曰："凡物皆有限用處，小壻若盡數擇之，則進上何以爲之? 洛中知舊何以問之? 小壻則十同優可用矣." 公睨視而笑，曰："緊莫緊矣! 可作蔭官之材云矣." 果如其言矣[278).

2-30.

陝川守[279)]某，年六十，只有一子，而溺愛而教訓失，方年至十三歲，而目不識字. 海印寺有一大師僧，自前親熟，往來衙中矣. 一日，來見而言曰："阿只年旣成童，而尙不入學，將何以爲之?" 倅曰："雖欲敎文字，而慢不從命，又[280)]不忍楚撻，以至於此，深以爲憫." 大師曰："士夫子弟，少而失學，則將爲世棄人，全事慈愛，而不事課工，可乎? 其人物凡百，可以有爲，而如是抛棄，甚可惜也. 小僧將訓學矣，官家其可許之乎?" 倅曰："誠好矣，固所願不敢請也. 大師若敎訓而解蒙，則豈非萬幸耶?" 大師曰："若然則有一事之可質者，以生死惟意爲之，只可嚴立課程之意，作文記踏印，而給小僧. 且一送山門之後，限等內，交遞之前，[281)] 官隷之屬，一不相通，割斷恩愛然後，可矣.[282)] 至於衣食之供，小僧自可辦之，如有所送者，僧徒往來便，直送于小僧處[283)]，許爲宜官家其將行之乎!" 倅曰："惟命是從矣." 仍如其言，書文記給之，自伊日，送兒于山門，而絶不相通. 其兒上山之後，左右跳踉，慢侮老僧，辱之頪之，無所不爲. 大師視若不見，任其所爲，過四五日後平明，大師整其弁袍[284)]，對案跪坐，弟子三四十人，橫經侍坐，禮儀整肅. 大師仍命一闍梨僧，拏致厥童，厥童號哭詬辱，曰："汝以僧徒，何敢侮兩班至此也? 吾可[285)]歸告大人，將打殺

278) 矣: 저본에는 빠져 있으나 나본에 의거하여 보충함.
279) 守: 다본에는 '倅'로 되어 있음.
280) 又: 저본에는 빠져 있으나 다본에 의거하여 보충함.
281) 交遞之前: 저본에는 빠져 있으나 다본에 의거하여 보충함.
282) 可矣: 다본에는 '可以成工'으로 되어 있음.
283) 處: 저본에는 빠져 있으나 다본에 의거하여 보충함.
284) 弁袍: 다본에는 '衣冠'으로 되어 있음.
285) 可: 다본에는 '將'으로 되어 있음.

汝矣.” 仍罵曰: “千可殺萬可殺賊禿云云.” 限死不來, 大師大聲叱之, 責諸僧, 使之縛來, 諸僧齊來, 縛致於[286]前, 大師出示手記, 曰: “汝之大人, 書此給我, 從今以往, 汝之生死在於吾手. 汝以兩班家子弟, 目不識字, 全[287]事悖惡之行, 生而何爲? 此習不祛, 將亡汝之門戶矣, 第受吾罰!” 仍以錐末, 灸火待赤, 而刺于股, 厥童昏塞, 半晌而甦. 大師又欲刺之, 乃哀乞曰: “自此以後, 惟大師之命是從, 更勿刺之.” 大師執錐, 而責之誘之, 食頃後始放, 使之近前, 以『千字文』先授, 而排日課程, 不許少休. 厥[288]童年旣長成, 智慮亦長, 聞一知十, 聞十知百, 四五朔之間, 『千字』·『通史』皆通曉. 而晝夜不輟, 孜孜不懈, 一年之餘, 文理大就, 留山寺三年, 工夫已成. 每於讀書之詩, 獨語于心曰: “吾以工夫受辱於山僧者, 皆不學之致也. 吾將勤工得科後, 必欲打殺此僧, 以雪此今日之恨云.” 而一念不懈, 尤用功力[289], 大師又使習科工. 一日, 大師使近前, 而言曰: “汝之工夫, 優可作科儒[290], 明日, 可與我下山.” 翌日, 乃率來衙中, 而言曰: “今則文辭將就, 登科後, 文任亦不讓於他人[291], 小僧從此辭歸.” 仍留置而去. 其童子始議親成婚, 上京後, 出入科場, 數年之後決科, 數十年之間, 得爲[292]嶺伯. 始乃大喜, 心語曰: “吾今而後, 可殺海印寺僧, 以雪向日之憤云矣.” 及按到而出巡也, 申飭刑吏作別杖, 而擇執杖之善者三四人以從, 將到山門, 而欲撲殺此僧之計也. 行到紅流洞, 此老僧率諸僧, 祇迎于路左, 巡使見之, 仍下轎執手而致款, 老僧欣然而笑曰: “老僧幸而不死, 得[293]見巡使道[294]威儀, 幸莫大焉.” 仍與之[295]入寺,

---

286) 於: 저본에는 '之'로 나와 있으나 다본을 따름.
287) 全: 다본에는 '專'으로 되어 있음.
288) 厥: 저본에는 '此'로 나와 있으나 다본을 따름.
289) 功力: 다본에는 '工夫'로 되어 있음.
290) 科儒: 다본에는 '科文'으로 되어 있음.
291) 人: 저본에는 빠져 있으나 다본에 의거하여 보충함.
292) 爲: 다본에는 '除'로 되어 있음.
293) 得: 저본에는 '及'으로 나와 있으나 다본을 따름.
294) 道: 저본에는 빠져 있으나 다본에 의거하여 보충함.
295) 與之: 다본에는 '陪而'로 되어 있음.

老僧請曰: "小僧之居房, 卽使道向年工夫之處也. 今夜移下處, 與小僧聯枕無妨矣." 巡使許之, 與之同枕, 更深後, 僧曰: "使道兒時受學時, 有必殺小僧之心乎?" 曰: "然矣." 僧曰: "自登科至建節, 而皆有此心乎?" 曰: "然矣." 僧曰: "發巡時, 矢于心而欲打殺小僧, 至有別刑杖及[296]擇執杖之擧乎?" 曰: "然矣."[297] 僧曰: "若然則使道, 何不打殺而下轎[298]致款乎?" 巡使曰: "向來之恨, 心乎[299]不忘, 及對君顔, 此心氷消雲散, 油然有欣悅之心故也." 僧曰: "小僧亦已揣知矣. 使道位可至大官, 而某年月日, 按節箕城也. 當是時, 小僧當[300]送上佐矣, 使道必須加禮, 而如見小僧樣, 與之同寢, 可也. 愼勿忘置[301], 必須如是." 巡使許諾, 老僧乃出示一紙, 曰: "此是小僧爲使道推數平生而編年者也. 享年幾許, 位至幾品, 昭然可知, 而俄所言箕營事, 愼勿忘却.[302]" 巡使唯唯. 翌日, 多給米布錢木之屬而去. 其後, 過幾年後, 果爲箕伯. 一日, 閽者告曰: "慶尙道陜川郡海印寺僧, 欲入謁矣." 巡使恍惚覺悟, 卽使[303]入來, 使之升堂, 把袖促膝, 問其師之安否. 夕餐後[304], 與之聯床, 至夜又與之同寢, 及[305]更深後, 房碇過溫, 巡使乃易寢席而臥矣. 昏夢之中, 忽有腥穢之臭, 以手撫僧之背, 則臥處有水漬手, 仍呼知印, 擧火而見之, 則刃刺於僧腹, 五臟突出[306], 血流遍地[307]. 巡使大驚, 急使運置於外. 翌日朝, 窮査則巡使所嬖之妓, 卽官奴之所眄, 而彼此大惑也. 以是含憾, 爲刺巡使而入來, 意謂下碇之臥者, 卽巡使也, 而刺之矣. 仍拿致嚴覈[308], 則一一直招, 遂置

296) 及: 저본에는 빠져 있으나 다본에 의거하여 보충함.
297) 然矣: 다본에는 '是矣'로 되어 있음.
298) 下轎: 다본에는 '如是'로 되어 있음.
299) 心乎: 다본에는 '心內'로 되어 있음.
300) 當: 다본에는 '必'로 되어 있음.
301) 忘置: 다본에는 '忘却'으로 되어 있음.
302) 愼勿忘却: 다본에는 '必銘佩勿泛'으로 되어 있음.
303) 使: 다본에는 '召'로 되어 있음.
304) 後: 저본에는 빠져 있으나 다본에 의거하여 보충함.
305) 及: 저본에는 '至'로 나와 있으나 다본을 따름.
306) 突出: 다본에는 '拼出'로 되어 있음.
307) 地: 다본에는 '席'으로 되어 있음.

之法，乃[309]治僧之喪，送于本寺．蓋大師預知有此厄，而故使上佐代受故也．其後，功名壽限，皆符大師之推數云[310]矣．

2-31.

柳生某者，洛下人也．早有文名，年二十登司馬，家甚貧窶[311]，居於水原地．其妻某氏，才質俱美，以針線資生矣．一日，門外傳言，‘有一女子，善劍舞戲云.’ 柳生招入內庭，而使之試藝，其女子入來，熟視柳妻，抛劍[312]直上廳，而相抱放聲痛哭．莫知其故，問于其妻，則答以曾所面熟之人故也．仍不試劍技，而留數日而送之矣．越五六日後，望見前路，忽有[313]三箇新轎駕駿馬，而前有婢子數雙，亦騎馬，後無陪行，而直向[314]其家．柳生訝之，使人問："何來內行誤入吾家?" 下隷不答而入門，下轎於內門之內，人馬皆息於店幕．柳生倍生疑訝，書問其內，則以爲，‘從當知之，不必强問云云.’ 而自伊日，夕飯饌品豊潔，水陸備陳.[315] 柳生心尤疑惑，又書問，則以爲，‘只可飽喫，不必問之，從當知之數日，則不必入內云矣.’ 其明日，朝夕飯又如是，過數日，其內書請以爲作京行云云．柳生怪之，請於中門內，暫面而問曰："內行從何而來也? 朝夕之供，何爲而比前豊厚也? 洛行云云，何爲而言也? 洛行有何委折，而何以治行而發程耶?" 其妻笑曰："不必更[316]問，從當知之矣[317]．至如京行之人馬，卽不必掛念，自當備待，只可治行而已." 柳生怪訝，而任其所爲矣．翌日，三轎依前駕馬，而自家所騎之馬，亦已具鞍以待矣，第騎馬而隨後矣．到

---

308) 嚴覈: 다본에는 ‘嚴査’로 되어 있음.
309) 乃: 저본에는 빠져 있으나 다본에 의거하여 보충함.
310) 云: 저본에는 빠져 있으나 다본에 의거하여 보충함.
311) 貧窶: 가, 마본에는 ‘貧窮’으로 되어 있음.
312) 抛劍: 저본에는 빠져 있으나 가, 마본에 의거하여 보충함.
313) 忽有: 저본에는 빠져 있으나 마본에 의거하여 보충함.
314) 向: 가, 마본에는 ‘入’으로 되어 있음.
315) 夕飯饌品豊潔，水陸備陳: 가, 마본에는 ‘朝夕之供，備陳水陸，比前豊潔’로 되어 있음.
316) 更: 가, 마본에는 ‘强’으로 되어 있음.
317) 矣: 저본에는 빠져 있으나 가, 마본에 의거하여 보충함.

京城南門，而入會洞一大第，三轎入於門內，自家下馬於中大門之外而入，則卽一空舍也．而鋪筵設席，書冊筆硯之屬，唾壺溺器之物，左右羅置，有冠者數人，如傔從樣者，待令而使喚．已而，奴輩四五人，入庭現謁，[318] 柳生怪[319]問曰："汝輩誰也?" 對曰："皆是宅奴子也." 柳生曰："此宅誰人之宅也?" 對曰："進士主宅也." 又問曰："左右鋪設之物，何處得來者也?" 對曰："進士主需用什物也." 柳生驚訝，如坐雲霧中．夕飯後，擧燭而坐，其妻作書曰："今夜當出送一美人，庶慰孤寂之懷也云." 柳生答以爲，"美人誰也? 此何事也?" 妻曰："從當知之云." 而至三更深後，傔從輩皆出外，自內門一雙丫鬟，擁出一個絶代美人，凝粧盛飾，而坐於燭下．侍婢又鋪寢具而入，生問："汝[320]何許人?" 則笑而不答，仍與之就寢．明朝，其妻以書，賀得新人，而又曰："今夜當換送他美人云云." 柳生莫知其故，任之而已．其夜侍婢如前，又[321]擁一美人而出來，察其形容，乃是別人，柳生又與之同寢矣．明朝，其妻又以書賀之[322]．午時，門外忽有喝導聲，一隷入來，而告曰："權判書大監行次入來矣!" 柳[323]生驚而下堂拱立，俄而，一白髮老宰相，乘軒而來，見柳生欣然把手，上堂坐定．柳生再[324]拜，而問："大監不知何許尊貴人，而小生一未承顔，何爲降臨也?" 其宰相笑曰："君尙[325]未覺繁華夢耶? 吾第言之，如君之好八字，古今罕倫者也．年前，君之聘家與吾家及[326]譯官玄知事者家，俱隔墻，而同年同日，三家俱産女，事甚稀異，故三家常常互相送兒而見．及稍長之時，三女朝夕，相送而遊嬉，渠輩私自矢心，同事一人相約，而吾亦不知，

---

318) 入庭現謁: 가, 마본에는 '入現於庭'으로 되어 있음.
319) 怪: 저본에는 빠져 있으나 가, 마본에 의거하여 보충함.
320) 汝: 저본에는 '以'로 나와 있으나 가, 마본에 의거함.
321) 又: 저본에는 빠져 있으나 마본에 의거하여 보충함.
322) 之: 저본에는 빠져 있으나 가, 마본에 의거하여 보충함.
323) 柳: 저본에는 빠져 있으나 가, 마본에 의거하여 보충함.
324) 再: 저본에는 빠져 있으나 가, 마본에 의거하여 보충함.
325) 尙: 저본에는 빠져 있으나 마본에 의거하여 보충함.
326) 及: 저본에는 빠져 있으나 가, 마본에 의거하여 보충함.

彼家亦不知. 其後, 君之聘家移居, 而不聞聲息矣. 吾女卽側生也, 年及笄欲議婚, 則抵死不願, 曰: '旣有前約, 當從君妻而事一人, 其外雖老死父母家, 決無入他門之念云云.' 玄家女子, 又如是云, 責之諭之, 終不回心, 至於過廿五歲, 而尙未適人矣. 向聞, 玄女學劍技, 粧男服, 出遊八方, 將尋君聘家去處云矣, 日前逢着於水原地云矣. 再昨之夜, 出來佳人, 卽吾庶女也, 昨夜之出來佳人, 卽玄家女也. 家舍及奴婢·什物·書冊·田土[327]等屬, 吾與玄君排置者也. 君一擧而得兩美人及家産, 古之楊少遊, 無以加[328]此, 君可謂好八字也." 仍使人呼玄知事以來, 須臾, 一老者金圈紅帶, 來拜於前. 權判書指而言曰: "此是玄知事也云." 三人對坐[329], 盛設酒殽, 終日盡歡而罷. 權卽權大運也. 柳生與一妻二妾, 同室和樂者, 數年矣[330]. 一日, 柳妻謂其夫曰: "見今朝廷, 南人得時, 事多滅倫,[331] 權判書南魁而當局也. 近日事, 無非滅倫之事, 不久必敗, 敗則恐有禍及之慮, 不如早自下鄕, 以爲免禍之計." 柳生然其言, 盡賣家産, 携妻妾[332]還鄕, 更不入京矣. 甲戌坤殿復位之後, 南人皆誅竄, 權大連亦參其中, 而柳生獨不被收坐之律. 柳妻可謂女中知識者也, 豈凡人耶?[333]

2-32.

洪東錫者, 惠局吏, 而二憂堂傔人也. 辛壬之間, 少論臺官發啓, 而故使東錫寫之, 東錫投筆, 曰: "子不可以手寫其父之罪名, 傔從之於官員, 有父子之義, 小人不可寫." 諸臺怒使囚之, 至於受刑數三次, 而終不書之. 及二憂堂之謫濟州也, 東錫自退而隨往[334]. 至下後命之時, 悔軒聞此報,

327) 田土: 마본에는 '田庄'으로 되어 있음.
328) 加: 마본에는 '過'로 되어 있음.
329) 對坐: 저본에는 빠져 있으나 가, 마본에 의거하여 보충함.
330) 矣: 저본에는 빠져 있으나 마본에 의거하여 보충함.
331) 事多滅倫: 저본에는 빠져 있으나 가, 마본에 의거하여 보충함.
332) 携妻妾: 가, 마본에는 '挈家'로 되어 있음.
333) 柳妻可謂女中知識者也, 豈凡人耶: 가, 마본에는 '柳妻之知鑑, 實非男子之所可及也'로 되어 있음.
334) 往: 마본에는 '之'로 되어 있음.

走馬發行, 未及三十里, 而都事先入去矣. 藥椀促使飮之, 則東錫在傍, 請曰: "罪人之子, 不久入來云, 少延晷刻, 以爲父子相面之地云云." 則都事不許, 東錫乃蹴其藥椀而覆之, 諸人皆失色, 而無奈何矣. 都事不得已, 以藥椀爲海水漂沒修啓, 而悔軒入來矣. 自禁府更送藥水之際, 拖至月餘矣. 及受後命之時, 二憂堂顧謂悔軒曰: "東錫汝可視以同氣." 東錫隨喪上來, 復爲惠吏, 世世永襲, 而其子孫出入趙公門下, 而通內外云[335].

2-33.

連山金銖者, 善相人, 出入四大臣門下. 辛壬前, 見郊外動駕, 遍觀班行諸人, 而獨自咄歎. 至最後散班, 有一朝士, 貌瑩而騎駑馬, 參班而過者, 問其誰, 則或曰: "沈僉知云." 又問其家在何洞, 而探知之, 翌日往訪, 則沈僉知驚起而迎, 曰: "聞名久矣, 無由邀來, 今焉甚風吹到?" 金某曰: "某有相人之術, 請相令監之相而來矣." 仍言曰: "令監大貴人也. 數年之間, 位必至一品矣." 沈曰: "寧有是理?" 曰: "無相法則已矣, 若有則言不誣矣." 又曰: "生有所托於令監者, 令監能記有而不忘否?" 沈曰: "第言之." 金請紙筆, 書曰: "某年月日, 湖西金某還歸故土, 而更不出門云." 而付之壁上, 曰: "日後, 必有事端矣. 生今日自此直還鄕, 而更不入洛矣, 令監須銘念而活我!" 沈驚訝曰: "何其言之妄也?" 金曰: "毋論言之妄與不妄, 第以此爲證云." 而辭出, 沈心竊訝之. 沈卽檀也. 辛壬年, 以判金吾當大獄, 鞫庭之招湖西金某, 雜出於奴傔之招, 而尙今出入云. 沈始乃大覺, 曰: "金生可謂神人也." 遂言, "金生年來不在京, 吾所稔知也." 遂極力救之.

2-34.

張武肅[336]鵬翼, 以家貧親老, 投筆而位至秋[337]判. 當戊申及乙亥變逆,

335) 云: 저본에는 빠져 있으나 마본에 의거하여 보충함.

躬環甲冑，杖劍立殿門之外，英廟始乃就寢，其佩國家安危如此．以秋[338] 判兼訓將及捕將，常乘軒車，一日，出城過一洞，則時當生進放榜，曲曲絃歌[339]，家家選優．路傍井邊，有一婢子汲水，而傍人問之曰："汝家新恩，何以應榜?" 對曰："應榜猶屬餘事，朝夕難繼，吾家老上典，方在頷顑中，應榜何暇[340]念及乎云." 時武肅公聞其言，停軺而使厥婢近前，問曰："汝家何在，而汝主方應榜乎?" 答曰："家在某處." 手指而示之，不遠之地，而不蔽風雨之數間斗屋也．公仍呼新來，則儒生不肯，曰："武將何可呼我? 我不可以出." 公乃曰："吾亦生進，以生進呼生進，無所不可? 斯速出來!" 儒生不得已出來，數次進退，偕入其門，問曰："應榜何以爲之?" 對曰："朝夕難供，何可論應榜也?" 公曰："此吾當備給矣." 又曰："既是侍下，則當率倡矣." 對曰："雖是侍下，應榜亦無以爲之，尤何敢議到於率倡乎?" 公曰："不然矣．侍下而何可不率倡乎? 仍分付捕廳，倡優四人極擇，而服飾務令鮮明，唱榜前待令．而吾當留宿於此而一遊矣，自都監新營，盛設夜饌，備待于此處左右，山棚使捕廳待令事分付!" 日暮後，鋪陳於其家前通街之上，終夜張樂，及曉而罷．又以錢三百，獻壽於其老親，而先輩之風流有如此矣[341]．

2-35.

延安文進士者，善科工，夢見黃龍飛上天，而額上有彩閣，楣有懸板書之，曰：'利見大人.' 身在閣上，倚雙窓門戶而坐．既覺而異之，以'利見大人'爲賦題，而會神做之．及科期，上京而入場，則御題果懸'利見大人'，以宿搆書呈，而心獨喜自負，及其榜出而見屈．蓋爲閔弘燮而做夢者也，

---

336) 武肅：가본에는 '大將'으로 되어 있음.
337) 秋：저본에는 빠져 있으나 가, 마본에 의거하여 보충함.
338) 秋：저본에는 빠져 있으나 마본에 의거하여 보충함.
339) 絃歌：저본에는 '歌絃'으로 나와 있으나 가, 마본을 따름.
340) 暇：저본에는 '以'로 나와 있으나 마본을 따름.
341) 矣：저본에는 빠져 있으나 가, 마본에 의거하여 보충함.

事甚奇巧矣.

2-36.

趙相國泰億[342]夫人沈氏, 性本猜妬[343], 故未嘗有房外之犯也. 其伯氏[344]爲箕伯, 謙齋[345]以承旨, 適作奉命之行於關西, 留營中幾日, 始有所眄之妓. 沈氏聞其由, 乃卽地治行[346], 使其娚陪行, 而直向箕營而來[347], 將欲打殺[348]其妓. 趙相聞其狀, 失色無語, 伯氏亦大驚, 曰: "此將奈何?" 欲使其妓避之, 其妓對[349]曰: "小人不必避身也. 自有可生之道, 而貧不能辦矣." 問其由, 對曰: "小人欲飾珠翠於身, 而無錢, 故恨歎也." 答曰: "汝若有可生之道, 則雖千金[350], 吾自當之矣, 唯汝所欲, 可也!" 仍使幕客[351]隨所入得給云, 而中和·黃州出送裨將而問候, 且備送廚傳而支供矣. 沈氏[352]之一行到黃州, 則有箕營裨將之來待, 且有支供之待者, 乃冷笑曰: "我非大臣別星行次, 安有問安裨將乎?[353] 且吾之路需優足, 何用支供爲哉?" 並使退出, 到中和, 又如是斥退, 發行過栽松院, 將[354]入長林之中. 時當暮春, 十里長林, 春意方濃, 曲曲淸江, 景物頗佳. 沈氏褰轎簾, 而賞玩過長林, 林盡而望見, 則白沙如練, 澄江似鏡, 粉堞周繚於江岸, 商舶紛集於水上. 練光亭·大同門·乙密臺[355]·超然坮之樓閣, 丹靑

---

342) 趙相國泰億: 가본에는 '謙齋趙泰億'으로 되어 있음. 이하의 경우도 유사함.

343) 猜妬: 가본에는 '悍妬'로 되어 있음.

344) 其伯氏: 가, 마본에는 '泰耉之'로 되어 있음. 이하의 경우도 동일함.

345) 謙齋: 저본에는 빠져 있으나 가본에 의거하여 보충함.

346) 治行: 다본에는 '馳行'으로 되어 있음.

347) 而來: 저본에는 빠져 있으나 다본에 의거하여 보충함.

348) 打殺: 가, 마본에는 '搏殺'로 되어 있음.

349) 對: 저본에는 빠져 있으나 가, 마본에 의거하여 보충함.

350) 千金: 다본에는 '萬金'으로 되어 있음.

351) 幕客: 다본에는 '幕裨'로 되어 있음.

352) 沈氏: 가본에는 '夫人'으로 되어 있음. 이하의 경우도 동일함.

353) 我非大臣別星行次, 安有問安裨將乎: 저본에는 '吾豈大臣別星行次有裨將乎'로 나와 있으나 가, 마본에 의거함.

354) 將: 저본에는 빠져 있으나 가, 마본에 의거하여 보충함.

355) 乙密臺: 가, 마본에는 '縹緲雲間浮碧樓'로 되어 있음.

照耀，屋宇縹緲，奪人眼目．沈氏嗟嘆曰：“果爾絶勝之區，[356] 名不虛得矣!”且行且玩之際，遠遠沙場之上，忽有一點花，渺渺而來，漸近則一箇名妓，綠衣紅裳，騎一匹繡鞍駿驄，橫馳而來．心甚怪之，駐馬[357]而見之，及近其女子下馬，以鶯聲唱喏曰：[358] “某妓請謁.”沈氏問其名，則曰：“某業火衝起三千丈矣.”仍聲叱責曰：“某妓某妓[359]！渠何爲來謁我乎[360]？”第使立之于馬前，其妓斂容，而敬立馬前．沈氏見之，[361] 則顏如含露之桃花，腰似依風之細柳，羅綺珠翠，飾其上下，[362] 眞是傾國之色．沈氏熟視，曰：“汝年幾何？”對[363]曰：“十八歲矣.”沈氏曰：“汝果名物也.[364] 丈夫視此等名妓而不近，則可謂拙丈[365]夫！吾之此行，初欲殺汝而來矣，今[366]旣見汝，卽果[367]名物也，吾何必下手乎？汝可往侍吾家令監，而令監卽[368]炭客也．若使沈惑而生病，則汝罪當死，愼之愼之!”言罷，仍回馬向京洛．營門[369]聞之，急走伻傳唱[370]，曰：“嫂氏行次旣來到城外，而仍不入城[371]，何也？願暫到城內，留營中幾日而還行，可也.”沈氏冷笑曰：“吾非乞䭾客也，入城何爲？”不顧而馳還京第．其後，營門招致其妓，而問曰：“汝以弱女有[372]何大膽，直向虎口而反獲免焉？”其妓對曰：“夫人

---

356) 果爾絶勝之區：가, 마본에는 '果是第一江山'으로 되어 있음.
357) 駐馬：다본에는 '駐轎'로 되어 있음.
358) 以鶯聲唱喏曰：가, 마본에는 '以櫻脣玉喉低聲奏曰'로 되어 있음.
359) 某妓：저본에는 빠져 있으나 가, 마본에 의거하여 보충함.
360) 我乎：저본에는 빠져 있으나 가, 마본에 의거하여 보충함.
361) 沈氏見之：다본에는 '乃細見之'로 되어 있음.
362) 羅綺珠翠，飾其上下：가, 나본에는 '綺羅之飾，珠翠之香'으로 되어 있음.
363) 對：저본에는 빠져 있으나 가본에 의거하여 보충함.
364) 汝果名物也：마본에는 '果是尤物也'로 되어 있음.
365) 丈：저본에는 빠져 있으나 가, 마본에 의거하여 보충함.
366) 今：저본에는 빠져 있으나 마본에 의거하여 보충함.
367) 果：저본에는 빠져 있으나 다본에 의거하여 보충함.
368) 卽：저본에는 빠져 있으나 가, 마본에 의거하여 보충함.
369) 營門：가본에는 '白門'으로, 마본에는 '泰耉'로 되어 있음.
370) 傳唱：마본에는 '傳喝'로 되어 있음.
371) 不入城：가, 마본에는 '卽旋歸'로 되어 있음.
372) 弱女有：저본에는 빠져 있으나 가, 마본에 의거하여 보충함.

之性, 雖悍妬, 而作此行於千里之地者, 豈區區兒女所可辨乎? 馬之踶嚙者, 必有其步, 人亦如是. 小人死則死耳, 雖避之其可免乎? 故玆凝妝盛飾[373]而往拜於中道者也[374]. 若被打殺, 則[375]無奈何矣, 不然則或冀有見憐憐之心故也云爾."

2-37.

李大將潤城之爲平兵也, 嬖一妓. 潤城[376]每晨如厠, 一日之夜, 晨起如厠, 還來開戶, 有一知印, 與其妓狼藉行淫. 潤城假稱腹痛, 復坐厠上, 食頃之後入來, 仍不問之. 翌日, 知印與妓逃走矣, 亦不問而置之矣. 及[377]遞歸, 張大將志恒, 爲其代赴任, 則知印與妓, 謂李之已遞, 還歸應役矣. 張帥到任三日後, 設宴於百祥樓, 而張樂酒至半酣, 仍拿下知印與其妓, 男女縛以一索, 投之於江. 李之不問, 張之沈[378]江, 俱爲得體云爾.

2-38.

李正言彦世, 門外人也, 門閥雖不高, 而性甚簡亢, 尤嚴於辛壬義理. 以是之故, 三山族大父尹臨齋心衡, 諸名流, 皆許與之友善. 李正言家貧, 不蔽風雨, 朝夕之供屢空. 三山公憐而憫之, 欲得除一邑矣. 時尹判書汲掌銓, 而成川適有窠矣. 公以親査之間, 薦李擬之於首蒙點矣. 李乃大怒, 捉來吏曹政色吏, 捽曳而叱曰: "汝之大監何爲而使我外補云云." 而合三呈辭而遞. 三山公往見, 而諭之曰: "此是吾之所使也. 吾見君將有餓死之慮, 故屢囑[379]於長銓而爲之矣, 何乃如是也?" 李冷笑曰: "此是令監之事

---

373) 盛飾: 저본에는 빠져 있으나 가, 마본에 의거하여 보충함.
374) 於中道者也: 저본에는 빠져 있으나 가, 마본에 의거하여 보충함.
375) 則: 가, 마본에는 '亦'으로 되어 있음.
376) 潤城: 가본에는 '兵使'로 되어 있음. 이하의 경우도 동일함.
377) 及: 저본에는 빠져 있으나 가본에 의거하여 보충함.
378) 沈: 가본에는 '投'로 되어 있음.
379) 囑: 가본에는 '言'으로 되어 있음.

耶? 吾以爲令監可人矣, 今見此事, 不勝慨咄, 令監何待親舊如是之薄耶云云." 而竟不赴任矣. 伊後爲言官也, 駁尹公曰: "行公臺諫, 無故外補[380], 此杜塞言路, 壅蔽聰朋云." 人皆吐舌. 古之人志槩, 蓋可見矣.

2-39.

李兵使逸濟, 判書箕翊之[381]孫也. 勇力絶人, 捷如飛鳥, 自兒少時, 豪放不羈, 不業文字, 判書公每憂之. 年十四五, 始冠而未及娶. 一日夜, 潛往娼家, 則掖隷捕校之屬, 滿堂而坐, 杯盤狼藉. 逸濟以渺然一少年, 直入座, 與妓戲劇[382], 座中諸少皆曰: "如此無禮乳臭之兒, 打殺可也!" 仍羣起蹴之[383], 逸濟以手接一人之足, 執以爲杖一揮, 而諸人皆仆于地. 仍抛置而出門, 飛身上屋, 緣屋而走, 或超五六間地. 此時, 一捕校適放溺出門, 不預其事, 心竊異之, 亦超上屋而躡後, 入于李判書家矣, 捕校卽其親知之人也. 翌朝, 來傳此事,[384] 判書公杖之, 而使不得出門矣. 伊後, 隨伴訪花, 上南山蚕頭, 時閒良之習射, 數十人會于松陰下[385]. 見逸濟之來, 以爲將[386]受喫東床禮云, 而一時並起, 執其手而將欲倒懸. 逸濟乃聳身一躍, 而折松枝, 左右揮之, 一時[387]從風而靡, 仍下來. 自此之後, 次次傳播, 入於別薦付武職, 位至亞卿. 趙尙書曮之通信日本也, 以逸濟啓幕賓, 將航海上, 船上失火, 火焰漲天, 諸人各自逃命[388], 急下倭人救船. 而又有連燒之慮, 仍撓棹而避之, 去上船, 幾爲數十步間之地, 始收拾精神, 相與計數各人, 則獨無逸濟一人, 諸人驚惶, 意其爲火燒矣. 已而,

---

380) 外補: 가본에는 '外任'으로 되어 있음.
381) 之: 저본에는 빠져 있으나 가본에 의거하여 보충함.
382) 劇: 저본에는 빠져 있으나 가본에 의거하여 보충함.
383) 蹴之: 가본에는 '蹴踢'으로 되어 있음.
384) 來傳此事: 가본에는 '往告判書'로 되어 있음.
385) 下: 저본에는 빠져 있으나 가본에 의거하여 보충함.
386) 以爲將: 가본에는 '欲'으로 되어 있음.
387) 一時: 가본에는 '一群'으로 되어 있음.
388) 逃命: 가본에는 '圖生'으로 되어 있음.

遠聞人聲，諸人立船頭望之，則逸濟立於火焰之中，擧手高聲呼，曰："暫住船!" 諸人始知其爲逸濟，乃駐船而待，逸濟自火中飛下船上，人皆駭異. 蓋逸濟醉睡於上船，船槍之下層，不知火起，諸人亦於倉皇中，未及察也，睡覺而見火勢，仍跳下傍船. 其神勇如此.

2-40.

李相性源，按原營也，巡路入楓嶽，到九龍淵，欲題名，而刻手僧皆出他矣. 高城倅以爲，'此下村民，有一人之來留者，頗有手才可刻云矣.' 使之呼來而刻之，則其人着眼鏡，而鏡是絶品. 李相素有此癖，使之持來愛玩不已，偶爾失手落于巖石之上而破碎，李相錯愕而使給本價，則其人辭之，曰："物之成敗，亦有數焉，不必關念也." 李相謂曰："汝以山峽貧民失此鏡，而又何可買得乎? 此價不必辭也." 强與之，其人解示鏡匣，曰："覽此可知矣." 李相受而視之，書以'某年月日，遇巡使破之于九龍淵.' 李相大驚，問曰："此是汝之所書乎?" 曰："當初買之時，有此書云." 而終不言誰某所書，亦可異矣.

2-41.

金應立者，嶺右常賤人也. 目不識丁，而以神醫名于嶺外，其術不診脈不論症，但觀形察色，而知其病祟. 李銘之爲金山倅，其子婦自入門之初，咳嗽苦劇，李亦曉醫理，雜試藥餌，終無動靜，至於委臥垂盡之境. 乃邀應立而問之，對曰："一瞻顔色而後，可議藥，此則不敢請之事." 李銘曰："今至死境，一見何傷?" 使坐于廳，招使見之，應立入門而熟視，曰："此是至易之病，腸胃有生物之滯而然也." 使買飴數箇，和水容化而服之，曰："必吐出云矣." 服之未幾，吐出一痰塊，剖而視之，則有一小茄子一枚，而少不傷敗. 問于病人，則以爲，'十餘歲時，摘食茄子，一箇誤呑下，必是此物也云.' 自後，病根遂差. 李銘姪壻，積年沈痼，馱病而來，又使應立診視，則見而笑曰："不必服他藥，今當秋節落葉，毋論某葉，擇其不傷朽者數馱, 以大釜四五箇煎之, 次次煎至一椀後, 無時服, 可也." 如其言乃得效. 又有一人, 病如角弓反張, 應立見, 而使作紙針, 刺鼻孔作咳逆, 如是終日而病愈. 其所名藥, 類皆如是, 亦可異矣.

2-42.

原州蔘商有崔哥者, 累萬金巨富也. 聞原州[389]之人所傳言, 則崔哥之母, 才過廿歲而生子,[390] 喪其夫, 與其[391]穉兒, 守節孤居. 一日, 忽有一健丈[392]夫, 衣服草草, 腰紅鬢金, 而來坐于廳[393], 崔之母驚訝之, 言[394]曰: "守寡之室, 何許男子唐突入來?" 其人笑曰: "吾是家長也, 何須驚怪之?" 仍入房逼奸, 崔母無奈何而任之, 但交合之時, 冷[395]氣逼骨, 痛不可堪. 自此以後, 每夜必來, 而銀錢布帛, 每每輸來, 充溢庫中. 崔母知其鬼物, 而自爾情熟矣. 一日, 問曰: "君亦有畏怯者耶?" 其人曰: "別無所畏怯, 而但惡見黃色也, 見黃色, 則[396]不敢近焉." 崔母乃於翌日, 多求染黃之水, 塗於屋壁, 且染其顔面身體, 又染衣而衣之. 其夜, 其人入來, 驚而退出, 曰: "此何爲也?" 咄嘆不已, 仍曰: "此亦緣分盡而然也, 吾從此辭去. 汝須好在, 吾之所給之物, 吾不還推去, 俾作汝之産業云." 而仍忽不見, 自其後, 仍無蹤跡.[397] 崔之家因此致富, 甲於一道, 崔之母年近八十, 而家産依前饒富, 甚可怪也.[398]

---

389) 州: 저본에는 빠져 있으나 다, 마본에 의거하여 보충함.
390) 才過廿歲而生子: 나본에는 '年纔二十'으로, 다본에는 '年才二十'으로 되어 있음.
391) 其: 저본에는 빠져 있으나 마본에 의거하여 보충함.
392) 丈: 저본에는 빠져 있으나 마본에 의거하여 보충함.
393) 于廳: 가본에는 '廳上'으로 되어 있음.
394) 言: 가, 마본에는 '問'으로 되어 있음.
395) 冷: 저본에는 빠져 있으나 가, 마본에 의거하여 보충함.
396) 則: 저본에는 빠져 있으나 마본에 의거하여 보충함.
397) 自其後, 仍無蹤跡: 나, 다본에는 '不復來矣'로 되어 있음.
398) 甚可怪也: 저본에는 빠져 있으나 가, 마본에 의거하여 보충함.

2-43.

趙判書雲逵，爲完伯時，一日夜，守廳妓適有故出外，獨寢宣堂矣．夜深後，自夾室有錚然聲，心甚訝然，忽有一人，問曰："上房有人乎？" 巡使驚曰："汝是誰也？" 對曰："小人乃是殺獄罪人也." 巡使尤驚訝，曰："汝是殺獄重囚，則何爲來此？" 對曰："明朝粥進支，必勿喫，而使吸唱某喫之也．小人旣活使道，使道亦須活小人也云." 而直出去．心甚驚惶，未接一眠，待曉靜坐．未幾，朝粥自補膳庫備進矣，仍稱氣不平而退之，呼[399]吸唱某也，給粥器，使之喫之，則厥漢奉器戰慄．巡使乃大叱催喫，則遂一吸而倒于地，使之曳屍而出．其後審理時，此囚置之生道而登啓，問其委折，則獄墻之後，卽食母[400]家也．一日，偶爾放溺於墻下，有人語聲，從墻隙窺見，則吸唱某也．招食母到墻下，給二十兩錢，且給一塊藥，曰："以此藥和於朝粥而進，事若成，則更以此數償之矣." 食母婢問："何爲而如是也？" 曰："某妓卽吾之未忘也，汝亦當知之，而[401]一自侍使道之後，不得見面目，思想之心，一日如三秋，不得不行此計也." 食母曰："諾云." 故暮夜潛出而告之云云．

2-44.

趙判書雲逵，在完營時，一日，夜深後就寢，昏夢中，在傍之妓，攪之使覺．巡使驚悟而問之，則妓曰："試見窓外之影." 時月色如晝，窓外有人影，乃從隙窺見，則有八尺身長健兒，全身上下裝束雪色[402]匕首，而有將入之狀．心神飛越，厥女低聲而言曰："小人將通于裨將廳矣." 潛開後窓而出去．巡使[403]自念，獨臥恐有非常之事，隨妓而出去，無可隱身之所，入竈下，傍有盛灰之空石，仍蒙于首而隱伏．已而，杖劍之漢，漸至于竈

---

399) 呼: 나, 다본에는 '招'로 되어 있음.

400) 食母: 다본에는 '食婢'로 되어 있음. 이하의 경우도 동일함.

401) 而: 저본에는 빠져 있으나 나, 다본에 의거하여 보충함.

402) 雪色: 다본에는 '手持'로 되어 있음.

403) 巡使: 다본에는 '公'으로 되어 있음.

矣, 公[404]毛髮俱竦然[405], 屛氣而伏. 少焉, 營中鼎沸, 燈燭[406]明晃, 賊乃以劍擊竈柱, 而嘆[407]曰: "莫非命也云." 而超越後墻而去. 四面諠譁聲中, 皆曰: "使道乎?" 巡使暗中乃言曰: "使道在此, 使道在此!" 幕客及下隷, 尋聲而至, 扶持還歸宣堂. 後乃上疏, 乞遞而歸.

2-45.

正廟幸永陵, 回鑾之路, 駐駕陽鐵坪, 將親行[408]閱武, 御軍服. 時金文貞公熤, 以原任大臣參班, 進前, 曰: "殿下何爲御軍服也?" 上曰: "今日風日[409]淸佳, 日尙早, 欲親行閱武矣." 公奏曰: "拜陵回鑾, 聖慕深切, 不宜行此擧, 且軍服非王者所御服飾也, 還寢下敎, 似宜矣." 上無語而罷. 及[410]徐判書有鄰之[411]入侍也, 上敎曰: "金判府當面駁我, 使我羞愧無顔矣." 其後, 以學齋任之謀避, 下嚴敎. 時金公之季胤載璉, 在其伯氏金相載瓚成川任所, 而帶齋任. 以是之故, 有金公削黜成川府使, 罷黜之命, 未幾皆敍用. 後以黃基玉之[412]事, 命罷其父昌城尉職名, 金公以時相奏曰: "經云: '罰不及嗣.' 以其父之罪, 尙不及於其子, 何況以[413]其子之罪, 罪其父乎? 請還收下敎." 上曰: "然." 時金相公之伯胤領相公, 以閣臣入直矣. 上使入侍, 而敎曰: "君家大臣, 今又妄發矣." 金相退傳此敎于大人公, 而言曰: "日前有吾家處分, 大人何不避嫌而有此奏也?" 金公嗟歎曰: "吾忘之矣! 事在目前, 而爲聖主過中之擧, 故有此陳奏矣. 今而思之, 果是妄發也." 其後, 金公之喪, 金相搆行狀草, 而不書此事矣. 上命

---

404) 公: 저본에는 빠져 있으나 다본에 의거하여 보충함.
405) 然: 저본에는 빠져 있으나 다본에 의거하여 보충함.
406) 燈燭: 다본에는 '燭影'으로 되어 있음.
407) 嘆: 저본에는 '言'으로 나와 있으나 다본을 따름.
408) 行: 저본에는 빠져 있으나 가본에 의거하여 보충함.
409) 日: 저본에는 빠져 있으나 가본에 의거하여 보충함.
410) 及: 저본에는 빠져 있으나 가본에 의거하여 보충함.
411) 之: 저본에는 빠져 있으나 가본에 의거하여 보충함.
412) 之: 저본에는 빠져 있으나 다본에 의거하여 보충함.
413) 以: 저본에는 빠져 있으나 가본에 의거하여 보충함.

使之, 入覽而教曰: “此中有漏事, 何不書之?” 左右對[414]曰: “似是未安[415]不敢書矣.” 上曰: “此大臣之所匡救者也, 不必拔之.” 命使書之. 大聖人處事之光明, 如是出尋常萬萬矣. 金公之病危谻, 上聞而憂慮, 自[416]內下山蔘五兩, 使其伯胤金公賜給, 以爲藥餌之資. 金相承命而來傳, 則金公於昏昏之中, 起坐整衣冠, 使人捉下其伯胤于庭下, 而責之[417]曰: “吾雖不似備位三公, 主上欲下藥物, 則自有遣御醫, 看病之例, 此則可也. 人臣無私受之禮, 斯速還納, 不者, 吾不見汝!” 金相可謂進退維谷, 受藥封, 而伏於門外, 而泣數日. 上聞之, 使之還納, 遣醫齋送. 金公之守正不撓如是, 是可謂名碩矣.

2-46.

朴綾州右源, 門外人也. 在南邑時, 其夫人, 見樹上鵲雛之落下者, 朝夕飼之以飯而馴之, 漸至羽毛之成, 而在於房闥之間而不去, 或飛向樹林, 而時時來翔于夫人之肩上. 及移長城, 將發行之日, 忽不知去處. 內行到長城衙門, 則其鵲自樑上噪而飛下, 翺翔于夫人之前. 夫人如前飼之, 巢于庭樹而卵育之, 去來如常. 其後, 又移綾州, 又復如初隨來, 及其遞歸京第, 又亦隨來. 其後夫人之喪, 上下啼號, 不離殯所, 及葬而行喪[418], 坐于柩上, 到山下, 又坐墓閣上, 而噪之不已. 及下棺時, 飛向柩上, 啼號不已, 仍飛去, 不知去處. 雖是微物, 蓋亦知恩矣. 時人有作靈鵲詩.

2-47.

梅花[419]者, 谷山妓也. 有姿色, 一老宰爲海伯, 巡到時嬖之, 率置營下,

414) 對: 저본에는 빠져 있으나 가본에 의거하여 보충함.
415) 未安: 저본에는 빠져 있으나 가본에 의거하여 보충함.
416) 自: 저본에는 빠져 있으나 가본에 의거하여 보충함.
417) 之: 저본에는 빠져 있으나 가본에 의거하여 보충함.
418) 行喪: 가본에는 '發靷'으로 되어 있음.
419) 梅花: 가본에는 '梅花香'으로 되어 있음.

寵幸無比. 時有一名士之爲谷山倅者, 延命時, 霎見其姸美, 心欲之. 還衙後, 招其母, 賜顔而厚遺之, 自此以後, 使之無間出入, 而米錢肉帛[420], 每每給之. 如是者幾月, 其母心竊怪[421]之. 一日, 問曰: "如小人微賤之物, 如是眷愛, 惶悚無地, 未知使道有何所見而若是也?" 倅曰: "汝雖年老, 自是名妓, 故與之破寂, 自爾親熟而然也, 別無他事." 一日, 老妓又問曰: "使道必有用小人處, 而如是款曲, 何不明言敎之? 小人受恩罔極, 雖赴湯火, 自當不辭矣." 本倅乃言曰: "吾往營門時, 見汝女, 愛戀不能忘, 殆乎生病, 汝若率來, 更接一面, 則死無恨矣." 老妓笑曰: "此至易之事, 何不早敎也? 從當率來矣." 歸家, 作書于其女, 曰: "吾以無名之疾, 方在死境, 而以不見汝, 死將不瞑目矣. 速速得由下來, 以爲面訣之地云." 而專人急報, 梅花見書, 泣告于巡使, 請得往省之暇, 巡使許之, 資送甚厚. 來見其母, 道其由, 與之偕入衙中, 時本倅年才三十餘, 風儀動盪, 巡使則容儀老醜, 殆若仙凡之別異. 梅花一見[422], 而亦有戀慕之心, 自伊日薦枕, 兩情歡洽, 過一朔, 由限已滿. 梅花將還向營中, 本倅戀戀不忍捨, 曰: "從此一別, 後會難期, 將若之何?" 梅花揮淚, 曰: "妾旣許身矣, 今自有脫歸之計, 非久更當還侍矣." 仍發行, 到海州, 入見巡使, 則問其母病之如何, 對曰: "病勢委篤, 幸得良醫, 今則向差矣." 依前在洞房, 過十餘日後, 梅花忽有病, 寢食俱廢, 呻吟度日, 巡使憂之, 雜試藥物而無效, 委臥近一旬. 一日, 忽爾突起, 蓬頭垢面, 拍手頓足, 狂叫亂嚷, 或哭或笑, 跳躍於澄淸閣之上, 斥呼巡使之名. 人或挽止, 則蹙之嚙之, 使不近前, 卽一狂病也. 巡使驚駭之, 使之出外, 而翌日縛置轎中, 送于渠家. 蓋是佯狂, 安得不差? 還家之日, 卽入衙, 見本倅, 語其狀, 留在挾室, 情愛愈篤. 如是之際, 所聞傳播, 巡使亦聞之. 其後, 谷倅往營下, 則巡使問曰: "府妓之爲廳妓者, 以病還家矣. 近則

---

420) 肉帛: 가본에는 '布帛'으로 되어 있음.

421) 怪: 가본에는 '疑'로 되어 있음.

422) 一見: 가본에는 '一與本倅相見'으로 되어 있음.

其病如何, 而時或招見否?" 對曰: "病則少差云, 而巡營廳妓, 下官何可招見乎?" 巡使冷笑曰: "願公爲吾, 善守直焉." 谷倅知其狀, 請由而上京, 嗾一臺, 駁巡使而罷之. 仍率畜梅花, 遞歸時, 與之偕來京第矣. 及夫丙申之獄, 前谷倅使連逮獄, 其妻泣, 請梅花曰: "主公今[423]至此境, 吾則已有所決於心者, 汝則年少之妓也, 何必在此? 還歸汝家, 可也." 梅花亦泣, 曰: "賤妾承令監之恩愛, 已久矣. 繁華之時, 則與之安享, 而今當如此之時, 安忍背而歸家? 有死而已." 數日後, 罪人杖斃, 其妻自縊而死, 梅花躬自殯殮入棺, 而及罪人屍之出給也. 又復治喪, 夫婦之棺, 合祔于先塋之下, 仍自裁於墓傍下, 從其節槩烈烈矣. 初於巡使, 則用計圖免; 後於本倅, 則立節死義, 其亦女中之豫讓矣.

2-48.

洪參議元燮, 少時, 借家於壯洞, 與安山李生者, 做科工矣. 一日,[424] 洪公適出他, 李生獨坐, 見前面墻穴, 有一紙漸次出來. 李生怪而見之[425], 則諺書也. 以爲, "妾乃宦侍之妻也. 年近三十, 尙不知陰陽之理, 是爲終身之恨, 今夜適從容, 願踰垣[426]而來訪也." 李生見而大怒, 曰: "寧有如許之女人[427]也?" 翌日仍往其家, 訪見主人內侍, 正色而責其不能齊家, 使內子有如此書[428], 寧有如許道理云云, 給其書[429]而來矣. 伊日之夕, 其家哭聲出, 而其女縊死云. 洪公歸後, 聞其事, 責之[430]曰: "君旣欲不往, 則已矣, 何乃往見而給書, 至於此境耶[431]? 君則必無幸矣." 其秋李

---

423) 今: 가본에는 '旣'로 되어 있음.
424) 一日: 저본에는 빠져 있으나 나본에 의거하여 보충함.
425) 見之: 나, 다본에는 '拾見'으로 되어 있음.
426) 垣: 이본에는 '墻'으로 되어 있음.
427) 女人: 나, 다본에는 '女子'로 되어 있음.
428) 如此書: 나, 다본에는 '如此之變'으로 되어 있음.
429) 書: 나, 다본에는 '諺書'로 되어 있음.
430) 責之: 가본에는 '大責'으로 되어 있음.
431) 耶: 저본에는 빠져 있으나 나, 다본에 의거하여 보충함.

生歸家，家爲晩潦所頹，仍爲壓死，是豈偶然耶！

2-49.

柳參判誼，以繡衣，按[432]嶺南，到晉州，聞首鄕連四等仍任[433)]，而多行不法之事．期欲[434)]出道日打殺[435)]，方向邑底，未及十餘里地，日勢已晩，又有路憊，偶入一家．家頗精潔，升堂有一十三四歲童子，迎之上座，其作人聰慧，區處人馬，使之喂之，呼奴備夕飯，接待凡百，儼若成人．問其年，而且問是誰之家，答曰："年是十三歲，卽是座首之家也．" 問："汝是座首之家也？" 曰："然矣．""汝翁何去？" 曰："方在邑內任所矣．" 其應接極詳而謹敬，柳公[436)]奇愛之，獨于心曰：'奸鄕有寧馨兒云？' 而至夜就寢，忽有攪之者，驚起則燈火熒然，前有一大卓，魚肉[437)]·饌餌·酒果之屬，皆高排矣．起而訝，問："此何飮食？" 其兒曰："今年，家翁之身數不吉，必官灾云，故招巫而禳之，此其所設也．玆用接待客子，願少下箸．" 柳忍笑而啗[438)]之，久飢之餘，腹果氣蘇．其翌日辭去，入邑底出道，拿入其座首，數其前後罪惡，而仍言曰："吾之此行，欲打[439)]殺如汝者矣．昨宿汝家，見汝兒，大勝於汝矣．旣宿汝家，[440)] 飽汝之酒食，而反[441)]殺之，有非人情．" 仍嚴刑遠配而歸來，語於家中，曰："巫女禱神，亦不虛矣，殺座首之神，卽我也．而以酒肉禱之，而免其禍．" 儘覺絶倒云爾．

---

432) 按：저본에는 '行'으로 나와 있으나 나, 다본을 따름.
433) 仍任：나본에는 '移任'으로 되어 있음.
434) 欲：저본에는 '於'로 나와 있으나 나, 다본을 따름.
435) 打殺：나본에는 '處置'로 되어 있음.
436) 公：저본에는 빠져 있으나 나, 다본에 의거하여 보충함.
437) 肉：저본에는 '骨'로 나와 있으나 가, 나, 다본에 의거함.
438) 啗：나, 다본에는 '喫'으로 되어 있음.
439) 欲打：나, 다본에는 '必'로 되어 있음.
440) 大勝於汝矣．旣宿汝家：가본에는 '爲人不凡，吾心愛之'로 되어 있음.
441) 反：저본에는 빠져 있으나 가본에 의거하여 보충함.

2-50.

柳判書河源, 午人也. 登科四十年, 年六旬, 而不得陞資, 貧窮可憐. 居在門外, 而又有文藝, 有自歎詩, 曰: '四十荊妻鬢已絲, 家翁衰朽也應知. 笑誇掌憲初除日, 料是夫人在腹時.' 蓋後娶也. 未幾, 以宗簿正加資, 其後數年, 以年八十陞嘉善, 至參判·判書.

2-51.

榮川儒生盧[442]某, 有一子, 過婚未幾而身死. 其孀婦朴氏, 有班閥之家也,[443] 執喪以禮, 孝奉舅姑, 隣里稱之. 來時, 率童僕一人, 而名曰[444]萬石者. 盧家素貧寒, 朴氏躬自紡績, 使奴樵汲, 朝夕之供, 未嘗闕焉. 隣居金祖述者, 亦有班名, 家計亦累萬金富者也. 從籬隙, 見朴氏之姸美, 心欲之矣. 一日, 盧生欲出他, 借着揮項於祖述之家, 祖述乘其不在家, 使人探知朴氏之寢房, 帶月着驄冠, 而潛[445]入其家. 時朴氏獨在其寢房, 房與其姑之房, 隔壁而間有小戶矣. 朴氏睡覺, 聞牕外履聲, 又見月下人影, 心切怪疑, 起而入姑之房, 其姑怪而問之, 密語其由, 姑婦相對而坐. 時萬石者, 爲祖述之婢夫, 宿於其家, 寂無一人, 而忽於戶外, 有人厲聲曰: "朴寡婦與吾有私, 亦已久矣, 斯速出送云云." 其姑厲聲, 呼洞人而謂曰: "有賊人來云!" 隣家之人, 擧火而來, 祖述仍還歸其家, 朴氏姑婦知爲祖述也. 盧生歸來, 聞其語, 而忿不自勝, 欲呈官雪恥[446], 而恐致所聞之不好, 仍姑忍之. 其後, 祖述又揚言于洞中, 曰: "朴寡[447]與吾相通, 孕已四五朔云云." 傳說藉藉, 朴氏聞[448]之, 曰: "今則可以呈官而雪恥

442) 盧: 가, 마본에는 '閔'으로 되어 있음. 이하의 경우도 동일함.
443) 有班閥之家也: 저본에는 빠져 있으나 가, 마본에 의거하여 보충함.
444) 曰: 저본에는 '則'으로 나와 있으나 가, 마본을 따름.
445) 潛: 저본에는 빠져 있으나 가본에 의거하여 보충함.
446) 呈官雪恥: 저본에는 '呈于官'으로 나와 있으나 가, 마본에 의거함.
447) 寡: 저본에는 '氏'로 나와 있으나 가, 마본을 따름.
448) 聞: 저본에는 '問'으로 나와 있으나 마본을 따름.

矣!" 以裳掩面, 而入官庭, 明言祖述之罪惡, 又言自家受誣之狀. 時祖述行貨於官屬, 且一官屬, 俱是祖述之奴屬也. 刑吏輩皆言, "此女自來行淫所聞之出[449], 亦已久矣云云[450]." 本倅尹彝鉉, 信聽官屬之言, 以爲, "汝若有貞節, 則雖被人誣, 久則自脫, 何乃[451]親入官庭而自明乎?" 朴氏曰: "自官卞白, 而不嚴處金哥之罪, 則妾當自刎於此庭下矣." 仍拔所佩小刀, 而辭氣慷慨, 本倅怒而叱曰: "汝欲以此恐動乎? 汝若欲死, 則以大刀, 自刎於汝家, 可也, 何乃以小刀爲也? 斯速出去!" 仍使官婢, 推背逐出官門之外. 朴氏出官[452]門, 放聲大哭, 以其小刀, 自割其腹,[453] 刎其頸而死, 見者無不錯愕. 本倅乃驚動, 使運屍而去. 盧生不勝其忿[454], 入庭而語多侵逼, 本倅以土民之肆惡官庭, 侵逼城[455]主, 報營, 盧生移囚於安東府矣. 其奴萬石者, 上京鳴金于駕前, 有下該道査啓之判付, 行査, 則[456]祖述以累千金, 行賂於洞人及營邑之下屬. 至朴氏之死, 則非自刎而羞愧孕胎之說, 服藥致死云, 而貿藥之嫗, 賣藥之商, 皆立證, 此亦祖述給賂於老嫗與商人而然也. 獄久不決, 拖至四年之久, 盧家以朴氏之屍, 不殮而入棺, 棺不覆蓋, 曰: "復[457]此讐後, 可改斂而葬云[458]." 置越房者四年, 而身體少無傷敗, 面如生時, 入其門, 少無穢惡之臭, 蠅蚋不敢近, 亦可異矣. 奉化倅朴始源, 卽其再從娚妹也, 往哭其靈筵, 云: "故余於逢場問之, 則以爲, '啓棺而見之, 與生時無異云矣.'"[459] 萬石爲金哥之婢夫, 生一男一女矣. 當此時, 逐其妻而訣, 曰: "汝主殺吾主, 卽讐家

449) 之出: 마본에는 '狼藉'로 되어 있음.
450) 云: 저본에는 빠져 있으나 마본에 의거하여 보충함.
451) 何乃: 가, 마본에는 '自爲'로 되어 있음.
452) 官: 저본에는 빠져 있으나 가, 마본에 의거하여 보충함.
453) 自割其腹: 저본에는 빠져 있으나 가, 마본에 의거하여 보충함.
454) 其忿: 마본에는 '悲憤'으로 되어 있음.
455) 城: 저본에는 '土'로 나와 있으나 가, 마본을 따름.
456) 則: 가, 마본에는 '時'로 되어 있음.
457) 復: 마본에는 '報'로 되어 있음.
458) 云: 저본에는 빠져 있으나 마본에 의거하여 보충함.
459) 云故余於逢場問之……與生時無異云矣: 마본에는 '目格而口傳焉'으로 되어 있음.

也. 夫婦之義雖重, 奴主之分不輕, 汝自還歸汝主, 吾則爲吾主而死也云." 而奔走京鄕, 必欲復讎乃已. 及金判書相休之按節時, 萬石上京鳴金, 啓下本道, 更定查官而窮覈. 盧家擔來朴氏之柩於查庭, 則中有裂帛之聲, 盧家人去棺蓋而欲示之, 查官使官婢驗視, 則面色如生, 兩頰有紅暈, 頸下尙有劍刺之血痕, 腹帖于背, 而肥膚堅如石, 少無腐傷. 藥物賣買之商人及老軀, 嚴鞫問之, 則始吐實, 曰: "祖述各給二百兩錢, 而如是爲言云." 自營門, 以此狀啓[460]聞, 而祖述始伏法, 朴氏旌閭, 萬石給復云. 此是不久之事, 而錄於此, 無乃謄之入添耶? 事必歸正, 足可後傳世伐戒人.[461]

2-52.

橫城邑內有女子, 出嫁之後, 忽有一箇丈夫, 入來而恸奸, 其女百般[462]拒之, 無奈何矣. 每夜必來, 他人皆不見, 而渠獨見之, 雖其夫在傍, 而無難同坐而同寢. 每交合之時, 痛楚不可堪, 其女知其爲鬼祟, 而無計却之. 自此, 不計晝夜而來, 見人不避, 而只見其女五寸叔, 則必也出避. 其女語其狀, 其叔曰: "明日彼物若[463]來, 暗以綿絲繫針, 而縫其衣衿, 則可知其物之去向矣." 其女從其言, 翌日依其計, 以針繫絲, 刺于衣裾[464]下, 而其叔突入, 厥物驚起, 出門而避之. 綿絲之塊, 次次解而隨之, 其人只見綿絲[465]而逐之, 則至於前林叢樾下, 乃止. 迫而見之, 則絲入地下[466], 仍掘數寸餘, 有一朽敗之春木段一箇, 而絲繫於木下. 木之上頭, 有紫色珠如彈子大者一枚[467], 而光彩射人. 仍拔其珠, 置于囊中, 而燒其木而歸[468]

460) 啓: 저본에는 빠져 있으나 마본에 의거하여 보충함.
461) 此是不久之事……足可後傳世伐戒人: 저본에는 빠져 있으나 마본에 의거하여 보충함.
462) 百般: 나, 다본에는 '百端'으로 되어 있음.
463) 若: 나본에는 '又'로 되어 있음.
464) 裾: 나, 다본에는 '衿'으로 되어 있음.
465) 綿絲: 나, 다본에는 '絲末'로 되어 있음.
466) 地下: 가, 다본에는 '地中'으로 되어 있음.
467) 枚: 나, 다본에는 '箇'로 되어 있음.

矣. 其後, 遂絶跡[469]. 一日夜, 其人之家門外, 忽有一人, 來乞曰: "此珠願還給[470], 若還則富貴功名, 從汝願爲之矣." 其人不許, 終夜哀乞而去, 每夜如是者, 四五日矣. 一夜又來, 言曰: "此珠在我甚緊, 在汝不緊, 吾當以他珠換之, 可也. 此珠則有益於汝者也." 其人答曰: "第示之." 鬼物自外入, 送黑色珠, 大亦如其[471]珠樣者, 其人並奪而不給, 鬼物仍痛哭, 而仍[472]無形影矣. 其人每以誇之人, 而不知用於何處, 其不問用處, 眞可惜也. 其後仍出他, 泥醉而歸, 露宿路上矣. 及覺,[473] 兩珠並不知去處, 必也鬼物之持去也. 橫邑之人多見之者, 向余道之, 故玆錄之.

2-53.

平壤有一妓, 姿質歌舞, 少時擅名, 自言, "閱人多矣, 有未忘二人, 一則妍美而不能忘, 一則醜惡而不敢忘也." 人或問其故, 對曰: "少年時, 侍巡使道, 宴于練光亭. 夕陽時, 依欄而望長林, 則有一少年佳郎騎驢, 飛也似馳, 到江邊, 呼船而渡入大同門. 風儀動盪, 望之如神仙中人, 心神如醉, 托以如厠, 下樓而審其處, 則卽大同門內店舍也. 詳知而待宴罷, 改粧村婦服飾, 乘夕而往其家, 從窓隙窺見, 則如玉美少年, 看書于燭下. 自念如此佳郎, 如不得薦枕, 則死不瞑目, 仍咳嗽於窓外, 其少年問: '爲誰?' 答曰: '主家婦也.' 又問: '何爲昏夜到此?' 答曰: '弊舍商賈多入, 無寄宿處, 故欲借上堗, 一席而寢矣.' 曰: '然則入來, 可也.' 渠仍開門而入, 坐於燭下之背, 則少年目不斜視, 端坐看書, 更深後, 乃滅燭而臥. 渠作呻吟之聲, 少年問: '何爲有痛聲?' 對曰: '曾有胸腹痛矣, 今因房堗冷, 宿疾復發矣.' 其人曰: '若然, 則來臥於我之背後溫處.' 渠仍臥于背

---

468) 而歸: 저본에는 빠져 있으나 나, 다본에 의거하여 보충함.
469) 絶跡: 나, 다본에는 '不來'로 되어 있음.
470) 給: 저본에는 '下'로 나와 있으나 나, 다본을 따름.
471) 其: 나, 다본에는 '前'으로 되어 있음.
472) 仍: 가본에는 '便'으로 되어 있음.
473) 及覺: 저본에는 빠져 있으나 나, 다본에 의거하여 보충함.

後, 食頃而又不顧, 渠仍言曰: '行次不知何許人, 而無乃宦侍乎?' 其人曰: '何謂也?' 渠曰: '妾非主人婦, 而乃是官妓也. 今日練光亭上, 瞻此行次之風儀, 心甚艶慕, 作此樣來此, 冀其一面矣. 妾之姿質, 不至醜惡, 行次年紀, 不至衰老, 靜夜無人之時, 男女混處, 而一不顧眄, 非宦而何?' 其人笑曰: '汝是官物乎? 然則何不早言? 吾則認以主人之婦而然矣. 汝可解衣同寢, 可也.' 仍與之狎, 其風流興味, 卽一花柳場蕩男子也. 兩情歡洽, 及曉而起, 促裝將發, 對渠而言曰: '意外相逢, 倖結一宵之緣, 遽爾相分, 後會難期, 別懷何言? 行中別無他可情表之物, 可留一詩.' 仍使渠擧裳幅, 而書之曰: '水如遠客流無住, 山似佳人送有情. 銀燭五更羅幌冷, 滿林風雨作秋聲.' 書畢, 仍投筆而去. 渠仍把袖, 而泣問居住姓名, 則笑而不答, 曰: '吾自放浪於山水樓臺之人也. 居住姓名, 不必問.' 仍飄然而去. 渠仍還家後, 欲忘而不可忘, 每抱裳詩而泣, 此姸慕而難忘者也. 嘗以巡使道守廳妓, 侍立矣. 一日, 門卒來告, 某處舍音某同知來謁次, 在門外矣. 巡使使之入來, 卽見一胖大村漢, 布衣草鞋, 腰帶半渝之紅帶, 顱懸金圈, 而純是銅色, 眉目獰悍, 容貌鹿惡, 卽一天蓬將軍. 來拜之前, 巡使問: '汝何爲而遠來也?' 對曰: '小人衣資不苟, 別無所望於使道也. 平生所願, 欲得一箇佳妓而暢情, 爲是而不遠千里而來也.' 巡使笑曰: '汝若有此心, 則可於此擇一洽意妓也.' 厥漢聞命, 直入守廳房, 諸妓皆靡, 厥漢追後逐之, 捉一而貌不美, 又捉一, 而云: '身豊不合.' 及到渠, 捉而見之, 則曰: '足可用!' 仍抱至墻隅而强奸之. 渠於此時, 以力弱之, 故不得適他求死, 不得而任其所爲. 少焉, 脫身而歸家, 以溫水浴身, 而脾胃莫定, 數日不能食. 此是醜惡而難忘者云爾."

2-54.

巫雲者, 江界妓也, 姿色才藝, 擅于一時. 京居成進士者, 偶爾下來, 仍爲[474]薦枕, 而情愛甚篤, 及其歸也, 彼此戀戀不忍捨[475]. 雲自送成生之後, 矢心靡他, 艾灸兩股, 肉作瘡痕, 託言有惡疾云, 故前後官家, 一未嘗侍. 李大將敬懋之來涖也, 招見而欲近之, 雲解示瘡處, 曰: "妾有惡疾, 何敢近前?" 李帥曰: "然則汝可在前使喚, 可也." 自此以後, 每日守廳, 至夜必退, 如是四五朔. 一夜, 雲忽近前, 曰: "妾今夜願侍寢矣." 李帥曰: "汝旣有惡疾, 則何可侍寢?" 雲曰: "妾爲成進士守節之, 故以艾灸之, 以是避人之侵困矣. 侍使道積有月, 微察凡百, 卽是大丈夫也. 妾旣是妓物, 則如使道大男子, 豈無心近侍耶?" 李帥笑曰: "若然則可就寢." 仍與之狎. 及瓜熟, 將歸也, 雲願從之, 李曰:[476] "吾妾有三, 汝又隨去, 甚不緊也." 雲曰: "若然則妾當守節矣." 李倅笑曰: "守節云者, 如爲成進士守節乎?" 雲勃然作色, 因以佩刀, 斫去[477]左手四指, 李倅大驚, 欲率去則不聽, 仍以作別矣. 後十年, 以訓將, 補城津, 蓋朝家新設城津, 而以宿將重望鎭之, 故李倅單騎赴任城津, 與江界接界三百餘里地也. 一日, 雲來現, 李倅欣然逢迎, 以敍積阻之懷, 與之同處, 夜欲近之, 則抵死牢却. 李倅曰: "此何故?" 對曰: "爲使道守節矣." 李帥曰: "旣爲吾守節, 則何拒我也?" 雲曰: "旣以不近男子矢于心, 則雖使道不可近, 一[478]近之, 則便毁節也." 仍堅辭, 同處一年餘, 而終不相近. 及歸, 又辭歸渠家. 其後李帥喪妻, 雲奔走而留京, 過襄禮後, 還下去, 李帥之喪亦然, 自號雲大師.

2-55.

金參判應淳, 少時得一夢, 夢中南天門開而叩聲, 呼名曰: "金某受此!" 金台乃下堂, 而立於庭, 則自天下一漆函, 受而見之, 則上以金字, 大書以'無忝爾祖'. 開而見之, 則中有錦袱之裹冊者, 披而見之, 則卽自家平生推數也. 一生休咎, 皆書日時, 末云: '某月日時死, 而位至禮判云云.'

---

474) 爲: 저본에는 빠져 있으나 가본에 의거하여 보충함.
475) 忍捨: 가본에는 '殊忘'으로 되어 있음.
476) 李曰: 저본에는 빠져 있으나 가본에 의거하여 보충함.
477) 去: 저본에는 빠져 있으나 가본에 의거하여 보충함.
478) 一: 가본에는 '又'로 되어 있음.

金台覺而異之，仍擧火，而逐年錄之于冊子矣，無不符合．至將死之日，整衣冠，辭家廟，會子姪與[479]知舊，面面告訣曰："今日某時，吾將棄世，而禮判尙不得爲，亦可異[480]也云．" 蓋此時，位尙參判矣．迨其時，仍臥而奄忽訃聞[481]，英廟嗟歎曰："吾欲除禮判而未果者也!" 銘旌可書以'禮判'爲敎，事亦異矣．嘗以承旨入侍，英廟以御筆，書以'仙源之孫，無忝爾祖'八字，賜之，亦符于夢中之書．

2-56.

洪判書象漢，年至[482]八十，其孫義謨，登癸未冬增廣司馬．洪判書每日張樂，而滿庭觀光者，每人饋一器湯餠一串肉炙，每每如是，殆近一朔．其伯胤相公樂性，時以亞卿在家，而爲人謹拙，每以盛滿迭宕爲憂，而無計諫止，求一親戚中期望人，欲諫之．金都正履信，多才善辯，而異姓六寸間也．洪相請來，而道其事，要使諫止，金公見洪判書，先讚其福力，而末乃以盛滿爲戒，洪判書聞而微笑，曰："汝來時見兒子乎? 吾以無才無德之人，遭遇聖世，位躋崇品，年踰八旬矣．又見孫兒之登科，如是行樂，世人皆目之，曰：'公洞某位一品，年八十，見孫兒科慶，而發狂云爾，則庸何傷乎? 汝第見之，吾死之後，淸風堂上塵埃堆積，參判塊坐於一處，其象如何? 汝之言，不願[483]聞也.'" 仍呼妓而進歌曲，金公無聊而坐，洪判書又言曰："近日少年輩呼新來，而無一人有風度，可謂衰世矣，豈不慨惜也云云?" 金公辭歸之路，逢金判書應淳於路，時以玉堂兼軍門從事，多率帶隷[484]，而見金公，下馬于路左，金公問："何往?" 金台答曰："欲往見公洞洪進士矣." 金公乃言曰："洪叔之言，如此如此，君須立馬於此，

479) 與: 저본에는 빠져 있으나 가본에 의거하여 보충함.
480) 異: 가본에는 '怪'로 되어 있음.
481) 訃聞: 가본에는 '訃叩'로 되어 있음.
482) 至: 저본에는 빠져 있으나 가본에 의거하여 보충함.
483) 願: 가본에는 '欲'으로 되어 있음.
484) 帶隷: 가본에는 '下隷'로 되어 있음.

而呼新恩, 又使出妓樂而前導也." 金公曰: "好矣." 仍立馬廣通橋, 送隷呼新恩, 洪判書問: "誰也?" 曰: "壯洞金應敎也." 問: "在何處?" 曰: "方在某橋上矣." 洪判書擊節, 曰: "此兒甚奇矣." 已而, 一隷又來, 傳妓樂之出送, 洪判書聞而起, 曰: "此兒尤可奇矣!" 仍扶杖, 而隨出洞口外, 立於街上. 金台使新恩, 同騎一馬, 墨沫其面, 而前導以行, 見洪判書之立於路上, 下馬問候, 則把手撫其背, 曰: "今世之人, 皆死屍矣, 汝獨生矣." 聞者絶倒.

2-57.

郭思漢,[485] 玄風人, 而忘憂堂後孫也. 少時業科工, 嘗遇異人, 傳秘術,[486] 通天文·地理·陰陽等書[487]. 家甚貧寒[488], 其親山在於境內, 樵牧日侵, 無以禁養. 一日, 周行山下, 揷木而標之, 曰: "人或有冒入此標之內, 則必有不測之禍云." 而戒飭洞人, 使勿近一步地, 人皆笑之. 有一年少頑悍之漢, 故往其山下樵採, 入其木標之內, 則天旋地轉, 風雷飛動, 劍戟森嚴[489], 無路可出. 其人魂迷[490]神昏, 仆之于地. 其母聞之而急來, 哀乞于郭生, 郭生怒曰: "吾卽丁寧戒之而不遵, 何來惱我? 我則不知." 其母涕泣而哀乞, 食頃後, 躬自往而携出, 自其後, 人莫敢近. 其仲父病重, 而醫言, "若得用山蔘, 則可療云云." 其從弟來懇, 曰: "親病極重, 而山蔘實[491]無可得之望, 兄之抱才, 弟知者也. 盍求數根而致療乎?" 郭生嚬眉, 曰: "此是重難之事, 而病患如此, 不可不極力周旋." 仍與之上後麓, 至一處松陰之下, 有平原卽一蔘田也. 擇其最大者三根而採之, 使作藥餌, 而戒之曰: "此事[492]勿出口, 且勿生更採之念." 其從弟急歸煎用,

---

485) 郭思漢: 나, 다본에는 '郭思賢'으로 되어 있음.
486) 傳秘術: 나, 다본에는 '學得祕書'로 되어 있음.
487) 陰陽等書: 나, 다본에는 '無不通知'로 되어 있음.
488) 寒: 저본에는 빠져 있으나 나, 다본에 의거하여 보충함.
489) 森嚴: 나, 다본에는 '森羅'로 되어 있음.
490) 魂迷: 나, 다본에는 '魂飛'로 되어 있음.
491) 實: 저본에는 빠져 있으나 나, 다본에 의거하여 보충함.

而果得效. 來時, 識其程道及蔘所在處, 乘其從兄之不在, 潛往見之, 則非復向日所見處也. 驚訝嗟歎而歸, 對其兄道此狀, 郭生笑曰: "向日與汝所往處, 卽頭流山也, 汝豈可更躡其境耶?" 如是云云. 一日在家, 淨掃越房, 戒其妻曰: "吾在此, 將有三四日所幹之事, 切勿開戶, 且勿窺見, 待限日吾自出來矣." 仍闔戶而坐, 家人依其言置之矣. 過數日後, 其妻甚訝之, 從窓隙窺覵, 則房中變成一大江, 江上有丹靑之一樓閣, 而其夫坐[493]其樓上, 援琴鼓之, 五六鶴氅衣羽者對坐, 而霞裳霧裙之仙女[494], 或吹彈, 或對舞. 其妻驚異, 不敢出聲. 至期日, 開戶而出, 大[495]責其妻之窺見, "日後復如是, 則吾不可久留此矣." 有切己之親知人, 願一見萬古名將之神, 生笑曰: "此不難, 而但恐君之氣魂不能抵當而爲害也." 其人曰: "若一見之, 雖死無恨." 生笑曰: "君言旣如是, 第依我言爲之." 其人曰: "諾." 郭生使抱自家之腰, 而戒之曰: "但且闔眼, 待吾聲始開眼, 可也." 其人依其言爲之, 兩耳但聞風雷之聲矣. 已而, 使開眼視之, 則坐於高峯絶頂之上矣. 其人惝怳問之, 答曰:[496] "是伽倻山也!" 少焉, 郭生整衣冠, 焚香而坐, 若有所指揮呼召者然, 未幾, 狂風大作, 無數神將, 從空而下, 俱列國秦漢·唐宋之諸名將也. 威風凜凜, 狀貌堂堂, 或帶甲, 或杖劍, 左右羅列. 其人魂迷神昏, 俯伏於郭生之側, 已而, 郭生使各退出, 而其人魂已[497]窒矣. 郭生待其稍醒, 而言曰: "吾豈不云乎? 君之氣魂如此, 而妄自懇我, 畢竟得病, 良可歎也." 又使抱腰如來時樣而歸家矣. 其人得驚悸症, 不久身死云. 蓋多神異之術之見於人者, 年過八十,[498] 康健如年少人, 一日無病而[499]坐化云. 嶺南之人, 多有親知者, 而

492) 此事: 나, 다본에는 '愼'으로 되어 있음.
493) 坐: 저본에는 '在'로 나와 있으나 나, 다본을 따름.
494) 仙女: 나, 다본에는 '仙娘'으로 되어 있음.
495) 大: 저본에는 빠져 있으나 나, 다본에 의거하여 보충함.
496) 答曰: 저본에는 '則乃'로 나와 있으나 나, 다본에 의거함.
497) 已: 저본에는 빠져 있으나 나, 다본에 의거하여 보충함.
498) 年過八十: 나, 다본에는 '年至八耋'로 되어 있음.
499) 而: 나, 다본에는 '忽'로 되어 있음.

其死不過數十年云矣.

2-58.

楊承旨某, 有遊覽之癖. 一馬一僮, 遠遊北關, 登白頭山, 回路歷安邊, 將欲秣馬於店舍, 家家盡鎖門扉. 彷徨回顧, 路邊數十步許, 溪岩窈窕中, 有一小庄, 鷄犬相聞. 遂至庄前叩扉[500], 一少娘, 年可十五六, 應門而問: "客[501]從何來?" 答曰: "遠行之人, 見店門盡鎖, 故將欲喂馬而去. 汝家主人, 何處去乎?" 娘曰: "與店主盡往後洞契會矣." 因入廚下, 馬粥一桶出, 飼之. 楊公因天氣炎[502]熱, 解衣樹下[503], 娘舖簟席於樹下, 還入廚下. 俄而, 備飯而來, 山菜野蔬, 極其精潔. 楊公見其應對詳敏, 擧止溫淑, 心甚異之, 且猝辦接客, 皆有條理, 問娘曰: "吾只[504]請喂馬, 而並與人饋之, 何也?" 娘曰: "馬旣饋矣, 人何不飢? 豈可賤人而貴畜乎?" 仍問其年, 則十六, 其父母則村人也. 臨發計給烟價, 則固辭不受, 曰: "接賓客, 人家應行之事, 若受價, 則非但風俗不美, 將未免父母之責." 終不受,[505] 末乃給扇頭香一枚, 娘跪而受之, 曰: "此則長者所賜, 豈敢辭也?" 仍問居住·姓名及華職, 答以京居某洞某也云.[506] 楊公尤爲嗟歎, 曰: "遐土村家, 何物老嫗, 生此寧馨兒乎?" 仍還家數年後, 有人來拜於階下, 曰: "小人安邊某村人也. 某年某時, 令監偶過陋室, 有贈香於小娘之事乎?" 楊公沈思良久, 曰: "果有是事!" 某人曰: "女自其後, 不欲適他, 願訪令監宅, 終[507]老於箕箒之役, 自言, '女子之行, 受人贈物, 不可適他云.' 故不遠千里而來耳." 楊公笑曰: "吾老白頭矣, 豈有意於小娘? 而然

500) 叩扉: 저본에는 빠져 있으나 다본에 의거하여 보충함.
501) 客: 저본에는 빠져 있으나 다본에 의거하여 보충함.
502) 炎: 저본에는 '向'으로 나와 있으나 다본을 따름.
503) 樹下: 다본에는 '掛樹班草而坐, 露頂灑風'으로 되어 있음.
504) 只: 저본에는 빠져 있으나 다본에 의거하여 보충함.
505) 終不受: 저본에는 빠져 있으나 다본에 의거하여 보충함.
506) 仍問居住·姓名及華職, 答以京居某洞某也云: 저본에는 빠져 있으나 다본에 의거하여 보충함.
507) 終: 다본에는 '自'로 되어 있음.

特愛其姸秀敏給[508]，且不受烟價，故無物相贈，解香而贈之．假使歸[509]吾家，吾若朝暮逝，則小娘之芳年，豈不可惜乎？汝歸諭吾意，擇婿而嫁之，更勿起[510]妄念．”其人辭歸，又復來見，曰：“百端解諭[511]，以死自誓，不得不率來，令監諒處之．”楊公固辭之，不得笑而受之．楊公君子人也，鰥居數十年，不近女色，琹書自娛，遨遊山水．小室入來後，一見慰勞其遠來之意[512]而已，少無繾綣之色[513]．一日，晨謁家廟，入內室，見戶庭房闥，灑掃精潔，飮食器皿，井井有條理，問其子婦曰：“前日吾家，朝夕屢空，凡百皆蕪穢不治，近日則頓改前觀．且吾甘旨之供，頗不乏焉，何以致此?”子婦答曰：“安邊小室入來後，針線紡績，猶是餘事，治家幹辦，決非凡人．鷄鳴而起，終日孜孜，近日家樣之稍饒者，良有以也．且其性行淳厚，有士女之風．”讃不容口，公感其言，當夕招小室酬酢，則非但幽閒貞靜之態，逈出常品；賢淑明敏之識[514]，無愧古人．自此，甚愛重之，連生二子，形貌端正，穎悟夙成．二子年[515]至八九歲時，小室忽請築室各居，且願治第于紫霞洞，溪山勝處路傍，高大門閭．一日，成廟幸紫霞洞，賞花歸路[516]，遇暴雨注下如盆，避入一家，庭宇瀟灑，花卉馨香，問誰家，從官以實對．俄而，有兩小兒，衣帽鮮明，容貌姸秀，進拜於前，自上問之，則楊某小室子也．上一見稱仙風道骨，叩其學業，則無愧於古之神童，筆翰如流，皆有標格，呼韻賦詩，應口輒對，上大喜．已而，從官皆避雨簷廡下，相顧囁嚅，上問：“何爲而然也?”對曰：“主家欲進饌，而不敢云耳．”遂命[517]進之，珍羞妙饌，極其精備，並與從官而接待之．上甚訝其

508) 敏給: 다본에는 '敏慧'로 되어 있음. 서로 통함.
509) 歸: 다본에는 '入'으로 되어 있음.
510) 起: 다본에는 '生'으로 되어 있음.
511) 解諭: 다본에는 '曉諭'로 되어 있음.
512) 意: 다본에는 '苦'로 되어 있음.
513) 色: 다본에는 '意'로 되어 있음.
514) 識: 다본에는 '質'로 되어 있음.
515) 年: 저본에는 빠져 있으나 다본에 의거하여 보충함.
516) 歸路: 다본에는 '駕還'으로 되어 있음.
517) 命: 저본에는 빠져 있으나 다본에 의거하여 보충함.

猝辦, 賞賜頗優, 仍率兩兒還宮, 喜謂東宮曰: "吾今行, 得二神童, 爲汝輔弼之臣也." 仍除春坊假御使, 使之長在闕中, 蓋與東宮年相若也, 寵遇無比. 其後小室撤家, 還入大家以終焉. 其長兒楊士彦, 號蓬萊, 官至安邊府使, 其次兒楊士俊也. 余見南壺谷所撰『箕雅』詩集, 楊蓬萊兄弟, 蓬萊之子與妾, 俱入選中, 心甚訝之, 以爲, '人才何聚於一家之內也?' 及聞安邊之奇遇, 乃知楊公之純德, 小室之淑行, 有以鍾毓於此.

2-59.

金公汝岉, 昇平塗之大人也. 家有一僕, 食量頗大, 諸僕皆給七合料米, 此僕特給一升料米, 皆有怨言. 金公自義州任所, 逮械金吾, 當壬辰倭亂時, 命白衣從軍, 將功贖罪, 以巡邊使申砬從事. 束裝將發, 招諸僕, 立庭下, 曰: "誰從吾出戰?" 一升僕自請[518]從行, 曰: "小人[519]平居, 食一升料米, 臨亂安可在人後也?" 餘僕皆願從進士主避亂之行, 時昇平小成故也. 遂策馬前驅, 如赴樂地, 及彈琴坮背水陣, 倭兵如蟻屯如潮湧, 皆持一短杖, 青烟乍起, 人無不立死者, 官軍始知其鳥銃焉. 巡邊昔在北關時[520], 尼湯介以鐵騎蹴踏之, 如摧枯拉朽, 今忽見鳥銃一出, 英雄無用武之地, 遂敗歸[521]焉. 時金公着軍服, 左臂掛決拾角弓, 佩劍負羽, 右手書啓狀, 不起草立寫之, 鳴毫颯颯, 詞理俱美, 卽地封發. 又書寄其伯胤昇平書, 曰: "三道徵兵, 無一人至者, 吾輩惟有死耳. 男兒死國固所耳, 但國恩未報, 壯心成灰, 只有仰天噓氣而已. 家事惟汝, 在吾不言." 書畢馳馬奮劍, 竟死於亂陣中. 僕失公之去[522]處, 退走撻川邊, 回顧彈琴坮下, 飛瓦如雨, 嘆曰: "吾愛死而負公恩, 非丈夫也." 持短槍, 披陣而入爲倭所逐, 三退三進, 身被數十創[523], 竟得公屍於坮下, 負而出, 收殮山僻處,

518) 請: 가본에는 '願'으로 되어 있음.
519) 小人: 가본에는 '小的'으로 되어 있음.
520) 時: 마본에는 '討'로 되어 있음.
521) 敗歸: 마본에는 '敗衂'으로 되어 있음.
522) 去: 저본에는 빠져 있으나 마본에 의거하여 보충함.

畢竟返葬於先塋. 噫! 奴主之義何限, 而豈有如此僕之忠且勇者哉? 士爲知己者死, 女爲悅己者容, 僕之視死地如歸樂地[524), 豈爲一升米也? 激於義氣[525)而然也.

2-60.

安東權某, 以經學行義, 登道薦, 仕徽陵參奉. 時年六十, 家富饒, 新喪配, 內無應門之童, 外無朞功[526)之親. 時金相宇杭, 爲本陵別檢, 適有陵役, 與之合直. 一日, 陵軍捉犯樵人以納, 權公據理責之, 將笞罰之, 樵人卽老總角也. 涕泣漣漣, 無辭可答, 權公默[527)察氣色, 決非常漢也, 問: "汝何許人也?" 總角曰: "言之慙也. 小生簪纓後裔, 早孤無依[528), 而老母年今七十有一, 又[529)有一妹, 年至三十五尙未嫁. 小生年三十, 未有室, 娚妹樵汲以奉養, 家近火巢, 而今當極寒, 不能遠樵, 故有犯樵, 知罪知罪." 仍又涕泣, 權公見其涕泣, 忽生惻隱之心, 顧謂金公曰: "可矜哉其情! 特赦之何如?" 金公[530)笑曰: "無妨." 權公曰: "聞汝情理可矜, 故特放之, 更勿犯罪." 賜一斗米一隻鷄, 曰: "以此歸養老親." 總角感謝而去. 數日後[531), 又見捉於犯樵, 權公大責之, 總角失聲哭曰: "辜負盛意, 固知兩罪俱犯, 而不忍老親之呼寒, 積雪之中, 且無樵採之路, 今則擧頭無地." 權公又生惻隱之心, 縮眉良久, 不忍笞治[532). 金公在傍, 微哂曰: "隻鷄斗米, 不能感化, 第有好樣道理, 依我言否?" 權公願聞其說[533), 金公曰:

523) 創: 마본에는 '槍'으로 되어 있음.
524) 樂地: 저본에는 빠져 있으나 마본에 의거하여 보충함.
525) 氣: 저본에는 빠져 있으나 마본에 의거하여 보충함.
526) 朞功: 가, 마본에는 '强近'으로 되어 있음.
527) 默: 저본에는 빠져 있으나 가, 마본에 의거하여 보충함.
528) 無依: 저본에는 빠져 있으나 가, 마본에 의거하여 보충함.
529) 又: 저본에는 빠져 있으나 가, 마본에 의거하여 보충함.
530) 金公: 가본에는 '金相'으로 되어 있음. 이하의 경우도 동일함.
531) 後: 저본에는 빠져 있으나 가본에 의거하여 보충함.
532) 笞治: 가본에는 '加笞'로, 마본에는 '笞法'으로 되어 있음.
533) 說: 가, 마본에는 '由'로 되어 있음.

“老人喪配而無子，總角之妹，娶爲繼室，何如?” 權公捋其白鬚，曰：“吾雖年老，筋力足可爲也.” 金公揣其意[534]，遂招總角近前，曰：“彼權參奉，忠厚君子也．家計饒足，喪配而無子，汝之妹過年未嫁，亦未知凡節之何如，而與之作配[535]，則汝家依托有所，豈不好哉?” 總角曰：“家有老母，不敢擅便，當往議焉.” 金相曰：“然.”[536] 去而復返，曰：“往告老母，則老母曰：‘吾家世世閥閱，今至衰替之極，雖前世未行之事，不猶愈於廢倫乎?’ 泣而許之.” 金公喜之，遂力勸之，涓吉而急急成禮，果是名家後裔，女中賢婦也．一日，權公來見金公，曰：“賴君之力勸，得此[537]良配，吾年已六十，何所求乎? 永歸鄕里，故來別矣.” 問：“夫人率歸，則其家區處何如耶?” 答曰：“並率去矣.” 金公曰：“大善哉!” 仍酌酒相別．後二十五年，金公始得緋玉，出宰安東到官，翌日，有一民，納刺請謁，前參奉權某也．金公良久，始記得徽陵伴僚事，而計其年紀，則八十五歲也．急爲邀見，童顔白髮，不扶不杖，飄然而入座，望之[538]若神仙中人．握手敍懷，設酒饌款待，飮啖如常，權公曰：“民之得拜城主於今日，天也．民賴城主勸婚，晩得良耦，連生二子，至今偕老，而二子稍學詩文，戰藝於京師，擢連璧進士，明日卽到門日也．城主適涖此府，豈可無下臨之擧耶? 故民急請謁者，良有以也.” 金公驚賀不已，快許之，權公謝去．明日，金公携妓樂，備酒饌，早往之，見其居，溪山秀麗，花竹翳如，樓榭穩敞，眞[539]好家居也．主人下堦迎之，遠近風動，賓客雲集，俄而，兩新恩來到，幞頭鶯衫，風彩動人．馬前兩立白牌，雙笛寥亮，觀者如堵，咸咨嗟權公之福力．金公連呼新恩，問其年，則伯二十四，季二十三，權公續絃之，翌年又翌年，連得雙玉也．與之酬酢，容貌則鸞鵠也，文章則琬琰也，可謂難兄難弟

534) 意：마본에는 ‘微意’로 되어 있음.

535) 作配：가본에는 ‘成婚’으로 되어 있음.

536) 金相曰然：저본에는 빠져 있으나 가본에 의거하여 보충함.

537) 得此：가, 마본에는 ‘幸得’으로 되어 있음.

538) 座望之：저본에는 빠져 있으나 가, 마본에 의거하여 보충함.

539) 眞：저본에는 빠져 있으나 가, 마본에 의거하여 보충함.

也[540]. 金公歆嘆不已, 老主人喜色, 可知座間, 權公指在傍一老人, 曰: "城主知此人乎? 此是昔年黴陵[541]犯樵人也." 計其年數, 則五十五矣. 遂設樂以娛之, 主人仍請留宿, 曰: "民之今日之慶, 皆城主之賜也. 城主之適臨蓬蓽, 天與之, 非人力也." 遂止宿穩話, 翌朝, 權公進酒饌侍坐, 口欲言, 而囁嚅不敢發. 金公曰: "有所欲言乎?" 權公乃言曰: "老妻平日, 爲城主結草之願, 而今幸臨陋地, 一拜尊顔, 則至願遂矣. 女子之不思體面, 只有感恩之心, 容或無怪, 願城主暫入內室受拜, 恐未知何如? 且城主之於老妻, 德如天地, 恩猶父母, 何嫌之有?" 金公不得已入內, 軒上設席迎坐, 老夫人出拜於前, 感極而悲, 淚涕汍瀾. 又見兩少婦, 凝妝盛飾, 隨後而出拜, 其子婦也. 三夫人默然侍坐, 其愛戴之意, 溢於顔色, 遂進滿盤珍羞. 權公請金公於夾房前, 見年可爲六七歲穉兒, 髮漆黑鬖鬆, 手執窓閾而立, 方瞳瑩然, 黯黯視人, 精神若存若無. 權公指之[542], 曰: "城主知此人乎? 是犯樵人之慈親也. 今年九十有五歲." 其口中有聲, 城主試細聽之, 非他聲也, '金宇杭拜政丞', '金宇杭拜政丞', '二十五年, 祝願如一, 尙今口不絶聲, 至誠安得不感天乎?' 金公聽之, 犁然而笑矣[543]. 其後, 金公果拜相于肅廟朝, 而公以藥房都提調, 往視延礽君患候. 英廟潛邸時封號也, 說其平生宦蹟, 語及權參奉, 敍其顚末, 英廟聞甚奇之. 登極後, 式年唱榜日, 偶見榜目中, 安東進士權某, 乃是權公[544]之孫也. 自上特敎曰: "故相臣金宇杭, 說權某之事, 甚稀事也. 其孫又捷司馬, 事不偶然." 特除齋郎, 使之繩武其祖, 嶺人榮之焉.

2-61.

錦南鄭公, 初除宣沙浦僉使, 歷辭宰相, 一老宰慇懃致款, 曰: "吾知君大

540) 也: 저본에는 빠져 있으나 마본에 의거하여 보충함.
541) 黴陵: 저본에는 빠져 있으나 가, 마본에 의거하여 보충함.
542) 之: 가, 마본에는 '示'로 되어 있음.
543) 矣: 저본에는 빠져 있으나 가, 마본에 의거하여 보충함.
544) 權公: 가, 마본에는 '參奉'으로 되어 있음.

器也. 其進不可量, 且知君尙無室家, 吾側室有女, 與君爲小星, 使奉巾櫛何如?" 錦南感其意, 許之, 老宰曰: "然則不必煩人耳目, 發行之日, 特[545]於弘濟橋頭." 治行啓發, 至橋頭, 見一轎馬, 行具鮮明, 翩翩而來. 問宣沙行次, 錦南遂迎見其婦人, 軀殼甚大, 言語無味, 錦南心中以爲見欺於勒婚. 然亦難排却, 黽勉同行, 到鎭主饋而已, 頓無顧念之意. 一夕, 營門秘關來到, 坼見之, '有軍務相議事, 不留晷刻, 星火馳進.' 遂促飯而喫, 入別小室, 小室曰: "令監知今行有何事耶?" 曰: "不知." 小室曰: "當此亂世去就之際, 不能預料事機, 何以濟乎?" 錦南奇其言, 探問之, 小室曰: "有如許事, 應變之節, 如是如是." 仍出紅錦緞天翼着之, 品製適中, 錦南甚驚異之. 馳到營下, 則巡使辟左右, 言內, "今天使回路, 逗遛此城, 討白銀萬兩, 若不聽施, 則梟首道伯云. 事係罔措, 物亦難辦, 百爾思量, 非君則無以應變, 故請來." 聞其言, 則果是小室臨行時, 指敎之事也. 遂依其言, 自當措處之意, 大言之, 出坐練光亭, 招營校之伶俐者一人, 附耳語良久, 旋卽選營妓之慧艶者四五人, 使之隨廳, 或歌或琴, 杯酒狼藉. 又招營校, 附耳語曰: "今不出銀, 巡使想被死, 滿城魚肉, 汝等死耳. 汝出往城內, 家家揷火藥, 練光亭上放砲三聲, 衝火之." 營校唯唯而退, 已而, 入告曰: "盡揷矣." 俄而, 放砲一聲, 諸妓在傍, 竊視大恐之, 佯托小避, 稍稍出去. 各傳其家, 須臾滿城皆知, 呼爺喚孃, 挈妻携子, 爭出城外, 喧聲動天. 天使初聞砲聲, 甚訝之, 及聞喧聲驚動之, 急起探問之際, 營校一人, 對曰: "宣沙浦僉使, 若此若此." 酬酢之間, 砲聲又起, 若又一砲, 則燒存性矣. 天使神魂荒錯, 忙不及履, 走到練光亭, 握錦南手, 乞活殘命, 錦南據理責之, 曰: "上國父母之邦也, 使臣來宣詔命也, 沿路陪臣, 恪勤接待, 而責出無例之銀, 固是行不得之政, 一城之人死耳. 無寧共死於灰燼中也?" 天使曰: "吾之命懸於大爺之手, 今當立馬於堦前, 上馬卽行, 罔夜疾馳, 三日內, 當到鴨綠江, 願停一砲." 錦南曰: "天使無

545) 特: 의미상 '待'가 되어야 함.

禮, 吾不之信焉." 呼砲手, 天使抱錦南, 千乞萬乞, 號哭隨之, 不得已遂許之. 使之促馬急發, 天使一行, 無限感謝, 一齊上馬, 風馳電邁, 果於三日內, 陪持來告天使渡江. 巡使大喜, 設宴以謝之, 由是, 名振一世. 錦南辭歸, 每事問於小室, 眞異人哉! 故以貌取人, 失之子羽也.

2-62.

天將李提督如松, 壬辰倭亂, 提五千兵, 東援朝鮮, 大捷平壤. 倭酋平行長宵遁, 遂乘勝逐北[546], 至青石洞, 洞深而傍多阻隘, 樹木參天, 溪澗屈曲. 忽有[547]前面白氣亘天, 冷光[548]逼人, 提督曰: "是倭中劍客之隊也." 遂駐軍, 一字擺開於馬上, 抽雙劍, 聳身騰空, 諸軍仰視, 則但聞刀環之聲錚錚然, 出於白氣之中. 俄而, 倭人身首紛紛墜下, 冷氣纔[549]收, 提督晒然在馬上, 鼓行出青石口[550]. 及其碧蹄之敗, 退師[551]開城府, 無意進攻. 一日, 西厓柳成龍, 以接伴使進議軍務, 提督適梳頭而語, 遙見天邊, 一道白虹, 自遠而近[552]. 提督急急結髻, 曰: "劍客來也!" 抽壁上雙劍, 避入洞房而不閉戶, 使西厓留觀動靜, 霎時間, 白虹之氣, 飛入洞房, 但聞錚錚之聲, 連續不絶, 而冷氣滿屋. 西厓心魂慢悸, 忽見一足露出, 打戶而還入. 西厓意其提督之足, 又意其打戶而還入者, 欲閉之意也. 遂起閉戶, 須臾, 提督開戶而出, 提嬋妍美人頭, 擲於地, 西厓精神始定, 進賀不已. 提督曰: "倭中素多劍客, 而盡殲於青石洞, 此美人倭中第一高手, 劍術通神, 天下無敵. 吾心常關念, 今幸斬之, 更無憂矣. 然公之閉戶, 何其警也?" 西厓曰: "打戶還入, 其意可知也." 又曰: "亦何以知吾之足而閉之也?" 西厓曰: "倭人足小, 今見大足, 豈不知將軍之足耶?" 提督

546) 逐北: 다본에는 '大進'으로 되어 있음.
547) 有: 다본에는 '見'으로 되어 있음.
548) 冷光: 다본에는 '冷氣'로 되어 있음.
549) 纔: 다본에는 '漸'으로 되어 있음.
550) 青石口: 다본에는 '青石洞'으로 되어 있음.
551) 師: 다본에는 '兵'으로 되어 있음.
552) 近: 다본에는 '來'로 되어 있음.

曰: "朝鮮亦有人矣." 西厓曰: "敢問閉戶之意." 提督曰: "美人學劍術, 於海上空濶之地[553], 故吾入夾房, 使不得逞其能, 鬪劍數十合, 見美人稍稍失勢, 恐出戶遠遁, 故欲其閉也. 若一出戶, 碧海萬里, 何處可捕? 今日之功[554], 君之閉戶之力[555], 實多也." 自此, 益敬重之. 余見, 劍術自古尙矣. 猿公穿壁通其神, 荊軻擲柱失於踈, 皆下於提督之能通神術也.

2-63.

金尙書[556]某, 有知人之鑑. 一日, 見路傍有總角, 衣服藍縷, 形容憔悴, 携歸其家, 問: "汝是何許人也?" 對曰: "早失父母, 四顧無親, 行乞於市, 姓名亦不自知, 年則十五歲也." 尙書曰: "汝留住吾家, 衣食不乏也." 仍賜名, 曰'金童', 總角[557]感謝. 居數月, 願學書, 日就月將, 過日成誦, 運筆[558]如神, 眞奇才也. 尙書愛之重之, 須臾不離. 尙書素無[559]睡, 雖深夜之中, 一呼則金童應對[560], 諸傔皆未及也.[561] 金童在尙書家, 日入書樓, 繙閱書籍, 尤耽看星曆之書, 尙書叩之, 則畧言其奧旨, 與之揚扢[562]古今, 則如誦熟文, 與他人言, 韜晦不答. 尙書愛之如子, 每事相議, 勸之娶妻, 則固辭不願, 如是過今十年. 一日夜, 呼之, 則金童不應, 擧燭視之, 杳無形跡, 尙書如失左右手, 寢食不甘. 第四日, 金童忽來現, 喜色滿面, 尙書驚喜曰: "汝何不告而去, 去向何處? 吾豈待汝之心有未盡而然耶? 且汝有喜色, 何也?" 金童笑曰: "非也, 當從容告之." 夜間又問之, 金童曰: "吾非朝鮮人也, 中國閣老之子也. 父親遭奸臣之讒, 遠配沙門

---

553) 地: 다본에는 '處'로 되어 있음.
554) 功: 저본에는 '政'으로 나와 있으나 다본을 따름.
555) 力: 저본에는 '功'으로 나와 있으나 다본을 따름.
556) 尙書: 나, 다본에는 '相公'으로 되어 있음.
557) 總角: 나, 다본에는 '其兒'로 되어 있음.
558) 運筆: 나, 다본에는 '運籌'로 되어 있음.
559) 素無: 나, 다본에는 '自小'로 되어 있음.
560) 應對: 나, 다본에는 '輒應'으로 되어 있음.
561) 諸傔皆未及也: 저본에는 '諸公皆未也'로 나와 있으나 나, 다본에 의거함.
562) 揚扢: 나본에는 '談論'으로, 다본에는 '談話'로 되어 있음.

島, 遠近諸族, 皆被散配. 父親深知星曆之數, 臨行, 敎小子曰: '十五年[563]當赦還, 而汝在中國, 則必死於奸臣之手, 東出朝鮮, 則後必生還云云.' 遂轉轉流乞, 至於此, 幸蒙大監河海之澤, 養育之敎誨之, 此生此恩, 無以爲報. 日前不告而去者, 登果川之五鳳山, 仰視星象, 父親已赦還矣. 小子當告歸, 而報恩之心切於中, 遍求山地於五鳳山下, 得一明穴, 而明日請共往觀之." 尙書驚且異之. 翌日, 共往五鳳山下, 金童[564]指一阜, 曰: "此是吉地, 急行大監親山緬禮, 擇日裁穴." 又曰: "子孫昌盛, 出五相國識之." 還家拜謝而別[565], 尙書如其言, 將行緬禮, 開壙七尺出盤石, 石之四面有罅, 而以手壓之, 則微有[566]搖動. 尙書旣聞盤石之說於金童, 故將待時而下棺, 懸燈於墓閣而坐. 尙書之愛傔一人, 獨往壙中, 異其石之搖動, 欲知其中之有何物, 暗自以手, 揭而視之, 見其石底, 四隅有玉童子, 捧石而立. 中有一玉童又捧之, 而稍長於四隅之玉童, 此所以石搖也. 傔人驚訝之, 急下盤石之際, 琤然有折玉之聲, 傔人大驚之, 心語曰: "吾受恩於大監家, 而誤了此吉地, 後必有災禍, 吾雖無心之致, 生不如死." 然不忍實告, 時至下棺, 封墳而來. 其後,[567] 尙書家或有些少憂患, 則傔人心焉如燬, 危而復安者屢矣. 金童還入中國, 閣老果赦還登庸, 奸臣已被誅, 父子相逢於萬死之餘, 其喜可知. 金童登第, 而爲翰林學士. 一日, 閣老問: "汝受恩於朝鮮金某, 何以報之?" 翰林曰: "占一吉地, 指示而來矣." 閣老曰: "何許吉地乎?" 翰林槩言之, 閣老驚曰: "遺慘禍於恩人矣! 地中五箇玉童, 應山外五峯, 而中峯凶煞也. 猝貴而亡, 汝何不審詳也?" 翰林悟悔無及, 閣老曰: "凶黨已誅, 今大赦天下, 汝以頒赦, 往朝鮮, 使之急急改葬, 更占吉地而來." 翰林如其敎, 以副使出來, 會金[568]尙書於明雪宮, 敍舊愴新, 呼以'恩爺'. 遂言其父親之意, 尙書聞

---

563) 十五年: 저본에는 '五十年'으로 나와 있으나 나, 다본에 의거함.

564) 金童: 저본에는 빠져 있으나 나, 다본에 의거하여 보충함.

565) 別: 다본에는 '去'로 되어 있음.

566) 有: 나, 다본에는 '如'로 되어 있음.

567) 其後: 저본에는 빠져 있으나 나본에 의거하여 보충함.

甚罔措之際，其愛傔隨來，竊聽之，出言其時折玉所以然也．尙書怳然曰："此來轉禍爲吉，偶合也．開壙時，搖動之盤石，下棺時安接不搖，固已異之．及下棺後，忽晴雷乍起，霹靂壞了山外中峯之大巖石，此其驗也．"翰林大喜，曰："尙書家子孫大昌[569]矣!"使還復其言於閣老．

2-64.

東岳李公，新娶後，上元夜聽鍾於雲從街，醉過履洞前路，倚一門而臥．俄而，婢僕輩來諠[570]曰："新書房主[571]醉倒此!"仍扶入臥於[572]新房，而公渾不省矣，洞房花燭，與新婦同寢．翌曉睡覺，則別人之室也，非聘家也．公問新婦曰[573]："此是誰家也[574]?"新婦疑之，反詰之，相與錯愕．蓋其家新婦過婚禮之三日也，新郎亦聽鍾夜遊，仍爲不來，東岳誤入此室也．公問新婦曰："何以處事則好也?"新婦曰："吾有夢兆之符合，此亦緣分，以婦女之道言之，吾辦一死，可也．然吾亦屢世驛官家無男獨女也，吾死父母老無依托之所，不忍於此，不獲已從權之計．願爲小室，且奉養老親，以從年[575]何如?"公曰："吾非故犯也，君非亂奔也，從權無妨，而但家有老親，庭訓甚嚴，吾年未弱冠，且未登第，以書生率[576]畜小室，豈不難乎?"新婦曰："此[577]無難也．君之姨姑之家，或有置我之所乎?"曰："有之．"曰："然則今急起，與我偕行，置我於其家，使兩家莫知之．君必[578]登第，而未第前，誓不相面，登第後，實告于兩家老親，以爲團聚之計，如

568) 金: 나, 다본에는 '見'으로 되어 있음.
569) 大昌: 나, 다본에는 '昌盛'으로 되어 있음.
570) 諠: 가, 다, 마본에는 '喧'으로 되어 있음. 서로 통함.
571) 新書房主: 저본에는 '新郎'으로 나와 있으나 다본에 의거함.
572) 臥於: 저본에는 '其家'로 나와 있으나 다본에 의거함.
573) 曰: 저본에는 빠져 있으나 가, 다, 마본에 의거하여 보충함.
574) 也: 저본에는 빠져 있으나 가, 마본에 의거하여 보충함.
575) 年: 다본에는 '餘年'으로 되어 있음.
576) 率: 저본에는 빠져 있으나 가, 마본에 의거하여 보충함.
577) 此: 저본에는 빠져 있으나 다본에 의거하여 보충함.
578) 必: 가, 다본에는 '未久'로 되어 있음.

何?" 公如其言, 區處於其寡居姨母家, 助其針綿, 相依如母女以過. 新婦家朝起視之, 則新郎新婦, 不知去向, 擧家驚惶,[579] 往探新郎家, 始知假郎偕遁. 遂秘其事, 假稱以新婦暴疾不起, 假殮虛葬之. 東岳更不接面於小室, 晝夜勤工, 文章大達矣. 不幾年, 登高科, 始告老親, 率來小室. 又欲通小室家[580], 則小室曰: "不必信也." 出給新婚時紅錦衾領, 曰: "以此爲信, 此錦在昔年, 遠祖入燕時, 皇帝所賜也. 天下所無之異錦, 獨吾家有之, 以爲新婚時衾領而已, 見此必信." 遂如之, 老驛見其女,[581] 悲喜交至, 且見李公, 宰相人也. 問其始終, 曰: "此[582]天也! 吾老夫妻, 後事有托矣." 無他子女, 財將焉用?[583] 以其家貲·奴婢·田宅, 悉付之, 長安甲富也. 其小室賢而有智, 治產業, 奉巾櫛, 皆有閨範. 李公家至今以世富稱, 履[584]洞第宅, 皆醉人之第也. 小室子孫, 且繁衍云爾.

2-65.

李節婦, 忠武公後裔也. 嫁爲閔兵使孫婦, 纔過醮禮, 新郎還家不淑. 時節婦年纔勝笄, 依其祖母在溫陽, 而夫家在淸州, 訃來哭之, 水醬不入口. 父母憐而慰之, 左右防守之. 節婦一日請曰: "吾爲人婦, 而遭此崩城之痛, 生不如死. 然[585]更思之, 媤家有祖父母舅姑, 而無奉養之人, 而余未新禮矣. 且家君不幸早死, 而送終祭奠, 無人主管, 吾徒死, 則非爲人婦之道也. 吾將奔哭治喪後, 乞螟蛉於族人[586]家, 使媤家無絶嗣之嘆, 吾之責盡矣. 願速治行!" 父母聞其言, 年雖稺少, 辭正理順, 將從之, 猶慮其自經, 猶豫久之. 節婦曰: "無疑也! 吾已定於心矣." 以誠意動之然後,

579) 擧家驚惶: 저본에는 '大驚怪'로 나와 있으나 다본을 따름.
580) 小室家: 다본에는 '其親家'로 되어 있음.
581) 遂如之, 老驛見其女: 다본에는 '遂使持異錦, 往告顚末, 其父母聞女息之信音'으로 되어 있음.
582) 此: 저본에는 빠져 있으나 다본에 의거하여 보충함.
583) 財將焉用: 저본에는 빠져 있으나 다본에 의거하여 보충함.
584) 履: 저본에는 '李'로 나와 있으나 가, 마본에 의거함.
585) 然: 저본에는 빠져 있으나 가, 마본에 의거하여 보충함.
586) 族人: 가, 마본에는 '族親'으로 되어 있음.

遂治行往清州，以少年藐然之．婦人入其家，事舅姑以孝，奉祭奠以禮，治家産御婢僕，綽有條理，隣里親戚，咸稱賢婦，而憐其早寡也．乞嗣於族人家，躬往席藁懇之，始得來，置師傅勤教之，取子婦入門．其後十餘年，其祖父母舅姑，皆以天年終，以禮葬之，哀毁踰節，治三代墳山於家後園，備置石物．一日，製新服着之，與[587]其子及子婦，同上墳山省拜，回到家中，謁家廟灑掃室宇，回坐房中，招其子內外，區處家內事傳之，曰："汝內外年旣長成，足以奉祭祀接賓客，吾且衰矣，汝其無辭．"勉戒之言頗多，夜深各退去，欲睡，小婢忽來告急，其子入見，則一小瓶盛毒藥，藥汁淋漓，此是奔哭時，已持來者也．舖衾褥正衣服而臥，已無及矣．其子內外，號哭之際，見一大紙軸在褥前，展視乃遺言也．先敍其早罹凶毒之痛，次敍家法古蹟，次敍治家之規，次錄臧獲奴婢文書所在，纖悉無漏．末乃言，"吾之不死於聞訃之日，不忍閔氏之絶嗣，且念父母之無依，今吾責盡矣．付托得人矣，豈可苟延縷命耶？將歸見家君於地下，告其始終，吾之事也．"其子治喪，附葬於先君之墓，遵遺教，克終家道，遠近士林，發文相告上徹旌閭焉[588]．

2-66.

許生者，方外人也．家貧落魄，好讀書，不事家人生産業，床頭惟有『周易』一部[589]，雖單瓢屢空，不以爲介[590]意．其妻紡績織紝，以奉之，一日入來[591]，妻斷髮裹頭而坐，以供朝夕之具．許生喟然歎曰："吾[592]十年讀易，將以有爲，今忽見斷髮之妻乎!"遂約妻曰："吾出外一年而歸，苟延縷命，且長其髮．"彈冠而出[593]，往見松京甲富白姓人，請貸千金，白君一見，知

587) 與: 가, 마본에는 '招'로 되어 있음.
588) 焉: 가본에는 '云'으로 되어 있음.
589) 周易一部: 가, 마본에는 '道書一卷'으로, 나, 다본에는 '周易一帙'로 되어 있음.
590) 介: 저본에는 빠져 있으나 나, 다본에 의거하여 보충함.
591) 來: 이본에는 '內'로 되어 있음.
592) 吾: 저본에는 '五'로 나와 있으나 가, 마본에 의거하여 바로잡음.
593) 出: 가, 마본에는 '起'로 되어 있음.

其爲非常人, 許之. 許生齎千金, 西遊箕城, 訪名妓楚雲家, 日辦酒肉, 與豪客少年, 專事遊蕩, 金盡, 復往見白生[594], 曰: "吾有[595]大販, 復貸三千金乎?" 白君又許諾[596]. 又往雲娘家, 乃治第綠窓珠樓, 珠簾錦席, 日置酒笙歌[597]自娛, 而金盡, 又往見白生, 曰: "復貸三千金乎?" 白君又許之. 又往雲娘家, 盡買燕市名珠·寶貝·奇錦·異緞, 以媚雲娘, 金盡, 又往見白君, 曰: "今有三千金, 可以成事, 而恐君不信也." 白君曰: "惡是何言也? 雖更貸萬金, 吾不惜也." 又許之. 又往雲娘家, 買一名駒, 縶[598]之櫪上, 造纏帶, 掛之壁上, 遂大會諸妓, 跌宕遊衍, 散金於纏頭之費, 以適雲娘之意也. 金盡, 許生作寂寞凄涼之態, 以示娘, 渠[599]本[600]水性也, 見其金盡,[601] 已生厭意, 與少年謀所以去許生者, 許生照得其意. 一日, 謂娘曰: "吾所以來此者, 販商也, 今萬金已盡, 張空拳而已. 吾將去矣, 能無眷戀乎?" 娘曰: "瓜熟蔕落, 花謝蝶稀, 何戀之有?[602]" 許生曰: "吾之財, 散[603]入於鎖金巷矣. 今將永別, 汝以何贈行乎?" 娘曰: "惟君之所欲." 生指座上烏銅爐, 曰: "此吾所欲也." 娘笑曰: "何惜之有?" 生遂於席上, 片片碎之, 納于纏帶, 騎名駒, 一日馳至松京, 見白君, 曰: "事成矣." 出示纏帶中物, 白君領之. 許生携纏帶, 騎名駒, 馳之會寧開市, 列肆而坐, 有賈胡一人來, 閱碎銅, 嘖嘖曰: "是也是也!" 請論價, 曰: "是無價寶也, 十萬金雖少, 願請交易." 許生睨視良久, 諾之, 遂交易而歸. 見白君以十萬金, 還之, 白君問其所以然, 許生曰: "向者碎銅, 非銅也, 乃烏金也. 昔秦始皇, 使徐市採藥東海上, 出內幣中烏金爐, 以贐之, 蓋煎藥於此爐, 則百病奏

---

594) 白生: 나, 다본에는 '白君'으로 되어 있음. 이하의 경우도 동일함.
595) 有: 나, 다본에는 '將'으로 되어 있음.
596) 諾: 저본에는 '之'로 나와 있으나 나본을 따름. 다본에는 '給'으로 되어 있음.
597) 笙歌: 나, 다본에는 '設樂'으로 되어 있음.
598) 縶: 저본에는 '置'로 나와 있으나 마본을 따름.
599) 渠: 저본에는 '娘'으로 나와 있으나 나, 다본을 따름.
600) 本: 저본에는 빠져 있으나 다본에 의거하여 보충함.
601) 見其金盡: 저본에는 빠져 있으나 가, 마본에 의거하여 보충함.
602) 何戀之有: 가, 마본에는 '固所自之有何戀乎'로 되어 있음.
603) 散: 가, 나, 마본에는 '盡'으로 되어 있음.

效. 後徐市失於海中, 倭人得之, 以爲國寶. 壬辰之亂, 倭酋平行長, 持來行下, 據平壤, 方其宵遁也[604], 失之亂兵中, 此物[605]遺在名妓楚雲家. 故吾望氣而尋之, 以萬金易之, 賈胡乃西域人也. 亦望氣而來, 其無價之論, 乃是確論也." 白君曰: "取一爐, 雖非萬金, 亦此[606]容易, 何其勤勞再三乎?" 許生曰: "此天下至寶也. 有神物助焉, 非重價則莫可取也." 於是, 白君曰: "君神人也." 盡以十萬金, 還付之, 許生大笑曰: "何其小覷我乎? 吾室[607]如懸磬, 讀書樂志, 今此之行, 特一小試耳." 遂辭去. 白君驚異之, 使人尾其跡, 其家乃紫閣峰下[608]一草屋也, 屋中琅琅有讀書聲而已. 白君知其人, 每月早晨, 以米包錢緡, 置之其門, 僅繼一月之用, 許生笑而受之. 李相公浣, 時爲元戎, 受託寄[609]之重, 圖伐燕之計, 訪人材. 聞許生之賢, 一夕微服往見之[610], 論天下事, 願安承教, 許生曰: "固知公之來矣. 公欲擧大事, 依我三策否?" 李公曰: "敢問其說." 許生曰: "今朝廷, 黨人用事, 萬事掣肘, 公能歸奏九重, 破黨論用人才乎?" 李公曰: "此事誠難矣哉!" 又曰: "簽軍收布, 爲一國生民之愁苦, 公能行戶布法, 雖卿相子弟, 不使謀避乎?" 李公曰: "此事亦難矣." 又曰: "我國東濱于海, 雖有魚鹽之利, 畜積不敷, 粟不支一年, 地不過三千里, 而拘於禮法, 專事外飾, 能使一國之人, 盡爲胡服否?" 李公曰: "亦難矣!" 許生曰: "公[611]不知時宜, 妄張大計, 何事可做? 速退去!" 李公汗出沾背, 告而更來, 無聊而退. 翌朝訪之, 蕭然一空宅[612]而已, 不知居處矣.[613]

---

604) 也: 나, 다본에는 '時'로 되어 있음.
605) 此物: 나, 다본에는 '今'으로 되어 있음.
606) 此: 가본에는 '自'로, 나본에는 '足'으로 되어 있음.
607) 室: 저본에는 '寶'로 나와 있으나 가, 나, 마본에 의거함.
608) 下: 저본에는 빠져 있으나 이본에 의거하여 보충함.
609) 託寄: 저본에는 '記宰'로 나와 있으나 가, 마본을 따름.
610) 見之: 가, 마본에는 '訪'으로 되어 있음.
611) 公: 저본에는 '汝'로 나와 있으나 나, 다본을 따름. 가, 마본에는 '君'으로 되어 있음.
612) 一空宅: 가, 마본에는 '四壁'으로 되어 있음.
613) 不知居處矣: 저본에는 빠져 있으나 가, 마본에 의거하여 보충함.

2-67.

金衛將大甲, 礪山人也. 年十歲, 父母俱沒, 家有蠱變, 渾室繼沒. 大甲避禍走京城, 伶仃無依, 行乞於市, 心語曰: "將入大家庇吾身." 見閔相公百祥於安國洞第, 自道身世, 願依托焉. 閔公見其十歲兒形貌, 雖憔悴, 言語頗精詳, 遂[614]許之. 大甲不避厮役, 灑掃猶勤而已. 見閔公家子侄學書, 必潛聽之, 一覽輒誦. 又習翰墨, 模倣妙法, 閔公奇其才, 使家客敎誨之, 纔成童穎悟夙成, 無適不宜. 後有一唐擧之術者, 見之嗟愕[615], 見閔公, 使之出送, 公曰: "何謂也?" 其人曰: "彼兒已中蠱毒, 非久將有不吉之兆, 害及主家." 閔公[616]曰: "彼如窮鳥之投人, 安忍逐之?" 後其人更來力勸, 公不聽, 其人曰: "公之厚德, 足以弭灾而庇人. 然試吾術, 備黃燭三十雙, 白紙十束, 香三十炷, 粮米十斗, 使兒往深山僻寺, 焚香誦偈[617], 三十夜以禳之然後, 可以永無患矣." 公如其計, 大甲往山中[618], 凡三十日, 靜坐不交睫. 禳畢, 還見公, 更邀其人以觀之, 其人曰: "更[619]無慮矣." 在公第同苦甘[620]二十年, 閔公爲箕伯, 以幕賓[621]隨去. 臨歸時, 營廩所掌爲萬餘金, 稟其區處, 公曰: "吾歸橐無一物, 君之所知, 豈以此物累吾橐哉? 君自爲之." 大甲固辭不得, 退而思之, 曰: "吾頂踵毛髮, 皆公之賜也. 又畀之以鉅貨, 吾將有計." 臨發稱病, 固[622]辭於江頭, 公頷之. 大甲乃貿燕市之物貨, 滿載船中, 浮海而南, 盡賣於江鏡市, 得數三萬金. 遂訪石泉故宅, 蓬蒿滿目, 振而起舍, 種樹鑿池, 買良田數千頃於野外, 治陶朱·猗頓之術, 課農至數千包而後止. 人以千石翁[623]稱

---

614) 遂: 저본에는 빠져 있으나 가, 마본에 의거하여 보충함.
615) 嗟愕: 가, 마본에는 '嗟惜'으로 되어 있음.
616) 閔公: 가본에는 '閔相'으로 되어 있음. 이하의 경우도 동일함.
617) 偈: 저본에는 '謁'로 나와 있으나 가, 마본에 의거하여 바로잡음.
618) 山中: 가, 마본에는 '山寺'로 되어 있음.
619) 更: 저본에는 빠져 있으나 가, 마본에 의거하여 보충함.
620) 苦甘: 가, 마본에는 '憂樂'으로 되어 있음.
621) 幕賓: 가, 마본에는 '幕裨'로 되어 있음.
622) 固: 가, 마본에는 '告'로 되어 있음.
623) 千石翁: 가, 마본에는 '富翁'으로 되어 있음.

之, 乃喟然嘆曰: "吾以孤危之蹤, 得免禍網, 以至居家致千金, 是誰之賜也?" 西入長安時[624], 閔公家已零替矣. 哭之痛, 凡閔相公家, 婚喪之需, 遷謫之費, 大小營判, 無不繼給, 年至八十五, 而至死不替. 蓋閔公之知鑑, 金生[625]之幹才, 可謂有是公[626]有是客也.

2-68.

江陵金氏一士人, 家貧親老, 乏菽水之供. 其老慈語子曰: "汝家先世, 本以富稱, 奴僕[627]之散在湖南島中者, 不知其數, 汝往推刷也." 仍出示[628]篋中奴婢文記軸, 士人持券, 往島中, 百餘戶村落, 自占居生,[629] 皆奴僕子孫也. 見券羅拜, 遂收斂數千金贖之, 士人燒其券, 馱錢而還. 路過錦江邊, 時冬月甚寒[630], 見江邊一翁一媼一少婦入水, 而互相拯出, 扶持痛哭. 士人怪問之, 老翁曰: "吾有獨子, 吏役於錦營, 以逋欠在囚, 屢違定限, 明日卽死日, 而分錢粒米, 無可辦出. 不忍見獨子之被刑, 吾欲投水而死, 老妻少婦, 共欲死於此, 而不忍見入水, 互相拯出, 仍與痛哭矣." 士人曰: "若有錢幾何, 則可以償逋也?" 曰: "數千金可以勾當也." 士人曰: "吾有推奴錢幾馱, 洽滿數千, 以此償之." 卽與之, 其三人又大聲哭, 曰: "吾輩四人之命, 因此得生, 將何以報恩? 願入吾家[631], 留宿而去." 士入曰: "日暮道遠, 老親依門, 久[632]矣, 不可留連." 卽馳去不顧. 三人仍以此物, 盡償宿逋, 當日其子放出獄門, 渾室感祝士人, 而居住姓名, 亦莫知之. 士人歸家, 老慈喜其無恙而還, 又問推奴如意, 益喜之, 問: "其

624) 時: 저본에는 빠져 있으나 가, 마본에 의거하여 보충함.
625) 生: 저본에는 '老'로 나와 있으나 가, 마본에 의거함.
626) 公: 가, 마본에는 '主'로 되어 있음.
627) 奴僕: 가, 마본에는 '奴婢'로 되어 있음.
628) 示: 가, 다본에는 '給'으로 되어 있음.
629) 自占居生: 다본에는 '自作一鄕'으로 되어 있음.
630) 甚寒: 가, 마본에는 '極寒'으로 되어 있음.
631) 吾家: 다본에는 '鄙家'로 되어 있음.
632) 久: 가본에는 '望'으로 되어 있음.

贖良之財, 何以輸還?" 士人對以錦江之事, 其老慈拊[633]其背, 曰: "是[634]吾子也! 積善之家, 必有餘慶, 勿以今日之艱難爲意也.[635]" 後老慈以天年, 終於家, 家益剝落, 初終拮据[636], 萬不成樣. 金哀與地師一人, 步行尋山, 遍踏諸山, 到一處, 地師大讚之, 富貴福祿, 不可形言之地也. 山下有一大家舍, 問於村人, 則金[637]老家也. 良田美畓, 遍於一野, 村落撲地, 皆其奴僕也. 顧地師而言曰: "如許之地, 何以占得乎? 然而日已暮, 留宿彼家而去, 可也." 入其室, 有一少年, 迎接客室, 待以夕飯, 金哀對燈而坐, 悲懷弸中, 山地關心, 長吁而已. 忽[638]自內室, 一少婦開戶突入, 扶金哀大哭之, 氣塞不能言. 其少年驚問其故, 少婦曰: "此是錦江所逢之恩人也." 少年又抱而哭之, 老翁老媼, 聞此言, 又突出抱而哭之, 哭止明燈, 相對各問年條事實, 果不爽矣. 蓋少婦一自錦江相送之後[639], 夜則焚香祝天, 願逢恩人, 以報其德[640]. 其夫亦退吏, 村居移徙于此, 治產猝爲巨富. 而少婦每於外室, 窺視客人之來, 審察其容貌, 年少眼明之人也, 見而記得, 蓋其至誠感天也. 仍問遭艱之由, 金哀言及家後山地事, 其家猶恐不及, 答曰: "窆葬之節, 吾家自當之, 第往靷行而來也." 發靷諸具及擔軍, 皆以奴僕治送, 兼送轎馬, 率其內眷而幷來. 窆禮卒哭後, 金家獻奴僕·田宅·文券, 請辭去, 金哀曰: "去將安之?" 答曰: "此後洞[641]又有別業, 足以資生矣. 此物都是喪主之福力, 非吾家之所有也, 願勿辭焉." 其後, 金哀之子孫赫昌, 冠冕於世也[642].

---

633) 拊: 가, 마본에는 '撫'로 되어 있음. 서로 통함.
634) 是: 다본에는 '眞'으로 되어 있음.
635) 積善之家……勿以今日之艱難爲意也: 저본에는 빠져 있으나 다본에 의거하여 보충함.
636) 拮据: 다본에는 '凡節'로 되어 있음.
637) 金: 저본에는 '人'으로 나와 있으나 다, 마본을 따름.
638) 忽: 저본에는 '急'으로 나와 있으나 가, 마본을 따름.
639) 錦江相送之後: 저본에는 '其後'로 나와 있으나 가, 마본에 의거함.
640) 德: 가, 마본에는 '萬一'로 되어 있음.
641) 此後洞: 저본에는 빠져 있으나 가, 마본에 의거하여 보충함.
642) 於世也: 가, 다, 마본에는 '不絶云矣'로 되어 있음.

2-69.

金相國[643]某, 少時與親友數人, 讀書於白蓮峯下映月菴. 一日, 親友[644]皆有故還家, 夜深獨坐, 明燈看書, 忽有女人哭聲, 如怨如訴, 從月菴自遠而近, 至於窓外而止. 公怪之, 端坐不動, 問曰: "鬼乎? 人乎?" 女人長吁而答曰: "鬼也." 公曰: "然則幽明有殊, 安敢相糅?" 女人曰: "吾有前生解寃事, 而非公則莫可解, 故[645]欲訴寃而來." 公開戶視之, 不見其處, 有嘯於空中, 曰: "現形則恐致公驚." 公曰: "第現之." 言罷, 一少婦披髮流血, 而立於前, 公曰: "訴何寃乎?" 女人曰: "吾乃驛官之女人也, 嫁于某驛官, 新婚未幾, 家夫惑於淫婦, 罵我毆我. 末乃信其淫婦之讒, 謂我有鶉奔之行, 夜半以劍刺我, 棄之於映月菴絶壁[646]之間, 人無知者. 紿吾父母, 曰: '淫奔而去.' 吾誤死於非命, 固寃也. 又蒙不潔之名, 千古泉壤, 此寃難洗." 公曰: "寃鬼[647]雖可矜惻, 吾何以解之?" 女人曰: "公某年必登科, 某年歷某職, 某年必爲秋曹刑議[648], 秋曹刑獄之官也, 解寃豈不易哉?" 仍辭去. 翌朝, 潛視絶壁之間, 有一[649]女屍, 乃昨夜所見者也, 鮮血淋漓, 有若新死者. 然返而讀書, 秘不發說. 後果如其言, 登科歷職, 至秋議.[650] 公記得寃女之訴, 卽赴衙設坐起, 捉來某驛, 訊問曰: "汝知映月菴寃死之人乎?" 其人抵頭[651], 遂與之共往映月菴檢驗, 其人語塞卽服, 遂招寃女之父母, 使之[652]埋葬, 某驛則置之辟. 當夜, 公又入映月菴, 秉燭獨坐, 其女[653]人泣謝於窓外, 整其鬟髻, 衣服楚楚, 非復舊日容也. 公

---

643) 國: 저본에는 '君'으로 나와 있으나 마본에 의거하여 바로잡음.
644) 親友: 다본에는 '同伴'으로 되어 있음.
645) 故: 저본에는 빠져 있으나 다본에 의거하여 보충함.
646) 絶壁: 마본에는 '絶壑'으로 되어 있음.
647) 寃鬼: 마본에는 '寃魂'으로 되어 있음.
648) 刑議: 다본에는 '判議'로, 마본에는 '參議'로 되어 있음.
649) 有一: 다, 마본에는 '果有'로 되어 있음.
650) 至秋議: 다본에는 '至秋判'으로, 마본에는 '一如符合, 果當秋獄'으로 되어 있음.
651) 頭: 저본에는 '賴'로 나와 있으나 다본에 의거하여 바로잡음.
652) 使之: 마본에는 '收屍'로 되어 있음.
653) 女: 저본에는 빠져 있으나 마본에 의거하여 보충함.

使之近前, 更問前程, 女人曰: "公某年某職, 某時某事, 位至大官, 而某年爲國辦死然後, 令名無窮, 子孫大昌矣." 仍辭去. 公默檢平生, 若符合契,[654] 果於某年, 終至死於國事, 而永垂令名升帛云[655].

2-70.

韓安東光近, 世居世郊, 其祖父生時, 家産稍饒, 婢僕之侈盛, 甲於一邑矣. 有一悍僕, 侵辱其韓安東祖父, 則其爲上典者, 豈不憤切乎? 當其打殺之際, 厥僕逃走, 移其憤於厥僕之婦, 囚之於內庫中, 此時方其子婦聘禮之日也. 如是吉日, 不得用刑, 姑俟經禮後, 打殺厥婢爲計. 新婦初來, 夜長更深, 自外聞之, 有涕泣哽咽之聲, 數夜不絶, 縱以三日. 新婦樣子心甚爲訝, 自外追尋, 則自庫中出矣. 牢鎖堅閉, 不可闖入, 乃親拔鎖鑰開門入, 則厥婢急驚畏縮, 曰: "小人不知死而暫泣, 知罪知罪!" 新婦曰: "汝何人, 連夜爲此悲泣於庫中耶?" 答曰: "小人之夫某也. 日前大辱老主, 卽地逃躱, 故老主以夫之罪, 反囚小人於庫中, 以待新阿只氏聘禮經過後, 卽爲打殺爲敎, 姑爲待命于此. 小人則已矣, 不以爲痛, 第所不忍者, 小人所抱孩子. 今經二七日, 若小人死, 則可憐此生, 亦從而死, 故如此情景思之, 不覺哽咽之泣, 自然出矣. 如斯之外, 更無他罪矣." 新婦聞來, 藹然之端, 隨感而發. 於是, 謂厥女曰: "吾昨日新來新婦也. 吾今出送汝矣, 汝須遠逃保生, 如何?" 厥女曰: "小人則生出好矣, 小姐罪責當不少矣, 不敢云云." 新婦曰: "吾則自有防塞之道, 汝則勿爲多語而出去也." 厥女於是出去, 及其數日, 聘禮已經, 而老生員宿憤, 尙在于中, 大坐高軒, 捉出庫中牢囚之婦, 則仍無形跡, 空鎖庫門矣. 老生員大鬧一場, 渾室將至生死, 新婦於是, 唐突自言其出送之端, 老生員聞, 雖憤矣, 事旣至此, 亦無奈何. 伊後, 幾許年, 中間家計漸銷, 老人已爲謝世. 其後, 新婦有子二人, 俱有才華, 家則甚貧, 昔之新婦, 今當老死, 方其擧

---

654) 若符合契: 마본에는 '小無差錯'으로 되어 있음.

655) 升帛云: 저본에는 빠져 있으나 다본에 의거하여 보충함.

哀發喪之日, 忽有一箇僧漢, 呼哭而入, 直伏場內, 哀哭深切. 一室以爲惝怳, 厥僧哭訖, 二棘人問曰: "汝何僧, 敢入哭於士夫家喪事乎?" 厥漢涕泣而道曰: "小人某也子, 某婢之子也. 小人幸蒙大夫人德澤, 至今生存, 則當此之時, 敢不奔哭乎? 然則小人, 卽宅之奴子也." 二棘聞之, 自幼有某奴之詬辱逃走, 則伊時庫中小兒, 乃是厥僧也, 相顧嘿視而已. 後數日, 厥僧尙留廊下, 忽稟曰: "喪制主當此巨創成服, 已經襄禮, 何以拮据? 小人有所稟白者故耳." 二棘曰: "宅之舊山, 已無餘麓之可占, 家計且貧, 難營新占, 此是吾之兄弟, 晝宵心慮者也." 厥僧曰: "小人自庫中出後, 小人之母, 每抱哺撫育, 自解語時, 必以恩澤汝必報焉. 母死已久矣, 小人一聞遺言以後, 落髮爲僧, 幸得神師, 揣宅之形勢, 求占於近三十里地, 勿聽他師之指而用之, 則宅之福力, 必如意矣. 小人之債, 庶可了矣." 二棘曰: "然則何處耶?" 厥僧曰: "自此渡一江, 則卽仁川地也. 願與喪制主, 親往見之, 則自可辨矣." 翌日, 二棘人與厥僧往見, 則指一蓬科, 曰: "此是此是!" 喪人曰: "此是古塚也, 豈可毁用耶?" 厥僧曰: "此乃古人之置標, 非塚也, 幸勿疑焉." 喪人顧念勢貧, 從他求山, 有所窘迫, 仍從渠言葬之, 果是麗朝埋標者也. 伊時葬畢後, 厥僧仍爲告歸, 曰: "在小人之道, 今已盡酬矣, 大夫人得入福地, 幸莫大焉. 而若過三霜, 則宅以小喪制主德稍優, 若至十餘年, 則又登文科, 其後則無限大昌矣." 小喪制主, 乃是韓光近也. 果闡癸巳文科, 累經淸秩, 子孫繁赫. 壬子年間, 以安東倅, 忽逢嶺外地師, 見其親山, 則是非紛然, 將營緬禮. 卜日破壙之時, 自山上見之, 則有一老禿僧, 手持白衲, 呼之曰: "勿毁少俟!" 大段呼聲而來, 韓安東止其役事, 而待其下來, 則乃是向日占山僧也. 先爲問安後, 曰: "此山所何爲而緬禮乎?" 安東曰: "有灾害云爾." 厥僧曰: "地中若安穩, 則令監主放心乎?" 曰: "然矣." 厥僧卽於左房鑿穴, 令令監入手, 曰: "如何?" 安東曰: "果有吉氣, 似無灾害." 厥僧曰: "必速充封, 永爲放心, 勿復營緬." 仍卽謝去, 曰: "今春夏間, 令監主必有眼患, 此後則更勿望焉. 此山所若無毁破, 而穩過一紀, 則其爲發陰, 有不可量, 今至於此, 莫非宅之門運也." 其後, 厥僧之言, 合如左契. 安東以壬子秋, 運氣之後, 竟以眼疾弊明, 不久而死焉.

2-71.

李東皐傔人有皮姓者, 東皐自少至老, 使爲侍命. 皮傔無他子, 而只有一介女子, 稍長, 每告[656]曰: "小人只有一女, 將得[657]贅婿, 以爲依托之計, 郎材專望大監分付矣." 皮女年方二八, 東皐終無如許之說. 一日, 自闕歸來, 卽坐定後, 急呼皮傔, 曰: "今朝得汝婿材, 必速招來!" 卽呼下人, 曰: "汝今去六曹街, 則京兆府前有一總角, 掩空石而坐者, 必須呼來也." 下人卽去, 則果有矣. 以李政丞大監分付招汝來, 厥童曰: "政丞大監, 不必招吾, 吾則吾自爲之." 固辭不來, 下人無可奈何, 空來[658], 東皐曰: "必然如是也." 又遣旗手數人招來, 則始來矣. 東皐分付曰: "汝欲娶妻乎?" 厥童曰: "小人別無意娶妻矣." 東皐力勸得諾, 皮傔在傍見之, 不勝駭然, 東皐卽爲分付, 不得已卽地邀去, 置之廊底, 洗滌而以副衣着之. 東皐又分付皮傔, 曰: "不卜日, 以明日過婚[659], 若過數日, 必失之矣[660]." 皮傔果以翌日, 行醮禮成婚, 渾室莫不掩鼻而笑之, 厥童少無愧色. 一自娶妻後, 不出越房, 奄作一箇懶漢, 爲三年. 忽[661]一日, 皮婿忽起, 洗漱[662]着巾, 渾室爲訝, 曰: "今日胡爲而梳洗耶?" 答曰: "今日大監必來矣." 俄而, 門外有辟除之聲, 大監果入門矣. 問曰: "汝婿安在?" 直入越房, 握皮婿手, 曰: "何以爲之? 何以爲之? 專恃汝矣." 皮婿答曰: "天運也, 奈何?" 東皐曰: "汝必救濟汝之妻眷, 伊時, 吾之家眷, 同爲救濟否?" 皮婿曰: "且看來頭之[663]如何, 不可質言矣." 如是數言, 東皐卽去. 伊後, 一室以是爲

656) 告: 저본에는 빠져 있으나 나, 다본에 의거하여 보충함.
657) 得: 나, 다본에는 '欲'으로 되어 있음.
658) 來: 나, 다본에는 '還'으로 되어 있음.
659) 過婚: 나, 다본에는 '成禮'로 되어 있음.
660) 矣: 저본에는 빠져 있으나 나, 다본에 의거하여 보충함.
661) 忽: 저본에는 빠져 있으나 나, 다본에 의거하여 보충함.
662) 洗漱: 나본에는 '洗盥'으로 되어 있음.

怪, 其所接待, 稍優於前矣. 一夕, 皮傔自東皐家歸來, 方入門, 其婿急[664]呼, 曰: "丈人勿脫衣, 直[665]去大監宅, 以終大監捐命!" 丈人[666]曰: "吾俄者盡布衾褥而來, 大監吸烟草而坐, 與客說話, 是何說哉?" 婿曰: "急去急去!" 丈人如其言, 卽入大監寢房, 則已無及矣, 少焉別世. 其來見時, 連聲何以爲之者, 身後有龍蛇之厄運故也. 東皐死後三四年, 皮婿忽請其丈人, 曰: "吾之一入君門後, 無所事爲, 政難消遣, 幸望丈人, 以數千兩備給, 則將爲販賈也." 丈人曰: "君言似然矣." 得給數千金, 仍爲持去, 不過三四朔, 空手歸來, 曰: "今行狼狽, 又給[667]五六千金[668], 當爲善販矣." 其丈人又備給其數, 則其婿持去, 不過五六朔, 又爲空來, 曰: "又爲狼狽, 丈人家產[669]與田庄·汁物, 盡賣而給之, 則當有好道理大興販." 其丈人一從渠言而給之, 以至借人屋子而居焉. 其婿盡持去, 這間皮家之人交謫, 當如何哉? 其婿[670]又空來, 曰: "丈人所給錢, 又盡狼狽見失, 但慙愧之心切於中, 實無饒舌之慊, 亦有所營. 而見今丈人宅田, 我蕩盡錢路掃,[671] 幸使我見大監宅書房主, 則欲爲得錢, 更爲興販." 其丈人遂偕往東皐家, 皮婿見而問候, 先發五千金, 拮据之請, 東皐子弟, 一聞卽諾. 皮婿持去, 又如前空來, 而見東皐子弟所存家庄, 如干鄕庄, 盡數斥賣作錢, 請貸去云. 東皐子弟, 亦無一言苦色[672]而諾之, 以某月備送爲約, 乃盡持去. 伊後, 四五朔而來, 自初運錢, 計其年數則五年矣. 會其丈人與東皐子弟, 曰: "兩家財產, 吾盡狼狽消瀜, 到今則無辭可答[673], 幸望兩家

663) 之: 다본에는 '事'로 되어 있음.
664) 急: 저본에는 '忽'로 나와 있으나 나, 다본을 따름.
665) 直: 저본에는 '卽'으로 나와 있으나 나본을 따름.
666) 丈人: 나, 다본에는 '皮傔'으로 되어 있음.
667) 給: 저본에는 '備'로 나와 있으나 나, 다본을 따름.
668) 金: 저본에는 '數'로 나와 있으나 나, 다본을 따름.
669) 產: 저본에는 빠져 있으나 나, 다본에 의거하여 보충함.
670) 其婿: 나, 다본에는 '未久'로 되어 있음.
671) 但慙愧之心切於中……我蕩盡錢路掃: 저본에는 빠져 있으나 나, 다본에 의거하여 보충함.
672) 苦色: 나, 다본에는 '難色'으로 되어 있음.
673) 答: 나, 다본에는 '達'로 되어 있음.

家眷, 與吾同去鄕中, 以爲資生." 兩家一齊曰: "諾." 蓋其曾有東皐之遺訓故也. 卜日, 兩家家眷, 無老少兒穉之漏, 盡備牛馬, 騎之駄之, 向東門出去. 累日行行, 忽抵峽中, 路窮山盡, 高峰仄[674]壁當前. 到此, 解送所騎牛馬, 兩家家眷, 下坐山下, 只爲相顧而涕矣. 少焉, 石壁上掛匹練數百條矣, 盡把那掛匹練, 一齊而上, 則其山之下, 一望平夷, 有瓦屋數處[675], 雞犬之聲相連, 奄成一小郡樣. 二瓦屋各爲分處, 有鹽醬與倉儲之粟. 於是, 始知向日運錢之妙理也. 兩家春耕秋穫, 鄕居滋味, 雖爲安穩, 然東皐子弟, 素是京華宰相子弟, 每有懷土之念[676], 有時言或及之. 一日, 皮婿携上高峯, 指示一處, 曰: "去年四月, 倭虜大入於我國, 生民盡爲魚肉, 犯入京城, 大殿今幸[677]義州. 如斯之時, 宅[678]在京城, 則其能保存乎? 小人幸逢大監[679], 以至婚媒之境, 大監親枉, 而勤托書房主兄弟, 以有此桃源之排置也." 於焉之間, 爲八九年於山中矣,[680] 皮婿忽與東皐子弟言, 曰: "書房主欲永居此乎?" 曰: "願居此中, 以送歲月也." 曰: "不然. 若書房主永居此中, 必爲凡民, 大監立朝事業, 終歸泯滅. 今則倭虜盡撤歸, 一國頗乾淨, 不如還出世上." 皮同知以爲, "吾無他子弟, 只有一婿, 吾今老矣, 無出世意, 欲爲老死於此中." 婿曰: "然矣." 遂率東皐子弟家眷, 直出來, 到忠州邑內南山底, 曰: "此基地甚好, 後孫必有積累, 兼有科慶, 簪纓之連綿, 勿移他處, 永爲奠居." 卽爲回去焉.

2-72.

林將軍慶業, 微時居於達川, 時時以馳獵爲事. 一日, 逐鹿於月岳山側, 不騎而手持一劍而已, 行行逐鹿, 至於太白山中, 日將[681]夕矣. 路且窮

---

674) 仄: 저본에는 '及'으로 나와 있으나 나, 다본을 따름.

675) 數處: 나, 다본에는 '數家'로 되어 있음.

676) 有懷土之念: 나, 다본에는 '切於懷舊之心'으로 되어 있음.

677) 幸: 저본에는 '在'로 나와 있으나 나, 다본을 따름.

678) 宅: 나, 다본에는 '若'으로 되어 있음.

679) 逢大監: 나, 다본에는 '蒙大監之下念'으로 되어 있음.

680) 爲八九年於山中矣: 나, 다본에는 '已近十年矣'로 되어 있음.

焉, 叢薄菀密, 岩壑傾側, 遇一樵夫, 問人家, 曰: “自此越一岡, 其下有人家.” 林公從其言, 越岡而見, 則果有一大瓦屋. 於是, 林公直入大門, 則日已昏瞑[682], 東西莫卞, 絶無人響, 乃一空舍也. 林公終日山行, 氣力甚憊, 仍得門內一間房, 以爲寄宿, 解衣獨臥. 忽窓前有火光來照, 心以爲疑, 必是木怪之火, 急開門而問曰: “君止宿於此房乎?” 公起見之,[683] 卽俄者樵夫也, 曰: “得療飢乎?” 曰: “未也.” 樵夫開壁藏, 出[684]酒肉給之, 曰: “必盡啖也.” 于時, 林公腹甚空矣, 仍盡啖, 乃與樵夫數語未了, 樵夫忽起, 開壁藏, 出一長劍矣. 林公曰: “是何物也? 欲試於吾耶?” 樵夫笑曰: “不也, 今夜有所可觀, 君能[685]見之否?” 曰: “如教!” 時夜未半, 樵夫携劍, 與林公向一邊[686]去, 重重門戶, 沈沈樓閣, 逶迤出來, 有燈影照地, 池中有一高閣. 其上笑語爛熳, 映窓所照, 乃是二人對坐影也. 樵夫指池邊亭亭樹, 曰: “君必上此樹, 遂解帶與枝結身[687], 而愼勿聲也.” 林公乃上如約, 樵夫超入閣中, 三人同坐, 或飮或語. 樵夫謂何許男子曰: “今日旣有約, 以爲決斷, 如何?” 彼男子曰: “然矣.”[688] 同起推門, 超騰池上, 則空中但聞閃爍刀環之聲, 如是者久. 林公於樹上, 寒氣逼骨, 身不能按住, 寒氣乃是劍氣也. 忽有某物墮地響, 卽聞下來語, 乃是樵夫聲也. 伊時, 寒栗少解, 精神頓生, 林公下樹來, 樵夫仍挾, 而偕入閣中, 有嬋姸美娥. 樵夫曰: “以汝幺麽之女, 害此世上大用之材, 可惜可嘆![689] 汝罪汝亦知之矣.” 謂林公曰: “以如干膽勇, 不必出現於世, 吾今許君以如彼之色, 如此之屋, 山中閑靜之地, 以送餘年, 如何?” 林公曰: “主人

681) 將: 나, 다본에는 ‘已’로 되어 있음.
682) 昏瞑: 나, 다본에는 ‘昏黑’으로 되어 있음.
683) 公起見之: 저본에는 ‘此人’으로 나와 있으나 나, 다본에 의거함.
684) 出: 저본에는 ‘以’로 나와 있으나 나, 다본을 따름.
685) 能: 나, 다본에는 ‘欲’으로 되어 있음.
686) 邊: 나, 다본에는 ‘處’로 되어 있음.
687) 結身: 나본에는 ‘結葉藏身’으로 되어 있음.
688) 然矣: 나, 다본에는 ‘善矣’로 되어 있음.
689) 可惜可嘆: 저본에는 빠져 있으나 나, 다본에 의거하여 보충함.

此夜之事, 都不可知, 願得詳聞而後, 惟君之命." 樵夫曰: "吾非常人, 乃是綠林豪客也. 累年排置如此屋全一壑, 道道有之, 必置一介美娥, 而彼娥隨隙, 潛奸於俄者所死男子, 反欲害我, 非一非再, 故吾不得已有俄者光景也. 雖殺彼客, 彼娥豈忍殺之? 以此丘壑與彼娥許君者, 良有以也." 林公曰: "彼男子性甚住甚[690]?" 曰: "彼亦是兩國大將材也, 南大門內折草匠也. 乘昏而來, 當晨而去, 吾已知之, 男子之貪花, 女子之偸香, 不必盡[691]責, 吾謹避之, 渠爲妖媚之所誘, 必殺吾乃已. 吾之此擧, 豈吾本心哉?" 仍爲一場大哭, 曰: "惜哉! 自吾手殺大男子." 又語曰: "君且思之, 一從吾言, 而勿爲世間半上落下之事, 自[692]有天運之所關, 必不如意, 徒勞而已." 林公一向掉頭, 樵夫曰: "已矣已矣!" 卽旋劍一揮, 斷彼娥之頭. 其翌日, 樵夫曰: "君頗有可用之材, 男子出世, 劍術不可不知." 林公學用劍, 不過五六日, 而其神妙變幻之術, 未得盡透, 得其糟粕而來[693]. 樵夫先知丙子事, 故如是耳.

2–73.

李提督東征時, 多月逗留, 金浦琴姓女人親近, 而回軍歸路[694], 與金姓譯人, 爲龍陽之寵, 晝宵相昵. 時[695]金譯年纔二十, 丰容有美色, 言必從, 計必用, 其親愛可知. 渡鴨江時, 軍粮幾許, 以某日輸運于山海關之意, 發文于遼東都統. 伊時, 提督渡江, 方向柵門, 運粮違令矣. 提督大怒, 將行軍律於都統, 都統有三子, 長則時任侍郎, 次則爲庶吉士, 第三子以神異之僧. 皇帝待之神[696]師, 起別院於大內而置之, 若肅宗之居鄴侯於蓬萊院也. 伊時, 三子聞其事, 俱爲來會於其父, 相議紓危之策, 神僧曰:

---

690) 性甚住甚: 다본에는 '性某住某'로 되어 있음. 뜻은 서로 통함.
691) 盡: 나, 다본에는 '深'으로 되어 있음.
692) 自: 나, 다본에는 '必'로 되어 있음.
693) 來: 나, 다본에는 '歸'로 되어 있음.
694) 歸路: 가, 다본에는 '時'로 되어 있음.
695) 時: 저본에는 '則'으로 나와 있으나 다본을 따름.
696) 神: 다본에는 '如'로 되어 있음.

"有妙理焉." 於是, 邀見金譯, 三人合席, 請曰: "父當此不幸, 萬無[697]生路, 惟望君爲吾等, 善辯解紛也." 金曰: "顧以外國幺麽之蹤, 何敢干天將軍紀乎? 所懇若是鄭重, 聽不聽在人, 第當從容言之." 卽入來, 提督曰: "彼之邀汝, 有何酬酌?" 金言其顚末之如許, 提督良久, 曰: "吾橫戰場, 未嘗從私人之一言, 今汝以幺麽之蹤, 受如彼貴人懇托, 則汝之爲吾緊切, 從此可知矣. 且吾入來, 無以生色於汝, 吾必從汝言矣." 金出見三人, 盡告提督所語, 三人幷稽首再拜, 曰: "君之德河海也, 何以報焉?" 金不以爲德, 三人曰: "君以年少, 有意於寶貝之玩乎? 未知何如?" 曰: "吾雖年少, 素以儉質存心, 家且不貧, 未嘗有心於玩好也." 三人曰: "君朝鮮國一譯官也. 自大國命君爲爾國之政丞, 何如?" 曰: "我國專尙名分, 而吾則乃中人也. 若爲政丞, 則必以中人政丞指之, 反不如不爲也." 三人曰: "以君爲上國高官崇秩, 仍爲中原高門大家之族, 何如?" 曰: "吾父母俱存, 離闈之情切迫, 惟願速還, 提督回軍之後, 卽命還歸, 是爲大惠." 三人曰: "吾輩酬恩, 不必更言, 惟君必言其所願也." 三人懇懇勤勤, 金卒發口而言曰:[698] "吾平生所願, 願一見天下絶[699]色矣." 三人聞之, 相顧嘿然良久, 神僧曰: "然矣然矣!" 二人從而和之, 曰: "然矣." 如是而散, 金入見提督, 提督問曰: "汝以何願以言乎?" 金曰: "願一見天下一色爲言矣." 提督蹶然執手, 曰: "汝是[700]小國人物, 何其言之大也? 然則彼皆許之乎?" 曰: "許矣." 提督曰: "彼從何而得來? 此則雖皇帝之貴, 亦難矣.[701]" 金仍隨提督, 入皇城, 三人來邀, 金往見, 則三人曰: "勿歸以永今夕." 茶罷少頃, 渾室薰香襲人, 園門開處, 有粉黛數十人, 或持香爐, 或捧紅帕床, 兩兩而出, 排立堂上, 以今所見, 無非傾城之色. 旣已見之, 欲起還[702]歸, 三人曰: "胡起?" 曰: "吾旣見天下一色, 不必留矣." 三人笑

697) 無: 저본에는 빠져 있으나 가, 마본에 의거하여 보충함.
698) 金卒發口而言曰: 가, 마본에는 '金笑曰有何報也'로 되어 있음.
699) 絶: 저본에는 '一'로 나와 있으나 다, 마본을 따름.
700) 是: 저본에는 '非'로 나와 있으나 다본을 따름.
701) 亦難矣: 저본에는 '不可見矣'로 나와 있으나 다본을 따름.

曰:"此是侍娥, 豈得爲天下一色乎? 今方出來矣[703]." 須臾, 園門大開, 一朶蘭麝之薰濃郁, 侍女十餘, 擁護而出上堂, 凝妝粉脂, 一塊坐於交子上. 三人與金譯, 排坐交子上, 問曰:"此眞君所願天下一色也." 金目無見, 不知爲何狀也. 三人曰:"今宵君必與此爲雲雨之會." 金曰:"吾願一見, 而不願爲洞房之親也." 三人曰:"此何言也? 吾輩受恩於君, 君旣願見一色, 吾輩雖磨骨割肉, 無以盡報, 君有所願,[704] 豈可不聽乎? 第二色, 第三色, 不難得來, 至於天下第一色, 以天子之勢, 實難得來. 年前雲南王有仇於人, 吾輩爲之報仇, 其王方欲酬恩. 以是, 故自君別來, 吾輩送媒於雲南王, 王亦許之. 及君入京, 彼姬率來, 這間折千里馬者三, 費銀子數萬兩[705], 以其雲南去京, 爲三萬里之遠也. 今此相會, 君卽男子, 彼卽女子, 若爲一見而散, 則彼以深閨畏人之行, 果如何? 勿復爲辭, 今夕爲[706]合巹之禮, 不亦宜乎?" 金仍留宿, 其夜共牢, 蠟燭成堆, 麝薰襲裾, 眼花迷亂, 見而不見. 少狂蝶探花之心[707], 無鴛鴦弄波之聲, 三人自外窺之, 攄得其如此沒風致, 呼金而出, 曰:"合歡之樂[708], 何其寂寥也?" 出楪子置前, 曰:"喫此! 此乃蜀山紅蔘也, 喫了入房." 金一吸而盡, 始乃[709]眼明神爽, 彼姬之毛髮頂踵, 瞭然可見. 經夜而後, 三人已來待矣, 問金曰:"彼姬何以區處?" 曰:"願以外國之蹤, 今當猥恩, 來頭之事, 不可預料." 三人曰:"君幸以奇遇, 得此天下之一色, 豈可一會而散乎? 君以外國之人, 兩親離闈, 仍爲居此偕老, 義亦不可. 吾等三人, 旣蒙君之恩, 又在上國, 則每年正使之行, 以譯任, 必隨入來, 一年一逢, 若牛女七夕之會, 不亦爲美事耶?" 金譯果如其言, 自幼至老以譯任, 每年一

---

702) 還: 다본에는 '告'로 되어 있음.
703) 矣: 저본에는 빠져 있으나 가본에 의거하여 보충함.
704) 無以盡報, 君有所願: 저본에는 빠져 있으나 가, 마본에 의거하여 보충함.
705) 兩: 저본에는 빠져 있으나 가, 마본에 의거하여 보충함.
706) 爲: 가, 마본에는 '成'으로 되어 있음.
707) 心: 가, 마본에는 '情'으로 되어 있음.
708) 樂: 저본에는 빠져 있으나 가, 마본에 의거하여 보충함.
709) 金一吸而盡, 始乃: 저본에는 빠져 있으나 가, 마본에 의거하여 보충함.

會行樂, 終有一箇男子, 金譯之後裔, 大昌于燕京云.

2-74.

李參判堣, 有膂力, 近於神勇, 大抵李公之勇, 可謂蓋世絶倫也. 少時, 與儕友[710]同登[711]白雲臺, 前下者,[712] 蹪足於巖上鑿路, 將落於萬仞之下, 李公卽飛下, 挾而置於巖上. 肅廟時[713], 湖南有神虎, 日傷數百, 所傷爲萬餘, 一道懍懍[714], 自朝家以至下送營門砲手, 終不可捉矣. 李公於是, 以廟薦別擇, 以道伯特除, 捉虎次下來. 方抵陵堣店, 則公乘轎, 忽於去路上, 挾一知印而下坐, 一行見之, 盡下馬問候, 莫知其所然[715]. 公咄嗟曰: "幾失我知印也! 吾自轎中覻之, 則厥虎捉知印而去, 故吾卽逐奪而來." 到營後三日, 分付于一營曰: "今夜則無擧火, 各廳無相來往, 勿爲雜談喧嘩也." 初更時, 公單上衣宕巾, 出坐宣化堂交倚[716]上. 俄有, 倏忽之影於虛空, 公於是亦倏忽飛騰[717], 空中但有閃忽之影而已. 俄焉, 場中有墜物之聲, 則有物黑, 窣地光如伏地也. 公坐於交倚上, 從容諭之, 曰: "汝之傷害於我國者, 莫非有運於其間也. 汝旣如此久留[718], 則我自有處置之道, 汝必斯速渡海, 汝若欲去, 則必須擧頭搖尾[719]也." 於是, 大虫若有所聞, 卽起[720]叩頭搖尾, 頃刻不知影響矣. 伊後, 更無虎患於一道.

---

710) 友: 저본에는 '類'로 나와 있으나 가본을 따름.
711) 登: 저본에는 '上'으로 나와 있으나 가, 마본을 따름.
712) 前下者: 나, 다본에는 '在後人'으로 되어 있음.
713) 時: 저본에는 빠져 있으나 나, 다, 마본에 의거하여 보충함.
714) 懍懍: 다본에는 '慄慄'로 되어 있음.
715) 所然: 가, 마본에는 '由'로 되어 있음.
716) 倚: 저본에는 '子'로 나와 있으나 가, 마본에 의거함. 이하의 경우도 동일함.
717) 飛騰: 저본에는 '下堂'으로 나와 있으나 가, 마본에 의거함.
718) 留: 저본에는 '有'로 나와 있으나 가, 나본을 따름.
719) 搖尾: 저본에는 '叩地'로 나와 있으나 가, 나, 다본을 따름.
720) 若有所聞, 卽起: 저본에는 빠져 있으나 나본에 의거하여 보충함.

2-75.

南斯文允默長子某, 爲御營軍官, 積年勤仕, 出監於鳳山軍[721)]屯, 則打稻場有一總角, 雖執農役, 容貌則乃是班脉也. 心甚矜之, 叩其來歷, 則曰: "姓申, 本是班家子, 居于延安, 年前以歉荒, 渾家散之四方, 至於此境云矣." 南聞其言, 矜惻之, 三年往監, 別加斗護, 助婚而成娶, 又給好畓, 以至成家. 由是, 申童漸[722)]成樣饒居矣. 每秋申童, 細木一疋, 綿絲數朶, 持來表情[723)], 南亦厚報以送之. 一者, 南忽得運疾, 方其出汗之際, 症頗危重, 莫可回甦, 昏絶半晌, 南忽長歔而翻身, 曰: "異哉! 一夢以爲神異." 在傍者問曰: "胡爲而謂異也?" 南曰: "米飮速進也." 飮後起坐, 敍冥府事, 曰: "吾爲二鬼卒所驅去, 忽至一官府[724)], 則樓臺宏壯, 使令雜沓, 有非人間所覩者. 二鬼卒, 使立於[725)]門外而入去, 俄有一人, 自內出, 問曰: '子非京居之南某乎?' 曰: '然矣.' 其人曰: '我則鳳山某村申童某之祖父也. 冥冥之中, 感君施恩於孫兒, 以至成家稍饒, 則幽明路殊, 末由酬恩. 今君年限筭滿, 冥官送差捉來, 卽吾含珠結草之日[726)]也. 俄者, 府中已有變通, 今此還送人間, 君須愼重出去也.' 卽招閽者分付按送, 似是冥府一官員也. 今吾還生, 莫非某也祖父之德矣." 仍爲出汗, 而無事出場.[727)]

2-76.

嶺南某郡, 有一士人, 年至[728)]四十餘, 有獨子遭慽, 心魂不定, 如癡如狂. 一日, 坐於堂上, 有過客入來, 見主人氣色之慘然, 問之, 主人以見慽對客, 曰: "然則君之先山, 在於何處?" 曰: "在於家後也." 客曰:

---

721) 軍: 저본에는 '郡'으로 나와 있으나 가, 마본에 의거함.
722) 漸: 저본에는 빠져 있으나 다본에 의거하여 보충함.
723) 表情: 저본에는 빠져 있으나 가, 마본에 의거하여 보충함.
724) 官府: 가, 마본에는 '冥府'로 되어 있음.
725) 立於: 저본에는 '入'으로 나와 있으나 가, 마본에 의거함.
726) 日: 가, 다, 마본에는 '時'로 되어 있음.
727) 仍爲出汗, 而無事出場: 마본에는 '事係虛誕不足記傳, 而施恩亦一延壽之方歟'로 되어 있음.
728) 至: 나, 다본에는 '踰'로 되어 있음.

"願[729]一見." 主人遂與之往見, 客曰: "此山不吉, 當此變喪也." 主人曰: "吉地於何得之? 且吾夫妻, 俱爲斷產之境, 占得[730]福地, 則可得嗣續乎?" 客曰: "入洞口見一處, 可合意, 惟君速行[731]緬禮焉." 客再三力勸[732], 主人果行緬禮, 數月後, 士人之妻死焉. 士人又喪配, 悲悼悽楚,[733] 不幸中家產稍饒, 卽爲再醮聘婦. 向者過客又來, 先問曰: "其間喪配再醮乎?" 主人曰: "聽君之言, 以至喪配, 有何顔色[734]而問之乎?" 客笑曰: "有今日之慶, 故有向日之禍矣." 仍爲留筵數日, 語主人曰: "某夜犯房, 必爲生男." 臨發留期, 曰: "某月生男, 伊時吾復來見矣." 其後, 果如其言生男, 客又來帶喜[735], 曰: "主人[736]生男乎?" 曰: "然矣." 坐定, 先[737]見新生兒四柱, 曰: "兒必長壽善養也, 其婚處吾自居媒矣." 其兒稍長, 年至十四五, 客積年不來, 忽自來到, 曰: "子弟善養否?" 卽呼來見之, 客曰: "主人能知此兒媒婚之說否?" 主人曰: "年久之言, 果依俙耳." 臨發請柱單, 主人以其言, 自初至終, 如合符契, 第書給之矣. 不久, 又傳涓單[738], 主人不問門閥之何如, 閨養之何如, 少無疑慮, 而與客治婚具[739]發之. 一宿後, 漸入深谷中, 主人顧謂客曰: "君何欺人之甚乎?" 客曰: "與君有何含嫌[740]而欺之也?" 竟至一家, 盤回路轉, 高峯上數間茅屋[741]而已. 其日卽婚日, 而場中畧有鋪席, 有一介老人出接, 乃是查頓也. 仍爲納幣醮禮後, 見新婚貌樣, 則萬不成樣. 士人憂色形外, 查頓與

729) 願: 저본에는 빠져 있으나 나, 다본에 의거하여 보충함.
730) 占得: 저본에는 '有'로 나와 있으나 나, 다본을 따름.
731) 速行: 저본에는 '掃萬行'으로 나와 있으나 다본에 의거함.
732) 力勸: 다본에는 '囑之'로 되어 있음.
733) 悲悼悽楚: 나, 다본에는 '悲悴悽之狀, 難以盡記'로 되어 있음.
734) 顔色: 나, 다본에는 '面目'으로 되어 있음.
735) 帶喜: 나, 다본에는 '喜賀'로 되어 있음.
736) 主人: 나, 다본에는 '果'로 되어 있음.
737) 先: 나, 다본에는 '請'으로 되어 있음.
738) 涓單: 다본에는 '涓吉單子'로 되어 있음.
739) 具: 저본에는 '行'으로 나와 있으나 나, 다본에 의거함.
740) 含嫌: 나본에는 '宿忌'로 되어 있음.
741) 茅屋: 나, 다본에는 '斗屋'으로 되어 있음.

客, 言於主人曰: “大事幸而順過, 女息旣爲結笄, 則不必久在於親家.” 士人不得已, 以客所騎馬, 載其新婦而來, 渾室見之, 無不駭歎. 新婦少無變色[742], 只居一間, 不干家產[743], 然而其親家信息, 坐而知之. 舅姑以是爲怪, 而居媒之客, 經婚後一不來焉. 一日, 舅姑相議曰: “吾輩分則老矣, 升斗之出入, 田畓之耕作, 正爲苦惱, 專付於子內外, 吾之內外, 坐而食之, 以終餘年, 可也.” 於是, 治家凡節, 付之兒子內外, 則新婦少無謙言, 亦[744]不下堂, 奴耕婢織, 指揮使役, 一不失規, 各得其度. 曰某日雨云則雨, 某日晴云則晴, 農不失時, 數三年間[745], 家產漸興. 於是, 一室與隣里, 始知爲賢婦. 新婦忽告其舅曰: “今則春秋已七旬矣, 不必塊居無聊, 日與洞中親知, 相會宴樂, 杯盤之供, 吾自當之. 如是而好送歲月, 如何?” 舅曰: “吾之願, 久矣.” 一自其後, 堂中履交錯, 濟勝若流, 進排如令, 於焉爲四年矣. 家無庄土, 產業盡蕩. 新婦語其舅姑曰: “今則家產蕩敗, 已無餘地, 此處則不可久居, 幸望撤移于吾之親家洞內, 自有生理之安矣.” 其舅姑全[746]信新婦, 事無大少不得携貳, 曰: “若有好道理, 則汝自爲之.” 新婦於是, 盡賣家產, 與如干薄庄, 率其眷屬奴僕, 陸續入來於其親家, 則向者居媒之客, 已來待矣. 其舅久居山中, 不勝鬱紆之色[747], 新婦請與登山, 山外有彭鞠之聲, 其舅驚問曰: “此何聲也?” 新婦曰: “倭賊今戰于某邑, 故有此聲也.” 其舅曰: “吾洞如何?” 曰: “吾之所居家, 已爲火爇, 一洞或逃或死, 近境盡爲魚肉矣.” 其舅曰: “然則汝先知其有難[748], 見機而入山耶?” 新婦曰: “雖微物, 皆知天機, 避風避雨, 可以人而不知哉?” 其後, 幾近[749]八九年後, 又爲率眷

742) 變色: 나, 다본에는 '愧色'으로 되어 있음.
743) 家產: 다본에는 '家事'로 되어 있음.
744) 亦: 저본에는 빠져 있으나 나, 다본에 의거하여 보충함.
745) 間: 나, 다본에는 '內'로 되어 있음.
746) 全: 나, 다본에는 '專'으로 되어 있음.
747) 色: 나, 다본에는 '懷'로 되어 있음.
748) 難: 나, 다본에는 '賊'으로 되어 있음.
749) 其後, 幾近: 저본에는 빠져 있으나 나, 다본에 의거하여 보충함.

出山, 治産業農, 復爲成家云耳[750].

2-77.

安東有姜[751]錄事, 二女子爲甲乙而長矣. 姜之家業稍饒, 其女兄弟, 自齠齡至出嫁, 每事相爲互勝, 未嘗有相負者矣. 以至生男生女, 必以共將, 長則嫁金姓, 次則嫁安姓, 而金則門閥稍可以爲司馬, 終至寢郎, 安則地閥小下於金, 雖得爲司馬, 至於寢郎, 無可爲之勢. 安婦以一事之不及於兄, 終至絶食, 無生意, 曰: "吾自兒時, 至成家, 未曾一事之有負於阿兄, 今以嫁長門閥之不逮, 有此不及於阿兄, 吾復何面目, 生於世乎?" 仍爲不食, 其子曰: "不必如是, 若與我數千金, 則自有父親初仕之道矣." 其母遂許之. 翌日, 其子俶裝而出. 伊時, 白休菴自湖南宰, 方爲銓曹亞堂, 乘召上來, 將入店舍. 安生先入店, 次休菴追後而入, 安生同坐一房, 不爲避. 時至初昏, 門外有哀痛呼哭之聲, 安問曰: "是何哭也?" 僕曰: "某郡由吏, 有待京耗於此, 俄聞京耗之狼貝, 於此哀哭矣." 安生招問其由吏, 則曰: "小人以某郡由吏之任, 積年爲萬餘金之逋, 方此收納, 將至盡納. 今未備爲三千餘兩, 自京有所緊切, 許得諾, 故小人送子, 而來待此店矣. 俄聞京報之狼貝, 小人今若空還, 則闔門將至死境, 故不勝哀痛而哭也." 安生一聞[752], 默然良久, 曰: "三千兩錢不少也, 數千金若備給, 則其餘汝可充備乎?" 由吏曰: "若得數千數, 則其餘有某條充納之道也." 安生無一言半辭, 天然呼僕, 曰: "行中馱來錢二千兩, 盡爲出給某吏也." 休菴在傍, 見其措處之如許,[753] 不得不動心, 問其所從來與地閥, 則某州某姓人, 問其行中錢所自出, 則曰: "以家計之不贍, 方爲推奴而來矣." 更問其先代之科官, 則生以其父司馬言之, 休菴詳問其父之姓名, 中心

750) 云耳: 저본에는 빠져 있으나 나, 다본에 의거하여 보충함.

751) 姜: 저본에는 빠져 있으나 마본에 의거하여 보충함.

752) 一聞: 가, 마본에는 '聞而矜惻'으로 되어 있음.

753) 見其措處之如許: 가, 마본에는 '見之心甚嘉之'로 되어 있음.

愛其少年之處事, 入京後有當科, 竟爲寢郞. 其妻竟使之不仕, 然則高於金參奉一等也. 一日, 安生言於其母曰: "聞休菴白先生, 方在被謫, 顧以平日受恩, 不可不救之, 若備千餘金, 則庶可有爲休菴地位." 其母從其言給錢, 安生上京, 行貨締[754]結曾經兩司一員, 以爲緊切之間, 給其困窮. 其坮官忽問曰: "我與君素非親切之人, 吾賴君之濟急不少, 未知君有所關於我乎?" 安生曰: "無所關也. 白某與我有宿嫌, 方欲搆殺於士禍, 無便可乘, 幸逢君, 正合意也. 吾不惜千金托結者, 只此而已.[755]" 坮官曰: "白某有士林重望, 吾所宿慕, 子之言得無誤耶?" 安生曰: "白某之陰譎, 君尙不知耶? 方與倭奴相通, 誘而入寇於我國, 年年自海上, 運送米穀. 此一事, 可謂大罪案, 君何爲靳之耶[756]?" 坮官疑信間, 旣聞此說, 不得不來劾一奏疏, 朝家洶洶. 竟劾白某之情跡, 則乃是孟浪說也. 自上判教, 以白某之淸儉貧寒, 一世之所共知, 且忠義節行, 亦所蘊抱, 其爲締結倭虜, 而運送米穀者, 莫[757]非搆捏造語, 爲先罪其言官. 以此推之, 則白某之符同趙某者, 亦是糢糊不分明事, 勿復擧論. 己卯士禍大起, 一時淸流, 盡爲混入, 休菴竟以安生而得免焉[758].

2-78.

仁祖朝, 倭攻琉璃[759]國, 虜其王而去. 其世子載國寶, 欲贖其父, 漂到濟州, 牧使某出見, 問舟中寶, 世子答以酒泉石·漫山帳. 石者, 方石一塊, 中央凹以淸水貯之, 卽變爲美酒. 帳者, 以蜘蛛絲, 染藥織成, 小帳則不覆一間, 大帳則雖太山可覆, 而雨不漏, 眞絶寶也. 牧使請之, 世子不許, 牧使圍捕, 其世子被收, 卽以石投海. 牧使盡籍舟中餘寶, 仍杖殺

---

754) 締: 저본에는 빠져 있으나 가, 마본에 의거하여 보충함.
755) 只此而已: 저본에는 '此也'로 나와 있으나 가, 마본을 따름.
756) 耶: 저본에는 빠져 있으나 가, 마본에 의거하여 보충함.
757) 莫: 저본에는 '亦'으로 나와 있으나 가, 마본을 따름.
758) 焉: 저본에는 빠져 있으나 가, 마본에 의거하여 보충함.
759) 璃: 의미상 '球'가 되어야 함.

之，臨死請筆硯，書一律，曰：'堯語難明桀服身，臨刑何暇訴蒼旻．三良入穴人誰贖，二子乘舟賊不仁．骨暴沙場纒有草，魂歸故國弔無親．竹西樓下滔滔水，遺恨分明咽萬春．' 既殺[760]，誣以犯境賊，啓于朝，後事露，幾死僅免．

760) 殺: 다본에는 '死'로 되어 있음.

卷三

3-1.

李土亭之菡，生而穎悟，天文·地理·醫藥·卜筮·術數之學，無不通曉，未來之事，豫先知之，世皆稱以爲神人．兩足係[1]一圓瓢，杖下又係一圓瓢，行于海水之上，如踏平地，無處不往．如瀟湘洞庭之勝，皆目見而來，周行四海，以爲海有五色，分四方中央，而隨[2]其方位而同色云．家甚貧寒，朝夕無以供，而不以介于心．一日，坐於內堂，夫人曰："人皆稱君子有神異之術云，見今乏糧，將絶火矣，[3] 何不試神術而救此急也?" 公笑曰："夫人之言，旣如此，吾當少試之矣．" 因[4]命婢子持一鍮器，而諭之曰："汝持此器，往京營橋前，則有一老嫗，以百錢願買矣，汝可賣來．" 婢子承命而往，則果有願買之老嫗，一如所指教，仍捧價而來，又命曰："汝持錢[5]往西小門[6]外市上，則有窮笠人，以匙箸將欲急賣矣，汝以此錢買來．" 婢子又往，則果符其言，買[7]匙箸來納，卽銀匙箸也．又命曰："持此而往織營前，則[8]下隷方失其銀匙箸而來求同色者，示此，則可捧十五兩錢，汝可賣來．" 婢子又往見，則又符其言，捧十五兩而來納[9]．更以一兩錢，給婢子而言曰："俄者，[10] 買器之老嫗，初失食器而欲代之矣．今焉，得其所失

---

1) 係: 마, 바본에는 '繫'로 되어 있음. 서로 통함.
2) 隨: 사본에는 '分'으로 되어 있음.
3) 將絶火矣: 바본에는 '火將絶矣'로 되어 있음.
4) 因: 저본에는 빠져 있으나 바본에 의거하여 보충함.
5) 錢: 저본에는 '此'로 나와 있으나 바본을 따름.
6) 西小門: 저본에는 '小西門'으로 나와 있으나 마, 바, 사본에 의거함.
7) 買: 저본에는 '持'로 나와 있으나 바본을 따름.
8) 則: 저본에는 빠져 있으나 바본에 의거하여 보충함.
9) 納: 저본에는 빠져 있으나 바본에 의거하여 보충함.
10) 俄者: 저본에는 빠져 있으나 바본에 의거하여 보충함.

之器，而欲還退，汝可還退而來.” 婢子又往見，果然，[11] 仍還退其器而來. 以其錢與器，傳于夫人，使作朝夕之費. 夫人更請加數，則公[12]笑曰："如斯足矣，不必添加.” 其神異之事，類多如此.

3-2.

李公慶流，以兵曹佐郎，當壬辰倭亂，而其仲氏投筆供武職，助防將邊璣出戰時，以其仲氏從事官啓下，而名字誤以公書之. 仲氏曰："以吾啓下，而誤書汝名，吾可往矣.” 公曰："旣以吾名啓下，則吾當往矣[13].” 仍束裝而辭于慈親，蒼黃赴陣. 邊璣出陣于嶺右，大敗而逃，軍中無主將，仍大亂.[14] 公聞巡邊使李鎰在尙州，單騎馳赴之，與尹公暹·朴公篪，同處幕下，又戰不利，一陣陷沒，尹·朴兩公，皆被害. 公出陣外，則奴子牽馬而待之，見而泣告曰："事已到此，願速速還洛，可也.” 公笑曰："國事如此，吾何忍偸生?” 仍索筆，告訣于老親及伯氏，藏于袍裾中，使奴傳之，欲還向敵陣，則奴子抱而泣不捨，公曰："汝誠亦可佳，吾當從汝言，而今[15]吾飢甚，汝可得飯而來.” 奴子信之不疑，尋人家乞飯而來，則公已不在矣. 奴子望敵陣，痛哭而歸. 公以得飯爲托而送奴，仍回身，更赴敵陣，以[16]手格殺數人，而仍遇害，時年二十四四月二十四日，而尙州北門外坪也. 其奴牽馬而來[17]，擧家始聞凶報，以發書之[18]日爲忌日，而始擧哀. 其奴自到而病死，馬亦不食而斃，以所遺衣冠，斂而入棺，葬于廣州突馬面，先塋之左麓，而其下又葬奴與馬. 尙州士林設壇，而行俎豆禮，自朝家贈職都承旨，乙卯正廟朝，以親筆書'忠臣義士壇'，建閣於北畔[19]，命使三從

---

11) 果然: 바본에는 '果符其言'으로 되어 있음.
12) 公: 저본에는 빠져 있으나 바본에 의거하여 보충함.
13) 矣: 저본에는 빠져 있으나 바본에 의거하여 보충함.
14) 大敗而逃, 軍中無主將, 仍大亂: 바본에는 '而大敗, 一軍大亂, 無主將'으로 되어 있음.
15) 今: 저본에는 빠져 있으나 바본에 의거하여 보충함.
16) 以: 저본에는 빠져 있으나 바본에 의거하여 보충함.
17) 來: 바본에는 '歸'로 되어 있음.
18) 之: 저본에는 빠져 있으나 마, 바본에 의거하여 보충함.

事並享，而春秋行祀．公卒後，每夜來家中，聲音笑貌，宛如生時．對夫人趙氏酬酢，無異平昔，每具饌而進，則飮啖宛[20]如生時，而後乃見之，飮食如前．每於日昏後始來，臨鷄鳴則[21]出門而去，夫人問：“公之遺骸在於何處？若知之，則將返葬矣．”公愀然曰：“許多白骨堆[22]中，何可[23]辨知乎？不如置之爲好，且吾之白骨所埋處，亦自無害矣．”其他[24]家事區處，一如平時，小祥後，間日降臨矣．及大祥後[25]，乃辭曰：“從今以後，吾將不來矣．”時公子府使公，年四歲矣，公撫而嗟歎，曰：“此兒必登第而不幸，當不幸時，然而伊時，吾當更來!”仍出門，伊後更無形影．其後二十餘年後，當[26]光海朝，公之子登第，謁廟之時，自空中呼新恩進退，人皆異之．公之母親，常有病患，時則六月[27]間也．喉渴思橘，若得喫則病可解矣，無由得橘．數日後，自[28]空中有呼兄聲，伯氏公下庭而仰視，則雲霧中，公以三介[29]橘投之，曰：“老親念橘，故吾於洞庭得來矣，可以進之．”仍忽不見，以橘進之，病患卽差．此是陶菴李文正神道碑銘，曰：‘空裏投橘，神恍惚兮’云者，卽此也．每當忌辰，行祀時，闔門之後，則必有匙箸聲．其庶族秉鉉，語人曰：“吾少時參祀，每聞此[30]聲矣，近日以來，未得[31]聞云矣．”其家行祀時，餠有人毛之入者，罷祀後聞之，則外舍有呼奴之聲．家人怪而聽之，則出自舍廊，奴子承命而入，則使之捉致蒸餠婢子，分付曰：“神道忌人毛髮，汝何不察，汝罪可撻．”仍命撻楚．自

---

19) 北畔: 마, 바본에는 '北坪'으로 되어 있음.
20) 宛: 저본에는 빠져 있으나 바본에 의거하여 보충함.
21) 則: 바본에는 '後'로 되어 있음.
22) 堆: 다본에는 '埋'로 되어 있음.
23) 可: 저본에는 '由'로 나와 있으나 바본을 따름.
24) 他: 저본에는 빠져 있으나 마, 사본에 의거하여 보충함.
25) 後: 저본에는 '時'로 나와 있으나 사본을 따름.
26) 當: 저본에는 빠져 있으나 바본에 의거하여 보충함.
27) 六月: 마본에는 '五六月'로, 바본에는 '五月'로 되어 있음.
28) 自: 저본에는 빠져 있으나 바본에 의거하여 보충함.
29) 介: 저본에는 빠져 있으나 바본에 의거하여 보충함.
30) 此: 사본에는 '匙'로 되어 있음.
31) 得: 저본에는 '嘗'으로 나와 있으나 바본을 따름.

是，每當忌辰，雖年久之後，家人不敢少忽焉.[32)]

3-3.

李文淸秉泰，監司之侄子也. 性至孝淸儉，一毫不以取於人，位至副學，居不容膝，衣不掩身，言議淸高，有廉頑起懦之風. 自失怙之後，就養於監司公，監司公按海西時，病患沈篤，公時以[33)]副學，上疏陳情乞欲往省，特命[34)]許之. 借隣戚家駑馬與奴，發向海營，中路馬斃. 仍徒步而及抵營下，阻閽不得入，蓋閽者見其破笠弊袍，殆同乞人，阻而不許入，不知爲巡營親侄故也. 公亦不自言之，少待于門外矣. 新延下隷之在京承顔者，見而驚[35)]之，迎拜前導而入. 及門，監司公見儀，叱責曰："此何貌樣? 此是辱朝廷之事[36)]也. 汝旣請由，則時任副學也，乘馹而來，可也. 今以乞客樣，徒步下來，自此海西之民，以副學之位，皆如此等人知之矣，豈不貽羞乎? 可卽退去." 公不敢入門，惶感而退于冊室矣. 少焉，自內出送一襲衣·笠子·新巾·玉圈·紅帶，使之改服而來，公迫於嚴敎，不得已承命改服，上下一新衣服[37)]. 始乃進拜於澄軒，則監司公笑，而敎曰："乃今始知爲副學矣!" 留月餘告歸，臨發，盡脫冠巾，別封以置，而還着來時之弊衣，徒步[38)]而歸.

3-4.

文淸公，初除嶺伯，辭而[39)]不赴，上怒之，特補陜川郡守. 邸人來見，則絶火已屢日矣，所見甚悶，以一斗米·一級靑魚·數束薪，入送于內矣. 公下

32) 雖年久之後，家人不敢少忽焉: 바본에는 '家人不敢少忽，雖至年久之後，亦然矣'로 되어 있음.
33) 以: 저본에는 빠져 있으나 가본에 의거하여 보충함.
34) 命: 저본에는 빠져 있으나 바본에 의거하여 보충함.
35) 驚: 사본에는 '知'로 되어 있음.
36) 之事: 저본에는 빠져 있으나 바본에 의거하여 보충함.
37) 衣服: 저본에는 빠져 있으나 사본에 의거하여 보충함.
38) 徒步: 저본에는 빠져 있으나 바본에 의거하여 보충함.
39) 而: 저본에는 빠져 있으나 바본에 의거하여 보충함.

直而[40]出, 見白飯·靑魚湯, 問家人曰[41]: "此物從何得?" 家人以實對, 公正色曰: "何可受下隷無名之物乎?" 仍以其飯羹, 出給邸人. 及到郡, 一毫不近, 治民以誠. 時値大旱, 一道皆祈雨而無驗, 公行祀後, 仍伏於壇下暴陽之中[42], 矢心曰: "不得雨, 則以死爲期." 只進米飮, 而數日心禱矣. 第三日之朝, 一朶黑雲, 出於所禱之山上, 而[43]暫時大雨注下, 一境周洽, 接境之邑, 無一點雨之過境者. 一道之內, 陜川一境, 獨占大登, 吁亦異矣! 海印寺有紙役, 寺僧每以此爲痼弊矣. 自公上官之後, 一張紙曾不責出矣. 一日, 適有修簡事, 責納三幅簡, 則寺中各房之[44]僧, 以十幅來納, 公命捉來僧, 而分付曰: "自官旣有三幅之分付, 則一幅加減, 俱是罪也. 汝何敢加數而[45]來納乎?" 仍留置三幅餘, 皆還給而送之. 其僧受簡而出, 給官隷, 則俱不受, 不得已掛之於[46]外三門楣之上而去. 伊後, 公適出門, 見而怪之, 問而知之, 笑而[47]使置案上矣. 遞歸時見之, 則加用一幅, 所餘六幅, 置簿於重記. 公於暇日遊海印寺, 見題名之太[48]多, 指龍楸上特立之巖, 曰: "此石面題名, 則好矣, 而石立於水深處, 無接足可刻之道云矣." 諸僧徒聞此言, 七日齋戒, 禱于山神. 時當五月, 潭水氷合[49], 仍伐木作梯而刻, 此是傳來之事也[50]. 而遞歸時, 邑中大小民遮路, 曰: "願留一物, 以爲永世不忘之資云云." 公曰: "吾於汝邑, 一無襯身之物, 而製一道袍矣." 此以出給, 卽麤布也. 民人輩以此立祠, 而號曰'淸白祠'. 至今, 春秋享以俎豆焉.

40) 而: 저본에는 빠져 있으나 다, 바, 사본에 의거하여 보충함.
41) 曰: 저본에는 빠져 있으나 바본에 의거하여 보충함.
42) 中: 바본에는 '下'로 되어 있음.
43) 而: 저본에는 '矣'로 나와 있으나 바본을 따름.
44) 之: 저본에는 빠져 있으나 바본에 의거하여 보충함.
45) 而: 저본에는 빠져 있으나 사본에 의거하여 보충함.
46) 於: 저본에는 빠져 있으나 바본에 의거하여 보충함.
47) 而: 저본에는 '曰'로 나와 있으나 바본을 따름.
48) 太: 저본에는 빠져 있으나 사본에 의거하여 보충함.
49) 合: 바본에는 '堅'으로 되어 있음.
50) 也: 저본에는 빠져 있으나 바본에 의거하여 보충함.

3-5.

李三山台重, 按箕臬也, 崔鎭海, 時爲宣川任, 李仁綱, 在中和任, 崔則英廟外家也, 李則顯隆園外家也. 公於登程之日, 語人曰: "此兩人何可置字牧之任也? 到卽罷黜云矣." 及到中和, 本倅入謁, 公問曰: "君[51]爲誰?" 對曰: "東宮外四寸也." 公張目, 曰: "誰誰?" 又對如前, 仍使退出, 卽地修啓曰: '中和府使李仁綱, 毛羽未成, 言語做錯, 不得已罷黜云云.' 到浿之後, 宣川府使來延命矣, 及入謁, 公又問曰: "君爲誰?" 崔鎭海答[52]曰: "小人宣川府使也." 公厲聲曰: "吾豈不知宣川府使耶?" 問: "君爲何如人也?" 鎭海曰: "小人門閥卑賤, 而荷國厚恩, 滾到于此矣, 此任於小人過濫莫甚矣. 使道只可知宣川府使崔鎭海而已, 其餘不須問, 小人連婚接族非市井, 則乃是吏胥也. 雖擧某某名字而對之, 使道何由知之乎? 此等處不必下問矣." 公微笑, 心善之, 款待而送之. 自此以後, 顧念異於他倅, 事事皆從, 一言契合, 有如是矣. 兩人之優劣, 從可知矣.

3-6.

李萬戶秉晋, 文淸公秉泰之庶族[53]也. 以御營廳別軍官, 出夜巡被酒, 坐於街上, 有燈燭導前, 而一儒生橫烟竹而過. 軍卒詰問其行止, 傍有一隷, 呵之曰: "汝焉敢問也云云." 如是之際, 萬戶追到而問之, 則其下隷, 又復如前呵之, 曰: "副提[54]學宅從氏, 方往其家, 何敢問之也?" 萬戶曰: "雖是副學從氏, 白衣犯夜[55], 何爲犯法也?" 其儒使人[56]問: "彼來者爲誰?" 對[57]曰: "吾乃[58]牌將也." 儒生曰: "此等[59]牌將不解人事矣, 須問其

---

51) 君: 저본에는 빠져 있으나 가, 바, 사본에 의거하여 보충함.
52) 答: 가본에는 '對'로 되어 있음.
53) 庶族: 사본에는 '庶弟'로 되어 있음.
54) 提: 저본에는 빠져 있으나 바본에 의거하여 보충함.
55) 犯夜: 바본에는 '夜行'으로 되어 있음.
56) 人: 저본에는 '之'로 나와 있으나 바본을 따름.
57) 對: 저본에는 빠져 있으나 바본에 의거하여 보충함.
58) 乃: 저본에는 빠져 있으나 바본에 의거하여 보충함.

從者."又[60]曰:"此位卽副學宅從氏也. 斯速退去, 牌將姓名爲誰?" 萬戶曰:"吾之姓名欲知之乎? 吾是副學之子, 副學之叔, 副學之從孫, 副學之四寸, 副學之五寸, 副學之六寸也[61]. 以此六副學, 尙此行牌將事, 這位以單副學犯夜而侮人乎?" 仍使軍卒挽止, 使不得前[62]. 其儒生始大驚, 而無數致[63]謝, 萬戶[64]久乃放送.

3-7.

凡人之登第也, 必有見兆於夢寐者, 或多. 李副學德重公, 家在西學峴, 家本貧寒, 曉將赴庭試科場, 爲備[65]曉飯, 貸米於隣家, 不滿一升, 置之木器中矣. 夫人夜夢, 則其米粒粒, 皆爲小龍, 充滿于木器之中矣. 驚覺而起, 親自舂而淅之, 炊飯之際, 門外有剝啄聲, 而三山李公台重入來. 副學公驚起, 延之而問曰:"兄何爲而今始入來?" 三山[66]公曰:"徒步而來, 足繭而日暮, 未及於昨日, 宿於城外店舍, 今始來到云." 與公爲三從間, 而時居結城故也. 公入內, 問有餘飯, 則一器之外無他餘者, 公命使備送于外舍, 與三從氏分喫, 而將赴擧矣. 夫人曰:"此飯決不可分食." 公問其故, 夫人以夜夢告之, 公責之曰:"何可以此而獨喫, 使兄飢之乎? 若有如此之心, 則天神必不佑矣." 使之出送, 夫人不得已出送, 從窓間窺之, 則三山公進飯而[67]啖之, 以其半許, 副學公啗之, 與之入場矣. 及[68]榜出, 兩公俱登第云矣[69].

---

59) 等: 저본에는 빠져 있으나 바본에 의거하여 보충함.
60) 又: 바본에는 '使之傳言'으로 되어 있음.
61) 也: 저본에는 빠져 있으나 가, 다, 바본에 의거하여 보충함.
62) 前: 사본에는 '送'으로 되어 있음.
63) 致: 저본에는 '推'로 나와 있으나 바본을 따름.
64) 萬戶: 저본에는 빠져 있으나 바본에 의거하여 보충함.
65) 爲備: 바본에는 '而欲炊'로 되어 있음.
66) 三山: 가본에는 '台重'으로 되어 있음.
67) 而: 저본에는 빠져 있으나 이본에 의거하여 보충함.
68) 及: 저본에는 빠져 있으나 바본에 의거하여 보충함.
69) 云矣: 저본에는 빠져 있으나 사본에 의거하여 보충함.

3-8.

奉朝賀李公秉常, 風儀動盪, 美如冠玉, 朝野之人, 皆稱以神仙中人. 家在圓峴下冷井洞, 一日之夜, 滅燭將寢, 忽爾淫風入戶, 冷氣逼骨. 有一物臥於前, 以手撫之, 則如一塊枯木, 卽使擧燭見之, 則乃一小斂之屍也. 心甚訝異, 使之解絞而見之, 則一老嫗也. 仍更結其絞, 而置之於廳上矣. 翌朝問[70]之, 洞口外賣餠家老嫗, 身死三日, 忽失屍體云云, 公招其子而出給. 蓋此嫗每於公出入之時, 瞻其儀容, 欽慕不已, 以至身死, 而一心未解[71], 乃有此擧, 亦可異也. 時有一宰相, 以副价將赴燕, 發行前一日, 遭其母喪. 公爲其代, 一夜之[72]間, 治行而發, 至定州之客舍, 將就寢也[73]. 更深後, 忽有曳履而開戶聲, 有一人嘖嘖而[74]入, 以手撫之, 曰: “焉有不救其母病而作此行也?” 公思之, 似是遭喪人之翁, 曾爲定州牧, 而得病死於此處者也. 公曰: “吾則李某也. 某也爲[75]副使, 遭故不來, 故吾乃代行云爾.” 則其人大驚, 而遽出門外. 此其牧使之魂, 意其子之作行來嘖[76]故也. 公之精神氣魄, 多[77]有如是矣.

3-9.

靈城君朴文秀, 少時,[78] 隨往內舅, 晉州任所, 眄一妓而大惑, 相誓以彼此同日死生. 一日, 在書室, 有一麤惡之婢子, 汲水而過, 諸人指笑而言曰: “此女年近三十, 而以麤惡之故, 尙不知陰陽之理云. 如有近之者, 則可謂積善, 必獲神明之佑矣.” 文秀[79]聞其言, 其夜厥女又過, 仍呼入而薦

---

70) 問: 마본에는 '聞'으로 되어 있음.

71) 一心未解: 마, 바본에는 '一念不解'로 되어 있음.

72) 之: 저본에는 빠져 있으나 가, 바, 사본에 의거하여 보충함.

73) 也: 저본에는 빠져 있으나 바본에 의거하여 보충함.

74) 而: 저본에는 빠져 있으나 마, 바, 사본에 의거하여 보충함.

75) 爲: 사본에는 '以'로 되어 있음.

76) 嘖: 저본에는 빠져 있으나 바본에 의거하여 보충함.

77) 多: 저본에는 빠져 있으나 바본에 의거하여 보충함.

78) 少時: 저본에는 '少年'으로 나와 있으나 가, 바본을 따름.

79) 文秀: 가본에는 '公'으로 되어 있음. 이하의 경우도 동일함.

枕, 厥女大樂而出. 及還洛登科, 十年[80]之間, 承暗行之命, 到晉州, 訪其所眄之妓家, 立於門外而乞飯, 則自內一老嫗出來, 熟視, 曰: "怪哉怪哉!" 文秀問老嫗曰: "何爲如是也?" 老嫗[81]曰: "君之顔面, 恰似前前等內時[82]朴書房主樣, 故怪之矣." 文秀曰: "吾果然矣." 老嫗驚曰: "此何事也? 不[83]意書房主作此乞客而來也. 第可入吾房內, 小留喫飯而去." 文秀入房坐定, 問: "君之女安在?" 答曰: "方以本府廳妓長番, 而不得出來矣云." 而方爇火炊飯, 忽有曳履之[84]聲, 而其女來至廚下, 其母曰: "某處朴書房來矣!" 其女曰: "何時來此[85], 而緣何故而來云耶?" 其母曰: "其狀可矜, 破笠弊衣, 卽一丐乞客[86]. 問其委折, 則見逐於其外家前前使道家, 無處依賴,[87] 轉轉乞食而來. 以此, 處曾是舊留處, 吏隸輩面熟, 故欲得錢兩而[88]委來云矣." 其女作色, 曰: "此等說話[89], 何爲對我而言耶?" 其母曰: "欲見汝而來云, 旣來矣, 汝可[90]一次入見, 可也." 其女曰: "見之何益? 此等人不欲見之. 明日, 兵使道生辰, 隣邑[91]守令多會, 張樂於[92]矗石樓. 營本府以妓輩衣服等[93]事, 申飭至嚴, 吾之衣箱中有新件衣裳矣, 母氏出來也." 其母曰: "吾何以知之? 汝可入而持去也." 其女不得已開戶而入, 面帶怒色, 不轉眸[94], 而開箱出衣, 不顧而出去. 文秀乃呼其母, 而言曰: "主人旣如是冷落, 吾不可久留, 從此逝矣." 其母挽止,

---

80) 十年: 나, 다본에는 '五年'으로 되어 있음.
81) 老嫗: 나, 바본에는 '對'로 되어 있음.
82) 時: 저본에는 빠져 있으나 바본에 의거하여 보충함.
83) 不: 바본에는 '豈'로 되어 있음.
84) 之: 저본에는 빠져 있으나 가본에 의거하여 보충함.
85) 來此: 나, 다본에는 '下來'로 되어 있음.
86) 客: 저본에는 '兒'로 나와 있으나 바본에 의거함. 나, 다본에는 '客狀'으로 되어 있음.
87) 無處依賴: 저본에는 '今方'으로 나와 있으나 나, 다본을 따름.
88) 而: 저본에는 빠져 있으나 다, 마, 사본에 의거하여 보충함.
89) 話: 저본에는 빠져 있으나 다본에 의거하여 보충함.
90) 汝可: 저본에는 빠져 있으나 바본에 의거하여 보충함.
91) 隣邑: 저본에는 빠져 있으나 나, 다본에 의거하여 보충함.
92) 於: 저본에는 빠져 있으나 이본에 의거하여 보충함.
93) 等: 저본에는 빠져 있으나 나, 다본에 의거하여 보충함.
94) 眸: 바본에는 '眄'으로 되어 있음.

曰: "年少不解事之妓, 何足責也? 飯幾[95]熟矣, 少坐喫飯而去, 可也." 文秀曰: "不願喫飯." 仍出門而去[96], 又尋其婢子之家, 則其婢子尙汲水矣. 方[97]汲水而來, 見其狀貌, 良久熟視, 曰: "怪哉怪哉!" 文秀問曰: "何爲見人而稱怪?" 其婢子曰: "客之貌樣, 恰似向來此邑冊房朴書房主[98], 故心竊怪之." 對曰: "吾果然矣!" 其婢子急[99]去水盆于地, 把手[100]大哭, 曰: "此何事也? 此何樣也? 妾[101]家不遠, 可偕往矣." 文秀隨而往, 則有數間斗屋矣. 入其房, 坐定後[102], 泣問其丐乞之由, 對之[103]如俄者對妓母之言. 其女驚曰: "一寒如此哉! 吾以爲書房主大達矣, 豈料到此? 今日則願留吾家[104]云." 而出一籠箱[105], 卽紬衣一襲, 勸使改服, 文秀[106]曰: "此衣從何出乎?" 對曰: "此是吾之積年汲水雇貰也. 聚錢貿此紬疋[107], 貰人縫衣以置, 此生若遇書房主, 則欲以表故情也." 文秀辭曰: "吾於今日, 以弊衣來此, 今忽換[108]着此新件衣服, 則人豈不怪訝乎? 終當着之, 姑置之." 其女入廚而備夕饍, 入後面, 口吶吶, 若有叱焉者然, 又有裂破器皿之狀. 文秀怪而問之, 則答曰: "南中敬鬼神矣.[109] 吾自送書房主後, 設神位而朝夕祈禱, 只願書房主立身揚名矣. 鬼若有靈, 則書房主豈至此境耶? 以是之故, 俄者裂破而燒火矣." 文秀忍笑, 而感其意而已[110].

---

95) 幾: 나, 다본에는 '旣'로 되어 있음.
96) 而去: 저본에는 빠져 있으나 바본에 의거하여 보충함.
97) 方: 저본에는 빠져 있으나 바본에 의거하여 보충함.
98) 主: 저본에는 빠져 있으나 다본에 의거하여 보충함.
99) 急: 저본에는 빠져 있으나 바본에 의거하여 보충함.
100) 把手: 나, 다본에는 '把袖'로 되어 있음.
101) 妾: 저본에는 '吾'로 나와 있으나 나본을 따름.
102) 後: 저본에는 빠져 있으나 바본에 의거하여 보충함.
103) 之: 저본에는 빠져 있으나 바본에 의거하여 보충함.
104) 吾家: 나, 다본에는 '鄙家'로 되어 있음.
105) 籠箱: 나, 다본에는 '竹箱'으로 되어 있음.
106) 文秀: 나, 다본에는 '公笑'로 되어 있음.
107) 紬疋: 저본에는 빠져 있으나 나, 다본에 의거하여 보충함.
108) 換: 저본에는 빠져 있으나 나, 다본에 의거하여 보충함.
109) 南中敬鬼神矣: 나, 다본에는 '南方敬鬼神風俗尙矣'로, 바본에는 '南中多有敬鬼神者'로 되어 있음.
110) 其意而已: 나, 다본에는 '其誠意矣'로 되어 있음.

具夕飯以進，文秀頓服[111]而留宿，平明催飯，曰：“吾有所往處.” 仍出門，先往矗石樓，潛伏於樓下．日出後，官吏紛紛修掃肆筵設席，少焉，兵使及本官出來，[illegible]邑守令十餘人皆來會． 文秀突出上座， 向兵使而言曰：“過去客子，欲[illegible]盛宴而來矣.” 兵使曰：“第坐一隅，觀光無妨矣.” 而已，[illegible]般狼藉，笙[illegible]嘈囂．其妓女立於本官背後，服飾鮮明，含嬌含態．兵使顧而笑[illegible]“[illegible]官近日大惑於厥物耶? 神色不如前矣.” 本官笑而答曰：“寧有是理?[illegible]色，果[112]無實事矣.” 兵使笑曰：“既近之後，[113] 必無是理.” 仍呼[illegible]行盃，其[illegible]盃[illegible]次次進前，文秀請曰：“此客亦善飮，願請一盃.” 兵[illegible]曰：“可進酒.[illegible]乃[illegible]，給知印[114]，曰：“可給彼客.” 文秀笑曰：“此客[illegible]男子也，願飮妓手之[illegible]酒!” 兵使與本官作色，曰：“飮則好矣，何願妓[illegible]乎?” 文秀仍受而飮之，[illegible][115]進饍於[116]各人之前，俱是大卓，而自家之前，不過數[illegible]已．文秀又[illegible]曰：“俱是班也，而飮食何可層下乎?” 本官怒曰：“長者之會，[illegible]煩? 只[117]喫飮食，斯可速去，何爲多言也?” 文秀亦怒曰：“吾亦非[illegible]乎[illegible]吾已有妻有子，鬚髮蒼然，則吾豈孩少乎?” 本官尤[118]怒，曰：“此乞客[illegible]矣，可以[119]逐出!” 仍分付官隷，使之[120]逐送，官隷立於[illegible]下，呵叱[illegible]“斯速下來!” 文秀曰：“吾何以下去? 本官可以下去矣.”[illegible]官益怒，[illegible]“此是狂客[121]也! 下隷輩焉敢不爲曳下乎?” 號令如霜[illegible]知印輩擧[illegible][122]推背，秀高聲曰：“汝輩可出去!” 言未已，門外驛卒，大[illegible]行御史出道矣!” 自兵使以下，面無

---

111) 頓服: 바본에는 '飽食'으로 되어 있음.
112) 果: 저본에는 빠져 있으나 나, 다본에 의거하여 보충함.
113) 既近之後: 저본에는 빠져 있으나 나, 다본에 의거하여 보충함.
114) 知印: 마본에는 '通印'으로 되어 있음.
115) 又: 저본에는 빠져 있으나 나, 다본에 의거하여 보충함.
116) 於: 저본에는 '而'로 나와 있으나 나, 다본에 의거함.
117) 只: 저본에는 '得'으로 나와 있으나 나, 다본을 따름.
118) 尤: 저본에는 빠져 있으나 나, 다본에 의거하여 보충함.
119) 以: 나, 다본에는 '卽'으로 되어 있음.
120) 之: 저본에는 빠져 있으나 다, 바본에 의거하여 보충함.
121) 狂客: 나, 다본에는 '狂漢'으로 되어 있음.
122) 手: 저에는 '袖'로 나와 있으나 나, 다, 사본에 의거함.

人色,[123] 而蒼黃幷[124]出, 文秀高坐而笑曰: "固當如是出去矣." 仍坐於兵使之座, 而自兵使以下, 本官及[125]各邑守令, 皆具帽帶請謁. 一一入現, 禮罷後, 文秀命捉入其妓, 又呼其母, 而分付於妓曰: "年前吾與汝, 情愛何如? 山崩海渴, 而情好[126]不變爲約矣. 今焉, 吾作此樣而來, 則汝可念舊日之情, 好言慰問可也, 何爲發怒也? 俗云: '不給糧而破瓢者.' 正謂汝也. 事當卽地打殺, 而於汝何誅?" 仍略施笞罰, 謂妓母曰: "汝則稍解人事, 以汝之故, 姑不殺之." 命給米肉, 又曰: "吾有所眄之女, 斯速呼來!" 仍使汲水之婢升軒而坐於傍, 而[127]撫之, 曰: "此眞有情[128]女子也. 此女陞付妓案, 使行行首妓[129], 而某妓降付汲水婢." 仍招入本府吏房, 毋論某樣, 錢二百金, 斯[130]速持來, 以給其婢子而去矣.

3-10.

耆隱朴文秀, 以繡衣行, 轉向他邑, 日晩不得食, 頗有飢色. 仍向一人之家, 則只有一童子, 而年近十五六矣. 仍向前, 乞一盂飯, 則對曰: "吾則偏親侍下, 而家計貧窮, 絶火已數日, 無飯與客." 文秀[131]困憊少坐, 童子屢瞻見屋漏間所掛[132]紙囊, 微有慚然之色, 而卽解囊入內, 數間斗屋戶外, 卽其內堂也. 在外聞之, 則童子呼母曰: "外有過客, 失時請飯, 人飢豈不可顧耶? 糧米絶乏, 無以供飯, 以此炊飯, 可也." 其母曰: "如此而汝親之忌事, 將闕之乎?" 童子曰: "情理雖切迫, 而目見人飢, 何可不救乎?" 其母受而炊之. 文秀旣聞其言, 心甚惻然. 童子出來, 文秀詳[133]問

---

123) 面無人色: 나, 다본에는 '面如土色'으로 되어 있음.
124) 幷: 바본에는 '迸'으로 되어 있음. 서로 통함.
125) 本官及: 저본에는 빠져 있으나 나, 다본에 의거하여 보충함.
126) 情好: 나, 다본에는 '情義'로 되어 있음.
127) 而: 저본에는 빠져 있으나 나, 다, 바본에 의거하여 보충함.
128) 情: 나 본에는 '信貞'으로, 다본에는 '信'으로 되어 있음.
129) 妓: 저본에는 '事'로 나와 있으나 마본을 따름.
130) 斯: 저본에는 빠져 있으나 바본에 의거하여 보충함.
131) 文秀: 가, 다본에는 '公'으로 되어 있음. 이하의 경우도 동일함.
132) 間所掛: 저본에는 '之'로 나와 있으나 다본을 따름.

其由, 則答曰: "客子旣聞知, 則不得欺矣. 吾之親忌不遠, 無以過祀, 故適有一升米, 作紙囊而[134]懸之, 雖闕食而不喫矣. 今客子飢餓, 而無供飯之資, 故[135]不得已以此炊飯矣. 不幸爲客子所聞知, 不勝慚愧云云." 方與酬酢之際, 有奴子來言[136]曰: "朴道令斯速出來!" 其童子哀乞曰: "今日則吾不得去[137]矣." 文秀問其姓, 則是乃同宗也. 又問: "彼來者爲誰?" 對[138]曰: "此邑座首之奴也. 吾之年紀已長, 聞座首有女通婚, 則座首以爲見辱云, 而每送奴子, 捉我而去, 捽曳侮辱, 無所不至, 今又推捉矣." 文秀乃對奴而言曰: "吾乃此童之叔也, 吾可[139]代往." 飯後, 仍隨奴子而往, 則座首者高坐, 而使之捉入云. 文秀直上廳坐, 而言曰: "吾侄之班閥, 猶勝於君, 而特以家貧之故, 不得已[140]通婚於君矣. 君如無意, 則置之可也, 何每每捉來示辱乎[141]? 君以邑中首鄕, 而有權力而然耶?" 座首聞而[142]大怒, 捉入其奴, 而叱之曰: "吾使汝捉來朴童, 而汝何爲捉此狂客而來, 使汝上典見辱乎? 汝罪當笞." 文秀自袖中露示馬牌, 曰: "汝焉敢若是?" 座首一見, 而面如土色, 降于階下俯伏, 曰: "死罪死罪!" 文秀乃曰: "汝可結婚乎?" 對曰: "焉敢不婚?" 文秀又曰: "吾已[143]見曆, 三明卽吉日. 伊日, 吾當與[144]新郎偕來矣, 汝可備婚具以待!" 座首曰: "敬諾." 文秀仍出門, 直入邑內而出道, 謂其本官曰: "吾有族侄而在[145]於某洞, 與此邑首鄕通婚, 而期在某日. 伊時, 婚具及宴需, 自官備給爲好."

---

133) 詳: 저본에는 빠져 있으나 다본에 의거하여 보충함.
134) 而: 저본에는 빠져 있으나 바본에 의거하여 보충함.
135) 故: 저본에는 빠져 있으나 바본에 의거하여 보충함.
136) 來言: 바본에는 '告'로 되어 있음.
137) 吾不得去: 다본에는 '吾適有緊, 故不得去'로 되어 있음.
138) 對: 저본에는 빠져 있으나 바본에 의거하여 보충함.
139) 可: 다본에는 '當'으로, 사본에는 '則'으로 되어 있음.
140) 不得已: 저본에는 빠져 있으나 다본에 의거하여 보충함.
141) 乎: 저본에는 빠져 있으나 가, 마, 바본에 의거하여 보충함.
142) 聞而: 저본에는 빠져 있으나 바본에 의거하여 보충함.
143) 已: 저본에는 빠져 있으나 바본에 의거하여 보충함.
144) 與: 다본에는 '率'로 되어 있음.
145) 在: 다본에는 '居'로 되어 있음.

本官曰: "此是好事, 何不優助? 須當如命." 又請隣邑守令. 當日, 文秀請新郎於自家下處, 具冠服, 而文秀備威儀而[146]隨後. 座首之家, 雲幕連天, 盃盤狼藉, 座上御史主壁, 諸守令皆列坐[147], 座首之家, 一層生光輝矣. 行禮後, 新郎出來, 御史命拿入座首, 座首叩頭, 曰: "小人依分付, 行婚禮矣." 御史曰: "汝田與畓, 幾何?" 曰: "幾石數矣." 曰: "分半給女婿乎?" 座首告曰: "焉敢不然?" 御史曰: "奴婢牛馬幾何, 器皿汴物, 亦幾何?" 答曰: "幾口·幾匹·幾件·幾個矣." 曰: "又爲[148]分半給女婿乎?" 答曰: "焉敢不然乎?" 御史卽命書文記, 而證人首書御史朴文秀[149], 次書本官及[150]某某邑倅, 列書而踏馬牌, 仍而轉向他處焉[151].

3-11.

尹判書游, 以副使奉命入燕. 知舊中問曰: "令公之風流, 歷箕城, 必有妓女之所眄者[152]矣." 尹答曰: "聞無可意者, 而只有一妓可合, 此則將使薦枕云." 厥妓, 卽時箕[153]伯之子所嬖者也. 聞此言, 猶恐失之, 使行入府時, 深藏而不出. 副使[154]到箕城[155], 留二日, 而終[156]無某妓待令之言, 箕伯之子以爲傳言之訛矣. 及其發行之時, 坐於轎上, 而言曰: "吾忘之矣, 某妓卽知舊之託, 而忘未及招見, 可暫招來!" 下隷傳言, 則箕伯之子, 意以爲今當發行, 出送固無妨云, 使之出送矣. 副使問曰: "某班汝知之乎?" 對[157]曰: "然矣." 副使使之近前, 出轎內饌盒而命喫之. 其妓以手受

146) 而: 저본에는 빠져 있으나 바본에 의거하여 보충함.
147) 列坐: 바본에는 '列立'으로 되어 있음.
148) 又爲: 바본에는 '各種'으로 되어 있음.
149) 文秀: 가, 다, 마본에는 '某'로 되어 있음.
150) 及: 저본에는 빠져 있으나 다본에 의거하여 보충함.
151) 焉: 저본에는 빠져 있으나 바본에 의거하여 보충함.
152) 者: 저본에는 빠져 있으나 가, 마본에 의거하여 보충함.
153) 箕: 저본에는 빠져 있으나 가, 마, 바본에 의거하여 보충함.
154) 副使: 가본에는 '公'으로 되어 있음. 이하의 경우도 동일함.
155) 箕城: 사본에는 '箕營'으로 되어 있음.
156) 而終: 저본에는 '仍'으로 나와 있으나 바본을 따름.

賜之際，仍把手而提[158]入轎內，仍使之闔轎門，載于馬上[159]，勸馬一聲，飛也似出普通門．箕伯之子聞此報，雖忿而無奈何矣．副使仍與之，偕往灣府，渡江時言曰："汝若歸去則好矣，不然，留待明春之回還．"其妓只[160]願留，待明春又偕來．聞者無不[161]絶倒矣[162]．

3-12.

金相若魯，以箕伯移兵判時，按箕營未久，江山樓臺，笙歌綺羅，不能忘懷．大發火症，揚言曰："兵曹下隷，如或下來者[163]，則當打殺云云．"兵曹所屬，無敢下去者，龍虎營諸校屬，相與議曰："將令如此，固不敢下去．若緣此而不得下去，則又有晩時之罪，此將奈何?"其中一校曰："吾當下去，無事陪來，則[164]君輩其將厚饋我乎?"皆曰："君如下去，無事陪來，則吾輩當盛備酒饌而待之．"其校曰："然則吾將治行矣．"仍擇巡牢中身長而有風威氣力者十雙，服色皆新造，而號令之聲，用棍之法，皆使習之，與之同行．時若魯，每日設樂於練光亭而消遣，望見長林之間，有三三五五來者，心甚訝之．而已，有一校衣服鮮明者[165]，而趍入於前，使下隷告曰："兵曹教鍊官現身矣．"若魯[166]大怒，拍案高聲，曰："兵曹教鍊官，胡爲而來哉?"其人[167]不慌不忙而上階，行軍禮而後，仍號令曰："巡令手斯速現謁!"聲未已，二十餘箇巡牢，入拜於庭下，分東西而立，其身手也，軍服也，比箕營羅卒，不啻霄壤矣[168]．其校忽又高聲號令，曰："左

157) 對: 저본에는 빠져 있으나 바본에 의거하여 보충함.
158) 提: 저본에는 빠져 있으나 바본에 의거하여 보충함.
159) 上: 저본에는 빠져 있으나 바본에 의거하여 보충함.
160) 只: 저본에는 빠져 있으나 바본에 의거하여 보충함.
161) 無不: 저본에는 빠져 있으나 바본에 의거하여 보충함.
162) 矣: 저본에는 빠져 있으나 사본에 의거하여 보충함.
163) 者: 저본에는 빠져 있으나 마본에 의거하여 보충함.
164) 則: 저본에는 '矣'로 나와 있으나 바본을 따름.
165) 者: 저본에는 빠져 있으나 바본에 의거하여 보충함.
166) 若魯: 가본에는 '金'으로 되어 있음. 이하의 경우도 동일함.
167) 人: 바본에는 '校'로 되어 있음.

右禁喧譁!" 如是者數次, 仍俯伏而稟達曰: "使道雖以方伯, 行次於此處, 固不敢如是. 今則大司馬大將軍行次也, 渠輩焉敢若是喧譁, 而邑校不得禁止乎? 邑校不可不拿入治罪矣." 仍號令曰: "左右禁亂, 官[169]邑校斯速拿入!" 巡牢承命而出, 以鐵索繫頸而拿入. 其校仍分付曰: "使道行次, 雖是一道方伯, 不可如是擾喧, 況今大司馬大將軍行次乎! 汝輩焉敢不禁其亂雜云?" 而仍使之依法, 巡牢執其所持去之兵曹白棍, 袒衣而棍之, 聲震屋宇. 其應對[170]之聲, 用棍之法, 卽京營之例, 而與箕營之隷, 不可同日而語矣. 若魯心甚爽然, 下氣而坐, 任其京校之爲, 至七度, 其校又稟曰: "棍不過[171]七度." 使之解縛而拿出. 若魯心甚無聊, 呼營吏謂曰: "營門付過記幷持來, 以給京校." 其校受之, 一一數其罪, 而或棍五度, 或七九度而拿出. 若魯又曰: "前付過記之爻周者, 並付京校." 其校又如前之爲, 若魯大喜, 問京校曰: "汝年幾何, 而誰家人也?" 對曰[172]: "年幾何, 某家之人也." 又[173]曰: "汝於箕城初行乎?" 對[174]曰: "然矣." 又[175]曰: "如此好江山, 汝何可一番不遊乎?" 仍入帖下記, 以錢一百兩·米五石, 書而給之, 曰: "明日可於此樓一入遊, 而妓樂飮食, 當準[176]備給矣." 仍信任一[177]如熟面人. 留幾日, 與之上京, 一時傳爲笑談.

3-13.

尹參判弼秉, 午人也, 居抱川. 以生進, 將赴試[178]到記場, 曉到東門外,

---

168) 矣: 저본에는 빠져 있으나 바본에 의거하여 보충함.
169) 官: 저본에는 빠져 있으나 바본에 의거하여 보충함.
170) 對: 저본에는 '待'로 나와 있으나 이본을 따름.
171) 過: 사본에는 '可'로 되어 있음.
172) 曰: 저본에는 '以'로 나와 있으나 가본을 따름.
173) 又: 저본에는 빠져 있으나 바본에 의거하여 보충함.
174) 對: 저본에는 빠져 있으나 바본에 의거하여 보충함.
175) 又: 저본에는 빠져 있으나 바본에 의거하여 보충함.
176) 準: 저본에는 빠져 있으나 바본에 의거하여 보충함.
177) 一: 저본에는 빠져 있으나 바본에 의거하여 보충함.
178) 試: 저본에는 빠져 있으나 사본에 의거하여 보충함.

則時尙早, 門亦[179]未開, 仍入酒店而少坐. 伊時, 適有隣居人賣柴之行, 仍坐牛背柴上而來矣. 店主出迎而問曰: "生員此行赴科而姓是尹氏乎?" 答曰: "然矣." 店主曰: "夜夢, 一人牽牛而駄柴, 柴上又有五彩玲瓏之一怪物, 從此路而來, 入于酒店, 故問: '其柴上載何物?' 則答曰: '此乃[180]牛產雛, 而乃是龍也, 故欲賣於京市而來云.' 驚覺而心竊訝之, 生員旣從此路, 而又坐牛柴上, 姓又尹氏云. 嘗聞尹氏指以爲牛, 而龍是科徵也. 可賀登科." 尹氏笑以責之而入城, 果登是科.

3-14.

李監司準, 致祭時, 朝士多會. 時張武肅公, 以漢城判尹兼訓將而參座矣, 大廳之上, 倚席枕吸烟竹[181]. 兪公拓基, 以台諫後至, 及到廳邊, 還下去, 會客皆莫知其故矣. 兪相坐於小舍, 而分付諫院吏曰: "大廳上橫竹倚枕之重臣, 誰也?" 對曰: "訓鍊使道也." 兪相叱曰: "今日公會也, 武將焉敢如是無禮於公座乎?" 公乃投竹而起, 曰: "可以去矣!" 一蹙眉而網巾坼裂. 伊後, 逢兪相, 以執法之意致謝, 而交歡而罷. 兪相之執法, 武肅公之氣岸, 槩如是矣.

3-15.

申大將汝哲, 少時, 習射于訓鍊院, 歸路, 都監軍一人, 乘醉詬辱. 申公乃蹴殺之, 直入李貞翼公浣家通刺, 使之入來, 而寒暄罷, 李公問: "何爲來見?" 申公對曰: "某名某也. 俄於射亭而歸路, 都監軍士如斯如斯, 某果蹴殺之矣, 此將奈何?" 李公笑曰: "殺人者死, 三尺至嚴, 焉敢逭律?" 申公曰: "死則一也, 殺一軍士而死, 非丈夫之事也, 欲殺其大將而死, 如何?" 李公曰: "汝欲殺我乎?" 申公曰: "五步之內, 公不得恃其衆也." 李

179) 亦: 저본에는 빠져 있으나 바본에 의거하여 보충함.
180) 乃: 저본에는 빠져 있으나 바본에 의거하여 보충함.
181) 烟竹: 가, 바본에는 '烟茶'로 되어 있음.

公笑曰: "第姑俟之." 仍分付於都監執事, 曰: "聞軍卒一人, 乘醉臥於街上, 托以佯死須擔來." 下隷承命而擔來, 則拿入決棍而出送[182], 仍以無事. 李公使留之, 曰: "汝大器也, 可親近往來." 愛之如親子姪. 一日, 召而言曰: "吾親知人家在不遠, 而以染疾, 擧家皆死, 無一[183]人殮襲. 諸具吾已備置, 今夜汝可往其家, 躬自殮襲, 可也." 申公承命, 而至夜執燭而往[184], 則一房之內有五尸, 仍以布木, 次次斂之, 至第三尸, 將斂之時, 忽然尸起而打頰, 燭乃滅矣. 申公少不驚, 動以手按之, 曰: "焉敢如是?" 公呼人, 爇燭[185]而來, 其尸大笑而起坐, 乃是李公也. 蓋李公欲試其膽氣, 而先臥尸側焉[186].

3-16.

世傳, 若通內侍之妻, 則登科云. 趙相顯命, 少時, 聞其言, 而欲一試之, 使人居間, 而致意於壯洞一宦侍之妻, 其女許之, 約以某日內侍入番後潛來矣.[187] 及期委往, 果無人[188]矣, 仍與其女交歡而臥矣. 夜將闌, 有開門聲, 而內侍入來, 趙相驚遑, 莫知所爲. 其女指之, 曰: "但坐此隨問隨答, 可也." 而[189]已, 宦者着公服而入來, 其女問曰: "大監何爲夜出也?" 宦侍曰: "適承命, 往毓祥宮, 歸路爲暫見君而來矣." 仍顧見趙相, 而問曰: "此[190]何人也?" 其女笑而答曰: "富平居吾之娚兄也." 宦侍致疑, 曰: "君是富平金生乎? 何不趁卽來訪而今始來, 而何時入來乎?" 對[191]曰:

---

182) 送: 저본에는 '之'로 나와 있으나 바본을 따름.
183) 一: 저본에는 빠져 있으나 마본에 의거하여 보충함.
184) 往: 바본에는 '視之'로 되어 있음.
185) 燭: 가본에는 '火'로 되어 있음.
186) 焉: 저본에는 빠져 있으나 바본에 의거하여 보충함.
187) 其女許之, 約以某日內侍入番後潛來矣: 다본에는 '女許以某日內侍入直, 當潛來爲納矣'로, 바본에는 '女曰: 某日內侍入番矣, 其時潛來焉'으로 되어 있음.
188) 無人: 다본에는 '內侍入直'으로 되어 있음.
189) 而: 저본에는 빠져 있으나 가, 다, 바본에 의거하여 보충함.
190) 此: 다본에는 '彼'로 되어 있음.
191) 對: 저본에는 빠져 있으나 바본에 의거하여 보충함.

"今夕始來, 伊時適有科期." 宦者[192]曰: "欲見科而來乎?" 對[193]曰: "然矣." 宦者忽忽而起, 曰: "吾今入去矣, 須與君妹敍阻懷也." 臨起, 托曰: "君於入場後[194], 必坐於薑田上, 則吾當以水刺茶啖退物得給矣." 對[195]曰: "諾." 宦者出門後, 笑而又[196]與其女同寢, 至曉乃去. 數日後, 入場而慮其來訪, 坐於壯元峰下, 見一內侍與一[197]紅衣者, 遍訪於場內, 曰: "富平金生坐於何處云云." 諸人皆不知, 而趙相心獨知之. 其人漸近, 趙相乃以扇掩面[198]而臥, 知舊之在傍者, 嘲之曰: "汝是金生乎? 何爲聞其聲而避臥也?" 趙相不答而臥矣. 其宦侍來訪[199]而問之, 傍人以弄談指示, 曰: "臥此矣!" 宦者擧扇而見[200]之, 曰: "君旣在此, 而雖是喧擾中, 何不應聲也?" 卽[201]自紅衣袖中, 出果肴之屬而饋之, 曰: "以此作療飢之資云云." 一接皆[202]笑, 而趙相亦[203]無一言而捧食[204]矣. 果登是科, 每每見嘲於親知中云.

3-17.

金鉉者, 英廟朝抬臣也. 鯁直敢言, 人號曰'鐵公'. 宋淳明, 除箕伯, 辭朝而出南門外時, 有餞送[205]之者, 盃盤豊厚, 金鉉適在座同盃矣. 掇床未幾, 而宋對座客而言曰: "吾之姑母家在近處[206], 暫拜而來矣, 可少坐焉."

192) 宦者: 다본에는 '又'로 되어 있음. 이하의 경우도 동일함.
193) 對: 저본에는 빠져 있으나 바본에 의거하여 보충함.
194) 後: 다본에는 '時'로 되어 있음.
195) 對: 저본에는 빠져 있으나 바본에 의거하여 보충함.
196) 又: 저본에는 빠져 있으나 다본에 의거하여 보충함.
197) 一: 저본에는 빠져 있으나 가본에 의거하여 보충함.
198) 面: 저본에는 빠져 있으나 이본에 의거하여 보충함.
199) 來訪: 바본에는 '近前'으로 되어 있음.
200) 見: 다본에는 '責'으로 되어 있음.
201) 卽: 저본에는 빠져 있으나 바본에 의거하여 보충함.
202) 皆: 저본에는 빠져 있으나 바본에 의거하여 보충함.
203) 亦: 저본에는 빠져 있으나 다본에 의거하여 보충함.
204) 而捧食: 저본에는 빠져 있으나 다본에 의거하여 보충함.
205) 送: 저본에는 빠져 있으나 바본에 의거하여 보충함.
206) 處: 저본에는 빠져 있으나 바본에 의거하여 보충함.

仍出門而去，未幾還來，將欲發行，坐客皆作別而起[207)]，金正色而言曰：“令監不可發行，須遲焉.” 宋曰：“何故也?” 金曰：“令監以主人，不顧座上之客而出門，此則大失賓主之體禮也．且[208)]飮食出給下隷，而旋卽出門，下隷何暇得喫餘瀝乎? 此則不通下情矣．大失體禮，不通下情，而何可受方伯之責，而導率列邑守宰乎? 吾將治疏矣.” 仍起去．宋意其戲言而發程矣．金歸家，而卽治疏駁之，曰：“臣於新箕伯之私席有一二事目見者，大失體禮，不通下情，不可置之方伯之任，請改差.” 上以依施下批，宋纔到高陽而見遞．古之官箴，乃如是矣.

3-18.

英廟戊申，嶺南賊鄭希亮，起兵於安陰，以應麟佐．希亮桐溪之宗孫也，初名遵儒，而以名祖之孫，稱有學問[209)]，頗有名於嶺右者也．以其梟獍之性，敢生射天之計，以熊輔爲謀主，而先發凶檄，進兵居昌．本倅逃走，執座首李述原[210)]，而使之起軍[211)]，則李述原據義責之，辭氣凜烈．賊使之降，則述原憤罵曰：“吾頭可斷，此膝不可屈於汝也．汝以名祖之孫，世受國恩，國家何負於汝，而汝作此擧也? 獨不忝於汝祖忠節乎?” 賊怒以刃脅之，述原終不屈，遂遇害至死，罵不絶口．其子遇芳，收其尸而[212)]斂之，安于枕流亭，而哭曰：“父讐未雪，吾何生爲? 且復讎之後，乃可葬也.” 仍白衣起軍，與賊戰于牛頭嶺之下，遇芳居前[213)]力戰，夜登臯而呼曰：“居昌之軍民聽我言! 希亮國賊也，汝輩若從之，則死亡無日矣．汝輩之中，如有縛致吾陣[214)]者，赦前罪錄勳，利害順逆不難卞矣云.” 而周行

207) 起: 저본에는 빠져 있으나 바본에 의거하여 보충함.
208) 且: 저본에는 빠져 있으나 바본에 의거하여 보충함.
209) 問: 저본에는 '聞'으로 나와 있으나 가, 마본에 의거함.
210) 原: 저본에는 '源'으로 나와 있으나 마, 바본에 의거하여 바로잡음. 이하의 경우도 동일함.
211) 起軍: 가본에는 '發兵'으로, 바본에는 '起兵'으로 되어 있음.
212) 而: 저본에는 빠져 있으나 사본에 의거하여 보충함.
213) 前: 저본에는 '先'으로 나와 있으나 바본을 따름.
214) 吾陣: 바본에는 '希亮'으로 되어 있음.

倡聲，而邑校數人，適在敵陣，夜縛希亮，致之陣中．諸議[215]皆以爲，‘囚之檻車，上送大陣，可也.’ 遇芳泣曰：“殺父之讐，吾何可一時共戴之乎？” 仍以刀刳其腹而出肝，祭于父柩前，仍行襄禮[216]．自朝旌其閭而贈職，建祠于熊陽面，名曰‘褒忠祠’，春秋享之．李遇芳以承傳筮仕，官至[217]縣監．

3-19.

麟佐之起兵也，初粧喪車，而兵器束作棺樣，擔軍皆賊徒也，以數十喪車擔轝，入淸州城內．營將南忠壯延年及幕客洪霦，言于兵使李鳳祥曰：“喪車多入城內，事甚怪訝，請破見而譏察焉.” 兵使醉而答曰：“過去喪車，何必疑訝？君等退去，可也.” 時夜半，有一雙鵲，上下於樓上之樑而噪之，逐之不去，已而亂作，城中大亂．賊兵擁入營門，兵使昏夢之中，走避[218]于後庭竹林之間．忠壯坐於樓上而號令，賊有問兵使去處，忠壯對[219]曰：“我也.” 罵賊不屈，而遂[220]遇害．賊中有知面者，見之，曰：“非也.” 遂至竹林，而又刺殺之，洪霦以身覆之，幷被害焉[221]．兵使營將及裨將，自朝家幷施旌閭贈職之典．其後，有人題詩于淸州城外南石橋上，曰：‘三更鳴鵲繞樑喧，燭滅華堂醉夢昏．裨將[222]能全蓮幕節，元戎反作竹林魂．雲惟死耳傳唐史，陵獨何心負漢恩．堪笑漁人功坐受，一時榮寵耀鄕村.’ 此詩傳播，而不知誰作也．又其後，南忠壯緬禮時，請輓於知舊之間，有兪生彦吉，卽兪知樞彦述從行間也．詩曰：‘吾頭可斷膝難推，千載森森萬刃催．是夜人能[223]貞節辦，暮春天以雪風哀．名符漢塞張拳死，姓憶睢陽齧指

215) 諸議: 바본에는 '諸軍'으로 되어 있음.
216) 襄禮: 바본에는 '葬禮'로 되어 있음. 뜻은 서로 통함.
217) 至: 저본에는 빠져 있으나 바본에 의거하여 보충함.
218) 走避: 바본에는 '避入'으로 되어 있음.
219) 對: 저본에는 빠져 있으나 바본에 의거하여 보충함.
220) 遂: 저본에는 '死'로 나와 있으나 가, 마, 바본에 의거함.
221) 焉: 저본에는 빠져 있으나 바본에 의거하여 보충함.
222) 裨將: 바본에는 '壯士'로 되어 있음.
223) 能: 가, 마본에는 '將'으로 되어 있음.

回. 堪笑五營巡撫使, 忍能無恙戴頭來.' 李氏子孫見此詩, 指以淸州詩, 亦此人之所作也, 至於鳴寃之境. 兪生竟被謫, 便[224]是詩案也.

3-20.

尹判書汲, 美風儀, 善文翰, 志又亢高[225], 未嘗輕與人交. 其在漢城判尹時, 府隷皆以爲當今之世, 地處也, 風儀也, 言論也, 文華也, 無出於此大監之右云矣. 一日, 罷衙歸路, 路逢一騎牛客, 衣弊縕而過, 彼此見而俱下軺下牛, 執手而問上來之由, 騎牛客曰: "聞美仲闕食已三日云, 而昨日吾家適受還米, 故載米而來, 將饋之云云." 府隷莫不驚而探知, 騎牛客, 卽臨齋尹副學心衡也, 美仲李正言彦世之字也.

3-21.

李兵使源, 提督如松之後也. 朝家以提督之有勞於壬辰之役, 收用其孫, 位至兵使, 有勇力[226], 能超數仞之墻, 彎一石弓. 其堂叔某居于春川地, 而躬耕資生, 亦有膂力神勇, 而人皆不知. 春畊時, 家貧無牛, 乃手自把耒耟而畊田, 則反勝於牛畊, 以是人或怪之[227]. 其知舊有爲豊川[228]倅者, 一日, 委往見之, 仍言曰: "吾有大禍, 欲圖免而力不足, 君以故人之情, 能活我乎?" 倅曰: "何謂也?" 曰: "吾之氣力健實然後, 可免此禍, 而窮不能如意而來, 自今[229]君可饋我全牛十匹乎? 喫十牛則可免矣." 倅許之. 李生每日使牽一[230]牛而來, 屠于前, 而[231]飮其血, 又擧肉而吮之, 色白後棄之, 連日如是. 托于本倅曰: "日間有一僧來, 問吾之下來[232]與否

224) 便: 저본에는 빠져 있으나 가, 마, 바본에 의거하여 보충함.
225) 高: 저본에는 빠져 있으나 사본에 의거하여 보충함.
226) 勇力: 나, 다본에는 '膂力'으로 되어 있음.
227) 或怪之: 나, 다본에는 '皆壯之'로 되어 있음.
228) 豊川: 사본에는 '春川'으로 되어 있음. 이하의 경우도 동일함.
229) 自今: 저본에는 '日'로 나와 있으나 마, 바본에 의거함. 가본에는 '自今日'로 되어 있음.
230) 一: 저본에는 빠져 있으나 다본에 의거하여 보충함.
231) 而: 저본에는 빠져 있으나 마, 바본에 의거하여 보충함.

矣. 以姑不來爲言, 而彼若不信, 則吾以期日之書置矣, 出此而示之." 倅許之矣. 過數日後, 閽者[233]入告曰: "有江原道五台山僧, 請謁矣." 使之[234]入來, 則卽一狀貌獰悍之健僧入來, 施禮而問曰: "春川李生來此乎?" 答曰: "有約而姑不來矣." 僧曰: "與小僧丁寧約會于此, 而過期不來, 甚可訝矣." 倅出示其書, 曰: "有書在此, 汝試見之. 某日當來云矣." 其僧見書畢, 辭曰: "伊日謹當出來云." 而出門. 倅怪之, 問于李生, 則曰: "此僧卽殺我之者也,[235] 而吾氣力未充實, 不得敵彼, 故欲調補十餘日, 始欲與之較力矣." 到伊日, 其僧又來請見, 時李生在座, 其僧入來, 又問: "李生之來否?" 李生開戶而言[236]曰: "余果來矣!" 僧冷笑曰: "汝旣來矣, 則只[237]可出來!" 李生自腰間出一鐵椎, 而下堂與僧對立, 其僧又出[238]一椎, 相與之擊. 未幾, 並化爲一帶白虹, 亘于天際, 而空中只有[239]椎擊之聲而已. 忽[240]李生自空中挾椎而落來, 仰面而臥如尸, 傍人皆驚駭, 李生乃瞬目而使勿近. 少焉, 其僧自雲中, 又挾椎而飛下, 如胡鷹之搏雉, 將近[241]李生之前, 李生忽擧椎而擊之, 聲如霹靂.[242] 其僧頭碎而斃於地, 李生喘息而起, 曰: "吾與此僧, 每較椎法, 力弱而不得勝. 今日又幾爲渠所輸, 故[243]不得已用臥椎法, 幸而渠不知而直下矣. 渠若知此法而橫下, 則吾不得免矣. 此亦數也云." 而更留數日, 告歸. 豊川倅問僧之來歷, 則不答而去, 隱於春川[244]山下[245]云耳. 僧則似是倭云云矣.[246]

---

232) 下來: 나, 다본에는 '在此'로 되어 있음.

233) 閽者: 저본에는 '門者'로 나와 있으나 나본에 의거함.

234) 之: 저본에는 빠져 있으나 나, 다, 바본에 의거하여 보충함.

235) 此僧卽殺我之者也: 나본에는 '此僧與吾嫌怨欲殺吾也'로, 다본에는 '此僧與吾有嫌怨欲殺我也'로 되어 있음.

236) 言: 다본에는 '喝'로 되어 있음.

237) 則只: 저본에는 빠져 있으나 바본에 의거하여 보충함.

238) 出: 나, 다본에는 '執'으로 되어 있음.

239) 有: 나, 다본에는 '聞'으로 되어 있음.

240) 忽: 저본에는 빠져 있으나 나, 다본에 의거하여 보충함.

241) 將近: 나, 다본에는 '落於'로 되어 있음.

242) 擊之, 聲如霹靂: 저본에는 빠져 있으나 나, 다본에 의거하여 보충함.

243) 故: 저본에는 빠져 있으나 바본에 의거하여 보충함.

3-22.

英廟每幸毓祥宮, 趙判書重晦, 以抬臣上疏以爲, '歲時未行太廟之謁, 先幸私廟, 於禮不可云云.' 上大怒, 卽以步輦, 直出興化門. 時當倉卒, 侍衛之臣, 陪護之軍, 皆未備. 上[247]由夜峴到毓祥宮, 垂涕而教曰: "以不肖之故, 辱及亡親, 以何面目更對臣民乎? 予當自處." 令軍卒, 執戟環衛, 而大臣以下, 一勿許入, 如許入, 則大將當施軍律. 又教曰: "八十老人若坐氷上[248], 不久當死." 仍以手足, 沈之前池氷雪之水. 時當早春, 氷未解之時[249], 百僚追到, 而被阻搪, 不得入. 正廟以世孫, 獨侍立, 叩頭流涕而諫之, 終不聽. 少焉, 玉體戰慄, 世孫涕泣而復諫, 則上曰: "斬趙重晦頭來, 置之目前, 則[250]予當還宮." 世孫急出門, 招大臣, 令曰: "趙重晦斯速斬頭以來!" 時金相相福[251], 獨立於衛外, 奏曰: "趙重晦無可斬之罪, 何可迫於嚴命而殺不辜乎? 惟願邸下務積誠意, 期於天意之回." 世孫頓足而泣, 又下令曰: "宗社之危, 迫在俄傾, 大臣何愛一重晦而不奉命乎?" 金相對曰: "此是大朝之過擧, 何可因過中之擧殺言官[252]乎? 臣雖終[253]死, 不敢奉令." 上下相持之際, 自上下教曰: "趙重晦姑勿斬, 先以庭請啓辭入之." 右相仍與諸臣, 呼草登啓以入, 上覽之, 裂書而擲于地, 曰: "此是啓辭乎? 乃是趙重晦之行狀也." 於是[254], 諸臣改草以亟正邦刑, 入啓, 上命三倍道, 濟州安置, 卽日發送, 而仍還宮. 趙未及濟州, 而有放釋之命.

---

244) 春川: 저본에는 빠져 있으나 가, 마, 바본에 의거하여 보충함.
245) 山下: 나, 다본에는 '山中'으로 되어 있음.
246) 僧則似是倭云云矣: 저본에는 빠져 있으나 나, 다본에 의거하여 보충함.
247) 上: 저본에는 빠져 있으나 바본에 의거하여 보충함.
248) 氷上: 바본에는 '氷雪'로 되어 있음.
249) 時: 저본에는 빠져 있으나 가, 마, 사본에 의거하여 보충함.
250) 則: 저본에는 빠져 있으나 마, 바본에 의거하여 보충함.
251) 金相相福: 바본에는 '右相金相福'으로 되어 있음.
252) 官: 저본에는 '宮'으로 나와 있으나 바본에 의거함.
253) 終: 저본에는 빠져 있으나 마본에 의거하여 보충함.
254) 於是: 저본에는 빠져 있으나 가본에 의거하여 보충함.

3-23.

李判書鼎輔，以副學遭故．一日．往省湖中先山，聞獨子病報，蒼黃復路，行[255]到省草店，時[256]日暮，貫目商人十餘人，先入店矣．李公處于越小房，夜深月明，不寐而[257]坐，有[258]一商人，開戶而出溺，仰見天象，忽呼同伴之字，曰："某也出來!"而已，一人又出，相對而坐，一人指示星辰，曰："畢星犯某星，明午必大雨，數日不止矣．趁早起動，越某川，可也."一人仰視，曰："然矣."仍與之酬酢，一人問曰："今日所逢守令行次，汝知之乎?"曰："聞是靈光倅也."曰："其人何如?"曰："風儀動盪矣."曰："其面目能無凶氣乎?"曰："十年之後，必死[259]於車上矣，至凶之像也."曰："今日入此店喪人，知之乎?"曰："極貴人，見今似貴至宰相之班矣."曰："其眉間得無所現之氣耶?"曰："其形極清秀，子宮甚貴，必聞獨子病報而去矣．然而昨日午後，已不得[260]救矣."仍以無嗣可慮矣．李公聞而訝異之，開戶而視之，則二人仍入房內，鼻聲如雷．李公高聲曰："俄者酬酢之人誰也? 願一見之."連聲而無應者．未幾鷄鳴，行人皆起，而催飯出門，李公亦秣馬而發．過午後，大雨果注如柱[261]，川渠漲溢，行人數日不通．到家則其子已死，果符其言．而靈光倅，卽申致雲也，乙亥謀逆伏誅．

3-24.

柳統制鎭恒，少時，以宣傳官入直矣．時壬午，酒禁極嚴．一日月夜，上忽有入直宣傳官入侍之命，鎭恒承命入侍，則出一長劍而賜，而教曰："聞閭閻尙多釀酒云，汝須持此劍出去，限三日，捉納則好矣．不然，則可

255) 行: 저본에는 빠져 있으나 가, 마, 바본에 의거하여 보충함.
256) 時: 저본에는 '而'로 나와 있으나 가, 마, 바본을 따름.
257) 而: 저본에는 빠져 있으나 가본에 의거하여 보충함.
258) 有: 저본에는 빠져 있으나 바본에 의거하여 보충함.
259) 死: 저본에는 '舞'로 나와 있으나 바본에 의거함.
260) 得: 저본에는 빠져 있으나 바본에 의거하여 보충함.
261) 如柱: 저본에는 빠져 있으나 사본에 의거하여 보충함.

以汝頭來納!" 鎭恒承命而[262]退, 歸家, 以袖掩面而臥, 其嬖妾問曰: "何爲如是忽忽不樂也?" 曰: "吾之嗜酒, 汝所知也, 而斷飮已久, 喉渴欲死." 其妾曰: "暮後可圖, 第姑俟之." 及夜, 其妾曰: "吾知有酒之家, 除非吾躬往, 則無以沽來." 仍佩壺, 而以裙掩面而出門. 鎭恒潛躡其後, 則入東村一草家, 沽酒以來. 鎭恒飮而甘之, 更使沽來, 其妾又往其家而沽來. 鎭恒乃[263]佩壺而起, 其妾怪而問之, 答曰: "某處某友, 卽吾之酒伴也[264], 得此貴物, 何可獨醉? 欲往與之飮云." 而出門, 尋其家而入戶, 則數間斗屋, 不蔽風雨, 而有一儒生挑燈讀書, 見而怪之, 起而迎之[265], 曰: "何來客子深夜到此?" 鎭恒坐定而言曰: "吾是奉命也." 自腰間出酒壺, 曰: "此是宅中所沽也! 日前下敎如斯如斯, 旣見捉, 則不可不與之同行矣." 其儒生半餉無語, 曰: "旣犯法禁, 何可稱頉? 然而家有老親, 願一辭而行, 如何?" 柳曰: "諾." 儒生入內, 低聲呼母, 其老親驚問曰: "進士乎? 何爲不眠而來乎?" 儒生對曰: "前旣不仰陳[266]乎? 士夫雖餓死, 而不可犯法云矣. 慈氏終不聽信, 今乃見捉, 小子今方就死矣." 其老親放聲大哭, 曰: "天乎地乎! 此何事也? 吾之潛釀[267], 而非貪財而然也, 欲爲汝朝夕粥飮之資矣. 今乃如此, 是吾罪也, 此將奈何?" 如是之際, 其妻亦驚起, 搥胸而號哭. 儒生徐言曰: "事已到此, 哭之何益? 但吾無子, 吾死之後, 子可奉養老親如吾在時. 某洞某兄有子幾人, 一子率養而安過." 申申付託而出, 柳在外聞其言, 而心甚惻然. 及儒生之出來也, 問之曰: "老親春秋, 幾何?" 曰: "七十餘矣." 曰: "有子乎?" 曰: "無矣." 柳曰: "此等景像, 人所不忍見, 吾則有二子, 又非侍下, 吾可以代死, 君則放心." 酒壺幷使之出來, 仍與之對酌, 而打破其器, 埋之于庭中[268]. 臨行,

262) 而: 저본에는 빠져 있으나 바본에 의거하여 보충함.
263) 乃: 저본에는 빠져 있으나 다본에 의거하여 보충함.
264) 吾之酒伴也: 다본에는 '切親酒朋'으로 되어 있음.
265) 之: 저본에는 빠져 있으나 바본에 의거하여 보충함.
266) 旣不仰陳: 바본에는 '豈不仰達'로 되어 있음.
267) 潛釀: 다본에는 '犯禁'으로 되어 있음.
268) 中: 저본에는 빠져 있으나 바본에 의거하여 보충함.

又言[269]曰: "老親侍下, 家計不成說,[270] 吾以此劍, 聊表一時之情, 須賣而供親, 可也." 遂[271]解佩刀, 與之而起[272], 主人固辭, 不顧而去. 主人問: "其姓名爲誰?" 對曰: "吾乃宣傳官也, 姓名何須問之?" 飄然而去. 翌日朝[273]卽限也, 入闕待罪, 則自上問曰: "汝[274]果捉酒而來乎?" 對曰: "不得捉矣." 上怒曰: "然則汝頭何在?" 鎭恒俯伏無語[275]良久, 仍命三倍道, 濟州安置. 鎭恒在謫幾年[276], 始解配, 十餘年落拓, 晩後復職, 得除草溪郡守[277], 而在郡數年, 專事肥己, 民皆嗷嗷. 一日, 繡衣出道而封庫, 直入政堂, 首鄕吏及倉色諸人, 一倂拿入, 刑杖[278]方張. 柳從門隙而窺見, 則的[279]是向來東村酒家[280]之儒生也. 仍使之請謁, 則御史駭而不答, 曰: "本官何以請見? 可謂沒廉矣." 鎭恒直入而拜, 御史不顧, 而正色危坐. 柳曰: "御史道知此本官乎?" 御史沈吟不答, 而獨語于口曰: "本官吾何知之?" 柳曰: "貴第前日豈不在於東村某洞乎?" 御史微驚, 曰: "何爲問之?" 柳曰: "某年某月某日夜, 以酒禁事奉命之宣傳官, 或記有否?" 御史尤驚訝, 曰: "果記得矣."[281] 柳曰: "本官卽其人矣!" 御史急起把手, 而淚如雨下, 曰: "此是恩人也. 今之相逢, 豈非天耶?" 仍命退刑具及諸罪人, 一倂放之. 終夜張樂, 娓娓論懷, 更留幾日而歸, 仍卽褒啓, 繡啓之褒奬, 前未有出於此右也. 自上嘉其治績, 特除朔州府使. 伊後, 此人位至大臣, 而到處[282]言其事, 一世譁然義之. 柳鎭恒位至統制使, 此是少論

269) 言: 저본에는 빠져 있으나 마, 바본에 의거하여 보충함.
270) 家計不成說: 다본에는 '家勢如此'로 되어 있음.
271) 遂: 저본에는 빠져 있으나 다, 바본에 의거하여 보충함.
272) 起: 저본에는 '去'로 나와 있으나 다본에 의거함.
273) 朝: 저본에는 빠져 있으나 다본에 의거하여 보충함.
274) 汝: 저본에는 빠져 있으나 다본에 의거하여 보충함.
275) 無語: 다본에는 '待罪'로 되어 있음.
276) 幾年: 다본에는 '累年'으로 되어 있음.
277) 守: 저본에는 빠져 있으나 다본에 의거하여 보충함.
278) 刑杖: 다본에는 '刑具'로 되어 있음.
279) 的: 저본에는 빠져 있으나 가, 마, 바본에 의거하여 보충함.
280) 家: 저본에는 빠져 있으나 이본에 의거하여 보충함.
281) 果記得矣: 다본에는 '豈可忘之'로 되어 있음.

大臣，而忘其姓名，不得記之.

3-25.

禹六不者，趙相顯命傔從也，人甚質直，而嗜酒貪色. 李參判泰永家，有婢莫大者，人頗姸美，六不仍作妾而大惑， 每出入廊下. 一日，在趙相家，新統制使下直而來，請古風，則給二兩，六不受而還擲于前，曰:“歸作大夫人衣資!”統制使含怒，而熟視而[283]去矣. 仍後，爲捕將而上來，仍出令曰:“捕校中如有捉納禹六不者，吾施重賞.”過數日，果見捉來[284]，直欲施亂杖之刑，人急告于趙相. 趙相時帶御將，乘軒而過捕廳門外，駐軒而傳喝，曰:“此是吾之傔人也. 渠雖有死罪，欲一面而訣，須暫出送.”捕將不得已而出送，以[285]紅絲結縛，校卒十餘人隨而來. 六不見趙相而泣，曰:“願大監活我!”趙相曰:“汝犯死罪，吾何以活之? 然而汝旣死矣，吾欲把手而訣，可解縛.”校卒以將令爲難，趙相怒叱曰:“斯速解之!”捕校不得不承命而解縛，趙相執其手，而仍上置于軺軒踏板上，仍分付御營執事，曰:“如有追來之捕廳所屬，一倂結縛.”軍卒唱諾，而回車疾馳而還，留之家中，而不使出門. 趙相死後，侍其侄[286]，常見有不是事，輒諫之，則趙相叱[287]曰:“汝何知而敢如是耶云云.”六不直入祠堂，呼大監而哭曰:“大監宅不久必亡，小人從此辭退云.”而仍更不往其家. 及到壬午年，酒禁之令至嚴，六不以酒爲粮，斷飮已久，仍以成病，有朝夕難保之慮. 莫大潛釀一小缸，夜深後勸之，則驚問曰:“此物何處得來?”曰:“爲君之病潛釀矣.”仍呼莫大而出外，以手握渠之髻而拿入，曰:“禹六不捉入矣.”渠[288]自作分付曰:“汝何爲而犯禁釀酒乎?”又自對曰:“小人焉

---

282) 處: 저본에는 '此'로 나와 있으나 사본을 따름.
283) 而: 저본에는 '之'로 나와 있으나 가, 바본을 따름.
284) 來: 저본에는 빠져 있으나 바본에 의거하여 보충함.
285) 以: 저본에는 빠져 있으나 가, 바본에 의거하여 보충함.
286) 侄: 가, 바본에는 '子趙相載浩'로, 사본에는 '子侄'로 되어 있음.
287) 趙相叱: 저본에는 빠져 있으나 가, 바본에 의거하여 보충함.
288) 渠: 저본에는 빠져 있으나 바, 사본에 의거하여 보충함.

敢乃爾? 小人無識之妻, 爲小人之病, 而潛[289]釀之矣." 官又分付曰: "可斬!" 仍作斬頭樣, 曰: "如此則何如? 吾以小民, 何敢冒犯國禁乎? 大是不可." 仍破瓮而不飮, 因其病而不起.

3-26.

湖中古有一士人, 迎妹婿, 而三日內仍病不起. 自士人家治喪, 而幷孀妹送于舅家, 其士人隨後渡江. 士人不勝其悲慘之懷, 仍賦詩, 曰[290]: '問爾江上船, 古又今娶而來幾人, 嫁而歸幾人? 未有如此行, 丹旐先素轎[291]後, 靑孀新婦白骨新郎. 江上船歸莫疾, 郎魂猶自臥東床. 江上船歸莫懶, 聞有郎家十年養孤兒之萱堂. 萱堂朝萱堂暮, 望子不來. 來汝喪, 此理誰復問? 蒼蒼小婢依船泣, 且語彼鳥者鳶鳶. 猶自雙雙飛飛, 水之北山之陽云云[292].' 而書置于柩前, 一聲長號. 少焉, 忽有長虹, 自江中亘于柩上, 而已, 柩自坼裂, 死者還起云, 亦可異矣. 事近齊諧, 而姑錄之.

3-27.

一楊蓬萊士彦之父, 以蔭官爲靈巖郡守, 受由上京, 還官之路, 未及本郡. 一日程, 曉起作行, 未及店舍, 人馬疲困, 爲尋路傍閭舍, 欲爲中火之計. 時當農節, 人皆出野, 村中一空. 一箇村舍, 只有一女兒, 年可十一二歲, 對下隷而言曰: "吾將炊飯, 須暫接於吾家, 可也." 下隷曰: "汝以年幼之兒, 何可炊飯而供饋行次乎?" 對曰: "此則無慮, 須卽行次好矣." 一行無奈何, 入門, 則其女子淨掃房舍, 鋪席而迎之, 謂下隷曰: "行次進支米, 自吾家辦出矣, 只出下人各名之粮, 可也." 楊倅細察其女兒, 則容貌端麗, 語音淸朗, 少無村女之態, 心甚異之. 而已, 進午飯, 則其精潔疎淡,

---

289) 潛: 저본에는 빠져 있으나 바본에 의거하여 보충함.
290) 曰: 저본에는 빠져 있으나 바본에 의거하여 보충함.
291) 轎: 가본에는 '車'로 되어 있음.
292) 云: 저본에는 빠져 있으나 바본에 의거하여 보충함.

絶異常品, 上下之人, 皆嘖嘖稱奇. 楊倅招使近前, 而問曰: "汝[293]年幾許?" 對曰: "十二歲矣." 又問: "汝父何爲?" 對曰: "此邑將校, 而朝與吾母出野鋤草矣." 楊倅奇愛之, 乃出箱中青紅扇各一柄[294], 而給之, 戲曰: "此是吾之送綵於汝之需, 謹受之." 其女子聞其言, 卽入房中, 出箱中紅色袱, 而鋪之前, 曰: "此扇置之此袱之中[295]." 楊倅問其故, 對曰: "旣[296]是禮幣, 則莫重禮物, 何可以手授受乎?" 一行上下, 莫不稱奇. 楊倅遂出門而作行, 到郡後而忘之矣[297]. 過數年後, 門卒入告曰: "隣邑某處將校某來謁, 次此[298]通刺矣." 使之入內[299], 則卽素昧之人也. 楊倅問曰: "汝之姓名云何, 而緣何來而見?" 其人拜伏而言曰: "小人卽某邑之校也. 官司再昨年京行回路, 有中火於小人之家, 而時有一女兒炊飯接待之事乎?" 楊倅曰: "然矣."[300] 又曰: "伊時或有信物之給者乎?" 曰: "不是信物, 吾奇愛其女兒之伶俐, 以色扇賞之矣." 其人曰: "此兒, 卽小人之女也. 今年爲十五歲矣, 方欲議婚矣, 女兒以爲吾受靈巖官司禮幣, 矢死不之他云云. 故以一時戲言, 何可信之, 欲使强之, 則以死爲限, 萬端誘之, 難回其心, 故迫[301]不得已來告矣." 楊倅笑曰: "汝女之好意, 吾何忍背之? 汝須擇日以來, 吾當迎來矣." 及吉期, 以禮聘之[302], 卽[303]爲小室. 時楊倅適鰥居, 故[304]以其女處內之正堂, 而主饋飮食衣服, 無不稱意. 及遞歸本第, 其撫愛嫡子女篤至, 馭諸婢僕, 各盡其道, 至於一門宗黨, 無不得其歡心, 譽聲溢於上下內外. 產一子, 卽蓬萊也. 神彩俊逸, 眉目淸秀,

---

293) 曰汝: 저본에는 빠져 있으나 바본에 의거하여 보충함.
294) 柄: 저본에는 빠져 있으나 바본에 의거하여 보충함.
295) 中: 저본에는 '上'으로 나와 있으나 바, 사본을 따름.
296) 旣: 바본에는 '扇'으로 되어 있음.
297) 矣: 저본에는 빠져 있으나 바본에 의거하여 보충함.
298) 此: 사본에는 '納'으로 되어 있음.
299) 內: 저본에는 '來'로 나와 있으나 사본을 따름.
300) 然矣: 바본에는 '有之矣'로 되어 있음.
301) 故迫: 저본에는 빠져 있으나 바본에 의거하여 보충함.
302) 聘之: 저본에는 '迎來'로 나와 있으나 사본을 따름.
303) 卽: 저본에는 빠져 있으나 바본에 의거하여 보충함.
304) 故: 저본에는 빠져 있으나 바본에 의거하여 보충함.

正是仙風道骨. 幾年之後, 楊倅作故哀毁, 如禮成服之日, 宗族咸集. 蓬萊之母, 號泣而出座, 言曰: "今日列位齊會, 諸喪人在座, 妾有一奉托之事, 其能肯許否?" 喪人曰: "以庶母之賢淑, 所欲托者, 吾輩安有不從之理乎?" 諸宗亦言曰: "諾."[305] 乃曰: "妾有一子, 而作人不至愚迷, 然而我國之俗, 自來賤孼, 渠雖成人, 將焉用哉? 諸位公子, 雖恩愛無間, 而妾死之後, 將服妾母之服矣, 如是則嫡庶顯殊矣. 此兒將何以行世乎[306]? 妾當於今日自決, 若於大喪中彌縫, 則庶無嫡庶之別矣. 伏[307]望列位, 哀憐將死之人, 勿使飮恨於泉下." 諸人皆曰: "此事吾輩相議好樣道理, 俾無痕跡矣, 何乃以死爲期[308]乎?" 蓬萊母曰: "列位之意, 雖可感, 却不如一死之爲愈[309]." 言罷, 自懷中出小刀, 自刎於楊倅之柩前, 諸人皆大驚, 而嗟惜曰: "此人也, 以賢淑之性, 以死自決, 而如是勤托, 則[310]逝者之托, 不可孤也." 遂相議而嫡兄輩, 視若親兄弟, 少無嫡庶之別. 蓬萊長成之後, 位歷士大夫之職, 名滿一國人, 不知其爲庶流云爾.

3-28.

海豊君鄭孝俊, 年四十三[311], 貧窮無依, 喪妻者三, 而只有二女, 無一子. 以寧陽尉鄭悰[312]之曾孫, 本家奉先[313]之外, 又奉魯陵及顯德王后權氏·魯陵王后宋氏三位神主, 而無以備奉[314]香火, 在家愁亂. 每日從遊於隣居李兵使眞卿家, 以賭博爲消遣之資. 李卽判書俊民之孫也, 時以堂下武弁, 日與海豊賭博矣. 一日, 海豊猝然而言曰: "吾有衷曲之言, 君其信

305) 諸宗亦言曰諾: 저본에는 '諸宗之答亦然'으로 나와 있으나 바본을 따름.
306) 乎: 저본에는 빠져 있으나 바본에 의거하여 보충함.
307) 伏: 저본에는 '奉'으로 나와 있으나 바본을 따름.
308) 爲期: 바본에는 '自處'로 되어 있음.
309) 愈: 저본에는 '兪'로 나와 있으나 바본에 의거함.
310) 則: 저본에는 빠져 있으나 바본에 의거하여 보충함.
311) 四十三: 저본에는 '三十八'로 나와 있으나 가, 마, 바본에 의거함.
312) 鄭悰: 저본에는 빠져 있으나 가본에 의거하여 보충함.
313) 奉先: 바본에는 '奉祀'로 되어 있음.
314) 奉: 저본에는 빠져 있으나 바본에 의거하여 보충함.

聽否?" 李曰: "吾與君如是親熟, 則何有難從之請乎? 第言之!" 海豊囁嚅良久, 乃曰: "吾家非但累世奉祀, 且奉至尊之神位, 而吾今鰥居無子, 絶嗣必矣, 豈不矜悶乎? 如非君, 則吾何可開口? 君其矜悶我情勢, 能以我爲女婿乎?" 李乃勃然作色, 曰: "君言眞乎假乎? 吾女年今十五, 何可與近五十之人作配乎? 君言妄[315]矣. 絶勿更發此沒知覺必不成之言, 可也." 海豊滿面羞愧, 無聊而退, 自此以後, 更不往其家矣. 其後十餘日之夜, 李兵使就寢矣, 昏夢之[316]中, 門庭喧擾, 遠遠有警蹕之聲, 一位官服者入來, 曰: "大駕幸于君家, 須卽出迎!" 李慌忙而下階, 俯伏于庭. 已而, 少年王端冕珠旒, 來臨于大廳之上, 命李近前, 而敎曰: "鄭某欲與汝結親, 汝意如何?" 李[317]起伏而對曰: "聖敎之下, 焉敢違咈? 而但臣之女, 年未及笄, 鄭是三十年長, 何可以作配乎?" 又[318]敎曰: "年齒多少, 不須較計, 必須成婚, 可也." 仍還宮. 李乃怳惚而覺, 卽起入內, 則其妻亦明燭而坐, 因[319]問曰: "夜未曉[320], 何爲入來?" 李乃[321]以夢中[322]事言之, 其妻曰: "吾夢亦然, 大是怪事!" 李曰: "此非偶然之事, 將何以爲之?" 其妻曰: "夢是虛境, 何可信之云矣." 過十餘日後, 李又夢, 大駕又臨, 而玉色不豫, 曰: "前夜已[323]有所下敎者, 汝何尙今不奉行乎?" 李惶蹙[324]而謝曰: "謹當商量爲之矣." 覺而言于其妻, 曰: "此夢又如是, 此必是天意也. 若逆天, 則恐有大禍矣, 將若之何?" 其妻曰: "夢雖如此, 事則不可成也. 吾何忍以愛女作寒乞人之[325]四室乎? 此則毋論天定與人

315) 妄: 저본에는 '忘'으로 나와 있으나 바본에 의거하여 바로잡음.
316) 之: 저본에는 빠져 있으나 사본에 의거하여 보충함.
317) 李: 저본에는 빠져 있으나 바본에 의거하여 보충함.
318) 又: 저본에는 빠져 있으나 바본에 의거하여 보충함.
319) 因: 저본에는 빠져 있으나 바본에 의거하여 보충함.
320) 曉: 저본에는 '晩'으로 나와 있으나 바본에 의거함.
321) 乃: 저본에는 빠져 있으나 사본에 의거하여 보충함.
322) 中: 저본에는 빠져 있으나 가, 마, 바본에 의거하여 보충함.
323) 夜已: 저본에는 빠져 있으나 바본에 의거하여 보충함.
324) 惶蹙: 바본에는 '惶恐'으로 되어 있음.
325) 之: 저본에는 빠져 있으나 바본에 의거하여 보충함.

定，死不可從矣.”李自此之後，心甚憂恐，寢食不安矣．又[326]過十餘日後，大駕又臨于夢，曰：“向日下教於汝者，非但天定之緣，此乃多福之人也，於汝無害而有益者也．故[327]屢次下敎，而終始拒逆，此何道理，將降大禍矣!”李乃惶恐，起伏而對曰：“謹奉聖敎矣.”又敎曰：“此非汝之所爲，專由於汝妻之頑，不奉命，吾[328]當治其罪.”仍下敎拿入，霎時大張刑具，拿入其妻而數之[329]，曰：“汝之家長，欲從吾命矣，汝獨持難而不奉命，此何道理?”仍命加刑，至四五杖而止．李妻惶恐而哀乞，曰：“何敢違越，謹當奉敎矣!”仍停刑而還宮．李乃驚覺而入內，則其妻以夢中事言之，捫膝而坐，膝有刑杖之痕．李之夫妻大驚恐，相與議定，而翌日請海豊，曰：“近日何久不來云.”則海豊卽來到[330]，李迎謂曰：“君以向日事自外而不來乎？吾於近日千思萬量，非吾則此世無濟君之困，雖誤却吾女之平生，斷當送歸于君家矣．君爲吾家之東床，吾意已決，寧有他議?柱單不必，相請此席書之，可也.”仍以一幅簡給而書之，仍於座上，披曆而涓吉，丁寧相約而送之．翌日之朝，其女起寢，而言于其母曰：“夜夢甚奇，嚴君之博友鄭生，忽化爲龍，向余而言曰：‘汝受吾子云[331].’吾乃開裳幅而受，小龍五箇，蜿蜿蛇蛇於裳幅之上，而[332]授受之際，一小龍落于地，折項而死，豈不可怪乎?”父母聞其言而異之．及入鄭門，逐年生産，生純男子五人，皆長成，次第登科，一男二男，位至判書，三男位至大司憲[333]，四男五男，俱是玉堂．長孫又登第於海豊之生前，其婿又登第．海豊以五子登科，加二資，位至亞卿．享年九十餘，孫曾滿前，其福祿之盛，世所罕比．其第五男，以書狀赴燕回路，未出柵而作故，以其柩還．時海

326) 又: 저본에는 빠져 있으나 바본에 의거하여 보충함.
327) 故: 저본에는 빠져 있으나 바본에 의거하여 보충함.
328) 吾: 저본에는 빠져 있으나 바본에 의거하여 보충함.
329) 數之: 바본에는 ‘數罪’로 되어 있음.
330) 到: 저본에는 ‘矣’로 나와 있으나 바본을 따름.
331) 云: 저본에는 빠져 있으나 바본에 의거하여 보충함.
332) 而: 저본에는 빠져 있으나 바본에 의거하여 보충함.
333) 大司憲: 가본에는 ‘大諫’으로, 바, 사본에는 ‘大司諫’으로 되어 있음.

豊尙在, 果符夢中之事. 其夫人先海豊三年而歿. 海豊窮時, 適於知舊之家, 逢一術士, 諸人皆問前程, 海豊獨不言, 主人言曰: "此人相法神異, 何不一問?" 海豊曰: "貧窮之人, 相之何益?" 術士熟視, 曰: "這位是誰? 今雖如此困窮, 其福祿無限. 先窮後通[334], 五福俱全之相, 座上人皆不及云矣." 其後, 果符其言. 海豊初娶時, 醮禮之夕, 夢入一人之家, 則堂上排設, 一如婚娶之儀, 但無新婦, 覺而訝之. 其後,[335] 喪妻而再娶之夜, 夢又入其家, 則又如前夢, 而所謂新婦, 未免襁褓. 後[336]又喪妻, 三娶之夕, 又夢入其家, 則一如前夢, 而稱以新婦襁褓之兒, 年近十餘歲而稍長矣. 又喪妻及四娶, 李氏門見新婦, 則卽向來夢見之兒也. 凡事皆有前定而然也. 李兵使夢中下教之君上, 乃是端廟云爾.

3-29.

沈一松喜壽, 早孤失學. 自編髮時, 專事豪宕, 日夜往來於狹斜[337]青樓, 公子王孫之宴, 歌娥舞女之會, 無處不往. 蓬頭突鬢, 破履弊衣, 少無羞澁, 人皆目之以狂童. 一日, 又赴權宰宴席, 雜於紅綠叢中, 唾罵而不顧, 驅逐而不去. 妓中有少年名妓一朶紅者, 新自錦山上來, 容貌歌舞, 獨步一世. 沈童慕其色[338], 接席而坐, 紅少無厭苦之色. 時以秋波送情[339], 微察其動靜, 仍起而[340]如厠, 以手招沈童. 沈童起而從之, 紅附耳語曰: "君家何在?" 沈童詳言某洞第幾家, 紅曰: "君須先往, 妾當隨後卽往矣. 幸俟之, 妾不失信矣." 沈童大喜過望, 先歸家, 掃塵而俟之. 日未暮, 紅果如約而來, 沈童不勝欣幸, 與之接膝而酬酢. 一童婢自內而出, 見其狀, 回告於其母夫人, 夫人以其子之[341]狂宕爲憂, 方欲招而責之. 紅催呼童

---

334) 通: 바본에는 '達'로 되어 있음.
335) 其後: 저본에는 빠져 있으나 바본에 의거하여 보충함.
336) 後: 저본에는 빠져 있으나 바본에 의거하여 보충함.
337) 狹斜: 바본에는 '俠肆'로 되어 있음.
338) 色: 저본에는 '名'으로 나와 있으나 가, 마, 바본에 의거함.
339) 送情: 저본에는 빠져 있으나 바본에 의거하여 보충함.
340) 而: 저본에는 빠져 있으나 가본에 의거하여 보충함.

婢而來, 曰: "吾將入謁於大夫人矣." 沈童如其言, 呼婢使通, 則紅入內[342], 拜於階下, 曰: "某是錦山新來妓某也, 今日, 某宰家宴會, 適見貴宅都令. 諸人皆以狂童目之, 而以賤妾之愚見, 可知其大貴人氣像. 然而其氣大麤粗, 可謂色中餓鬼, 今若不得[343]抑制, 則將至不成人之境矣. 不如因其勢而利導之, 妾自今日爲都令, 斂跡於歌舞花柳之場, 與之周旋於筆硯書籍之間, 冀其有成就之道矣. 未知夫人意下如何? 妾如或以情欲而有此言, 則何必取貧寒寡宅之狂童[344]乎? 妾雖侍側, 決不使任情受傷矣, 此則勿慮焉." 夫人曰: "吾兒早失家嚴, 不事學業, 全事狂蕩, 老身無以制之, 方以是晝宵惱心矣. 今焉何來好風吹, 送如汝佳人, 使吾家之狂童, 得至成就, 則可謂莫大之恩也. 吾何嫌何疑? 然而吾家素貧, 朝夕難繼, 汝以豪奢之妓女, 其能忍飢寒而留此乎?" 紅曰: "此則少無嫌, 萬望切勿慮." 遂自其日, 絶跡於娼樓, 隱身於沈家. 其梳頭洗垢之節, 終始不怠, 日出則使之挾冊, 學於隣家, 歸後坐於案頭, 晨夕勸課, 嚴立課程, 少有怠意, 則勃然作色以別去之意, 恐動其心[345]. 沈童愛而憚之, 課工不懈. 及到議親之時, 沈童以紅之故不欲娶妻, 紅知其意, 詰其故, 乃嚴責曰: "君以名家子弟, 前程萬里, 何可因一賤娼而欲廢大倫乎? 妾決不欲因妾之故而使之亡家矣, 妾則從此去矣." 沈童不得已娶妻, 紅下氣怡聲, 洞洞屬屬, 事之如老夫人. 使沈童定日限, 四五日入內房, 則[346]一日許入其房, 如或違期, 則必掩門不納, 如是者數年矣. 沈童厭學之心, 尤倍於前, 一日, 投冊[347]於紅而臥, 曰: "汝雖勤於勸學, 其於吾之不欲, 何哉[348]?" 紅度其怠慢之心, 有不可以口舌爭也. 故[349]乘沈生出外之時, 告

341) 之: 저본에는 빠져 있으나 이본에 의거하여 보충함.
342) 內: 저본에는 '來'로 나와 있으나 가, 마, 바본을 따름.
343) 得: 저본에는 빠져 있으나 가, 바본에 의거하여 보충함.
344) 狂童: 바본에는 '都令'으로 되어 있음.
345) 其心: 저본에는 빠져 있으나 바본에 의거하여 보충함.
346) 則: 저본에는 빠져 있으나 가, 바, 사본에 의거하여 보충함.
347) 冊: 저본에는 '書'로 나와 있으나 가본을 따름.
348) 哉: 저본에는 빠져 있으나 가본에 의거하여 보충함.

于老夫人曰:"阿郎厭讀之症, 近日尤甚, 妾雖以誠意, 亦無奈何矣, 妾從此告辭矣. 妾之此擧, 卽激勸之策也, 妾雖出門, 何可永辭乎? 如聞登科之報, 則須當卽地還來矣." 仍起而拜辭, 夫人執手而泣, 曰:"自汝之來, 吾家狂悖之兒, 如得嚴師, 幸免蒙學者, 皆汝之力也. 今何因一厭讀之微事, 舍我母子而去也?" 紅起拜, 曰:"妾非木石, 豈不知別離之苦乎? 然勸激之道, 惟在於此一條矣[350]. 阿郎歸, 聞妾之告辭, 而以決科後更逢爲約之言, 則必也發憤勤學矣. 遠則六七[351]年, 近則四五年間事, 妾當潔身而處, 以俟登科之期矣. 幸以此意, 傳布于阿郎, 是所望也." 仍慨然出門, 遍訪老宰無內眷之家, 而[352]得一處, 見其主人老宰, 而言曰:"禍家餘生, 苦無托身之所. 願得側婢僕之列, 俾效微誠, 針線酒食, 謹當看檢矣." 其老宰見其端麗聰慧, 憐而愛之, 許其住接. 紅自其日入廚備饍, 極其甘旨, 適其食性, 老宰尤奇愛之, 仍曰:"老人以奇窮之命, 幸得如汝者, 衣服飮食便於口體. 今則依賴有地, 吾旣許心, 汝亦殫誠, 自今結父女之情, 可也." 仍使之入處內舍, 以女呼之. 沈生歸家, 則紅已無去處, 怪而問之, 則其母夫人傳其臨別時言, 而責之曰:"汝以厭學之故, 至於此境, 將以何面目立於世乎? 渠旣以汝之登科後, 相逢[353]爲期, 其爲人也,[354] 必無食言之理. 汝若不得決科, 則此生無更逢之期, 惟汝任意爲之." 沈生聞而惘然, 如有失矣. 數日遍訪於京城內外, 終無蹤跡, 乃矢于心, 曰:"吾爲一女之見棄, 以何顏面[355]對人? 彼旣有科後相逢爲約, 吾當刻意工課, 以爲故人相逢之地, 而如不得科名, 而不如約, 則生而何爲?" 遂杜門謝客, 晝宵不掇其做讀, 才過數年, 嵬捷龍門. 生以新恩遊街之日, 遍訪先進, 老宰卽沈之父執也. 歷路拜謁, 則老宰欣然迎之, 敍古

---

349) 故: 저본에는 빠져 있으나 바본에 의거하여 보충함.

350) 矣: 저본에는 빠져 있으나 바본에 의거하여 보충함.

351) 六七: 가본에는 '五六七'로, 사본에는 '七八'로 되어 있음.

352) 而: 저본에는 빠져 있으나 바본에 의거하여 보충함.

353) 後相逢: 저본에는 빠져 있으나 바본에 의거하여 보충함.

354) 其爲人也: 저본에는 '爲其人也'로 나와 있으나 가, 마본에 의거함.

355) 顏面: 사본에는 '面目'으로 되어 있음.

話今，留與從容做話，而已，自內饋饌，新恩見盃盤饌品，愀然變色．老宰怪而問之，則仍以紅之始末，詳言之，且曰："侍生之刻意做業，期於登科者，全爲故人相逢之地也．今見饌品，則完[356]是紅之所爲也，故自爾傷心矣．"老宰問其年紀狀貌，而言曰："吾有一箇養女，而不知所從來矣，無乃此女乎?"言未畢，忽有一佳人，推後窓突入，抱新恩而痛哭．新恩起拜於主人，曰："尊丈今則不可不許此女於侍生矣[357]．"主人曰："吾於垂死之年，幸得此女，依賴[358]爲命，今若許送，則老夫如失左右手矣．事甚難處，而其事也甚奇，相愛也如此，吾豈忍不許?"新恩起拜，而僕僕稱謝．時日已昏黑，與紅并騎一馬，以炬火導前而行．及門前[359]，疾呼母夫人曰："紅娘來矣，紅娘來矣![360]"其母夫人不勝奇喜，屨及於中門之內，執紅之手而升階，喜溢於堂宇，復續前好矣．沈後爲天官郎，一夕，紅斂衽而言曰："妾之一端心誠，專爲進賜之成就，十餘年之間，念不及他．吾鄉父母之安否，亦不遑問知[361]矣，此是妾之日夜拊心者也．進賜今當可爲之地，幸爲妾求爲[362]錦山宰，使妾得見父母於生前，則至恨畢矣．"沈曰："此是至易之事．"乃治疏乞郡，果爲錦山倅，挈紅偕往，赴任之日，問紅之父母安否，則果皆無恙矣[363]．過三日後，紅自官府，盛具酒饌，而往其本家，拜謁[364]父母，會其親黨，三日大宴，衣服需用之資，極其豐厚．以遺其父母而言曰："官府異於私室，官家之內眷，尤有別於他人矣[365]．父母與兄弟，如或因緣，而頻數出入，則招人言累官政．兒今入衙之後[366]，

---

356) 完: 가, 마본에는 '宛'으로 되어 있음.
357) 矣: 바본에는 '如何'로 되어 있음.
358) 賴: 저본에는 '以'로 나와 있으나 바본을 따름.
359) 前: 저본에는 빠져 있으나 바본에 의거하여 보충함.
360) 紅娘來矣: 저본에는 빠져 있으나 바본에 의거하여 보충함.
361) 問知: 사본에는 '聞知'로 되어 있음.
362) 爲: 저본에는 빠져 있으나 가, 마, 바본에 의거하여 보충함.
363) 矣: 저본에는 빠져 있으나 바본에 의거하여 보충함.
364) 謁: 저본에는 '見'으로 나와 있으나 바본을 따름.
365) 矣: 저본에는 빠져 있으나 바본에 의거하여 보충함.
366) 之後: 저본에는 '之後一入'으로 나와 있으나 가, 마, 바본에 의거함.

不得更出，亦不得頻頻相通，以在京樣知之，勿復往來相通，以嚴內外之分.” 仍拜辭而入，一未相通于外．幾過半年，內婢以少室之言[367]來，請入，[368] 適有公事，未卽起入[369]．婢子連續來請，公怪之入內而問之，則紅着新件衣裳，鋪新件寢席，別無疾恙．而顔帶凄愴之色，而言曰：“妾於今日，永訣進賜，長逝之期也．願進賜保重，長享榮貴，而勿以妾之故而疚懷焉．妾之遺體，幸返葬於進賜先塋之下，是所願也.” 言罷，奄然而歿．公哭之痛，仍曰：“吾之出外，只爲紅娘之故也．今焉渠已身死，我何獨留？” 仍呈辭單而圖遞，以其柩同行，到于[370]錦江，有‘錦江秋雨銘旌濕，疑是佳人泣別時’之悼亡詩．

3-30.

洪南坡[371]宇遠，少時作鄕行，住一店幕，無男子主人，而只有女主人，年可卄餘，容貌頗美．其淫穢之態，溢於面目，見洪之年少貌美，喜笑而迎之，冶容納媚，殆不忍正視．洪視若不見，坐於房中，其女頻數入來[372]，手撫房堗，而問曰：“得無寒乎？” 時[373]以秋波送情，洪端坐不答．至夜深，洪臥于上房，其女則臥于下房，微以言誘之，曰：“行次所住之房陋醜[374]，何不來臥于此房乎？” 洪曰：“此房足可容膝，挨[375]過一夜，何處不可？不必更移他房.” 女又曰：“行次或以男女之別爲難乎？吾儕常賤，有何男女之可別？斯速下來爲好矣.” 洪不答，微察其氣色，則必有鑽穴來惻之慮，仍以行中麻索，縛其隔壁[376]之戶，而就寢矣．其女獨語曰：“來客無乃宦

---

367) 言：가, 마, 바본에는 ‘意’로 되어 있음.
368) 請入：바본에는 ‘請于上房，入內爲言’으로 되어 있음.
369) 入：저본에는 빠져 있으나 바본에 의거하여 보충함.
370) 到于：저본에는 빠져 있으나 바본에 의거하여 보충함.
371) 南坡：저본에는 빠져 있으나 바본에 의거하여 보충함.
372) 來：바본에는 ‘內’로 되어 있음.
373) 時：바본에는 ‘頻’으로 되어 있음.
374) 陋醜：저본에는 ‘漏湫’로 나와 있으나 가, 바, 마본을 따름.
375) 挨：바본에는 ‘暫’으로 되어 있음.
376) 壁：가본에는 ‘窓’으로 되어 있음.

官乎? 吾以好意再三誘之, 使入於佳人之懷中, 而穩度良夜, 則[377)]不害爲好風流好事, 而聽我漠漠, 甚至於縛房戶, 可謂天字怪物, 可恨可恨!" 洪佯若不聞而就睡矣. 昏夢之中, 忽聞下房有怪底聲, 而已, 窓外有咳嗽聲, 曰: "行次就寢乎?" 洪驚訝而應曰: "汝是何許人, 而問我何爲?" 對曰: "小人卽此家之主人, 今將欲開戶擧火, 而有所可白之事耳." 洪乃起坐而開戶, 則主人持火而入, 明燭而坐, 進酒肴一案而勸之. 洪問曰: "此何爲也? 汝是主人, 則晝往何處, 而夜深後始來乎[378)]?" 主人漢曰: "行次今夜經一[379)]無限危境矣. 小人之妻, 貌雖美, 而心甚淫亂, 每乘小人之出他, 行奸無常, 小人每欲捉贓, 而終未如意. 今日必欲捉奸, 稱以出他, 懷利刃, 匿于後面矣. 俄者, 行次酬酢, 已悉聞之, 行次如或爲其時[380)]所誘, 則必也殞命於小人之劍頭矣. 行次以士大夫, 心事鐵石肝腸, 終始牢拒, 至於鎖門之境. 小人暗暗欽歎之不暇[381)], 敢以酒肴, 以表此歎服之心. 厥女欲誘行次, 而事不諧意, 則[382)]淫心難制, 卽[383)]與越邊村[384)]金摠角同枕, 故小人以一刀, 斷其男女之命. 事已到此, 行次須卽地出門, 可也. 少留, 則恐有禍延之慮, 小人[385)]亦從此逝矣." 洪大驚起, 趣裝而出門, 主人漢仍擧火燒其家, 與洪同行數十里, 仍分路而作別, 曰: "行次早晩必顯達, 此別之後, 後會難期, 萬望保重." 殷勤致意而去矣[386)]. 洪登第後, 以繡衣暗行, 至[387)]山谷間, 只有一草舍, 日勢已暮, 仍欲[388)]留宿. 見其主人, 則卽是厥漢, 呼問曰: "汝知我乎?" 主人曰: "未嘗承顔, 何以知

377) 則: 저본에는 빠져 있으나 바본에 의거하여 보충함.
378) 乎: 저본에는 빠져 있으나 바본에 의거하여 보충함.
379) 一: 저본에는 빠져 있으나 가, 마, 바본에 의거하여 보충함.
380) 時: 저본에는 빠져 있으나 사본에 의거하여 보충함.
381) 暇: 바본에는 '已'로 되어 있음.
382) 則: 바본에는 '故'로 되어 있음.
383) 卽: 저본에는 빠져 있으나 바본에 의거하여 보충함.
384) 村: 저본에는 빠져 있으나 바본에 의거하여 보충함.
385) 人: 저본에는 '女'로 나와 있으나 이본에 의거하여 바로잡음.
386) 矣: 저본에는 빠져 있으나 바본에 의거하여 보충함.
387) 至: 저본에는 빠져 있으나 바본에 의거하여 보충함. 가본에는 '行'으로 되어 있음.
388) 欲: 저본에는 빠져 있으나 바본에 의거하여 보충함.

之?”洪曰:“汝於某年某邑某地, 逢一過客, 有所酬酢, 夜間放火其家, 而與我同行數十里之事也. 汝能記憶乎[389]?”主人悅然而覺, 迎拜, 曰:“行次其間, 必也做第而就仕矣.”洪不以諱之, 以實言之, 仍問曰:“汝何爲獨處於四無隣里之地乎?”對曰:“小人[390]自其後, 寓居于隣邑, 又娶一女, 而貌亦姸美. 若在村閭熱鬧之中, 或恐更有向日之事, 故擇居于深山無人之地云矣.”

3-31.

燕山朝, 士禍大起, 有一李姓人, 以校理亡命, 行到寶城地, 渴甚[391]. 見一童女汲於川邊, 趨而求飮, 其女以瓢盛水, 而摘川邊柳葉, 浮之中而給之. 李[392]心竊怪之, 問曰:“過客渴甚, 急欲求飮, 何乃以柳葉浮水而給之也?”其女對曰:“吾視客子甚渴, 若或急飮冷水, 則必也生病故, 故以柳葉浮之, 使之緩緩飮之之故也.”李乃[393]大驚異之, 問曰:“汝[394]是誰家女?”則對曰:“越邊柳器匠[395]家女云.”其人乃[396]隨其後, 而往柳器匠家, 求爲其婿而托身焉. 自以京華之貴家, 安知柳器織造乎? 日無所事, 以午睡爲常, 柳器[397]匠之夫妻, 怒罵曰:“吾之迎婚, 期[398]欲助柳器之役矣. 今焉新婚, 只喫朝夕飯, 晝夜昏睡, 卽一飯囊也云.”而自伊日, 朝夕之飯, 減半而饋之. 其妻憐而悶之, 每以鍋底黃飯, 加數而饋之, 夫婦之恩情甚篤. 如是度了數年之後, 中廟改玉, 朝著一新, 昏朝沈廢之流, 一并赦而付職, 李生還付官職. 行會八路, 使之尋訪, 傳說藉藉. 李生聞於風便, 而時適

389) 乎: 가, 바, 사본에는 '否'로 되어 있음.
390) 小人: 저본에는 '主人'으로 나와 있으나 가, 바본에 의거함.
391) 甚: 저본에는 '深'으로 나와 있으나 이본을 따름.
392) 李: 저본에는 빠져 있으나 바본에 의거하여 보충함.
393) 李乃: 저본에는 '其人'으로 나와 있으나 바본을 따름.
394) 曰汝: 저본에는 빠져 있으나 바본에 의거하여 보충함.
395) 匠: 저본에는 빠져 있으나 가, 마, 바본에 의거하여 보충함.
396) 乃: 저본에는 빠져 있으나 가, 마본에 의거하여 보충함.
397) 器: 저본에는 빠져 있으나 가, 마본에 의거하여 보충함.
398) 期: 가, 마, 바본에는 '冀'로 되어 있음.

朔日，主家將納柳器於官府矣．李生乃謂其婦翁曰："今番則官家朔納柳器，吾當輸納矣．"其婦翁責曰："如君渴睡漢，不知東西，何可納器於官門乎？吾雖親自納之，而[399]每每見退，如君者其何以無事納之乎？"不肯許之，其妻曰："試可乃已，盍使往諸？"柳匠始乃許之．李乃背負而到官門前[400]，直入庭中，近前高聲，曰："某處柳匠，納器次來待矣！"本官乃是李之平日切親之武弁也．察其貌，聽其言，乃大驚起而下堂，執手而延之上座，曰："公乎公乎！晦跡於何處，而乃以此樣來此乎？朝廷之搜訪已久，營關遍行，斯速上京，可也．"仍命進酒饌，又出衣冠改服．李曰："負罪之人，偸生於柳器匠家，至于今延命而度，豈意天日之復見也？"本官仍以李校理之在邑，成報于巡營，催發馹騎，使之上京．李曰："三年之間，主客之誼，不可不顧，且有糟糠之情，吾當告別於[401]主翁．今將出去，君須於明朝，來訪吾之所住處．"本官曰："諾．"李乃換[402]着來時衣出門，而向柳匠家[403]，言曰："今番柳器，無事上納矣．"主翁曰："異哉異哉[404]！古語云：'鴟老千年能搏一雉云．'信非虛語[405]矣．吾婿亦有隨人而爲之事乎？奇哉奇哉！今夕則[406]當加給數匙飯矣．"翌日平明，李早起灑掃門庭，主翁曰："吾婿昨日善納柳器，今則又能掃庭，今日之[407]日，可出於西矣．"李乃鋪藁席于庭，主翁曰："鋪席何爲？"李曰："本府官司[408]，今朝當行次，故如是耳．"主翁冷笑曰："君何作夢中語也？官司主何可行次於吾家乎？此千不當[409]萬不近之荒說也．到今聽君言，而更[410]思之，昨日柳器之善納云

399) 而: 저본에는 빠져 있으나 바본에 의거하여 보충함.
400) 前: 저본에는 빠져 있으나 가, 마본에 의거하여 보충함.
401) 於: 저본에는 빠져 있으나 가, 마, 바본에 의거하여 보충함.
402) 換: 저본에는 '還'으로 나와 있으나 바본을 따름.
403) 柳匠家: 바본에는 '柳器翁'으로 되어 있음.
404) 異哉: 저본에는 빠져 있으나 사본에 의거하여 보충함.
405) 語: 저본에는 빠져 있으나 마, 사본에 의거하여 보충함.
406) 則: 저본에는 빠져 있으나 마본에 의거하여 보충함.
407) 之: 저본에는 빠져 있으나 바본에 의거하여 보충함.
408) 官司: 바본에는 '使道'로 되어 있음.
409) 當: 저본에는 '近'으로 나와 있으나 바본을 따름.
410) 聽君言, 而更: 저본에는 빠져 있으나 사본에 의거하여 보충함.

者, 必是委棄路上而歸, 作誇張之虛語也." 言未已, 本官工吏持彩席, 而喘喘而來, 鋪之房[411]中, 而言曰: "官司主行次, 今方來到矣!" 柳匠夫妻, 蒼黃失色, 抱頭而匿于籬間. 少焉, 前導聲及門, 本官騎馬而來, 下馬入房, 與敍別來寒暄, 仍問曰: "嫂氏何在? 使之出來!" 李乃使其妻來拜, 其女以荊釵布裙, 來拜於前, 衣裳雖弊, 容儀閑雅, 有非常賤女子. 本官致敬, 曰: "李學士身在窮途, 幸賴嫂氏之力, 得至于今日. 雖意氣男子, 無以過此, 何不欽歎乎?" 其女斂衽而對曰: "顧以至賤之村婦, 得侍君子之巾櫛, 全昧如是之貴人, 其於接待周旋之節, 無禮極矣, 獲罪大矣. 何敢當尊客之致謝? 不勝慚愧.[412] 官司今日降臨於常賤陋湫之地, 榮耀極矣. 竊爲賤妾之家, 恐有損於福力也." 本官聽罷, 命下隷, 招入柳匠夫妻, 饋酒賜顔. 已而, 隣邑守宰, 絡續來見, 巡使又送幕客而傳喝, 柳匠之門外, 人馬熱鬧, 觀光者如堵. 李謂本官曰: "彼雖常賤, 吾旣與之敵體, 必作配矣. 多年服勞, 誠意備至[413], 吾今不可以貴而易地[414], 願借一轎偕行." 本官乃[415]卽地得一轎, 治行具以送之矣[416]. 李於入闕謝恩之時, 中廟命入侍, 而俯問其[417]流離之顚末, 李乃細[418]奏其事甚悉, 上再三嗟歎, 曰: "如[419]此女子, 不可以賤妾待之, 特陞爲後夫人, 可也." 李與此女偕老, 而榮貴無比, 多有子女. 此是李判書長坤之事云耳.

3-32.

湖中一士人, 行子婚於隣邑五六十里, 新郎醮禮夜入新房, 與新婦對坐.

---

411) 房: 저본에는 '庭'으로 나와 있으나 가, 마, 바본을 따름.
412) 不勝慚愧: 저본에는 빠져 있으나 사본에 의거하여 보충함.
413) 備至: 바본에는 '極矣'로 되어 있음.
414) 地: 저본에는 빠져 있으나 바본에 의거하여 보충함.
415) 乃: 저본에는 빠져 있으나 가, 마, 바본에 의거하여 보충함.
416) 之矣: 저본에는 빠져 있으나 바본에 의거하여 보충함.
417) 其: 저본에는 빠져 있으나 바본에 의거하여 보충함.
418) 細: 저본에는 빠져 있으나 바본에 의거하여 보충함.
419) 如: 저본에는 빠져 있으나 바본에 의거하여 보충함.

夜將深，一聲霹靂，後門破碎，忽有一大虎，突入房中，噉新郎而去．新婦蒼黃急起，乃抱虎後脚而[420]不舍，虎直上後山，其行如飛，而新婦限死隨去，不計岩壑之高下荊棘之叢樾，衣裳破裂，頭髮散亂，遍身流血，而猶不止．行幾里，虎亦氣盡，仍抛棄新郎於草岸之上而去．新婦始乃收拾精神，以手撫身體，則命門下微有溫氣，四顧察視，則岸下有一人家，後窓微有火光．度其虎行之旣遠，乃尋逕而下，開後戶而入，則適有五六人會飮，肴核狼藉．忽見新婦之入，滿面脂粉，和血而凝，遍身衣裳隨處而裂，望之卽一女兒，諸人皆驚仆於地．新婦乃曰："我是人也，列位幸勿驚動！後岸有人，而方在死生未分之中，乞急救之[421]．"諸人始收拾驚魂，一齊擧火而上後岸，有少年男子，僵仆岸上，氣息將盡．諸人始審視，則乃是[422]主人之子也．主人大驚，擧而[423]臥之房內，灌以藥水等物，過數更後，乃甦．擧家始也驚惶，終焉慶幸．蓋新郎之父，治送婚行，而適會隣友飮酒之際，而卽其家後也．始知其女子之爲新婦，延置于房，饋以粥飮．翌日，通于婦家，兩家父母，莫不驚喜．歎其至誠高節，鄕里多士，以其事呈官呈營，至承旌表之典云爾．

3-33.

金監司緻，號南谷，栢谷金得臣之父也．自少精於推數，多奇中神異之事．仕昏朝，爲弘文校理，晩始悔之，托病解官，卜居于龍山之上，杜門晦跡，謝絶人客．一日，侍者來告曰："南山洞居沈生請謁云矣．"金公謝曰："尊客不知此漢之病廢而枉顧乎？人事之廢絶已久，今無延迎，甚可恨歎云．"而送之．金公平日，每以自家四柱，推數平生，則當得水邊人之力，可免大禍．忽爾思，'來客旣水邊姓，則斯人也，無乃有力於我！'急使

420) 而: 저본에는 빠져 있으나 바본에 의거하여 보충함.
421) 之: 저본에는 빠져 있으나 바본에 의거하여 보충함.
422) 是: 저본에는 빠져 있으나 가, 바본에 의거하여 보충함.
423) 擧而: 바본에는 '負來'로 되어 있음.

侍者, 追還於中路, 此是沈器遠也. 沈生隨其奴還來, 則金公連忙起迎[424], 曰: "老夫廢絶人事者, 久矣. 尊客枉屈, 適有採薪之憂, 有失迎拜之禮, 慙愧無地." 客[425]曰: "曾未承顏, 而竊聞長者精通推數云, 故不避猥越, 敢以來質. 某以四十窮儒, 命途奇窮, 今此之來, 欲一質定於神眼之下矣." 仍自袖中出四柱, 而示之, 且曰: "某之來時, 有一親切之友, 又以四柱托之, 難以揮却, 不得已持來矣." 金公一見之後[426], 極口稱贊曰: "富貴當前, 不須更問矣." 最後, 客又出示一四柱, 曰: "此人不願富貴, 只願平生無疾恙, 且欲知壽限之如何而已." 公瞥眼一覽, 卽令侍者, 舖席置案, 起整冠服, 斂膝危坐, 以其四柱, 置之書案上, 焚香而言曰: "此四柱貴不可言, 有非常人之命數, 可不欽敬[427]哉!" 沈生欲告退, 公曰: "老夫病中愁亂, 難遣尊客, 幸且暫留, 以慰病懷, 可也." 仍使之留宿, 至夜深無人之時, 公乃促膝而近前, 曰: "某實托病, 老夫不幸出身於此時, 曾染跡於朝廷者, 晩而悔悟, 杜門病蟄, 而朝廷之翻覆, 不久矣. 君之來質, 吾已領畧, 幸勿相外而欺我, 以實言之, 可也." 沈生大驚, 初欲諱之, 末乃告其故[428], 公曰: "此事可成, 少無疑慮, 將以何日擧事乎?" 曰: "定于某日矣." 公沈吟良久, 曰: "此日吉則吉矣. 此等大事擇日, 有殺破狼之日然後, 可矣. 某日若於小事則吉矣, 擧大事則不可[429]也. 某當爲君, 更擇吉日矣." 仍披曆熟視, 曰: "三月十六日, 果吉矣. 此日犯殺破狼, 擧事之際, 必也先有告變之人, 而少無所害, 畢竟無事順成矣. 必以此日擧事, 可也." 沈大異之, 乃曰: "若然則公之名字, 謹當錄入於吾輩錄名冊子矣." 公曰: "此則非所願, 但明公成事之後, 幸救垂死之命, 俾不及禍, 是所望也." 沈快諾而去. 及至更化之日, 多以金公之罪, 不可原言者衆,

---

424) 連忙起迎: 바본에는 '忙起延坐'로 되어 있음.
425) 客: 바본에는 '沈'으로 되어 있음.
426) 後: 저본에는 빠져 있으나 바본에 의거하여 보충함.
427) 敬: 저본에는 빠져 있으나 바본에 의거하여 보충함.
428) 乃告其故: 사본에는 '來告其由'로 되어 있음.
429) 可: 사본에는 '吉'로 되어 있음.

沈乃極力救之, 超拜嶺南伯而卒. 公嘗以自家四柱, 問于中原術士, 則書以一句詩, 詩曰: '花山騎牛客, 頭戴一枝花'云云. 莫曉其意, 及爲嶺伯, 巡到安東, 猝患痁疾, 遍問讁却之方, 則或以爲當日倒騎黑牛, 則卽瘳云云. 故依其言, 騎牛而周行庭中, 纔下牛而臥房中, 頭痛劇甚, 使一妓以按之, 問其名, 則一枝花也. 忽憶中原人詩句, 歎曰: "死生有命!" 乃命舖新席, 換着新衣, 盛服正枕而逝. 是日, 三陟倅[430]某在衙, 忽見公盛服[431]騶從入門, 驚而起迎, 曰: "公何爲而越他道來訪下官也?" 金公笑曰: "吾非生人, 俄者已作故, 方以閻羅大王, 赴任之路歷見君, 而且有所托者. 吾[432]方赴任, 而恨無新件章服, 君念平日之誼, 幸爲我[433]辦備否?" 三陟倅心知其虛誕, 而因其强請, 出篋中緞一疋而給之, 則金公欣然受之, 告辭而去. 三陟大驚訝, 送人探之, 則果於是日, 沒于安東府巡到所矣. 以是之故, 金公爲閻羅大王之說, 遍行于世. 朴久堂長遠, 與金公之子栢谷, 切親之友也. 曾於北京推數而來, 則書以'某年某月當死云云'矣. 當其月正初, 委送人馬, 邀栢谷以來, 授以一張簡而書之, 栢谷曰: "書以何處?" 久堂曰: "欲得君之一書, 呈[434]于老尊丈[435]前矣." 栢谷悅惚而不書, 久堂曰: "君以吾爲誕乎? 勿論誕與不誕, 第爲我書之." 再三懇請, 栢谷不得已擧筆, 久堂口呼而使之書, 曰: "某[436]之切友朴某, 壽將止於今年也. 幸伏望特垂矜憐, 俾延其壽云云." 而外封書'父主前', 內封書以'某子白'是云云. 書畢, 久堂淨掃一室, 與栢谷焚香, 焚其書, 曰: "今而後, 吾知免矣." 果穩度其年, 過數十年後始歿. 事近誕忘, 而金公之精魄, 大異於人矣. 其後, 每夜盛騶率, 列燈燭, 往來於長洞·駱洞之間, 或逢知舊, 則下馬而敍懷. 一日之夜, 一少年曉過駱洞, 逢金公於路上, 問曰: "令監

430) 倅: 저본에는 빠져 있으나 사본에 의거하여 보충함.
431) 服: 저본에는 빠져 있으나 사본에 의거하여 보충함.
432) 吾: 저본에는 '某'로 나와 있으나 바본을 따름.
433) 我: 저본에는 빠져 있으나 사본에 의거하여 보충함.
434) 呈: 저본에는 빠져 있으나 바본에 의거하여 보충함.
435) 丈: 저본에는 '長'으로 나와 있으나 사본을 따름.
436) 某: 바본에는 '子'로 되어 있음.

從何而來乎?" 金公曰: "今曉卽吾之忌日也, 爲饗飮食而去, 祭物不潔, 未得歆饗, 悵缺而歸." 仍忽不見. 其人卽往其家, 家在倉洞, 主人罷祭而出矣. 以其酬酢傳之, 栢谷大驚, 直入內廳, 遍尋祭物, 無一不潔之物, 而餅餌之中, 有一人毛, 擧家驚悚. 其後, 又有一人逢於路, 則金公曰: "吾曾借見他人之『綱目』, 而未及還[437], 第幾卷幾張, 有金箔紙挾置者. 日後還送之時, 如或不審, 則金箔有遺失之慮, 須以此言傳吾家, 須詳審送而可也." 其人歸傳其語, 栢谷搜見『綱目』, 則金箔果有之, 人皆異之. 其外多有神異之事, 而不能盡記焉.

3-34.

鄭桐溪蘊, 少時, 與洞中名下士數人, 作會試之行, 中路逢一素轎, 或先或後. 而後有一童婢隨去, 而編髮垂後及趾, 容貌佳麗, 冉冉作行, 擧止端雅[438]. 諸人在馬上, 皆目之曰: "美艶!" 而童婢頻頻顧後, 而獨注目於桐溪, 如是而行半餉, 諸人相與戱言, "文章學識, 固可讓頭[439]於輝彦, 而至如外貌, 何渠不若輝彦, 而厥女奚獨屬情於輝彦乎? 世事之未可知如此矣." 相與一笑. 未幾, 其轎子向一村閭而去, 桐溪立馬而言曰: "過此卄餘里地, 有店舍, 君輩且歇宿[440]而待我, 我則向此村而寄宿, 明曉當追到矣." 諸人皆曰: "吾輩之期望輝彦者, 何如? 而今當千里科行, 聯轡同行, 不可中路相離. 今於路次[441]逢一[442]妖女, 空然爲情欲所牽, 妄生非義[443]之心, 至欲舍同行而作此妄行, 人固未易知, 知人亦難." 桐溪笑而不答, 促鞭向其女之所去村, 及其門, 則一大家舍, 外廊則廢已久矣. 桐溪下馬, 而坐於外廊之軒上矣. 其童婢隨轎入內, 少焉出來, 笑容可掬,

---

437) 還: 바본에는 '還送'으로 되어 있음.
438) 雅: 저본에는 '麗'로 나와 있으나 가, 마, 바본을 따름.
439) 頭: 저본에는 빠져 있으나 가, 마, 바본에 의거하여 보충함.
440) 歇宿: 가본에는 '投宿'으로 되어 있음.
441) 次: 가본에는 '上'으로 되어 있음. 이하의 경우도 동일함.
442) 一: 저본에는 빠져 있으나 가, 마, 바본에 의거하여 보충함.
443) 義: 저본에는 '意'로 나와 있으나 마, 사본에 의거함.

仍言曰:“行次不必坐此冷軒, 暫住小婢之房.” 桐溪隨入其房, 則極其精潔, 已而, 進夕飯, 亦疎淡而旨. 其婢曰:“小婢[444]入內灑掃廚下而出矣.” 仍入去, 至初更出來, 揮送其親屬而避之, 促膝而坐於燭下, 桐溪笑而問曰:“汝何由知吾之來此而有所排設也?” 婢曰:“小人面貌免麤, 而行年十七, 未嘗擧眼而對人, 今午路上屬目於行次者, 非止一再, 則行次雖是剛腸男兒, 豈或恝然耶? 小人之如是者, 竊有悲冤之懷, 欲借行次而伸雪, 未知行次, 倘能肯從否?” 仍揮淚而顔色凄然, 桐溪怪而詰其故, 則對曰:“小婢之上典, 以屢代獨子, 娶一淫婦, 青年死於奸夫之手, 而旣無强近親屬, 無以雪冤復讐. 而只有小婢一人知其事, 而冤憤之心, 結于胸膈, 而自顧以一女子之身, 無所施, 只願許身於天下英雄[445], 假手而雪憤矣. 今日上典之淫妻, 自本家還來, 故小婢不得已隨後往來矣. 路上見行次諸人之中, 行次之容貌, 頗不埋沒, 而膽氣有倍於他人, 眞吾所願者也. 以是之故, 以目送情誘之而致此, 奸夫今又相會, 淫謔狼藉, 此誠千載一時, 行次幸乘機而圖之.” 桐溪曰:“汝之志槩, 非不奇壯[446], 而吾以一介書生, 赤手空拳, 遽行此大事乎?” 童婢曰:“吾有意而藏置弓矢者, 久矣. 行次雖不知射法, 豈不知彎弓而放矢乎? 若放矢而中, 則渠雖凶獰之漢, 豈有不死之理哉?” 仍出弓矢而與之, 偕入內舍[447], 從窓隙窺見, 燭火明亮, 一胖大漢, 脫衣而露胸, 與淫婦相抱戱謔, 無所不至, 而其坐稍近於房門. 桐溪乃滿彀, 而從窓穴射去, 一矢正中厥漢之背, 洞胸而仆. 又欲以一矢, 射其淫婦, 童婢揮手止之, 促使出外, 曰:“彼雖可殺, 吾事之久矣. 奴主之分旣嚴, 吾何忍自吾手殺之? 不如棄之而去.” 促行至渠房, 收拾行李, 隨桐溪而出. 桐溪適有餘馬, 載卜之者, 不得已載後而同行, 行幾里, 訪同行之科客所住處, 則時天色未明. 艱辛搜覓而入門, 則同行驚起, 而見桐溪與一女子同行矣. 一人正色, 言曰:“吾於平日

444) 小婢: 가, 마본에는 '小人'으로 되어 있음.

445) 英雄: 이본에는 '英男'으로 되어 있음.

446) 壯: 저본에는 '狀'으로 나와 있으나 가, 마, 바본에 의거하여 바로잡음.

447) 內舍: 가, 마본에는 '內室'로 되어 있음.

以揮彦謂學問中人矣, 今忽於路次携女而行, 君之有此行[448], 吾儕意慮所不到也. 士君子行事, 固如是乎?" 正色責之, 桐溪笑曰: "吾豈爲貪色之徒, 不知士君子之行, 作此擧也? 箇中自[449]有委折, 從當知之矣." 仍與之上京, 置之店幕, 桐溪果中會試, 放榜後還鄕之日, 又與之率來, 仍作副室. 其人溫恭姸美, 百事無不合[450]意, 家鄕稱其賢淑矣.

3–35.

禹兵使夏亨, 平山人也. 家貧且窮[451], 初登科, 赴防于關西江邊之邑, 見一汲水婢之免役者, 貌頗免麤, 夏亨嬖之, 與之同處. 一日, 厥女謂夏亨曰: "先達旣以我爲妾, 將以何物爲衣食之資乎?" 對曰: "吾本家貧, 況此千里客中, 手無所持者乎! 吾旣與汝同室, 則所望不過澣濯垢衣補綻弊襪而已, 其何物之波及於汝乎?" 其女曰: "妾亦知之熟矣. 吾旣許身而爲妾, 則先達之衣資, 吾自當之, 須勿慮也." 夏亨曰: "此則非所望也." 厥女自其後, 勤於針線紡績, 衣服飮食, 未嘗闕焉. 及赴防限滿, 夏亨將還歸, 厥女問曰: "先達從此還歸之後, 其將留洛而求仕乎[452]?" 夏亨曰: "吾以赤手之勢, 京中無親知之人, 以何糧資留京乎? 此則無可望矣, 欲從此還鄕, 老死於先山之下爲計耳." 女曰: "吾見先達容儀氣像, 非草草之人也. 前程優可至閫帥, 男子旣有可爲之機, 何可坐[453]於無財, 而埋沒於草野乎? 甚可歎惜! 吾有積年所聚銀貨[454], 皆可至六百兩, 以此贐之矣. 可備鞍馬及行資, 幸勿歸鄕, 直向洛下而求仕焉. 十年爲限, 則可以有爲也. 吾賤人也, 爲先達何可守節? 當托身於某處, 先達作宰本道然後, 卽日當進謁矣. 以是爲其期, 願先達保重保重." 夏亨意外得重財, 心

448) 行: 사본에는 '擧'로 되어 있음.
449) 自: 가, 마, 바본에는 '多'로 되어 있음.
450) 合: 저본에는 '可'로 나와 있으나 바본을 따름.
451) 且窮: 저본에는 빠져 있으나 가, 마본에 의거하여 보충함.
452) 乎: 가, 마, 바본에는 '否'로 되어 있음.
453) 坐: 바본에는 '屈'로 되어 있음.
454) 銀貨: 바본에는 '銀子'로 되어 있음.

竊感幸，遂與其女揮淚作別而行．其女送夏亨之後，轉托於邑底鰥居之一校家．其校見其人物之伶俐，與之作配而處，家頗不貧，其女謂校曰：“前人用餘之物[455]爲幾許？凡事不可不明白爲之，穀數爲幾許，錢帛布木爲幾許，器皿雜物爲幾許，皆列書名色及數爻，而作長件記以來也[456]．”校曰：“夫婦之間，有則用之，無則措備，可也，何嫌何疑而有此擧也？”女曰：“不然．”懇請不已，校乃依其言，而書給之．其女受而藏之衣笥，勤於治産，日漸富饒．女謂其校曰：“吾粗解文字，好看洛中之朝報政事，盍爲我每每借示於衙中乎？”校如其言，借而示之，數年之間政事[457]，宣傳官禹夏亨，由主簿[458]經歷而陞副正，乃至七年[459]，除關西腴邑也．其女自其後，只見朝報，某月日某邑倅禹夏亨辭朝矣．其女乃謂校曰：“吾之來此，非是久留計也，從此可以永別矣．”其校愕然而問其故，其女曰：“不必問事之本末，吾自有去處，君勿留戀．”乃出向日物種長件記，以示之，曰：“吾於七年之間，爲君[460]之妻，理家治[461]産，萬一有一箇之減於前者，則去人之心，豈能安乎？以今較前，幸而無減，或有一二三四倍之加數者，吾心可以快活矣．”仍與校作別，使一雇奴負卜，而作男子樣[462]，着平陽子，徒步而行夏亨之郡，夏亨莅任纔一日矣．托以訟民，而入庭，曰：“乃有所白之事，願升階而白活[463]．”太守怪之，初則不許，末乃許之．又請近窓前，太守尤怪而許之，其人曰：“官司倘識小人乎？”太守曰：“吾新到之初，此邑之民，何以知之？”其人曰：“獨不念某年某地赴防時同處之人乎？”太守熟視，急起把手，而入于房，而問曰：“汝何作此樣而來

---

455) 物：마, 바, 사본에는 '財'로 되어 있음.
456) 以來也：저본에는 빠져 있으나 가, 마본에 의거하여 보충함.
457) 政事：가, 마본에는 '政目中'으로 되어 있음.
458) 主簿：저본에는 빠져 있으나 마, 바본에 의거하여 보충함.
459) 至七年：저본에는 빠져 있으나 가, 마본에 의거하여 보충함.
460) 君：저본에는 '人'으로 나와 있으나 바본을 따름.
461) 治：저본에는 빠져 있으나 바본에 의거하여 보충함.
462) 樣：저본에는 '粧'으로 나와 있으나 바본을 따름.
463) 白活：마본에는 '告之'로 되어 있음.

也? 吾之赴任之翌日, 汝又來此, 誠一奇會矣[464]." 彼此不勝其喜, 共敍中間阻懷, 時夏亨喪配矣. 因以其女入處內衙正堂, 而總家政, 其女撫育其嫡子, 指使其婢僕, 俱有法度, 恩威幷行, 衙內洽然稱之. 每勸夏亨, 托于備局吏給錢兩, 而得見每朔朝報, 女見之而揣度世事. 時宰之未及爲詮官, 而未久可爲者, 必使厚饋. 如是之故, 其宰相秉軸, 則極意吹噓, 歷三四腴邑, 家計漸饒, 而饋問尤厚, 次次陞遷, 位至節度使, 而年近八十以壽, 終于鄕第. 其女治喪如禮, 過成服謂其嫡子喪人, 曰: "令監以鄕曲武弁, 位至亞將, 位已極矣. 年過稀年, 壽已極[465]矣, 有何餘憾? 且以我言之, 爲婦事夫, 自是, 當然道理, 何必自矜? 而積年費盡誠力, 贊助求仕之方, 得至于今, 吾之責已盡矣. 吾以遐方賤人, 得備小室於武宰, 享厚祿於列邑, 吾之榮貴[466]亦極矣, 有何痛寃之懷? 令監在世時, 使我主家政, 此則不得不然, 而今喪主如是長成, 可幹家事, 嫡子婦當主家政, 自今日請還家政." 嫡子與婦泣而辭, 曰: "吾家之得至于今, 皆庶母之功也. 吾輩只可依賴而仰成, 今何爲而遽出此言也?" 女曰: "不可[467]! 不如是, 家道亂也." 乃以小大物件器皿·錢穀等屬, 成件記, 一幷付之. 嫡子婦使處正堂, 而自家退處越邊一間之房, 曰: "自此一入而不可出." 仍闔門而絶粒, 數日而死, 嫡子輩皆哀痛, 曰: "吾之庶母, 非尋常人, 何可以庶母待之?" 初終後, 葬事待三月將行, 別立廟而祀之. 及[468]兵使之葬期已迫, 將遷柩而靷行, 擔軍輩不得擧, 雖十百人無以動, 諸人皆曰: "無或係意[469]於小室而然耶?" 乃治其小室之靷, 將行同發, 則兵使之柩輕擧而行, 人皆異之. 葬于平山地大路邊, 西向而葬者, 兵使之墳也. 其右十餘步地, 東向而葬者, 其小室之墳云爾.

---

464) 矣: 저본에는 빠져 있으나 바본에 의거하여 보충함.
465) 極: 바본에는 '高'로 되어 있음.
466) 貴: 저본에는 빠져 있으나 바본에 의거하여 보충함.
467) 可: 가, 마본에는 '然'으로, 바본에는 '爲'로 되어 있음.
468) 及: 바본에는 '時當'으로 되어 있음.
469) 係意: 바본에는 '介意'로 되어 있음.

3-36.

清風金氏祖先，中葉甚微，金和順之父某，居在廣州肆覲坪，而甚貧賤，人無知者．趙樂靜錫胤，適比隣而居，自京中新來冊子，多未輸來，[470] 金之家適有『綱目』，趙公聞而願借，則諾之已久，而終不送之．樂靜心竊訝之，意其吝惜而不借矣．時當重五日，趙氏婢子，自金家而來，言曰："俄者，見金氏宅行祀之儀，眞箇行祭祀，如吾上典宅祭祀，祭需雖豊潔，不及於金氏宅，神道必不享之，金氏宅則神其洋洋如降歆矣．"樂靜夫人，問其由，則其婢曰："俄往金氏宅，方欲行節祀，廳上階下，皆已灑掃，無半點塵垢，金班內外，淨洗弊衣如雪色，而一身沐浴而着之．舖新席件于上，上置冊子，其冊子上，陳設祭物，不過飯羹蔬菜果品而已．器數雖小，而品極精，出主，其夫妻獻酌拜跪，皆有法度，誠敬備至．小人立其傍，自不覺毛髮悚然，怳見神靈之來格．吾之主人宅祭祀，比之於此，可謂有如不祭之歎，眞箇祭祀今日始見之云矣．"夫人以其言，傳于樂靜，始知『綱目』之不卽借，蓋以行祀之故也．金家無床卓，以其冊代用故也．樂靜聞而異之，卽往見，金氏而賀曰："聞君有志[471]行，必有餘慶，可不飮歎，吾欲成就令胤，未可[472]許之否？" 金大樂而許之．金和順受學于樂靜之門，後又爲朴潛冶門人，以學行，薦登蔭仕，自其子監司公，始顯達．後有三世五公爲大家焉．

3-37.

柳西厓成龍，居安東，家有一叔，爲人蠢蠢無識，可謂菽麥不辨，家間[473]號曰'痴叔'，心甚易之．叔每曰："吾有從容可道言，而君之家每患喧撓，如有無客靜寂之時，可請我，我有千萬緊說話云云矣．"一日，適無人而

470) 多未輸來: 바본에는 '未得盡輸'로 되어 있음.
471) 志: 저본에는 '至'로 나와 있으나 바본을 따름.
472) 可: 바본에는 '知肯'으로 되어 있음.
473) 家間: 나, 다본에는 '家人'으로 되어 있음.

從容矣. 使人請痴叔, 則叔以弊冠破衣, 欣然而來, 曰: "吾欲與君, 賭一局棋, 未知如何?" 西厓曰: "叔父平日, 未嘗着棋, 今忽對局, 恐非侄之敵手也." 蓋西厓之棋法, 高於一世者也. 叔曰: "高下何論? 姑且對局, 可也." 西厓强而對局, 心竊訝之, 其叔先着一子, 未至[474]半局, 而西厓之局全輸, 不敢下手. 始知其叔之韜晦, 俯伏而言曰: "猶父猶子之間, 半生同處, 如是相欺[475], 下懷不勝抑鬱, 從今願安承教." 叔曰: "豈有欺君之理也哉? 適偶然耳.[476] 君旣出身於世路, 則如我草野之人, 有何可敎之事乎? 然而明日, 必有一僧來訪而請宿矣, 切勿許之, 雖千萬懇乞, 而終始牢拒, 指使後村草菴而寄宿, 可也. 須銘心勿誤!" 西厓曰: "謹奉敎矣." 及到其日, 忽有一僧通剌, 使之入來, 狀貌堂堂, 年可三四十許人也[477]. 問其居, 則居在江陵五臺山矣. 爲覽嶺南山川而來, 遍看名勝, 今方復路, 而竊伏聞大監淸德雅望, 爲當第一云, 故以識荊之願, 暫來拜謁. 今則日已晩矣, 願借一席而寄宿, 以爲明朝發行之地也. 西厓曰: "家間適有事, 故今不可以生面人留宿, 此村後有佛菴, 可以此中宿矣. 待朝下來, 可也." 其僧萬端懇乞[478], 而一向牢却[479], 僧不得已隨僮, 向村後之菴. 此時, 痴叔以婢子, 粧出舍堂樣, 自家作居士樣, 以繩巾布褐, 出門合掌, 拜而迎, 曰: "何來尊師降臨于薄陋之地?" 僧答禮而入坐定, 居士精備夕飯, 而先以一壺旨酒待之, 僧飮而甘之, 曰: "此酒之淸冽非常, 何處得來?" 對曰: "此老嫗, 卽此邑之酒母妓老退者也, 尙有舊日之手法而然也. 願尊師勿嫌冷淡, 而盡量則幸[480]矣." 仍進夕飯, 山菜野蔌, 極其精潔, 其僧飽喫, 而泥醉昏倒矣. 夜深後始覺, 而胸膈悶鬱[481], 擧眼而視之,

474) 未至: 나본에는 '着來'로 되어 있음.
475) 相欺: 나본에는 '欺侄'로 되어 있음.
476) 豈有欺君之理也哉? 適偶然耳: 나본에는 '本性沈默尋常過來, 何爲欺君'으로 되어 있음.
477) 三四十許人也: 나, 다본에는 '三十餘'로 되어 있음.
478) 懇乞: 나본에는 '哀乞'로 되어 있음.
479) 却: 나, 다본에는 '拒'로 되어 있음.
480) 幸: 다본에는 '好'로 되어 있음.
481) 悶鬱: 나, 다, 바본에는 '甚鬱沓'으로 되어 있음.

則其居士踞[482]坐胸腹之上，手執利刀，張目叱之，曰："賤僧[483]焉敢來此[484]？汝之渡海日，吾已知矣，汝其瞞我乎？汝若吐實，則或有饒貸之道，而不然則汝命盡於卽刻矣．從實直告，可也."其僧哀乞曰："今則小僧之死期，已迫矣，何可一毫相欺乎？小僧果是日本人也．關伯平秀吉，方欲發兵，謀陷本國，而所忌者，獨尊家大監，故使小僧，先期來此，以爲先圖之地矣．今者，現露於先生神鑑之下，幸伏望寄我一縷之殘命，則誓[485]不敢復作此等事."痴叔曰："我國兵禍，乃是天數[486]所定，難容人力，吾不欲逆天，吾鄕則雖兵革之禍，吾在矣，優可救濟．倭兵如躡此境，則俱不旋踵矣．如汝螻蟻之命，斷[487]之何益？寬汝禿頭而送之，傳于平秀吉，使知我國之吾在也."仍釋之，其僧百拜稱謝，曰："不敢不敢!"抱頭鼠竄而去，歸見平秀吉，備傳其事．秀吉大驚異，勑軍中，以渡海之日，無敢近安東一步地，一境賴以安過矣．

3-38.

驪州地，古有許姓儒生，家甚貧寒，不能自存，而性甚仁厚．有三子，使之勤學，自家躬自乞粮于親知之間，以繼書糧，毋論知與不知，皆以許之仁善，來必善待，而優助粮資矣．數年之間，偶以癘疫，夫妻俱歿，其三子晝宵號泣，艱具喪需，僅行草葬矣．三霜纔過，家計尤無可言，其仲子名弘云者，言于其兄及弟曰："吾輩之幸免餓死者，曾前只緣先親之得人心，而助粮資之致矣．今焉，三霜已過，先親之恩澤已渴，無他控訴，以今倒懸之勢，弟兄闔歿之外，無他策矣．不可不各自圖生，自今日，兄弟各從所[488]業，可也."其兄其弟曰："吾輩之自少所業，不過文字而已，其

482) 踞: 저본에는 '騎'로 나와 있으나 바본을 따름.
483) 賤僧: 나본에는 '妖僧'으로 되어 있음.
484) 來此: 저본에는 빠져 있으나 나본에 의거하여 보충함. 사본에는 '如是'로 되어 있음.
485) 誓: 저본에는 '勢'로 나와 있으나 바본을 따름.
486) 天數: 나본에는 '天運'으로 되어 있음.
487) 斷: 나본에는 '害'로, 다본에는 '殺'로 되어 있음.
488) 所: 바, 사본에는 '素'로 되어 있음.

外如農商之事, 非但無錢可辦, 且不知向方, 將[489)]何以爲之乎? 忍飢科工之外, 無他道矣." 弘曰: "人見各自不同, 從其所好, 可矣. 而三兄弟俱習儒業, 則終身之前, 其將[490)]俱死於飢寒矣. 兄與弟, 氣質甚弱, 復理學業, 可也. 吾以限十年, 竭力治産, 以作日後兄弟賴活之資矣. 自今日破産, 二嫂各姑還于本第, 兄與弟負策上山, 乞食於僧徒之餘飯, 以十年後, 相面爲限, 是可也. 所謂世業, 只有家垈牟田三斗落, 及童婢一口而已, 此是宗物也, 日後自當還宗矣. 吾姑借之, 以作營産之資矣." 自伊日, 兄弟灑淚相別, 二嫂送于其家, 兄與弟送于山寺, 賣其妻之新婚之時資粧, 其價至七八兩而已. 時適木綿登豊之時, 以其錢盡貿甘藿, 背負而遍訪其父平日往來乞糧之親知人家, 以藿立作面幣, 而乞綿花. 諸人皆憐其意, 而優給不計好否, 所得爲幾百斤, 使其妻晝夜紡績, 渠則出而賣之. 又貿易耳牟十餘石, 每日作粥, 與其妻, 以一器分半而喫之, 婢則給一器, 曰: "汝若難忍飢寒, 自可出去, 吾不汝責矣[491)]." 其婢泣曰: "上典喫半器, 小的則喫一器, 焉敢曰飢乎? 雖餓死無意出去云." 隨其上典, 勤於織布, 許生則或織席, 或捆屨, 夜以繼日, 少不休息. 或有知舊之來訪者, 則必賜座於籬外, 而言曰: "某也, 今不可以人事責之, 十年後相面云." 而一不出見, 如是者三四年, 財利稍殖. 適有門前畓十斗落田數日耕之賣者, 遂準其價買之, 及春耕作時, 乃曰: "無多之田畓, 何可雇人耕播[492)]? 惟當[493)]自己之勤力其中, 但不知農功之如何, 此將奈何?" 遂請隣里老農, 盛具[494)]酒食, 使坐岸上, 親執耒耟, 隨其指教而耕種. 其耕之也, 鋤之也, 必三倍於他人, 故秋收之穀, 又倍於他人. 田則種烟草, 而時當亢旱, 每於朝夕汲水而澆之, 一境之烟草, 皆枯損, 而獨許之種茁茂, 京

489) 將: 저본에는 빠져 있으나 가, 마본에 의거하여 보충함.
490) 其將: 바본에는 '必也'로 되어 있음.
491) 矣: 저본에는 빠져 있으나 바본에 의거하여 보충함.
492) 耕播: 바본에는 '耘耔乎'로 되어 있음.
493) 惟當: 저본에는 '不爲'로 나와 있으나 바본을 따름.
494) 具: 저본에는 '其'로 나와 있으나 바본을 따름.

商預以數百金買之[495]. 及其二芽之盛, 又得厚價, 草農之利, 近四百金. 如是者五六年, 財産漸殖, 露積四五百穀, 近地百里內田畓, 都歸於許生, 而其衣食之儉約, 一如前日樣. 其兄其弟, 自山寺始下來, 見之, 弘之妻, 始精備三盂飯[496]而進之, 則弘張目叱之, 使之持去, 更使煮粥而來. 其兄怒罵曰: "汝之家産, 如此其富, 而獨不饋我一盂飯乎?" 弘曰: "吾旣以十年爲期[497], 十年之前, 以勿喫飯, 盟于心矣. 兄於十年後, 可喫吾家之飯, 兄雖怒我, 我不以介於懷矣." 其兄怒而不喫粥, 還上山寺矣. 翌年春, 兄與弟連璧而小成矣. 弘多持錢帛而上京, 以備應榜之需, 率倡而到門, 伊日, 招[498]倡優而諭之, 曰: "吾家兄弟, 今雖小成, 且有大科, 又當上山而工課, 汝等無益, 可以還歸汝家." 各給錢兩而送之, 對其兄及弟而言曰: "十年之限, 姑未及, 須卽上寺, 待限滿下來, 可也." 仍卽日送之上山, 及到十年之限, 奄成萬石君矣. 仍擇布帛之細者, 新造男女衣裳各二件, 治送人馬於二嫂之家, 約日率來. 又以人馬, 送之山寺, 迎來兄及弟, 團聚一室, 過數日後, 對兄弟而言曰: "此室狹隘, 無以容膝, 吾有所[499]經營者, 可以入處." 仍與之偕行, 行數里許, 越一岡, 則山下之大洞, 有一甲第, 前有長廊, 奴婢牛馬, 充溢其中, 內舍則分三區, 而外舍則只有一區, 而甚廣濶. 三兄弟內眷, 各占內舍之一區, 三兄弟則同處一房, 長枕大被, 其樂融洽. 其兄驚問: "此是誰家, 如是壯麗?" 答曰: "此是弟所經紀者, 而亦不使家人知之耳." 仍使奴隷, 擧木函四五雙, 置于前, 曰: "此是田土之券, 從今吾輩均分, 可也." 仍言曰: "家産之致此, 荊妻之所殫竭者也, 不可不酬勞." 乃以二十石落畓券, 給其妻, 三人各以五十石落, 分之, 從此以後, 衣食極其豊潔. 其隣里宗族之貧窮, 量宜周給, 人皆稱之. 一日, 弘忽爾悲泣, 其兄怪而問之曰: "今則吾輩衣食, 不

---

495) 之: 바본에는 '去'로 되어 있음.
496) 飯: 저본에는 빠져 있으나 가, 마, 바본에 의거하여 보충함.
497) 期: 사본에는 '限'으로 되어 있음.
498) 招: 사본에는 '率'로 되어 있음.
499) 有所: 바본에는 '已有'로 되어 있음.

換三公矣, 有何不足事, 如是疚懷也?" 答曰: "兄及弟, 旣隷課工[500], 皆占小科, 已出身矣. 而顧弟則汨於治産, 舊業荒蕪, 卽一愚蠢之人, 先親之所期望者, 於弟蔑如矣, 豈不傷痛? 今則年紀老大, 儒業無以更始[501], 不如投筆業武." 自其日, 備弓矢習射, 數年之後, 登武科, 上京求仕, 得付內職, 轉以陞品, 得除安岳郡守. 定赴任之期, 而奄遭妻喪, 弘喟然嘆曰: "吾旣永感之下, 祿不逮養, 猶欲赴外任者, 爲老妻之, 一生艱苦, 欲使一番榮貴矣. 今焉, 妻又沒矣, 我何赴任爲哉[502]?" 仍呈辭圖遞, 下鄕終老云爾.

3-39.

宣廟壬辰之亂, 天將李提督如松, 奉旨東援, 平壤之捷後, 入擄城中, 見山川之佳麗, 懷異心, 有欲動搖宣廟而仍居之意. 一日, 大率僚佐, 設宴于練光亭上, 江邊沙場, 有一老翁騎黑牛而過[503]者. 軍校高聲辟除, 而聽若不聞, 按轡徐行, 提督大怒, 使之拿來, 則牛行不疾, 而軍校輩無以追到. 提督不勝忿怒, 自騎千里名騾, 按劍而追之, 牛行在前不遠, 而騾行如飛, 終不可及. 踰山度水, 行幾里, 入一山村, 則黑牛係於溪邊垂楊樹, 前有第屋, 竹扉不掩. 提督意其老人之在此, 下騾杖劍而入, 則老人起迎於軒上. 提督怒叱曰: "汝是何許野老, 不識天高, 唐突至此? 吾受皇上之命, 率百萬之衆, 來救汝邦, 則汝必無不知之理, 而乃敢犯馬於我軍之前乎? 汝罪當死!" 老人笑而答曰: "吾雖山野之人, 豈不知天將之尊貴乎? 今日之行, 全爲邀將軍而欲枉[504]鄙所之計也. 某竊有一事之奉托, 難以言語到[505]達, 故不得已行此計也." 提督問曰: "所托甚事, 第言之."

---

500) 隷課工: 바본에는 '治學業'으로 되어 있음.
501) 無以更始: 바본에는 '難以更習'으로 되어 있음.
502) 赴任爲哉: 바본에는 '獨享富且貴乎'로 되어 있음.
503) 過: 다본에는 '來'로 되어 있음.
504) 欲枉: 바본에는 '枉屈'로 되어 있음.
505) 到: 저본에는 '導'로 나와 있으나 사본을 따름.

老人對曰: "鄙有不肖兒二人, 不事士農之業, 恣行强盜之事, 不率父母之教訓, 不知長幼之別, 卽一禍根. 以吾之氣力, 無以制之, 竊伏聞, 將軍神勇蓋世, 欲借神威而除此悖子也." 提督曰: "在於何處?" 答曰: "在於後園草堂上矣." 提督按劍而入, 有兩少年共讀書矣. 提督大聲叱曰: "汝是此家之悖子乎? 汝翁欲使除去, 謹受我一劍!" 仍揮劍擊[506]之, 則其少年不動聲色, 徐以手中書證竹捍之, 終不得擊而已. 其少年以其竹, 迎擊劍刃, 劍刃錚然一聲, 折爲兩端落地矣. 而提督氣喘汗流, 少焉, 老人入來, 叱曰: "小子焉敢無禮乎?" 使之退坐, 提督向老人而言曰: "彼悖子勇力非凡, 無以阻當[507], 豈負老人之托哉?" 老人笑曰: "俄言戲耳. 此兒雖有膂力, 以渠十輩, 不敢當老身一人. 將軍迎皇旨, 東援而來, 掃除梟寇, 使我東再奠[508]基業, 將軍唱凱還歸, 名垂竹帛, 則豈非丈夫之事業乎? 將軍不此之思, 反懷異心, 此豈所望於將軍者哉? 今日之擧, 欲使將軍知我東亦有人材之計也. 將軍若[509]不改圖而執迷, 則吾雖老矣, 足可制[510]將軍之命, 勉之勉之! 山野之人, 語甚唐突, 惟將軍垂察而恕之." 提督半餉無語, 低頭喪氣, 仍諾諾而出門云爾[511].

3-40.

金倡義使千鎰之妻, 不知誰家女子, 而自于歸之日, 一無所事, 日[512]事晝寢. 其舅戒之, 曰: "汝誠佳婦, 而但不知爲婦道, 是可欠也. 大凡婦人, 皆有婦人之任, 汝旣出家, 則治家營産, 可也, 而不此之爲, 日以午睡爲事乎?" 其婦對曰: "雖欲治産, 赤手空拳, 何所藉[513]而營産乎?" 其舅悶

---

506) 擊: 저본에는 '擧'로 나와 있으나 바본을 따름.
507) 阻當: 바본에는 '抵當'으로 되어 있음.
508) 奠: 바본에는 '全'으로 되어 있음.
509) 若: 바본에는 '將'으로 되어 있음.
510) 制: 바본에는 '除'로 되어 있음.
511) 云爾: 바본에는 '而去'로 되어 있음.
512) 日: 다본에는 '每'로 되어 있음.
513) 藉: 사본에는 '資'로 되어 있음.

而憐之, 卽以租數三十包, 奴婢四五口, 牛數隻給之, 曰: "如此, 足可爲營產之資乎?" 對曰: "足矣." 仍呼奴婢近前, 曰: "今則汝輩, 旣屬之於我, 當從吾之指揮.[514] 汝可馱穀於此牛, 入茂朱某處深峽中, 伐木作家, 以此租作農粮, 而勤耕火田, 每秋以所出都數, 來告於我, 粟則作米儲置, 每年如是, 可也." 奴婢輩承命, 而向茂朱而去. 居數日, 對金公而言曰: "男子手中無錢穀, 則百事不成, 何不念及於此?" 公曰: "吾是侍下人事, 衣食皆賴於父母, 則錢穀從何以辦出乎?" 婦曰: "竊聞洞中李生某家, 積累萬財貨, 而性嗜賭博云, 郎君何不一往, 以千石之露積一塊爲賭乎?" 公曰: "此人以賭局一手, 有名於世, 吾則手法甚拙, 此等事, 何可生心賭博?" 婦曰: "此易與耳, 第以博局持來." 仍對坐而訓之諸般妙手, 隨手指揮[515], 金公亦奇傑之人也, 半日對局, 陣法曉然. 其婦曰: "今則優可賭博, 君須[516]以三局兩勝爲賭, 初局則佯輸, 而二三局, 則堇堇決勝, 旣得露積後, 彼必欲更決雌雄. 此時則出神妙之手[517], 使彼不得下手, 可也." 金公然其言, 明日躬往其家, 請賭博局, 則其人笑曰: "君與我同閈已久[518], 未聞君之賭博矣. 今忽來請者, 未知其故也. 且君非吾之敵手, 不必對局." 金公曰: "對局行馬然後, 可定其高下, 何必預先斥罷?" 仍强請至再三, 其人曰: "若然則吾於平生對局, 則必賭, 君[519]以何物爲賭債[520]乎?" 公曰: "君家有千石露積三四塊, 以此爲賭, 可乎?" 其人曰: "吾則以此爲賭, 君則以何物爲賭乎?" 公曰: "吾亦以千石爲賭." 其人曰: "君以侍下之人事, 不少之穀, 從何判出乎?" 金公曰: "此則勝負判決然後, 可言之事, 吾若不勝, 則千石何足道哉?" 其人勉强而對局, 以兩勝爲限, 初則金公佯輸一局, 其人笑曰: "然矣! 君非吾之敵手, 吾不云乎?"

---

514) 當從吾之指揮: 다본에는 '唯吾之是從, 可也'로 되어 있음.
515) 指揮: 다본에는 '敎之'로 되어 있음.
516) 須: 저본에는 '子'로 나와 있으나 바본에 의거함.
517) 手: 바본에는 '術'로 되어 있음.
518) 已久: 저본에는 빠져 있으나 바본에 의거하여 보충함.
519) 君: 저본에는 빠져 있으나 바본에 의거하여 보충함.
520) 債: 다본에는 '賽'로 되어 있음.

金公曰:“猶有二局矣, 第又對局.”李生心異之, 又復對局, 連輸二局, 李生驚訝, 曰:“異哉異哉! 寧有是理乎? 旣許之千石, 不可不給, 卽當輸之, 第又更賭一局矣.”金公許之, 復對博局, 始出神妙之手, 李生勢窮力盡, 不得下手矣. 金公笑而罷歸, 對其妻而言, 則妻曰:“吾已料知矣.”公曰:“旣得此財, 將焉用之乎?”妻曰:“君子之所親人中, 窮婚窮喪, 及貧不能資生者, 量宜分給, 毋論遠近貴賤, 如有奇傑之人, 則與之許交. 而逐日邀來, 則酒食之費, 吾自辦備.”金公如其言而行之. 一日, 其婦人又請于其舅, 曰:“媳欲事農業, 籬外五日耕田, 可使許耕[521]乎?”其舅許之, 於是耕田, 而遍種瓠種, 待熟而作斗容瓠, 使之着漆, 每年如是, 充五間庫. 又使冶匠, 鍊鐵[522]二箇, 如斗容瓠樣, 並置于庫中, 人莫曉其故[523]. 及壬辰倭寇大至, 夫人謂金曰:“吾之平日勸君子, 以恤窮濟貧, 交結英男, 欲於此等時, 得其力故也. 君子倡起義兵, 則舅姑避亂之地, 吾已經紀於茂朱地, 有屋有穀, 庶不貽君子之憂. 吾則在此, 辦備軍糧, 使不乏絶也.”金公欣然從之, 遂起義兵, 遠近之平日受恩者, 皆來附, 旬日之間, 得精兵四五千. 使軍卒, 各佩漆[524]瓠而戰, 及回陣之時, 遺棄鐵鑄之瓠於路而去. 倭兵大驚曰:“此軍人, 人皆佩此瓠, 其行如飛, 其勇力可知其無量.”遂相與戒飭, 無敢迎[525]其鋒. 以是之故, 倭兵見金公之軍, 則不戰而披靡, 金公多建奇勳, 蓋夫人贊助之力云爾[526].

3-41.

盧玉溪禛, 早孤家貧, 居在南原地, 年旣長成, 無以婚娶. 其堂叔武弁, 時爲宣川倅, 玉溪母親, 勸往宣川, 乞得婚需以來. 玉溪以編髮, 徒步作行,

---

521) 耕: 바본에는 '給'으로 되어 있음.
522) 鐵: 저본에는 '出'로 나와 있으나 다, 바본에 의거함.
523) 故: 다본에는 '意'로 되어 있음.
524) 漆: 다본에는 '鐵'로 되어 있음.
525) 迎: 다, 바, 사본에는 '近'으로 되어 있음.
526) 云爾: 저본에는 빠져 있으나 바, 사본에 의거하여 보충함.

行至宣川, 阻閽不得入, 彷徨路上. 適有一童妓衣裳鮮新者, 過去, 停步立熟視, 而問曰: "都令從何而來?" 玉溪以實言之, 妓曰: "吾家在於某洞, 而卽第幾家, 距此不遠, 都令須定下處於吾家." 玉溪許之, 艱辛入官門, 見其叔, 言下來之由, 則嚬蹙, 曰: "新延未幾, 官債山積, 甚可悶也云." 而殊甚冷落, 玉溪以出宿於下處之意, 告而出門, 卽訪其童妓之家, 其童妓欣迎, 而使其母精備夕飯, 而進之, 夜與同寢. 其妓曰: "吾見本官, 手段甚小, 雖至親之間, 其婚需之優助, 有未可知,[527] 吾見都令之氣骨狀貌, 可以大顯達之狀也. 何必自歸於乞客之行也? 吾有私儲之銀五百餘兩, 留此幾日, 不必更入官門, 持此銀直還, 可也." 玉溪不可, 曰: "行止如是[528]飄忽, 則堂叔豈不致責乎?" 妓曰: "都令雖恃至親之情, 而至親何可恃? 留許多日, 不過被人苦色, 及其歸也, 不過以數十金贐行, 將安用之? 不如自此直發." 玉溪不然,[529] 晝則入見其叔, 夜則宿於其妓之家. 一日夜, 妓於燈下, 理行裝, 出銀子, 裹以袱. 及曉, 牽出廐上一匹馬馱, 使之促行, 曰: "都令不過十年內外, 必大貴矣. 吾當潔身, 而俟之會面之期, 只在一條路而已, 千萬保重!" 灑淚而出門[530], 玉溪不得已, 不辭於其叔而作行. 平明, 本官聞其故, 竊怪其行色之狂妄, 而中心也, 自不妨其費錢兩也. 玉溪歸家, 以其銀子娶妻, 而營治產業, 衣食不苟, 乃刻意科工, 四五年之後登第, 大爲朝廷之望[531]. 未幾, 以繡衣按廉關西, 直訪其妓之家, 則其母獨在, 見玉溪, 認其顔面, 乃執袂而泣, 曰: "吾女自送君之日[532], 棄母逃去, 不知去向, 于今幾年, 老身晝夜思想, 淚無乾時云云." 玉溪茫然自失, 自量以爲, '吾之來此, 全爲故人相逢矣. 今無形影, 心膽俱墜, 然而渠必爲我而晦跡之故也.' 仍更問曰: "老嫗之女, 自一去之後, 存沒

527) 有未可知: 바본에는 '亦未可必也'로 되어 있음.
528) 如是: 저본에는 빠져 있으나 가, 바, 사본에 의거하여 보충함.
529) 玉溪不然: 저본에는 '數日'로 나와 있으나 바본을 따름.
530) 出門: 바본에는 '送別'로 되어 있음.
531) 朝廷之望: 저본에는 '上所知'로 나와 있으나 바본을 따름.
532) 日: 가본에는 '後'로 되어 있음.

尙未聞之否?" 對曰: "近者傳聞, 吾女寄跡於成川境內之山寺, 藏蹤秘跡, 人無見其面者云云. 風傳之言, 猶未可信,[533] 老身年衰無氣, 且無男子, 無以追尋矣." 玉溪聽罷, 仍直往成川地, 遍訪一境之寺刹, 窮搜而終無形影. 行尋一寺, 寺後有千仞絶壁, 其上有小菴而峭峻, 無[534]着足處矣. 玉溪攀蘿捫[535]藤, 艱辛上去, 則有數三僧徒, 問之, 則以爲, "四五年前, 有一箇年可二十之女子, 以如干銀兩, 付之禮佛之首座, 以爲朝夕之備[536]. 而仍伏於佛座之卓下, 被髮掩面, 而朝夕之飯, 從窓穴而入送, 或有大小便之時, 暫出門而還入, 如是者, 已有年矣. 小僧輩[537]以爲菩薩生佛, 不敢近前矣." 玉溪心知其妓, 乃使首座僧, 從窓隙而傳言, 曰: "南原盧都令, 全爲娘子而來此, 何不開門而迎見?" 其女因其僧而問曰: "盧都令如來, 則登科乎否乎?" 玉溪遂以登科後, 方以繡衣來此云云, 其女曰: "妾之如是積年晦跡而喫苦, 全爲郎君地也, 豈不欣欣然, 卽出迎之? 而積年之鬼形, 難見於丈夫行次, 如爲我留十日餘, 則妾謹當梳洗理粧, 復其本形後相見, 好矣." 玉溪依其言遲留矣. 過十餘日後, 其女凝粧盛飾, 出而見之, 相與執手, 而悲喜交至, 居僧始知其來歷, 莫不嗟歎. 玉溪通于本府, 借轎馬駄之送宣川, 與其母相面, 其情理之如狂, 可謂死而生面也.[538] 竣事畢, 復命之後, 始送人馬, 率來同室, 終身愛重云爾.

3–42.

延原府院君李光庭, 爲楊牧時, 養一鷹, 使獵夫出獵矣[539]. 一日, 獵夫出去, 經宿而還, 傷足而行蹇, 公怪而問之, 笑而對曰: "昨日放鷹獵雉, 雉逸而鷹逃, 四面搜訪, 則鷹坐某村李座首門外大樹上. 故艱辛呼鷹而臂

533) 猶未可信: 바본에는 '何可信之乎'로 되어 있음.
534) 無: 바본에는 '難'으로 되어 있음.
535) 捫: 저본에는 '收'로 나와 있으나 바본에 의거함.
536) 備: 바본에는 '資'로 되어 있음.
537) 輩: 저본에는 '皆'로 나와 있으나 바본을 따름.
538) 其情理之如狂, 可謂死而生面也: 저본에는 빠져 있으나 바본에 의거하여 보충함.
539) 出獵矣: 저본에는 '每作山行'으로 나와 있으나 바본을 따름.

之, 將欲復路之際, 忽聞籬內有喧擾之聲. 故自籬間[540]窺見, 則有五介處女, 豪健如壯男樣, 相率而來, 氣勢甚猛. 故意其或被打, 急急避身, 足滑而傷. 時日勢幾[541]昏, 心甚訝之, 隱身於籬下, 叢樾之中而聞之, 則其五處女相謂曰: '今日適從容, 又當作太守戲乎?' 僉曰: '諾.' 其中大處女, 年可三十, 高坐石上, 其下諸處女, 各稱座首·刑房·吸唱·使令名色, 侍立於前而已. 太守處女出令曰: '座首拿入!' 刑房處女呼吸唱處女, 而傳分付; 吸唱處女呼使令處女, 而傳分付, 使令承令, 而捉下座首處女, 拿而跪于庭下. 太守處女高聲數其罪, 曰: '婚姻人之大倫也, 汝之末女, 年已過時, 則其上之兄, 從此可知矣. 汝何爲而使汝之五女, 空然幷將廢倫乎? 汝罪當死.' 座首處女俯伏而奏, 曰: '民豈不知倫紀之重乎? 然而民之家計赤立, 婚具實無可判之望矣.' 太守曰: '婚姻稱家之有無, 只具單衾, 勺水成禮, 有何不可之理乎? 汝言太迂濶矣.' 座首曰: '民之女, 非一二人, 郎材亦無可求之處矣.' 太守口叱曰: '汝若誠心廣求, 豈有不得之理乎? 以鄕中所聞言之, 某村之宋座首·吳別監, 某村之鄭座首·金別監·崔鄕所家, 皆有郎材, 如是則可定汝五女之匹矣. 此人輩與汝地醜[542]德齊, 有何不可之理乎[543]?' 座首曰: '謹當依下敎通婚, 而彼必以民之家貧, 不肯矣.' 太守曰: '汝罪當笞, 而今姑十分參酌, 斯速定婚而成禮[544], 可也. 否者, 後當嚴處矣!' 仍命拿出, 五介處女, 仍相與大笑一鬨而散. 其狀絶倒, 仍而作行[545], 寄宿於旅舍, 今始還來矣." 延原聞而大笑, 召鄕所, 問李座首來歷, 與家勢子女之數, 則以爲, '此邑曾經首鄕[546]之人, 而家勢赤立無子, 而有五女家貧之故, 五女已過時, 而尙未成婚矣.' 延原卽使禮吏, 告目請李座首以來, 未幾來謁, 公曰: "君是曾經鄕所而解事云,

---

540) 間: 바본에는 '外'로 되어 있음.
541) 幾: 사본에는 '旣'로 되어 있음.
542) 醜: 사본에는 '同'으로 되어 있음.
543) 乎: 저본에는 빠져 있으나 이본에 의거하여 보충함.
544) 成禮: 사본에는 '行禮'로 되어 있음.
545) 作行: 바본에는 '歸來'로 되어 있음.
546) 首鄕: 사본에는 '座首'로 되어 있음.

吾欲與之議事而未果矣.” 仍問子女之數, 則對曰: “民命途奇窮, 未育一子, 只有無用之五女矣.” 問俱已婚嫁否, 對曰: “一未成婚矣.” 又曰: “年各幾何?” 對曰: “第末女已過時矣.” 公乃以俄所聞, 太守處女之分付, 一一問之, 則其答果如座首處女之答. 公乃歷數某座首·某別監·某鄕所之家, 而依太守處女之言, 而言曰: “何不通婚也?” 對曰: “渠必以民之家貧不願矣.” 公曰: “此事吾當居間矣.” 使之出去, 又使禮吏, 請五鄕所, 而問曰: “君家俱各有郎材云, 然否?” 對曰: “果有之!” 問: “已成娶[547]否?” 對曰: “姑無定婚處矣.” 公曰: “吾聞某村某座首之家, 有五女云, 何不通而結親乎?” 五人躕躇不卽應, 公正色曰: “彼鄕族, 此鄕族, 門戶相適, 君輩之不欲只較貧富而然也. 若然則貧家之女, 其將編髮而老死乎? 吾之年位,[548] 比君輩, 何如不少之地, 旣發說, 則君輩焉敢不從乎?” 乃出五幅簡, 使置于五人之前, 曰: “各書其子四柱, 可也.” 聲色俱厲, 五人惶恐俯伏, 曰: “謹奉敎矣!” 仍各書四柱以納, 公以其年紀之多少, 定其處女之次第, 仍饋酒肴. 又各賜苧布一疋, 曰: “以此爲道袍之資.” 又分付曰: “李家五女之婚具, 自官備給, 本家勿慮也.” 卽使之擇日, 期在數日之間, 仍送布帛錢穀, 使備婚需. 伊日, 公出往李家, 屛障鋪[549]陳之屬, 自官借設, 列五卓於庭中, 五女五郎, 一時行禮, 觀者如堵, 無不欽嘆延原之積善. 其後, 承繁衍而顯達, 皆由積善之餘慶云爾.

3-43.

安東權進士某者, 家計饒富, 性嚴峻[550], 治家有法. 有獨子而娶婦, 婦性行悍妬難制, 而以其舅之嚴, 不敢下氣. 權如[551]有怒氣, 則必舖席於大廳而坐, 或打殺婢僕, 若不至傷命, 則必見血而止. 以此, 舖席於大廳, 則

547) 成娶: 바본에는 ‘定婚’으로 되어 있음.
548) 吾之年位: 바본에는 ‘吾旣發說’로 되어 있음.
549) 鋪: 저본에는 ‘布’로 나와 있으나 가, 마, 바본을 따름.
550) 嚴峻: 마본에는 ‘嚴酷’으로 되어 있음.
551) 如: 바본에는 ‘少’로 되어 있음.

如家人喘喘，知其有必死之人也．其子之妻家，在於隣邑，其子爲見其妻父母，而行歸路遭雨，避入於店舍．先見一少年坐於廳上，而廐有五六匹駿馬，婢僕又多，若率內眷之行[552)]，見[553)]權少年，仍爲寒暄，而以酒肴饌盒，勸之．酒甚淸冽，肴又豊旨，相問其姓氏與居住，權生則以實之，先來少年，則只道姓氏，而不肯言所在處，曰：“偶爾過此，避雨而入此店，幸逢年輩佳朋，豈不樂乎？”仍與之酬酌，而醉爲期，權少年先醉倒．夜深後始覺，擧眼審視，則同盃之少年，已無形影，而自家則臥於內室．而傍有素服佳娥，年可十八九，容儀端麗，知其非常賤，而的是洛下卿相家婦女也．權生大驚訝，問曰：“吾何以臥於此處，而君是誰家何許婦女，在於此處乎？”其女子羞[554)]澁而不答，叩之再三，終不開口，最後過數食頃，始低聲而言曰：“吾是洛下門地繁盛之仕宦之家女子，十四出嫁，十五喪夫，而嚴親又早世，娚兄主家矣．兄之性熱滯，不欲從俗[555)]而執禮，使幼妹寡居也．欲求改適之處，則宗黨之是非大[556)]起，皆以汚辱門戶，峻辭嚴斥．兄不得已罷議，因具[557)]轎馬馱我而出門，無去向處而作行，轉而至此．其意以爲[558)]，‘若遇合意之男子，則欲委而托之．’自家因以避之，以遮諸宗[559)]之耳目者也．昨夜乘君之醉，而使奴子負而入臥內，而家兄則必也遠走矣[560)]．”仍指在傍之一箱，曰：“此中有五六百銀子，以此，使作妾衣食之資云爾．”權生異之，出外而視之，則其少年及許多人馬，幷不知去處，只有蒙駄之童婢二人在傍．生還入內，與其處女，同寢而已．思量，則嚴父之下，私自卜妾，必有大擧措，且其妻悍妬之性，必不相容，此將

552) 內眷之行：사본에는 ‘內行之人’으로 되어 있음.
553) 見：저본에는 ‘與’로 나와 있으나 가, 마, 바본을 따름.
554) 羞：저본에는 ‘愁’로 나와 있으나 마, 바본에 의거함.
555) 俗：바본에는 ‘容’으로 되어 있음.
556) 大：마본에는 ‘多’로 되어 있음.
557) 具：저본에는 ‘其’로 나와 있으나 가, 마, 바본을 따름.
558) 以爲：저본에는 빠져 있으나 가, 마본에 의거하여 보충함.
559) 諸宗：사본에는 ‘宗族’으로 되어 있음.
560) 矣：저본에는 빠져 있으나 바본에 의거하여 보충함.

奈何? 千思萬量, 實無好箇計策, 反以奇遇之佳人爲頭痛. 待朝, 使婢子謹守門戶, 而言于其女曰: "家有嚴親, 歸當奉稟而率去, 姑少俟之." 申飭店主而出門, 直向親朋中有智慮者之家, 以實告之, 願爲之劃策. 其友沈吟良久, 曰: "大難大難! 實無好策, 而第有一計, 君於歸家之數日, 吾當設酒席[561]而請之矣. 君於翌日, 又設酒席而請我, 我當自有方便之計矣." 權生依其言, 歸家之數日, 其友人送伻, 懇請以適有酒肴, 諸益畢會, 此席不可無兄, 兄須賁臨云. 權生稟[562]其父而赴席, 翌日, 權生稟于其父, '某友昨日擧酒有邀, 而酬答之禮, 不可闕也. 今日畧具酒饌, 而請邀諸友, 則似好矣.' 其父許之, 爲設酒席而邀其人, 又邀洞中諸少年, 諸人皆來, 先拜見於權生之老父, 權曰: "少年輩迭相酒會, 而一不請老我, 此何道理?" 其少年對曰: "尊丈若主席, 則年少侍生, 坐臥起居, 不得任意爲之. 且尊丈性度嚴峻, 侍生輩暫時來謁[563], 十分操心, 或恐其見過, 何可終日侍坐於酒席? 尊丈若降臨, 則可謂殺風景矣." 老權笑曰: "酒會豈有長幼之序乎? 今日之酒會[564], 我爲主矣, 擺脫其拘束之儀, 終日湛樂. 君輩雖[565]百番失儀於我, 我不汝責, 盡歡而罷, 以慰老夫一日孤寂之懷也." 諸少年一時敬諾, 長幼雜坐而擧觴, 酒至半, 其多智之少年近前, 曰: "侍生有一古談之奇事, 請一言之以供一噱[566]." 老權曰: "古說極好, 君試爲我言之." 其人乃以權少年之客店奇遇, 作古談而言之, 老權節節稱奇, 曰: "異哉異哉! 古則或有此等奇緣, 而今則未得聞也." 其人曰: "若使尊丈當之, 則將[567]何以處之? 中夜無人之際, 絶代佳人在傍, 則其將近之乎否乎? 旣近之, 則其將率畜乎, 抑棄之乎?" 老權曰: "旣非宮刑之人, 則逢佳人於黃昏[568], 豈有虛度之理乎? 旣同寢席, 則不可不率畜,

561) 酒席: 가, 마, 바본에는 '酒筵'으로 되어 있음.
562) 稟: 바본에는 '告'로 되어 있음.
563) 來謁: 마, 바본에는 '拜謁'로 되어 있음.
564) 會: 저본에는 빠져 있으나 사본에 의거하여 보충함.
565) 雖: 저본에는 '須'로 나와 있으나 사본을 따름.
566) 噱: 마, 바본에는 '粲'으로 되어 있음. 서로 통함.
567) 將: 저본에는 빠져 있으나 바본에 의거하여 보충함.

何可等棄而積惡乎?" 其人曰: "尊丈性本方嚴[569], 雖當如是之時, 而必不毁節矣." 老權掉頭, 曰: "不然不然! 使吾當之, 則不得不毁節矣. 彼之入內, 非故爲也. 爲人所欺, 此則非吾之故犯也. 年少之人, 見美色而心動, 自是常事, 彼女旣以士族行事, 則其情戚矣, 其地窮矣. 如或一見而此棄之, 則彼必含羞含寃而死, 豈非積惡乎? 士大夫之處事, 不可如是齷齪也." 其人又問曰: "人情事理, 果[570]如是乎?" 老權曰: "豈有他意? 斷當不作薄幸人, 可也." 其人笑曰: "此非古談, 卽胤友日前[571]事也. 尊丈旣以事理當然, 再三質言而有教, 則胤友庶免罪責矣." 老權聽罷, 半餉無語, 仍正色厲聲, 曰: "君輩皆罷去! 吾有處置之事矣." 諸人皆驚怯而散, 老權仍高聲曰: "斯速設席於大廳!" 家中人皆悚然, 不知將治罪何許人矣. 老權坐於席上, 又高聲曰: "急持斫刀以來!" 奴子慌忙承命, 置斫刀及木板於庭下, 老權又高聲曰: "捉下書房主, 伏之斫刀板!" 奴子捉下權少年, 以其項置之刀板, 老權大叱曰: "悖子以口尙乳臭之兒, 不告父母, 而私蓄小妾者, 此是亡家之行也. 吾之在世, 猶尙如此, 況吾之身後乎! 此等悖子, 留之無益, 不如吾在世之時, 斷頭以杜後弊[572], 可也." 言罷, 號令奴子, 使之擧趾而斫之. 此時, 上下惶惶, 面無人色, 其妻與子婦, 皆下堂而哀乞, 曰: "彼罪雖云可殺, 何忍於目前, 斷獨子之頭乎?" 泣諫不已, 老權高聲而叱, 使退去, 其妻驚怯而避. 其子婦以頭叩地, 血流被面, 而告曰: "年少之人, 設有放恣自擅之罪, 尊舅血屬, 只此而已. 尊舅何忍行殘酷之事, 使累世奉祀一時絶嗣[573]乎? 請以子婦之身代其死." 老權曰: "家有悖子而亡家之時, 辱及祖先矣. 吾寧殺之於目前, 更求螟嗣, 可也. 以此以彼, 亡則一也, 不如亡之乾淨之爲愈也." 仍號令而使斫之,

568) 黃昏: 바본에는 '洞房'으로 되어 있음.
569) 方嚴: 마, 바본에는 '嚴峻'으로 되어 있음.
570) 果: 바본에는 '固'로 되어 있음.
571) 日前: 사본에는 '目前'으로 되어 있음.
572) 以杜後弊: 사본에는 '以忘後慮'로 되어 있음.
573) 絶嗣: 사본에는 '絶祀'로 되어 있음.

奴子口雖應諾，而不忍加足，其子婦泣諫益苦，老權曰："此子亡家之事，非一矣．以侍下之人，而擅自畜妾，其亡兆一也．以汝之悍妬，必不相容，如此則家政日亂，其亡兆二也．有此亡兆，不如早爲除去之爲好也．"子婦曰："妾亦是具人面人心矣，目見此等光景，何可念及於妬之一字乎？若蒙尊舅一番容恕，則子婦謹當與之同處，少不失和矣．願尊舅，勿以此爲慮，特下廣蕩之恩．"老權曰："汝雖迫於今日擧措，而有此言，必也面諾而心不然矣．"婦曰："寧有是理？[574] 如或有近似此等之言，則天必殛之，鬼必誅之矣．"老權曰："汝於吾之生前，無或然矣，而吾死之後，汝必復肆其惡．此時吾已不在，悖子不敢制，則此非亡家之事乎？不如斷頭以絶禍根．"子[575]婦曰："焉敢如是乎？尊舅下世之後，如或有一分非心，則犬豚不若，當矢言而納侤矣．"老權曰："若然則汝以矢言，書紙以納焉[576]．"其子婦書禽獸之盟，且曰："一有違背之事，子婦父母之肉，可以生啗矣．矢言至此，而尊舅終不信聽，有死而已．"老權乃赦而出之，仍命呼首奴，分付曰："汝可率轎馬人夫，速[577]往某店，迎書房主小室而來！"奴子承命而率來，行見舅姑之禮，又禮拜於正配[578]，而使之同處．其子婦不敢出一聲，到老和同，一[579]無間言云爾．

3-44.

古有一宰相，爲關西伯，有獨子而率去．時有童妓，與其子同庚，而容貌[580]佳麗，與之相狎，恩情之篤，如山如海．及箕伯之遞歸，其父母憂其子之不能斷情而別妓，問曰："汝與某妓有情，今日倘能割情而決然歸去否？"其子對曰："此不過風流好事，有何係戀之可言乎？"其父母幸而喜

574) 寧有是理: 바본에는 '何敢如是'로 되어 있음.
575) 子: 저본에는 빠져 있으나 바본에 의거하여 보충함.
576) 焉: 저본에는 빠져 있으나 바본에 의거하여 보충함.
577) 速: 저본에는 빠져 있으나 바본에 의거하여 보충함.
578) 正配: 바본에는 '正室'로 되어 있음.
579) 一: 저본에는 '人'으로 나와 있으나 바본에 의거함.
580) 容貌: 마본에는 '貌甚'으로 되어 있음.

之, 發行之日, 其子別無惜別之意. 及歸, 使其子負笈山寺, 俾勤三餘之工. 生讀書山房, 而一日之夜, 大雪初霽, 皓月滿庭, 獨依欄檻, 悄然四顧, 萬籟收聲, 千林闃若, 雲間獨鶴, 失羣而悲鳴; 巖穴孤猿, 喚侶而哀號. 生於此時, 心懷愀然, 關西某妓, 忽然入想, 其姸美之態, 端麗之容, 森然如在目前[581]. 想思之懷, 如泉湧出, 欲忘而未[582]忘, 終不可抑. 因坐而苦俟晨鍾, 不使傍人知之, 而獨自躡草履, 佩如干盤費, 步出山門, 直向關西大路而行. 翌日, 諸僧及同窓之人, 大驚搜索, 終無形影, 告于其家, 擧家驚惶, 遍尋山谷[583]而不得, 意其謂爲虎豹所囕, 其悲寃呼痛之狀, 無以形言矣. 生間關作行, 行幾日, 僅到浿城, 卽訪其妓之家, 則妓不在焉. 只有妓老母, 見生之行色草草, 冷眼相對, 全無欣款之心, 生問曰: "君之女何在?" 對曰: "方入於新使子弟守廳, 一入之後, 尙不得出來, 然而書房主, 何爲千里徒步而來也?" 生曰: "吾以君女思想之故, 柔腸欲斷, 不遠千里而來者, 全爲一面之地也." 老妓冷笑曰: "千里他鄕, 空然作虛行矣. 吾女在此, 而吾亦不得相面, 而何況書房主乎? 不如早歸." 言罷, 還入房中, 少無迎接之意. 生慨嘆出門, 而無可向處, 仍念營吏房吏曾親熟, 且多受恩於其父者. 仍問其家而往見, 則其吏大驚, 起而迎之坐, 曰: "書房主此何擧也? 以貴价公子, 千里長程, 徒步此行, 誠是夢寐之所不到. 敢問此來何爲?" 生告其故, 其吏掉頭, 曰: "大難大難! 見今巡使子弟寵愛, 此妓跬步不暫離, 實無相面之道, 姑暫留小人家幾日, 庶[584]圖可見之機." 仍接待款洽, 生留數日, 天忽大雪, 吏曰: "今則有一面之會, 而未知書房主能行之否?" 生曰: "若使吾一見其妓之面, 則死且不避, 何況其外事乎?" 吏曰: "明朝調[585]發邑底人丁, 將掃雪營庭, 小人以書房主, 充於冊室掃雪之役, 則或可瞥眼相面矣." 生欣然從之, 換

581) 前: 저본에는 빠져 있으나 마본에 의거하여 보충함.
582) 未: 가본에는 '難'으로 되어 있음.
583) 山谷: 저본에는 빠져 있으나 가, 마, 바본에 의거하여 보충함.
584) 庶: 가, 마본에는 '徐'로 되어 있음.
585) 調: 저본에는 '詞'로 나와 있으나 마본에 의거하여 바로잡음.

着常賤衣冠，混入於掃雪役丁之叢，擁篲而掃冊室之庭，時以眼頻頻偸視廳上，終不得相面．過食頃之後，房門開處，厥女凝粧而出，立於曲欄之上[586]，翫雪景．生停掃而注目視[587]之，厥女忽然色變，轉而入房，更不出來．生心甚恨之，無聊而出，其吏問曰："得見厥女[588]否?" 生曰："霎時見面." 道其入房不出之狀，吏曰："妓兒情態，本自如此，仍較冷暖，而送舊迎新，何足責之也?" 生自念行色，進退不得，心甚悶矣．厥妓一見生之面目，心知其下來，欲出一面，而其奈冊室暫不得使離何哉? 仍心思脫身之計，忽爾揮涕，作悲苦之狀，冊室驚問曰："汝何作此樣也?" 妓掩抑而對曰："小女[589]無他兄弟，故小女在家之日，親自掃雪於亡父之墳上矣．今日大雪，無人掃雪，是以悲之." 冊室曰："若然則吾使一隷掃之矣." 妓止之，曰："此非官事，當此寒沍，使渠掃雪於不當之小女先山，則小女及小女之亡父，必得無限辱說．此則大不可，小女暫往而掃之，旋卽入來，無妨矣．且父之墳，在城外未十里之地，去來之間，不過數食頃矣." 冊室憐其情事，許之．厥妓卽往其母家，問曰："某處書房主，豈不來此乎?" 母曰："數日前暫來見而去矣." 妓曰："來則何不使留之?" 母曰："汝旣不在，留之何益?" 妓曰："向何處云乎?" 母曰："吾亦不問，彼亦不言而去矣." 妓呑聲而責其母，曰："人情固如是乎? 彼以卿相家貴公子，千里此行，全爲見我而來，則母親何不挽留而通于我乎? 母以冷落之色相接，彼肯留此乎?" 仍揮涕不已，欲訪其所在處，而無處可問，忽念，'前等吏房，每親近於冊室，無或寄宿其家耶?' 仍忙步往尋，則果在矣．相與執手，悲喜交切，妓曰："妾旣一見書房主，則斷無相舍之意，不如從此而相携逃避矣." 因還至其家，則其母適不在，搜其箱篋中所儲五六百銀子，且以渠之資粧貝物，作一負卜，貰人背負，往其吏家，使吏貰得二匹馬．吏曰："貰馬往來之際，蹤跡易露，吾有數匹健馬，可以贐之." 又出四五十兩錢，

586) 上: 가, 마본에는 '頭'로 되어 있음.
587) 視: 저본에는 빠져 있으나 가, 마본에 의거하여 보충함.
588) 女: 마본에는 '妓'로 되어 있음.
589) 小女: 가, 마본에는 '小人'으로 되어 있음. 이하의 경우도 동일함.

俾作路需, 生與厥女, 卽地發行, 向陽德·孟山之境, 買舍於靜僻處以居焉. 伊日, 營冊怪其妓之到晩不來, 使人探之, 則無形影, 問于其母, 則母亦驚惶, 而不知去向, 使人四索, 而終無形影矣. 厥妓整頓家事, 謂生曰: "郞旣背親而作此行, 則可謂父母之罪人也. 贖罪之道, 惟在於登科, 決科之道, 惟在於勤業, 衣食之憂, 付之於妾. 自今讀之做之, 用工倍他然後, 可以有爲." 使之遍求書冊之賣者, 不計價而買之, 自此勤業, 科工日就. 如是而過四五年之後, 國有大慶, 方設科取士, 女勸生作觀行, 行資準備而送之. 生上京, 不得入其家, 寓於旅舍. 及期赴場, 懸題後一筆揮灑, 呈卷而待榜, 榜[590]出, 生嵬忝第一人矣. 自上招吏判近榻前, 而敎曰: "曾聞卿之獨子, 讀書山寺, 爲虎囕去云矣. 今見新榜壯元, 秘封則的是卿之子, 而職啣何爲而書大司憲也? 是可訝[591]也." 吏判俯伏, 曰: "臣亦疑訝, 而臣之子, 決無生存之理, 或有姓名同之人而然也. 然而父子之同名, 亦是異事, 且朝班宰列, 寧有臣名之二人乎? 誠莫曉其故也." 上使之呼新來, 吏判俯伏榻下而俟之, 及新恩承命入侍, 則果是其子, 父子相持, 暗暗揮淚, 不忍相舍. 上異之, 使之近前, 詳問其委折, 新恩俯伏而起, 以背親逃走之事, 及掃雪營庭之事, 以至與妓逃避, 做工登科之由, 一一詳細奏達. 上拍案稱奇, 而敎曰: "汝非悖子, 乃是孝子也! 汝妾之節槩志慮, 卓越於他, 不知賤娼之流, 乃有如此人物, 此則不可以賤娼待之, 可陞爲副室." 卽日下諭關西道臣, 使之治送其妓, 新恩謝恩而退, 隨其父還家, 家中慶喜之狀, 溢於內外. 封內職啣之書以大司憲, 蓋是上山時, 所帶職故也. 妓名紫鸞, 字玉簫仙云矣[592].

3-45.

李貞翼公浣, 荷孝廟眷注, 將謀北伐, 廣求人材. 雖於行路上, 如見人之

---

590) 榜: 가본에는 '果'로 되어 있음.
591) 訝: 가본에는 '怪'로 되어 있음.
592) 矣: 저본에는 빠져 있으나 가본에 의거하여 보충함.

貌之魁偉, 則必延致之門, 隨其才而薦于朝. 曾以訓將, 得暇掃墳, 行到龍仁店幕, 有一總角, 年近三十許之人, 身長幾十尺, 面長一尺, 瘦骨層稜, 短髮鬔鬆, 布褐不能掩身. 踞坐土廳之上, 以一瓦盆濁醪, 飮如長鯨, 公於馬上, 瞥見而異之. 仍下馬, 坐于岸上, 使人招其童以來, 厥童不爲禮, 又踞坐于石上, 公問其姓名, 答曰: "姓朴名鐸也." 又問: "汝之地閥, 何如?" 答曰: "自是班族, 而早孤只[593]有偏母, 而家貧負薪而養之." 又問: "汝飮酒, 能復飮乎?" 對曰: "巵酒安足辭?" 公命下隷, 以百文錢, 沽酒而來, 而沽濁醪二大盆以來, 公自飮一椀, 以其器擧以給之. 厥童少無辭讓羞澁之意, 連倒二盆, 公曰: "汝雖埋沒草野, 困於飢寒, 骨相非凡, 可[594]大用之人也. 汝或聞我名乎? 我是訓將李某也. 朝廷方營大事, 遍求將帥之才, 汝若隨我而去, 則富貴何足道哉!" 厥童曰: "老母在堂, 此身未敢以許人也." 公曰: "若然則吾當升堂拜君母, 而家安在? 汝須導前!" 行十餘里, 抵其門前, 不蔽風雨, 數間斗屋也. 厥童先入門, 而已, 出一弊席, 舖之柴門外, 出而迎之, 蓬頭布裙, 年可六十餘, 相與讓席坐席. 公曰: "某是訓將李某也. 掃墳之行, 路逢此兒, 一面可知其人傑[595], 尊嫂有此奇男, 大賀大賀!" 老婦斂衽而對曰: "草野之間, 無父之兒, 早失學業, 無異山禽野獸, 大監過加詡奬, 不勝慙愧." 公曰: "尊嫂雖在草野, 時事必有及聞者矣. 見今朝廷方營大事, 招迎人材, 某見此兒, 不忍遽別, 欲與之同行, 以圖功名, 則此兒以無親命爲辭. 故不得已躬來敢請, 幸尊嫂許之否?" 老婦曰: "鄕曲愚蠢之兒, 有何知識, 而敢當大事乎? 且此是老身之獨子, 母子相依爲命, 有難遠[596]離, 不敢奉命矣." 公懇請再三, 老婦曰: "男子生而志在四方, 旣許身於國家, 則區區私情有不敢[597]顧矣. 且大監之誠意如是, 則何敢不許乎?" 公大喜, 卽辭其老婦,

---

593) 只: 저본에는 '家'로 나와 있으나 바본을 따름.
594) 可: 저본에는 빠져 있으나 바, 사본에 의거하여 보충함.
595) 人傑: 바본에는 '俊傑'로 되어 있음.
596) 遠: 바본에는 '相'으로 되어 있음.
597) 敢: 바본에는 '暇'로 되어 있음.

與其兒偕行, 還歸洛下, 詣闕請對, 上下敎曰: "卿旣作掃墳之行, 何爲徑還也?" 公奏曰: "小臣下鄕之路, 逢一奇男子, 與之偕來矣." 上使之入侍, 則蓬頭突鬢, 旣一寒乞之兒, 直入榻前, 不爲禮而踞坐. 上笑而敎曰: "汝何瘦瘠之甚也?" 對曰: "大丈夫不得於世, 安得不然乎?" 上曰: "此一言, 奇且壯矣." 顧李公曰: "當除何職乎?" 公曰: "此兒姑未免山野禽獸之態, 臣謹當率畜家中, 磨以歲月, 訓戒人事然後, 可以責一職事矣." 上許之, 常置之左右, 豊其衣食, 而敎以兵法及行世之要, 聞一知十, 日就月將, 非復舊日痴蠢樣子. 上每對李公, 必問朴鐸之成就, 公每以將進奏達, 如是度數年[598]矣. 公每與朴鐸, 論北伐之事, 則其出謀發慮, 反有勝於自家, 公乃大奇之, 將奏達而大用之. 未幾, 孝廟賓天, 朴鐸隨人參哭班, 痛哭不已, 至於目腫而淚血, 每日朝夕, 必參哭班. 及因山禮畢, 告公以永訣, 公曰: "此何言也? 吾與汝, 情同父子, 汝何忍舍我而去耶?" 對曰: "豈不知大監眷愛之恩哉? 某之來此, 非爲哺啜之計也. 吾英雄之聖主在上, 可以有爲於世矣. 皇天不弔, 奄遭大喪, 今則天下事無可爲者, 此誠千古不禁英雄淚者也. 吾雖留在大監門下, 無可用之機, 且拘於顔私, 浪費衣食, 而逗留不去, 亦甚無義, 不如從此逝矣." 仍揮淚拜謝而歸鄕, 與其母離家, 而入深峽,[599] 不知所終. 尤齋先生常對人, 道此事而每咄歎[600].

3-46.

貞翼公少時, 射獵于山間, 逐獸而轉入深山, 日暮且四顧無人家, 心甚慌忙. 按轡而尋草路, 歷盡數岡, 到一處, 則山凹之處, 有一大瓦家. 仍下馬叩門, 則無一應者, 居食頃, 一女子自內而出, 曰: "此處非客子暫留之處, 斯速出去!" 公見其女子, 則年可廿餘, 而容貌頗端麗, 公對曰: "山谷

598) 數年: 바본에는 '周年'으로 되어 있음.

599) 而入深峽: 바본에는 '于深山'으로 되어 있음.

600) 每咄歎: 저본에는 '嘆嘆'으로 나와 있으나 바본을 따름.

深矣, 日勢暝矣, 虎豹橫行之地, 艱辛尋覓人家而來, 則如是拒絶, 何也?" 女曰: "在此則有必死之慮故也." 公曰: "出門而死於猛虎, 寧死於此處[601]." 仍排門而入, 女子料其無奈何, 遂延之入室. 坐定, 公問其不可留之故, 女曰: "此是賊魁之居也. 妾以良家女, 年前爲此賊魁所摽掠, 在此幾年, 尙不得脫虎口. 賊魁適作獵行, 姑未還, 夜深[602]必來, 若見客子之留此, 則妾與客, 當授首於一劍之刃[603]. 客子不知何許人, 而空然浪死於賊魁之手, 豈不悶哉?" 公笑曰: "死期雖迫, 不可闕食, 夕飯斯速備來!" 女子以其賊魁之飯, 進之. 公飽喫後, 仍抱女而臥, 其女牢拒, 曰: "如此而將於後患何?" 公曰: "到此地頭, 削之亦反, 不削亦反, 靜夜無人之際, 男女同處一室, 雖欲別嫌, 人孰信之? 死生有命, 恐惧何益?" 仍與之交, 偃臥自若. 居數食頃, 忽聞剝啄之聲, 又有卸擔之聲, 其女戰慄, 而面無人色, 曰: "賊魁至矣, 此將奈何?" 公聽若不聞而已. 一大漢, 身長十尺, 河目海口, 狀貌雄偉, 風儀獰猂. 手執長劍, 半醉而入門, 見公之臥, 高聲大叱曰: "汝是何許人, 敢來此處, 奸人之妻?" 公徐曰: "入山逐獸, 日勢已昏, 寄宿於此." 賊魁又大叱曰: "汝是大膽, 旣來此處, 則處于外廊, 可也, 何敢入內室, 犯他人之妻? 已是[604]死罪, 汝以客子, 而見主人, 不爲禮偃臥而見之, 此何道理, 如是而能不畏死乎?" 公笑曰: "到此地頭, 吾雖貞白一心, 男女分席而坐, 汝豈信之乎? 人之生斯世也, 必有一死, 死何足惧也? 汝任爲之." 賊魁乃以大索, 縛公懸之樑上, 顧謂其妻曰: "廳上有山獸之獵來者, 汝須洗而炙來!" 其女戰戰出戶, 宰割山猪獐鹿等內, 爛熟而盛于一大盤, 以進之. 賊魁又使進酒, 以一大盆, 連倒數盃, 拔劍切肉而啗之. 更以一塊肉, 揷于劍鋩, 曰: "何可置人於旁而獨喫乎? 渠雖當死之漢, 可使知味." 仍以劍頭肉與之, 公開口, 受而啗之, 小無疑慮恐怯之色. 賊魁熟視, 曰: "是可謂大丈夫矣!" 公曰: "汝欲殺

601) 此處: 바본에는 '入家'로 되어 있음.

602) 深: 저본에는 '久'로 나와 있으나 사본을 따름.

603) 刃: 바본에는 '下'로 되어 있음.

604) 已是: 바본에는 '是亦'으로 되어 있음.

我, 則殺之可也, 何爲而如是遲延, 又何大丈夫小丈夫之可言乎?" 賊魁擲劍而起, 解其縛, 把手就坐, 曰: "如君之天下奇男, 吾初見之矣. 將大用於世, 爲國杆城矣, 吾何以殺之? 從今以後, 吾以知己許之, 彼女子, 雖是吾之妻眷, 君已近之, 則卽君之內眷也. 吾何可更近也? 且庫中所積之財帛, 一一付之君, 君其勿辭, 丈夫有爲於世, 而手無錢財, 何以營爲? 吾則從此逝矣. 日後必有大厄, 君必捄我!" 語罷, 飄然而起, 仍不知去向. 翌朝,[605] 公以其馬, 駄載其女, 且以廐上所係馬匹, 盡載財帛而出山矣[606]. 其後, 公顯達, 以訓將兼捕將, 時自外邑, 捉上一大賊魁, 將按治之際, 細察其狀貌, 則卽其人也. 乃以往事, 奏達于榻前, 仍白放而置之校列, 次次推遷, 至於武科, 位至閫位云耳.

3-47.

崇禎甲申以後, 皇朝遺民之東來者, 甚多. 有一仕宦人, 削髮衣緇, 而來歸京師, 過半年, 忽謂其上佐僧曰: "吾聞懷德宋相某, 方贊助國家大議, 鎭岑申生, 亦預其事云, 此是吾日夜所冀望者也. 吾將見此兩人之何如樣." 仍與上佐, 向懷德, 未及半程, 路逢尤齋之上京, 仍合掌而拜于馬前. 先生仍下馬, 欣然而言曰: "吾與禪師, 草草相逢於路次, 甚可恨也. 禪師今當向洛乎[607]? 入洛之日, 必來訪我於所住處, 以爲從容酬酌之地, 可也." 僧曰: "諾." 與之相別而行, 其僧顧謂上佐曰: "宋相一擧目, 以知我之爲有心人, 且吾察其狀貌, 可謂英雄[608], 百事可做, 庶副吾願矣. 第向鎭岑, 見申生之何如人." 仍向鎭岑, 路訪申生之家, 及門則舟村方對午饌, 欣然而笑, 曰: "禪師從何而來也? 斯速升堂." 其僧再三告辭, 舟村吐哺, 而手自携裾, 而上軒[609]坐定, 舟村曰: "禪師遠來, 必有飢思, 吾

---

605) 翌朝: 저본에는 빠져 있으나 바본에 의거하여 보충함.
606) 矣: 저본에는 빠져 있으나 바본에 의거하여 보충함.
607) 乎: 바본에는 '否'로 되어 있음.
608) 英雄: 바본에는 '英傑'로 되어 있음.
609) 軒: 저본에는 '之'로 나와 있으나 바본에 의거함.

家貧，無以別供一案，可與我共喫一盂飯.” 僧辭曰：“小僧俄於客店已療飢，不必俯念.” 舟村曰：“主人旣對飯，而何可使客闕飯乎?” 强與之共喫，其欣款之心，無異於平生知舊. 僧告辭而退，出門，謂其上佐曰：“此人亦可當大事之人也. 朝野俱有此等人，何患大事之不成? 然而必有大有爲之君然後，可用此等人物[610]，吾第觀主上之何如也.” 更留京數月，孝廟適親行，閱武於露浦之上，僧從觀光人叢中，一瞻天顔，急向靜僻處，放聲大哭. 上佐驚怪而問之，則掩淚而言曰：“吾之一片苦心，今焉已矣. 吾觀主上，天日之表，可謂英雄聖明之主，可以有爲，而但屍氣滿面，壽限盡於今年之內，天乎天乎! 旣出其人，又何奪之速也?” 哀痛不已. 其後一旬之間，孝廟賓天，而其僧不知去處云矣.

3-48.

廣州慶安村，有一鄭姓人，以蔭官，官至任實縣監. 少時，家計赤貧，躬持耒耟而耕田，一日早朝，出野而耕. 此是大路邊，忽有一介豪猂之奴，着白氈笠，乘駿馬，橫馳而過，鄭生無心而見之矣. 其行已遠，偶爾見之，則路邊落下一袱封，鄭以手擧之，則頗重而十襲封之. 鄭意其爲俄者過去人所遺失，仍持而來，埋于田頭，耕田[611]自若. 過半日後，俄所過去之漢，回馬而來，問曰：“彼耕田者，至于今而在此耕之乎?” 答曰：“然矣.” 又曰：“然則君或見路傍遺失之物乎?” 對曰：“果不見矣，未知遺失者果何物?” 其人曰：“某是湖中宰相宅奴子，因主人分付上京，而賣第捧舍價銀五不兩，而駄之此馬，乘而下去. 俄適酒後作行，未知遺失於何處，君若得之，則可還我，我當以其半酬[612]之.” 答曰：“未知封標如何?” 其人曰：“如斯如斯.” 鄭笑曰：“俄者，果有所得，欲待主而還之，埋之于此.” 仍掘而與之，其人稱謝不已，欲以半與之，鄭掉頭，曰：“旣有欲於此物，

610) 人物: 바본에는 '人材'로 되어 있음.
611) 田: 저본에는 빠져 있으나 바, 사본에 의거하여 보충함.
612) 酬: 바본에는 '授'로 되어 있음.

則全數藏之, 可也, 何乃欲其半乎? 物各有主, 斯速持去! 吾雖食土之人[613], 不願此等之財物." 其人熟視, 曰: "君無乃班族乎?" 曰: "然矣." 其人垂頭, 沈吟望遠山, 而坐者半餉, 忽爾潸然下淚. 鄭怪而問之[614], 答曰: "而今吾以實狀言之, 吾是大賊也. 此是銀封, 而銀與馬, 俱偸出者也. 大凡天之生斯民也, 無論貴賤, 天性同一仁善, 公以赤立之勢, 至於躬耕, 不顧自來之財, 必待其主而還. 吾則乘昏入他人之家, 攘奪財貨, 甚至於殺人而奪之, 公是何人, 我是何人? 善惡之懸殊如是, 安得不悲乎?" 仍坼開銀封, 碎于石上, 飄之風前[615], 又解卜而出緞屬, 以刀裂之. 又以其馬, 解轡而驅出路上, 曰: "任汝所之!" 仍拜于前, 曰: "如公之仁善廉潔之人, 吾何忍離去? 自今, 願爲奴隷服事." 鄭曰: "吾家素貧, 汝何忍飢而從我? 汝須擇可依賴處往焉." 其人曰: "吾本無妻子, 只此單身而已, 衣食何可貽憂於公耶? 只借門外一間房, 足[616]依以爲生." 鄭辭之不得, 與之同歸, 處于門外一間破屋矣. 其人自其後, 以捆屨爲業, 而不貳其價, 雖一毫不取於人, 至於老死而不去, 事亦奇矣. 鄭蔚山光殷, 判書實之孫, 詳道其事云矣.

3-49.

許積以領相, 當局時, 有一傔從廉喜道者, 爲人儱侗不解事. 但天性戇直, 許之過失, 每每直言之, 許憎而奇之, 未嘗[617]以不是之事視於此傔. 一日, 喜道出外, 而手持一大封物來, 言曰: "此是路上所遺者, 必是銀貨等屬, 不知何許人失於路上. 小人欲尋其主而還之, 不知誰何, 姑此持來, 將何以處之?" 許曰: "汝旣得之, 汝又家貧, 盍作己物乎?" 喜道熟視, 曰: "大監待小人, 何如是其薄也? 小人雖至餓死之境, 何可取路上遺

---

613) 人: 바본에는 '民'으로 되어 있음.

614) 之: 바본에는 '其故'로 되어 있음.

615) 前: 바본에는 '頭'로 되어 있음.

616) 足: 저본에는 '而'로 나와 있으나 가, 마본을 따름.

617) 嘗: 저본에는 빠져 있으나 바, 사본에 의거하여 보충함.

落[618]之物乎[619]? 大監此教, 誠是夢外." 許改容謝之, 乃曰: "吾昨於公坐, 聞兵判淸城, 以六百銀子賣鬣[620]云矣, 必是此物, 而其奴子誤落於路邊也." 喜道袖其封, 往淸城門下, 通刺而拜謁, 曰: "大監宅, 或有賣馬捧價之事乎?" 淸城曰: "果有之, 而奴子以爲今日當納云, 姑未捧之矣." 喜道曰: "厥數幾何?" 曰: "六百兩矣." 喜道自袖中, 出而納之, 曰: "小人朝於路上, 得此物矣. 聞大監宅新賣鬣者云, 故意謂此物, 而持來以獻." 淸城問曰: "汝是何人?" 對曰: "小人乃是領相宅傔從也, 某姓某名." 淸城異之, 招問賣鬣之奴, 曰: "汝以馬價之, 今日當納[621]云矣. 此人所得於路上之物, 似是馬價, 甚可訝也." 其奴俯伏叩頭, 而言曰: "果於昨日捧價之時, 過飮興成之酒, 乘醉負來, 不知落在何處, 圖[622]免目下罪責, 以今日爲對, 遍尋而無迹. 故方欲自裁之際, 承此下問, 不勝惶恐矣." 淸城謂喜道曰: "汝以路上遺物, 訪還本主者, 其廉潔誠令人嘆服矣. 此銀子, 吾旣失之, 汝旣得之, 便是汝財, 汝可取其半而去也." 喜道掉頭, 曰: "小人若生慾於此物, 則全數藏之, 可也, 何乃還納本主, 而希其分半乎? 此則死不敢從矣[623]." 仍告辭而退, 及出門, 淸城家奴子之母與其妻, 遮前而拜, 曰: "吾子吾夫, 酒後失此馬價, 空手而歸, 上典之性度嚴峻矣. 明日則自分必死, 方欲自決, 何幸逢此生佛, 活此殘命? 其恩山德海, 雖粉身磨骨, 無以報答. 願恩人暫留弊舍, 欲以一盃酒, 以表感謝之意." 喜道謝曰: "此是當然底事, 何謝之有?" 欲辭去, 其奴之母與妻, 牽裾不舍, 含淚懇乞, 喜道不得已暫入其家, 則盛備酒肴, 以待之. 有一女子, 容儀端妙[624], 年可十三四許者, 來前致謝, 曰: "活父之恩, 無以報之, 吾當從子而爲使喚之婢矣." 喜道以好言拒之, 拂衣出門矣. 及庚申年, 逆竪之獄

618) 遺落: 바본에는 '遺失'로 되어 있음.
619) 乎: 저본에는 빠져 있으나 사본에 의거하여 보충함.
620) 鬣: 바본에는 '馬'로 되어 있음. 이하의 경우도 동일함.
621) 納: 저본에는 '出'로 나와 있으나 바, 사본을 따름.
622) 圖: 바본에는 '故欲'으로 되어 있음.
623) 矣: 저본에는 빠져 있으나 사본에 의거하여 보충함.
624) 端妙: 사본에는 '端麗'로 되어 있음.

大起, 積謂喜道曰: “汝於吾家, 雖無恩私, 而世皆以心腹之傔[625]目之, 禍將不測, 汝可預先避之.” 喜道泣曰: “小人當此時, 何忍舍大監而去, 將安之?” 積曰: “不然. 汝以無罪之人, 同入死地, 大是不可. 忠牧與我最親, 吾當[626]作書托之, 可以接濟, 汝須向忠州而去.” 喜道泣而拜辭, 受書而向忠州地[627], 見牧使而傳書, 則忠牧曰: “此地亦是大路邊, 有煩耳目, 汝往順興浮石寺隱身, 可也.” 仍厚給資糧, 喜道不得已往留浮石寺, 從此京信, 漠然無聞, 寢食不安. 一日之夜, 夢神人來告曰: “汝往月海菴, 則可聞洛奇, 且知前程吉凶矣.” 喜道驚覺, 而向寺僧問月海菴, 則人無知者, 一有老僧, 良久後, 言曰: “此寺六七里地, 絶壁上有一廢菴[628], 似是月海, 而石逕峻急, 雖飛鳥無以上去. 而數三十年前, 聞有一僧上去, 仍不下來, 其生死未得解知, 必也死已久矣. 此菴雖老僧等, 一無往見者矣.” 喜道自量, 曰: “身世旣如此, 不[629]容於天地間, 若隱死於巖壁之間, 則亦所甘心.” 逐扶杖而尋路, 攀蘿捫藤, 寸寸前進, 行過半山, 兩岸對立. 其下不知幾萬仞, 而幾十數間之地, 有一獨木橋, 而年久朽傷, 難以着足. 喜道以死爲限, 匍匐而往[630], 千辛萬苦, 僅度木橋, 及到山門, 則門楣果以‘月海’懸額. 喜道暗暗稱奇, 入門, 則卽一破落廢寺, 而塵埃堆積. 而上旁卓上有一僧, 瞑目跏趺而坐, 塵埃滿面, 形如枯木. 喜道拜伏于卓前, 曰: “某是天地間無歸處, 窮迫人也. 伏願生佛, 特垂慈悲, 指示禍福.” 合掌而百拜而已, 生佛乃言曰: “吾是汝之五寸曾大父也. 別來近四十年, 相逢於此, 豈不慰幸耶?” 喜道涕泣曰: “若然則生佛, 無乃兒名某氏乎?” 曰: “然矣.” 蓋喜道之從曾大父, 年近十五六, 忽發狂疾, 出門而去, 仍無形影[631]矣, 今之生佛, 卽其人也. 喜道曰: “某是無去處之窮

---

625) 傔: 바본에는 ‘傔從’으로 되어 있음.

626) 吾當: 저본에는 빠져 있으나 바본에 의거하여 보충함.

627) 地: 바본에는 ‘路’로 되어 있음.

628) 廢菴: 바본에는 ‘古菴’으로 되어 있음.

629) 不: 바본에는 ‘難’으로 되어 있음.

630) 往: 바본에는 ‘步’로 되어 있음.

631) 形影: 바본에는 ‘形跡’으로 되어 있음.

人, 幸逢至親於此, 從今長侍卓下, 依以爲命, 誓不之他矣." 生佛曰: "不然. 吾與汝, 道已殊矣, 留之無益, 汝之前程, 吾不必煩說, 某處某寺有僧名某, 卽吾之從弟也. 汝往質問, 則可知吉凶矣." 言訖, 促使出去, 喜道曰: "某之來時, 幾死於獨木橋矣, 今何以再躡此危乎?" 生佛以去皮麻杖一枝, 給之, 曰: "杖此而行, 則可保無事矣." 喜道迫不得已携其杖, 拜辭出門, 則身輕足捷, 行步如飛, 穩度獨木橋. 心竊訝之, 自念以爲, '此杖乃是成仙之器, 杖此出世, 則行步必無難矣, 可謂絶寶云矣.' 及出洞, 渡溪水, 足滑墮於水中, 仍放其杖矣. 顧視, 則麻杖蜿蜿蜒蜒, 飛上空中, 還向月海菴去. 喜道茫然自失, 復從去時路而作行, 遍訪生佛從弟所在處, 以生佛之言告之, 則其僧曰: "許氏則已伏法, 而無一人遺者, 且子禍機迫頭, 跟捕之校, 已及門矣, 斯速出去! 天數王命, 有不可逆也. 然而子之此行, 小無灾害, 必有一貴人, 極力周旋, 多賴其力, 而自歸[632]無事矣. 此後, 又得一賢妻, 家計饒足, 子孫繁盛, 小凶大吉, 不須疑問云云." 喜道聽罷出門, 則京捕校果跟捕而來矣. 仍自就捕, 上京而囚之王府矣. 時淸城以判禁吾, 當此獄, 乃以喜道不取馬價銀之事, 達于榻前, 且力言其志操如此, 而必無干涉於凶逆之理. 上特原之, 使之白放, 喜道出獄, 往拜淸城, 而謝其救活之恩, 淸城曰: "以汝堂堂之志操, 寧有參涉於凶逆之理也? 吾之所力救者, 欽歎汝之志操也, 何謝之有?" 仍以銀子二百兩, 俾作衣食之資, 喜道僕僕拜謝而出, 以其銀販物貨, 行商於八道矣. 行到嶺南一處, 則有一大屋宇, 而門外有婢子, 賣買物貨爲言, 導之入門. 又入重門, 而一未笄之女子, 顚倒下堂而迎之, 曰: "君能知我爲誰乎?" 喜道曰: "不知矣." 其女曰: "某是金淸城宅, 失馬價銀之奴子女也. 伊時豈不相面乎? 吾欲報君活父主恩, 仍削髮出門, 遍行八道, 尋君蹤跡, 轉而來此, 以紡績爲業. 五六年之間, 財產蕃[633]殖, 奄成一富家, 而晝夜禱[634]天, 以冀見君之一面矣. 昨夜之夢, 有神人來, 言曰: '明日某

---

632) 自歸: 바본에는 '自然'으로 되어 있음.

633) 蕃: 사본에는 '繁'으로 되어 있음. 서로 통함.

時，汝之所欲見之人，自某方來矣，須勿失差云[635].’ 吾以是之，故自[636]朝使婢子延候，何幸相逢，此豈非天耶?” 仍與作配以處. 喜道每以許家之亡爲悲痛，欲以財貨，圖其伸雪，遂盡賣田土，而挈妻上京，散數千金，而終不得如意. 喜道知其無奈何，而止之. 其後，有子有孫，家計豊足，壽至八十而終. 安東金生某作傳，示于趙豊原顯命，趙乃訪問喜道之子孫，則有一人方帶掌樂[637]院隷員役云耳.

3-50.

權判書褯，石洲韠奉祀孫也. 居在連山盤谷，以孝聞於世，年四十而死，擧家發喪，而以胸膈[638]間，有一線溫氣，故姑未襲斂矣. 過一日，忽爾回甦，而言曰:“吾死而見所見，則世人[639]所謂冥府之說，果不虛矣. 吾於病中，精神昏昏，忽聞鬼卒高聲，而呼我姓名，驚訝而出門，隨鬼卒而行，不知東西，但見大路濶而長. 行幾里，到一處，則有一如官府樣. 吾則立於門外，鬼卒先入而告曰:‘權某捉來矣!’ 使之拿入，吾俯伏於庭下，則有一大殿，坐王者服色者，問鬼卒曰:‘捉來於何處?’ 對曰:‘捉來於連山地矣.’ 如王者者厲聲，曰:‘吾使汝捉來水原居不孝子權姓人矣，何爲誤捉連山孝子權姓人也? 此人壽限，已定於八十，尙有四十年，斯速還送!’ 鬼卒惶蹙[640]而聽命，推我出門，故吾以旣入冥府，不得一拜父母而歸，心甚痛缺，勉强而出. 道見兩介童子，遊戱於道傍，見我而欣然牽衣，而欲隨行，熟視之，乃是前日夭折之兩兒. 心甚慘愕，更入門，而懇乞於殿上人，曰:‘陽界之人，入冥府而還歸，則此是不易得之機也. 旣入而不得見父母而歸，則此豈人情也哉? 伏望暫許，使之一[641]面.’ 殿上人掉頭，曰:

---

634) 禱: 바본에는 ‘祀’으로 되어 있음.
635) 云: 저본에는 빠져 있으나 바본에 의거하여 보충함.
636) 自: 바본에는 ‘今’으로 되어 있음.
637) 樂: 저본에는 빠져 있으나 사본에 의거하여 보충함.
638) 膈: 저본에는 ‘臆’으로 나와 있으나 마, 바본을 따름.
639) 世人: 사본에는 ‘世間’으로 되어 있음.
640) 惶蹙: 바본에는 ‘惶悚’으로, 사본에는 ‘惶恐’으로 되어 있음.

'此則不可不可, 斯速出去!' 吾乃再三涕泣而哀乞, 終不許, 吾乃又懇請[642]兩兒之率去, 則又不許, 曰: '汝之命數, 自來無子, 不可以許, 如欲率去, 則一童當使托生於尙州吏[643]金姓人家矣. 汝可於後日, 率去於陽界上, 吾無奈何.' 出門, 則兩兒號哭而欲隨, 爲鬼卒所逐, 心甚慘痛. 且以一見父母之意, 懇請於鬼卒, 曰: '雖不得一拜, 可指示我所住處.' 鬼卒指一處小亭, 曰: '此雖相望之地, 程道甚遠, 不可以往.' 仍促行, 吾以父母之不得一拜, 兩兒之不得率來, 心甚痛寃之際, 鬼卒自後推, 而仆于地, 精神恍惚, 仍以驚覺矣云云." 人皆異之. 其後, 年果八十而無嗣, 以孝旌閭. 常對人言曰: "尙州金吏家兒, 欲率來見之, 而不知名字之爲誰." 且事甚妖誕, 而不果云矣.

3-51.

黃判書仁儉, 少時, 讀書山寺, 有一僧盡誠使役, 糧資如缺, 則渠每間間自當, 有無相資, 終始不怠. 黃頗感其誠, 而愛其人. 及顯達, 其僧絶迹, 黃每念之, 而不得見, 心常恨嘆. 其爲嶺伯, 出巡之路, 有一僧避坐路傍[644], 黃自轎中瞥眼見之, 似是厥僧. 乃命隷招使[645]近前, 則果是此僧, 不勝欣幸, 仍命一騎, 載而隨後, 夜每同寢, 撫愛如子侄. 及還營, 置之冊室, 供饋甚豊潔. 一日, 招而謂曰: "古人有一飯之德必報, 吾於汝, 奚但一飯而已哉? 吾則錢帛裕足, 雖割[646]半而與之, 無所不可, 而汝以山僧, 衣葛食草, 錢帛雖多, 將安用哉? 汝若長髮而退俗, 則非但家産之饒足, 吾當爲汝圖拔身之計矣, 汝意如何?" 僧曰: "使道爲小僧之意, 非不感謝, 而小僧有區區迷執, 欲以此終, 無意於出世也." 黃怪而問之, 則僧

641) 一: 바본에는 '相'으로 되어 있음.
642) 請: 바본에는 '乞'로 되어 있음.
643) 吏: 저본에는 빠져 있으나 마, 바, 사본에 의거하여 보충함.
644) 傍: 가, 마본에는 '邊'으로 되어 있음.
645) 使: 가, 마본에는 '致'로 되어 있음.
646) 割: 바본에는 '分'으로 되어 있음.

笑而不答，黃再三强問，終始牢諱，黃又詰之，則僧終不言．黃辟左右，促膝而問曰：“汝之所執，必有所以，而吾於汝之間，有何諱秘[647]之事，從實言之，可也.” 僧始乃勉强而言曰：“小僧不知使道之前，卽[648]俗人也．某年偶經山谷中，有一新塚，前有一素服女子採蔬[649]，而貌頗姸美，四顧無人，故逼而欲犯[650]，則抵死不從．故乃以衣帶，縛其四肢，而强奸之．仍解其縛，而行數十里，宿於店幕，翌朝聞傳說，則以爲，‘某處守墓之節婦，昨夜自决，不知何許過人，必也强淫而致死云云.’ 故心甚驚動而哀憐，猶慮傳聞之未詳，委往其近處而探之，則果是的報，而其手足縛痕宛然．人皆曰：‘必也縛其手足而强淫，至於此境云云，卽報于地方官，使之[651]跟捕兇身云矣.’ 一聞此說，毛髮悚然，悔之哀之，仍以自量，則吾不忍一時之欲，致使節婦，至於此境[652]，卽天地間，難容之罪也，神明必降之以殃矣．左右思量，欲得贖罪之方，而不可得[653]，又自念以爲，‘吾旣負此大罪，當喫盡天下之風霜，小無生世之樂然後，庶可贖罪.’ 仍削髮爲僧，以不脫緇衣，矢于心矣．今何以使道之厚恩，變幻初意乎？以是之故，不欲還俗矣．事已久遠，下問又切，故不得已吐實矣.” 日前巡使適見，道內殺獄文案，則有此獄事，而殆近數十年，兇身尙未得捕者也．年月日無一差爽[654]，乃嘆曰：“吾與汝情[655]，雖親切之間，公法不可廢也，莫爲欽恨![656]” 仍命隷拿下抵之法，厚給葬需云矣．

---

647) 諱秘: 바본에는 '隱諱'로 되어 있음.
648) 卽: 바본에는 '在'로 되어 있음.
649) 蔬: 가, 마본에는 '薪'으로 되어 있음.
650) 犯: 가, 마, 바본에는 '奸'으로 되어 있음.
651) 使之: 바본에는 '四面'으로 되어 있음.
652) 境: 저본에는 빠져 있으나 바본에 의거하여 보충함.
653) 不可得: 바본에는 '別無好策'으로 되어 있음.
654) 差爽: 바본에는 '差錯'으로 되어 있음.
655) 情: 저본에는 빠져 있으나 바본에 의거하여 보충함.
656) 莫爲欽恨: 저본에는 빠져 있으나 바본에 의거하여 보충함.

3-52.

趙豊原顯命, 英廟甲寅年間, 按嶺藩, 而鄭彦海爲通判矣. 一日, 與之終夜酬酢, 幾至鷄鳴而罷, 通判還衙, 解衣將就寢, 營隷以巡使傳喝, 以爲, "適有緊急面議事, 以平服斯速入來." 通判莫知其故, 忙整巾服, 從後門入見, 則巡使曰: "通判須於天明時, 馳往漆谷地, 有老除吏裵以發, 其弟[657]時仕吏裵之發, 捉入而着枷後, 先問以發之子女有無, 則彼必以'有一女死已久矣'爲言, 使渠導前, 馳往其葬所[658], 掘檢可也. 其尸體卽女子, 而年則十七歲[659], 而面貌頭髮, 如斯如斯, 所着衣裳, 上衣玉色[660]紬赤古里, 下衣藍木裳, 須詳審以來." 通判驚異, 仍曰: "事旣如此, 則何待天明? 下官卽爲擧火發行!" 仍辭出, 卽地治行, 而發向漆谷, 人皆驚曰: "此邑初無殺獄之發告, 檢官何爲而來?" 上下莫不驚訝[661], 通判直入坐衙軒, 命捉入二裵吏, 問以發曰: "汝有子女乎?" 對曰: "小人無子, 只有一女, 年及笄而病死, 葬已近十年矣." 又問曰: "葬於何處?" 對曰: "距官府十里許地矣." 通判使之着枷, 而使兩吏立於馬頭, 直往其女之葬處, 掘塚破棺而出屍, 則面色如生, 其容貌衣裳, 一如巡使之言. 仍使解絞, 脫衣而檢尸, 則無傷處之可執, 更使合面檢之, 則背上有石打處, 皮面[662]破傷, 血猶淋漓. 乃以是定實, 因忙修檢狀, 以發兄弟及夫妻, 出付刑吏, 使之上送營獄, 疾馳而歸, 見巡使, 道其事, 巡使曰: "然矣." 仍捉入裵吏兄弟夫妻, 自營庭施威嚴問, 則以發對如前, 之發則曰: "使道明鑑如神, 小人何敢隱情乎? 小人之兄, 家饒而無子, 只有一女, 欲[663]以小人之子立後, 則小人之兄, 每曰: '吾儕之家[664], 有何養子之可言乎? 祖先奉祀,

657) 其弟: 저본에는 '又有'로 나와 있으나 가, 마, 바본을 따름.
658) 所: 바본에는 '處'로 되어 있음.
659) 歲: 저본에는 '年'으로 나와 있으나 마, 바본을 따름.
660) 色: 저본에는 '白'으로 나와 있으나 가, 마, 바본에 의거함.
661) 驚訝: 가, 마본에는 '驚惶'으로 되어 있음.
662) 面: 저본에는 '肉'으로 나와 있으나 마본을 따름.
663) 欲: 저본에는 빠져 있으나 가, 마본에 의거하여 보충함.
664) 之家: 저본에는 '小人'으로 나와 있으나 바본을 따름.

弟可代行, 吾則得女婿, 而率畜爲可云云.' 而小人之兄嫂, 卽女之繼母, 常常憎其女, 故小人與兄嫂同謀, 以侄女之失行倡言, 而使兄欲殺之. 兄不忍着手, 小人乃乘兄之出外之日, 與兄嫂, 縛侄女, 而以亂石, 搗[665]其背而殺之. 仍爲入棺, 數日後, 兄入來, 告以渠與某處總角潛奸, 見捉之後, 不勝羞愧, 至於自決, 故已入棺云云, 則無奈何. 已葬于此處者, 幾[666]十年, 而兄則至于今, 而認其爲然矣. 此是小人欲使小人之子爲子, 而全呑[667]兄家産財之故也. 此外無他可達之辭[668]矣." 又問以發之妻, 則所供亦然矣. 仍成獄, 通判問曰: "使道何由知此獄之如斯? 屍體衣服, 及獄情虛實, 如是其詳也." 巡使笑曰: "昨夜通判退出之後, 欲就寢矣, 燭影明滅, 寒風逼骨, 燭影之背, 有一女子, 百拜而稱有訴寃之事. 吾問曰: '汝人乎鬼乎? 有何寃抑, 而如是來訴也? 一一詳陳.' 女子泣而拜曰: '吾是某邑某吏之女, 橫被惡名, 爲人所打殺. 一生一死, 人之常事, 吾之一死, 不必尤人, 而但以閨中處子之身, 誤[669]蒙被累名而死, 此是千古至寃之事也. 每[670]欲伸雪於巡使道[671], 而人皆精魄不足, 難以訴寃, 今巡使道, 則精魄有異於他也. 故不避猥越, 敢來訴寃, 萬望伸雪焉.' 吾快諾, 則其女子出門而滅, 故心竊訝之, 請通判而行檢者, 此也云耳."

3–53.

高裕, 尙州人也. 爲人剛直廉潔, 以文科累典州郡, 而官人不敢干囑, 其發奸擿伏之, 神如漢之趙廣漢, 到處以得治著名. 其爲昌寧也, 前後疑獄之裁決事, 多神異. 有僧南朋, 薄有文華才藝者, 交結洛下權貴, 以表忠祠院長, 怙勢行惡, 所到之處, 守宰奔趍下風. 雖以道伯之體重, 亦與之

665) 搗: 바본에는 '打'로 되어 있음.
666) 幾: 바본에는 '近'으로, 사본에는 '已'로 되어 있음.
667) 呑: 사본에는 '貪'으로 되어 있음.
668) 辭: 사본에는 '事'로 되어 있음.
669) 誤: 저본에는 빠져 있으나 바본에 의거하여 보충함.
670) 每: 사본에는 '吾'로 되어 있음.
671) 道: 저본에는 빠져 있으나 가, 마, 바본에 의거하여 보충함.

抗禮, 小有違咈, 則守宰每每罪罷, 道內黜陟, 皆出於此僧之手. 貽弊各邑, 行惡寺刹, 無僧俗, 擧皆側目, 而莫敢誰何. 南朋適有事, 過昌寧, 使開正門而入, 見本倅而不爲禮. 高裕預使官隷約定, 使之捉下, 則其凌辱之說, 恐喝之言, 不一而足, 遂卽地打殺. 居數日, 京中書札之來, 不可勝記, 皆以南朋爲托矣. 趙尙書曮之爲嶺伯也, 道內設酒禁, 以昌寧之不禁, 至有首吏鄕推治之境. 高裕一日至營下, 使下隷, 買酒以來, 大醉而入見巡使, 曰: "昌寧一境, 雖有酒而薄, 不敢飮矣. 今來營下, 則無家不釀, 可謂大酒,[672] 下官無量而飮云云." 巡使知其意, 微笑而不答云矣. 累[673]歷州縣, 一毫不取歸, 則食貧如初. 尙州吏屬一人, 每以傔從相隨, 廩俸或有餘, 則必擧而給之, 其人以此饒居. 高裕之沒後, 其子[674]孫貧, 不能聊生, 其時其傔人, 年已八十餘. 一日, 謂其子與孫曰: "吾家之致此富饒者, 皆高官司之德也. 吾非不知, 官司在世時, 以錢穀納之, 而恐累淸德, 設或納之, 必無許受之理, 故忍而至今矣. 聞其宅形勢, 莫不成說, 於吾輩之心, 豈可曰[675]安乎? 人而背恩忘德, 天必殃之, 吾自初留意, 而買置[676]某處畓, 又有樓上所儲錢矣. 將以此納, 汝於明日, 須往邀其宅孫子書房以來." 其子與孫, 佯[677]應曰: "諾." 及其日, 來言曰: "有故不得來云矣." 此時高之孫, 適入城內, 歷路暫訪其家, 則其人之子與孫, 自外揮逐, 使不得接迹, 高生大怒而去. 適逢邑底親知人, 言其痛駭之狀[678], 其人來問于老者, 老者大驚, 招子與孫, 以杖敺之, 使貰乘轎, 騎而卽往其家, 待罪門外. 高生驚訝而出見, 老者强請同行, 至其家, 接以酒肴, 乃言曰: "小人之衣食, 無非先令監之德也. 小人爲貴宅, 而留意經紀者, 玆以奉獻, 幸勿辭焉." 仍出畓券之, 每年收二百石者, 及錢千兩手標而送之. 高

---

672) 可謂大酒: 바본에는 '而味且淸洌'로 되어 있음.

673) 累: 저본에는 빠져 있으나 바본에 의거하여 보충함.

674) 子: 저본에는 빠져 있으나 바, 사본에 의거하여 보충함.

675) 豈可曰: 저본에는 빠져 있으나 바본에 의거하여 보충함.

676) 置: 저본에는 '處'로 나와 있으나 바본에 의거함.

677) 佯: 저본에는 '拜'로 나와 있으나 바본을 따름.

678) 狀: 바본에는 '事'로 되어 있음.

生之家，仍以致富云．尙州之人，來傳[679]此事始末，故玆錄之爾[680]．

3-54.

古有一宰相，有同硏之人，文華贍敏，而屢屈科場，家計貧寒，窮不能自存．宰相適出補安東倅，其友來見，乘閑[681]而言曰："令監今爲安東倅，今則吾可以得聊賴之資，非但聊賴，可以足過平生矣．" 宰相曰："吾之作宰，助君衣食之資，可也．何以足過平生乎？此則妄想也．" 其人曰："非爲令監之多助給錢財也．安東都書員，所食夥多，以此給我，則好矣．" 宰相曰："安東鄕吏之邑也．都書員，吏役之優窠，豈有許給於京中儒生耶？此則雖官威，恐無以得成矣．" 其人曰："非爲令監之奪而給之也．吾先下去，當付吏案，旣付吏案之後，有何不可之理耶？" 宰相曰："吾雖下去，吏案其可容易付之耶？" 其人曰："令監到任後，民訴題辭，順口呼之，刑吏如不得書之，則罪之汰之．又以此等刑吏之隨廳，治首吏，每每如是，則自有可爲之道．凡干文字上，如出於吾手，則必稱善．如是過幾日[682]，出令以刑吏試取，無論時任及閑散吏[683]，文筆可堪者，幷許赴而試之，則吾可自然居首，而得爲刑吏矣．爲刑吏之後，都書員一窠，分付則好矣．若然則外間事，吾當隨聞隨錄以進矣，令監可得神異之名矣．" 宰相曰："若然則第爲之也．" 其人先期下去，稱隣邑之逋吏，寄食旅舍，往來吏廳，或代書役，或代看檢文書，人旣詳明．文筭又優如，諸吏皆厚[684]待之，使之寄食於吏廳庫直，而宿於吏廳，諸般文字，與之相議．新官到任後，盈庭民訴，口呼題辭，刑吏未及受書，則必捉下猛棍．一日之間受罪者，不知其數，至如報狀及傳令，必執頉而嚴治．又拿入首吏，以刑吏之不擇，

---

679) 傳: 사본에는 '言'으로 되어 있음.

680) 爾: 저본에는 빠져 있으나 바본에 의거하여 보충함.

681) 閑: 바, 사본에는 '間'으로 되어 있음.

682) 幾日: 바본에는 '數日'로 되어 있음.

683) 吏: 저본에는 빠져 있으나 마, 바본에 의거하여 보충함.

684) 厚: 저본에는 빠져 있으나 바본에 의거하여 보충함.

每日治之. 以是之故, 吏廳如逢亂離, 刑吏無敢近前, 文狀去來, 此人之筆跡, 如入則必也無事. 以是之故, 一廳諸吏, 惟恐此人之去也. 一日, 分付首吏曰: "吾於在洛時, 聞本邑素稱文鄕, 以今所見, 可謂寒心. 刑吏無一人可合者, 自汝廳會, 時任吏及邑底人之有文筆者, 試才以入!" 首吏承命而出, 題試之, 以諸吏文筆入覽, 則此人居然爲魁矣. 仍問曰: "此是何許吏?" 對曰: "此非本邑之吏, 卽隣邑退吏, 來寓於小人之廳者也." 乃曰: "此人之文筆最勝, 聞是隣邑吏役之人也, 則無妨於吏役, 其付吏案而差刑吏也." 首吏依其言爲之, 自是日, 此吏獨自擧行, 自其吏之爲刑房, 一未有致責治罪之擧, 自首吏以下, 始乃放心, 廳中無事. 及到差任之時, 特兼都書員而擧行, 無一人敢有是非者. 其人畜一妓而爲妾, 買家而居, 每於文牒擧行之際, 必錄外間所聞, 置之方席而出, 本倅暗持見之. 以是之故, 民隱吏奸, 燭[685]之如神, 民吏皆慴伏. 明年, 又使兼帶都書員, 兩年所得, 殆至萬餘金, 暗暗換送京第. 本倅瓜遞之前[686], 一日夜, 仍棄家逃走, 吏廳擧皆惶惶. 首吏入告, 則曰: "與其妾偕逃乎?" 對曰: "棄家棄妾, 單身逃走矣." 曰: "或有所逋乎?" 曰: "無矣." 曰: "然則亦是怪事, 自[687]是浮雲蹤跡, 任之可也云矣." 其人還家, 買宅買土家饒[688], 其後登科, 屢典州郡云矣.

3–55.

古有一士人, 居于外邑, 治送其子婚于隣境[689], 而急患關格而死. 新郎纔罷醮禮, 訃告[690]及至, 仍卽奔喪而歸, 治喪而將營窆, 山地未定. 率地師求山, 轉至其妻家後山, 地師占山, 曰: "地極佳, 而山下有班戶, 恐不許

685) 燭: 바본에는 '知'로 되어 있음.
686) 前: 바본에는 '時'로 되어 있음.
687) 自: 바본에는 '必'로 되어 있음.
688) 家饒: 가, 마본에는 '家計甚饒'로 되어 있음.
689) 隣境: 가, 마본에는 '隣邑'으로 되어 있음.
690) 訃告: 저본에는 '訃書'로 나와 있으나 가, 마, 사본을 따름.

矣." 喪人左右審視, 則其下班戶, 卽其妻家也. 其妻家只有寡居之娉母, 又是無男獨女也. 喪人仍下去, 而拜其妻母, 則妻母悲喜交至, 精備午膳而待之, 問其來由, 則以占山爲對.[691] 妻母曰: "他人固不可許矣, 君欲占山, 則豈不許乎?" 喪人乃大喜而告歸, 其妻母曰: "君旣來此矣, 暫入越房, 見女兒而去." 喪人初則强辭, 其妻母携手而入, 與其妻對坐而出, 喪人始也羞赧, 忽有春心之萌, 仍强逼而成婚, 雲雨纔罷而出去. 歸家治葬需, 行喪到山下, 將下棺之際, 其妻家婢子, 來告曰: "吾家內小上典, 方爲奔哭而來矣, 役丁須暫避之." 已而, 其妻徒步[692]上山, 哭於柩前而盡哀, 仍向喪人, 而乃言曰: "某日君子之來也, 與吾同寢而去, 不可無標跡, 須成手記以給我." 喪人面發騂而責之, 曰: "婦女胡得亂言, 斯速下去!" 其女子終不去, 曰: "不得手標之前, 死不得下去云云." 時喪人之叔與諸宗, 會山下者甚多, 莫不驚駭. 其叔叱責曰: "世豈有如許事乎? 吾家亡矣. 汝[693]若有此等駭惡之擧, 須成給手記也. 日勢已晩, 役軍四散, 豈不狼貝於大事耶?" 勸使書給, 喪人不得已書給手記, 其女子始乃下去, 諸人莫不唾罵. 及封墳返[694]虞, 數日後, 喪人偶然得病, 仍以不起. 數朔之後, 其寡妻之腹漸高, 滿十朔而生男子. 宗黨隣里, 皆驚訝, 曰: "其家喪人, 纔行醮禮而奔哭, 則此兒從何出乎云?" 而疑訝未定, 其女乃出其夫之手記, 示之然後, 是非大定. 人或問其故, 則對曰: "纔罷醮禮, 而奔哭之喪人, 葬前來見其妻, 已是非禮. 及其相見之時, 又以非禮逼之者, 又是常情之外, 人無常情, 則其能久乎? 吾非不知以禮拒之, 而或冀其落種, 强而從之, 旣而思之, 則此時[695]夫婦之會合, 雖家內無有知者. 夫死之後生子, 則必得醜談, 而發明無路, 以是之故, 冒死忍恥, 受此手記於衆會之中者, 此也云云." 人皆嘆服其智[696], 其遺腹子, 後登科顯達云矣.

---

691) 則以占山爲對: 바본에는 "卽對曰: '將以占新山而定家後云.'"으로 되어 있음.
692) 徒步: 저본에는 빠져 있으나 가, 마, 바본에 의거하여 보충함.
693) 汝: 저본에는 빠져 있으나 가, 마, 바본에 의거하여 보충함.
694) 返: 저본에는 '還'으로 나와 있으나 가, 마, 바본을 따름.
695) 時: 사본에는 '是'로 되어 있음.

3-56.

古有武弁, 以宣傳官, 侍衛於春塘臺試射, 濟牧之罷狀, 適入來矣. 武弁因語同僚, 曰: "吾若得除濟牧, 則豈不爲萬古第一治天下大貪乎?" 同僚笑其愚痴[697]矣. 上聞之, 下詢誰發此言, 武弁不敢欺, 仍伏地奏曰: "此是小臣之言也." 上曰: "萬古第一治, 豈有天下大貪之理耶? 天下之大貪, 何可爲萬古第一治耶?" 武弁俯伏對曰: "自有其術矣." 上笑而許之, 仍特教超拜濟州牧使, 而教曰: "汝第往爲萬古第一治天下大貪, 不然, 則汝伏妄[698]言之誅矣." 武弁承命而退歸家, 多貿眞麥末, 染以梔子水, 相和作小餠, 乾淨[699]盛于大籠中, 作三駄, 而餘外其衣封而已. 辭朝而赴任, 只與傔從一人隨行. 到任後,[700] 聽訟平公, 愛民如子,[701] 朝夕供饋之外, 不進一盃酒. 廩有餘財, 並付之於革弊, 土産無一所取, 如是過了一年, 吏民皆愛戴, 每稱設邑後初有之淸白吏. 令行禁止, 一境晏如. 一日, 忽有身病, 閉戶呻吟, 過數日, 病勢大深[702], 食飮全廢, 坐暗室中, 痛聲不絶. 鄕所及吏校輩, 三時問候, 而不得見面, 首鄕及中軍, 懇乞曰: "病患症勢, 未知何祟, 而此邑亦有醫藥, 何不診治?" 太守[703]喘促, 而作喉間聲, 曰: "吾之病源, 吾自知之, 有死而已, 君輩須勿問也." 諸人曰: "願聞症勢之如何?" 太守良久, 强作聲而言曰: "吾於少時得此病, 吾之世業家産, 盡入於此病之藥治, 近二十年更不發, 故意謂快差矣. 今則無可治之道, 只俟死期而已." 諸人强問: "何症, 而藥是何料, 使道病患如此, 無論邑村, 雖割肉[704]剜心, 無有辭焉. 且升天入海, 必求藥餌矣, 只願指示藥

696) 其智: 저본에는 빠져 있으나 사본에 의거하여 보충함.
697) 愚痴: 사본에는 '痴蠢'으로 되어 있음.
698) 則汝伏妄: 나본에는 '當伏誣罔'으로 되어 있음.
699) 相和作小餠, 乾淨: 저본에는 빠져 있으나 나본에 의거하여 보충함.
700) 到任後: 저본에는 빠져 있으나 바본에 의거하여 보충함.
701) 愛民如子: 저본에는 빠져 있으나 나본에 의거하여 보충함.
702) 大深: 나본에는 '沈重'으로 되어 있음.
703) 太守: 나, 바본에는 '牧使'로 되어 있음. 이하의 경우도 동일함.
704) 肉: 가, 마본에는 '股'로 되어 있음.

方.” 太守曰: “此病卽丹毒也, 藥則牛黃也. 只牛黃數十斤作餠, 付之遍裹一身, 每日三四次, 改付新藥, 必過[705]四五日, 則可瘳[706], 而吾之家計稍饒矣. 以是之故, 一敗塗地矣. 今於何處, 更得牛黃而付之乎?” 諸人曰: “此邑之產, 求之易矣[707].” 首鄕因出, 而傳令各面, 以爲, ‘如此官司[708]之病患, 苟有可瘳之方, 則吾輩固當竭力求之. 況此藥, 乃是邑産而不貴者也. 無論大小民, 不計多少, 隨有隨納.’ 人民輩聞令, 而爭先來納, 一日之間, 牛黃之納, 不知幾百斤. 傔從受而藏[709]之于籠, 以所馱來梔子餠, 換之, 每日以其餠盛于器, 埋之于地, 曰: “人或近之, 則毒氣所熏, 面目皆傷.” 如是者五六日, 病勢漸差, 起而視事, 公廉之治, 又復如前. 滿瓜而歸, 濟民立碑思之. 上京後, 販此藥, 得累千金, 蓋濟州之牛十, 則牛黃之入爲八九. 以是之故, 牛黃至賤, 此人知此狀, 而預備梔子餠, 而行此術. 官隸不敢近, 而自遠見其黃, 認以爲牛黃也. 此人以是, 而家計殷富, 而上稱讚[710]云耳.

705) 過: 저본에는 ‘是’로 나와 있으나 바본을 따름.
706) 瘳: 바본에는 ‘差’로 되어 있음. 이하의 경우도 동일함.
707) 易矣: 마본에는 ‘容易耳’로, 사본에는 ‘甚易耳’로 되어 있음.
708) 官司: 나본에는 ‘使道’로 되어 있음.
709) 藏: 가, 마, 바본에는 ‘盛’으로 되어 있음.
710) 而上稱讚: 저본에는 빠져 있으나 바본에 의거하여 보충함.

卷四

4-1.

林錦湖, 爲吏曹佐郎, 有一正郎, 檢下甚嚴. 值正郎出, 書其案, 曰: '憎憎此物孰胚胎, 生世偏長虐下才. 絶穀當時胡不死, 旣經僉正又重來.' 絶穀乃其實事云. 正郎[1]入見大怒, 益加責罰, 曰: "詩則佳矣!" 【『芝峯類說』】

4-2.

洪仁山允成, 居靑坡, 性鷙悍, 恃功專殺. 門外長川, 人有洗馬, 輒幷殪之, 騎馬過去者, 無論貴賤, 盡殺之. 嘗奪人田爲芹池, 其主老嫗哭, 曰: "老嫗[2]窮獨, 一身所恃以爲命者, 此也. 順之則餓死, 逆[3]之則殺之[4], 等是死耳, 無寧就訴於其門, 以冀萬一乎!" 遂持文卷, 詣於門而訴[5]之, 洪不交一語, 遽令老嫗倒置石上, 以稜石擊碎之, 棄[6]屍道傍, 人莫敢誰何. 以此, 奴僕橫行, 官不能禁. 捕盜部將田霖, 一日, 分差伏於才人巖側, 則[7]去洪家至近[8], 有五六人, 黑夜唐突, 自謂, "某家人, 其如[9]我何?" 霖親自縛之.[10] 天明, 驅而謁洪, 曰: "此輩恃公之[11]勢妄行, 乞自今禁飭,

---

1) 郎: 저본에는 빠져 있으나 사본에 의거하여 보충함.
2) 老嫗: 바본에는 '老身'으로 되어 있음.
3) 逆: 저본에는 '拒'로 나와 있으나 사본을 따름.
4) 之: 저본에는 빠져 있으나 바본에 의거하여 보충함.
5) 於門而訴: 저본에는 빠져 있으나 바본에 의거하여 보충함.
6) 棄: 저본에는 '置'로 나와 있으나 바본을 따름.
7) 則: 저본에는 빠져 있으나 바본에 의거하여 보충함.
8) 至近: 바본에는 '不遠'으로 되어 있음.
9) 如: 저본에는 '於'로 나와 있으나 바본에 의거함.
10) 霖親自縛之: 『기재잡기』에는 이어서 "曰: '公寧放爾輩犯官法耶?' 其徒痛罵之, 亦不之應, 縛之愈急, 久而呼哀乞. 少緩, 終不許."라는 내용이 첨부되어 있음.
11) 之: 저본에는 빠져 있으나 바본에 의거하여 보충함.

恐累公德[12)]." 洪大喜, 乃[13)]下堂, 引其手上之, 曰: "如此好男兒, 何相見之晩也? 爾有酒量幾何, 食量幾何?" 霖曰: "惟公命耳." 遂以飯一大[14)]盆, 雜以魚菜, 如俗所謂混沌飯, 酒一角盃可容三壺, 饋之. 霖乃數匙而盡其飯, 一傾[15)]而飮其酒[16)]. 公不勝曲踊, 曰: "爾有何官?" 對[17)]曰: "補內禁衛耳." 洪遂[18)]具啓, 擢拜宣傳官. 一日, 霖詣洪門, 則洪方據胡床, 綁倒少女奚於庭樹下, 引滿角弓, 擬射之. 霖跪問其故, 洪曰: "一呼而不及應, 故[19)]將殺之." 霖曰: "與其殺之, 何如給付小人乎?" 公笑曰: "諾." 遂[20)]解而給之, 終身畜之. 【『寄齋雜記』】

4-3.

柳舍人穎, 字洗耳, 命天·命賢之父也. 善相人, 與姜雪峰栢年及他文官數十人, 同隷承文院. 嘗會公座, 而姜素多病, 全體[21)]羸弱, 而若不保朝夕. 諸人字呼, 戲之曰: "叔久[22)]今年不死, 明年必死, 安能久於世乎?" 舍人曰: "君輩勿以某之淸弱多病, 輕視之也. 在座者盡死之後, 獨享淸福, 前頭不可量也." 諸人皆笑之, 曰: "妄言也! 叔久享[23)]壽, 孰不壽乎?" 其[24)]後五十年間, 諸人盡沒, 獨姜公官至一品, 壽七十九.

---

12) 德: 저본에는 '也'로 나와 있으나 바본을 따름.
13) 乃: 바본에는 '親'으로 되어 있음.
14) 大: 저본에는 빠져 있으나 바본에 의거하여 보충함.
15) 傾: 저본에는 '倒'로 나와 있으나 바본을 따름.
16) 飮其酒: 저본에는 '倒其盃'로 나와 있으나 바본에 의거함.
17) 對: 저본에는 빠져 있으나 바본에 의거하여 보충함.
18) 遂: 바본에는 '乃'로 되어 있음.
19) 故: 저본에는 빠져 있으나 바본에 의거하여 보충함.
20) 遂: 저본에는 빠져 있으나 바, 사본에 의거하여 보충함.
21) 全體: 저본에는 빠져 있으나 바본에 의거하여 보충함.
22) 久: 저본에는 '父'로 나와 있으나 바본에 의거함. 이하의 경우도 동일함.
23) 享: 저본에는 '而'로 나와 있으나 바본에 의거함.
24) 其: 저본에는 빠져 있으나 바본에 의거하여 보충함.

4-4.

泌川朴參判彛敍[25]，字錫吾，遯溪栗之子也．忠厚善良，篤於朋友，與余[26]最親．己未冬，余以海伯遞來，翌日早朝，錫吾來見，坐語良久，盲人池億千又來．錫吾曰："此盲善卜，欲見久之．"以小紙書給四柱，曰："公[27]令須問之．"余取問之，池盲曰："來辛酉年大不吉云[28]．"余甚無聊，錫吾察余辭色，親問曰："此吾命也！辛酉當有死亡之患耶?"池盲素老神，旋答曰："更思之，辛酉有吉星來救，故當有膝下之痛．"錫吾更不問而起，余又問之，則辛酉必[29]有橫死之厄，似難免矣．錫吾果於庚申秋赴京，以奴胡[30]陷遼路，經由水路出來，辛酉五月，渰海而沒，池盲之言驗矣．後甲子，余以奏請使，由水路赴京，祭錫吾於海邊．乙丑四月竣事，回到登州，登船之夜夢，錫吾以囊酒來餞，慇懃敍話，宛如平日，覺來不勝感愴．船行六日，少無風波之險，來泊我國地方，豈非錫吾之靈默佑而然耶？平日相厚之誼，無間幽明，嗚呼悲哉！【『竹窓閑話』，李德泂撰】

4-5.

姜晉川[31]渾，按嶺南時，鍾情於星州妓銀臺仙．一日，自星州巡向列邑，午憩于扶桑驛．乃州之半日程，故妓亦隨行，至暮不忍別去，仍宿于驛．翌朝，題詩贈之，曰：'姑射仙人玉雪肌，曉窓金鏡畵蛾眉．卯酒半酣紅入面，東風吹鬢綠參差．'其二曰：'雲鬟梳罷倚紅[32]樓，鐵笛橫吹玉指[33]柔．萬重關山一片月，數行淸淚落伊州．'其三曰：'扶桑館[34]裡一場歡，宿客

25) 敍: 저본에는 '舒'로 나와 있으나 바본에 의거하여 바로잡음.
26) 余: 저본에는 '爾'로 나와 있으나 바, 사본에 의거함.
27) 公: 저본에는 빠져 있으나 바본에 의거하여 보충함.
28) 云: 저본에는 빠져 있으나 바본에 의거하여 보충함.
29) 必: 바본에는 '當'으로 되어 있음.
30) 胡: 저본에는 '故'로 나와 있으나 『죽창한화』에 의거함.
31) 川: 저본에는 '山'으로 나와 있으나 의미상 바로잡음.
32) 紅: 라, 바, 사본에는 '高'로 되어 있음.
33) 指: 저본에는 '脂'로 나와 있으나 바본을 따름.
34) 館: 저본에는 '官'으로 나와 있으나 라본에 의거함.

無衾燭燼殘. 十二巫山迷曉夢, 驛樓春夜不知寒.' 蓋寢具已送于開寧, 未及推還, 故云耳.

4-6.

金相國命元, 少時, 以暗行往關西, 至一村舍, 阻雨留一日. 主人有女兒色姸, 金潛與之通, 女忽腹痛. 其母悶之, 問諸瞽師占之, 曰: "南方肉片爲祟也." 母請於相公, "願得肉片祈之." 金微哂曰: "肉片固有之, 難可割而與之." 母默然識之, 含笑而退. 【『破閑雜話』】

4-7.

兪監司省曾死後, 其神降憑於肅川官奴, 言[35]輒有應, 人皆敬而信之. 鄭監司文翼, 字衛道, 丁卯講和後, 以通信使, 將赴瀋陽. 到肅寧館, 欲問行李吉凶, 設椅子於廳上, 以紅袱覆之, 招官奴立階下. 俄而, 官奴行墨, 空中有呵辟之聲, 雖不見其形, 而椅子紅袱飄起, 顯有來據之狀. 仍曰: "衛道近來無恙否?" 敍舊宛如生時, 鄭曰: "吾奉使初入虜中, 未知吉凶何如?" 答曰: "行到中路, 暫有驚動之事, 然不足慮, 當無事往[36]來矣." 鄭又問: "吾離親庭日久, 安否何如?" 答曰: "吾當伻探." 半餉, 乃曰: "大宅平安, 勿以爲慮. 君之[37]草堂前烏竹, 最大者中折." 鄭又問曰: "君久在此乎?" 答曰: "吾於明年, 當還生於中國浙江人家, 此後更難相見. 衛道好去好去!" 又有呵辟之聲, 官奴始有人色. 鄭至狼子山, 因漢人事驚動, 及竣事還家, 果見烏竹大者中折. 一如其言, 異哉! 【『菊堂俳語』】

4-8.

任西河元濬, 字子深, 士洪之父也, 聰明絶世. 英廟在燕寢, 隔窓謂[38]東

35) 言: 저본에는 빠져 있으나 바본에 의거하여 보충함.
36) 往: 사본에는 '還'으로 되어 있음.
37) 之: 저본에는 빠져 있으나 사본에 의거하여 보충함.

宮曰: "古人有擊鉢催詩者, 七步成詩者, 宜[39]以雲爲題呼韻, 試此措大作詩." 元濬卽應聲曰: '駘蕩三春後, 悠揚萬里雲. 凌風千丈直, 映日五花文. 祥光凝玉殿, 瑞氣擁金門. 待得從龍日, 爲霖佐聖君.' 上命卽以白衣參集賢殿撰書局. 【『謏聞鎖錄』】

4-9.

李參議星徵, 以綾州牧使登第, 時年老髮白. 放榜後, 李直講翼老, 往呼新來, 時直講之子字鼎, 亦同榜也, 而年最少年. 參議立門外不出, 直講[40]連呼, 參議曰: "吾有一言, 先生當入來聽之, 吾當無辭就呼矣." 直講如其言入門, 參議曰: "吾自闕下出來也, 市上群童指點, 曰: '此非祖新來耶?' 蓋指余皓白也. 俄有, 少年一新來, 從後而至, 市童又指, 曰: '此乃孫新來也.' 吾卽顧視之, 乃君之子某也. 吾未知處於祖孫之間者誰也." 直講大窘, 止呼而歸, 聞者胡盧. 【『破閑新語』】

4-10.

朴弼渭者, 南溪世采之孫也. 己卯登第時, 其父泰晦, 作樂無數. 而其妻金氏, 大司諫洪福之[41]女也, 獨有憂[42]色, 泰晦曰: "吾家有慶, 而汝何獨憂?" 婦曰: "少小見家親, 積工十餘年, 乃登第, 今吾郎未嘗見其讀書, 而忽有此事, 非福伊灾, 安得不憂?" 未幾, 果發覺換秘封事, 其知識如此云[43]. 【『晦隱雜識』】

---

38) 窓讃: 저본에는 '東宮'으로 나와 있으나 바, 사본에 의거함.
39) 宜: 바본에는 '今'으로 되어 있음.
40) 直講: 저본에는 빠져 있으나 바, 사본에 의거하여 보충함.
41) 之: 저본에는 빠져 있으나 바본에 의거하여 보충함.
42) 憂: 저본에는 '愛'로 나와 있으나 바, 사본에 의거함.
43) 如此云: 바본에는 '過人'으로 되어 있음.

4-11.

鄭郊隱以吾, 爲翰林, 遊湖南, 愛羅州妓薔薇. 及還京, 思想不已, 寄羅州牧使詩, 曰: '二月湖南天氣新, 使君誰與賞青春. 翰林醉客渾無事, 細雨薔薇夢遠人.'

4-12.

畵師洪天起女子, 顔色一時無雙, 適以事, 詣憲府爭訟. 徐達城居正, 少時, 隨群少聚飮, 亦被拿去, 達城坐洪女傍, 屬目不暫轉. 時南相國智爲大憲, 乃曰: "儒生有何罪? 其速放之!" 達城出, 謂儕輩曰: "是何公事之忽遽乎? 公事當訊犯人之言, 又受侤辭, 分辨曲直, 當徐徐爲之, 何忽遽如是乎?" 蓋恨不久在洪女之側也. 聞者齒冷. 【『慵齋叢話』】

4-13.

權景裕君饒, 柳順汀智翁, 少有才名. 嘗肄習業課於山寺, 有一[44]少年, 亦學字於山僧. 權與柳問之曰: "汝何人也[45]? 觀汝貌妙, 亦有汝妹乎!" 對曰: "有一妹, 本羅州籍妓, 名玉膚香, 少名德烏, 才色甲於鄕, 曩歲擢入京中敎坊, 亦有聲藝云[46]." 二人情不自抑, 約曰: "吾二人中, 先及第者, 必取香矣[47]." 且問羅州鄕家所在里巷, 花木川石之類, 心記之. 二三年間[48], 二人俱捷科, 柳爲永平道評事, 權爲翰林. 翰林宴見香妓於歌妓中, 果絶艶也. 權曰: "汝識我耶?" 香曰: "未諳也." 權卽誣之, 曰: "汝隷羅州時, 余以布衣過之, 通判某使汝薦我枕, 余歸汝家, 留宿數日乃去. 汝母某, 汝兄弟某, 門前樹幾·花幾·川幾·石幾, 摠不忘[49]. 且汝訣我之

44) 一: 저본에는 빠져 있으나 바본에 의거하여 보충함.
45) 也: 저본에는 빠져 있으나 바본에 의거하여 보충함.
46) 云: 저본에는 빠져 있으나 바본에 의거하여 보충함.
47) 矣: 저본에는 빠져 있으나 바본에 의거하여 보충함.
48) 間: 저본에는 빠져 있으나 바본에 의거하여 보충함.
49) 忘: 저본에는 '妄'으로 나와 있으나 가본에 의거함.

言，曰：‘妾幸隷京妓，郎亦復捷科，則此一生再合之期也.’ 汝忘之乎?” 香異之良久，曰：“翰林所教誠如是，而面目與曩時所見，雖不類，必有此事明矣. 但妾東家西家，張郎李郎間，胥忘之矣.” 因噓唏[50]不止. 是夜遂[51]成約. 【『松江冷話』】

4-14.

蘇陽谷世讓，少時，以剛腸自許，每曰：“爲色所感，非男子也.” 聞松都娼眞伊才色絶世，與儕友約，曰：“吾與此姬同宿三十日，卽當離絶，不復一毫係念. 過此限，若更留一日，則汝輩以吾爲非人也.” 行到松都，見眞伊，果然[52]名妓也. 仍與[53]交懽，限一月留住. 明當離去，與眞伊[54]登南樓飮宴，眞伊少無悢別之色，只請曰：“與公相別，何無一語? 願呈拙句，可乎!” 公許之，眞伊卽書進一律，曰：‘月下庭梧盡[55]，霜中野菊黃. 樓高天一尺，人醉酒千觴. 流水和琴冷，梅花入笛香. 明朝相別後，重憶碧波長.’ 公[56]吟咏歎曰：“吾非其人哉!” 更留幾日. 【『水村漫錄』】

4-15.

甲午春，權文景踶·趙尙書克寬·權參判克和·金參判墩，俱失志禮圍，抵水原蓮亭. 文景曰：“吾睡躁[57]，落魄至此. 他日得意，細雨濛濛，雨雪霏霏，明月入簾，荷香滿座，與二三子，相與觴咏，亦足償今日之行矣.” 諸公抵掌，曰：“雨旣濛濛，雪不當霏霏，月不當明，荷香又豈雪中得耶? 何言之不倫乎?” 文景無以應. 是年秋榜，文景居大魁，諸公相繼擢第. 壬

50) 噓唏: 바본에는 '唏噫'로, 사본에는 '歔欷'로 되어 있음.
51) 遂: 저본에는 '素'로 나와 있으나 사본을 따름.
52) 然: 저본에는 빠져 있으나 바본에 의거하여 보충함.
53) 與: 사본에는 '留'로 되어 있음.
54) 伊: 저본에는 빠져 있으나 가본에 의거하여 보충함. 이하의 경우도 동일함.
55) 盡: 바본에는 '碧'으로 되어 있음.
56) 公: 저본에는 빠져 있으나 가, 바, 사본에 의거하여 보충함.
57) 躁: 저본에는 '臊'로 나와 있으나 사본을 따름.

子, 文景爲京畿監司, 會餞, 趙執盞言曰: "水川雪中荷香, 今可賞矣." 文景又[58]笑曰: "欲與諸公共之耳." 不月, 趙出宰是府. 文景巡臨, 趙行禮訖就座, 適荷花盛開, 相目而笑. 文景有詩曰: '雨雪霏霏月正明, 荷香荏苒滿庭淸. 當時此說神應秘, 二十年前事已成.'【『筆苑雜記』】

4-16.

李縣令公麟, 益齋之後, 而監司尹仁之子也. 娶朴參判彭年之女, 合巹之夜夢, 八[59]翁來辭於前, 曰: "某等將就死, 公若活湯鑊之命, 則將有[60]以厚報." 李驚覺而問之, 則饔人將以八鰲調羹, 卽令放于江流. 一鰲逸去, 小奚持鍤以捕, 誤斷其頸死焉. 其夜又夢, 七翁來謝. 後李生八子, 名之曰'龜'·'鰲'·'鼈'·'鼉'·'鯨'·'鯤'·'黿', 志其祥也. 皆有才名, 人皆[61]比之筍氏八龍. 黿字浪翁, 行義文章, 尤爲世所推, 以佔俾齋門人, 死於甲子之禍, 其驗尤著. 至今李氏[62]不食黿鼈.【『涪溪記聞』】

4-17.

眞伊, 開城盲女之女, 一代名妓也, 倜儻有男子氣像, 工琴善謳[63]. 嘗遨遊山水, 自楓巖歷太白·智異, 至錦城州, 官方宴節使, 聲妓滿座. 眞娘以弊衣膩面, 直坐其上, 捫虱自若, 謳彈無少作, 諸妓氣懾矣[64]. 平生慕徐花潭爲人, 必携琴釃酒, 詣花潭, 盡歡而去, 每言, "知足老禪, 三十年面壁, 亦爲我所壞, 惟花潭先生, 昵處累年, 終不及亂, 是眞聖人." 將死, 命家人曰: "愼勿哭, 出葬以鼓樂導之." 至今歌者, 能謳其所作, 亦異人

58) 又: 저본에는 빠져 있으나 사본에 의거하여 보충함.
59) 八: 사본에는 '一'로 되어 있음.
60) 有: 저본에는 빠져 있으나 바, 사본에 의거하여 보충함.
61) 皆: 저본에는 빠져 있으나 바본에 의거하여 보충함.
62) 李氏: 바본에는 '李家'로 되어 있음.
63) 謳: 바, 사본에는 '歌'로 되어 있음.
64) 矣: 저본에는 빠져 있으나 바본에 의거하여 보충함.

也. 眞娘常白于花潭曰: "松都有三絶." 先生曰: "云何?" 曰: "朴淵瀑布及先生暨小[65]的也." 先生聞之, 乃爲笑之. 【『巴人識小錄』】

4-18.

初[66]眞娘, 聞花潭高蹈不仕, 學問精深, 欲試之, 束條帶挾『大學』, 往拜, 曰: "妾聞『禮記』曰: '男鞶革, 女鞶絲.' 妾[67]亦志學, 帶絲而來." 花潭笑而誨之. 眞娘[68]乘夜相昵, 如魔登之附摩阿難者累日, 花潭[69]終不少撓. 【『於于野談』】

4-19.

白評事光弘, 號岐[70]峰, 玉峰兄也. 在西關, 風情不節, 眷寧邊妓. 因病遞, 後送人「遊關西」詩, 曰: '關西形勝大江三, 處處名區駐客驂. 君向百祥樓下問, 碧窓應有夢江南.' 溺於酒色[71], 竟以病卒, 所作「關西曲」, 行于世. 其後, 崔孤竹慶昌, 宦[72]遊西關, 贈白所眄妓詩, 曰: '浿水烟花依舊色, 綾羅芳草至今春. 仙郎[73]去後無消息, 一曲關西淚滿巾.' 一時傳誦焉[74].

4-20.

宋應漑, 嘗謂余言, "其堂叔圭菴公將死日, 家人實未知有朝令. 其家神主

65) 小: 저본에는 '少'로 나와 있으나 바, 사본에 의거함.
66) 初: 저본에는 빠져 있으나 바본에 의거하여 보충함.
67) 妾: 저본에는 빠져 있으나 바, 사본에 의거하여 보충함.
68) 娘: 저본에는 빠져 있으나 바본에 의거하여 보충함.
69) 花潭: 저본에는 빠져 있으나 바본에 의거하여 보충함.
70) 岐: 저본에는 '妓'로 나와 있으나 가, 바, 사본에 의거하여 바로잡음.
71) 酒色: 가, 마본에는 '花酒'로 되어 있음.
72) 宦: 가본에는 '窮'으로 되어 있음.
73) 仙郎: 가, 사본에는 '仙娘'으로 되어 있음.
74) 焉: 저본에는 빠져 있으나 바본에 의거하여 보충함.

房內, 覺有閣閣聲, 怪而視之, 則圭菴父公[75]之主, 自下靈床至窓外, 以頭叩壁, 似作悶迫[76]之狀. 已而, 聞金吾郎押藥赴謫所云[77]." 【『鯸鯖瑣語』】

4-21.

梁參判喜, 工於詩. 嘗雪夜尋梅吟, 得'雪墮吟唇詩欲凍'之句, 久未能對, 遂忘不記. 十餘年之後, 夢有人來, 問曰: "子何不續'詩欲凍'之句耶?" 仍微吟曰: '梅飄歌扇曲生香.' 覺而異之, 遂成長律, 曰: '幽人要結歲寒盟, 獨訪江樓興轉狂. 雪墮[78]吟唇詩欲凍, 梅飄歌扇曲生香. 人從銀漢橋邊過, 月掛瓊瑤窟[79]裡涼. 明日日高風正急, 招魂何處覓餘芳.' 【『菊堂俳語』】

4-22.

李文惠公孟畇, 學問精深, 有稼牧風, 妻甚悍妬, 平生不睨粉黛, 竟無子. 晩年自悔, 有詩曰: '自從人道起於寅, 父子相傳到吾身. 我罪幾何天不弔, 未爲人父鬢絲新.' 有感慨不盡之意. 有一朝官, 十年生十子, 家貧無以育養, 見此詩, 笑曰: "和者非我而誰?" 援筆卽賦, 曰: '甲子乙丑與丙寅, 丁卯戊辰亦分身. 己巳庚午及辛未, 十年生子面目新.' 聞者笑之焉[80]. 【『太平閑話』】

4-23.

宗室永順君溥, 好學而謹愼, 且有度量, 昵侍大內十餘年, 無間言. 一日, 曲宴於內殿, 雜奏妓樂, 君問注書盧昐曰: "今日當直承旨爲誰?" 蓋欲以啓上也. 昐於衆妓中, 見笑千金, 有多[81]才貌, 心中記之,[82] 率爾對曰:

---

75) 公: 저본에는 빠져 있으나 바, 사본에 의거하여 보충함.
76) 迫: 저본에는 '悄'로 나와 있으나 바, 사본을 따름.
77) 云: 저본에는 '去'로 나와 있으나 사본에 의거함.
78) 墮: 라본에는 '打'로 되어 있음.
79) 窟: 바본에는 '宮'으로 되어 있음.
80) 焉: 저본에는 빠져 있으나 바본에 의거하여 보충함.

"笑千金矣[83)]." 君不覺失聲. 【『青坡劇談』】

4-24.

閔同知大生, 年九十餘. 元日, 諸侄來[84)]謁, 一人進曰: "願壽叔享壽百年." 閔怒曰: "我年[85)]九十餘, 若享百年, 只有數年, 何口之無福如是?" 遂出之, 一人進曰: "願叔享壽百年, 又享百年." 閔喜曰: "此眞頌禱之休也!" 於是, 乃厚饋而送之. 【『慵齋叢話』】

4-25.

宋判書言愼, 性好色, 自言, "平生必欲滿千數, 雖嫫母宿瘤, 無所擇." 故賈女菜婦, 無敢入其洞. 嘗按關東, 巡抵原州興原倉, 時公館灰於兵火, 宿於戶長家. 有少女, 公注意流眄, 而女不應. 是夜, 公潛察其母女所臥處, 女慧者也, 亦知公注目之意, 與其母換臥入. 夜深, 公攬衣而入狎[86)], 其母意謂盜, 欲發聲, 公掩其口, 曰: "吾乃方伯, 非盜也." 其母惕威而應之. 後戶長與隣人相[87)]鬪, 鄰人叱之曰: "汝人事如此宜乎? 汝妻之爲方伯所狎." 戶長曰: "我妻美, 故方伯近之, 若汝之妻醜惡, 方伯必唾之." 聞者拍掌.

4-26.

李白沙, 年少氣豪. 燕爾之初, 近其侍兒, 一家缺望. 公出住[88)]江舍, 尋移山寺, 久不還, 聘家屢送人邀來. 李五峰聞其還第, 寄一絶, 曰: '江潭逐

---

81) 多: 저본에는 빠져 있으나 바본에 의거하여 보충함.
82) 心中記之: 바본에는 '心甚奇之矣'로 되어 있음.
83) 矣: 저본에는 빠져 있으나 바본에 의거하여 보충함.
84) 來: 저본에는 빠져 있으나 사본에 의거하여 보충함.
85) 年: 바본에는 '今'으로 되어 있음.
86) 狎: 저본에는 '押'으로 나와 있으나 바본에 의거하여 바로잡음. 이하의 경우도 동일함.
87) 相: 저본에는 빠져 있으나 바본에 의거하여 보충함.
88) 出住: 저본에는 '住出'로 나와 있으나 바, 사본을 따름.

客欲[89]量移，長嶺風霜苦濕衣．昨夜城中[90]傳好語，玉門關裡許生歸.' 故令誤徹權公所，公見之大笑，曰："李郞朋儕，皆才子也."【『菊堂俳語』】

4-27.

冠紅粧者，長安名妓也．韓舍人澍，納以爲妾，生一女．乙巳之禍被譴，遠竄南海，冠紅粧守信獨居，富人朝士，爭求之，皆不應．多歷歲月[91]，朝論之攻澍，久而愈篤，冠紅粧將母食貧[92]，其苦不可堪．時伊川君，使媒媼求之，粧[93]曰："吾雖娼[94]家女，旣許韓舍人以身，義不可他適．第以老母，不忍[95]桂玉之愁，姑從公子意．但韓舍人還，雖生九子於公子家，而且不欲留，願與成約而後從." 伊川曰："如約." 居伊川家二十餘年，多生子女．澍始放還，粧乃與伊川訣，盡捨家中生産而往．先令其女邀於[96]路，爲澍製衣襪，且道捨[97]伊川來從之意，澍曰："汝母老而妄耶？我安敢取公子家人乎[98]？勿復言." 女歸以澍言復之母，於是，粧放聲大哭，伊川不能呵焉[99]．韓之女爲參判洪仁慶側室，其婚也，伊川家辨其資裝，一如己女．伊川之子，皆官爲守令[100]，子孫具顯云[101]．【『於于野談』】

4-28.

崔完川來吉，奉使過定州，愛一妓，留連數日，衽席之歡，無異少年，妓

89) 欲: 바본에는 '歎'으로 되어 있음.
90) 中: 바본에는 '東'으로 되어 있음.
91) 歲月: 바본에는 '歲年'으로 되어 있음.
92) 食貧: 가본에는 '貧甚'으로 되어 있음.
93) 粧: 가본에는 '紅'으로 되어 있음. 이하의 경우도 동일함.
94) 娼: 저본에는 '媢'으로 나와 있으나 바, 사본에 의거하여 바로잡음.
95) 不忍: 저본에는 빠져 있으나 바, 사본에 의거하여 보충함.
96) 於: 저본에는 '之'로 나와 있으나 바본을 따름.
97) 捨: 바본에는 '訣'로 되어 있음.
98) 乎: 저본에는 빠져 있으나 가본에 의거하여 보충함.
99) 焉: 저본에는 빠져 있으나 바본에 의거하여 보충함.
100) 令: 저본에는 빠져 있으나 바본에 의거하여 보충함.
101) 云: 저본에는 빠져 있으나 가본에 의거하여 보충함.

輩目之以白髮都令矣[102]. 申東江[103]翊全, 以書狀官, 將赴瀋, 所過却妓, 不使[104]近前, 人皆謂之貞男. 及到定州, 見一妓目送[105]之, 妓會其意, 坐寢帳外, 視其所爲. 夜已向闌, 而轉輾不寐, 欲爲呼入, 而不敢發口之狀. 俄而, 從帳隙出指端, 搖之, 妓於燭下低頭, 佯若不知, 復搖指不已, 妓輩目之, 曰: "搖指書狀官[106], 毀節貞男." 【『菊堂俳語』】

4-29.

李白沙, 少時, 借馬於友人, 曰: "將往返東大門外." 友人許之. 白沙乃偏遊金剛山, 經月而歸, 乃還其馬, 友人怒曰: "始借馬時[107], 謂欲往返於東大門外, 何至經月之久耶?" 白沙答曰: "旣云東大門外, 金剛山亦非東大門外[108]耶?" 友人不能語. 【『破閑雜話』】

4-30.

柳萍湖永忠, 字恕伯, 稱能文, 而作科文多脫題. 崔夢隱[109]鐵[110]堅, 久與之同鬧, 曉入場中, 炬下呼之曰: "恕伯!" 恕伯應之, 崔曰: "汝今作幾句文?" 柳曰: "題未出, 何文之作?" 崔曰: "汝於平生見題而作乎?" 一場大笑. 【『於于野談』】

4-31.

李東洲敏求, 少時, 與李如[111]璜·趙休, 同棲山房讀書. 一日, 老僧來言,

---

102) 矣: 저본에는 빠져 있으나 바본에 의거하여 보충함.
103) 東江: 저본에는 '江東'으로 나와 있으나 바, 사본에 의거하여 바로잡음.
104) 使: 바본에는 '敢'으로 되어 있음.
105) 送: 저본에는 '逆'으로 나와 있으나 바본에 의거함.
106) 官: 저본에는 빠져 있으나 사본에 의거하여 보충함.
107) 時: 저본에는 빠져 있으나 바본에 의거하여 보충함.
108) 外: 저본에는 빠져 있으나 바, 사본에 의거하여 보충함.
109) 隱: 저본에는 '陰'으로 나와 있으나 의미상 바로잡음.
110) 鐵: 저본에는 '錢'으로 나와 있으나 바본에 의거하여 바로잡음.

"吉祥見矣. 夜夢, 雄虎雌虎, 率一孩虎入此房, 僉秀才必皆登科矣." 東洲先曰: "雄虎我也." 如璜曰: "雌虎我也." 休曰: "孩虎我也." 相與嘲謔. 其後, 東洲爲壯元, 璜亦登科, 休久而未第, 徒得孩虎之名. 【『破閑雜話』】

4-32.

趙正慶起, 家在駱山下, 友人韓守仁借居, 不戒於火, 以致燒燼. 趙入城, 韓往見, 曰: "無面對君, 貧窶在此, 重搆不易, 不知所以爲計也." 答曰: "當初許君借居[112]之日, 吾已知其必有此患矣." 韓愕然曰: "何以知之?" 曰: "安有守仁氏入處, 而火不出之理乎?" 蓋守仁與燧人, 音相似故也. 其滑稽奇絶, 如此. 【『菊堂俳語』】

4-33.

沈貞作己卯士禍後, 出在逍遙亭, 作題咏, 釘板于板上, 其一聯曰: '青春扶社稷, 白首臥江湖.' 一日夜, 有俠少持劍, 開戶而入, 捽貞髮, 數之曰: "汝作士禍, 善類殆盡, 宗社幾覆, 汝何敢以'扶社稷'·'臥江湖'等語, 作詩懸板乎? 汝若不亟改'扶'·'臥'兩字, 則吾當斬汝頭[113]!" 貞顚伏謝, 曰: "當如教! '扶'字改以'危'字, '臥'字改以'蟄'字, 何如?" 俠少曰: "否." "然則當改以何字? 願教之." 俠少曰: "'扶'字改以'傾'字[114], '臥'字改以'汚'字[115], 宜矣." 貞曰: "惟命是從." 其四代孫磨, 「逍遙亭感古」詩一聯, 曰: '舊恨波難洗, 新愁酒欲春.' 蓋追先愆有恨歎之[116]意也. 【『玄湖瑣談』】

---

111) 如: 저본에는 '汝'로 나와 있으나 의미상 바로잡음. 이하의 경우도 동일함.
112) 居: 저본에는 '君'으로 나와 있으나 바, 사본에 의거함.
113) 頭: 저본에는 빠져 있으나 사본에 의거하여 보충함.
114) 字: 저본에는 빠져 있으나 바, 사본에 의거하여 보충함.
115) 字: 저본에는 빠져 있으나 바, 사본에 의거하여 보충함.
116) 之: 저본에는 빠져 있으나 바본에 의거하여 보충함.

4-34.

趙玄谷緯韓, 嘗往李白沙家, 與儕友諧謔, 語及女色, 玄谷曰: "女無美惡, 裳下皆一色." 白沙顧而徐謂曰: "此令公文理差出矣." 一座大笑, 以爲聖人能知聖人. 【『破閑雜話』】

4-35.

肅廟庚申春初, 故麟平大君第婢, 往省其族親於數百里之外, 忽發狂, 倍道而來, 潛踰高墻, 直入于大君祠堂中門內, 大聲而哭. 家人往見之, 則其女解其衣, 掛於門外樹枝, 坐階上窺祠堂, 而哭之甚悲. 麟平子楨·柟, 聞而來見, 欲縛之, 其女正色, 曰: "我爲[117]麟平夫人吳氏, 卽[118]爾母也. 欲指示爾輩可生之道, 何縛我?" 楨·柟曰: "此胡說也?" 令逐之. 翌日, 不知自何來, 又坐於祠堂前[119], 向楨·柟家而哭, 曰: "我是汝母也, 朝廷方密謀誅汝, 而汝輩不知. 故[120]我曾請於列聖及孝廟在天之靈, 祈逭其禍, 則孝廟爲事旣已成, 不可救解云, 故我遑遑來告." 言訖又哭, 哭訖又言, 聲不絶口. 而踞坐墻上, 作刑訊狀[121], 曰: "汝輩不久將被[122]此刑, 奈何奈何?" 言訖, 哭倒于地. 楨·柟聞之, 又使之逐之. 後數日, 柟仍鄭元老告變伏誅, 弟侄皆流竄, 而楨賜藥而死. 厥[123]後, 其婢爲完[124]人, 如不病時, 問伊日之事, 則皆不知云. 【『閑居漫錄』】

4-36.

扶安娼桂生, 工詩善謳彈琴, 爲當時第一手. 有太守狎之, 去後, 邑人立

---

117) 爲: 바본에는 '乃'로 되어 있음.
118) 卽: 저본에는 빠져 있으나 바본에 의거하여 보충함.
119) 前: 저본에는 빠져 있으나 바본에 의거하여 보충함.
120) 故: 저본에는 빠져 있으나 바본에 의거하여 보충함.
121) 狀: 저본에는 '杖'으로 나와 있으나 바, 사본을 따름.
122) 被: 저본에는 빠져 있으나 바본에 의거하여 보충함.
123) 厥: 저본에는 빠져 있으나 바본에 의거하여 보충함.
124) 完: 저본에는 '元'으로 나와 있으나 바, 사본에 의거함.

碑思之. 一夕月甚佳, 桂生彈琴於碑石上, 遡而長歌, 李生享者, 過而見之, 作詩曰[125]: '一曲瑤琴怨鷓鴣, 荒碑無語月輪孤. 峴山當日征南石, 亦有佳人墮淚無.' 時人謂之絶唱.

4-37.

有諸儒生, 會話朴淵下, 共賦詩. 有一客疎脫, 不知何許人, 負笻而至, 衣冠襤褸[126]. 諸儒侮其人, 謂曰: "汝能作詩乎?" 曰[127]: "諾." 逐先書'飛流直下三千尺, 疑是銀河落九天'之句, 諸儒相與冷笑, 曰: "君詩何太功省?" 蓋嘲其全用古句也. 客卽尾之, 曰: '謫仙此句今方驗, 未必廬山勝朴淵.' 一座大驚, 曰: "朴淵形勢, 盡於此詩句[128], 吾輩無可更賦!" 其客, 卽[129]落拓士鄭氏秀也[130]. 【『終南叢志』】

4-38.

申初庵混, 少以奇童名世. 後爲安州敎授, 將赴關西, 其母謂戒色之訓, 其妻警言, 申戱賦一絶, 曰: '謂我西行錦繡叢, 慈親戒色婦言同. 母憂疾病誠爲是, 妻妬風流未必公.' 時人[131]多傳誦.

4-39.

蔡湖[132]洲裕後, 嘗往東湖, 與承旨李元鎭, 同舟爲[133]遊. 湖洲[134]醉甚, 誤

---

125) 曰: 저본에는 빠져 있으나 바본에 의거하여 보충함.
126) 襤褸: 라본에는 '襤褸'로 되어 있음.
127) 曰: 저본에는 빠져 있으나 라, 바, 사본에 의거하여 보충함.
128) 句: 저본에는 빠져 있으나 라본에 의거하여 보충함.
129) 卽: 저본에는 빠져 있으나 바, 사본에 의거하여 보충함.
130) 也: 저본에는 빠져 있으나 라, 바, 사본에 의거하여 보충함.
131) 人: 저본에는 빠져 있으나 바본에 의거하여 보충함.
132) 湖: 저본에는 '胡'로 나와 있으나 라, 바본에 의거하여 바로잡음.
133) 爲: 라본에는 '而'로 되어 있음.
134) 洲: 저본에는 '州'로 나와 있으나 라, 바본에 의거하여 바로잡음.

墮江水，李急救拯之，湖洲卽吟一絶，曰：‘但覺酒盃淺，不知江水深．舟中李應在，肯使屈原沉．’【『終南叢志』】

4-40.

庚申換局後，南人或竄或死，亦多廢錮．李參判堂揆之卒也，兪判書夏益，以詩挽之，曰：‘親知屈指幾人存，半是三危半九原．怊悵世間餘一老，廣陵殘月又招魂．’辭語悲楚，見者哀之．金退憂·文谷，已巳俱卒，其伯谷雲在村庄，挽李梅澗詩，曰：‘牢落人間後死悲，更無餘淚及親知．靑山好葬如君少，宜向泉臺作賀詩．’令人墮淚，不忍再讀．【『閑居漫錄』】

4-41.

任司藝道三，字一之，多讀書，有詩才．金息庵嘗赴燕，登統軍亭，次其先祖潛谷韻，使座客次韻．時會者多至數十人，而[135]無敢和者．道三以魚川督郵，卽於席上次之，曰：‘路入燕雲遠，高歌且傾甁．三河無壯士，千載有遺亭．浿水鞭頭黑，胡山劍外靑．鶉墟久未[136]復，天醉幾日醒．’息庵大加稱賞．又「皐蘭寺」詩，曰：‘逍遙百濟舊山河，擧目其如感慨何．霸業長天孤[137]鳥沒，繁華廢寺一僧過．層巖花落春無迹，古渡龍亡水自波．最是隔江明月夜，不堪風送後庭歌．’韻調淸婉，亦不易得．【『水村漫錄』】

4-42.

蘭雪軒許氏，才調出群．今錄其二詩，曰：‘錦帶羅衣積淚痕，一年芳草怨王孫．瑤琴彈罷江南曲，雨打梨花晝掩門．’又曰[138]：‘月樓秋盡玉屛空，霜打蘆洲下暮鴻．瑤琴一曲[139]人不見，藕花零落野塘中．’皆脫洒可愛，

---

135) 而: 저본에는 빠져 있으나 가, 바본에 의거하여 보충함.
136) 久未: 저본에는 ‘未久’로 나와 있으나 가, 사본에 의거함.
137) 孤: 가, 바본에는 ‘高’로 되어 있음.
138) 曰: 저본에는 빠져 있으나 가본에 의거하여 보충함.

似唐韻. 年二十餘[140]終. 【『西厓雜錄』】

4-43.

京城有一常女, 能詩, 未知學得於何人, 而蓋其天才然也. 其「贈人」詩, 曰: '落葉風前語, 殘花雨後啼. 相思今夜夢, 明月[141]曉樓西.' 又「贈郎」詩, 曰: '長興洞裡初相見, 乘鶴橋邊更斷魂. 芳草落花春去後, 異[142]鄕何處不思君.' 誤嫁楊州田夫, 薄命[143]可憐, 其國[144]香·淑眞之流歟! 【『菊堂俳語』】

4-44.

吁拙,[145] 龍城妓也, 每爲使客所寵, 善唱和. 宋國瞻出佐西北戎幕, 獨不與遊狎妓, 乃作詩呈, 云: '廣平腸鐵早知堅, 兒本無心共枕眠. 但願一宵詩酒席, 助吟風月結芳緣.'

4-45.

孼玄, 卽安東權某之婢也, 有才色[146]能詩, 自號翠竹. 其「秋思」詩曰: '洞天如水月蒼蒼, 樹葉蕭蕭夜有霜. 十二湘[147]簾人獨宿, 玉屏還羡畫鴛鴦.' 「訪石田故居」詩, 曰: '十年曾伴石田遊, 楊子江頭醉幾留. 今日獨尋人去後, 白蘋紅蓼滿汀洲.' 此兩作, 俱在『箕雅』, 「秋思」誤屬妓翠仙, 「故居[148]」誤屬無名氏, 世不傳翠竹名, 可惜.

---

139) 曲: 가, 바본에는 '彈'으로 되어 있음.
140) 餘: 사본에는 '七'로 되어 있음.
141) 明月: 바본에는 '月掛'로 되어 있음.
142) 異: 라본에는 '離'로 되어 있음.
143) 命: 저본에는 빠져 있으나 라, 바, 사본에 의거하여 보충함.
144) 其國: 저본에는 빠져 있으나 라, 바, 사본에 의거하여 보충함.
145) 吁拙: 바, 사본에는 '于拙'로 되어 있음. 『보한집』에는 '于咄'로 되어 있음.
146) 才色: 바본에는 '姿色'으로 되어 있음.
147) 湘: 바본에는 '緗'으로 되어 있음.

4-46.

朴判書忠侃，有所愛妓，妓與錄事私[149]通，錄事例着平頂巾，掛在壁上．忠侃乘夜，入妓家而宿，趁早朝詣闕．時[150]天未明，誤換着平頂而往，至闕下，奴子始乃[151]仰視告之，忠侃大驚下馬，入民家改之．【『於于野談』】

4-47.

李晦齋，少時有所眄，既有身孕，不兩三月．曺知事潤孫，見而悅之，占爲己妾，至產朔[152]生男，曺名之，曰[153]'玉缺'．及長以爲嗣子，擇田宅臧獲，作文券付之．晦齋嘗戲謂曺曰："妾則任公之取，何不歸子乎?" 曺但一笑而已．曺卒，玉缺服哀居廬，頗聞其事，密問於其母，母曰："汝實晦齋之子．" 玉缺曰："我受曺家重恩，義當[154]卒喪．" 喪畢，封所傳田宅[155]文券，給與曺之[156]子弟，用單身赴慶州，告於晦齋夫人曰："我如斯如斯之人也．"[157] 夫人曰："吾[158]家翁本無妾，安有子乎?" 於是，告以其實，夫人感淚，仍令赴晦齋謫所．晦齋曰："汝果我子也．" 改名曰'全仁'，全仁號'潛溪'，學[159]以遺[160]逸，官至禮賓寺[161]正．【『裨將雜記』】

---

148) 居: 저본에는 '其'로 나와 있으나 사본에 의거함.
149) 私: 저본에는 빠져 있으나 바본에 의거하여 보충함.
150) 時: 저본에는 빠져 있으나 바본에 의거하여 보충함.
151) 始乃: 저본에는 빠져 있으나 바본에 의거하여 보충함.
152) 產朔: 바본에는 '產期'로 되어 있음.
153) 曰: 저본에는 빠져 있으나 바본에 의거하여 보충함
154) 當: 저본에는 빠져 있으나 가본에 의거하여 보충함.
155) 田宅: 저본에는 빠져 있으나 가본에 의거하여 보충함.
156) 之: 가본에는 '家'로 되어 있음.
157) 我如斯如斯之人也: 저본에는 빠져 있으나 사본에 의거하여 보충함.
158) 吾: 저본에는 빠져 있으나 가본에 의거하여 보충함.
159) 學: 저본에는 빠져 있으나 가, 바본에 의거하여 보충함.
160) 遺: 저본에는 '道'로 나와 있으나 가, 바본을 따름.
161) 寺: 저본에는 빠져 있으나 사본에 의거하여 보충함.

4-48.

鄭判書光世，特除資憲，爲奏聞副使. 判書素患疝症，腎囊大，啓以難於跋涉遠行. 燕山命圖其腎之[162]大小形以入，遂改副使之命. 後圖畫署圖靖國功臣等傳神，金知事瑄，方在署模像，判書適來見，戲金曰: “何圖像之晩也? 僕則[163]先於燕山朝，圖像入內矣.” 金怒曰: “以公腎擬我面耶?” 大譃而罷.【『謏聞瑣錄』】

4-49.

睦判書昌明，與從兄安城倅昌遇，燕坐談諧，判書曰: “古語云[164]: ‘生不能擧妓脚者，死後冥府罰之以負土.’ 吾兄[165]果能已擧否?” 曰: “未也.” 判書曰: “吾則已躋正卿，當一爲遠接使，可以擧關西妓脚矣. 吾兄難乎免於負土，若將何以堪也?” 昌曰: “豈可無一擧便哉?” 及到隋城府，與主倅趙渭叟，敍暄凉畢，卽曰: “與我房主妓.” 主倅曰: “索房妓何太急也?” 昌遇爲說判書之言，主倅笑曰: “吾何惜一妓? 第判書纔已投簡於我，戒勿許房妓，奈何?” 昌遇曰: “雖未講雲雨之歡，一見對話，足矣.” 主倅卽招諸妓，列坐於堂. 昌遇戲一妓脚，又捫其脛，仍卽猝擧，曰: “如是則可不謂擧妓脚耶? 自[166]今以後，吾其免冥府之罰矣.” 一座拍手腰折[167].【『破閑雜話』】

4-50.

宋判府事贊，嘗私其婢，夫人嫉[168]妬亦甚，伺公潛入婢房，從後鎖其戶，

---

162) 腎之: 저본에는 빠져 있으나 바본에 의거하여 보충함.
163) 則: 저본에는 빠져 있으나 바본에 의거하여 보충함.
164) 云: 저본에는 '有之'로 나와 있으나 사본을 따름.
165) 吾兄: 사본에는 '兄主'로 되어 있음. 이하의 경우도 동일함.
166) 自: 저본에는 '而'로 나와 있으나 바본을 따름.
167) 腰折: 저본에는 빠져 있으나 바본에 의거하여 보충함.
168) 嫉: 저본에는 '疾'로 나와 있으나 바본을 따름. 뜻은 서로 통함.

飭奴婢勿開, 經日不得出. 其婿李斯文, 覺過其前, 公謂曰: "咄哉! 事旣如此,[169] 雖諸葛亮, 奈若何?" 李曰: "若諸葛亮, 初不入矣!" 公俯首胡盧而已. 【『破閑雜話』】

4-51.

飮食男女, 人之大慾也, 今有不知色者三人. 齊安大君, 畜無限佳麗, 而嘗曰: "婦人穢不可近." 終不與對坐. 韓景琦, 上黨明澮之孫也, 托言修志養性, 每閉戶獨坐, 不曾與其妻相話. 金參判紐, 有[170]一子痴獃, 不辨菽麥, 亦不知陰陽之事. 紐患其絶嗣, 飭解事之女, 與之同寢, 敎以雲雨, 其子驚駭, 遽入床下. 其後, 若見紅粧翠髻, 必啼哭而走. 【『慵齋叢話』】

4-52.

柳子光, 嘗在廢朝, 搆害士類. 反正後, 以首參密謀, 有推戴[171]之功, 公議未發. 一日, 子光以都摠官, 將入直, 軒從已具, 棄舊扇, 索新扇, 手執見之, 則扇面細書, 曰'奇禍立至'. 大驚異, 默然良久將出, 忽有吏來報言, "臺諫交章請罪云." 未幾蒙允, 竄流湖南[172]而死, 奇哉異哉![173] 【『思齋摭言』】

4-53.

羅州城隍祠, 有神甚靈, 過者不下, 輒殺所騎. 及洪仁山允成刺州[174]也, 下吏告之, 洪大怒鞭馬而過, 行不里餘, 馬卽[175]倒死. 允成大怒, 屠其馬,

---

169) 事旣如此: 바, 사본에는 '事已至此'로 되어 있음.
170) 有: 사본에는 '育'으로 되어 있음.
171) 戴: 저본에는 '代'로 나와 있으나 사본에 의거함.
172) 南: 저본에는 빠져 있으나 바, 사본에 의거하여 보충함.
173) 奇哉異哉: 저본에는 '異哉'로 나와 있으나 사본을 따름.
174) 刺州: 사본에는 '刺史'로 되어 있음.
175) 馬卽: 저본에는 빠져 있으나 바본에 의거하여 보충함.

載千盆酒，命軍卒持弓矢刀斧，身往其祠，置馬酒其前，叱咤而辱其神，曰："爾旣殺我馬，是欲其食肉也．若不食此肉而飮[176]此酒者，吾當燒掇爾也．"俄觀，其酒漸縮，而肉猶故也．允成大怒，遂焚其祠而逐之，其神遠祠于叢祠．其後，邑人或祀之，其神曰："先請洪地主享之後祠我!"每邑中有淫祠，則[177]必祠允成，允成或醺醺如醉，必曰："某人有祠神者．"後問之，果然．【『五山說林』】

4–54.

金參判紐，能文章．京師有一故家，而多妖魅[178]，入處者必死．紐以輕貨買之而入居，明燭獨坐，夜半，有白衣僧七人，排戶而入．紐大咳一聲，七僧俱遁，從牕隙覘之，皆入階上竹林中．明早，使[179]童僕，掘竹林下，有[180]銀佛七軀，皆大如兒軀[181]．紐曰："重貨不可私，若納內則近媚．"乃取二納戶曹爲國用，其餘賑諸親舊窮乏，又令充酒食費．【『於于野談』】

4–55.

金省[182]庵孝元[183]，爲三陟府使，邑中多鬼魅[184]，前後守宰多死．邑吏陪[185]孝元，不入[186]衙，而納于村舍，孝元詰之，吏曰："衙內多[187]妖魔，廢鎖已久[188]．"孝元强令洒掃，而處焉．[189] 半夜後，有一點靑火，自庭中飛入房

---

176) 飮: 저본에는 '嚼'으로 나와 있으나 바본을 따름.
177) 則: 저본에는 빠져 있으나 바본에 의거하여 보충함.
178) 妖魅: 바본에는 '妖魔'로, 사본에는 '魔鬼'로 되어 있음.
179) 使: 저본에는 '起'로 나와 있으나 바본을 따름.
180) 有: 저본에는 빠져 있으나 바본에 의거하여 보충함.
181) 軀: 저본에는 빠져 있으나 바본에 의거하여 보충함.
182) 省: 저본에는 '息'으로 나와 있으나 바본에 의거하여 바로잡음.
183) 孝元: 저본에는 빠져 있으나 바본에 의거하여 보충함.
184) 鬼魅: 가, 바본에는 '鬼魔'로 되어 있음.
185) 陪: 저본에는 '處'로 나와 있으나 바본에 의거함.
186) 入: 저본에는 '于'로 나와 있으나 바본에 의거함.
187) 多: 저본에는 '有'로 나와 있으나 바본을 따름.
188) 久: 저본에는 '多'로 나와 있으나 바본에 의거함.

中，始細終鉅，迫近臥床，孝元乃正色，曰："如有寃，爾其細陳，否者宜速退!" 言訖，火光倏逝．孝元開戶而睡，夢有一夫來，告曰："我是邑中城隍神也．自有是邑設位板，饗之于山祠中，新羅王第三女，妖巫之鬼也．自小白山來，眩惑民間，民遂奪我祠而饗掇，我位板，懸之官廳內架上，辱莫甚焉．城主速出其神，還我舊祠." 語卒而覺．孝元早起，鞴馬入城隍祠，掇去其位，帷幡·汁物盡之，復往官廳，架上果有城隍神位，卽命下吏，安于其[190]祠．其夜，復見夢致謝，而自此以後，邑中無事．【『於于野談』】

4–56.

姜月塘，以仁廟朝卒.[191] 卒之翌年，其家將搆祠宇于家後山下駱峰西麓也．斷崖治地之際，得一物，如斗大，形似盛水皮囊，以刀刺之，終不入，蓋以柔靭孳縮不受刃也．仍令健奴，以索約其腰，使其兩頭膨[192]脹堅實然後，以巨斤斫之，始飮刃[193]而[194]破，赤血迸出，突流庭中，人皆知其[195]不祥之兆．翌年乙酉，昭顯卒，又翌年，姜氏賜藥以死，母申氏及兄弟，皆戮死．【『閑居漫錄』】

4–57.

得玉者，成川妓也，姿色過人[196]，瑟歌俱妙．麟平大君奉使，過關西，見而愛之，遂招入宮爲侍女，每宴遊之時，必令玉捧盤．麟平夫人之兄吳挺，目送之久，仍得潛狎，吳妻知之妬恚，密與宮人謀誣玉，以[197]偸出宮

---

189) 而處焉: 저본에는 '處而'로 나와 있으나 가, 바본에 의거함.
190) 其: 저본에는 빠져 있으나 바본에 의거하여 보충함.
191) 以仁廟朝卒: 바본에는 '卒於仁廟朝'로 되어 있음.
192) 膨: 저본에는 '澎'으로 나와 있으나 바본을 따름.
193) 刃: 저본에는 '血'로 나와 있으나 바본을 따름.
194) 而: 저본에는 빠져 있으나 바, 사본에 의거하여 보충함.
195) 其: 저본에는 빠져 있으나 바, 사본에 의거하여 보충함.
196) 過人: 가본에는 '絶人'으로 되어 있음.
197) 以: 저본에는 빠져 있으나 바, 사본에 의거하여 보충함.

藏金五十兩，告于夫人．夫人大怒，杖玉殺之，聞者哀其怨死．一日，鮮血數斗，流瀉正寢，俄而，大君寢疾．宮人侍側者，於燈下依微之間，輒見得玉坐於大君寢邊，髮竪體栗，驚懼罔措，未幾，大君卒逝．忽於夫人室中，得玉作聲，曰："夫人心下如何？冥府憐我無罪而死，許令出侍大君，復遊於八角亭上．今日，夫人還復羨吾否？"亭在園上，宮奴適以事，夜深入園，果有琴[198]聲云．夫人每夜見得玉，同房數月後，亦不起．【『菊堂俳語』】

4-58.

金淸城死後，有神憑于平安道武人某甲，自稱相國之靈，空中有聲，能言平生事蹟及所著篇章，了了不錯．淸城家人聞而駭，致武人于京師館，置門外奴僕家，而其所指揮，無非亂其家者．論定葬山，則以水湧如井之地爲吉，評品親舊，則以救過正非[199]者，爲惡人讐家，細作指爲善人，而使厚遇之．術士迂怪之類，稱以信人而使聽其言，皆是禍其家者．使其靈果是淸城之靈，則爲之敗亂其家者，何[200]若是甚耶？擧家不悟，而終有禍，已巳絶嗣之禍，此必是讐怨之人，死而爲神[201]，假托作怪也．【『公私見聞錄』】

4-59.

復齋韓文節宗愈，字師古，漢陽人．少時放蕩，結徒數十人，每於巫覡歌舞之處，劫掠醉飽[202]，拍手歌楊花，時人謂之楊花徒．公嘗漆兩手，乘夜投入人家殯室，其家夫人哭殯前，曰："君乎君乎！何處去？"公以黑手出帳間，細聲答[203]曰："我在此！"婦人皆驚懼而遁．公盡取設床果而還，其

198) 琴: 바본에는 '瑟'로 되어 있음.
199) 正非: 저본에는 '非正'으로 나와 있으나 바, 사본을 따름.
200) 何: 저본에는 빠져 있으나 바본에 의거하여 보충함.
201) 神: 바본에는 '鬼'로 되어 있음.
202) 飽: 저본에는 '抱'로 나와 있으나 바, 사본에 의거함.
203) 答: 저본에는 빠져 있으나 바본에 의거하여 보충함.

狂多類此. 及爲相國, 功名事業, 彪炳當世, 晩年退老楮子島, 嘗作詩云: '十里平湖細雨過, 一聲長笛隔蘆花. 却將殷鼎調羹手, 還把漁竿下晩沙' 云耳. 【『慵齋叢話』】

4-60.

俗傳, 有使臣夜入始興郡, 見大星隕于人家, 遣使往審[204]之, 其家婦適生男子, 使臣異之, 因求其子而養之, 是爲姜仁憲公邯贊. 及爲相, 宋使有鑑識者, 來見公, 曰: "文曲星不現久矣, 不知何在, 今公乃是." 卽下階拜之. 崔滋曰: "此說甚謊, 然古今縉紳, 皆有記傳, 故錄之." 【『補閑集』】

4-61.

高麗將仕郞永泰, 嘗從忠惠王獵, 王戲投泰于水中, 泰撇裂而出, 王大笑曰: "汝從何處去, 今從何處來?" 對曰: "往見屈原而來." 王曰: "屈原云何?" 對曰: "我逢暗主投江死, 汝遇明主底事來." 王喜賜銀甌一事. 【『慵齋叢話』】

4-62.

忠宣王久留元, 有所鍾情者, 及東還, 情人追來, 王[205]折蓮花一朶, 贈之以爲別. 日夕, 王不勝眷戀, 令李益齋齊賢, 更往見之, 益齋往, 則女在樓中, 不食已數日, 言語不能辨[206]. 强操筆, 書一絶, 云: '贈遺蓮花片, 初來灼灼紅. 辭枝今幾日, 憔悴與人同.' 益齋回啓云: "妓入酒家, 與少年飮之, 尋之不得耳." 王大懊唾地. 翌年, 慶壽節, 益齋進爵, 因[207]退伏庭下, 王問之, 益齋始[208]呈其詩, 道其事, 王垂淚, 曰: "當日若見此[209]詩, 竭死

---

204) 審: 바본에는 '尋'으로 되어 있음.
205) 王: 저본에는 빠져 있으나 가, 바본에 의거하여 보충함.
206) 不能辨: 가본에는 '難辨'으로 되어 있음.
207) 因: 저본에는 빠져 있으나 바본에 의거하여 보충함.

力往還矣. 卿愛我故變言而告[210]之, 此[211]眞忠懇也."【『慵齋叢話』】

4-63.

高麗侍中姜邯贊, 爲漢陽判官, 時府境多虎, 民多處所噬. 府尹患之, 邯贊謁尹, 曰: "此甚易也, 待[212]三四日, 吾可除之." 因[213]書紙爲帖, 囑吏云: "明晨, 汝往北洞, 當有老僧蹲踞石上, 汝可招來." 吏如其[214]言而去, 果有一老僧, 衣繿縷, 犯霜晨在石上, 見府帖, 隨吏至府, 拜[215]謁判官叩頭而已. 邯贊勑僧曰: "汝雖禽獸, 亦是有靈之物, 何害人至此? 與汝約五日, 其率醜類, 徙于他境, 不然, 當盡殺乃已." 僧叩頭謝罪, 府[216]尹大噱曰: "判官誤耶? 僧豈虎乎?" 邯贊曰: "汝可化本形!" 僧咆哮一聲, 化一大虎, 仰攀欄檻, 聲振數里, 尹魂喪仆地, 邯贊曰: "可止!" 虎翻然復其形, 頂禮而去. 明日, 命吏往伺東郊, 有老虎前行, 小虎數十隨後, 渡江而去. 自是, 復無虎患.[217]【『慵齋叢話』】

4-64.

金右丞敦詩, 少年時, 隨一僧, 遊唐商館, 有一商與妻有釁, 欲棄去適誰家. 時方冬忽雨, 金遽[218]索紙書一絶, 云: '東韓地勝斂寒威, 瑞雪飜爲瑞雨飛. 應是巫山神女術, 故關賓館不敎歸.' 商見之感歎, 至垂淚, 終不去妻. 彼中朝人, 雖庸賈好詩, 感動如此, 況士大夫乎!【『補閑集』】

---

208) 始: 저본에는 빠져 있으나 가본에 의거하여 보충함.
209) 此: 저본에는 빠져 있으나 가, 바본에 의거하여 보충함.
210) 而告: 저본에는 빠져 있으나 바본에 의거하여 보충함.
211) 此: 저본에는 빠져 있으나 바본에 의거하여 보충함.
212) 待: 저본에는 빠져 있으나 바, 사본에 의거하여 보충함.
213) 因: 저본에는 빠져 있으나 바, 사본에 의거하여 보충함.
214) 其: 저본에는 빠져 있으나 사본에 의거하여 보충함.
215) 拜: 저본에는 빠져 있으나 바본에 의거하여 보충함.
216) 府: 저본에는 빠져 있으나 바본에 의거하여 보충함.
217) 自是, 復無虎患: 바본에는 '自是後, 一境之內, 無虎患矣云爾'로 되어 있음.
218) 遽: 저본에는 빠져 있으나 바, 사본에 의거하여 보충함.

4-65.

朴參議寅亮，奉使入中原，至浙江，風濤大起，見子胥廟在江頭，作詩弔之，曰：'掛眼東門憤未消，碧江千古起波濤．今人不識前賢志，但問潮頭幾尺高.' 須臾風霽，船利涉，其感幽明如此.[219)]

4-66.

俗傳，學士鄭知常，肄業山寺．一日夜月明，獨坐梵閣，忽聞有詠詩聲，曰：'僧看疑有寺，鶖見恨無松.' 以爲鬼物所敎[220)]．後入試院，考官以'夏雲多奇峰'爲題，而押'峰'，知常忽憶其句，仍續成詩呈，其詩曰：'白日當天中，浮雲自作峰．僧看疑有刹[221)]，鶴見恨無松．電影樵童斧，雷聲隱士鍾．誰云山不動，飛去夕陽風.' 考官至頷聯，極稱驚語，遂置[222)]之魁等．【『白雲小說』】

4-67.

李稼亭，以書狀官朝天，見路傍靑樓，有美人隱映於珠[223)]簾之內，向穀噀水．穀於帛橐中，出一白帖扇，書一絶贈之，曰：'兩兩佳人[224)]弄夕暉，靑樓珠[225)]箔共依俙．無端一片陽臺雨，飛洒三韓御史衣.' 穀迴時，美人香醪佳肴，要於路以謝之．又有一士，如中原，見路上美姝，望驢車而拜，士倚門而望，貽詩，索聯曰：'心逐紅粧去，身空獨倚門.' 美人駐驢續之，曰：'驢嗔疑[226)]我重，添却一人魂.'

---

219) 其感幽明如此：바본에는 '此神助也'로 되어 있음.
220) 敎：저본에는 '告'로 나와 있으나 사본을 따름.
221) 刹：사본에는 '寺'로 되어 있음.
222) 置：저본에는 빠져 있으나 바, 사본에 의거하여 보충함.
223) 珠：저본에는 '朱'로 나와 있으나 바본을 따름.
224) 佳人：사본에는 '美人'으로 되어 있음.
225) 珠：저본에는 '朱'로 나와 있으나 바, 사본을 따름.
226) 嗔疑：바본에는 '應嘖'으로 되어 있음.

4-68.

任疎庵叔英, 竹厓說之曾孫也, 文章節行, 重於一世[227]. 光海時, 被削出, 處於江湖間, 癸亥反正後, 歷敭華顯, 年四十八, 不病而逝. 是夜, 隣嫗夢, 有靑衣吏人, 持赤管, 訪任持平家, 正屬纊時也. 又湖西儒生, 夢有人來言, "任某謫下人間已久, 自天上當爲招還." 儒生促行裝至洛, 疎庵忽焉. 吁! 亦[228]異哉! 【『菊堂俳語』】

4-69.

柳相國琠[229], 字克厚, 曼殊之後也. 赴燕京, 會見相者, 欲使觀其狀. 有從行之僕, 容甚偉, 相國衣冠示之, 相者熟視而笑, 曰: "此終身賣炭翁也, 何子之欺我也?" 於是, 相國[230]出見, 相者望見而驚, 曰: "是眞閣老也." 【『於于野談』】

4-70.

尹相弼商, 嘗入中原, 問名卜, 曰: "平生勳名冠人臣, 但終死於三林之下." 未解其意. 及貶僑處[231]珍原民舍, 聞室外[232]樵兒呼伴, 曰: "今日, 共樵中林." 弼商問主人曰: "何謂中林?" 主人曰: "此地有三林, 上林·中林·下林, 皆地名也." 弼商悵然, 曰: "吾將死於此地矣!" 果然[233]未幾被殺. 【『於于野談』】

4-71.

天啓壬戌夏, 爾瞻衙罷歸家, 路逢一盲人, 衣冠盡破, 流血被面, 號泣而

---

227) 一世: 바본에는 '一時'로 되어 있음.
228) 亦: 저본에는 빠져 있으나 바, 사본에 의거하여 보충함.
229) 琠: 저본에는 '埂'으로 나와 있으나 의미상 바로잡음.
230) 相國: 저본에는 빠져 있으나 바본에 의거하여 보충함.
231) 僑處: 사본에는 '僑居'로 되어 있음.
232) 室外: 바본에는 '門外'로, 사본에는 '窓外'로 되어 있음.
233) 果然: 저본에는 빠져 있으나 바본에 의거하여 보충함.

去. 爾瞻問其故, 盲人[234]曰: "公之諸胤, 招我問公前頭休咎, 對以癸亥[235]三月必凶, 諸胤怒之[236], 困我如此." 爾瞻使人護盲至其家, 遜辭而謝, 大責諸子, 曰: "吾榮溢罪極, 自知難免, 豈待盲卜之言也? 汝輩有問, 盲以實對, 何罪之有而鞭捶[237]流血也? 吾爲汝輩之父, 此尤當死." 【『公私見聞錄』】

4-72.

韓上黨明澮, 少時, 讀書山寺. 一日, 冒夜山谷中, 有虎擁護而行, 公語之曰: "遠來相送, 且見厚意[238]." 虎爲俯首, 跪伏之形, 天明乃去. 又嘗遊於靈道寺, 夜半有老僧, 貌甚奇怪,[239] 密告曰: "公之頭上, 有光奕奕, 皆貴徵也. 不出明年, 公必[240]得之." 景泰丙子夏, 成三問等事發, 公之功最大矣[241]. 【『東閣雜記』】

4-73.

上黨嘗[242]構亭於漢江之南, 名曰'狎鷗', 欲以定策功, 擬韓魏公, 而得恬退之名, 將辭江湖爲言, 而顧念爵錄不能去. 上作詩別之, 朝廷文士, 爭相和韻數百篇, 而判府事崔敬止詩, 爲第一. 其詞[243]曰: '三接慇懃寵渥優, 有亭無計得來遊. 胸中自有機心靜, 宦海前頭可狎鷗.' 明澮惡之, 不列于懸板. 【『秋江冷話』】

---

234) 人: 저본에는 빠져 있으나 사본에 의거하여 보충함.
235) 亥: 저본에는 '巳'로 나와 있으나 바본에 의거함.
236) 怒之: 사본에는 '大怒'로 되어 있음.
237) 捶: 사본에는 '箠'로 되어 있음.
238) 厚意: 바본에는 '厚誼'로 되어 있음.
239) 貌甚奇怪: 저본에는 '貌奇古'로 나와 있으나 바본을 따름.
240) 必: 저본에는 빠져 있으나 바본에 의거하여 보충함.
241) 矣: 저본에는 빠져 있으나 바본에 의거하여 보충함.
242) 嘗: 저본에는 빠져 있으나 바본에 의거하여 보충함.
243) 詞: 사본에는 '詩'로 되어 있음.

4-74.

卞春亭季良, 文章軟弱. 文士金久冏, 以能詩名世, 每見春亭所製, 掩口大笑. 一日, 春亭遊[244]別墅, 偶占一句, 云: '虛白連天江郡曉, 暗黃浮地柳橋春.' 自負得美聯, 將入京上奏, 有人言諸久冏, 久冏曰: "詩甚鄙拙, 若上奏則是罔上耳, 我昔有詩, 云: '驛亭把酒山當戶[245], 江郡哦詩雨滿船.' 此眞上奏之詩也." 久冏恃[246]才凌人, 以後進輕蔑前輩, 春亭心甚不平. 遂成嫌隙, 而終不得一顯官. 【『慵齋叢話』】

4-75.

英宗皇帝, 復正之日, 世廟欲進賀表, 時崔寧城[247]恒爲文衡, 撰表文. 上促召任元濬, 適出, 赴召稍[248]遲, 上命鞠之, 旣至則傳曰: "召汝無時, 豈宜偸暇? 已命鞠汝矣, 賀復位表, 卽宜製進." 元濬謝死罪, 遑遽[249]撰表而進, 有曰: '十八載垂衣之化, 久浹於烝黎; 千萬年曆服之長, 復歸于一德, 普天之下, 如日再中'之句, 上喜曰: "主文之作, 不可棄之, 於其表內, 可愼而用之." 攸司上讞, 御批之曰: "才高一國, 功可掩罪." 【『謏聞鎖錄』】

4-76.

金慕齋爲宣慰使時, 日本僧口號曰: '氷消一点還成水.' 慕齋對以'木立[250]雙株便作林'. 又遠接使時, 華使[251]曰: '處難名曰黃危[252]地.' 卽對曰: '居易字云白樂天.' 華使驚歎. 【『芝峯類說』】

---

244) 遊: 저본에는 '有'로 나와 있으나 라, 바, 사본을 따름.
245) 戶: 라본에는 '曉'로 되어 있음.
246) 恃: 저본에는 '詩'로 나와 있으나 바, 사본을 따름.
247) 城: 저본에는 '成'으로 나와 있으나 바, 사본에 의거하여 바로잡음.
248) 稍: 저본에는 '招'로 나와 있으나 바, 사본을 따름.
249) 遽: 저본에는 '逃'로 나와 있으나 바본에 의거함.
250) 立: 저본에는 '以'로 나와 있으나 바, 사본을 따름.
251) 華使: 저본에는 '使華'로 나와 있으나 의미상 바로잡음.
252) 危: 바본에는 '夒'로 되어 있음.

4-77.

李東皐浚慶當國, 進用諸宰, 欲試鷺渚·芝峰兩人優劣. 嘗試慶筵先與娼女約, 酒欄執其手, 曰: "汝可爲我薦枕乎?" 娼以公所敎, 指兩公, 曰: "賤妾若蒙老爺眷顧, 則生子當如此兩老爺, 豈不榮甚?" 蓋[253]兩公宗室賤子孫, 鷺渚色泰然若不聞. 芝峰不覺勃然變色, 東皐以此, 定其量之大小. 其後, 鷺渚果入相.

4-78.

申舟村, 頡頏傲世, 不事修飭, 嘗與尤庵善, 而宋公必以俳優畜之. 一日, 忽整[254]衣冠着行纏, 賫刺往謁, 宋公驚怪, 倒屣迎之. 申公姸視媚行, 過自矜持入座, 低頭微咳, 拱手而謝, 曰: "從前性多燥[255]急, 爲習氣所牽, 半生過了醉夢間. 自今思之, 心切痛恨, 今乃怳然覺悟[256], 庶不至於虛生虛死, 望先生垂憐而敎之." 宋公大喜, 嘖嘖不已, 曰: "吾固已料得曼倩必有今日, 奇哉奇哉!" 因相與論學, 凡義理精微之奧, 談說如破竹. 宋公益嗟賞, 肅然敬待, 申公亦半日穩話, 危坐愈[257]恭, 辭氣[258]雍容, 宋公益信之不疑. 日晡[259], 申公忽然呵欠一聲, 舒其兩脚, 箕踞偃臥, 而笑曰: "所謂理學, 如狗脚哉! 脚[260]痛不可爲也." 其俳諧玩世之意, 尙可想見, 而氣岸之凌[261]駕一世, 可知也[262].

---

253) 蓋: 저본에는 '皆'로 나와 있으나 바, 사본을 따름.
254) 整: 저본에는 '正'으로 나와 있으나 라본을 따름.
255) 燥: 저본에는 '懆'로 나와 있으나 사본에 의거함.
256) 悟: 저본에는 '怪'로 나와 있으나 바, 사본에 의거하여 바로잡음.
257) 愈: 저본에는 '兪'로 나와 있으나 라, 바, 사본에 의거함.
258) 氣: 저본에는 빠져 있으나 바, 사본에 의거하여 보충함.
259) 晡: 저본에는 '申'으로 나와 있으나 라본을 따름. 바본에는 '晨'으로, 사본에는 '中'으로 되어 있음.
260) 脚: 저본에는 빠져 있으나 라, 바, 사본에 의거하여 보충함.
261) 凌: 저본에는 '陵'으로 나와 있으나 라, 바, 사본을 따름.
262) 也: 저본에는 빠져 있으나 라본에 의거하여 보충함.

4-79.

沈器遠之謀逆也, 黃瀷·李元老, 夜往具綾川[263]仁垕[264]家請謁, 綾川將出見之. 其妻止之, 曰: "何不思之甚也? 深夜武士請見, 未知何事, 是宜招集入直將校軍兵, 盛設威儀而見之." 綾川悟之[265], 遂如其言, 盡招軍校然後, 出見兩人, 遂告變, 遂縛兩人而赴闕. 或謂兩人力士, 意在剪除宿將而往見, 見其兵威盛張, 懼而告變云. 夫然則若非其妻, 將不免矣, 其妻亦女中之有智者歟!

4-80.

仁祖朝, 完平李公當國, 淸陰金公, 方秩亞卿, 往候之. 完平問可以爲相者, 淸陰曰: "官微何敢論此事?" 完平曰: "君答之如此, 初豈不知吾之所以問之者? 刮去毛皮, 誠心相與耳." 淸陰曰: "相望不敢與論, 但以所經歷者言之. 曾以小价赴燕, 芝峰爲上价, 海昌尹公爲副价, 賤生欲自砥礪, 言於上价曰: '自古, 赴燕者歸橐, 多不淸淨, 今行上下, 宜約不持一燕物.' 李公慨然許之. 又以此言於副价尹公, 則無開納之色, 但曰: '君言如此, 則我豈[266]不從?' 及入燕館, 副价公雜書冊錦緞[267]珍玩, 每一往見書冊服玩, 雜然前進榹上, 又掛一貂裘, 余問曰: '此誰物?' 尹公曰: '我平生無裘, 日寒如此, 欲作歸日寒具耳.' 其後出燕時, 從人以上价及書狀裝[268]橐甚重, 馬疲[269]不堪云, 仍採問與副价輜[270]重何如, 皆言, '副价寢具外, 無一物.' 蓋上价與賤生, 買書而來, 而尹公幷與書冊不取, 館燕時, 書冊衣服皆備, 留館時覽閱, 而發還時, 盡還其本主. 到義州聞之, 所著貂裘, 亦

---

263) 川: 저본에는 '州'로 나와 있으나 바본에 의거함. 이하의 경우도 동일함.
264) 垕: 저본에는 '臺'로 나와 있으나 바, 사본에 의거하여 바로잡음.
265) 之: 저본에는 빠져 있으나 바본에 의거하여 보충함.
266) 豈: 저본에는 '旣'로 나와 있으나 바본을 따름.
267) 緞: 저본에는 '假'로 나와 있으나 가, 바, 사본에 의거하여 바로잡음.
268) 裝: 저본에는 '裘'로 나와 있으나 바본을 따름.
269) 疲: 저본에는 '皮'로 나와 있으나 바본에 의거하여 바로잡음.
270) 輜: 저본에는 '輕'으로 나와 있으나 바, 사본에 의거함.

給褊裨[271]云云. 伊時, 見於兩公者如此云." 其後, 稚川首膺甌卜.

4-81.

月沙李公, 爲卞丁應泰誣, 奉使朝京. 時我國受誣罔極, 中朝人操切, 東使甚急, 晝以糾察, 夜不給燈. 月沙旣受便宜之命, 將探取物議, 隨意繕寫奏文, 而無所措其手足, 抑塞不知所爲. 一寫字官, 夜入舍館, 白公曰: "公若呼之, 則第當寫之." 公曰: "深夜[272]無燈, 汝何以寫之?" 其人曰: "第呼之." 公試呼, 寫一通, 寫畢, 公曰: "汝之眼力, 誠奇矣! 奈我不得見何哉[273]?" 其人遂俛首着眼於紙上, 曰[274]: "公試從吾顱後看之." 公俯其人背, 自顱後視之, 字皆暸然. 蓋其人目光, 能照物生明云. 蓋宣廟人才東人極盛之會, 此可謂應時[275]而出.

4-82.

梧里退老衿川, 一日, 與鄕老共坐山麓, 有行人騎馬過者. 他人下馬, 一人獨不下, 從者禁之而不聽, 鄕人請拿治之, 公曰: "愼勿犯也. 下賤畏士大夫下馬, 今此乘之不下, 此人必將遇事而未得機括者, 切勿相犯也." 俄而, 其人跨壓[276]墮馬, 折項而死. 先輩之善[277]料事, 忍小忿[278]如此.

4-83.

李貞翼浣, 爲捕將, 行過生鮮街上, 歸喚捕校, 分付曰: "街上有異常賤人, 二十日內詳探捉來, 過限則[279]當死." 將校聽令而出, 茫然如捕風, 日

---

271) 褊裨: 사본에는 '裨將'으로 되어 있음.
272) 深夜: 바본에는 '漆夜'로 되어 있음.
273) 哉: 저본에는 빠져 있으나 사본에 의거하여 보충함.
274) 曰: 저본에는 빠져 있으나 사본에 의거하여 보충함.
275) 時: 저본에는 빠져 있으나 바, 사본에 의거하여 보충함.
276) 跨壓: 바본에는 '過巷'으로 되어 있음.
277) 善: 저본에는 '先'으로 나와 있으나 바본을 따름.
278) 忿: 저본에는 '忍'으로 나와 있으나 『매옹한록』에 의거하여 바로잡음.

往其近地, 以金錢於酒舍, 結交酒徒, 坐市肆博奕, 終日杳不可得. 每博奕罷, 輒太息, 往往心不在博奕, 亦默無所言, 過十餘日, 益無蹤跡. 一日, 博罷忽默垂淚, 市人相親者, 問曰: "君飮酒博奕, 豪俠自任, 近觀君貌, 往往噓唏, 心不在博, 固已怪之. 今又垂淚, 必有異也, 願聞之." 將校具以告曰: "吾旣承將命, 不得則死. 死固不惜, 但有老母, 是以悲耳." 市人曰[280]: "此果有形迹非常之人, 有時往來市肆間, 已數年. 終日無所爲, 能善衣食, 其人常往來壽進洞中, 君可往而迹之." 將校如其言, 偵伺壽進坊, 探之築土室於窮源處, 夜候其人捕之, 室中無他物, 但有朝紙數負而已. 將校遂納之, 其人塞口無所言, 但稱, '殺我!' 李公使以槀縛其一身, 以泥土塗而殺之, 蓋外國人來探國事者也.

4-84.

成參判夢井, 卽聃年之子也. 聃年航海朝天, 經年之後, 夫人[281]忽有娠. 其[282]母夫人不忍斥言, 但令歸本家, 夫人略[283]不爲動, 還家分娩生男, 家中莫不竊疑, 夫人若無聽也. 三年後, 聃年始還覲其母, 而無其婦, 聃年曰: "婦安在?" 夫人色不豫, 但嚬眉不言, 聃年曰: "若在本家, 速爲率來." 母夫人驚曰: "汝何知之?" 聃年曰: "在燕時, 有異事, 已知其生子, 來則當自知." 俄而, 夫人率兒來, 先解繻係所懸小囊, 出示之, 記'某年某月某日夜夢, 夫婦[284]相會於井口.' 聃年亦出其所記,[285] 如合符節. 家人始釋然, 因[286]名其兒, 曰'夢井'. 玆事近怪, 其家著之家乘, 子孫衆多傳之爲異事云.

---

279) 則: 저본에는 빠져 있으나 바, 사본에 의거하여 보충함.
280) 曰: 저본에는 빠져 있으나 바본에 의거하여 보충함.
281) 夫人: 나본에는 '其妻'로 되어 있음.
282) 其: 저본에는 빠져 있으나 나본에 의거하여 보충함.
283) 略: 저본에는 빠져 있으나 바, 사본에 의거하여 보충함.
284) 婦: 저본에는 빠져 있으나 바본에 의거하여 보충함.
285) 聃年亦出其所記: 나본에는 '婦亦解小囊出所記示之'로 되어 있음.
286) 因: 저본에는 빠져 있으나 나본에 의거하여 보충함.

4-85.

陽坡嘗語許積曰:“長興坊洞口, 坐市女人, 去夜作夫, 君知之乎?” 許笑曰:“公[287]每發此可怪之言, 何以知之?” 陽坡笑曰:“每過時連見, 其女以寡婦, 修飭鬟髻, 衣裳靚楚, 已知其有將淫之意. 今日見之, 束散髮, 着垢衣而坐, 面若有羞態, 必是已嫁, 愧心生焉. 此係人情物態, 意君深於事情, 似或知之, 故問之.” 府吏有居其同閈者, 公招問之, 吏曰:“此果是洞中某人之妻, 某人早死, 其父母憐其早寡, 昨日果嫁之云.” 其於耳目所及不放過, 洞察敏悟, 如此.

4-86.

仁廟反正後, 光海時宮人, 有念舊而垂淚者. 有一人訐訴, 仁烈王后下教曰:“此人思舊君而垂淚, 可謂忠矣.” 仍召而語之, 曰:“汝能不忘舊君, 必將移其所事而事我. 今以汝爲保母尙宮, 汝其保我子女.” 因撻其言者, 其人感德, 自此, 宮人皆釋然自安. 仁穆大妃昇遐後, 內藏中有大妃手寫天朝奏文之一通, 中有驚怕之語. 仁廟哭之, 驚不知所以處之, 后卽問曰:“此事, 殿下將何以處之?” 仁廟曰:“后意何如?” 后曰:“願勿煩耳目, 賜我, 我當善處.” 仁廟擧而授請后, 后命取火焚之. 此等擧措, 非聖德能之乎? 天生刱業之主, 必生聖后, 以贊陰化. 猗歟盛哉!

4-87.

北窓世稱東方異人, 天資純粹, 風骨殊朗[288], 完如天人, 神淸無慾, 能通六藝之妙[289]. 少時, 讀書山寺, 下百里內事, 盡知之. 隨使臣赴燕京, 遇諸國使臣, 輒爲其國之語, 酬酢無礙. 琉璃國使臣, 見公下拜, 曰:“公神人也! 我在本國時筮命, 某年某月, 入中國, 當[290]遇異人.” 仍出諸囊中而

---

287) 公: 바본에는 '君'으로 되어 있음.
288) 殊朗: 바본에는 '秀朗'으로 되어 있음.
289) 妙: 바본에는 '術'로 되어 있음.

示之, 曰 "果是公也!" 年四十餘卒, 旣屬纊, 家人發喪而哭, 忽然起坐, 曰: "吾有忘事." 命取筆硯, 書曰: '一生讀破萬卷書, 一日飮盡千鍾酒. 高談伏羲以上事, 俗說從來不掛口. 顔回三十稱亞聖, 先生之壽又何久.' 寫畢, 投筆而逝.

4-88.

李相國鐸, 登第以成均學諭, 告暇歸鄕, 渡漢江, 行十餘里, 秣馬川邊沙上. 月山大君, 沐浴呈辭, 南遊而歸, 亦下馬同坐川邊, 進午飯以銀器. 李公手持銀器, 周看而還置盤中, 大君曰: "君欲取其器乎? 當以奉贈." 李公笑曰: "我平生未嘗見銀器者, 故取視耳, 何其待士夫薄耶?" 因別去. 大君卽成廟兄也. 是日, 上幸濟川亭而迎之, 握手迎謂曰: "原隰[291]之役, 得無勞乎? 久違顔範, 鬱陶甚矣." 仍曰: "人才國之元氣, 吾兄旣廣遊岐路井閭, 留意尋訪, 頗記別時之語乎?" 大君曰: "旣奉聖敎, 何敢歇[292]后? 留心搜訪久矣, 未有所遇, 俄者, 路傍有一朝士, 其人自奇士." 因以問答仰告, 上樂聞之, 卽命內廐馬追之, 與語大悅, 卽除弘文修撰, 不次超遷, 卒至於拜相.

4-89.

德原令, 善奕棋, 以國手名. 一日, 有一人繫馬於庭內, 令問爲誰, 對曰: "某以鄕軍上番, 平生喜棋奕, 聞老爺稱國手, 願對一局." 令欣然許之, 其人對坐, 輒曰: "對局不可不賭, 老爺落, 則願繼番粮, 小的見屈, 則平生有馬癖, 繫者良馬, 願納之." 令欣然許之, 旣卒一局, 其人輸一家, 又卒一局, 又輸一家. 其人遂納其馬, 令笑曰: "吾戱耳, 豈受汝馬?" 其人曰: "老爺以小的爲食言之人耶?" 仍留而辭去, 令不得已留養. 過二朔

---

290) 當: 저본에는 빠져 있으나 바, 사본에 의거하여 보충함.

291) 隰: 저본에는 '濕'으로 나와 있으나 사본을 따름.

292) 歇: 저본에는 '謁'로 나와 있으나 바, 사본에 의거함.

後, 其人復[293]來, 云: "下番將歸, 乞更對一局." 仍請賭還其馬, 令許之, 連輸數局, 頓不可及, 令驚曰: "汝非吾敵手." 因給其馬, 曰: "初局何爲見屈?" 其人笑曰: "某性愛馬, 立番在京, 馬必瘦, 又無可托, 敢以技欺公耳." 令恨其見賣. 又有僧叩門, 曰: "貧道亦粗解此技, 敢[294]與對局." 令欣然許之, 對坐投棋, 翩翩如零散, 僧忽落一子, 令不能解, 潛心求索良久, 僧斂手請辭, 曰: "行色甚忙, 不可久住." 令沈潛默坐如醉, 久未能答, 僧拜而辭去. 久乃悦然擊節, 曰: "何處?" 僧乃已能見三十八手, 手擊棋局, 擧眼視之, 僧已去矣. 問傍人曰: "何在?" 答曰: "向者, 其僧屢告辭去, 老爺不答, 故去已久矣. 去時, 書於門楣而去." 尋見之, 書曰: '這般棋乃謂棋耶?'

4-90.

柳定山忠傑, 於仁祖爲姑夫. 仁廟少時, 有甘盤之舊, 而定山性嚴急, 仁廟兒時, 屢被其捶撻, 卽祚之後, 屢擬仕官, 終斬点下. 晩年筵教曰: "柳某年老, 强剛之氣少挫否?" 始擬定山受点, 蓋少日習知其峻急險陂之性, 有妨[295]牧民之政, 待其年老氣挫而用之. 聖主不以私思[296]害公, 而爲民擇官之意, 可想. 其侄赫然, 爲水原府使, 時定山行過境內. 水原地近京洛, 民習悍惡, 本以惡鄕名, 見客至, 無不閉門牢關. 定山造門呼喝, 人皆堅拒, 遍一村, 終不得入. 是時, 積雪嚴冬, 日已曛黑, 匹馬單僮, 回遑歧路, 遂下山阿, 怒罵曰: "府使善治, 民習豈至此乎?" 因呼小奚, 曰: "汝急捉水原府使來!" 聞者皆笑, 以爲狂客. 其村去官門近十里, 俄而, 赫然疾馳而至, 定山大咆喝, 拿入數罪, 赫然俯伏聽命, 懇請入官衙, 定山曰: "我豈敢入賢太守善治之邑耶?" 仍憤然不顧, 深夜跨馬去. 赫然無

293) 復: 사본에는 '又'로 되어 있음.
294) 敢: 저본에는 '對'로 나와 있으나 바, 사본에 의거함.
295) 妨: 저본에는 '坊'으로 나와 있으나 사본에 의거함.
296) 私思: 바, 사본에는 '私恩'으로 되어 있음.

奈何, 自夜至午, 盡治一村民[297]而歸. 其後, 民頗懲戢, 惡習少悛云. 定山嘗與其子連山瓊然, 赴入宴席, 聞連山唱曲之聲, 潸然垂淚. 坐客怪問之, 答曰: "兒子歌聲, 非久當死, 是以悲之." 其後, 旬餘[298]果死. 未知其氣之將盡, 聲有急迫斷續之, 異人得以知之耶? 抑至情所在自有感通之理乎? 未可知也.

4-91.

李判書溟之孫咸, 少不學, 落拓於俠邪[299]之間, 常書自[300]刺, 自稱'新增曰者'. 李咸謁於鄭善興, 善興百昌之子, 少以蕩子, 橫行閭里, 爲曰者之魁, 故也. 善興見刺, 怒而拿入, 捽曳於庭, 曰: "吾少時習氣, 悔之何[301]及? 汝以縉紳家年少子弟, 新增曰者, 何爲?" 遂笞之. 咸之放浪[302], 雖如此, 能精通相術, 嘗望見東山尹相於稠座中, 語人曰: "此誠名相, 但膝下之慘, 何忍自堪?" 其後, 一如其言, 壯子五人, 連歿於[303]膝下. 咸常往見具文治, 文治方晝寢, 上堂熟視而去, 語人具將死, 其晝寢, 眞是臥了一僵尸, 未幾果死云.

4-92.

河西金公, 少有聲名. 孝陵在東宮, 艶聞其名, 今春坊官, 邀入宮中. 河西親友, 移書力邀, 河西入見, 其人留挽甚苦, 至日暮宮門閉, 其友曰: "事已至此, 宿我直廬而何妨?" 河西誚其友, 無可奈何. 是夜月白, 東宮綸巾儒服, 使人持酒囊而至, 直把河西手, 曰: "吾亦願交章甫友耳." 因

297) 村民: 사본에는 '村邑'으로 되어 있음.
298) 餘: 저본에는 '後'로 나와 있으나 사본에 의거함.
299) 邪: 저본에는 '射'로 나와 있으나 『매옹한록』에 의거함.
300) 自: 저본에는 빠져 있으나 사본에 의거하여 보충함.
301) 何: 바본에는 '莫'으로 되어 있음.
302) 放浪: 바본에는 '放蕩'으로 되어 있음.
303) 於: 저본에는 빠져 있으나 바, 사본에 의거하여 보충함.

坐語, 至夜分. 河西自此, 京[304]托交於春宮, 其後釋褐, 出入胄筵, 愛知[305]益深. 孝陵昇遐, 棄官歸, 遂不出, 每遇孝陵忌辰, 入深山中, 痛哭終日而歸.

4-93.

金東園貴榮, 判書某之孫, 其父自少蒙騃不省, 只有知覺而已. 判書退居, 鄕里中平民有女, 判書一日招其民, 語之曰: "我子昏迷, 不可與縉紳爲婚. 聞有汝女, 與我結親, 則何如?" 民曰: "謹當歸與妻相議而告之." 其民歸語其妻, 妻曰: "是何言耶? 某相公宅郎君, 無知覺土偶人, 何可爲也?" 其家女在傍, 從容曰: "相公家何如, 而乃以常平家[306]子與我結婚乎? 棄一女, 而家世因爲簪纓族, 則何如?" 其民以其女之言, 告之, 遂與成禮. 而判書之子, 不知人道, 因姆教以生子, 卽貴榮也, 能文章早貴, 歷踐[307]華貫. 其母之兄弟族黨, 尙在軍籍, 有以上番至京者, 主於金公家. 公[308]退朝見軍裝器械, 置於案上, 召從者, 曰: "此物曷爲置此? 藏之隱處, 勿令賓客見之." 母夫人聞之, 命拿入公, 數之曰: "汝家固是卿家, 我家卑賤, 群從弟侄, 皆在軍籍, 以其至親也. 故入京來住於吾家, 宜盡心善遇, 使無間然, 何可示以厭色, 不安其心?" 公悚然自沮.

4-94.

尹公忭, 明廟[309]朝文科, 官至軍資正. 歲丁亥, 爲刑曹正郎, 時金安老當國, 恣行威福, 認良民爲其奴僕. 一人子孫數十口, 皆被刑曹拘囚, 判書許沆, 受安老旨, 刑訊狼[310]藉, 寃苦切酷, 勢將誣服. 尹公獨疑之, 將來

304) 京: 바, 사본에는 빠져 있음.
305) 愛知: 바본에는 '愛之'로 되어 있음.
306) 家: 저본에는 '之'로 나와 있으나 바본을 따름.
307) 踐: 저본에는 '賤'으로 나와 있으나 바, 사본에 의거하여 바로잡음.
308) 公: 저본에는 빠져 있으나 바본에 의거하여 보충함.
309) 明廟: 저본에는 '仁廟'로 나와 있으나 가, 바본에 의거함.

彼民文案，反覆參考，知其寃枉，作一查卞之文，將欲卞白．而適當歲末啓覆之時，公持此入達，上一覽，卽卞金家，盡釋其囚數十，蟠結之寃，一朝快申矣．時公年已衰，後娶久無子，甚憂歎．翌年，拜肅川府使，歷辭朝紳，夕過廣通橋，時日暮微雨．忽有一老翁，拜於馬前，公不能記，其人曰："小人良人也，嘗爲一勢家迫脅，將壓爲賤，無所告訴，賴公之德，子孫數十人，皆獲保全．此恩刻在心肺[311]，常思報效，而不可得．然此後癸巳年，當生男子，但年命福祿，不甚延長，有一事可救得者．" 仍袖出一張紙，雙手奉呈，公看之，紙上書，'癸巳年某月[312]酉時生子．' 其左則書，'壽富貴多男子'六字，每行書一字，而獨'多男子'爲三字，其右有祝願之文，而虛其姓名之位．公曰："此何爲?" 翁曰："兒生後，公以此紙，卽往江原道金剛山楡岾[313]寺，備黃燭五百雙，供佛祝願，則必有慶祥隆[314]厚，此足爲小人之報也．" 申囑重複，公方欲問所從來，翁遽拜辭，仍忽不見，公大驚異，歸家深藏[315]．及至癸巳，果生男奇峻[316]．公卽躬往楡岾寺，依翁之言，厚設供佛，而塡書姓名於祝文所虛之處，薦于佛前．祝願畢，取看其紙[317]，則壽字下有'可耋'二字，'富'字下有'自足'二字，'貴'字下有'無比'二字，'多男子'下有'皆貴'二字，凡八字皆深青，細如毛髮，而皆楷正．莫知其所以然，公尤驚異之，歸而造櫝珍藏．其後兒長，是爲梧陰，壽至七十八，官至領相，富自裕足．五子皆貴顯，昉領相，昕·暉·暄皆宰列，旴知事，勳業赫然[318]，耀當世而垂後世，孫曾繁昌，貂犀相襲．事在『淸陰集』尹正墓誌中，而微著其事，不及於神怪．

---

310) 狼: 저본에는 '浪'으로 나와 있으나 가, 바본을 따름.
311) 心肺: 바본에는 '心腸'으로 되어 있음.
312) 某月: 저본에는 빠져 있으나 가본에 의거하여 보충함.
313) 岾: 저본에는 '站'으로 나와 있으나 의미상 바로잡음. 이하의 경우도 동일함.
314) 隆: 저본에는 '陶'로 나와 있으나 가, 바본에 의거함.
315) 深藏: 저본에는 '藏深'으로 나와 있으나 가, 바, 사본을 따름.
316) 奇峻: 가, 사본에는 '奇俊'으로 되어 있음.
317) 紙: 저본에는 빠져 있으나 가, 바, 사본에 의거하여 보충함.
318) 赫然: 바, 사본에는 '爀然'으로 되어 있음. 서로 통함.

4-95.

呂雲浦聖齊[319]，明經應擧，纔入講席，自帳內出講紙，見其七書所出，皆非習誦之章，無可奈何．請起如厠，試院之規，講席儒生，請飮食則與之，請便旋則許之例也．遂令軍卒領送，呂坐厠上，與其軍卒，問答閑話，問卒之所在，卽其父所莅之邑也．畧與酬酢邑事，卒曰："來時，邑妓某付書，使之尋傳[320]於呂進士，不知在何處．" 公曰："我卽是也!" 遂取其書覽之，卽其隨往時，所眄妓也．如是之際，時刻漸遲，試官使人視之歸言，儒生手持一紙，試官疑之，遂改出他章，皆所閑習者也．遂登第，官至左相．

4-96.

月沙李公[321]，與閔貳相馨男，俱是甲子同庚，又少與親密同硏．月沙早貴，位至正卿，閔猶在布衣，諸友做文會於路傍，月沙或過，則坐中輒指軒車，而戱曰："君之同庚過矣!" 月沙亦必枉車騎，沮戱程工，閔不勝其苦．嘗與親友會於矮巷，月沙又尋造坐，適有盲人，呼賣卜而過，使人呼之，月沙紿，曰："此是科儒之會，汝先推我命．" 仍自言其生年月日時，曰："可得今科否?" 盲人推而良久，拜曰："曷爲誑我病人? 此命貴已久矣，似躋正卿之班矣．" 月沙又言閔命，盲曰："此命姑未第，而可[322]捷今年之科矣[323]．雖然其登一品，當先於相公，年又耆耋，過於相公，且有一事可異，此命必再躋一品．" 諸人[324]閧然曰："以今白徒，先躐正卿之上，必無是理，再躋一品，又不成說．" 一笑而罷．閔是年登第，光海朝，屢忝僞勳，驟升一品，以遠接[325]使，到龍灣．是時，月沙奉使于燕京而歸，相

---

319) 齊: 저본에는 '齋'로 나와 있으나 의미상 바로잡음.
320) 傳: 바본에는 '進'으로 되어 있음.
321) 李公: 저본에는 빠져 있으나 가본에 의거하여 보충함.
322) 可: 바본에는 '果'로 되어 있음.
323) 矣: 저본에는 빠져 있으나 바본에 의거하여 보충함.
324) 諸人: 가본에는 '滿座'로 되어 있음.
325) 接: 저본에는 빠져 있으나 가, 바, 사본에 의거하여 보충함.

遇於統軍亭，從人先設座以待之，誤連兩席於主壁，閔公府隸斥退月沙席，曰："我爺爺品高，正使相公安得幷坐？" 竟設席東壁．俄而，月沙至，相視而笑，曰："今日始知其盲人推步之精也[326]．" 其後，閔公[327]進秩爲府院君，仁廟改玉，幷削僞勳，閔降秩爲亞卿，年過九旬，漸次升秩，又以壽職官判府事[328]卒，一如盲人之言．

4-97.

朴判書信圭，未第時，行過完山，方伯設大宴，朴公以過去儒生，參於末席．道內閫帥·守宰，會畢宴罷，諸妓紛紛進帖於參宴諸客，富宰·碩牧，競相題給米錢．有一妓，獨不請於守令，來跪於朴公之前，朴公笑曰："我以布衣寒士，適會過去，得參盛宴，而豈有給汝之物？" 妓曰："小的非不知也．相公貴人，前途甚亨通，願預許優給．" 朴公笑而優題．其後爲完判，妓納帖，公笑曰："小官不能盡給，給其半，後爲方伯，盡帖給之．" 問曰："汝其時何驗[329]以知之？" 妓曰："其時簪纓滿座，公以布衣與焉，儀度頎然，秀發特出於座中．衆妓請帖，諸宰競題，而公脫然無所見，是以，知其遠到云．"

4-98.

泉谷宋象賢，爲萊伯，當壬辰之亂，手書'月暈孤城，禦賊無策．君臣義重，父子恩輕'十六字於所把扇頭，使奴間道送其親庭，具朝服，北向四拜，遂遇害．倭人義之，斬其刺者，書其旂上，曰：'朝鮮忠臣宋某之柩．' 下令軍中護送，倭人見其旂者，莫敢犯．殉節時，東萊以公服，立交椅上，倭人以槍刺之，從者申汝櫓及咸興妓妾金蟾，手執左右交椅，同被害．其側室

326) 盲人推步之精也: 가본에는 '盲者善推步矣'로 되어 있음.
327) 公: 저본에는 빠져 있으나 가본에 의거하여 보충함.
328) 事: 저본에는 '使'로 나와 있으나 가, 바, 사본을 따름.
329) 驗: 저본에는 빠져 있으나 바본에 의거하여 보충함.

李良女, 被執倭將, 欲刦之, 守死不辱, 倭人義之, 倭有節婦源氏, 倭人謂之義烈相似, 與源氏同居. 有雷震, 破源氏垣墻屋壁, 而[330]李良女之室, 在咫尺而雷不及, 倭人驚異, 以爲天之所知也, 仍[331]出送我國. 良女常懷東萊所懸錦貝, 歸以獻諸夫人, 一世稱其節操. 宋公之孫, 多在淸州, 其家乘[332]所錄如此焉[333].

4-99.

李貞翼浣, 判秋曹時, 咸鏡道嚴姓人, 與掌令李曾訟田者. 嚴直而李屈, 旣[334]決之, 嚴哥當受決送之案, 而屢日杳無聲息. 李公已料, 其遐方賤民, 與朝貴卞大訟, 孤立無據, 必有匿殺掩迹之患. 乃募得機警者, 窺覘李曾家, 誘捕其兒奴, 反覆窮詰, 畧吐端緖, 而猶未詳告. 公遂少加刑杖, 兒云: "勸以酒食誘之, 終乃殺之, 使人掩其屍[335], 踰南城, 投之漢江云." 公入白於上曰: "國之所以爲國者, 刑政紀綱也. 今者, 朝紳[336]恣意搏殺訟隻, 而只以貴勢之故, 不得正法, 則國安得不亡[337]乎? 此必得尸然後, 可正其罪. 臣方探之, 若得則臣必手殺曾." 時公兼帶訓將, 遂發軍卒及坊民, 盡聚江船, 多造鐵鉤, 如蜘蛛蔽江, 搜得立旗, 疾馳而來. 公望見, 起而拍案, 曰: "曾今死矣!" 驗之, 果是嚴尸. 公於是, 多發刑吏軍卒, 圍曾家捕曾, 卒死於獄中, 朝廷震慄.

4-100.

尹南陽棨, 少時, 當謁聖科, 夢遇宿藁批点三句書等, 三上爲壯元. 入場,

---

330) 而: 저본에는 빠져 있으나 바본에 의거하여 보충함.
331) 仍: 저본에는 빠져 있으나 바본에 의거하여 보충함.
332) 乘: 저본에는 빠져 있으나 바본에 의거하여 보충함.
333) 焉: 저본에는 빠져 있으나 바본에 의거하여 보충함.
334) 旣: 저본에는 '起'로 나와 있으나 바본을 따름.
335) 屍: 저본에는 '死'로 나와 있으나 바본에 의거함.
336) 朝紳: 바본에는 '朝臣'으로 되어 있음. 뜻은 서로 통함.
337) 亡: 저본에는 '忘'으로 나와 있으나 바본에 의거하여 바로잡음.

果出夢中所遇之題，曾所著意者，心獨喜自負，'此科壯頭，非吾而誰?' 逐點撰[338]舊作，鍊之又鍊．且尹公素善寫，手自精寫，曰："當今見吾券者，稱爲眞壯元．" 時刻漸至，諸友左右催之，尹公曰："壯元在此，時刻雖盡，豈不精寫字劃乎[339]?" 略不動．倏爾時過，驅出士子，終不及呈券而出．其後累年，成均館巡題，又批三句，得三上居首，一如夢中．未知其科，呈券則當捷，而人事未盡，不能得耶? 抑窮達所係，必有前定，此豈神有以戱之耶?

4-101.

尹監司安國，水路朝天，溺不返．一日，其家人見尹，盛騶率，整冠服，自外馳來入門，家人莫不欣迎．尹卽下馬，入祠堂，家人以爲將拜，旣入寂然，無所見，向者入門騶從，了無一物．其後，遂入房架上聲音，宛如平日，而無所見．自言，"船敗[340]溺沒．" 仍在室中[341]架上，有時發言如平日[342]．或言，[343] "未來休咎及奴僕[344]作奸，皆奇中，至以言語授書，其子如常．" 此是朴西溪世堂之外祖，李參判正臣，以其門徒，聞而傳之．

4-102.

尹童土舜擧，爲文尙奇．八松公[345]令倩答連山倅書，令寫謝狀，上連山衙下，童土公[346]曰："甚凡俗不可寫也．" 沉吟良久，書曰：'復狀上艮衙下．' 復艮卦對，及上下對而艮取連山之象也．又善筆，以其綴文苦澁，每赴

338) 點撰:『매옹한록』에는 '點竄'으로 되어 있음.
339) 乎: 저본에는 빠져 있으나 바본에 의거하여 보충함.
340) 敗: 가본에는 '破'로 되어 있음.
341) 架上聲音……仍在室中: 저본에는 빠져 있으나『매옹한록』에 의거하여 보충함.
342) 日: 저본에는 '生'으로 나와 있으나 바본을 따름.
343) 或言: 저본에는 빠져 있으나『매옹한록』에 의거하여 보충함.
344) 奴僕: 사본에는 '奴婢'로 되어 있음.
345) 公: 저본에는 빠져 있으나 가본에 의거하여 보충함.
346) 公: 저본에는 빠져 있으나 가본에 의거하여 보충함.

擧, 輒曳白, 其婦翁誚之[347], 曰: "尹[348]雖作珠玉, 不得呈券, 何用哉?" 其後, 嘗一入科場, 適速成精寫, 愛玩良久, 曰: "此甚可惜, 當誇於[349]婦翁." 持歸而不呈, 聞者齒冷.

4-103.

蔡湖洲[350], 以兵曹堂上入直. 嘗[351]永日閑坐, 有一曹隷, 持壺過庭, 公問曰: "何物?" 對曰: "小人等欲自飮, 買酒以來耳." 公欣然而命取來, 使酌一盃而飮, 命曹吏給綿布一疋. 明日, 又閑坐, 又有一人, 持壺過庭者, 公笑曰: "又以爲昨日耶? 吾今日則不爲也." 先輩風流善謔, 可見治世氣像.

4-104.

壬辰之亂, 李公廷馣, 馳入延城. 時淸江李公之子, 爲延城倅, 新遭父喪而歸, 官府空虛. 公入城, 留爲倭所圍. 李嘗倚柁乍睡, 淸江忽至, 急呼曰: "茂卿, 賊登寺城矣!" 公驚覺, 急發軍禦之, 賊果從南山而上矣. 仍又矢盡, 忽有一老嫗, 以柳笥貯矢來獻, 遂力戰大捷, 老嫗不知其何許人. 淸江之卒, 已數十年, 能有精魄如此, 古之偉人, 其神凝有不隨死而亡者矣.

4-105.

李鵝溪, 土亭之從子也. 嘗有一女, 以其叔藻鑑, 請留意擇婿. 一日, 土亭曰: "昨日路遇一人, 馱家藏, 載小兒其上, 其父母以賤裝, 隨其後, 觀其兒, 爲國器. 吾思汝之托, 覘其去處, 入於某家, 似是士族, 貧不能居鄕, 依京洛親戚而來者耳." 李曰: "叔父雖有敎, 必待吾眼而決之." 明日,

347) 婦翁誚之: 가본에는 '婦翁李九畹公誥'로 되어 있음.
348) 尹: 가본에는 '君'으로 되어 있음.
349) 於: 저본에는 빠져 있으나 가본에 의거하여 보충함.
350) 洲: 저본에는 '州'로 나와 있으나 바, 사본에 의거하여 바로잡음.
351) 嘗: 저본에는 빠져 있으나 바본에 의거하여 보충함.

尋其家問之，主人曰：“果有在鄉親戚，窮而來歸，方留舍廊耳.”李公請見，主人送其上服，俄而來見，鄉曲窮生，借服他衣，頗野朴齟齬. 李公曰：“聞君有子，願一見之.”其子始出拜，卽八九歲竪子，衣服蒙戎，擧止撇捩. 李公一見奇之，請與爲婿，李公已位躋卿列，其人驚惶，謝[352]不敢當. 李歸告土亭曰：“其兒俄而尋見，誠如叔父所見，未知其做得幾何?”土亭曰：“作相似先於汝之年矣.”其兒卽漢陰李相公云，果如其言. 其後，三十六作相，枚卜之年，少於鵝溪云耳[353].

4-106.

月沙奉使燕京，嘗夜坐，忽聞廚間有誦書聲，問爲誰，從者曰：“執烟囪[354]之役者.”公召問之，卽遠方擧人，會試到京，見落而無以歸，執是役受其傭以自給. 公曰：“汝若擧人，則可製程文否?”因手草策題以給，其人卽草數千言以進，公覽之，曰：“汝之文誠大肆矣！但科場文字，必緊切可售於主司之目，汝文雖汗漫宏肆，稍欠切實，吾當敎之.”遂一依我國科製規矩，卽草一通，以示其人，曰：“此文以文章典則論之，雖不足，抉摘科製，實爲妙法.”其後，果占魁選，卽入翰院，來見公謝，曰：“一遵公文程式而致此，皆公之賜也.”蓋中朝策士，卽給第宅蒼頭，故已是儼然官府樣子. 一日之間，以厮役，致卿宰，貴賤之相懸如此. 使事回部，其人多有力云.

4-107.

姜承旨緖，與諸僚飮於銀臺，酒盡，曰：“酒盡，我自有覓處.”仍着朝衣，入差備門外，呼司謁啓曰：“姜緖與諸僚飮酒，酒盡，乞得內醞.”仍還出，曰：“酒今至矣.”宣廟命供具宣醞，諸人更飮，盡歡而還. 是日，公當入直

352) 謝: 저본에는 '賜'로 나와 있으나 바본을 따름.
353) 耳: 저본에는 빠져 있으나 바본에 의거하여 보충함.
354) 烟囪: 바본에는 '燃囪'으로 되어 있음. 『매옹한록』에는 '燃竈'로 되어 있음.

之日, 而命駕將出, 諸僚曰: "令公爲直, 曷爲將出?" 公曰: "我則彈章將至矣." 俄而, 臺官論罪[355]上一啓, 卽允, 銓曹稟議, 使之明日開政. 及開政, 傳曰: "承旨姜緖罰, 已行矣." 敍用仍除官職, 盛代氣像, 可以想見.

4-108.

潛谷金公, 爲太學齋任時, 上疏討李爾瞻請正法, 被罪廢科. 遂避世居加平之潛谷村, 宅前有一[356]小池養魚, 常臨賞, 輒投食, 有一魚細而長, 莫知其名. 公異之, 每投飯, 此魚必先至, 養之多年, 長至四五尺, 旣大罕出稀見. 一日, 公夢一人狀貌異常, 來告公曰: "吾乃池中魚, 明日, 當變化升天, 願公勿驚, 必避之." 旣覺異之, 徙家待之, 其日午後, 白晝暴[357]雨雷轟, 有一龍起於池中, 玄雲擁之, 飛騰而去. 其後, 癸亥反正後, 公有事於內浦, 徒步登程, 垂至所往之處, 望一小峴, 白氣騰飛, 踰峴而去之, 莫知爲何物. 但信步徐行, 忽有一人, 從後疾呼, 曰: "去人! 小住小住云." 顧視住足, 其人一居士也. 走到面前, 挈公之手, 疾走上山, 披其白氣, 乃海溢水漲, 懷襄之勢, 出沒小峴, 非此人, 公幾爲渰沒. 視其貌, 怳若昔夢所見者, 公欲問其來歷, 其人遽告辭, 越山而去, 俄頃之間, 已杳然矣. 公是行有轉往處, 未定歸期, 於逆旅中, 遇一士子, 謂公曰: "君何不赴擧而作此行也?" 公曰: "吾有不得已之事, 君言何可信而遽爾回程乎?" 其人曰: "國有大慶, 今方設科, 若過四日, 恐未及, 君須自此卽回, 庶可及矣." 公曰: "此行有萬不得已之事, 不可輕以回程." 其人曰: "君若不去, 是[358]無壯元, 科事不成." 公異其言, 遂卽回程, 甫入城. 其翌日, 卽反正庭試也, 公就試, 果占壯元, 甚可異也.

355) 罪: 가, 바본에는 '罷'로 되어 있음.
356) 一: 저본에는 빠져 있으나 사본에 의거하여 보충함.
357) 暴: 저본에는 '瀑'으로 나와 있으나 바, 사본을 따름.
358) 是: 바본에는 '必'로 되어 있음.

4-109.

田東屹, 全州人也[359), 多知識, 多知鑑. 時李相國尙眞, 居在邑隣, 獨奉偏母, 惸然塊處, 窮貧之極, 菽水難繼. 東屹年雖少, 常奇李公[360)爲人, 傾身結交, 共爲知己, 常分財穀, 以周其急, 李公深感之. 一日, 初冬末, 東屹謂李公曰: "子之形貌, 終當富貴, 而今貧賤如此, 無以濟扶. 吾有一計, 子但依而行之." 歸取五斗米及麯, 授李公, 曰: "釀之熟則告我." 李公如其言, 釀旣熟, 東屹遍告邑人曰: "李措大雖貧, 乃賢士也. 奉偏親, 家貧[361)無以爲生, 今欲經紀生理, 所需者柳櫟木錐[362)也. 爾輩須飮此酒, 每人但取柳櫟, 木[363)錐長一尺半, 五十介足矣." 邑人莫曉其意, 然素信東屹, 又重李公, 皆許之, 東屹乃出其酒, 飮二百餘人. 數日後, 皆取櫟錐如其數, 東屹出牛馬盡載之, 與李公同往乾芝山下, 有柴場, 刈取淨盡, 乃東屹土也. 東屹與公及其僕, 遍揷木錐, 入地可尺數寸, 東屹謂李公曰: "此當明春可種粟." 乃歸. 及明春解凍, 東屹取早粟種之, 東屹携公偕往, 拔其錐, 每穴七八粒下種, 又拓新土, 畧下穴中以覆之. 及至夏, 粟苗之出穴中者, 甚碩茂, 乃拔去細者, 只有[364)三四莖, 草生則刈淨之. 及結實, 穗大如椎[365), 極穎粟打之, 出五十餘石, 李公大喜猝富. 此蓋柳櫟之汁素沃, 而入地尺餘, 則粟可茂苗, 種之入地也深, 則常帶潤氣, 故旣不畏風. 又不畏旱[366), 且種入草根之底, 去草根遠, 則草不能分其土, 故結實碩大, 此當然之理故也. 李公方喜家計之贍而養親之優也. 一日, 大風起燒屋, 不能救積貯之粟, 盡爲灰燼, 無一留者. 李公自知窮人無食粟之福, 母子相持一慟而已. 東屹曰: "天道固未可知也, 李措大心貌, 實

359) 也: 저본에는 빠져 있으나 가본에 의거하여 보충함.
360) 李公: 가본에는 '李相'으로 되어 있음.
361) 家貧: 저본에는 빠져 있으나 가본에 의거하여 보충함.
362) 木錐: 사본에는 '木椎'로 되어 있음.
363) 木: 저본에는 빠져 있으나 사본에 의거하여 보충함.
364) 有: 가본에는 '留'로 되어 있음.
365) 椎: 가, 바, 사본에는 '錐'로 되어 있음.
366) 旱: 바, 사본에는 '寒'으로 되어 있음.

非窮死者, 而今爲[367]若此, 豈吾眼謬耶?" 時慶[368]科庭試新定, 東屹曰: "子試入京觀光, 僕馬資粮, 吾備之矣[369]." 公乃以其資入京, 公之戚叔有名官者, 公往見之, 戚叔待之甚厚, 徵其功令文, 喜曰: "體裁緊密, 決科可必." 厚助試具. 及入場, 果一擧嵬捷, 戚叔又辦應榜之具. 又延譽於朝中, 卽入淸選, 聲望甚重, 多留其叔之力也.[370] 乃輦母入京, 遂成家道[371]. 其時, 東屹亦已登武科矣. 公招置東屹於外舍, 與同起居, 且謂東屹曰: "君與我神交也, 門地非所論也, 文武間體例, 又何可[372]拘也?" 雖在衆人中, 無爲翼恭. 俄而, 玉署僚友數人來會, 東屹欲避, 公挽止之, 東屹乃拜而預坐, 公謂諸僚曰: "此是吾知己之友也, 知慮才力, 大非今世之人, 將來國家必藉其力. 兄輩無以尋常武弁視之, 深爲結知." 諸僚視東屹, 狀貌堂堂, 皆相顧詡奬, 深願追隨, 東屹乃遍往見之, 俊辯偉談, 令人驚動. 諸人[373]競相汲引, 班職通顯, 聲名赫翕, 治民之才, 禦戎之策, 一世咸推, 終至於統制使. 子孫繼登武科, 遂爲顯閥.

4–110.

延陽[374]李相公時白之聘家, 有奴名彦立[375]者, 狀貌獰狠, 膂力絶人, 一食一斗, 常患不足. 始自遠鄕來, 雖備使役, 每稱飢乏, 懶不事事, 若一善飯, 則出而取柴, 拔木全株, 擔負如山. 主家貧窮, 無以充其腸, 且畏其獰狀, 乃放之任其自便, 彦立不肯去, 曰: "上典之家, 使喚不足, 無可任事者, 吾何去?" 其家患之, 不復責以任事. 居未久, 其主君某以病卒,

367) 爲: 저본에는 빠져 있으나 가본에 의거하여 보충함.
368) 慶: 저본에는 '京'으로 나와 있으나 바, 사본에 의거함.
369) 矣: 저본에는 빠져 있으나 사본에 의거하여 보충함.
370) 多留其叔之力也: 저본에는 빠져 있으나 가본에 의거하여 보충함.
371) 家道: 가본에는 '家樣'으로 되어 있음.
372) 可: 저본에는 빠져 있으나 가본에 의거하여 보충함.
373) 諸人: 가본에는 '諸僚'로 되어 있음.
374) 陽: 저본에는 '安'으로 나와 있으나 바본에 의거하여 바로잡음.
375) 彦立: 가본에는 '彦光'으로 되어 있음. 이하의 경우도 동일함.

獨有孤孀與一女，號擗於房中而已．無他親戚臨視者，送終之具，且[376]無以治之．彦立哭之慟，進伏庭下，曰：“廳下雖罔極，旣無至親可恃者，初終大事，片時爲急，豈但哭耶？凡家間什物有可作錢者，幸付此奴，可以經紀治喪，庶及時矣．”主母乃盡出衣服器用，付之，彦立只取其獲錢者，卽走市得錢，盡貿襲斂之資．又買棺材精好者，担負往召棺槨匠，匠人見負大四板，大懼卽隨而至，盡心治棺．又招諸隣婦，一時裁縫，送終之具，一一精辦，卽爲入棺成服．彦立又訪問地師之有名者，告以喪家，惸孑可矜，且進以一大白，具請占山於近地，地師許之．彦立進一馬，自控之，地師進一處，占穴稱道，彦立指點龍勢案對砂水之疵，誚以不合葬地，言甚明切．地師大驚慚，又見其形貌之猛悍，懼其逢辱，乃往一處，[377] 告[378]素所秘占之處，彦立曰：“此地僅可用也．”歸告主母，擇吉靷行，喪需凡百，渠皆[379]主張無憾焉．主母曰：“自此家事，惟彦立是聽．”葬畢，彦立又告主母曰：“主家喪敗貧窮，更難京居，請往鄕庄，治農數年，待其稍積，可以復還．”主母曰：“豈不善哉？”乃搬移下鄕．彦立明於農理，又强幹勤事，土地所出，視他十倍，且鄕隣莫不異而愛之，助役赴事，如恐不及．五六年間，主家遂成大富，彦立又告於主母曰：“阿只今已年長[380]，當求婿處，而此當求之於[381]京中矣．某洞某宅，是我宅之戚叔也．小人曾謁其主君廳下，以一札求得郎材，善[382]矣．”主母依其言，作書付之，且厚贈遺．彦立上京，謁其家主，告之故，其家乃當朝名宦，許以盡心求之，而顧無可合者．彦立乃買得佳梨一擔，自作梨商，遍入士夫家，以詳察郎材，行至西小門外一家，門墻頹毁，貧弊可知．有一總角秀才，拔刀削皮，連啗數顆，又取十餘顆，入之袖中，曰：“梨則好矣，吾今日[383]無價，後日

376) 且: 저본에는 빠져 있으나 바, 사본에 의거하여 보충함.
377) 乃往一處: 가본에는 ‘又結他處’로 되어 있음.
378) 告: 바본에는 ‘指’로 되어 있음.
379) 皆: 바본에는 ‘自’로 되어 있음.
380) 今已年長: 바본에는 ‘年已長成’으로 되어 있음.
381) 於: 저본에는 빠져 있으나 바본에 의거하여 보충함.
382) 善: 가본에는 ‘好’로 되어 있음.

更來.” 彦立視其狀貌, 氣槩大不凡常, 問: “秀才是誰氏宅?” 答曰: “此李平山宅, 平山公我之嚴父耳.” 彦立乃回往, 詣名宦家, 告曰: “西小門外, 李平山宅郎材極佳[384], 請結介定婚, 好矣.[385]” 名宦曰: “李平山吾所親也, 其子年已[386]長成, 而放逸不學, 人皆憎之. 以此, 尙未定昏, 焉用此子?[387]” 彦立固請, 不許, 乃歸告主母, 更製一札, 費辭固請. 名宦乃適李平山家, 具言其家富實, 閨秀甚賢. 李平山方患婚處之不出, 聞而大喜, 卽涓吉定行, 卽釣巖公也. 旣過禮, 延陽少年疎雋, 行多跅跎. 彦立獨甚奇之, 稱揚不離口, 主母甚喜, 善待之, 所需無不致誠. 及廢朝癸亥, 延平與昇平諸人, 方圖反正, 聞彦立是大奇才, 乃使延陽延之深室, 要與同事, 且問事之可否成敗, 彦立曰: “以臣伐君, 勸之固難, 國之[388]將亡, 不勸亦難, 但未知同事者爲人如何耳.” 延陽乃留[389]彦立, 會集同事諸人, 使遍看之. 彦立看畢, 謂公曰[390]: “皆將相之材, 事可濟矣, 而奴則不願入矣.” 卽辭去, 去後月餘, 不知去處. 延陽莫之測, 深慮之. 而已, 來謁曰: “小人此去, 猶慮事之危, 走入海中, 求得一島, 可避世. 事如不諧, 則可陪上典, 闔室入處. 今且具一船於江上, 君若有危端, 願公諧出臨.” 公許之. 及反正改統, 延平三父子, 一時疏封, 尊榮無比. 益偉彦立之忠智明識, 不復以僮僕待之, 而主家乃白文放贖. 居在公州, 其雲仍頗多. 而其他奇事甚多, 不能盡記云爾[391].

383) 日: 저본에는 빠져 있으나 가본에 의거하여 보충함.
384) 極佳: 가본에는 '甚合'으로 되어 있음.
385) 好矣: 저본에는 빠져 있으나 가본에 의거하여 보충함.
386) 已: 저본에는 빠져 있으나 가, 바, 사본에 의거하여 보충함.
387) 焉用此子: 가본에는 '將焉用哉'로 되어 있음.
388) 之: 가본에는 '家'로 되어 있음.
389) 留: 사본에는 '住'로 되어 있음.
390) 日: 저본에는 빠져 있으나 가, 사본에 의거하여 보충함.
391) 爾: 저본에는 빠져 있으나 가본에 의거하여 보충함.

4-111.

辛評事慶衍, 白麓之侄也. 年十二, 自泗川上京路, 遇天使之還, 驛卒奪去所騎馬. 公卽步詣天使所, 天使見其姿相玉潔, 知爲簪纓家子弟, 問曰: "汝能詩否?" 曰: "能." 天使指路傍長丞之無首者, 曰: "汝能賦此, 當還汝馬." 公請韻, 天使呼'靈'·'形'·'程', 卽答曰: '千古英雄楚伯[392]靈, 渡江無面只存形. 當時恨失陰陵路, 長向行人指去程.' 天使大驚, 以文房諸具, 厚爲賞賜. 此詩遂傳播中原, 『明詩選』以朝鮮無名氏, 載之. 後登科, 爲平安評事, 仍卒於任所. 其後, 公之友人, 有事西關, 行到安州, 見路上官行, 騶從甚衆, 近前則轎上官人, 卽公也. 友人方驚顧之際, 公遽呼其字, 招之曰: "與君別久矣." "何能尙行陽界耶?" 公曰: "吾在冥司, 職任甚重, 方有檢察事, 故有此行, 逢君甚幸. 吾有一語托君者, 君可傳之. 吾家子孫甚窘, 吾念之不忘. 吾嘗有玉貫一雙, 是眞玉價重, 且有寶刀一柄, 同裹在屋上, 家人無知之者. 君幸傳告, 使之出賣, 足以補乏矣." 友人曰: "諾." 公擧手謝之, 去數十步, 更無所見. 友人大異之, 歸語其家搜之[393], 樑上果得玉貫刀子[394].

4-112.

南西溪趎, 年十九登第, 宦至典籍, 入文衡之望. 自幼多異蹟, 就學於師, 要早朝挾冊而去[395], 多不至師家, 家人詗之, 中路入樹林. 中有一精舍, 一人踈雅無塵氣, 公必入見講質, 至日昃而歸. 家人詰之, 不得言, 其後, 學修鍊之術. 及登第, 遭己卯士禍, 謫谷城, 因留家焉. 常送奴而持書, 入智異山靑鶴洞, 見一彩宇極華麗, 有二人對碁局, 一人則雪冠紫衣, 玉貌瑩絶, 其一則乃老僧, 而形甚古健. 奴留一日, 受答而還, 始以二月入

392) 伯: 사본에는 '霸'로 되어 있음.

393) 搜之: 저본에는 빠져 있으나 바본에 의거하여 보충함.

394) 刀子: 바본에는 '寶刀'로 되어 있음.

395) 去: 저본에는 '至'로 나와 있으나 바본을 따름.

山, 草木尙未敷, 及出山乃九月初也, 野中獲稻, 人皆謂公已得仙. 及卒年三十, 擧棺甚輕, 家人啓棺視之, 無尸體, 而棺蓋上板內, 有詩一聯, 曰: '滄海難尋舟去迹, 青山不見鳥[396]飛痕'云. 而村翁耘田者, 聞空中天樂寥亮, 仰見, 公騎白馬, 在雲中冉冉上, 而良久無所見. 三年內自空中, 投書與家人者, 屢矣[397], 三年後, 不復有書.

4-113.

車五山天輅, 文辭浩汗, 而詩尤雄奇, 立就萬言, 言滔滔不窮, 無敢敵者. 宣廟朝, 朱天使之蕃來, 朱是江南才子, 雅有風流, 所到之處, 詞翰輝耀, 膾炙人口. 朝家極選儐使, 李月沙爲接伴, 李東岳爲延慰, 而其幕佐, 亦皆名家大手. 沿路唱酬, 至平壤, 朱使臨夕, 下箕都懷古五言律百韻, 於儐使命趁曉未明製進. 月沙大懼, 會諸人議之, 皆曰: "時方短夜, 非一人所能. 若分韻製之, 合爲一篇, 庶可及乎!" 月沙曰: "人各[398]命, 意不同, 湊合豈成文理? 不如專委一人, 惟車復元, 可以當之." 遂委之, 車曰: "此非旨酒一盆[399], 大屛風一坐, 兼得韓景洪執筆, 不可." 月沙命具之, 設大屛於廳中[400], 天輅痛飮數十鍾, 入於屛內. 韓濩於屛風[401]外, 展十張連幅大華牋, 濡筆臨之. 天輅於屛內, 以鐵書鎭, 連扣書[402]案, 鼓動吟諷而已, 高聲大唱曰: "景洪書!" 逸句俊語, 絡繹沓出, 濩隨呼卽書. 俄而, 叫呼震動, 跳踉蕩躍, 鬅髮赤身, 出沒於屛風之上, 迅兎驚猿, 不足比也. 口中之唱, 水湧山出, 濩之速筆, 亦猶未暇, 及夜未半, 而百韻已就矣. 天輅大呼一聲醉倒, 屛風頹然, 一赤身也. 諸公取其詩, 聚首一覽, 莫不奇快. 鷄未唱, 而呼通使進呈, 朱使卽起[403], 秉燭讀之, 讀未半而所

396) 鳥: 바본에는 '爲'로 되어 있음.
397) 矣: 저본에는 빠져 있으나 바본에 의거하여 보충함.
398) 各: 저본에는 '皆'로 나와 있으나 바본을 따름.
399) 盆: 가본에는 '大盆'으로 되어 있음.
400) 廳中: 바본에는 '廳上'으로 되어 있음.
401) 風: 저본에는 빠져 있으나 가본에 의거하여 보충함.
402) 書: 저본에는 '靑'으로 나와 있으나 가본에 의거하여 바로잡음.

把之扇，鼓之盡碎，諷詠之聲，朗出於外．平朝，對儐使，歎賞不已，乃嘖嘖，蓋旣嘉詩思之奇壯，又愛筆法之神妙．由是，朱使深重我人，朝鮮文章，大著於中土．一說，天輅嘗[404]詣月沙，月沙[405]曰：“吾詩何如?”曰：“相公之詩，比太華峰頭，玉井蓮花，爛燁耀日，盛美可勝言哉?”月沙喜，且曰：“君詩何如?”曰：“小人之詩，如聚鐵百萬斤，作一大鎚，不論山川草木，馳走亂打，莫不摧靡．”月沙曰：“然則玉井[406]之蓮，亦被其踐破乎?”曰：“無怪矣．”其自負如此．

4-114.

丁監司彦璜，婚席，見其夫人，貌不美，深[407]恨之．入室，欲請其言，以試其爲人，先問其名，夫人斂衽，卽對其名，丁曰：“處子婚席羞澁[408]，不敢言例也，何許夫人初問卽告其名?”夫人低眉斂手，從容而告曰：“人士相遇於逆旅，亦相通名，況婦人迎婿，將托爲百年，有所問何敢不對?”辭理雅正，擧止雍容，自此，情誼遂篤．

4-115.

鄭玄谷百昌之大人，監司孝成，嘗爲淸州牧使，有過僧來，訴曰：“賣紙資生，今日，負數百卷來而見失，乞推給．”鄭曰：“失之於道，反索於我，何以推給?”一令退去，頃之，命駕適野，歸路指路傍古木，曰：“彼何物，何[409]敢偃蹇?”命捉囚，從者曰：“木也，不可囚也．”鄭曰：“然則拘留，且恐其逃走[410]．”發邑內吏人[411]全數守直，夜送人觀之，無一人守者．都數

403) 起: 사본에는 '坐'로 되어 있음.
404) 嘗: 저본에는 빠져 있으나 가본에 의거하여 보충함.
405) 月沙: 저본에는 빠져 있으나 가, 바본에 의거하여 보충함.
406) 井: 저본에는 '屛'으로 나와 있으나 가, 사본을 따름.
407) 深: 바본에는 '心'으로 되어 있음.
408) 澁: 저본에는 빠져 있으나 바본에 의거하여 보충함.
409) 何: 바본에는 '乃'로 되어 있음.
410) 走: 저본에는 빠져 있으나 가, 사본에 의거하여 보충함.

執闕, 令戶納紙一卷, 須臾, 積紙數百卷, 捧時納者, 皆記其名於紙末. 招僧使擇其失紙於其中, 考其名, 推其買處, 捕其盜者, 推給其僧, 還餘紙於民. 其政多類, 以此善治名世.

4-116.

鄭東溟, 少時, 以白衣從事, 接待天使, 臨發往見元相斗杓, 不遇. 莊中有藍大緞一疋, 持歸作袍, 着而馳出都門, 給從者, 典而沽酒, 題詩曰: '長安俠少出關西, 楊柳青青黃鳥啼. 笑脫[412]錦袍留酒肆, 能令公等醉如泥.' 昭代風流文彩, 可想見也.

4-117.

白沙嘗閑坐, 盲人咸順命來謁, 公曰: "何事冒雨而至?" 順命曰: "苟非緊故, 病人那得冒雨而來乎?" 公曰: "姑舍汝所請, 先從吾請, 可乎?" 時朴判書遾, 兒時受學於公, 適在坐, 公指而問曰: "此兒之命, 如何?" 順命良久細推, 而言曰: "此郎可到天曹判書." 公歎曰: "汝之術數, 精矣! 此兒元來可到此官矣." 順命告朴曰: "甲午年間, 似當爲大司馬矣." 時白沙庶子箕男, 與朴同學, 箕男曰: "君若主本兵, 宜授我兵使." 朴笑而許之. 其後甲午, 果爲中權, 箕男往見, 不復一言辭出. 時朴之側室子小兒在前, 箕男手携其兒, 搏擊捽曳於墻外, 朴驚問之, 答曰: "我以鰲城之妾子, 與兵判有兒時宿約, 而亦不相念, 況乃循例兵判之妾子, 雖生何爲? 殺之無惜." 朴曰: "我雖兒時許汝, 邦家政格截然, 何敢[413]以庶孽爲兵使乎?" 箕男曰: "然則宜上疏, 陳兒時之約, 不應中兵之命, 可也." 朴笑曰: "我識汝意在白翎僉使." 箕男憮[414]然曰: "以兵使之約得僉使, 誠可歛, 亦

411) 吏人: 가본에는 '吏民'으로 되어 있음.
412) 脫: 바본에는 '奪'로 되어 있음.
413) 敢: 사본에는 '可'로 되어 있음.
414) 憮: 저본에는 '撫'로 나와 있으나 바본에 의거함.

復奈何?" 竟除白翎僉使.

4-118.

李舒川萬枝, 爲都摠都事時, 同寮忘其姓名. 曾於丙子胡亂時, 與其妻同行, 被虜於胡人, 胡人惑於其妻, 專委家事. 其妻日日攘銀一錢, 以給其夫, 曰: "善聚此銀, 可贖君身, 君若贖回舊國, 吾家兄弟, 必以舊家産業, 分財及我. 君須取以周旋贖我而歸, 我旣汚身胡虜, 只爲貽辱, 當渡鴨綠江自決, 埋骨於我國, 足矣. 旣與君, 夫婦之義已絶, 尙可望其贖還, 只以此贖君之恩贖我, 可也." 其後, 逐日聚銀, 至數三十金, 授於隣家老嫗, 贖其身而還, 傳其言於妻之兄弟, 哀而分財産給之. 其人以其財, 娶妻買家, 善爲居生, 而終不贖來, 可謂負心負義之人. 李舒川爲人言之.

4-119.

許積之傔人廉時道, 居生[415]漢師壽進宮坊, 性素信實廉介, 爲許之傔從, 甚見寵信. 一日, 許謂時道曰: "明曉有使喚處, 必早來!" 其夜, 時道與其徒, 飮博就睡甚濃, 不覺日已明矣. 急起奔往, 路過濟用監鴟峴, 見路傍空垈有一古木, 木下茂草[416]間, 有靑袱露見, 就見則封裹甚密, 擧之甚重. 納之袖中, 走到社洞許家, 以晩來請罪, 許曰: "已先使他人, 汝何罪也?" 時道退于廳下, 開封則有銀二百三十兩, 時道自語曰: "此重貨也. 其主失之, 其心憂惶, 不言可知, 而我可掩而有之, 幸矣. 且無端橫財, 在小民非吉祥也. 旣不可携歸於家, 不如納之相公." 遂將銀就許, 告之故而請納, 許曰: "汝之所得, 何有於我? 且爾之不取, 我何取之?" 時道慙而退, 俄而, 許召謂曰: "數日前, 聞兵曹判書家馬, 其價二百銀, 而光城家將買之云, 豈非此銀耶? 汝試往問之." 兵判, 卽淸城金公也. 時道如

---

415) 生: 가, 라, 바본에는 '在'로 되어 있음.
416) 茂草: 바본에는 '茂林'으로 되어 있음.

其言, 翌日往謁焉, 淸城問來現之意, 時道曰: "久未謁, 爲問候而來耳." 仍曰: "貴宅寧有所失物[417]耶?" 金公曰: "無有." 遽呼廳下蒼頭, 曰: "某奴持馬去, 已兩日, 而尙無回報, 何也?" 蒼頭曰: "某奴稱有罪, 不敢進現云." 公嗔曰: "是何言也? 卽捉入某奴!" 一蒼頭押一奴, 跪於庭, 且拜且言, 曰: "小人有罪, 萬死難釋." 公問其故, 對曰: "小人往齋洞光城宅受馬價, 而忽失之矣." 金公大怒, 曰: "奴詐[418]至此, 汝乃弄奸沉沒而來誑我耶?" 將呼大杖, 欲撲殺之, 時道仍請暫停刑, 而備陳失銀之由, 金公悟而問之, 奴曰: "始[419]持馬到相公宅, 光城命奴盤馬馳驟[420], 曰: '果奇駿也!' 且嘉其肥澤, 曰: '此馬爾之所喂耶?' 對曰: '然.' 相公曰: '人家奴僕, 方如此忠篤, 誠可嘉也.' 仍呼之前, 曰: '爾能飮酒乎?' 對曰: '然.' 相公命一大椀, 酌紅露旨烈者, 連賜者三, 卽計給銀二百兩. 且加以[421]三十兩銀, 曰: '此賞爾善喂馬之功也.' 小人辭出, 日已[422]夕矣. 醉甚不能步行, 未幾, 倒臥路傍, 不知爲何處, 而向夜微醒, 忽聞鍾聲, 遂[423]强起而歸, 不知銀封所落. 罪犯如此, 自知當死, 趑趄不敢來現." 時道始陳得銀來謁之由, 卽以銀進, 封識及數, 果所失者也. 公大歎異之, 曰: "汝非世人也! 然亦已失之物也, 今以其半賞汝, 汝其勿辭焉." 對曰: "使小人有貪財之心, 當自取不言, 其誰知之? 旣非其有惟恐, 或況何賞之有?" 公不覺悚然改容, 不復言賞銀事, 咨嗟重複, 呼酒勞之, 奴罪得而快釋. 時道辭出, 有一年少女, 從後疾呼, 曰: "願丞少留!" 時道[424]問其由, 女曰: "俄者亡金者, 乃吾兄也. 吾倚以爲生, 今賴丞得生, 此恩當何報? 吾入言于內夫人, 極歎之, 命賜酒饌, 所以請留耳." 卽設席廳下, 旋入擎出

417) 物: 저본에는 빠져 있으나 가, 바본에 의거하여 보충함.

418) 詐: 저본에는 '訴'로 나와 있으나 바본에 의거함.

419) 始: 라본에는 '將'으로 되어 있음.

420) 驟: 저본에는 '聚'로 나와 있으나 가, 라본을 따름.

421) 以: 라본에는 '給'으로 되어 있음.

422) 已: 저본에는 빠져 있으나 가, 라, 바본에 의거하여 보충함.

423) 遂: 저본에는 '雖'로 나와 있으나 라본을 따름.

424) 時道: 저본에는 빠져 있으나 가, 라, 바본에 의거하여 보충함.

一大盤, 羅以珍羞美醞, 時道醉飽而歸. 及庚申, 許以罪賜死, 時道突入, 持藥欲分飮之, 都事曳出之. 許旣死, 時道狂奔悲[425]號, 無復世念, 仍棄家遨遊山水. 有族兄在江陵地, 往訪則已爲僧, 不知去處, 遂往表訓寺, 問居僧曰: "吾欲依歸空門, 必得高僧爲師, 誰爲可者?" "妙吉祥後, 孤庵守座, 卽生佛也." 時道往見, 果有一僧, 趺坐入定, 時道前伏, 具陳誠心服事之意, 且請剃髮, 辭旨懇切, 僧若不聞. 時道堅伏不起, 日已昏黑, 僧忽曰: "架上有米, 何不炊?" 起視果有米, 炊食如命, 夜後前伏至朝, 僧又命之食. 如是者五六日, 僧終不言, 而時道意稍弛, 出菴逍遙, 見菴後有茅廬數間, 入其中, 只見一幼女, 年可二八, 甚有姿色. 時道不勝婉戀之情, 遽前抱持, 欲犯之, 女於懷袵之間, 拔出小刀欲自裁. 時道驚怕遂止, 問其所從來, 女曰: "吾本洞口外村女也. 男兄出家於此山, 師此菴僧, 母以菴僧神人, 問女之命, 以女有四五年大厄, 若絶棄人間, 來寓於此菴之房, 可以導厄, 且有佳緣. 母信其言, 縛茅於此, 獨與女留住爲數年計. 母今暫還舊[426]居, 而遽爲人所迫, 在此死境,[427] 是豈所謂大厄耶? 旣無父母之命, 雖死何可受汚? 雖然, 此事非偶, 神僧佳緣之言, 亦必爲此, 男女旣一相接, 更何他歸? 當矢心相從, 但俟母之歸, 明白成親, 不亦善乎?" 時道異其言, 從之, 辭歸菴中, 僧又無言. 其夜, 時道一心憧憧, 只在此女, 無復問道之意, 專俟翌朝母言之許[428]. 及朝睡起, 僧忽起立, 大詬曰: "何物怪漢, 撓我至此? 必死乃已!" 取六環杖, 將奮擊, 時道良貝而走, 佇立菴外. 久之, 僧招之前, 溫言諭之, 曰: "觀汝狀貌, 非出家之人, 後菴之女, 終必爲汝之歸, 從此直去, 勿小踟躕! 雖有小驚, 福祿自此始矣." 書給八字'以姓得金鵲橋佳緣'. 時道涕泣辭出, 至表訓寺, 席未煖, 忽有譏捕軍突入, 緊縛囊頭, 馱載驅疾[429], 不數日抵京, 具三木

425) 悲: 저본에는 '辭'로 나와 있으나 라본에 의거함.
426) 舊: 저본에는 '洞'으로 나와 있으나 가본을 따름.
427) 在此死境: 라본에는 '逢此厄境'으로 되어 있음.
428) 許: 가본에는 '還'으로, 라본에는 '辭'로, 바본에는 '言'으로 되어 있음.
429) 驅疾: 라본에는 '驅馳'로 되어 있음.

下杖[430]. 蓋是時許獄多株連追捉親近傔從, 而時道緊入招辭故也. 及金吾鞫, 坐淸城與按獄諸宰列坐, 羅卒捉時道入焉. 時就訊者多, 淸城不省其爲時道也. 一次平問後, 復下獄, 適淸城傳餐婢, 卽亡金奴妹也. 見時道鬼形着枷, 大驚歸告夫人, 夫人矜惻, 抵簡於淸城以警告, 淸城始覺, 卽命押入時道, 盤詰無驗. 乃曰: "此本義士, 其心事吾所[431]深悉, 豈與於謀逆耶?" 卽命解釋, 時道才出門, 亡金奴將新鮮衣服, 已候之矣. 遂同歸其家, 接待極其意, 給資本及馬, 使之行商. 而已, 聞許之甥侄申厚載爲尙州牧使, 往謁焉, 時適七月七日, 所謂牽牛織女相逢烏鵲橋成之日也. 旣入州境, 適日暮, 馬疾馳驅, 而從僻路入一村家. 時道落後入, 則馬已係在廐中, 而見一女理織事於庭中, 避入屋中. 時道欲解馬紲, 則有媼在[432]內而出, 曰: "何必解馬紲? 馬則知所歸矣." 時道茫然莫曉其意, 拜且請曰: "未曾拜謁[433], 莫省主母所諭, 謂以馬知所歸者, 何也?" 媼邀之坐, 曰: "吾將言之." 忽聞窓裡有哽咽聲, 媼曰: "何泣也? 豈喜極而然耶?" 時道益疑之, 亟請厥由, 媼曰: "君於某歲, 客遇一女於金剛山小菴之後[434]耶?" 曰: "然." 媼曰: "此吾女也, 今泣者是也. 亦知菴僧之所自來耶? 此則君之江陵族兄也. 素以神僧, 徹視無際, 知將來, 毫釐無差也. 嘗指吾女, 謂曰: '此女與吾族弟廉某, 有因緣, 第從今以後, 有數年大厄, 若來依於我, 可以度厄, 而自致成姻. 然亦未同室, 在於嶺南尙州地, 某年某月某日也.' 吾故將女就僧, 欲度厄, 而君果來過, 吾適出未及見. 厥後, 僧移庵而去, 不知所向. 吾[435]之子, 亦來寓此地寺宇, 吾故隨來在此, 及至此日, 固知君之必來也." 因呼女出見, 久之, 女出來, 果是楓山所睹者也. 顔貌[436]益豊美, 時道不覺感愴, 而女悲喜交幷, 但揮淚而已.

430) 下杖: 라본에는 '下獄'으로 되어 있음.
431) 所: 바본에는 '素'로 되어 있음.
432) 在: 라, 바본에는 '自'로 되어 있음.
433) 謁: 저본에는 '現'으로 나와 있으나 라본을 따름.
434) 後: 바본에는 '中'으로 되어 있음.
435) 吾: 저본에는 '君'으로 나와 있으나 가, 라, 바본에 의거하여 바로잡음.
436) 貌: 저본에는 '狀'으로 나와 있으나 바본을 따름.

俄進夕飯，珍饌盛列，皆預備者也．是夕，遂成親，僧所言八字之符，皆驗矣．時道留數日，往見尙牧[437]，言其事顚末，尙牧大異之，厚贈遺之．時時道之前妻死，久矣，而家則托族人守之．時道遂與其女其母，歸京復居于舊宅，時道之名，播之縉紳，而淸城之所以顧護者甚至，家頗饒富，皆稱廉義士，與其妻俱享福壽[438]．時道年八十餘死，今其諸孫，尙在安國洞云[439]．

4-120.

宣廟朝，有放出宮女交奸之律．鰲城爲知申事，時其傔從犯此律，將陷重辟，鰲城悶之，無計可解．適自上牌招召，李公故於移刻後入侍，上問："爾來何遲?" 對曰："臣承命入來，見鍾樓街上，市人簇立喧笑，臣竊[440]怪之，駐馬問之，觀者答曰：'有蚊，與馬閬虫相遇，虫謂蚊曰：'余腹膨脝，而無下孔可泄，以汝利嘴，嘴穿一穴，如何?' 蚊曰：'惡！是何言也？近聞，李承旨傔從，穿其本有之穴，而將不免重律，吾若强穿不素有之穴，則其罪將更重，余何敢，余何敢云云．" 故臣聽此言，訝惑良久，以致稽滯，惶恐待罪．" 上微笑之，以其爲方朔滑稽，遂貰其傔從之罪．

4-121.

白沙少時，遊泮宮，諸生設戲作，大聖及七十門人籤，各抽而執之，曰："沙[441]得大聖籤!" 諸生各執一籤，倣孔門問答之語，有面縛一生，執子貢籤，問曰："賜也何如?" 白沙曰："汝器也．" 曰："何器也?" 曰："汝索亡太也．" 俗稱面縛者，爲索亡太，而亡太亦器也故云．有姓李一生，執中弓籤，而其父名堣，白沙謂其生曰："犁牛之子，騂且角，雖欲不用，山川其

437) 牧: 저본에는 '州'로 나와 있으나 가, 바본에 의거함.
438) 福壽: 라본에는 '福祿'으로 되어 있음.
439) 云: 저본에는 빠져 있으나 가본에 의거하여 보충함.
440) 竊: 저본에는 '以'로 나와 있으나 사본을 따름. 가본에는 '心'으로, 바본에는 '甚'으로 되어 있음.
441) 沙: 저본에는 '汝'로 나와 있으나 가, 바본에 의거함.

舍諸?" 蓋犁牛二字, 與其生父同名故也. 七十子之籤, 諸生盡執無餘, 一生後到, 曰: "籤已盡, 吾何執也?" 白沙曰: "汝爲鯉." 一座大笑而罷.

4-122.

通事鄭和, 文翼公之庶子[442]也. 公之宅有梅樹, 公之壽辰, 政梅花盛開之時, 鄭林塘嘗與諸族, 飮梅下, 各賦詩感古, 和先有詩, 曰: '三十年前植此梅[443], 年年長向壽筵開. 至今摧折風霜後, 每到花時不忍來.' 諸公垂淚閣筆.

4-123.

閔立庵齊仁[444], 年少英邁, 嘗作「白馬江賦」, 心自負, 求正於先達, 課以次中, 怏怏不快. 方[445]春花柳滿城, 散步南郭, 登崇禮門上, 朗吟[446]其賦, 聲振樓樑. 時長安名妓星山月, 丫鬟妙色, 將出郭門[447], 赴舍人江上之遊, 聞其聲登樓, 見一年少儒生, 岸幘諷誦. 聽訖, 謂公曰: "何許[448]書生, 歌詞淸朗?" 公曰: "是吾自述, 心常自好, 而見辱於先輩, 所以諷於口耳." 星山月曰: "書生可與言, 願與我同歸蝸室." 公曰: "舍人司號令嚴甚, 奈違令被撻何?" 月曰: "責自歸我, 措大何憂?" 遂與偕歸, 留之三日, 曰: "向日所誦賦, 願一本寄我." 公書與之, 月以其賦, 陳諸舍人之筵, 滿座縉紳, 齊聲嗟賞[449], 問: "爾從何處[450]得絶唱來?" 月吐其實, 曰: "是妾心上人之作也." 自此, 「白馬江賦」大播東方. 始篇末無歌, 有一文士續

---

442) 庶子: 라본에는 '庶孫'으로 되어 있음.
443) 梅: 라본에는 '樹'로 되어 있음.
444) 齊仁: 저본에는 빠져 있으나 가본에 의거하여 보충함.
445) 方: 저본에는 '芳'으로 나와 있으나 이본을 따름.
446) 吟: 바본에는 '詠'으로 되어 있음.
447) 郭門: 라본에는 '南郭門'으로 되어 있음.
448) 許: 저본에는 '物'로 나와 있으나 라본을 따름.
449) 嗟賞: 라본에는 '歎賞'으로 되어 있음.
450) 處: 저본에는 빠져 있으나 라, 사본에 의거하여 보충함.

之, 中原學士見之, 歎服曰: "惜乎! 此歌非賦者之手也, 無此益佳云[451]."

4-124.

吳贊成謙, 爲光州牧使, 奇高峯·李靑蓮, 皆在南中, 文章俱冠當世. 謙欲邀爲士林奇會, 預飭州吏, 一新妓女, 綵衣華粧, 盛陳宴具于大觀, 而請之, 而奇·李一時偕至[452]. 酒半, 謙執爵, 言曰: "今日之請兩公, 非作一場閑話敍情, 素較盃觴止也. 謙自在京時, 素服兩公, 宗匠儒林, 欲成騷壇之白戰, 爲百年翰墨[453]壯觀也. 願兩公無辭." 奇於卽席, 令小妓磨墨, 張牋走筆七言四韻律八篇, 字不加點, 揮翰如飛. 李又積花牋齊眉, 恣毫揮洒, 敎坊八十餘妓, 各有所贈, 長篇短篇, 律詩古詩, 隨意而就, 各盡歡而罷. 又於翌日, 謙盡華盛之具, 就別齋, 略[454]設盃盤. 酒微[455]醺, 謙又請曰: "昨日快覩兩君[456]詩, 願今日細論千古, 各罄平生覩記." 李最熟於『綱目』, 除表表著顯者外, 至於百五十冊中, 微章小句, 無不應口而誦. 奇又取『綱目』中李所論難者, 能擧「本記」·「本傳」所從來, 旁通諸家大小說, 觸處成誦, 或全篇, 或數十行, 略陳文義, 無不貫穿, 羅列於目前. 謙移席拜, 曰: "昨日戰, 季眞能克明彦; 今日之戰, 明彦能捷季眞, 昨今兩日之會, 眞士林絶代之勝事. 雖洞庭之'勻天廣樂', 月殿之'霓裳羽衣', 不多於光州之宴矣[457]."

4-125.

鄭叢桂之升, 與人書, 用俗間書辭爲詩, 曰: '謹承書問慰難勝, 保拙無非下念仍. 細柳營中初識面, 生陽館裡更挑燈. 孤雲落日同相憶, 斗酒長

---

451) 云: 저본에는 빠져 있으나 가본에 의거하여 보충함.
452) 至: 바본에는 '來'로 되어 있음.
453) 墨: 저본에는 '林'으로 나와 있으나 가, 바본을 따름.
454) 略: 바본에는 '各'으로 되어 있음.
455) 微: 저본에는 '未'로 나와 있으나 가, 바본에 의거함.
456) 君: 바본에는 '公'으로 되어 있음.
457) 矣: 저본에는 빠져 있으나 바본에 의거하여 보충함.

篇[458]愧不能. 餘祝萬安懷縷縷, 伏惟尊照鄭之升.' 其辭言成詩, 才氣蕩溢如此. 幼時, 未有家室, 有所私之娼女, 父母憂其妨業, 脫冠履, 囚之密室. 其友以女簡, 通[459]之, 升以詩答曰: '梨花風雨掩重門, 青鳥飛時見淚痕. 一死不[460]能忘此別, 九原猶作斷腸魂.' 又曰:[461] '夢裡分明見玉人, 錦衾香枕暖生春. 關山夜夜長如此, 半世寧爲夢裡身.'

4-126.

洪公鸞祥, 慕堂之弟也. 西坰按湖西時, 與諸倅大宴拱北樓, 徹夜酣樂, 醉興方濃, 忽聞鷄鳴, 問曰: "此何聲也?" 蓋嫌其夜已向曙也. 有妓陽臺雲, 故對曰: "此江邊白鷺聲也." 柳公喜其所對, 迎合己[462]意, 稱其才慧, 仍令座中賦詩. 洪公文士也, 時以文義倅, 亦預焉, 先占一絶, 曰: '酒半高樓盡燭明, 錦城絲竹正轟轟. 佳人恐敗風流興, 笑道鷄聲是鷺聲.' 柳公見而稱賞, 一時膾炙. 湖西士人, 以末句作爲詩題, 多有賦之者云云.

4-127.

五峰李公, 少時, 以'自起開籠放白鷴'詩, 魁進士. 時韓柳川·李慶伯諸人, 皆入優等, 而每愧居下, 各自爲高登第, 後五峰·柳川, 俱過湖堂. 一日, 隣有科儒數輩, 詠東詩, 兩公約曰: "吾輩白鷴之作, 未定甲乙, 今夜依旗亭故事, 當以彼儒之評, 決雌雄." 遂潛往竊聽, 諸生方詠三詩, 忽一人讀至五峰, '西風一夕起, 霜月沙棠來'之句, 扣扇高唱曰: "奇哉奇哉! 生子當如李好閔." 李公大窘而走.

---

458) 篇: 사본에는 '春'으로 되어 있음.

459) 通: 사본에는 '傳'으로 되어 있음.

460) 不: 저본에는 '可'로 나와 있으나 바본을 따름.

461) 曰: 저본에는 빠져 있으나 가본에 의거하여 보충함.

462) 己: 저본에는 '其'로 나와 있으나 바본에 의거함.

4-128.

韓西平, 初釋褐時, 自稱內禁衛, 訪洪荷衣於讀書堂, 荷衣適寢, 學士申光弼獨坐. 西平謁之, 申曰: "何爲者?" 西平曰: "生鄉曲武[463]夫, 名隷禁衛, 冒尊唐突, 不勝惶恐." 申曰: "無傷也! 吾欲作詩, 君可呼韻乎?" 西平曰: "失學操弓, 何以呼韻?" 申曰: "第呼所知之字." 西平曰: "請以所業呼之." 仍曰: "鄉[464]角弓·黑角弓之'弓'字." 申曰: "可矣." 卽賦一句, 曰: '讀書堂畔月如弓.' 西平曰: "順風·逆風之'風'字." 申曰: "奇哉同韻!" 又賦一句, 曰: '醉脫烏紗倚晚風.' 又曰: "更呼之." 西平曰: "邊中·貫中之'中'字, 可乎?" 申曰: "奇哉, 三字同韻!" 遂成落句, 曰: '十里江山輸一篴, 却疑身在畫閣[465]中.' 俄而, 荷衣睡覺, 謂西平曰: "君從何來?" 申曰: "韓內禁之呼韻, 奇哉奇哉!" 仍道其事, 荷衣笑曰: "子見欺也! 此吾妻甥韓俊謙, 卽新榜壯元也." 申愕然, 慙其見瞞.

4-129.

姜醉竹克誠, 慕齋之外孫也. 癸亥春夢, 與仙客共登酒樓, 有一仙娥, 奉爵助歡. 仙客求見姜詩, 公占一絶以示, 曰: '酒肆粧樓放縱狂, 萬人牙頰姓名香. 逢君說着前身事, 香案前頭奉玉皇.' 仍書紙末, 曰'仙謫', 仙客見之, 問曰[466]: "仙謫乃謫仙耶?" 俄而, 仙娥辭去, 姜仍勒[467]留, 要唱一歌, 娥曰: "妾未聞歌譜, 願以詩和之." 乃以團扇題詩以贈, 曰: '忽忽粧束下西樓, 來伴雙娥侑勝遊. 聊唱蕊珠歌一曲, 曲終非爲錦纏頭.' 寫就遂去, 覺之乃夢也. 姜是年秋, 以事落職, 乃其仙謫之讖也.

---

463) 武: 저본에는 '鄕'으로 나와 있으나 가본을 따름.

464) 鄕: 바본에는 '常'으로 되어 있음.

465) 畫閣: 바본에는 '畵圖'로 되어 있음.

466) 曰: 저본에는 빠져 있으나 라, 바본에 의거하여 보충함.

467) 勒: 가본에는 '勸'으로 되어 있음.

4-130.

鄭公子堂, 性豪逸, 文才罕儔. 時宰相家園有名梨, 與友生夜遊園外, 遂赤身佩布囊, 踰墻攀樹, 摘梨方盛囊. 時月色如晝, 相國適有尊客至, 命鋪筵樹下玩月, 令侍婢傳[468]盃. 侍婢至客前, 不覺失笑, 相國大怒訊之, 對曰: "偶見樹上有人躶體, 故不敢言而密笑之." 相國仰見大驚, 呼之使下, 公下樹長揖, 傍若無人, 問其姓名, 曰: "鄭子堂也." 相國叱曰: "夜越人墻偸果, 無行果何如? 爾乃士人, 宜以文字自贖." 以'新凉入郊墟'爲題, 作八角律賦, 公呼不輟, 須臾一篇成, 賓主大嘉歎之, 下席迎之上座, 終夜歡飮而罷. 其賦有曰: '蘇子瞻讀書窓畔, 松風山雨夜浪浪. 白樂天送客江頭, 楓葉蘆花秋瑟瑟.' 餘不能盡記, 右賦[469]膾炙當時矣[470].

4-131.

金南峰弘度, 字重遠, 進士及第, 皆壯元. 嘗監軍御史于嶺南, 在讀書堂時, 對策甚好. 三娶有二子, 姜公克誠與之友善, 以重遠淸粹當易死, 乃作挽詩戲之, 曰: '靑年蓮桂壯元郞, 出入墻垣與玉堂. 南嶺監軍知姓字, 東湖對[471]策柵文章. 一室三人遺二字, 四塚千載共一床. 綠髮世間悲古舊, 白頭堂上泣親孀.' 未久, 金遂謫死, 官止於是. 慈氏尙在堂[472], 豈非詩讖? 朋友之戲過矣.

4-132.

南藥泉九萬, 『參同契』跋尾, 敍'宜寧南九萬雲路識'八字, 曰: '揮鉏擲金, 蓋取諸寅. 戴冠小心, 橫月履丁. 一直一平, 開口呑午. 先撇爲颶, 後鉤

468) 傳: 바본에는 '進'으로 되어 있음.

469) 右賦: 저본에는 빠져 있으나 바본에 의거하여 보충함.

470) 矣: 저본에는 빠져 있으나 라본에 의거하여 보충함.

471) 對: 저본에는 '大'로 나와 있으나 사본에 의거함.

472) 堂: 저본에는 빠져 있으나 바본에 의거하여 보충함.

戌乙. 夔首禹股, 當胸藏甲. 震來得兩, 人往坐亥. 丘跟背艮, 飮酪避酉. 左從諧韻, 右成用戊[473].'

4-133.

成廟朝時, 長城府[474]有妓蘆兒, 色貌才藝, 冠絶一世. 邑宰沉惑, 使客留連, 大爲一邑之弊, 御史盧某, 南下之日, 以杖殺蘆兒爲己任. 先聲遠播, 邑宰聞之, 廢食流涕, 蘆兒笑曰: "我有一計, 公無患也." 遂[475]率其甥, 扮作孀居女物色, 探御史蹤跡, 往待于隣邑店舍, 御史果入其舍. 蘆兒以淡粧素服, 戴水盆, 頻頻來往於前, 其綽約之態, 眞神仙中人也. 御史不勝情慾, 密問於主人之小兒, 對曰: "彼卽小的之妹, 喪夫才過三年矣." 夜深後, 使其兒招之, 達夜繾綣. 蘆兒曰: "妾以遐鄕賤婦, 旣承貴人之寵愛, 今不可改適他人, 必欲守節, 以死自期. 願公留名於臂上, 以爲他日之信誓, 何如?" 盧然之, 書名於臂上, 而終不知范睢之爲張祿也. 御史入長城, 大張威刑, 拿入蘆兒, 叱[476]曰: "尤物不可見." 使之隔帳, 而數其罪, 蘆兒疾聲大呼曰: "願納供[477]而死!" 御史使給紙筆, 則只書一絶, 曰: '蘆兒臂上誰是名, 墨入氷膚字字明. 寧使川原江水盡, 此心終不負初盟.' 御史見之, 知其見賣, 不敢出一聲, 罔夜遁去. 及還, 上聞之, 爲發大[478]笑, 特命以蘆兒賜御史, 御史得遂同載之願, 而長城永絶邑弊矣.

4-134.

玄默子洪公萬宗, 字于海. 少時, 客遊成川, 府伯爲設酒席, 會妓張樂, 酒闌, 使公自擇一妓, 遂呼韻命賦之. 洪卽賦曰: '大堤西畔草萋萋, 春盡

473) 成用戊: 바본에는 '乃成戊'로 되어 있음.
474) 長城府: 저본에는 빠져 있으나 가, 라, 바본에 의거하여 보충함.
475) 遂: 저본에는 빠져 있으나 가본에 의거하여 보충함.
476) 叱: 저본에는 빠져 있으나 라본에 의거하여 보충함.
477) 納供: 가본에는 '一言'으로 되어 있음.
478) 大: 저본에는 '天'으로 나와 있으나 라본에 의거함. 가본에는 '一'로 되어 있음.

江樓[479)]日欲低. 風送[480)]落花添酒算, 雲拖過雨促詩題. 纖腰獻舞何多楚, 寶瑟挑心自[481)]擇齊. 豪興已闌扶醉返, 滿街猶唱白銅鞮.' 蓋有彈瑟小娥, 色藝俱絶, 故有'寶瑟挑心'之語, 而'楚腰'·'齊瑟', 用事精工. 嘗與洪元九, 遊上黨菩薩寺, 主倅携妓樂至, 元九所眄, 亦在其中, 主倅賦詩, 玄默子次曰: '樽前花雨三千界, 指下峩洋一再行.' 元九所眄者, 粗解文字, 從傍見之, 向元九附耳語, 元九大笑, 曰: "前宵適與此妓再歡, 此妓疑吾泄之於君, 入於詩料, 頗有慍語." 一座大噱焉[482)].

4-135.

金參議穎達, 自少以能文鳴. 未釋褐, 客遊完城宿池亭, 青荷被水, 月色微明. 亭二間內外有閤, 掩閤被酒獨眠, 有履聲自戶外漸邇, 排內外閤而入, 容態絶艶. 金醉裡開目一視, 復瞑然而睡, 美人掩閤而出, 見乎夢, 曰: "嗟呼, 無心郎! 吾心慕郎風流才調, 冒近淸光, 醉而不省. 余悵然而出, 題詩荷葉上, 留一墨以爲贈, 爲我堅藏, 此墨勿失. 後必高第, 官且顯, 失此其不吉乎!" 金早起見外閤, 中有折蔕荷, 葉上有詩[483)], 曰: '遠客沉醟喚不聞, 睡荷搖月舞波紋. 今宵佳會天應借, 留與光山一片雲.' 其側有墨一笏印字, 曰'光山片雲'. 荷葉不受墨, 而此則字劃甚明, 金甚異之, 取其墨封而署之, 藏之錦囊中. 後登第, 官遊州郡, 有薦枕官妓[484)], 乘其醉, 探囊知有墨, 潛偸之, 納己之囊. 夜未半非夢間, 見昔之池亭美人, 慍而謂曰: "始吾愛君贈墨, 戒勿失, 今何食言?" 金驚覺, 開其囊無墨, 謂妓曰: "吾囊中失一物, 爾毋戱!" 妓驚而笑曰: "吾何戱? 吾實不見." 金固懇之, 妓怪而欲還之, 曰: "吾戱探囊中, 完有墨, 方之墨密出納于吾

479) 樓: 라본에는 '頭'로 되어 있음.
480) 送: 라본에는 '吹'로 되어 있음.
481) 自: 사본에는 '多'로 되어 있음.
482) 焉: 저본에는 빠져 있으나 바본에 의거하여 보충함.
483) 詩: 라본에는 '題'로 되어 있음.
484) 妓: 저본에는 '婢'로 나와 있으나 바본에 의거함.

囊." 自披其囊, 有[485]封識如故, 而無其墨. 大怪之, 穎達曰: "神女所貽, 慢藏而失之, 神其怒矣." 其後, 官不達.

4-136.

全穆愛忠州妓金蘭, 穆將[486]向京城, 戒蘭曰: "愼勿許人!" 蘭曰: "月獄有[487]崩, 而我心不變." 後蘭愛斷月驛丞, 穆聞之, 作詩送之, 曰: '聞汝偏憐斷月丞, 夜深常向驛奔騰. 何時執手三稜杖, 歸問心期月獄崩.' 蘭和而送之, 曰: '北有金君南有丞, 妾心無定似雲騰. 若將盟誓山如變, 月嶽于今幾度崩.' 皆梁斯文汝恭所作云耳.

4-137.

有一士人, 下往嶺南奴僕家, 見其女奴, 年少才色俱絶, 而已屬村漢[488]. 士人勒令從行, 行到洛東江, 其夫亦隨到, 其女題詩贈之, 仍投江死. 詩曰: '威如霜雪恩[489]如山, 欲去爲難不去難. 回看[490]洛東江水碧, 此身危處此心安.' 女也不但有才, 其節合傳於烈女中者[491]也.

4-138.

有一宰相, 晩來後娶於鄕人家, 醮夕處女自決, 人或疑其以郞年之過於婦翁爲嫌, 而亦未知必然也. 宰相不勝愴然, 題詩以輓, '逢何晩也訣[492]何催, 未覺其歡只覺哀. 奠酒尙餘醮[493]日釀, 襲衣仍用嫁時裁. 庭前舊植

---

485) 有: 라본에는 '見'으로 되어 있음.
486) 將: 저본에는 '長'으로 나와 있으나 사본에 의거함.
487) 有: 바본에는 '可'로 되어 있음.
488) 漢: 저본에는 '溪'로 나와 있으나 라, 바, 사본에 의거하여 바로잡음.
489) 恩: 저본에는 '重'으로 나와 있으나 라, 바본을 따름.
490) 看: 바본에는 '首'로 되어 있음.
491) 者: 저본에는 빠져 있으나 바본에 의거하여 보충함.
492) 訣: 라본에는 '別'로 되어 있음.
493) 醮: 라본에는 '婚'으로 되어 있음.

天桃發, 簾外新巢社燕來. 賢否却從妻母問, 泣云吾女德兼才.'

4-139.

李松谷瑞雨, 「懶婦」詩云: '三年着盡嫁時衣, 似病非愁洗浴稀. 朝起未曾看出日, 午眠常自到斜暉. 多情里媼分殘食, 喜事秋虫弔廢機. 最是中宵佳興在, 聞郎呼去捷如飛.'

4-140.

沈聽天, 辛亥秋, 以吏部郎, 奉使於關西, 與箕城洞庭春有情. 還朝之後, 春寄書, 曰: "思君不見, 未堪生別之苦, 寧欲死而同穴, 近將歸於嬋妍洞云." 洞在箕城七星門外, 妓死皆葬于此. 公戲作一絶而答之, 曰: '滿紙縱[494]橫摠誓言, 自期他日共泉原. 丈夫一死終難免, 願作嬋妍洞裏魂.' 未幾, 春病死, 公復戲作一律, 曰: '生別長含惻惻情, 那知死別忽呑聲. 乍聞凶訃腸如裂, 細憶香[495]容淚自傾. 書札幾曾來浿水, 夢魂無復到箕城. 嬋妍戲語還成讖, 愧我泉原負舊盟.' 朋儕見而笑之. 己未春, 公出按湖西, 權參判應昌, 爲洪州牧使. 其庶弟松溪應仁, 隨公到州之日, 松溪作教坊歌謠, 律詩二首, 使妓女唱於宴席, 其末句曰: '人生適意無南北, 莫作嬋妍洞裡魂.' 時公頗眷州妓玉樓仙故云. 公笑曰: "必松溪來此也!" 速令還[496]來, 應仁入謁, 公與之共飮迭唱和[497], 松溪詩有曰: '歌傳白雪知音久, 路阻靑雲識面遲.' 洞庭春臨死, 謂親戚曰: "我死必書墓, 曰'直提學沈某妾之墓'." 死後立表, 書之如其言.[498]

---

494) 縱: 저본에는 빠져 있으나 라, 바, 사본에 의거하여 보충함.
495) 香: 라, 바본에는 '音'으로 되어 있음.
496) 還: 사본에는 '邀'로 되어 있음.
497) 和: 저본에는 빠져 있으나 라본에 의거하여 보충함.
498) 死後立表, 書之如其言: 라본에는 '故死後, 如其言, 而立表書之言'으로 되어 있음.

4-141.

崔遲川鳴吉[499]，與延陽·谿谷，少時同遊白沙相公之門，朝暮侍閑燕．三公嘗同侍，天雨無他客，卜者張順命，忽來謁，白沙問曰："雨中何爲相訪?" 卜曰："有所謁事，敢來煩告[500]．" 白沙曰："且置所謁[501]之爲何事，有三少年在座，爾能精算其窮達吉凶，無有差誤，則吾當夬從爾言." 仍以三人四柱告之，順命良久推步，遽曰："大監必以古人大貴之命，賺小盲而試之也．豈有一座上四政丞並坐者?" 相公曰："吾豈與汝爲戲乎? 第以所見言之." 順命曰："三公皆位極人臣，名滿一國，平生所罕見之命也．但辛巳生，無文星[502]照命，科第未可必，而其貴不可言也．然以五福完備言之，辛巳生爲最矣." 蓋[503]延陽辛巳生也，白沙曰："若誠是譽卜，焉有三人幷坐而皆爲政丞也? 且我國兩班不得及第，而能有大貴者乎?" 卜曰："直以方書所推說，告之也，其他則小盲亦不知已." 其後，三公之顯貴，卒如其言，而遲川·谿谷，中年多病，子姓不蕃，而又不享遐齡．延陽年過七十，子孫衆多，又以布衣策勳，貴至上相，張卜之言，無一不驗矣[504]．

4-142.

孫勿齋舜孝，有才學，成廟甚重之．嘗引接賜酒，醉甚，上問曰："卿能作詩乎?" 對曰："惟命." 上命以張良爲題，呼'中'字，應聲曰：'奇謀不售浪沙中.' 又命'公'字，對曰：'杖釰歸來相沛公.' 又命'封'字，對曰：'借著已能成漢業，分第却自讓齊封.' 又命'松'字，對曰：'平生智略傳黃石，末路心期付赤松.' 又命'雄'字，對曰：'堪恨韓彭竟菹醢，功成勇退是英雄.' 應之如響，上大悅，命一宮人，彈琵琶而歌其詩．舜孝醉倒不能起，上解藍錦，

499) 鳴吉: 저본에는 빠져 있으나 가본에 의거하여 보충함.
500) 煩告: 바본에는 '謁叩'로 되어 있음.
501) 謁: 바본에는 '叩'로 되어 있음.
502) 文星: 바본에는 '文昌'으로 되어 있음.
503) 蓋: 저본에는 '皆'로 나와 있으나 바본에 의거함.
504) 矣: 저본에는 빠져 있으나 가본에 의거하여 보충함.

貼裡覆之而入, 其眷遇如此.

4-143.

金安老搆亭東湖, 扁曰'保樂堂', 求詩於申企齋, 企齋辭不獲, 贈詩曰: '聞說華堂結搆新, 綠窓丹檻照湖濱. 江山盡入陶甄手, 月篴還宜錦繡人. 進退有憂公保樂, 行藏無意我全眞. 風光點檢須寒熱, 更與何人作上賓.' 其曰'聞說'者, 明其不自往見[505]也, '江山入陶甄'者, 謂其朝家庶政. 及江山田土, 皆入擅弄之手也. '月篴宜錦繡'者, 謂其繁華之事, 宜於富貴人, '公保樂'者, 謂古人進退皆憂, 而安老則獨保其樂也. '我全眞'者, 明其無意進取, 自全其節也. '何人作上賓'者, 明其我不作賓於其堂, 更有何人附勢爲渠客之第一也. 句句有譏諷, 可暴君子之心, 安老亦甚文章, 豈不知其意? 然而終不害者, 恐爲時賢口實, 不欲露其隱也.

4-144.

梁慶遇『霽[506]湖詩話』, 曰: "乙未[507]丙申年間, 劉都督綎, 領天兵往來湖嶺, 幕下帶一書生, 往往賦詩, 人皆[508]傳其佳句, 而不知其名. 時我國與賊相持, 成敗未決, 書生以蚌鷸之喩, 作一詩, 曰: '老蚌當陽爲怕寒, 野禽何事苦相干. 身離窟穴珠胎損, 力盡沙灘翠羽殘. 閉口豈[509]知開口易, 入頭始覺出頭難. 早知俱落漁人手, 雲水飛潛各自安.' 蓋書生見時勢搶攘之事, 擧此漁人之說, 而畢竟國家重恢, 無非上國始終恤小之恩, 廟朝[510]勘難之力, 書生豈知言者哉!"

---

505) 見: 저본에는 빠져 있으나 가, 라본에 의거하여 보충함.
506) 霽: 저본에는 '齋'로 나와 있으나 바본에 의거하여 바로잡음.
507) 乙未: 바본에는 '乙卯'로 되어 있음.
508) 皆: 이본에는 '或'으로 되어 있음.
509) 豈: 라본에는 '那'로 되어 있음.
510) 廟朝: 라본에는 '宣朝'로 되어 있음.

4-145.

明廟嘗以一圖，出示群臣，皆莫知其爲何圖，鄭士龍進曰：“此湖西圖也.” 仍以手指點，曰：“此靈隱寺也，此湧金門也，此東坡所築堤，此錢鏐之墟，此趙蝦之舍，此林逋之所居也.” 歷歷若目見. 明廟以鞍具馬立于庭，命諸臣作詩，居魁者，當以此賞之. 鄭卽進一律，曰：‘靈隱寺中鳴暮鍾，湧金門外夕陽春. 至今蟻垤封猶合，依舊胥濤怒尙洶. 湖舫客歸花嶼暝，蘇堤鶯擲柳陰濃. 錢墟趙舍俱無非[511)]，欲問孤山處士蹤.’ 上稱賞[512)]，遂賜鞍馬. 許筠謂，“此一部，『西湖誌』在於五十六字中.”

4-146.

李知白，梨川庶孫也，詩才敏給. 壺谷少時，同棲山榻，李自稱善押險韻，壺谷以網巾爲題，呼蛩·銎·庸三字，則應聲曰：‘巧似蜘蛛織似蛩，細嫌針孔濶嫌銎. 朝來欽盡千莖髮，烏帽紗巾作附庸.’ 座中皆歎其工也[513)].

4-147.

近有一士人，於舟中拈韻詠蟬，未就. 有僧同舟，見其苦吟，問其所詠及韻字，卽先成口號，曰：‘蛻殼塵埃幻爾形，欲窮天理政冥冥. 弱翎烏帽霜紗薄，淸韻銅壺玉漏零. 待急雨休高閣靜，趂斜陽噪暮山青. 蛛紗烏觜俱奇禍，胡[514)]乃飛騰不暫停.’ 士人奪氣，僅能卒其一聯，曰：‘南畝勸耘秦野綠，夕陽歸別楚山青.’ 僧曰：“措大豈可爲才士?” 仍飛錫而去. 【『壺谷詩話』】

4-148.

僧處默，應人呼韻，詠牡蠣肉詩，曰：‘前身自是大夫平，魚腹忠魂變化

---

511) 非: 라, 바본에는 '所'로 되어 있음.
512) 賞: 라본에는 '善'으로 되어 있음.
513) 也: 저본에는 빠져 있으나 라본에 의거하여 보충함.
514) 胡: 라본에는 '爾'로 되어 있음.

成. 衰俗亦知尊敬意, 只稱其姓不稱名.' 東國方言, 以牡蠣肉爲'屈'故云. 又有校生落講, 請詩贖罪, 官以杜鵑[515]爲題, 呼韻使賦, 卽對曰: '前身曾是出蚕魚, 啼向江南誤屬猪[516]. 邵子當年聞不樂, 天津橋上駐騫驪.'

4-149.

栗谷先生[517], 嘗就洪荷衣迪家, 金孝元·許篈兄弟在座, 洪示一絶, 曰: '苔深窮巷客來稀, 啼鳥聲中午枕依. 茶罷小窓無箇事, 落花高下不齊飛.' 先生笑曰: "詩辭儘好, 而落句意頗不平, 何也?" 許驚問曰: "何以知之?" 先生曰: "有參差不正齊之意, 胸中若坦平, 必無此等語." 洪笑謝曰: "年少輩, 果有劾公之議, 搆成一文, 字未成之際, 偶有此吟, 不謂公之明鑑至此也."

4-150.

有一儒生, 夜宿葛山店, 曉起將發之際, 商人三四輩, 併馬馱豆而至, 卸下耦坐. 一人自囊中, 拈出筆墨, 題一絶, 示同行, 詩曰: '店樹溪雲曉色凄, 行人秣馬第三鷄. 阿郎販豆京師去, 少婦晨[518]春月在西.' 一人取紙, 書其下, 曰: "夫婿遠出, 少婦獨宿, 落月在西, 四隣俱寂, 則得無惡少年可笑之事乎?" 相與戱笑. 儒生[519]從窓隙見之, 大驚而起, 策馬云云.[520]

4-151.

吳西坡道一, 按關東, 巡到洛山寺, 夜坐賦詩, 韻有千字, 自言曰: "頸聯千字, 如何善押乎?" 聞樓下有聲, 曰: "誰謂方伯之能詩? 可笑也." 西坡

---

515) 杜鵑: 라본에는 '子規'로 되어 있음.
516) 猪: 저본에는 '楮'로 나와 있으나 라, 바, 사본에 의거하여 바로잡음.
517) 先生: 바본에는 '叔獻'으로 되어 있음. 이하의 경우도 동일함.
518) 晨: 바, 사본에는 '夜'로 되어 있음.
519) 生: 저본에는 빠져 있으나 라본에 의거하여 보충함.
520) 策馬云云: 저본에는 빠져 있으나 가본에 의거하여 보충함.

甚怪之, 試爲再言, 則樓下之聲, 又如前, 仍令官吏搜覓則云, 有鹽商枕石而睡矣. 卽使招入座前, 曰: "汝何敢笑我乎?" 鹽商曰: "使家以千字爲憂, 故果有所言耳." 西坡曰: "爾能善押, 則當賞之, 否則難免棍責矣." 鹽商卽呼, 曰: '浮天大海東南北, 揷地奇峰萬二千.' 西坡大驚握手, 曰: "君果奇才! 姓名云何?" 鹽商曰: "賤人姓名, 不欲傳於世, 何必强問?" 遂終不言, 只道姓吳云.

4-152.

金夢窩在沁留時, 重修門樓, 開筵落成, 三淵亦在座中. 將賦詩, 忽聞樓下喧鬧[521], 問之, 則云: "有一儒生, 欲上樓參見矣." 金公許令上座, 衣冠甚弊, 形若乞客, 三淵曰: "子旣遊山, 必能作詩, 可吟佳句否?" 仍以韻示之, 酒盃待之, 其人行且忙矣, 願以拙句先呈, 卽題詩一律, 曰: '一帶長江萬石門, 天敎形勝護東藩. 追思丙子年間事, 幾斷王孫塞外魂. 今日諸公休進酒, 當時大將好傾樽. 書生袖裡鳴[522]三尺, 欲向陰山灑舊寃.' 書畢辭去, 夢窩曰: "此詩所以警我也." 卽命撤宴.

4-153.

南壺谷兒時, 詩才出群, 長者以蚕爲題, 呼韻命賦, 應口輒成. 其頷聯, 曰: '稚引黑昏迎綠葉, 老拖黃腹上青梯.' 末句曰: '失却眞形仍化蝶, 却疑莊叟夢魂迷.' 長老嘉賞之, 仍曰: "此兒必早列淸要, 老作大官, 而末句似無終保富貴之像." 公二十一登第, 老登[523]崇秩, 後爲奸黨所搆, 竄沒北塞, 長老之言, 俱驗終始.

---

521) 喧鬧: 라본에는 '喧嘩'로 되어 있음.

522) 鳴: 라본에는 '名'으로, 바본에는 '明'으로 되어 있음.

523) 登: 라본에는 '躋'로 되어 있음.

4-154.

白沙之北竄也，李五峰別於上壇路，有詩曰：‘山壇把酒祭江籬.’ 白沙和之，曰：‘只恐今威去不歸.’ 送生者何以曰‘祭’，行者亦曰‘不歸’，豈非詩讖耶？到配所寄詩，曰：‘中宵不寐算歸程，缺月窺戶向人明. 忽有孤鴻天際去，來時應自洛陽城.’ 未幾一月卒，豈自前知耶？

4-155.

三淵自己巳後，遍遊名山，混迹商旅，將入雪岳，路遇驟雨，暫憩于石广[524]下. 先有一叟坐，而一僧睡矣，公詩思發，微吟不已，傍坐之叟曰：“措大有甚佳句，喜[525]動於眉耶？” 公曰：“叟若解詩，則吾當言之.” 叟曰：“第言之.” 公曰：“‘仙山一面知無分，秋雨蕭蕭故作魔.’ 豈非佳耶？” 叟曰：“句頗佳而知字不穩矣.” 公曰：“此是一句字眼，豈有他字之可勝也？” 叟曰：“豈無他字？措大未之思也.” 三淵沉思[526]良久，曰：“可改以何字？” 叟曰：“試以非字，蓋知字語淺了於當句，而非字則韻旣悠遠[527]，意亦渾[528]厚矣.” 公大驚曰：“君旣知詩，必有佳句，可能誦傳否？” 叟曰：“雨已晴矣，行且忙矣，何以詩爲？彼僧善詩，可與之言.” 遂拂衣而去. 公喚起睡僧，曰：“聞[529]爾能詩可誦者，願聞之.” 僧徐起漫應，曰：“雲遊浪迹，有何可傳之詩耶？” 公曰：“然則卽地可就一詩.” 僧曰：“措大必欲[530]强之，試爲吟之.” 卽賦曰：‘老僧枕鉢囊，夢踏金剛路. 蕭蕭落葉聲，驚起秋天暮.’ 吟已卽去，三淵諷誦不已.

---

524) 广: 저본에는 공백으로 되어 있으나 가, 바본에 의거하여 보충함.
525) 喜: 가본에는 ‘嘉’로, 바본에는 ‘佳’로 되어 있음.
526) 沉思: 다본에는 ‘沉吟’으로 되어 있음.
527) 悠遠: 다본에는 ‘幽深’으로 되어 있음.
528) 渾: 저본에는 ‘深’으로 나와 있으나 가, 다, 바본에 의거함.
529) 聞: 저본에는 ‘問’으로 나와 있으나 이본에 의거함.
530) 必欲: 다본에는 ‘如此’로 되어 있음.

4-156.

徐必遠, 未第時酷貧. 嘗見夫人湯食物, 問焉, 夫人泣曰: "不忍飢, 試取菉豆粉湯之, 終不成食物." 徐泫然, 乃直往見吏判, 曰: "大監知有徐必遠乎?" 吏判曰: "耳熟." 徐曰: "必遠可任國家事, 今且餓死可惜, 願得斗祿." 吏判許之, 徐卽起出, 座客咎吏判妄許, 吏判曰: "此事非常人所能." 未幾, 果拜齋郎, 徐雖從事, 未嘗參[531]褒貶, 爲齋郎七年, 竟登第.

4-157.

南相九萬登科, 承文院先生, 以古風戱之, 曰: "九萬之妻, 其夫九萬." 南應曰: "一夫當關, 萬夫莫開."

4-158.

仁祖朝, 有儒生疏斥三公, 曰: "廟堂謨猷, 如劉孫草笠." 蓋草笠工劉孫, 以手拙著, 稱凡器物之麤粗者, 俗謂之'劉孫草笠', 尹公領相昉, 笑曰: "劉孫草笠, 猶成形體, 吾輩於時事, 做樣且不得." 時稱長者之言.

4-159.

鄭翼憲太和, 少時宰通津, 其祖水竹公, 以書戒之, 曰: "親舊求乞, 酬應誠難, 而一則濟人之術, 一則度厄之方, 有則給之, 無則不給而已." 以此爲念, 勿示[532]厭苦之色也.

4-160.

朴判書遾, 兒時約婚于某處[533], 未聘而處女中經危病, 人言兩目俱盲. 其兄欲改求他婚, 判書曰: "病盲天也, 盲妻猶可同居, 人[534]無信不立." 兄

---

531) 參: 저본에는 빠져 있으나 바본에 의거하여 보충함.
532) 勿示: 다본에는 '無有'로 되어 있음.
533) 某處: 사본에는 '某家'로 되어 있음.

奇其言從之，及合巹，目實不盲，蓋爲仇家所誣也.

4-161.

具同知集，英廟時人，雖病狂，猶感其子兵使鼎煥之孝，所言多從. 一日，兵使有公故臨出[535]，爲留所乘駿馬於庭，告其父曰: “此馬是兒之長物，而尾鬣絶好，恐有盜割者，願爺勿出門，善視之.” 同知曰: “諾.” 及兵使歸，則馬尾禿矣，驚問之，同知曰: “爲慮盜者，先自割置耳.” 聞者捧腹.

4-162.

李參判萬元，午人也，爲西伯，與箕尹不相和. 一日，失兵符，告大夫人曰: “兒失符，罪當死，若從兒言，則無事.” 翌日，乃與都事及本官，張樂遊練光亭，忽報監營內衙火[536]起，起視，則烟焰已漲天矣. 李急解兵符囊，付本官，曰: “吾將赴火救之，此不可與之俱焚[537]，請以暫[538]付.” 言訖便去，本官不敢辭. 及李還卽救火，蓋故縱火[539]，故收之不傷人也. 乃請本官，索符囊，符在囊中，李晏然. 今通引發符更封，曰: “此物至重，不宜尋常.” 本官大沮而歸[540].

4-163.

趙判書遠命，性儉吝. 爲北伯時[541]，嘗置男茶母，臨歸，始遊樂民樓，設女樂. 編裨請旣有女樂，例有賞賜，乃給二大口. 後趙病，與再從豊原趙顯命，語曰: “吾雖不才，死亦有謚，當如何?” 豊原曰: “已有定論.” 曰: “云

---

534) 人: 저본에는 빠져 있으나 바, 사본에 의거하여 보충함.
535) 出: 나, 다본에는 '行'으로 되어 있음.
536) 火: 다본에는 '失火'로 되어 있음.
537) 俱焚: 다본에는 '造次於火焚近處'로 되어 있음.
538) 暫: 저본에는 '相'으로 나와 있으나 다본을 따름.
539) 火: 저본에는 '而'로 나와 있으나 바본을 따름.
540) 而歸: 저본에는 빠져 있으나 바본에 의거하여 보충함.
541) 時: 저본에는 빠져 있으나 다본에 의거하여 보충함.

何?" 曰: "貞簡." 曰: "無已過乎?" 豊原笑曰: "置男茶母, 不曰貞乎? 賞二大口, 不曰簡乎?" 聞者齒冷.[542)]

4-164.

柳參判淰, 自兒時, 每歲嘗夢往一處享祭, 門巷庭宇歷歷, 有夫妻哭之, 及晩年, 只見一老婆哀哭. 及爲西伯, 又夢如前, 而但纔出營門, 便到設祭之家, 旣覺哭聲猶在耳, 公大異之. 使人訪之, 則果有一老婆哭子, 召而問之, 嫗曰: "妾有兒, 才十歲, 文翰絶人[543)], 適見監司上任, 問: '多讀書, 則兒亦爲監司否?' 父母皆謂, '汝是賤人, 那得爲監司?' 兒自是夕不食, 曰: '人[544)]生不得爲如此官, 不如死也.' 遂死. 中年又喪夫, 無他子, 故尤爲至痛." 公乃往見其家, 則一如夢中所見, 遂語嫗以故, 厚遇之. 公纔解西伯卽卒, 豈其前生所願適副之耶? 甚[545)]可異也.

4-165.

李判書益炡, 喜爲笑談. 夫人嘗從長子聖圭之呂州任所, 有書詑淸樓之遊, 公見之, 謂次子禹圭曰: "爾母事不成說." 子請其故, 公曰: "爾母衰境, 反遊靑樓娼家." 謂靑樓而靑與淸同音, 坐客無不[546)]絶倒.

4-166.

元蒼霞景夏, 爲吏判卽行, 公婦弟申晩, 咍之曰: "盍亦一讓?" 元曰: "不例讓, 我兒仁孫見塞耶? 元斗杓後裔, 申思哲外孫, 自不見塞." 申怒曰: "何故對人子斥其父?" 元曰: "自家祖父猶且斥呼, 況在伊父那能曲諱!"

542) 聞者齒冷: 저본에는 빠져 있으나 다, 바본에 의거하여 보충함.

543) 絶人: 다본에는 '絶等'으로 되어 있음.

544) 人: 저본에는 빠져 있으나 다본에 의거하여 보충함.

545) 甚: 저본에는 빠져 있으나 바본에 의거하여 보충함.

546) 無不: 사본에는 '皆'로 되어 있음.

4-167.

朴判書師洙, 性急, 嘗繫貝纓絶佳, 靈城見而求之, 不與. 一日, 靈城故使二卒迭[547]傳喝, 或巽言以乞, 或責其慳吝以激之, 二卒如其戒, 苦纒不已. 判書解纓投地, 曰: "持去持去!" 卒得纓卽走, 判書悔, 而追之不及, 歎曰: "墮奴術中!"

4-168.

丹邱妓杜陽, 能琴善歌舞, 年二十夭, 遺囑曰: "我平生隨客遊宴, 多在降仙臺, 雖死不忘, 必葬我於降仙之側." 後任水村堕, 爲丹陽守, 作杜陽墓詩, 云: '一点孤墳是杜秋, 降仙臺下楚江頭. 芳魂償得風流債, 絶勝眞娘[548]葬虎邱.'

4-169.

趙豊陵文命·豊原顯命·宋左相寅明·尹判書淳諸人, 兒時踰墻偸桃. 豊陵先踰墻, 落糞坑中, 然欲誤後人, 故不發聲[549]. 豊原及宋相, 次第踰墻, 亦皆落坑, 猶不驚動. 及白下至, 便呼曰: "此中有糞坑!" 後白下獨位止於卿, 而餘皆作相.

4-170.

柳承旨逑, 有棋癖. 牧安州時, 以微罪杖一民, 且與客對棋, 每一落子, 輒曰: "猛打不已!" 了局視之, 民已垂死, 悔悟無及, 卽放之而竟不起. 時謂棋殺人, 公遂投紱歸.

---

547) 迭: 바, 사본에는 '送'으로 되어 있음.
548) 娘: 저본에는 '郎'으로 나와 있으나 바, 사본에 의거하여 바로잡음.
549) 發聲: 저본에는 '聲言'으로 나와 있으나 다본을 따름.

4-171.

許烟客佖, 嘗遊道峰, 前當大川, 謂客曰: "卿負我渡, 歸時我當負卿." 客乃背負以涉, 及歸, 烟客不顧而濟. 其客乃怒而罵之, 烟客笑曰: "寧人負我, 無我負人, 古不云乎[550]?"

4-172.

李忠州趾光, 爲公州判官時, 有流民過邑底, 失其婦訴之. 李令吏隷中有二妻者, 曰: "民一婦而失之可矜[551], 爾畜兩婦過分, 急出一妻以配民. 明朝不從命者, 當杖殺!" 吏恐卽與其兩妻, 遍索邑村, 果得民婦以告, 卽召民與之, 吏民服其智.

4-173.

趙豊原顯命, 爲御將時, 嘗閱武露梁, 大醉而歸. 欲因戒服陞軒, 誇示夫人, 直入內舍, 中門不容車, 乃撤門而入.

4-174.

永興人金旻, 有才女, 試教文字, 一覽輒誦. 稍長或賦詩, 亦善占. 適德原人朴悌章, 嘗在夫家, 寄其父詩, 曰: '之子于歸家室宜, 思親一念自難持. 雙城此去春粮地, 車馬僕從孰借之.' 又嘗贈其夫詩, 曰: '臘月初三夜, 殘燈挑兩悲[552]. 文君多病日, 李白遠行時. 北路雲千里, 南天海一湄. 歸期應不遠, 何必苦相思.'

4-175.

洪原妓洪娘, 有姿色, 愛氣[553]節. 崔孤竹慶昌, 爲北評事時, 幸洪娘, 及

---

550) 古不云乎: 저본에는 빠져 있으나 바본에 의거하여 보충함.

551) 矜: 나본에는 '憐'으로 되어 있음.

552) 悲: 저본에는 '愁'로 나와 있으나 바본을 따름.

崔歸, 洪娘進別於雙城. 崔到咸關嶺, 値日昏雨暗, 作歌一章寄娘. 後娘聞崔有疾, 卽日發行, 凡七晝夜到京, 然以邦禁不得留. 崔病已送娘, 有詩曰: '相看脉脉贈幽蘭, 此去天涯幾日還. 莫唱咸關舊時[554]曲, 至今雲雨暗青山.'

4-176.

申判書晸臨終[555], 謂其七子曰: "吾死後, 當與李惠仲【敏迪字】·南仲輝【二星字】·李樂甫【藼字】諸人同[556]飮, 須於祭奠設四盃. 吾平生不嗜蜜果餠餌, 並勿設, 汝曹各奠一酌."

4-177.

陰崖李耔, 隱居八峯【今有書院】, 嘗見東嶺月上, 喜甚曰: "絶奇絶奇!" 有僕從傍笑, 曰: "粟粥無塩, 絶奇絶奇!"

4-178.

李左相性源, 性嗇. 嘗啖好梨, 族子小字[557]吾藏者適至, 李相且啖且語, 曰: "伊嘗啖[558]鳳山梨否? 此鳳山梨絶佳." 屢言鳳山梨好, 終不給一箇. 後爲海伯, 書誇墨光於從兄相公福源, 曰: "此新造別墨, 兄試看墨光如何?" 亦無一丁所送, 從兄答書, 曰: "書誇墨光而不送一丁, 此類鳳山梨之詒吾藏之事也."【吾李晉秀藏小字云】

---

553) 氣: 저본에는 빠져 있으나 라본에 의거하여 보충함.
554) 時: 바본에는 '日'로 되어 있음.
555) 終: 저본에는 빠져 있으나 바, 사본에 의거하여 보충함.
556) 同: 사본에는 '共'으로 되어 있음.
557) 小字: 바본에는 '小名'으로 되어 있음.
558) 啖: 바본에는 '喫'으로 되어 있음.

4-179.

明廟庚申，人有夢，兩鳳升空，火燒其尾，而其年別試，閔德鳳爲魁，具鳳齡爲第二，丁熖爲第三．宣廟甲申，閔夢龍夢，竹林中有虎騰躍，已乃提其尾，及登第，已占榜末，而朴篪爲壯元．

4-180.

兪溜溪好仁爲郡，民訴[559]滯案，浹月不決，一民請曰："處決非敢望，乞還訴牒．"溜溪熟視良久，無辭可答，傍有通引，而挺身出叱，曰："上官初呈[560]訴，尙今未決，況伊呈訴纔過五日者乎！斯速退去！"溜溪大喜，以爲此兒極伶俐．

4-181.

金南窓律，身淸苦，吏幹非長．嘗爲郡，或以書嘲之，曰："愛民如子，而闔[561]境嗷嗷；秋毫不犯，而官庫板蕩．"金曰："是我實跡！"不以爲怍．

4-182.

李芝峯，嘗與南參判以信同行，李馬鈍落後，南顧語曰："馬何遲也？"李卽以詩答，曰：'我馬如牛君馬駿，君行何疾[562]我何遲．休將快鈍論優劣，畢竟須看致遠時．'時南官位驟升，李則方蹇滯，及後南早卒，李乃官躋正卿．

4-183.

丁貳相應斗，未第時，「記夢」詩曰：'曙色初開[563]玉殿春，位分龍虎夾階

---

559) 訴: 다본에는 '訟'으로 되어 있음.
560) 呈: 저본에는 '民'으로 나와 있으나 다본에 의거함.
561) 闔: 바본에는 '一'로 되어 있음.
562) 何疾: 사본에는 '如飛'로 되어 있음.
563) 開: 사본에는 '分'으로 되어 있음.

陳. 中官賜罷天廚醞, 浥露宮花滿首新.' 及登第, 一如所夢也[564].

4-184.

李五峰嘗鑷白, 漢陰譏曰: "公位崇品, 何所望而去白?" 五峰曰: "漢法至寬, 殺人者死. 白髮故殺人, 不得不除之." 漢陰大笑.

4-185.

閔點將薦文衡, 時議屬權霞谷愈·李松谷瑞雨兩人, 而閔不能取舍. 一日, 會[565]諸名士, 權·李俱在, 閔指燕拈韻, 曰: "今日此[566]試諸君之才." 權應聲呼曰: '含泥幾掠小陵舟, 飛入漢宮作物尤. 若使吾頷如爾相, 會須投筆覓封侯[567].' 一座閣筆, 李亦歎服, 閔乃以權首薦.

4-186.

我朝大科, 賜紅牌, 小科賜白牌. 歲時柶戱, 剖柤木爲四箇, 背紅腹白, 四紅者謂之'牡', 二紅二白者, 謂之'狗', 狗諺音'介'也. 李承旨基德, 中小科兩場, 文科重試, 得白牌二紅牌二, 遊街時, 前列四牌, 皆裹紅袱. 李承旨台鼎, 戱爲儷語[568]曰: "前列四紅, 雖似'牡'也, 中有[569]二白, 其實'狗'乎?"

4-187.

任珽爲谷山時, 監司李相公天輔, 修葺城樓, 官廨[570]大會諸守令, 落之於南門樓. 酒酣, 屬任以上樑文, 時任已醉, 遂令諸妓, 脫章服授之茵, 任

---

564) 也: 저본에는 빠져 있으나 라본에 의거하여 보충함.
565) 會: 저본에는 빠져 있으나 라본에 의거하여 보충함.
566) 此: 가, 라, 바본에는 '且'로 되어 있음.
567) 侯: 저본에는 '候'로 나와 있으나 가, 바, 사본에 의거하여 바로잡음.
568) 儷語: 라본에는 '儷諺'으로 되어 있음.
569) 有: 라본에는 '藏'으로 되어 있음.
570) 官廨: 가, 바본에는 '營廨'로 되어 있음.

倚醉摛辭, 揮毫如飛, 而文不加點. 監司心許其風流才致[571], 酒罷, 令幕裨扶任上馬, 倚檻目送之, 曰: "此何異神仙中人耶[572]?"

4-188.

李雙栢世華, 己巳杖配, 後官至正卿. 朴玄石世采, 以理學致三公, 玄石始作相, 雙栢造賀, 乃撫膝, 曰: "小人始知此膝之爲貴." 玄石曰: "何謂也[573]?" 雙栢曰: "小人以杖膝, 忝經吏兵判, 大監以跪膝, 身致鼎席." 玄石其戲己, 微笑而已矣.

4-189.

白忠肅仁傑, 牧楊州數月, 治化大行, 民歌之曰: "白雪之白, 與君同白, 心乎仁矣, 胡不爲[574]傑?"

4-190.

趙龍門昱, 嘗作四欲, 吟曰: '欲爲東國一閑民, 欲遊東國好山水. 欲覽天下古今書, 欲了天下一大事.'

4-191.

申承旨光河, 善爲詩, 而性迂濶. 嘗跨馬行被茶火, 誤爇【馬上吸烟茶】絮袴, 灼爛大創. 其後, 又跨馬過靑牌, 奴言, "主衣燃火!" 申亟下馬入水, 滾轉渾身沾泥, 乃入路傍故人家, 告之故, 曰: "我賽諸葛."【自言多智】故人驚曰: "火及何許?" 申乃遍閱衣袴, 則道袍後裾, 有火跡如錢, 主客相視大噱.

---

571) 致: 가본에는 '拔'로 되어 있음.
572) 耶: 저본에는 빠져 있으나 바본에 의거하여 보충함.
573) 也: 저본에는 빠져 있으나 가본에 의거하여 보충함.
574) 爲: 저본에는 빠져 있으나 가, 바, 사본에 의거하여 보충함.

4-192.

許草堂曄墓, 在西氷庫津[575]南. 光海時, 其子筠被誅家覆, 墓所自是夜聞鬼哭, 李蓀谷達, 爲題五絶於墓碑, 曰: '不肖寧無子, 空山白骨寒. 精靈休夜哭, 金盌亦人間.' 哭遂止. 碑踣在墓前, 數十年前, 成上舍烈見之, 則刻劃宛然, 而韓石峯書之云.

4-193.

尹兵使光莘, 以北道節度, 巡會寧, 武倅大集. 夜分至醉, 有言, "能單騎馳, 揷旗皇帝塚者, 推之爲雄." 座中少健者, 應聲而赴至, 則帷幕甚盛, 樂聲方作, 大呼馳入, 則樂聲[576]息座空. 捫之, 得一銅爐·一器觥而返, 見其窾識, 皆曰: "臣京製." 二器並歸於尹, 後轉賣之李丹陵胤永, 得其器觥而寶之.【會寧高靈鎭東山谷間, 有皇帝塚, 世稱, 宋徽宗·欽宗二帝塚. 京蔡京云耳[577]】

4-194.

尹東山相公趾完, 病落一脛, 嘗語人曰: "吾之廢疾, 有以也. 奉使日本, 碇於中洋, 令舟中曰: '私挾蔘者斬!' 閉戶有頃, 而開[578]之, 則蔘封之泛海者相接, 挾蔘固重罪[579], 然吾一言, 而絶幾人之命, 其速其灾, 宜哉!"

4-195.

完平李文忠元翼, 未釋褐時, 遊寒溪山, 橫城有老僧, 頗禮貌之. 時坐久, 僧取小紙, 書數字, 擲之空中, 忽有仙鶴下庭盤旋. 公異之, 問由, 僧曰:

---

575) 津: 저본에는 빠져 있으나 이본에 의거하여 보충함.
576) 聲: 저본에는 빠져 있으나 라본에 의거하여 보충함.
577) 云耳: 저본에는 빠져 있으나 가본에 의거하여 보충함.
578) 開: 저본에는 '啓'로 나와 있으나 바본을 따름.
579) 重罪: 가본에는 '可禁'으로 되어 있음.

"書生可與語，衆莫見之，子獨見之，子欲奇觀踵我來." 扶藜而往，公隨行陟後峰，步步皆玉貝藉地，逐路璀璨，公問: "是何寶玉之多?" 僧曰: "豈[580]無珠玉，乃不貪者見之，可教!" 俄而，有笙鶴之聲，出於五雲，雪峯立五雲，僧逡巡嶺上，不肯前，謂公曰[581]: "此上仙會讌之所，非人間所縱見." 仍低徊而降. 後登第，罷官後，遊寒溪，欲再尋後嶺，而失其路.【『於于野談』】

4-196.

完平第在義洞西壺洞北，公方爲首揆，數間窩屋. 有同村家有新入山直，捉犯松兒，知家於完平宅，見老翁結席而坐，衣弊衣，謂曰: "主人謹受之." 公不應，山直又曰: "若失此兒，翁當生事." 暴喝而去. 公令兒速去，翌朝，山直推其兒，被政府下人拳毆而去.

4-197.

完豊李曙，早孤守墓側，一日夢，白頭翁蹴起再三，曰: "事急矣! 汝當騎馬渡前川." 公蹶然驚起，不暇呼僕，治任鞴馬，促鞭出門，黑氣一陣踵趕來. 公急急越川回視，則黑氣中若有鬼物，魋首環眼，帶劍揮槍而逐之. 及至川逡巡却回，公入家，追後聞之，一村溝癘，無少長皆死云耳[582].

4-198.

太祖開國後，賜宰相宴，皆前朝宰相也.[583] 與宴妓雪中梅，才貌過人，喜淫特甚，有一政丞，戱曰: "聞汝朝從東家而食，暮從西家而宿，亦爲老夫薦枕否?" 妓曰: "以東家食西家宿之賤軀，侍事王氏，事李氏之政丞，不

---

580) 豈: 저본에는 '幾'로 나와 있으나 바본에 의거함.
581) 曰: 저본에는 빠져 있으나 바본에 의거하여 보충함.
582) 云耳: 저본에는 빠져 있으나 바본에 의거하여 보충함.
583) 皆前朝宰相也: 나본에는 '前朝宰相過半'으로 되어 있음.

亦宜乎?" 政丞面赤低頭, 座中噓唏, 或有墮淚者. 【姜百年『閑居漫錄』】

4-199.

勿齋孫文貞, 按嶺南, 巡到永川, 馬上醉睡, 夢一老人, 衣冠甚偉, 自稱圃隱, 曰: "所居頹廢, 風雨不庇, 君其念之." 孫驚覺, 詢得遺址立祠, 而使其鄉氏春秋享之[584]. 【『龍泉談寂記』】

4-200.

權摠制踐, 陽村之子也, 牧隱子文景公種學, 爲其妹夫. 摠制嘗語文景曰: "君爲牧隱子, 而文章不足; 我爲陽村子, 而文名不及. 君吾兄弟, 當作燈下不明契." 聞者皆笑. 【『筆苑雜記』, 徐居正述】

4-201.

獨谷成文景石璘, 當太祖幸咸興時, 自請使往, 以因事過去爲辭. 太祖卽引見, 石璘從容開陳, 太祖變色, 曰: "爾無乃爲爾君緩頰耶?" 石璘曰: "臣若然, 則臣之子孫, 皆喪目." 太祖信之, 兩宮從此遂合. 後石璘長子至道, 自腹中而盲, 至道子龜壽及其子, 皆盲. 【『五山說林』, 車天輅述】

4-202.

讓寧大君禔, 太宗長子也. 嘗呈告遊關西, 世宗[585]申戒女色, 大君受命而去. 世廟命西伯, 如有大君所眄妓, 馳而上. 大君奉聖教, 惟謹女色, 使不近前. 西伯承上命, 故募美妓[586], 着素服如村女樣, 示之, 大君見而悅之, 使傔從潛謀通之, 題一律, 有曰: '一別音容兩莫追, 楚臺何處覓佳期. 粧成斗屋人誰見, 眉斂春愁鏡獨知. 夜月不復窺繡枕, 曉風何事捲羅

584) 而使其鄉氏春秋享之: 저본에는 빠져 있으나 바본에 의거하여 보충함.
585) 世宗: 이본에는 '英廟'로 되어 있음. 이하의 경우도 동일함.
586) 妓: 저본에는 '女'로 나와 있으나 가, 바본을 따름.

帷. 庭前辛有丁香樹, 盍把春情强折枝.'[587] 蓋道其隱密之情也. 遂馹騎上京, 世廟命習歌其詩. 及大君歸, 世廟迎勞, 因問近色與否, 對曰: "不敢有近." 世廟笑曰: "兄能於花柳叢中, 不染而歸, 予甚嘉尙, 方求得一佳姬以待矣." 仍設宴, 令其妓歌其詩侑之, 大君惶愧[588], 伏地謝罪, 世廟握手大笑, 以妓歸之焉[589].

4-203.

鄭郊隱以吾, 以主試赴院, 夢得一詩, 曰: '三級風雷魚變甲, 一春烟景馬希聲. 雖云對偶元相敵, 那及龍門上客名.' 榜出, 魚果文壯元, 馬果武壯元.

4-204.

錦陽尉朴汾西瀰, 宣廟朝儀賓也. 善知馬, 路遇一駄糞馬, 携至家見之, 背曲如山, 瘦骨稜層, 卽一玄黃駑馬也. 仍問: "汝賣此馬否?" 令給如屋健馬, 又擇健馬, 以酬其價. 其人不敢受, 尉嚴令迫催, 使受其價, 而令家人善養其馬, 不數日馬肥, 大如象, 鐵骨鈴目, 神彩動人. 每朝捨輿乘馬, 滿道生輝, 錦陽宮曲背馬, 大鬧一世. 光海時, 公竄靈光, 馬沒入闕, 光海甚愛之, 每騁於闕中, 喜其馳驟. 一旦[590], 光海命屛出法御者, 自騎馳突於後苑, 馬忽橫逸, 光海墮地重傷. 馬奔迸突出, 疾如飛電, 人不敢近, 奮迅咆哮, 瞥如箭, 已失去處. 追者千百, 爲群至江, 馬已先渡, 莫知所向. 汾西在謫中, 一日昏時, 聞舍後竹林中, 忽有馬嘶聲, 卽曲背[591]馬至矣. 背有御鞍, 而鞶纓鞶辂皆盡, 只木韉在耳. 公大驚懼, 又添罪案, 遂令一隷,

---

587) 一別音容兩莫追……盍把春情强折枝: 저본에는 공란으로 되어 있으나 바, 사본에 의거하여 보충함.

588) 惶愧: 가본에는 '惶恐'으로 되어 있음.

589) 焉: 저본에는 빠져 있으나 바본에 의거하여 보충함.

590) 一旦: 바본에는 '一朝'로 되어 있음.

591) 背: 저본에는 '輩'로 나와 있으나 가, 바, 사본에 의거하여 바로잡음.

掘地藏馬，公親警戒曰："汝能一日千里來尋舊主，畜物中神者，汝能脫身奮逸已有罪，又還我家，將增我罪．今沒汝蹤跡，藏汝軀養汝，以終汝命，汝若有知其無喊嘶，不使外人知也．" 馬遂寂然無聲矣．居歲餘，馬忽擧首長鳴，聲振山岳，播聞數里．公大驚曰："馬忽大聲，必有大事．" 俄而，仁廟反正報至，卽其馬鳴之日也．公蒙放還朝，乘之如舊．其後，一使臣往瀋陽，發行旣久，渡江日期，只隔一日，而朝廷始覺咨文中有可改處，諸議以爲，'非此馬不可及．' 仁廟召公問之，公曰："國家重務，臣子身命不敢惜，馬何足言?" 仍言於騎去人曰："此馬到灣上，愼勿喂，絶不與水草，直懸之數晝夜，待其体息氣定，饋之可活，不然必死．" 其人領而去．翌日，未暮到義州，直入納公牒，而人遂昏絶不能言，灌藥救活之際，人見其所乘馬，皆以爲錦陽宮曲背馬，皆喂以蒭草如常，馬卽死[592]．

4-205.

金四味克孝，故庶尹璠孫也．總角時，爲觀光上京，往抵塵路，不慣彷徨街路之際，鄭林塘惟吉，道逢金公．注目熟視，卽令傔從，往邀至家，問知誰家兒，謂夫人曰："佳賓方來，可於窓隙窺見．" 令潔羞精饌，接待款曲，夫人闖見，衣服雖異，風彩丰闌，而重違外敎，備羞極待．夕後，問夫人曰："郎材果何如?" 夫人曰："宰相子若孫耶?" 曰："否．" "名宦之弟與侄耶?" 曰："否．是乃安東金姓人，故庶尹之孫耳．" 夫人曰："家計裕厚耶?" 曰："否．" 曰[593]："才藝敏速[594]耶?" 曰："否．但顱豊碩，步武謹重，壽富多男之徵．" 夫人落莫，曰："昏坐待晨之類．" 鄭公決意定婚，後夫妻諧老有五子，仙源·淸陰兩先生，以節義道德名世，後世福祿，不下於鄭氏．噫！林塘先見，不下於文翼公．

---

592) 死: 가본에는 '斃'로 되어 있음.
593) 曰: 저본에는 빠져 있으나 바본에 의거하여 보충함.
594) 速: 가본에는 '哲'로 되어 있음.

4-206.

李鵝溪，素以識鑑名世，鄭寅城澈，有女求婚，嘗問李曰：“公有知人之鑑，亦曾見兒少中有遠到者否?” 李曰：“見一兒，必爲國器，但與公氣像絶異，公若見之，必不取．只信吾言，不尋見而爲婚，則吾當言之矣.” 因以湫灘吳公允謙，言之，松江果尋見，而爲氣像低微而不取，罵李曰：“渠得李德馨爲婚，乃以若此人應我耶?” 蓋湫灘天資溫粹，儀度雅正，而松江風度俊邁，故嫌其欠發揚也．四十後登第，相仁祖朝．

4-207.

洪鶴谷瑞鳳母夫人，卽柳於于夢寅妹也．能文有識鑑，性悍妬，鶴谷大人，對親友說難堪之狀，友人曰：“何不出之?” 答曰：“吾豈不知，方有娠，或冀生子隱忍.” 友人曰：“如此之人，生子何用?” 夫人從窓隙[595]竊聽之，使人以杖汚糞，從客所坐窓[596]邊穴紙，而批其頰．生子卽鶴谷也，自少，夫人親課讀，以成文章．李完南厚源，少時，拜鶴谷，以科表三科詩，三請考之，數日後，皆書卑等以送之．後李公往見，其詩表各一句，書諸壁上，問：“何以寫此句乎?” 鶴谷曰：“非文之佳，慈親覽之，曰此兩句氣像，似遠到爲教[597]，故書之.” 其後，李公果入相．鶴谷之胤，監司命一赴監會，鶴谷見其詩，以爲必不中，夫人曰：“當作壯元!” 趣家人釀酒，以爲應榜之具，榜出果魁壯元．

4-208.

金荷潭時讓，丙子前，獨能知胡必來．胡差多於春秋出來，戶曹主接待，公侄素以戶曹郎，來言，“明日，胡差欲出漢江洗馬，將以該曹持帳幕待候.” 公曰：“汝須出待于三田渡，胡差必不來漢江.” 佐郎殊未信，而重違

---

595) 隙: 저본에는 빠져 있으나 가, 사본에 의거하여 보충함.

596) 窓: 가, 사본에는 '牖'로 되어 있음.

597) 爲敎: 저본에는 빠져 있으나 가본에 의거하여 보충함.

叔父之言，翌朝，出待于三田渡．俄而，胡差果馳至，大驚曰：“何以知我到此?” 答曰：“此亦同是漢江，故出待矣.” 胡差卽托馳馬十餘里，至南漢城底而罷．佐郎歸，問其由，公曰：“胡人之有志我國，久矣．假托洗馬，欲知其近京保障形勢耳.” 聞者歎服．

4-209.

鄭玄谷百昌大人監司孝成，素善巫覡招魂之事．李白江敬輿，爲錦伯時，鄭公以管下守令進拜，白江父與玄谷親友，故呼鄭公爲丈．一日，白江謂鄭公曰：“尊丈素所戱者，爲我試之.” 蓋招魂之事，號爲魂入，而鄭公爲嫛嫛曲，時善其戱，故請觀之．鄭公正色，曰：“使道何以發此言? 令下輩多聚，衆目所見處，以官員豈可爲戱乎?” 白江命辟左右，鄭公又搖頭，曰：“何可坐此廳爲戱劇事乎?” 白江遂入室中，牢閉窓戶，遂渾身搖掉，周旋呼號，若女巫降神之狀，作白江先人言語動止，抵掌談笑．宛若平生，至若白江先人夫婦和昵之談，無所不至．白江欲出，則牢閉門戶，鄭公又堅持白江，使不得動，白江一場大困．一日，鄭公入見，曰：“有稟達事，請屛人.” 附耳言曰：“汝吾子也.” 因起去．其後，白江招老守令，與鄭相親者數人閑談，問曰：“鄭丈近有病乎?” 曰：“無之.” 白江曰：“必有病，顧諸公不知耳.” 曰：“何病?” 白江曰：“向者，稱有密事請屛人，忽然向我呼爺，雖欲諂於上官，豈不悖哉? 以是，知其有是病也.” 諸人大笑嘲罵．鄭公雖自稱呼子，皆不信，鄭公亦大困矣[598]．

4-210.

趙浦渚文孝翼，少居廣州，貧不能具鞍馬．嘗入城赴科，身載柴牛[599]而行，入城爲判事，前導呼唱不已，因搶倒橋下．蓋判事堂下準職，遇者不

---

598) 矣: 저본에는 빠져 있으나 가, 사본에 의거하여 보충함.

599) 柴牛: 바본에는 '柴車'로 되어 있음.

下馬, 而傔從未冠者, 挾鞍籠前導, 鄕人則困之故也. 側臥泥水中, 不起, 但睥睨, 曰: "我亦不免爲口腹之役, 何乃困之?" 少無憤戾色, 有一過去胥吏見而驚, 自入溝中扶出[600], 曰: "郞君氣像, 可作政丞矣[601]." 後果然作[602]相於孝宗朝.

4-211.

樂靜趙文孝錫胤, 擢壯元及第, 榜下同年, 例於唱名前來謁壯元. 有一同年鬢髮蒼蒼者, 來見坐定, 擧眼熟視, 曰: "異哉異哉! 育養壯元同登第, 安得不老?" 公問: "何謂?" 其人曰: "我湖南人, 老於場屋, 自少赴擧, 到振威葛院, 夢見一兒, 輒下第. 自是, 每到葛院, 夢見其兒, 漸長已慣面目, 孩提戲笑, 若相欣然, 旣覺已知必落. 心惡之, 移其宿處, 雖宿葛院前數十里, 而輒夢之, 又改其路, 由長城抵京, 每過葛院相對處, 則必夢之. 終無奈何, 還由大路, 夢見其兒, 年壯而旣冠. 今行亦夢已科必落, 忽登第, 莫知其所以, 今謁壯元, 完如夢中顔面, 此誠異事云."

4-212.

樂靜家在衿川牛坡, 常渡露梁作京行. 一日, 隣人來告樂靜大人監司廷虎, 曰: "今日午渡露梁, 見令子乘一船, 從傍過去, 中流遇風波, 船中人無一生者, 速送[603]人求尸." 監司公了無驚意, 曰: "吾兒今日當還, 而向暮不至, 固可疑, 而吾兒決非輕身涉危者, 君必誤見." 其人不服. 夜半公至, 曰: "初登一船, 見人物多載, 慮非萬全, 還下津頭, 待他船始濟, 其人亦非誤見, 見其初而不見其後也." 其人服其父子間相信如此.

---

600) 出: 가본에는 '赴'로 되어 있음.

601) 矣: 저본에는 빠져 있으나 바본에 의거하여 보충함.

602) 然作: 저본에는 빠져 있으나 바본에 의거하여 보충함.

603) 送: 바본에는 '令'으로 되어 있음.

4-213.

金副學緻, 栢谷得臣之父也. 當赴京, 問數於卜者, 卜者書贈一絶, 云: '花山騎牛客, 頭戴一枝紅.' 及爲嶺伯, 巡到安東, 患虐不能堪, 或云: "騎牛行, 呼曰'騎牛客', 則必離却." 依其言, 夜到客舍, 病勢漸劇, 枕妓股, 問其名, 對曰: "一枝紅." 金忽思卜者言, 大驚怯, 其夜半果死. 花山, 卽安東別號也. 是日, 慶州府尹金某, 身死到冥府, 則府主曰: "閻羅王將死, 欲以金緻代之, 此人誤來, 還爲出送." 卽生. 後人有問栢谷, 答以有是言云.

4-214.

金[604]栢谷與南壺谷, 相逢一處, 彼此慣聞其名, 相賦詩決輸贏. 主人呼韻, 南公卽應聲[605]曰: '客散西原雨, 雲屯上黨城. 夕風吹落葉, 歸馬踏秋聲.' 栢谷起拜, 曰: "槐山文章金得臣, 扱降於京中才子南雲卿云." 栢谷嘗題友人家畵帖詩, 曰: '古木寒烟裡, 秋山白雨邊. 暮江風浪起, 漁子急回船.' 金東溟世[606]濂, 見之頗愛, 懇邀得臣, 偶坐了溪上. 金先賦曰: '霜落虛亭葉鬪風, 水光山色夕陽中. 酒盃相勸楓林下, 人面秋容一樣紅.' 栢谷泫然下淚, 曰: "吾以朝鮮文章, 到處逢敗, 此乃楚覇[607]王天亡我也."

4-215.

申舟村曼, 俳諧玩世, 氣岸凌駕一世, 又善醫, 一見知其生死. 嘗於歲首, 拜其姑母李副學之恒夫人, 適李家族人歲拜者來坐, 舟村厲聲曰: "來客四五月將死!" 後四月果死, 有人問之, 舟村曰: "其人患疝, 已形聲音, 計其日月, 似當四月間, 疝氣上至頭, 則必死故云耳."

---

604) 金: 저본에는 빠져 있으나 라본에 의거하여 보충함.
605) 聲: 저본에는 빠져 있으나 가본에 의거하여 보충함.
606) 世: 저본에는 '益'으로 나와 있으나 바본에 의거하여 바로잡음.
607) 覇: 저본에는 '伯'으로 나와 있으나 바본에 의거함.

4-216.

李貞翼浣未第時，隨往大人忠武公守一平兵任所．嘗射獵，日暮[608]至深山中，有茅屋靜洒，有一少女，靚粧獨居，公問："何人何爲獨居此?" 其女曰[609]："吾夫出獵，獨守空閨耳．" 公因與之狎，與之共宿．夜半，有人携一鹿來，縛公欲殺，公徐曰："看汝亦非庸人，乃以一女殺壯士耶?" 其人熟視之解縛，與公屛坐，令其女煖酒炙肉，共飮大器，曰："吾不容於世，落拓山中，後十餘年，君當將兵關西，我陷死罪，須念今日言活我．" 其後，公爲平兵，有一囚，仰首呼曰："公不記前約殺我耶?" 公諦視之，果其人，遂宥之．

4-217.

許相國頊，少時，婦翁爲安東府使，公往留甥館．府使夫人夢，一獅子從婿房中出，化爲龍飛去[610]，許少字獅子也．適有試士之命，府使令上京應擧，許年幼不文，不欲上京．力勸送之，至畿內秣馬，酒店罏上，有一士落置四六一卷，而許因袖往入場．旣不得自製，但閱其冊，果有科題，一篇寫呈，得第．

4-218.

尹相國趾善，相國趾完兄弟，同榜登科．科前，宗室綾溪守伋言，"今科尹某兄弟必登科．" 尋果然，尹問其預知之由，曰："室婦夢云：'義禁府門外，有老竿二條立門，兩竿上皆刻龍頭．' 問：'是誰家竿?' 有人答曰：'此吏判宅嘯竿．' 仍仰看之，兩竿所刻龍頭，皆化眞龍，沖天而去．" 吏判，卽尹大人絳也．

---

608) 暮：저본에는 빠져 있으나 라본에 의거하여 보충함.

609) 曰：저본에는 빠져 있으나 라본에 의거하여 보충함.

610) 飛去：가본에는 '化騰'으로 되어 있음.

4-219.

雙栢堂李忠肅世華, 辛巳秋, 有疾幾危, 忽有囊中出一古紙, 曰: "此吾十餘歲, 有神僧, 乞米過我推命而編年者也. 事事奇中, 自及第至加資, 無一所差, 己巳年則云, 名流萬世, 血食千秋. 卜相之年, 位近三台, 差秩一步, 辛巳下半, 似是大限." 公得此後深藏, 子弟今始得看, 數月病劇[611]而卒.

4-220.

壺谷南文憲龍翼, 少時, 夢一首詩, 云: '絶域逢人少, 羈愁上客顔. 蕭蕭十里雨, 夜度鬼門關.' 覺而怪之, 己巳製進元子冊封頒教文, 謫明川, 實吉州鬼門關外地, 冒雨夜投店舍, 一如夢中詩景.

4-221.

光海時, 僞獄甚多. 有一人被逮, 乃無知村氓也, 掌鞠者問: "汝何爲不軌乎?" 曰: "不軌者, 何謂也?" 曰: "謀逆也." 曰: "謀逆者, 何謂也?" 曰: "圖爲王耳." 其人愕然起立, 曰: "窮民賣柴糊口, 常恐不給, 何敢有圖王得國[612]之心乎?" 因仰天誓, 曰: "我有斯心, 則狗子猫子云." 卽釋, 聞者悲之. 【『東平聞見錄』, 鄭載崙述】

4-222.

宣廟末年, 召諸孫, 或書或畵, 仁廟兒時畵馬, 宣廟以其畵, 賜白沙李公. 及白沙北竄時, 携昇平金公宿逆旅, 以其畵付之, 曰: "此先王所賜, 莫審其意, 第審所寫之人." 昇平亦莫知所以, 歸貼壁上. 仁廟在邸時, 適出遇雨, 入道傍舍門內避雨, 俄而, 一叉鬟出, 告曰: "未知何客, 而雨不止, 不可久立, 願[613]暫住外軒." 仁廟辭以無主, 叉鬟累以內意固請, 不得已

611) 病劇: 바본에는 '病勢漸劇'으로 되어 있음.
612) 國: 저본에는 빠져 있으나 가, 바본에 의거하여 보충함.
613) 願: 가본에는 '請'으로 되어 있음.

入座, 壁上有畵馬, 諦視乃兒時所畵也. 心怪之, 俄而主人來, 卽昇平也. 初未相識, 仁廟具道避雨之故, 仍問其畵, 昇平曰: "何以問之?" 仁廟曰: "此吾兒時所畵也." 俄而, 自內大供具以進, 昇平心竊怪之, 送後問夫人, 夫人曰: "夜夢大駕臨門, 覺而異之, 午間兒婢傳言, 官人避雨入門, 吾窺之, 顔貌如夢中所見, 故極力待之[614]." 昇平自此密往, 遂成中興之策.

4-223.

延平李忠定貴, 自儒生時, 喜陳疏. 其妾有歌者, 必唱今日今日之曲, 公曰: "爾今日之曲, 尙可已也." 妾曰: "何如[615]? 主公誠惶誠恐." 公大笑. 淸陰先生寡言笑, 有一新恩設宴, 優人朴男者, 陳戱百端, 淸陰一不顧見. 男乃卷一紙手擎, 徐步而進, 曰: "生員李貴呈疏." 仍跪讀曰: "生員李貴, 誠惶誠恐, 頓首頓首." 滿座絶倒, 淸陰亦不覺失笑.

4-224.

平城申忠翼景禛[616], 嘗以宣傳官, 渡碧瀾渡, 遇風波舟幾覆. 有一盲[617]人, 哭曰: "或貴人同舟, 則可以賴活!" 傍人曰[618]: "有兩班朝官同舟." 盲請問四柱, 推之[619]高聲, 曰: "舟中有政承, 吾等當生! 此命大提學·府院君·領議政矣." 公大笑曰: "我是宣傳官[620], 何能爲大提學?" 後果[621]至領相府院君. 凡事大文字, 雖溪·澤所製, 公令解釋而聽之, 曰: "某句某字, 未安改之." 兩公不敢違, 雖未爲文衡, 實兼文衡之任也.

---

614) 極力待之: 가본에는 '善待之也'로 되어 있음.
615) 妾曰何如: 저본에는 빠져 있으나 가, 바본에 의거하여 보충함.
616) 禛: 저본에는 '禎'으로 나와 있으나 바본에 의거하여 바로잡음.
617) 盲: 저본에는 '育'으로 나와 있으나 이본에 의거하여 바로잡음. 이하의 경우도 동일함.
618) 曰: 저본에는 빠져 있으나 사본에 의거하여 보충함.
619) 推之: 다본에는 '大喜'로 되어 있음.
620) 宣傳官: 다본에는 '武弁'으로 되어 있음
621) 果: 저본에는 빠져 있으나 가, 다본에 의거하여 보충함.

4-225.

姜承旨緖, 卽弘立之從叔也. 明於易理, 觀天象而知壬辰亂. 嘗推一家人命, 曰: "家族[622]當得冕卿而免." 冕卿, 卽紳字[623]也. 壬辰, 紳爲原伯, 一門皆避亂於關東, 又曰: "滅吾門者弘立也." 嘗路見乳婆抱兒立, 抱置膝上, 問生年月日, 嘆曰: "大器也!" 其兒, 卽象村申公也. 象村登第, 爲校書正字, 往見姜, 姜以一門百口爲托, 象村驚謝, 姜申申不已. 及弘立降虜, 將有湛宗之禍, 象村時爲吏判, 況然覺悟, 思可求之道, 往見領相梧里李公. 李公面有憂色, 若有所思, 象村訝問曰: "公曾知姜承旨乎?" 梧里驚曰: "果親矣, 何問也?" 象村具道其受托事, 梧里嘖嘖曰: "姜公神人也, 我亦少時受此托, 而姜言, '願與其時當國一宰相, 相爲濟活云.' 到今姜將盡劉, 吾無可救, 夙夜憂嘆, 蓋所謂宰相卽公也." 於是, 梧里遍諭東人, 象村緩頰西人, 以紓姜禍.

4-226.

仁廟癸亥反正日, 白沙李公, 夢于昇平·延平二公, 曰: "今日, 固爲宗社有此擧, 此後一事, 有大於此, 吾甚憂之, 諸公勉旃." 蓋指南漢山城事, 此豈非李衛公精靈可畏者耶? 異哉異哉! 【『南溪集』】

4-227.

鄭桐溪蘊夫人, 有獅子吼, 公憚之, 謫島中有一妾, 歸不敢還于家. 嘗爲南原倅時, 置其妾于閭家, 每托見友, 暫見而入[624]. 或曰: "公曾不畏爾瞻凶焰, 尙可畏夫人乎?" 公曰: "賊瞻輩, 殺則殺矣, 此則長日侵虐[625], 正可怕也." 聞者齒冷.

---

622) 家族: 가본에는 '宗族'으로 되어 있음.
623) 字: 저본에는 '者'로 나와 있으나 가, 바, 사본에 의거하여 바로잡음.
624) 入: 다본에는 '來'로 되어 있음.
625) 虐: 저본에는 '虛'로 나와 있으나 이본에 의거하여 바로잡음.

4-228.

陽坡鄭翼軒太和，嘗爲湖南伯，曉如厠，知印潛與其所眄妓，淫於寢房，裨將急告之．公笑曰："此豈告我者耶? 我實淫其所狎，渠豈敢奸我所眄乎?" 竟不問．

4-229.

東陽尉申文忠翊聖，嘗於路上見一女，姿[626]色絶人，其名玉，率蓄寵愛．後蓄原州妓，玉妬恚縊死，公傷悼不已，未幾寢疾．子弟侍寢，日久疲困，假睡之中，見玉與公同臥，歡昵如平日．仍麾傍人有厭色，子弟不得已，或閉戶而出，未久而卒．

4-230.

金後瘳藎國，爲戶判時，有進銀中朝事，親自監封，有計員一人，潛取一封藏之．人無知者，金獨見之，佯若不知，卽罷坐，置銀子一房，使計員守之，待明開坐．計員自念，銀不準數，則咎將歸渠，不得已以其所竊，還置之．翌日封無欠，後十餘日，以微事汰其人矣[627]．

4-231.

益寧洪文靖瑞鳳大夫人柳氏，晩年過豆毛浦讀書堂登覽，守直老嫗，示傳來玉盃，曰："非湖堂先生不得飮." 夫人曰："吾雖婦人，尊舅【石壁】爲湖堂，夫【栗村】爲湖堂，子爲湖堂【鶴谷】，夫之弟【拙翁】爲湖堂，吾之諸侄【瀟[628]·活·淪】，皆爲湖堂，吾獨不飮此乎[629]!" 一時傳爲美談．

---

626) 姿: 저본에는 '婆'로 나와 있으나 바, 사본에 의거하여 바로잡음.
627) 矣: 저본에는 빠져 있으나 라본에 의거하여 보충함.
628) 瀟: 저본에는 '繡'로 나와 있으나 바본에 의거함.
629) 乎: 저본에는 빠져 있으나 라본에 의거하여 보충함.

4-232.

益寧幼時, 與諸兒遊, 同里洪相暹家, 爭折蓮花, 洪公怒欲笞之. 諸兒盡散走, 公獨不動, 洪奇之, 招問曰: "汝若作詩, 吾不笞." 公曰: "惟命!" 洪公呼'秋'字, 公應聲曰: '相公池閣冷如秋.' 又呼'遊'字, 又應聲[630]曰: '童子招[631]朋月下遊.' 洪公大驚, 欲試難韻, 呼'牛'字, 卽應曰: '昇平大業知何事, 但問蓮花不問牛.' 洪公延之坐, 曰: "是兒必坐吾座矣." 後果大拜.

4-233.

仁祖朝, 爲昭顯世子擢嬪, 有一處子, 容貌豊盈[632], 可知其有德. 而坐立無儀, 哂笑無節, 賜之飮食, 則毋論飯羹, 以手取啖, 宮人指以爲狂. 上疑其病, 不知察也. 其後有所歸, 甚有婦德, 仁廟聞而咄嘆, 曰: "我墮其術中!" 其處子姓權云.

4-234.

松巖柳相國灌, 爲順朋所搆殺, 臧獲沒, 爲其家奴婢. 有一婢, 名甲伊, 年十四, 聰慧[633]絶人, 鄭愛之如女. 甲伊隨事盡誠, 每遇舊主, 必辱之曰: "嘗遇我少恩." 鄭信之不疑. 一日, 甲伊匿其寶器, 鄭詰之, 甲伊曾與其奴通, 謂其奴曰: "主責我, 將引汝." 奴懼曰: "奈何?" 甲伊曰: "吾欲禳之, 覓死者支體來[634]." 奴斫疫死人一臂與之, 甲伊潛納順朋寢囊中, 未久, 順朋遘疫死. 事覺, 甲伊罵曰: "汝殺吾主, 吾今報仇, 尙何問哉?" 賤女而有烈丈夫之心, 不可泯也. 【『芝峰類說』】

---

630) 聲: 저본에는 빠져 있으나 가본에 의거하여 보충함.

631) 招: 가, 다, 바본에는 '携'로 되어 있음.

632) 豊盈: 라본에는 '厚豊'으로 되어 있음.

633) 慧: 저본에는 '惠'로 나와 있으나 가, 바, 사본을 따름.

634) 來: 저본에는 빠져 있으나 가, 바, 사본에 의거하여 보충함.

4-235.

鄭彦慤, 乙巳年, 搆殺林錦湖亨秀. 後爲畿伯, 落馬一脚掛鐙, 馬且奔且踶, 頭腦骨節破碎, 打成泥醬, 人咸快之, 以爲天道有知. 馬卽錦湖所常乘者也. 彦慤, 卽昏朝凶臣造·遵等之曾祖父也.

4-236.

尹元衡, 乙巳奸人也. 爲兵判時, 差一武人, 北道權管, 其人之任送箭筒, 元衡怒曰: "我不學射, 焉用箭筒?" 投之樓上, 武人罷歸, 來見元衡, 怒目視[635]之, 武人曰: "前者箭筒未曾覽否?" 元衡疑之, 命婢取來, 鑰匙才散, 貂皮聳出, 元衡驚喜, 卽除饒邑. 又爲吏判時, 有人納薾累百斤, 求補參奉, 元衡臨政疲睡, 久未呼名, 郎官秉筆促之, 元衡和睡答: "高致!" 高致卽薾之俗稱也. 及受点, 曹吏求其人不得, 有遐鄕寒士姓名高致者, 以其人拜之, 元衡不敢辨.

4-237.

泛虛亭尙成安震, 少時, 洪繼寬卜公, 禍福不差. 棄世年月, 亦皆言之, 公以所經事無不合. 至其年, 爲身後具以待之, 過一年無恙, 洪大異之, 訪公, 曰: "古有陰德延壽, 公必有是也." 公曰: "爲修撰時, 路有紅袱, 乃純金杯一雙也. 掛榜闕門以待, 一人來, 曰: '吾爲大殿水剌別監, 子侄有婚禮, 竊借御用金杯, 而現露則必伏法[636], 公之所得, 無乃是乎?' 出以給之矣[637]." 洪曰: "公之延壽, 以此矣." 後十五年而卒.

4-238.

樗軒李文康石亨父懷林, 夢白龍坼大石, 生公, 青胞[638]裹之, 剖則肌黑有

635) 視: 사본에는 '叱'로 되어 있음.

636) 法: 가본에는 '誅'로 되어 있음.

637) 矣: 저본에는 빠져 있으나 바본에 의거하여 보충함.

毛. 母朴氏欲棄之, 父不從而育之. 臂有黑文[639]如龍, 有喜事, 則夢龍繞身行之.

4-239.

淸香堂尹文度淮, 少時, 投逆旅, 主人兒持眞珠落地, 白鵝呑之. 俄而, 主人索珠, 疑公竊之, 縛而待朝, 將告官, 公不卞之, 但云: "彼鵝亦繫吾傍!" 明日, 珠從鵝後出, 主人謝曰: "何不早言?" 公曰: "必剖鵝, 故不忍早[640]言也."

4-240.

厖村黃翼成喜, 少時, 見田夫以黃黑兩牛耕, 公問曰: "二牛孰勝?" 田夫不答, 追至路轉處, 密語曰[641]: "黃勝." 公曰: "何不直[642]言?" 曰: "彼雖畜物, 能解人語, 不忍長短於牛[643]之所聞也." 公平生服膺此言[644], 不言人是非.

4-241.

孟文貞思誠, 拜相後上京時, 遇雨, 入龍仁縣旅院. 有一人先登樓上, 公入處一隅, 先登者, 乃欲爲錄事取才上來者也. 見公招與戲博, 約以'公'字'堂'字爲答, 公曰: "何以上京公?" 其人曰: "爲錄事取才上京[645]堂." 公曰: "我爲差除公?" 其人曰: "嚇不堂." 後公坐政府, 其人取才, 公曰: "何如公?" 其人曰: "死去之堂." 諸宰問其故大笑, 竟爲錄事, 賴公力, 屢典

638) 胞: 저본에는 '袍'로 나와 있으나 바본을 따름.
639) 文: 사본에는 '紋'으로 되어 있음. 서로 통함.
640) 早: 저본에는 빠져 있으나 바본에 의거하여 보충함.
641) 曰: 저본에는 빠져 있으나 가본에 의거하여 보충함.
642) 直: 저본에는 '卽'으로 나와 있으나 나, 다본을 따름.
643) 牛: 나, 다본에는 '渠'로 되어 있음.
644) 此言: 저본에는 빠져 있으나 가본에 의거하여 보충함.
645) 京: 저본에는 '去'로 나와 있으나 사본에 의거함.

州郡，後稱公堂問答.

4-242.

世廟朝爲大君，時年十四，宿一娼家．夜半，其私者叩房門，世祖驚起，蹴壁壁倒，仍出超數仞墻，又超過三重墻，其人亦如之．上走一里餘，路傍古柳腹虛，遂隱其中，其人追之不及而去．俄有，人自樹傍啓門，而溲溺橋側，仰視星文，自語曰："紫微星經柳宿，必人君倚樹象，可怪!" 良久還入．上歸，翌日物色之，乃觀象監善[646]推步者也．上心獨喜，及登極問之，死已久矣．厚賜其子.

4-243.

學易齋鄭文成麟趾，年少貌美，貧居．嘗夜讀書，隔墻家有處子，茂族也，踰墻而來，公正色拒之，其女憤懟欲發聲，公溫言喩之．明日，告父母成親，女喜而去，公移家他處而絶之.

4-244.

學易齋家，與高奉常台鼎·友人金姓人第隔墻，高卽金門呼僮，曰："汝主速出也!" 僮出曰："主方進食，少待之." 高大聲曰："汝主人必進糞也，何客來不出也?" 少頃，老大人顚倒而出，乃鄭公也．高慚惶，伏曰："某以爲友人金家，而無禮而至此." 公笑曰："落地皆兄弟，誰非友也?" 引與同入，設酌大飮.

4-245.

朴蘭溪堧，年四十，落魄不遇，以琴棋自隨，過隣家，痛飮爲事，夜則引燈讀書，時時橫笛自娛．後登第官通政，還鄕到西原，微服宿州司，彈琴

646) 監善: 저본에는 빠져 있으나 가본에 의거하여 보충함.

數曲. 諸吏聚視, 饋盛饌, 公恣爲歡謔[647], 每有樂器, 必手弄再三, 吏皆曰: "老翁中人也." 相與飮罷. 朝日,[648] 通名於州, 牧使以下奔走來謁, 諸吏大驚. 【『靑坡劇談』, 李陸述】

4-246.

韓忠成明澮, 在孕[649]七月而生, 四體初未具, 一家不欲擧育. 老婢置破[650]絮中護之, 數日漸就岐嶷, 腹背有黑痣象星文, 人皆異之焉[651].

4-247.

申文忠夫人尹氏, 尹相子雲妹也. 六臣死夕, 申自闕還家, 見夫人, 持數尺布坐樓下, 申驚問其故, 答曰: "君平日與成某等相厚, 不啻兄弟, 意君必與之同死, 候[652]君凶音而自決, 豈意今獨爲生還?" 申愧恧顔騂, 若無所答. 後申臨沒, 歎曰: "人生會當止此, 蓋悔心之萌也[653]."

4-248.

具綾城致寬, 新拜右相, 申叔舟進領相, 世祖引入內殿, 呼申政丞[654], 申對, 上曰: "予呼新." 申誤對罰之酒, 又呼具政丞, 具對, 上曰: "予呼舊." 具誤對罰之酒, 又呼新, 申對, 呼舊, 具對, 又皆以誤對罰之. 又呼申呼具, 皆不敢對, 又以不對罰之, 終日罰飮.

---

647) 謔: 저본에는 '謔'로 나와 있으나 사본을 따름.
648) 朝日: 사본에는 '明日'로 되어 있음.
649) 孕: 저본에는 '孕'로 나와 있으나 가, 바, 사본에 의거하여 바로잡음.
650) 破: 바본에는 '敗'로 되어 있음.
651) 焉: 저본에는 빠져 있으나 바본에 의거하여 보충함.
652) 候: 저본에는 '侯'로 나와 있으나 사본에 의거함.
653) 也: 저본에는 빠져 있으나 가본에 의거하여 보충함.
654) 丞: 저본에는 '承'으로 나와 있으나 바본을 따름. 이하의 경우도 동일함.

4-249.

洪相允成，少時，落拓不遇，就洪繼寬問卜，洪推其命[655]，良久跪，曰："公極貴命也."仍曰："某年某時，公必判刑部，其時某子，繫獄當死，願活之."允成愕然不敢諾．未十年，以翊戴功，超拜刑判．一日鞫囚，囚呼曰："囚是洪某子也."允成悟而釋之．【『涪溪記聞』】

4-250.

洪允成，以都元帥，出湖南也．聞全州某甲爲望族家富，有三女俱美，允成欲妾其女，牒方伯，設宿所於其家．方伯召其人，語曰："不從，不但禍及爾，監司亦當得罪，爾急理婚具."其人唯唯而歸，與妻相泣，第三女曰："此甚易."女有以應之，及洪來，其女盛飾，立於中門，扇後揖，曰："若欲爲妻，可也，必妾願死於前."洪笑曰："當從汝言."遂密啓請爲繼室，許之．洪死後，前後妻爭嫡，後妻曰："某年月日，先王幸妾夫家，令妾行酒，政院必有日記，願考之."果考日記，則有曰：'令夫人行酒.'遂命後妻爲正室．【『五山說林』】

4-251.

金乖崖守溫，每從人借書，來往泮中，日日抽出一張，藏諸袖中誦之，若有遺忘．出而視之，誦已熟輒[656]棄，故誦一秩，則一秩已盡弊矣．申文忠叔舟，有賜書古文，新爲粧潢愛之，公往借，申不得已借之．踰月到其家，片片塗壁，烟薰莫辨，問其由，則曰[657]："吾當臥而誦之矣."

4-252.

南怡少時，遊街上，見少奚袱裹小笥，袱上坐着粉面鬼，心怪之，從其所，

---

655) 命: 저본에는 '名'으로 나와 있으나 가, 바본에 의거함.
656) 輒: 저본에는 '卽'으로 나와 있으나 사본을 따름.
657) 曰: 저본에는 빠져 있으나 바본에 의거하여 보충함.

入一宰相家也[658]. 俄而, 其家號哭, 其娘暴死, 怡曰: "我請[659]入見可活." 始入門, 粉面鬼踞[660]娘胸而坐, 見怡卽走, 娘起坐. 怡出, 娘復死, 怡更入還生, 怡曰: "小笥何物也?" 曰: "紅柹也. 娘子先取食氣塞." 怡具言其所以, 以藥治之, 始得生. 卽權相國擘[661]之第四女, 仍歸于[662]怡.

4-253.

藥峰李景肅鐸, 始生無聲, 母夫人顧視之, 乃一龍也. 軀體蜿蜒, 昏昏耽睡, 覆衾俟之, 俄有啼聲, 開見卽兒也. 後官至首揆.

4-254.

海原尹文靖斗壽, 早孤奉母夫人玄氏. 兒時, 與弟月汀公, 受學而歸, 見白金一封遺在路上, 梧陰拾取之, 月汀勃然曰: "義不拾遺!" 梧陰曰: "持此以慰慈親之憂, 不亦宜乎?" 月汀曰: "何可以不義物納親乎?" 仍手抽兄袖, 欲出棄之, 梧陰冷笑拂袖, 月汀先走歸家而哭. 母[663]夫人問其故, 月汀告其故曰: "吾欲奪棄, 恨力不足." 有頃, 梧陰[664]歸藏其金, 大書於其門, 曰: '有失銀者推去.' 一皀隷來索, 梧陰熟視, 曰: "信汝物也." 乃出給之. 其沖年識量, 宜爲中興賢輔, 月汀淸介出天, 德量不及伯氏.

4-255.

梧里李公, 以簠簋不飾論梧陰. 後因事往見梧陰, 無幾微色, 留與語曰: "窮族婚喪, 皆告我, 不得不受饋, 坮言理所必至." 酬酢之際, 適有鄉族

658) 也: 저본에는 빠져 있으나 가본에 의거하여 보충함.
659) 請: 저본에는 빠져 있으나 가본에 의거하여 보충함.
660) 踞: 저본에는 '據'로 나와 있으나 바본을 따름.
661) 擘: 저본에는 '孽'로 나와 있으나 바본에 의거하여 바로잡음.
662) 于: 저본에는 빠져 있으나 바본에 의거하여 보충함.
663) 母: 저본에는 '玄'으로 나와 있으나 다본에 의거함.
664) 陰: 저본에는 '里'로 나와 있으나 다, 바, 사본에 의거하여 바로잡음.

乞婚需, 公卽招侍[665]婢, 曰: "頃日譯官某所納匹緞, 爾其取來." 婢還出, 曰: "本無是物." 公笑曰: "夫人輩以君在座, 故欲諱之爾." 亟令取來, 全封畀之, 蓋屢百金價也. 署無難色, 梧里服其量.

4-256.

光國功臣唐城君洪純彦, 少時, 以譯官入京, 到通州, 謂主嫗, "願見中原一色." 嫗引一叉鬘, 縞衣草草, 愁色滿面, 洪曰: "聞嫗言, 是士族女, 何爲托身靑樓?" 女曰: "父母以浙江人, 仕京俱沒, 返葬無路, 非不知倚市之可恥, 要得例贈爲需." 言訖淚聳[666], 洪愍然曰: "當費幾何?" 曰: "人言二百兩可運柩." 洪贈二百銀, 曰: "持此返葬, 好歸簪纓. 吾外國象胥, 豈敢汚中華士族處女?" 女下庭百拜謝恩. 後二十年, 洪隨黃芝川廷彧, 到皇城外, 望見朝陽門前, 彩幕連天. 一人馳來, 問: "朝鮮洪知事爲誰?" 洪怪問之, 答曰: "石侍郞夫人奉邀." 洪驚惶[667], 進至帳外俯伏, 夫人曰: "吾向蒙君高義, 返葬父母, 感結在心." 仍盛備饋, 一行問曰: "君有甚事?" 洪備述始末, 夫人曰: "今家夫爲禮部尙書, 當極力周旋." 果準事, 將發行, 夫人招洪, 坐黃金交倚. 酒罷, 贈五色緞各二十疋, 每疋刺繡'報恩緞[668]'三字, 曰: "此吾手織, 歸以爲衣資, 庶報萬一." 洪伏地固謝, 還到鳳城, 見四人擡紅羿錦及夫人手札來, 洪白使臣領歸. 壬辰石尙書之功, 亦夫人之助矣. 以此, 名洪所居之洞, 曰'報恩緞洞'耳.

4-257.

沈大觀齋義, 貞之弟也. 以痴自處, 沈晦免禍, 與兄友愛天至. 一日, 公晨泣, 貞問曰: "何泣?" 公曰: "夢見父母言, '汝是小子, 吾甚念之, 某田

---

665) 侍: 저본에는 빠져 있으나 가, 라, 사본에 의거하여 보충함.
666) 聳: 라본에는 '湧'으로, 사본에는 '聲'으로 되어 있음.
667) 驚惶: 사본에는 '驚怪'로 되어 있음.
668) 緞: 저본에는 '丹'으로 나와 있으나 이본에 의거하여 바로잡음.

某奴, 吾欲與汝而未[669]及, 竟未忘也.' 吾以是悲泣." 貞大感, 曰: "父母念汝, 吾何愛是?" 卽作券與之. 貞後知其詐, 欲試之, 亦晨泣曰: "夢父母, 欲以某田某奴, 付吾云云." 公曰: "春夢何可信也?" 貞大笑[670]而已.

4-258.

奇服齋遵, 嘗直玉堂, 夢羈旅關外, 吟成一篇, 曰: '異域江山古國同, 天涯垂淚倚孤逢. 頑雲漠漠河關閉, 古木蕭蕭城郭空. 野路細分秋草外, 人家多在夕陽中. 孤帆萬里無回棹, 碧海茫茫信不通.' 後謫穩城, 行到吉州, 途中所見, 卽夢中景光, 怳然省悟, 可知人事有前定也. 【『思齋摭言』】

4-259.

慕齋金文敬公, 文鑑如神, 與思齋有同研友, 能策文, 而中間承接, 非其所長, 故見屈. 當慕齋主試也, 思齋從容問曰: "當出何題?" 慕齋言當出某題, 思齋乃自草其承接數行, 以授其友, 友入場書而呈之. 慕齋讀其劵, 將置高選, 讀至承接, 忽瞪目, 以朱筆劃數行, 置膝歸家. 思齋曰: "某人又見[671]屈, 可恨!" 慕齋擲其劵, 曰: "君名官作事如是, 使老友寃屈, 可恨! 吾亦作事, 不密可矍然."

4-260.

思齋赴燕, 唐詩間入己作刊, 歸示慕齋, 慕齋拈思齋所作諸篇付籤, 曰: "此似君手可訝[672]." 思齋乃服. 成虛白俔, 居家調病, 熟視杜律, 作四韻八首, 謂其子遯齋世昌曰: "常紙寫我詩懸廚上, 作年久樣, 以示慕齋, 問其何代詩." 遯齋邀慕齋, 曰: "得此詩於舊籠中, 是古人所作, 未知宋耶

---

669) 未: 저본에는 '來'로 나와 있으나 바본에 의거함.
670) 大笑: 가본에는 '一笑'로 되어 있음.
671) 見: 사본에는 '可'로 되어 있음.
672) 似君手可訝: 가본에는 '君之作也'로 되어 있음.

元耶?" 慕齋讀二篇, 曰: "格卑既非宋, 又非元也, 乃今時人作也." 又問: "是孤雲·牧隱作也?" 曰: "崔·李格高, 非其所作, 然在今人作甚好, 他人恐未辨此. 近聞, 大監讀杜詩, 若精鍊, 則可有此作." 盧白開闔而出見, 曰: "不意汝之知詩至於此也[673]."

4-261.

慕齋少時, 隣居有一處女, 乘月色往投公, 公責曰: "汝以士族, 夜投於人, 得罪倫紀矣. 吾當笞汝, 汝其受之!" 其女受笞, 越[674]墻而去. 後嫁某公, 蓋亦名大夫也. 有子有孫, 年老後言於其子[675]孫, 極歎慕齋之賢云. 【『南溪集』】

4-262.

思齋亦以知詩名. 慕齋爲嶺伯, 聞一校生宋姓人能詩, 招見於月波亭, 令作詩, 詩曰: '金碧樓明壓水天, 昔年誰搆此峰前. 一竿漁父雨聲外, 十里行[676]人山影邊. 入檻雲生巫峽曉, 逐波花出武陵烟. 沙鷗但聽陽關曲, 那識愁心送別筵.' 慕齋大加嘆賞, 歸語思齋, 思齋曰: "此必鬼語, 非烟火食所作." 詰之果然. 宋初不解文, 而得妖女, 妖女教之, 因有詩名. 後家人以怵送[677]其妖, 乃書示於掌, 曰: '花婦今爲洛水神, 世間皆是薄情人.' 遂去, 宋自此依舊不識字.

4-263.

朴松堂英, 少時, 黃昏過南小洞口, 有一女有姿色. 袖招之, 公下馬, 戒

---

673) 也: 저본에는 빠져 있으나 가본에 의거하여 보충함.

674) 越: 가본에는 '踰'로 되어 있음.

675) 子: 저본에는 빠져 있으나 가, 바, 사본에 의거하여 보충함.

676) 行: 저본에는 '江'으로 나와 있으나 바본을 따름.

677) 怵送: 저본에는 '術狀'으로 나와 있으나 이본에 의거함.

僕明早來, 遂踵而去. 家在深僻, 天已黑矣, 其女對公潸然下淚[678], 公問其由, 女低聲語曰: "公由我而枉死." 公駭而再問之, 乃曰: "賊使爲餌誘殺人, 分其衣服, 吾日思脫出, 怕死不敢, 公能活我否?" 公卽拔劒而坐, 夜半自房上樓呼女, 下垂大索, 公奮身蹴其壁, 急負女自壁穴而出, 超越過墻, 絶裙而走. 後學於鄭新堂鵬, 名聲藉甚, 平居[679]坐側, 置絶裙衣, 以戒子孫. 【『寄齋雜記』】

4-264.

福城君嵋, 中廟王子也, 爲安老輩誣殺矣. 其後, 白沙李公少時, 就友人家居業, 隣居有少女, 日日來仰視公. 一日大雨, 公獨坐, 女復來仰視, 公怪問之, 女曰: "我[680]本巫人, 有所憑神, 欲謁郞君." 公曰: "與之俱來." 至夜雨止, 月微明, 女曰: "神至矣." 開戶視之, 少年男子也. 貌如玉雪, 眉目如畫, 藍袍紅帶, 冉冉而來. 公冠服出迎, 揖讓而入, 問曰: "幽明路殊, 何爲相見?" 神噓唏曰: "我王子福城君也. 遭禍抱寃, 欲聞世間公議如何, 而凡人神魄類弱, 無能接我[681]者. 公雖年少, 他日大貴, 氣魄能相接, 且言足徵信[682], 故願承一言之教." 公曰: "伸寃久矣, 神不聞乎?" 神曰: "因祭告知之, 然此特出於親親之義, 所欲聞者公議也." 公俱道世人所以哀愍其至寃者, 神泣數行下, 曰: "信然, 雖更九死無餘憾矣." 仍令巫進果數品, 遂辭去. 公出送之, 數步而滅, 公以近誕, 終身不言. 晩年北竄時, 始爲東岳李公言. 【『東平聞見錄』】

4-265.

淵氷堂辛文僖碩祖, 嘗修史, 一下俺忽高聲, 曰: "辛碩祖! 將硯水來." 旋

---

678) 下淚: 가, 사본에는 '泣下'로 되어 있음.

679) 居: 저본에는 빠져 있으나 바, 사본에 의거하여 보충함.

680) 我: 저본에는 '兒'로 나와 있으나 바본을 따름.

681) 我: 저본에는 빠져 있으나 가, 바본에 의거하여 보충함.

682) 信: 저본에는 '神'으로 나와 있으나 가, 바본을 따름.

卽慚惶, 低頭不能擧, 公遽起執手, 曰: “我於少時妄發, 豈止此乎?” 引與對飮, 人服其量.

4-266.

平壤君趙大臨, 太宗儀賓也. 松堂浚子, 服僭衣, 大司憲孟思誠, 持平朴安信等, 不啓而考訊之, 太宗大怒, 將二人車載棄市. 孟蒼黃失措, 朴曰: “嘗以汝有志操, 何恸如此? 汝不聞車聲之轔轔乎?” 使皂隷持瓦石來, 書曰: ‘數當千載應河淸[683], 自謂君王至聖明. 爾職不供甘受死, 恐君留殺諫臣名.’ 使呈政院, 左相成石璘, 極[684]諫杖流. 後孟作相, 朴官判書, 謚貞肅.

4-267.

金乖崖, 成宗丙午, 爲重試試官. 時姜相龜孫赴試, 其婦翁之弟成虛白俔, 以知申在省內; 姜父晉山希顔, 以摠管入直, 謂虛白曰[685]: “吾家連科, 亦盛事也, 盍與君代作龜孫之策乎?” 自虛頭至軸姜製, 自當今設弊至終篇[686]成製, 令書呈考官, 徐四佳等皆嘆服, 當爲第一. 乖崖以上試, 佯睡不細參考, 試官書等, 則曰: “更!” 再問亦如是, 以爲夜困, 至曉又讀, 而稟則曰: “次上可也.” 怪問之曰: “此文, 何以未參等也?” 乖崖笑曰: “此非成·姜二子弟, 當爲壯元矣.” 速取封彌窺之, 果姜相也. 乖崖曰: “吾與姜同榻, 而成俔學於我, 吾辨其文, 自此至彼姜作也, 自彼至此成作也, 詎可爲其所瞞而撓國試乎?” 衆皆服遂黜, 而申三魁從護復爲魁.
【『巴人識小錄』】

---

683) 淸: 저본에는 빠져 있으나 가, 바, 사본에 의거하여 보충함.
684) 極: 저본에는 빠져 있으나 바본에 의거하여 보충함.
685) 曰: 저본에는 빠져 있으나 가, 바, 사본에 의거하여 보충함.
686) 篇: 저본에는 빠져 있으나 가, 바본에 의거하여 보충함.

4-268.

楊蓬萊士彦, 善筆名, 朴思庵龍湖暎波亭, 要士彦書額, 揭之. 一夕, 江風大作, 捲入波中, 爲龍宮取去云. 嘗在襄陽, 書一飛字, 屬其子, 曰: "吾精力盡在此, 爾其護惜之." 乃藏密室. 一日, 風從海上來, 揚其紙騰空去, 卽士彦去世之日也.

4-269.

澤堂李文靖植, 嘗不許東岳詩, 東岳恨之. 及東岳尹慶州也, 有一人, 有事請簡於公, 公曰: "君見東岳, 如此如此, 不須請簡, 必得力也." 其人至慶州, 見東岳, 曰: "來時見汝固學士, 則盛稱令公近作詩, '蘇仙赤壁今蒼壁, 庾亮南樓是北樓. 春空欲雨雲陰駁, 野燒無烟草色班.' 句語逼老杜云云." 東岳心下大喜, 曰: "子有何幹事耶?" 曰: "某事." 東岳極力周旋. 及遞歸, 東岳出詩示之, 公看過無雌黃, 東岳着急, 曰: "與前作詩何如?" 公曰: "無甚異同." 東岳又稱蘇·春[687]二句, 曰: "此句何如?" 公曰: "此乃叔主之本意." 東岳始悟見賣, 大恨嘆之也[688].

4-270.

車五山天輅, 自京量移洪州. 時東岳爲邑宰, 文酒淋漓, 令妓松月, 薦枕於醉中. 翌日, 坐妓十餘, 問所狎, 車不知其面, 索牋書一絶, 曰: '燕透疎簾醉不知, 滿庭松月影參差. 朝雲不入襄王夢, 十二巫山望更疑.'

4-271.

延興金國舅悌男, 光海癸丑賜死. 夫人謫濟州, 賣酒資生, 島民爭來沽酒, 曰: "大妃母酒美." 聞者悲之. 過海八年, 望絶生還, 一日, 有鵲飛到

---

687) 春: 저본에는 빠져 있으나 라본에 의거하여 보충함.
688) 也: 저본에는 빠져 있으나 라본에 의거하여 보충함.

簷前，査査不已，如報喜狀．蓋鵲非海島所有，而忽有之，人皆異之．俄傳承旨奉大妃徽音，爲迎夫人，來泊[689]朝天館．船人言，“發船海南時，有鵲來坐檣竿，將近津頭，忽然南翔，不知去處．”始知先使者報喜．

4-272.

涵虛亭洪文匡貴達，燕山時，賜死於端川龍泉驛．後宋相國軼，宿龍泉驛，夜忽有寒氣，自遠[690]而來，有聲曰：“嘉仲着睡否？”嘉仲卽宋字也．宋聞聲認洪，答曰：“兼善耶？”兼善洪字也．曰：“唯．”開窓[691]而入，曰：“我死天寒尸凍，願與熱[692]酒．”卽煖酒置之前，聞飮聲而酒不減矣．曰：“寒氣少解多謝，余每思覓酒解凍，候之官到館來訪，累致驚悸徑殞，非我故犯之．令公福祿遐興，子孫延甚，勿慮！”【『於于野談』】

4-273.

懶齋蔡襄靖壽，以內翰，曝晒[693]史冊全州，勅列邑，勿令女色服事．適霖雨流連，方伯與判官，議選美妓，如蘇弱蘭之給陶穀，情愛洽然．及還，別於參禮驛，淚迸不禁，仰視屋，問侍童曰：“此屋何年何官所造？”答曰：“某年月日所建．”公嘆曰：“可憐人生，已作鬼錄．”汪然淚下，人謂蔡曝晒淚脚．

4-274.

張相順孫，少時，貌類猪頭，儕輩以張猪頭嘲之．燕山幸星州妓，一日，宗廟祭罷，獻膰宮中，妓見之笑，主問其故，妓曰：“星州張順孫，貌似猪頭，故人皆指[694]張爲猪頭，以是哂[695]之．”主大怒曰：“張必爾夫，速斬以

689) 泊: 저본에는 '泊'로 나와 있으나 가, 바본에 의거함.
690) 遠: 바본에는 '外'로 되어 있음.
691) 窓: 가본에는 '戶'로 되어 있음.
692) 熱: 저본에는 '熟'으로 나와 있으나 바본에 의거함.
693) 晒: 저본에는 '酒'로 나와 있으나 사본에 의거하여 바로잡음. 이하의 경우도 동일함.

獻." 命拿來, 行至咸昌, 公儉池岐路, 由此有猫越路, 張請於都事曰: "我平日赴擧, 見猫越路必中, 今又見猫于岐路, 由此逕則甚捷, 願從此路." 都事許之, 到縣聞, 宣傳官奉命速[696]斬, 直下尙州, 審知反正之機, 故徐行還, 至嶺則已[697]反正矣, 張免死. 人之生死, 莫非關數, 張聞反正之報鼓舞, 後官至領相.

4-275.

徐萬竹益·李完平元翼同榜, 李山海往見徐公, 徐公曰: "此間有絶等豪俱, 幸一奇觀." 仍拈出梧里, 曰: "此物是耳." 完平素淸羸, 破帽鬼服, 勞悴已極. 李相素有識鑑[698], 一見知爲國器, 傾許頗甚, 徐公並與李相, 而嘲侮之. 後徐公低回外郡, 完平爲吏判, 朝夕將入相, 徐公嘆曰: "塵埃中識人難矣!"

4-276.

先王考白江府君, 按湖南, 謁完平於衿川, 完平曰: "吾平生夢多驗, 曾夢吾死, 而公爲全羅監司, 來治吾喪, 今公爲此官, 吾其死矣." 居無何, 完平卒. 【『踈齋集』】

4-277.

韓纘男子嘻, 爲吏郞, 卽有一微官, 言, "隣家有妓甚美, 如欲眄, 則當掃室待之." 嘻肯許. 爲期至其家, 其妓適出他, 其人焦燥, 謂其妻曰: "我若失信, 官路休矣. 君可[699]替寢, 昏夜誰復知之?" 再三急請, 妻終不聽. 其

694) 指: 저본에는 '持'로 나와 있으나 바, 사본에 의거함.
695) 哂: 바본에는 '嘲'로, 사본에는 '笑'로 되어 있음.
696) 速: 가, 바본에는 '捉'으로 되어 있음.
697) 已: 저본에는 빠져 있으나 바본에 의거하여 보충함.
698) 識鑑: 바본에는 '知鑑'으로 되어 있음.
699) 可: 사본에는 '若'으로 되어 있음.

人遂擁而納嘻, 其妻發聲以拒嘻, 歸語於人, 其人廢棄.

4-278.

白沙李文忠恒福, 參贊夢亮之子也. 李訥軒思勻試士, 歸語其夫人黃氏曰: "今日試所見抱川儒生李夢亮, 異日必爲國器, 且生貴子, 夫人心誌之." 後十年, 黃夫人聞李公喪耦, 乃妻以外孫女崔氏, 生白沙, 世稱崔氏女中君子. 白沙生未周歲, 乳媼抱遊井傍, 媼睡, 白沙匍匐將入井, 媼夢長者急蹴之, 曰: "兒入井!" 媼驚覺之抱之. 後見益齋畫像, 一如夢中所見, 可知其名祖名孫也.

4-279.

白沙與副使月沙李公, 書狀黃海月汝[700]一, 同赴京, 到龍灣治行, 海月少[701]時有所眄於龍灣. 嘗至瀰串久留, 送騎馱紅, 而囑作男子樣, 仍使奴[702]往候中路, 奴不知男服者是爲娘也, 誤認爲麟山僉使, 告曰: "無來人, 只有麟山僉使過去." 傳爲龍灣美談. 至是, 軍官入告白沙, 曰: "行中弓子似畧." 公戲曰: "書狀與麟山僉使最親, 爾告此意, 果[703]得一張." 軍官唯而去, 跪告于海月曰: "行中弓子缺一張, 聞使道與麟山僉使相親, 倘一言, 彼何敢不副?" 海月厲聲曰: "爾敢弄我?" 軍官惶駭[704], 不知所[705]以. 後兩公聞之, 各自絶倒. 【『菊堂俳語』】

4-280.

白沙嘗赴備坐, 獨後至, 曰: "適見途中相鬩者, 不覺來遲." 諸宰曰: "何

---

700) 汝: 저본에는 '沙'로 나와 있으나 바, 사본에 의거하여 바로잡음.
701) 少: 저본에는 '沙'로 나와 있으나 바, 사본에 의거하여 바로잡음.
702) 奴: 저본에는 '如'로 나와 있으나 바, 사본에 의거함.
703) 果: 바본에는 '可'로 되어 있음.
704) 駭: 저본에는 '核'로 나와 있으나 바, 사본을 따름.
705) 所: 바본에는 '何'로 되어 있음.

闋?" 曰: "宦者捽僧人之髮, 僧人挽宦者之閬耳." 諸宰大笑. 此語雖滑稽, 蓋警時人多尙虛僞也.

4-281.

宣廟丁酉, 申磼曰: "車駕幸寧邊, 則最大憂者, 無醬也." 白沙進曰: "此亦[706]謂申不合醬也." 聞者捧腹. 公有愛馬癖, 在外軒, 內婢出, 曰: "馬太已乏." 公笑曰: "喂馬亦議大臣乎!"

4-282.

宣廟朝, 有一貪宰, 輦移民家, 花草怪石, 窮搜極覓[707], 人畏虐焰, 莫有阻者. 白沙謂其宰曰: "吾家有極品怪石假山, 天下之寶." 其宰聞欲之, 不覺膝前於席, 公曰: "公如欲之, 亦何靳也?" 其宰甚喜. 翌日, 使人來取, 曰: "蒙許怪石, 願得取來." 公曰: "更思之, 世傳舊物, 不可與人." 其宰渴甚, 日踵門願一見, 如是七八日, 公沉吟, 曰: "業已許之, 當任公取去, 第有許多人力可運." 其宰大喜. 明日, 盡括京江牛馬, 各司下卒百餘人, 來請運去, 公指示南山蠶頭, 曰: "此吾怪石也." 其宰方知見欺, 大慙恚. 公雅善謔, 而見其無厭有寓, 於遂取武庫之義. 其宰, 卽洪汝諄[708]也.

4-283.

白沙退去鄕舍, 微服遊靑平山, 至昭陽江口[709], 同舟少輩, 侵詰來由, 公曰: "聞此山水, 欲托捿而來." 少輩指一山, 曰: "世傳, 此山浮來, 故移居者[710]多致富, 汝能[711]來則幸矣." 仍相附耳曰: "此人玉圈, 必納粟也." 公

---

706) 亦: 라본에는 '可'로 되어 있음.
707) 覓: 저본에는 '覔'으로 나와 있으나 가, 사본을 따름.
708) 諄: 저본에는 '淳'으로 나와 있으나 바본에 의거하여 바로잡음.
709) 口: 저본에는 빠져 있으나 사본에 의거하여 보충함.
710) 者: 저본에는 빠져 있으나 라, 바, 사본에 의거하여 보충함.
711) 汝能: 저본에는 빠져 있으나 라, 바, 사본에 의거하여 보충함.

戲詩曰: '晩計昭陽下, 同君老一竿. 莫憂生事薄, 自有浮來山.' 聞者捧腹.

4-284.

白沙與外舅權元帥, 嘗[712]嘲戲, 當署月入待, 公曰: "今日極熱, 聘翁必不能堪, 脫襪着靴, 似好矣." 權公然之. 及入待良久, 白沙進曰: "當此極熱, 老宰相其具冠服不能堪, 請脫其靴." 宣廟極可之, 乃自領相, 次次脫靴, 權公不肯脫靴, 目視白沙, 惶愧踧踖. 上意尊前脫靴爲難, 命小黃門脫之, 乃赤足也. 權公以袍掩足, 伏地曰: "李恒福所瞞至此耳." 上拍[713]手大笑, 群臣捧腹.

4-285.

戊午夏, 白沙在謫感疾, 夢宣廟召入侍, 金命元·李德馨·李山海·柳成龍等, 侍[714]左右, 宣廟敎光海, 曰: "某也! 無道殘害骨肉, 幽縶[715]母后, 不可不廢." 左右曰: "請召李某議." 公竦然而[716]覺, 語子弟曰: "吾豈[717]久乎?" 越二日而卒.

4-286.

成廟, 嘗置酒宴群臣, 命笑春風行酒, 笑春風永興妓也. 酌而至領相前, 曰: "舜雖在不敢斥言, 若皐陶, 則正我好逑也." 時有武臣秩高爲兵判者, 吏判兼文衡者, 在座, 笑春風酌而進, 曰: "博古通今, 明哲君子, 豈可遐棄, 乃取武夫之無知也?" 兵判有怒色, 笑春風又酌而進, 曰: "前言戲耳. 文武一體, 赳赳武夫, 那可不從[718]?" 吏判笑曰: "然則捨我[719]乎?" 笑春

712) 嘗: 저본에는 빠져 있으나 나본에 의거하여 보충함.
713) 拍: 저본에는 '拘'로 나와 있으나 바, 사본에 의거함.
714) 侍: 저본에는 '在'로 나와 있으나 나본을 따름.
715) 縶: 사본에는 '廢'로 되어 있음.
716) 而: 나본에는 '驚'으로 되어 있음.
717) 豈: 저본에는 '其'로 나와 있으나 사본을 따름.

風又酌而進，曰："齊大國，楚大國，小小滕國，間於齊·楚，何事何否？此誠好事，事齊事楚." 上大加稱賞[720)]，賜錦絹甚多. 自是，名一國.

4-287.

李訥齋泰淵，麟齋種學後也. 未得麟齋墓，少時，夢有老人，曰[721)]："我爾先祖牧[722)]隱也. 仲子某，今子孫失其墓，汝是某之孫，求見其文集，則可得尋." 訥齋遂尋『陰厓集』，所編「麟齋詩集跋」云：'葬在牛峰，卽金川也.' 遂尋得立碑.

4-288.

顯宗壬子間，政院老退吏金姓人，於修撰某家最親，修撰問曰："汝於少時，亦弄奸於謁聖庭試乎?" 曰[723)]："豈無一二行奸，而自見驚心事，惡念永斷矣. 有一名官有文才，性不直，臨科不行奸，則心甚癢之，與政院吏某甲結心腹，使密識字標，必用奸乃已. 故科日迫近，輒有鬼變悲哭聲，在屋樑間，名宦猶不悛. 一日，空中有大聲，呼名宦，曰：'我是政院某甲之父也. 鬼神以汝科場行奸論罪，將先殺汝子孫，絶其後，仍以怪疾[724)]病汝命盡. 汝自有罪，宜受此報！吾子以錢故，被脅同惡，鬼神亦將降罰，比汝雖減等，不絶一縷嗣續，吾子若孫且不免禍，汝乃吾之讐也.' 自此，一日一來，三日再來，輒哭之，名宦心神怳惚，如狂如痴. 其子孫次第死，又未久，名宦心病而死. 吏甲被俠客，蹴脅而死，只餘一孫，病膝不得娶[725)]，交其婢，生一兒，亦病瘂不能言. 吾目見[726)]此事，誓於天不復[727)]作

718) 不從：사본에는 '從之不也'로 되어 있음.
719) 我：저본에는 빠져 있으나 이본에 의거하여 보충함.
720) 賞：저본에는 빠져 있으나 가, 나, 바본에 의거하여 보충함.
721) 曰：저본에는 빠져 있으나 가본에 의거하여 보충함.
722) 牧：저본에는 '特'으로 나와 있으나 가, 사본에 의거하여 바로잡음.
723) 曰：저본에는 빠져 있으나 가, 바, 사본에 의거하여 보충함.
724) 疾：저본에는 '病'으로 나와 있으나 가, 바, 사본에 의거함.
725) 娶：저본에는 '聚'로 나와 있으나 가, 바, 사본에 의거함.

奸云云."【『東平感異錄』】

4-289.

府使黃埏, 武擧[728]求仕, 自鄕上居京. 其妻產女之夜夢, 神人言, "此女之夫, 明日當避雨來[729]." 翌日, 忽驟雨, 有年少官人, 避雨立馬門前, 審知之, 乃兵曹佐郞吳斗寅也. 黃自此, 音問相通[730]. 後十七年, 吳公喪室, 娶[731]黃氏, 生三子泰周·履周·晉周, 五女南宅夏·金昌說·金令行·崔昌大·李綽也.

4-290.

潛谷金文貞堉, 少貧窮, 耕加平山中. 東淮申公, 因獵訪公, 公蓑笠鋤粟與之語, 仍留草屋共宿. 夜聞隔壁婦人痛聲, 乃其夫人解娩生男, 申公推其四柱, 福祿雙全, 約與婚, 卽歸溪公也.

4-291.

沈聽天守慶, 總角時, 聲名藉甚, 風儀暎發, 人多艶稱. 時有名妓一朶紅, 妙艶絶世. 一日, 自泮製[732]步歸, 有一妓禪衫羅亢, 騎白馬來過, 道中下馬, 執公手, 曰: "都令非沈某乎?" 曰: "然! 汝非一朶紅乎?" 曰: "然." 因邀沈至一家, 纏綿一宿, 願從終身, 公曰: "吾未娶蓄, 汝有妨前程." 一朶紅曰: "伺都令及第, 妾當往從之, 其前有藏身之所." 遂折釵股, 贈以爲信, 因分後三年. 公果登第, 遊街往一老宰相, 宰相出一朶紅以歸之,

---

726) 見: 저본에는 빠져 있으나 가, 바본에 의거하여 보충함.
727) 復: 저본에는 빠져 있으나 가, 바본에 의거하여 보충함.
728) 擧: 저본에는 '科'로 나와 있으나 가, 바본을 따름.
729) 來: 저본에는 빠져 있으나 가, 바, 사본에 의거하여 보충함.
730) 通: 가, 바, 사본에는 '親'으로 되어 있음.
731) 娶: 저본에는 '聚'로 나와 있으나 바, 사본에 의거하여 바로잡음.
732) 製: 저본에는 '裂'로 나와 있으나 바본에 의거함.

蓋一朶紅托身其宰爲養女矣. 公率往, 明慧多識見, 公遇難事多諮[733]訪. 後公在湖南率往, 未久病死, 送葬柩重不可擧, 白公, 公曰: "是爲余無一言, 送其終也." 卽題詩曰: '一朶紅花載柳車, 香魂何處去躕躇. 錦江秋雨丹旌濕, 知是佳人泣別餘.' 於是, 柩行. 後公入相, 後晩年梧陰尹公來見公, 公曰: "今日卽一朶紅去世之日也[734]." 因泣下, 尹公出語人, 曰: "沈公未久於世矣. 以公之賢, 豈爲一妓泣於幾年之後乎? 此必本性變易之致." 未幾, 公卒. 紅北道妓, 十三年變男服, 遊京師, 擇所從, 爲一松妾云.

4-292.

權石洲韠, 詩名藉世, 兒童僕隷, 皆識姓名. 嘗過鄕村遭雨, 留滯於座首家, 籬底有鄕士五六人, 會飮賦詩. 石洲着弊衣, 拜進席末, 座中問曰: "爾是何人?" 石洲曰: "鄙生無與文武, 只業販貨, 將往萊州, 適値盛會, 倘沾餘盃以潤飢腸." 諸生把盃吟哦, 謂石洲曰: "爾能知此味乎?" 石洲佯爲遜辭, 曰: "若余貧賈, 安能知之? 未審諸公吟哦有甚意味耶?" 諸生曰: "此乃觸物起興, 模寫風景, 蓋詩中之活畵也." 一人誇其所作, 曰: "我之此句, 雖李白必讓一頭." 又一人曰: "我之此聯, 實杜甫所未發者也." 又一人蹙[735]眉, 曰: "吾詩恐折也." 左右曰: "何謂?" 曰: "觀夫木乎! 至高則爲風所折, 吾詩甚高, 恐亦折也. 是以憂之." 相與抵掌, 較其優劣, 因與石洲酒, 曰: "爾雖不文, 須以俚語作句, 以發吾輩一粲." 石洲飮訖, 卽題一絶, 曰: '書劒年來兩不成, 非文非武一狂生. 他時若到京城問, 酒肆兒童盡誦名.' 諸生覽畢, 曰: "怪哉! 爾能作此詩, 不偶然." 一人笑曰: "詩則佳矣, 但爾名爲誰?" 石洲曰: "鄙生乃權韠也." 諸生相顧愧驚, 下席羅拜.

---

733) 諮: 저본에는 '咨'로 나와 있으나 바본에 의거함.
734) 也: 저본에는 빠져 있으나 바본에 의거하여 보충함.
735) 蹙: 저본에는 '慽'으로 나와 있으나 가, 바본을 따름.

4-293.

愚伏鄭文肅經世, 嘗赴擧洛中, 過丹陽, 夜失路, 投山谷間, 約行十里餘. 路逕漸迷, 松檜參天, 不知所之. 忽見數間茅屋, 隱暎於林間, 進叩其扉, 寂然無人, 從窓隙見一老人, 明燭看書, 神彩淸癯. 公推窓而入, 老人掩卷, 問曰: "何客深夜到此?" 公具道其由, 且告飢, 老人曰: "山中無食." 因於囊中, 出一團餠與之, 甘滑如栢子, 不知何物也. 吃未半, 頓覺豊飽, 心異之, 因問曰: "觀主人形貌, 有異凡人, 曷不顯名當世, 以圖不朽, 而徒守此寂寞之境與草木同腐?" 老人曰: "子所謂不朽, 如立德立功立言者歟?" 公曰: "然." 老人曰: "世之稱道德, 莫高於孔孟, 功烈莫盛於管晏, 然求之於今日, 人與骨皆朽已矣. 獨其名存耳, 可謂不朽耳. 况文章小技, 遷固以來, 作者無數, 而如蛩吟秋露, 鳥弄春花, 爭嬌鬪妖, 炫燿暫時. 而及其芳華謝盡, 霜露交集, 則聲音沉絶, 寂無所聞, 亦可哀哉! 吾所謂不朽異乎!" 公曰: "何謂?" 老人曰: "草死而後腐, 木死而後朽, 凡物之朽, 皆由於此也, 知其不死, 安得朽也?" 公曰: "固有不死理乎?" 老人曰: "有之, 誠如按法大運, 千日功畢, 能延年益壽, 白日昇天. 其或形未蛻, 托死以解, 則葬之雖千百年, 全骨不朽, 顔色如生. 限滿之後, 亦能罷塚飛昇, 所謂太陰錬形. 此法皆蛻履世界, 歷萬刼而獨存, 吾所謂不朽者, 此也. 豈若子之求不朽於旣朽耶?" 公曰: "果若所敎, 願學焉." 老人熟視, 曰: "子骨格未成, 不可做得." 且曰: "科第則今年利矣. 但不免三入王獄, 終必無憂, 此後七年, 國有大亂, 萬姓魚肉[736]. 三十三年, 又有大賊, 從西方來, 都城不守, 宗社幾覆, 子皆親見矣." 公再三請窮其說, 老人曰: "當自知之, 不必强問." 又問其姓名, 老人曰: "幼失怙恃, 不知姓名耳." 至夜深, 公困劇就寢, 曉而視之, 不知去向, 怪[737]問其家人, 對曰: "其人卽號稱柳生員者也. 浮遊諸寺, 時或來往, 愛此山水淨僻, 或留數日, 或四五日, 未嘗見其所食, 登陟岡巒, 行步如飛云." 公聞之, 惘然

736) 肉: 저본에는 '喁'로 나와 있으나 바본에 의거함.
737) 怪: 저본에는 '惟'로 나와 있으나 바, 사본을 따름.

自失. 是年公登第, 乃丙戌年也. 壬辰倭亂, 丙[738]子适亂, 丙子虜亂, 甲申大明亡, 公以李震吉事, 金直哉事, 金夢虎事, 逮囚經年, 一一皆驗.

4-294.

明廟不豫時, 靡堪沉鬱, 命倡優陳戲, 上未嘗一笑. 倡優乃請爲吏兵判都目政, 開坐注擬之狀, 所謂吏判擧帳, 謂兵判曰: "大監聽之乎? 吾有侄不文不武, 實無可用才, 第其叔爲吏判, 侄不改一名, 於心不安, 聞四山監役有窠, 大監思之乎?" 兵判卽瞬目, 笑曰: "如教!" 須臾, 兵判擧帳, 謂吏判曰: "大監聽之乎? 吾之第三婿, 才地人物, 與大監之侄, 堪爲一馱者, 吾坐此地, 不改女婿之名. 事甚不宜, 聞繕工監役有闕, 大監思之乎?" 吏判笑曰: "吾敢不從?" 俄而, 望箇下俱受天點, 吏判喜, 謂兵判曰: "吾侄爲之, 爾婿做之." 兵判大笑曰: "勿言勿言! 換手之事, 何難何難?" 上爲之大笑.

4-295.

閔黯爲吏判時, 有一富漢, 欲官無階, 乃以白金百兩鑄雙鳧, 曉懸於黯[739]軒. 黯出時, 見雙鳧, 移視抱入. 富漢居數日, 俟黯之出, 迎拜軺前, 黯問曰: "汝何人?" 曰: "小人卽雙鳧父也." 黯曰: "然乎? 此後現!" 後來仍謁見, 初仕軍門, 至守令.

4-296.

孝寧大君補, 設法會於山寺, 邀讓寧大君同往. 讓寧使僮僕十餘人, 臂鷹牽犬, 鈴環之聲, 響應溪洞[740]. 至寺, 則休鷹于佛座之前, 剝雉而燒火, 飮於寺中, 縱謔無忌. 孝寧甚不肯, 變色曰: "兄何無禮於大尊乎? 將來

---

738) 丙: 저본에는 '甲'으로 나와 있으나 바, 사본에 의거하여 바로잡음.

739) 黯: 바본에는 '闇'으로 되어 있음. 서로 통함.

740) 洞: 바본에는 '澗'으로 되어 있음.

禍福可不畏乎?" 讓寧大笑曰: "生爲王兄, 一國尊之; 死爲佛兄, 十方奉之, 生死有福, 吾又何畏歟?" 孝寧嘿焉[741].

4-297.

柳恒齋雲, 字從龍, 性跌[742]宕. 嘗於忠淸御史時, 初入公州, 意謂必選妓進之, 州官恐忤霜威, 不敢進妓. 公終宵企待, 題詩寢屛, 曰: '公山太守劫威稜, 御史風流識未曾. 空館無人消永夜, 南來行色淡如僧.' 聞者大噱.

4-298.

申企齋光漢, 長於文詞, 而短於吏事. 爲刑判, 不能聽理, 罪囚多滯, 囹圄不能容, 乃啓請廣搆獄間, 以處罪人, 時以爲笑. 又不解吏文, 如牌子等文字, 亦用詩句[743], 曰: '官威捉致非難事, 須趁東風二月來.'

4-299.

黃議政守身, 相國喜之子也. 有所眄[744]妓, 鍾情特甚, 喜嘗責之, 守身唯唯而退, 猶不悛. 一日, 守身自外至, 其父正冠服, 出迎於門如大賓, 守身懼而伏地, 問其故, 曰: "吾以子待汝, 而爾不聽, 是不父我, 以賓禮接之耳." 守身叩頭請死, 厥後更不與妓相問. 後嘗扶醉橫載, 馬入妓家, 因宿焉, 夜半酒醒, 始覺其誤入, 大怒取劒斬其馬. 【『於于野談』】

4-300.

洪石壁[745]春卿, 爲弘文正字時, 其母夫人乘轎在路, 張相順孫之奴, 乘醉

---

741) 嘿焉: 사본에는 '嘿然'으로 되어 있음.
742) 跌: 저본에는 '秩'로 나와 있으나 바본에 의거하여 바로잡음.
743) 句: 저본에는 빠져 있으나 가, 바본에 의거하여 보충함.
744) 眄: 저본에는 '聘'으로 나와 있으나 가, 사본에 의거함.
745) 壁: 저본에는 '崖'로 나와 있으나 가, 바본에 의거하여 바로잡음.

與轎後從奴戲，仍劚扶轎卒．夫人大驚，以事涉相國家，不可告于刑曹，春卿踵至張相家，請謁告其事，相國曰："甚可駭也．"招侍人附耳語，色自若．春卿起辭而出，見門外有死人，覆以草席，卽其奴也．相國聲色不動，附耳一語，而瞬息之間，已[746]處奴以死，其威如此，宜作一國之相也．【上仝】

4-301.

韓上黨明澮，性虐毒，得痛脛之病，在脛骨中，痛不能堪．自度不得活，曰："死等耳，寧自折脛骨，快殺此虫而後死．"乃箕踞甃上，使僕擧大石，折其骨，僕不敢，明澮大怒，關弓欲射之，僕不得已擧大石，推而折之，骨碎髓流．明澮手探骨中，得一大虫，如大指，乃一鼎油煮之不死，油盡焦虫乃死，而明澮亦死．【上仝】

4-302.

蔡仁川壽，爲壯元，而婿金安老及李陰崖耔，俱壯元．一日，爲龍頭會，中婿金[747]延昌勘，亦欲與之，以非魁拒之．金公令其夫人，往告之，曰："小婿三十五爲大提學，乞以此入參也．"仁川笑曰："是不可不許參也．"遂召而與宴焉．【『識小錄』，筠撰】

4-303.

洪忍齋暹母夫人，宋領相軼女，而爲領相彦弼之室，三從皆台席，曠古所無．年九十，其子忍齋，以七十賜几杖，人間稀事．故盧蘇齋守愼，其慶席詩，曰：'三從不出相門闌，此事於今始見之．更柱省中靈壽杖，却被[748]堂上老萊衣．'眞記事也．【『識小錄』】

---

746) 已：저본에는 '以'로 나와 있으나 가, 바본을 따름.
747) 金：저본에는 '李'로 나와 있으나 가, 바본에 의거하여 바로잡음.
748) 被：저본에는 '使'로 나와 있으나 가, 바본을 따름.

4-304.

金河西麟厚, 中年棄官, 歸以詩酒自娛[749). 臨終作詩, 曰: '閱過行年五十五, 及到今日萬事畢. 故鄕歸路坦然平, 歷劫分明未曾缺. 手中但有一杖笻, 且喜途中脚不跌.' 旣而逝. 其後, 有鄕人金世億者, 得病暴絶, 入一處如官府, 官員會坐其一河西也. 見世億, 語之曰: "君今不當來!" 令還去, 吟一絶以送, 覺而記之, 其詩曰[750): '世億其名字大年, 披雲來訪紫微仙. 七旬七後重相見, 歸去人間莫浪傳.' 見之者曰: "此眞河西詩也." 後果七十七, 無病而卒. 【『西厓雜錄』】

4-305.

光海朝, 天使之東來也, 語譯輩曰: "李爾瞻·許筠, 汝國貴臣, 而李則秋風泣女之相, 許則老狐被縛之相, 其他宰相, 亦皆不吉. 而百僚之面, 帶殺氣者[751)甚多, 汝國王[752)其得無事乎?" 未久, 而其言皆驗. 【『公私聞見錄』】

4-306.

鄭文翼光弼, 少時, 偶夢作詩, 曰: '積謗如山終見原, 此生無計答天恩. 十登峻嶺雙淚垂, 三渡長江獨斷魂. 漠漠遠山雲潑墨, 茫茫大野雨翻盆. 暎投臨海東城外, 茅屋蕭蕭竹作門.' 其後, 位至首揆, 被謫配金海, 大雨中到配所, 其所見一如夢詩, 乃詩讖也. 【『松溪漫錄』】

4-307.

朴上舍敦復[753), 金判書光準婿也. 嘗伺其妻覺熟寢, 潛出狎群婢無數. 一

---

749) 娛: 저본에는 '誤'로 나와 있으나 가, 바, 사본에 의거하여 바로잡음.
750) 曰: 저본에는 빠져 있으나 가, 바본에 의거하여 보충함.
751) 者: 저본에는 빠져 있으나 가, 바본에 의거하여 보충함.
752) 王: 저본에는 빠져 있으나 가, 바본에 의거하여 보충함.
753) 復: 저본에는 '複'으로 나와 있으나 바, 사본에 의거하여 바로잡음.

夜，朴注耳妻鼻，以俟其睡，其妻覺之佯息．朴乃脫走婢處，妻乃內鎖窓戶，急呼曰："這間有盜賊來!" 判書急[754]起諸僕，擁炬窮尋，而殊無迹．見一廳板下[755]，有男子赤臀露伏，而其首入凹[756]，不知爲誰，必是賊也．將以炬燒其臀，一婢揮手遽止，曰："厥臀似是生員主臀也." 奴輩曳脚而出，果是[757]朴也．翌日，朴妻除上飯添羹，招止婢賞之，曰："去夜郎君誠誤，余戲太過，倘非汝止之，不亦燒其臀乎!" 婢受飯逡巡，朴妻悟，曰："生員主之臀，汝何知之乎[758]?" 婢擲飯而走．【『淸江笑叢』】

4-308.

金佔僤齋宗直，年十六，應擧京師，作「白龍賦」見屈．金乖崖爲文衡，分與落[759]榜試券[760]，其中有佔僤齋落試之券，讀而奇之，曰："此眞他日典文衡之手!" 惜其高才見屈，取其券入啓，上奇之，命除靈山訓導．時漢江濟川亭，柱上有題詩，曰：'雪裏寒梅雨後山，看時容易畵時難．早知不入時[761]人眼，寧把臙脂寫牧丹[762].' 後乖崖遊濟川亭，見而歎曰："此眞前日「白龍賦」之手也!" 蹤跡尋之，果佔僤先生也．文鑑如神．【『於于野談』】

4-309.

金慕齋，自少好押强韻，有一生進，曰："先生能押强韻，今請試之." 因命呼韻．時適魄半死横天，請以'半月'爲題，因呼'魚'·'蛆'·'輿'三字，慕齋應口曰：'神珠缺碎鬪龍魚，剮殺銀蟾半蝕蛆．顚倒望舒仍失馭，軸亡輪折

754) 急：저본에는 '悉'로 나와 있으나 사본을 따름.
755) 板下：사본에는 '板上'으로 되어 있음.
756) 凹：바본에는 '門'으로 되어 있음.
757) 是：저본에는 빠져 있으나 사본에 의거하여 보충함.
758) 乎：저본에는 빠져 있으나 바본에 의거하여 보충함.
759) 落：저본에는 빠져 있으나 바, 사본에 의거하여 보충함.
760) 券：저본에는 '卷'으로 나와 있으나 가, 바, 사본에 의거함.
761) 時：저본에는 '詩'로 나와 있으나 가, 바본에 의거함.
762) 牧丹：저본에는 '莪芀'으로 나와 있으나 바, 사본을 따름.

不成輿.’ 至今傳誦. 【『思齋摭言』】

4-310.

尙成安震, 爲人寬大, 平生未嘗言人過. 有一人短一足, 客以爲言, 公曰: “客何言人短處? 宜曰一足長.” 當世以名言稱. 吳二相祥, 少時作詩, 曰: ‘羲皇樂俗今如掃, 只在春風杯酒間.’ 公覺而嘆, 曰: “余嘗謂吳生終成大器, 何其言之薄耶?” 下筆改之, 曰: ‘羲皇樂俗今猶在, 看取春風杯酒間.’ 四字之間, 氣像懸殊. 【『於于野談』】

4-311.

姜仁齋希顔, 少有才藝, 晚年登楊州樓院, 題詩曰: ‘有山何處不宜廬, 獨坐靑山試一噓. 簪笏十年成老大, 莫教霜鬢賦歸歟.’ 永川君定見而拜之, 且批曰: “此詩逼眞太甚, 非徐則李.” 時徐居正·李承召擅詩名, 爲定所服故云. 後定復過樓下, 更讀前批, 其下有書, 曰: “此詩爲江山雅趣, 無一點塵埃, 如非老儒拘於結習者所作. 且夫天地之大, 江山之奧, 豈無人才而必推徐·李? 是何孤人才蔑人類太甚耶!” 定見書大悔恨, 抹其前日所批者. 【『秋江冷語』】

4-312.

槐院免新例, 以戲談出題, 令各製呈, 韓判書仁及, 入槐院, 行免新. 韓卽盧判書禛之壻, 故出‘韓盧辨’, 韓製呈曰: “韓大姓盧亦大姓, 以大姓合大姓, 何辨之有?” 先生輩以此作全失本意, 使之改作, 李白江亦以先生在座, 乃曰: “如此作, 諸公不知耶? 宜下批點.” 乃拈筆批點於大字邊, 便作犬字, 一座絶倒. 【『菊堂俳語』】

4-313.

高霽峰敬命, 少時, 神彩丰茸, 才華飄逸. 嘗狎海西妓, 妓爲方伯所狎,臨別, 題一詩於妓裳內幅, 曰: '立馬江頭別故遲, 生憎楊柳最高枝. 佳人緣薄含新態, 蕩子情深問後期. 桃李落來寒食節, 鷓鴣飛去夕陽時. 草長南浦春波活, 欲採蘋花有所思.' 妓別公之後, 在方伯前行酒, 忽風飄裳, 微見墨迹. 方伯諦視之, 詰其由, 妓以實告之. 方伯歎曰: "誠奇才也!" 後見霽峰父大諫公, 謂曰: "君有令子, 才貌雖美, 行檢則虧矣." 其父笑曰: "吾子貌類其母, 行若其父." 方伯哂之. 【『玄湖瑣談』】

4-314.

朴參贊[763]素立卒後, 其友人將入洛, 到弘濟院, 日勢已暮, 路無行人, 忽聞呵辟之聲. 友人欲避之際, 朴立馬路[764]傍, 送陪吏邀之. 友人進拜, 敍寒暄畢後, 付大珠三枚, 曰: "君須持此贈兒輩." 友人辭退, 茫然不覺其已死. 朴家在新門外, 及到門, 始爲省得, 髮竪體栗. 入見棘人, 傳給其珠, 棘人輩泣謂曰: "此先考飯含珠也. 初朞已過, 有妹年長, 方議婚事, 偏親求買首飾之珠而不得, 先靈必有知乎此也." 渾家號哭, 聞者驚異. 【『菊堂俳語』】

4-315.

眉巖柳文節希春, 乙巳之禍, 坐謫鍾城者十九年. 窮居喫苦, 讀破萬卷, 著『續蒙求[765]』, 以惠學者. 其夫人崔[766]氏, 亦能文章, 獨行萬里, 從公于鍾城, 路過磨[767]天嶺, 詩曰: '行行遂至磨天嶺, 東海無涯鏡面平. 萬里婦人何事到, 三從義重一身輕.' 可謂得性情之正矣. 【『涪溪記聞』, 金時讓撰】

4-316.

李新菴俊民, 與府使文益成, 通家相善, 其妻兩夫人, 亦相往來交厚, 兩

---

763) 參贊: 가, 사본에는 '參判'으로 되어 있음.
764) 路: 저본에는 '在'로 나와 있으나 바본을 따름.
765) 求: 저본과 이본에 모두 빠져 있으나 보충하여 바로잡음.
766) 崔: 저본에는 공백으로 되어 있으나 가본에 의거하여 보충함.
767) 磨: 저본에는 '靡'로 나와 있으나 바본에 의거하여 바로잡음. 이하의 경우도 동일함.

性皆妬忌. 相會也, 文妻曰: "吾家翁一宿房外, 吾深絶食, 惟飮冷水, 故家翁不敢外有所眄." 後俊民外間置副室, 夫人聞之, 不食只飮冷水, 仍病死. 俊民密探益成家, 其妻則外雖不食, 密與一婢約, 托以如厠, 以大盂盛飯, 和糅美饌, 令極鹹. 日再三進, 故渴而飮冷水, 家人不知也. 俊民聞之, 哭曰: "妖哉! 老狐之女也. 教吾夫人不食, 胡不教如厠而食鹹?" 哭泣之哀, 聞者莫不掩口. 【『於于野談』】

4-317.

孫比長, 字永叔, 奉使湖南, 愛妓紫雲兒, 比長迂儒, 紫雲兒名妓, 雖怕官威侍房, 常[768]不愜於心. 一日, 儒生持詩文, 來取品題, 妓問曰: "何以辨別優劣?" 比長曰: "最妙者爲上等, 其次爲中等, 其次爲下等. 又其下爲次等, 最劣爲更之更." 未幾, 比長竣事還京, 趙稚圭爲全州府尹, 亦愛紫雲兒, 問曰: "汝閱人多矣, 如我者, 居何等?" 妓曰: "令公纔入三下耳." 趙問: "何從得此話法?" 妓[769]曰: "孫永叔教我矣." 趙復問: "永叔是何等人?" 妓曰: "眞更之更也. 惟郡守鄭文昌優入二等." 盧希亮作詩戲之, 曰: '湖南奉使孰荒唐, 吏部郎中孫比長. 三代[770]風流人膾炙, 不知時有鄭文昌.' 蓋用唐詩擬倣也. 丙申重試, 比長之策居魁, 洪文匡貴達爲試官, 伻書賀之, 曰: "君今射策一之一, 非復疇昔更之更." 聞者大笑. 【『慵齋叢話』】

4-318.

壬辰之亂, 成判書泳, 以前承旨, 守喪在畿甸. 驪州闕牧使, 監司以成起復, 權牧驪州, 非朝命而以亂極未敢辭, 朝廷聞之, 令兼江原監司. 時洪牧使思斅, 居母喪, 避兵近境, 路遇成, 成怒其不卽下馬, 使卒拿[771]而問

768) 常: 저본에는 '尙'으로 나와 있으나 가본에 의거함.

769) 妓: 저본에는 '妙'로 나와 있으나 가, 사본에 의거하여 바로잡음.

770) 代: 바본에는 '載'로 되어 있음.

771) 拿: 저본에는 '拏'로 나와 있으나 바본을 따름.

之, 知其洪, 責曰: "汝是朝官, 當此國家大亂, 何敢不預其憂[772]而私自避兵乎?" 洪曰: "父母喪重, 不敢私自起復, 欲降于倭以安身, 則人理所不忍, 故如是避兵行耳." 成面有慚色, 撥馬而去. 成叔父前承旨世寧, 降于倭, 至以女嫁倭將平秀家, 而成之起復, 亦無朝命, 洪以此辱之爾[773]. 【『荷潭破寂錄』】

4-319.

李陰崖[774]與金安老, 有姻婭之親, 且同學朱溪君, 平生所謂薰蕕相反[775]. 安老每有快害之志, 而以公守正, 無可乘之隙. 及己卯士禍, 公亦罷黜, 居龍宮縣. 至丙申, 安老以左相, 受由掃墳于咸昌, 先送人於公, 告以歸路當歷訪云, 其實忌惡而探試之也. 公先見其肺腑, 將過之朝, 乃以槐花湯沃面, 擁衾而坐, 與之相接. 安老執公手, 極其慇懃, 垂淚告別, 出而語人曰: "陰崖公已矣, 無足慮也." 君子之於小人, 有時自晦以避禍, 亦其一道也. 【『松窩雜說』, 李處士撰】

4-320.

成獨谷石璘, 愛淮陽妓月纖纖. 嘗判開寧, 一日, 忽起訪纖之興, 直抵淮陽郡, 郡守某獨谷同年友也. 行到金化縣, 報先聲, 太守方與纖纖私焉, 聞成公來, 携纖纖往長楊屬縣, 避之. 獨谷至, 則旣不見邑宰, 又不見情人, 空館寂寞. 情不自抑, 題一詩, 云: '龍鍾嗜酒判開城, 獨對孤燈白髮明. 早識主人嫌宿客, 肯敎郵吏報先聲.' 比晩促駕而還, 郵吏曰: "令公何倏忽來還?" 公曰: "我愛纖纖, 乘興而來; 不見纖纖, 興盡而返." 吏曰: "自古, 未聞虎前求肉." 公大笑.

---

772) 憂: 저본에는 '愚'로 나와 있으나 바본에 의거하여 바로잡음.
773) 爾: 저본에는 빠져 있으나 바본에 의거하여 보충함.
774) 崖: 저본에는 '厓'로 나와 있으나 가, 사본에 의거함. 이하의 경우도 동일함.
775) 相反: 사본에는 '不相友'로 되어 있음.

4-321.

趙石磵云仡，尹江陵，一日餉客，坐有數妓，相對而笑，一妓曰："昨夢與尹同寢." 石磵竊聽之，笑謂妓曰："誠如是乎?" 仍詠一詩，曰：'心似靈犀意已通，不須容易錦衾同. 風流太守人休笑，先入佳兒吉夢中.'【『太平閑話』】

집필진 소개

• 연구책임자

정환국 성균관대학교에서 박사학위를 받았으며, 현재 동국대학교 국어국문문예창작학부 교수로 있다. 한문학과 고전서사를 연구하고 있으며, 저역서로 『초기소설사의 형성과정과 그 저변』, 『교감역주 천예록』, 『역주 유양잡조 1·2』, 『역주 신단공안』 등이 있다.

• 공동연구원

이강옥 서울대학교에서 박사학위를 받았으며, 현재 영남대학교 명예교수로 있다. 고전산문을 연구하고 있으며, 저역서로 『죽음서사와 죽음명상』, 『한국야담의 서사세계』, 『구운몽과 꿈 활용 우울증 수행치료』, 『일화의 형성원리와 서술미학』, 『청구야담』 등이 있다.

오수창 서울대학교에서 박사학위를 받았으며, 현재 서울대학교 국사학과 교수로 있다. 문학작품을 포함한 넓은 시야에서 조선시대 정치사를 연구하고 있으며, 저역서로 『조선후기 평안도 사회발전 연구』, 『춘향전, 역사학자의 토론과 해석』, 『서수일기-200년 전 암행어사가 밟은 5천리 평안도 길』 등이 있다.

이채경 성균관대학교에서 박사학위를 받았으며, 현재 성균관대학교 한문학과 초빙교수로 있다. 조선후기 야담을 주로 연구하고 있으며, 저역서로 『철로 위에 선 근대지식인(공역)』과 논문으로 「『어우야담』에 담긴 지적경험과 서사장치」, 「『금계필담』에 기록된 신라 이야기 연구」 등이 있다.

심혜경 동국대학교에서 박사학위를 받았으며, 현재 동국대학교 국어국문문예창작학부 강사를 맡고 있다. 고전소설을 연구하고 있으며, 논문 「조선후기 소설에 나타나는 여성과 불교 공간」, 「윤회에 나타나는 정체성 바꾸기의 의미」, 「〈삼생록〉에 나타나는 애정문제와 남녀교환 환생의 의미」가 있다.

하성란 동국대학교에서 박사학위를 받았으며, 현재 동국대학교 이주다문화통합연구소 연구초빙교수로 있다. 고전소설을 연구하고 있으며, 저역서로 『포의교집(역서)』, 『절화기담(역서)』, 『한국문화와 콘텐츠(공저)』 등이 있다.

김일환 동국대학교에서 박사학위를 받았으며, 현재 동국대학교 국어국문문예창작학부 교수로 있다. 조선후기 실기문학을 연구하고 있으며, 저역서로 『연행의 사회사(공저)』, 『조선의 지식인들과 함께 문명의 연행길을 가다(공저)』, 『삼검루수필(공역)』 등이 있다.

한국문학연구소자료총서

정본 한국 야담전집 6

2021년 8월 30일 초판 1쇄 펴냄

책임교열 정환국
펴낸이 김흥국
펴낸곳 도서출판 보고사

책임편집 이경민
표지디자인 손정자

등록 1990년 12월 13일 제6-0429호
주소 경기도 파주시 회동길 337-15 보고사
전화 031-955-9797(대표), 02-922-5120~1(편집), 02-922-2246(영업)
팩스 02-922-6990
메일 kanapub3@naver.com / bogosabooks@naver.com
http://www.bogosabooks.co.kr

ISBN 979-11-6587-228-1 94810
979-11-6587-222-9 (set)

정가 30,000원

이 저서는 2016년 대한민국 교육부와 한국학중앙연구원(한국학진흥사업단)의 토대연구지원사업의 지원을 받아 수행된 연구임(AKS-2016-KFR-1230005)